国家出版基金项目
NATIONAL PUBLICATION FOUNDATION

中国乡土小说研究丛书

丛书主编　丁帆

中国乡土小说研究的百年流变

丁帆　等　著

本书编写人员

南京大学出版社

图书在版编目(CIP)数据

中国乡土小说研究的百年流变 / 丁帆等著. —南京：
南京大学出版社，2021.12
（中国乡土小说研究丛书 / 丁帆主编）
ISBN 978 - 7 - 305 - 22809 - 4

Ⅰ.①中…　Ⅱ.①丁…　Ⅲ.①乡土小说-小说史-文
学史研究-中国-文集　Ⅳ.①I207.409 - 53

中国版本图书馆 CIP 数据核字(2020)第 003860 号

出版发行　南京大学出版社
社　　址　南京市汉口路 22 号　　　　邮　编 210093
出版人　金鑫荣

丛 书 名　中国乡土小说研究丛书
主　　编　丁　帆
书　　名　中国乡土小说研究的百年流变
著　者　丁　帆 等
责任编辑　施　敏
责任校对　李晨远

照　　排　南京紫藤制版印务中心
印　　刷　南京爱德印刷有限公司
开　　本　710×1000　1/16　印张 28.25　字数 442 千
版　　次　2021 年 12 月第 1 版　2021 年 12 月第 1 次印刷
ISBN　978 - 7 - 305 - 22809 - 4
定　　价　160.00 元

网　　址：http://www.njupco.com
官方微博：http://weibo.com/njupco
官方微信：njupress
销售咨询热线：(025)83594756

总　序

丁　帆

　　"五四新文化运动"已经百年,在它光环笼罩下的"五四文学"也算是经过了许许多多的风雨洗礼,进入了百岁的庆典。我们究竟用什么样的态度去看待"五四新文化运动"旗下的"五四文学"思想潮流呢? 这个问题争论了很多年,对其"启蒙"与"革命"的主旨有着各种各样的说法,就我本人而言,就历经了许多次的观念转变,直至后来自己的观念也逐渐模糊犹豫彷徨起来。当然不是鲁迅先生"两间余一卒,荷戟独彷徨"的那种深刻的焦虑,而是那种寻觅不到林中之路的沮丧。

　　花费了七八年时间编撰成的这套 300 余万字的皇皇五卷的"中国乡土小说研究丛书",恰恰在"五四新文化运动"百年来临前一年杀青,也算是对"五四新文化运动"百年的一个隆重的纪念和交代吧。

一、中国乡土小说的精神源头:"五四新文化运动"

　　按照既正统又保险的说法,中国现代文学的起源是与"五四新文化运动"不可分割的,那么,中国现代文学已经走过了百年,以此类推的话,中国乡土小说也就是百年的历史。当然,我们并不完全这么机械地看待这个问题,因为就中国乡土小说的发生来看,它显然是早于"五四新文化运动",而且白话通俗文学在"五四"前就早已流行,将它们打入"另册"也是"五四"先驱者们过激的行为,其留下的遗患也是当初的先驱者们始料不及的。不过,为了适应某种学术研究生态的需要,我们对中国乡土小说发生期的断代保留着进一步考察和研究的设想,一切留待日后学术空间的拓展。

什么是"五四"? 这是一个问题!毋庸置疑,百年来涉及这个命题的著述可谓汗牛充栋,众说纷纭,观点芜杂,让人在大量活着的和死去的史料堆里爬不出来,总觉得公说公有理婆说婆有理,甚至会把"五四事件"与"五四新文化运动"混为一谈。以至让一些政治家把这个时间的标志当作纪念日:1938年7月9日国民党的"三青团"成立时,曾经提议把"五四"定为"青年节",1944年4月16日重庆国民政府又将它从政治层面下降到文艺层面,定为"文艺节";1939年3月中国共产党的中国青年联合会在延安成立时也提议把它作为"青年节",1949年12月新成立的中华人民共和国又重新正式把"五四"定为"青年节"。可见它在社会层面的政治意义远远是大于文化和文学意义的。

(一)"五四"先驱者们论"五四精神"

什么是"五四精神"? 我们如果用那种简单的逻辑推理就会得出:没有《新青年》何来的"五四"?"五四"只不过是一个时间的标记,用梁漱溟先生的话来说就是:"现在年年还纪念的'五四运动',不过是新文化运动中间的一回事。'五四'那一天的事,意义并不大,我们是用它来纪念新文化运动的。"[①]他的意思很明确,"五四事件"本身的政治意义并不大,大的就是"五四新文化运动"对中国社会和文化后来的一系列政治运动的发展导向起着的决定性作用,当然对文学的发展走向也起到了巨大的作用。

梁漱溟的话对吗?说对也对,说不对也没错。因为当时亲历这场运动的"五四"先驱者们在"五四事件"过后也是各有各的说法,有的甚至大相径庭,这就让一帮研究中国现代史的学者无所适从了,何况历经百年之后,面对着各种各样让人眼花缭乱、目迷五色的对"五四新文化运动"不同阐释,"五四"的面目就越加模糊起来,我本人也在这半个世纪(从小学政治教科书中第一次读到对这场"爱国主义运动"的阐述,及至20世纪60年代在我父亲的案头

---

① 梁漱溟:《蔡先生与中国》,《梁漱溟全集》(第六卷),山东人民出版社2005年版,第75页。

看到胡华的《中国革命史讲义》)以来,因读到各种各样有关"五四新文化运动"的论文与书籍后,就像老 Q 做了一场未庄梦那样,愈加对"五四"敬而远之了。实在想说几句话,也都是梦话而已。

陈独秀对"五四精神"的定义似乎应该是权威的说法吧,他在《五四运动的精神是什么——在中国公学第二次演讲会上的讲演》中说得很清楚:

如若有人问五四运动的精神是什么？大概的答词必然是爱国救国。我以为五四运动的发生,是受了日本和本国政府的两种压迫而成的,自然不能说不是爱国运动。但是我们的爱国运动,远史不必说,即以近代而论,前清末年,也曾发生过爱国运动,而且上海有爱国学社和爱国女学校。十年前就有标榜爱国主义的运动。何以社会上对于五四运动无论是赞美、反对或不满足,都有一种新的和前者爱国运动不同的感想呢？他们所以感想不同的缘故,是五四运动的精神,的确比前者爱国运动有不同的地方。这不同的地方,就是五四运动特有的精神。这种精神就是：(一) 直接行动；(二) 牺牲的精神。

直接行动,就是人民对于社会、国家的黑暗,由人民直接行动,加以制裁,不诉诸法律,不利用特殊势力,不依赖代表。因为法律是强权的护符,特殊势力是民权的仇敌,代议员是欺骗者,决不能代表公众的意见。清末革命的时候,人人都以为从此安宁了,不料袁世凯秉政,结果反而不好。袁世凯死的时候,人人又以为从此可以安宁了,不料现在的段祺瑞、徐世昌执政,国事更加不好。这个时候,中国人因为对于各方面的失望,大有坐以待毙的现象。自从德国大败、俄国革命以后,世界上的人思想多一变。于是,中国人也受了两个教训：一是无论南北,凡军阀都不应当存在；一是人民有直接行动的希望。五四运动遂应运而生。一般工商界所以信仰学生,所以对于五四运动有新的和前次爱国运动不同的感想,就是因为学生运动是直接行动,不是依赖特殊势力和代议员的卑劣运动呵！

中国人最大的病根,是人人都想用很小的努力牺牲,得很大的效果。这病不改,中国永远没有希望。社会上对于五四运动,与以前的爱国运动的感想不同,也是因为有无牺牲的精神的缘故。然而我以为五四运动的结果,还不甚好。为什么呢?因为牺牲小而结果大,不是一种好现象。在青年的精神上说起来,必定要牺牲大而结果小,才是好现象。此时学生牺牲的精神,若是不如去年,而希望的结果,却还要比去年的大,那更不是好的现象了。

以上这两种精神,就是五四运动重要的精神。我希望诸君努力发挥这两种精神,不但特殊势力和代议员不是好东西,就是工商界也不可依赖。不但工商界不可依赖,就是学界之中,都不可依赖。最后只有自己可靠,只好依赖自己。①

倘若我说陈独秀当年做这番演讲的时候还是一个"愤青"的话,我们可以原谅他在政治上的幼稚,他以为诸如法国大革命与俄国革命以流血的代价换来的才是真正的革命运动,唯有"牺牲精神"才能换来革命的胜利,其实,当年持这种想法的知识分子是很多的,他代表着许多"五四"革命先驱者的普遍观念,这就造成了"爱国主义和牺牲精神"才是这场运动本质的假象,殊不知,这才是遮蔽和阻遏"五四启蒙精神"向纵深发展的源头和本质,他让中国大多数的知识分子的思想观念导向了卢梭式的法国大革命的教义和苏俄"十月革命"的实践范例,虽然陈独秀在其晚年将此观念来了一个一百八十度的大颠覆,痛彻反思苏俄革命的弊病,对"五四"运动进行了一次彻底的反省,但为时已晚,"明日黄花"早已凋谢,历史认知的潮流已然成为不可阻挡之势了。历史告诉我们:革命运动无论"牺牲大"还是"牺牲小"与其结果并不是呈反比状态,而是看他的理念有无深入人心。

陈独秀的身份是非常特殊的:他1915年创办《青年杂志》(《新青年》),反对旧道德,张扬自由主义和民主思想,既是新文化启蒙运动的发动者与重要角色,又是"五四文学革命"的重要倡导者,他与胡适等人一起,倡导白话文学;在1919年以学生游行为导火线的"五四"政治运动中,他也竟亲自上街散发传单,并因此被捕。1919年"五四"运动以后,原先包括思想启蒙与文学革

---

① 陈独秀:《五四运动的精神是什么》,原载《时报》1920 年 4 月 22 日。

命在内的"五四"新文化阵营，发生了分离：陈独秀、李大钊投身政治，胡适退回书斋搞学问，鲁迅则陷入"荷戟独彷徨"的苦闷之中。他们其中任何一位来阐释"五四精神"，都会是有差别的。作为"五四"的全面参与者与领导者，陈独秀似乎是诠释"五四精神"的权威角色。然而，在这篇演讲中，陈独秀显然并没有试图对"五四运动"进行"全面"的阐述，他只是以一位政治家的身份，着眼于"五四革命文化运动"，阐释政治视野中的"五四精神"。因此，他强调的"五四精神"为：直接行动和牺牲精神。而他演讲的地点——中国公学——恰好是具有革命传统的学校。因此，演讲者的身份和听众对象，决定了这篇演讲是以"五四"青年学生走上街头、干预政治为楷模的宣传、鼓动的文章。这也是让"五四"从"文化革命"走向"革命文化"的滥觞因素之一，难怪林毓生们会将"五四新文化运动"与后来的"文化大革命"相联系，原因就是在于他们只看到了这场运动"左"倾的一面，而忽略了它潜藏在地下奔突的烈火——启蒙给一代又一代现代知识分子留下的新文化遗产，当然还有遍体鳞伤的躯体和灵魂。

　　"五四"是一个说不尽的话题，原因是"五四"是一个含义非常丰富的文化运动。学界普遍认为"五四"的含义应当包括以下三个方面：第一，反对传统道德、提倡民主与科学的新文化思想启蒙运动；第二，反对文言、提倡白话的文学革命；第三，反对帝国主义和专制腐败政治的爱国民主运动。这决定了对"五四精神"注定不可能进行单一视角的归纳，而百年来恰恰忘却的总是最根本的首要任务，启蒙往往却成为纪念"五四运动"餐桌上的佐料。

　　新文化思想启蒙运动崇尚西方文艺复兴以来的人文主义价值，以进化论眼光肯定现代化，否定传统道德与价值观；而在"五四政治运动"中，爱国主义和反对帝国主义，又与"五四"启蒙理想在对待西方和中国文化的态度上相互冲突。可以说，不同时期、不同身份的人，往往根据自己的政治立场和阐释目的，就"五四"的某一方面含义进行了偏执性的强调。总之，百年来围绕着"启蒙的五四"与"革命的五四"之命题，谁也无法做出合乎逻辑的周延性判断。另一方面，似乎"启蒙与救亡"遮蔽了"五四新文化运动"的许多实质性问题，让我们做了问题的"套中人"。

　　而胡适之先生作为"五四新文化运动"的发起人,他原本的"革命"目的何在呢?在"五四事件"发生的第二年他发表了演说,其内容与陈独秀的观点就有了一些不同。1920年5月4日,胡适参加了北京女子学界联合会召开的"五四纪念会",并发表演说。当天的《晨报副刊》上,胡适与蒋梦麟联名,发表了一篇胡适的《我们对于学生的希望》。此文肯定了青年学生运动的贡献,但他还是认为:"这种运动是非常的事,是变态的社会里不得已的事……故这种运动是暂时不得已的救急办法,却不可长期存在的。"①显然,胡适是反对用"牺牲"换来的革命结果的,换言之,就是反对以革命的名义进行青年学生运动。

　　而到了1928年的5月4日,胡适在光华大学发表了《五四运动纪念》演讲,其观点来了一个180度的大转弯,他又肯定了学生的"牺牲精神",不再提倡钻进"故纸堆"里去了,其重要的一点就是胡适证明"五四运动"印证了一个历史公式,即"凡在变态的社会与国家内,政治太腐败了,而无代表民意机关存在着;那末,干涉政治的责任,必定落在青年学生身上了。这是一个最正确的公式,古今中外,莫能例外。"这也许就是后来坊间一直流传着的那句伟人名言"凡是镇压学生运动的都没有好下场"的滥觞吧。当然,在胡适对自己的观念做出重大修改的时候,他没有忘记自己过去说过的话,于是就用辩证的方法予以圆场:"如果在常态的社会与国家内,国家政治,非常清明,且有各种代表民意的机关存在着;那末,青年学生,就无需干预政治了,政治的责任,就要落到一班中年人的身上去了。""自从五四运动以来,中国的青年,对于社会和政治,总算不曾放弃责任,总是热热烈烈的与恶化的挣扎……青年人的牺牲,实在太大了!他们非独牺牲学业,牺牲精神,牺牲少年的幸福,连到牺牲他们自己的生命,一并牺牲在内了……"显然,胡适认为牺牲青年是一件迫不得已的事情,与毫不足惜"牺牲"的非人道观念是有区分的。

　　从胡适的观念转变,我们可以看出一个重要的问题症结来——在"启蒙与革命"的悖论当中,"五四"就成了一个在"启蒙"与"革命"之间来回奔跑跳跃的政治文化和精神文化的冠词,似乎这顶桂冠扣在任何言者的头上

---

　　①　蒋梦麟、胡适:《我们对于学生的希望》,《中华教育界》1920年第9卷第5期。

都很合适。但是，人们忽略的恰恰就是政治和社会的时间与空间的变化给人的思想观念带来的变化。随着时间和空间的变化，也随着各人的生活经历的变化，"五四"先驱者们的观念也在变化，我们如果将他们的思想看成一成不变的固态，就会犯经验主义的毛病。这一点在胡适1935年的《纪念五四》一文中得到了印证："我们在这纪念'五四'的日子，不可不细细想想今日是否还是'必有赖于思想的变化'。因为当年若没有思想的变化，决不会有'五四运动'。"①

直到1958年5月他读到了女作家苏雪林一篇追念"五四"的"理性女神"的文章，在写信回复时说："我很同情你的看法，但我（觉得）五四本身含有不少的反理智成分，所以'不少五四时代过来人'终不免走上了反理智的路上去，终不免被人牵着鼻子走。"②恐怕一个67岁的成熟老人的思考才是最深刻的。

1960年，胡适应台北广播电台之邀，发表了一个长篇谈话《五四运动是青年爱国的运动》。其实这篇演讲标题似乎又回到了老路上去了，其实其主旨却是针对犹如西方的文艺复兴运动的"五四启蒙运动"感慨而发："五四运动也可以说害了我们的文艺复兴。什么原故呢？……因为我们从前作的思想运动，文学革命的运动，思想革新的运动，完全不注重政治，到了五四之后，大家看看，学生是一个力量，是个政治的力量，思想是政治的武器……所以从此之后，我们纯粹文学的、文化的、思想的一个文艺复兴运动就变质了，就走上政治一条路上……""在我个人看起来谁功谁罪，很难定，很难定，这是我的结论。"我以为，这是胡适晚年对"五四"最为深邃的一次思考，那种试图把"五四新文化运动"安放在"启蒙运动"轨道上的梦想为什么会成为泡影？归根到底就是一句话：在中国，试图创造一个"纯粹文学的、文化的、思想的一个文艺复兴运动"可能性几乎为零，因为凡是运动最后总是要归于政治的。这就造成了不仅仅是"启蒙"的悲剧，同时也造成了"革命"的悲剧。历史无情地证明了这一历史的规律，并且还将不断地证明。

---

① 胡适：《纪念五四》，《独立评论》1935年5月5日第149号。
② 胡适：《复苏雪林》，《胡适全集》（第26卷），安徽教育出版社2003年版，第160页。

（二）世界启蒙运动与中国的"五四运动"

> 人类的前进道路能够通过每一个人对理性的公开使用的自由而指
> 向进步。
>
> ——康德

回顾百年、七十年和四十年来中国社会文化和文学的变迁，我们的学术和思想观念同样经历了几次大起大落的变化。毋庸置疑，在百年之中，我们可以排出一个长长的、聚集着七八代启蒙文化学者的名单，在他们共同奋斗的学术史和思想史的历程中（我始终认为学术史和思想观念史是两个永远不可分割的皮与毛的关系），我们似乎可以看到一条清晰的隐在线索：自由与民主；科学与传统；制度与观念；人权、主权和法权……这些关键词不仅在不同的时空里发生了裂变，同时也在不同的群体里发生了分裂。

康德在 1874 年发表的那篇《答复这个问题：什么是启蒙运动》中说："启蒙运动就是人类脱离自己所加之于自己的不成熟状态。不成熟状态就是不经别人的引导，就对运用自己的理智无能为力。当原因不在于缺乏理智，而至于不经别人的引导就缺乏勇气与决心去加以运用时，那么这种不成熟就是自己所加之于自己的了。Sapere aude! 要有勇气运用你自己的理智！这就是启蒙运动的口号！"①康德 200 多年前的定义至今还在世界的上空中盘桓，这是人类的喜剧还是悲剧呢？

那么托克维尔在《旧制度与大革命》中揭示的法国大革命的悖论逻辑适用于中国百年来启蒙与革命的逻辑关系吗？其实，许许多多的实践告诉我们，尤其是中国近四十年来的"改革"恰恰反证了托氏"最危险的时刻通常就是它开始改革的时刻"逻辑的荒谬，我们却对这个结论深信不疑。在中国的启蒙与革命的双重悖论之中，最重要的则是我们难以分清楚什么是启蒙的左右和革命的左右这个根本的悖论性问题。

我常常在思考一个问题：倘若我们把鲁迅作为"五四"以来中国左翼文化

---

① ［德］康德：《历史理性批判文集》，何兆武译，商务印书馆 2009 年版，第 23 页。

的旗手，而把胡适作为"五四"以降自由知识分子的领军人物，那么，那个坊间传说的设问就显得十分尴尬了：倘若鲁迅活到 1949 年以后，他还会是左翼吗？我的答案很简单：要么他还是鲁迅，要么他不再是鲁迅，而变成了郭沫若，我想，以他的性格，他不会变成郭沫若，也不会变成茅盾，最有可能变成无言相向的无声鲁迅。这里就有了一个我们怎样区分左和右的尺度问题，因为百年来我们不习惯在不同时空当中辨别左右，也就是说，用今天的眼光来看现代文学史上的鲁迅，他是典型的右派，他的反一切统治的眼光，恰恰就是现代知识分子必须具备的立场，就像萨义德在《知识分子》一书中所言，知识分子永远是站在批判的立场上看待社会的，否则他就没有存在的必要。从这个角度去看鲁迅，你能说他是左翼的吗？都说鲁迅的骨头是最硬的，硬到"十七年"当中，他就是一个右派。就像当下我们看待西方的许许多多的左右派那样，在不同的空间语境当中，我们辨别左右的时候往往是要反着看的。同理，我们看待胡适也同样适用这样的标准。所以，我认为作为衡量一个知识分子人格操守，只能用八个字来检测：坚守良知、维护正义。当"五四的启蒙主义新传统"遭到了空前否定的时候，我们应该选择什么样的价值立场呢？最近我在网上看到了一个治中国古代政治史的学者王霄说："汉后的儒家，政治理论和政治人格已经失去了孔孟的刚健质正，实践中还造成了大批的伪君子。"古代史的学者为现代文明的鼓与呼，却让我们搞现代文学的人深思。

鲁迅也好，胡适也罢，作为"五四新文化运动"培育下的第一代中国具有现代意识的知识分子，他们承继的都是 18 世纪以来启蒙运动中普世的价值立场，这一点对一个国家和一个民族来说是很重要的——中国文化为什么没有选择政治家、哲学家和历史学家做旗手，而是选择了文学家，这里面的深意，应该是不言而喻的。然而，百年来，我们对这个问题的认知还停留在学术常识以下的水平，无论我们的学科得到了多么大的发展，无论我们的科研项目达到了多大的惊人数字，无论我们的论文如何堆积如山，却仍然要重新回到启蒙的原点，重新回到"五四"的起跑点上——我们应该反思的问题是："启蒙的五四"和"革命的五四"两者之间都存在着的双重悖论是百年来我们始终未解的一个难题——这是社会政治文化问题，同时也是文学绕不开的问题。

回顾百年来所走过的学术历程,我们似乎始终在一个平面上旋转,找不到前进的目标,其根本原因就是因为我们在文学的学术史教育中遮蔽了许许多多应该传授的常识性知识。

我近年来一直在重读"五四"先驱者们对"五四事件"和"五四新文化运动"的不同看法,结合法国大革命、英美革命以及苏俄革命对"五四"以后中国革命与文学的影响,进行比较分析,有些观念仍然停留在我几年前的水平上(这就是 2017 年结集出版的《知识分子的幽灵》),但是今年我重读和新读了三本书后,便又开始了新一轮的思考。

第一,我在重读周策纵的《五四运动史》后,在各种各样纷乱混淆的"五四事件"和"五四新文化运动"梳理中,基本认同了周策纵先生的"五四的来龙去脉说",当然,我们也不必再去追究"五四新文化运动"是谁领导的这个永远说不清楚的问题了,只是让当时各种各样的参与者自己出来说话,不分左右,无论东西。我以为,这本书本应该是中国现代文学学术思想史的基本教科书,只可惜的是,现在我们许多人文学科至多就是把它列为参考书目而已。

今天,我们首先要涉及的问题是:我们为什么要纪念"五四运动"这个难题,我想这一点周策纵先生说得最清楚:他认为"首先必须努力认知该事件的真相和实质"①。也就是说,"五四事件"与"五四新文化运动"虽然有联系,却并不能截然画上等号。周策纵说,有人把他在 1969 年发表的《"五四"五十周年》一文副标题"译为'知识革命',就'知'的广义说,也是可以的。我进一步指出:这'知'字自然不仅指'知识',也不限于'思想',而且还包括其他一切'理性'的成分。不仅如此,由于这是用来兼指这是'知识分子'所倡导的运动,因此也不免包含有行动的意思。……但是我认为,更重要的一点值得我们特别注意的,还是'五四'时代那个绝大的主要前提。那就是,对传统重新估价以创造一种新文化,而这种工作须从思想和知识上改革着手:用理性来说服,用逻辑推理来代替盲目的伦理教条,破坏偶像,解放个性,发展独立思考,

---

① [美]周策纵:《五四运动史》,陈永明等译,世界图书出版公司 2016 年版,"繁体再版序"《认知·评估·再充》第 13 页。

以开创合理的未来社会"①。说得何等好啊！他把"五四新文化运动"的主体定为"知识分子"，只这一点，就避开了纠缠了许多年的"谁领导"的问题，从另一个角度肯定"五四启蒙运动"的基础。虽然这是他五十年前所说的话，但应该仍然成为我们每一次纪念"五四"的目的："后代的历史学家应该大书特书，（'五四'）这种只求诉诸真理与事实，而不乞灵于古圣先贤，诗云子曰，或道德教条，这种只求替自己说话，不是代圣人立言，这种尚'知'的新作风，应该是中国文明发展史上最大的转折点。"②我们治中国现代文学的学人，能够不反躬自问吗？面对"五四"反传统的文化意义被颠覆和消解，我们是呐喊还是彷徨？我们是沉默还是爆发呢?！至少在我们的心灵之中，应该保持一分清醒的学术态度吧，尽管我们不能肩起那扇沉重的闸门，我们起码能够保持对历史知识传承的那份纯洁吧。

周策纵先生这种中国文化转折的反思视角，恐怕也是许多人对"五四运动"和"五四文学"认识的一个盲区罢，这是我在近期所涉及的关于"启蒙的五四"与"革命的五四"双重悖论中的一个焦点问题，也是对百年"五四"激进派和保守派言论的一种浅陋的反省。

2019 年作为"五四事件"发生一百周年的纪念，我们的知识分子又如何"用理性来说服，用逻辑推理来代替盲目的伦理教条，破坏偶像，解放个性，发展独立思考，以开创合理的未来社会"呢？其实，最简单，也是最经济的做法就是周策纵先生的治学方法，即"透过这些原始资料，希望能让当时的人和事，自己替自己说话"③。于是，我也翻阅了过去看过和没有看过，还有看过却没有用心思考的大量资料，想让那些"五四"的先驱者们从棺材里爬出来，用他们当年的文字来重释一遍对"五四新文化运动"和"五四事件"的看法，但

---

① ［美］周策纵：《五四运动史》，陈永明等译，世界图书出版公司 2016 年版，"繁体再版序"《认知·评估·再充》第 13—14 页。

② ［美］周策纵：《五四运动史》，陈永明等译，世界图书出版公司 2016 年版，第 13—14 页。此乃"1995 年 9 月 2 日夜深于威斯康星陌地生"的"繁体再版序"《认知·评估·再充》中的文字，其"英文初版自序"则是"1959 年 10 月于麻省剑桥，哈佛"，至今也已经六十年了。

③ ［美］周策纵：《五四运动史》，陈永明等译，世界图书出版公司 2016 年版，"繁体再版序"《认知·评估·再充》第 13 页。

是,我要强调说明的是:这并非代表我本人的看法,我只是套用了周策纵先生的方法,试图让逝者百年前的历史画外音来提示"五四精神",历史地、客观地呈现出它的两重性。也许只有这样,我们才能不断地在纪念"五四"中得到对现实的启迪和对未来的期望。我们做不了思想史,我们能否做乾嘉学派式的学科基础学问,让史料来说话呢? 让"死学问"活起来,活在当下,也就活到了未来。

第二,另一本小书就是 2018 年 5 月刚刚由北大出版社出版的英国历史学家罗伊·波特撰写、殷宏翻译的《启蒙运动》,这本"解释性的、批判性的和史学史的"小书真的是一本欧洲,乃至世界启蒙的常识性辅导教材,虽然作者只是用一个历史学家的眼光来看待这个具有跨越时空概念的历史运动,但是其普世的意义让人受到了很多的启迪,其中警句迭出,发人深省。

虽然作者是在不断地重复盖伊的观念,但是这种梳理是有教科书意义的:"想要在启蒙运动中找到一个人类进步的完美方案是愚蠢的。认为启蒙运动提出了一系列问题留待历史学家去探索则更为合理。"①以我浅陋的理解,这就是说,无论中西方的历史发展都不会按照启蒙运动所设想的逻辑轨道前进,留下来的问题首先就是要回到历史发展的轨迹中去重新认知启蒙的利弊。这一点尤其适合像中国这样后发的启蒙主义的模仿者。

另外一个问题提得更有意思,作者提出了一个新的诘问:"除了'上层启蒙运动'之外,难道没有一个'下层启蒙运动'吗? 难道不存在一个'大众的启蒙运动'来作为对精英启蒙运动的补充吗? ……是把启蒙运动视为一场主要由一小部分杰出人士充当先锋的精英运动,还是视为在一条宽广的阵线上汹涌向前的思想潮流,这一选择显然会影响到我们如何评判这一运动的意义。领导层越小,启蒙运动就越容易被描绘为一场思想上的激进革命,是用泛神论、自然精神论、无神论、共和主义、民主、唯物主义等新的武器来与几百年来根深蒂固的正统思想做斗争的运动。我们兴奋于伏尔泰怒吼声中发出的伟

---

① 〔英〕罗伊·波特:《启蒙运动》,殷宏译,北京大学出版社 2018 年版,第 1 页。

大呼喊即'臭名昭著的东西'以及'让中产阶级震惊'，这些口号让教会与国家战栗不已。"①

　　无疑，这些话颠覆了我们多年来认为的"启蒙必须是精英知识分子自上而下的一场教育认知"的观念，他的观点虽然不能让我完全苟同，却让我深思鲁迅"两间余一卒，荷戟独彷徨"孤独的由来；虽然我还不能完全接受罗伊·波特对启蒙的全部阐释，但是，他开启和拓展了我的逆向思维空间，让我们在中国百年的启蒙运动史中发现了许许多多可以解释得通的疑难问题，包括鲁迅式的叩问。

　　回顾我们这几十年来现代文学的学术史道路，正如作者所言，我们"用泛神论、自然精神论、无神论、共和主义、民主、唯物主义等新的武器"和方法，甚至许许多多技术主义的方法路径来对启蒙主义思潮以及现代文学作家作品进行了无数次阐释，但是，这些阐释真的有效吗？它们是真学问呢，还是"伪命题"？这个问题值得我们重新反思百年来的学术史，筛选和淘汰掉那些非学术的渣滓，才能重新回到理性学术的起跑线上来。另外，在许多"破坏性"的批判中，我们有没有找寻过有效的"建设性"理论体系呢？尽管我们的"破坏性"还远远没有达到其目的与效果。

　　同样，在对待法国大革命的态度上，作者给我们的启迪也很大，起码可以让我们用"第三只眼"去看问题："要将启蒙运动视为在旧制度内部发生的一场突变，而由一支志在摧毁它的暴力革命队伍掀起的运动。那么启蒙运动是一场思想上的先锋运动吗？或者要将其看作文雅上流社会创造的一个普通的名词吗？此外，无论在哪一种情况下，启蒙运动是否真的改变了它所批判的社会了呢？或者说是不是它反而被这个社会改变了，并被它所吸收了呢？换言之，是权力集团得到了启蒙，还是启蒙运动被融入权力体系之中了呢？"②这一连串的诘问，正是对我多年来难以解开的心结的一种暗示，也是我们阅读《旧制度与大革命》的一个不可或缺的视角。我们播种的启蒙，收获的是龙种还是跳蚤呢？中国百年来的启蒙运动史给我们带来的是更大的困惑，我们

①　[英]罗伊·波特：《启蒙运动》，殷宏译，北京大学出版社2018年版，第10—11页。
②　[英]罗伊·波特：《启蒙运动》，殷宏译，北京大学出版社2018年版，第11—12页。

用文学的武器去批判社会，却到头来被社会所批判；我们试图用启蒙思想来改造国民性，自身却陷入了自我改造的悖论之中；我们改造社会，却被社会改造，灵魂深处爆发的革命是一种什么样的"大革命"呢？它与"五四启蒙运动"构成的是一种什么样的互动关系呢？这些狂想让我们成为一个又一个时代的"狂人"，然而，能够记下"日记"者却甚少。正如此书作者所言："卢梭始终都被后人视为启蒙运动的一座灯塔，这也确实名副其实，因为在痛恨旧制度的程度上无人能出其右。如果说如此千差万别的改革者们都能在启蒙运动的旗帜下战斗，难道这不就表明'启蒙运动'这个词语的内涵并不清晰，只让人徒增困惑吗？"①当一个朝代的新制度蜕变成一个旧制度的时候，我们在这个历史循环中怎样认识问题的本质，才是最最难以挣脱的思想文化枷锁。解惑的药在哪里？"忧来豁蒙蔽"，只有经历了历史的沧桑，我们才能稍稍懂得一些启蒙的与革命的道理，往往是身处变革历史语境中的知识分子的叩问才更有思想价值，但是，我们就是缺少思想家的引导。

检验一场启蒙运动的成败与否，作者给出的答案虽然不可能得到大多数人的认同，却也不乏其合理性："当最后我们要评价启蒙运动的成就时，如果还期待能够发现某一特定人群实施了一系列被称之为'进步'的措施，那就大错特错了。与之相对，我们应当从以下方面进行评判：是否有许多人——即便不是全体的人民大众——的思维习惯、情感类型和行为特征有所改变。考虑到这是一场旨在开启人们心智、改变人民思想、鼓励人民思考的运动，我们应该会预料到，其结果定然是多种多样的。"②**我苦苦思索了许多年的"二次启蒙"悖论的问题，在这里找到症结所在。**可悲的是，我们连"多种多样"的水平都没有达到，而是沉沦于鲁迅小说《风波》的死水语境之中，你能说我们百年的启蒙与革命运动取得了进步吗？

从世界格局的大视野来看，如果法国大革命是一个重要的历史节点的话，那么从1789年至今，已经有了整整230年的历史。当我们回眸中国百年启蒙历史的时候，同样可以从这本书的结语中得到启迪："启蒙运动虽然帮助

---

① ［英］罗伊·波特：《启蒙运动》，殷宏译，北京大学出版社2018年版，第15页。
② ［英］罗伊·波特：《启蒙运动》，殷宏译，北京大学出版社2018年版，第17页。

人们摆脱了过去,但它并不能杜绝未来加诸人类之上的枷锁。我们仍然在努力解决启蒙运动所促成的现代化、城市化工业社会里出现的各种问题。在努力的过程中,我们势必大量利用社会分析的技术、人文主义的价值观,以及哲人们创造的科学技能。今天我们仍然需要启蒙运动的哺育。"①是的,"德先生"和"赛先生"仍然是中国现代社会文化和现代文学研究的指南,但前提是必须重新回到人性的立场上来好好说话,因为"后现代"的话语体系非但人民大众听不懂,就连知识分子也会陷入云山雾罩的"所指"和"能指"之中,而失去对"五四精神"的追问。

第三,如果说,《启蒙运动》是一本常识性的大众必读书目,那么还有一本书就应该列为启蒙运动史的第一参考书目,虽然它的观点比较激进,但是对我们今天如何捍卫启蒙运动的成果是有所启迪的。它就是意大利历史学家文森佐·费罗内的《启蒙观念史》,无疑,它让我们开阔了视野,了解到在世界启蒙运动史上,许多国家和地区存在着同样的问题,尤其是在后现代文化语境中坚守批判思维的启蒙立场不是一件容易的事情。文章从"哲学家的启蒙——思考'半人马范式'"到"历史学家的启蒙——对旧制度的文化革命",呈现出的是两种不同的观念史:从康德到黑格尔;从马克思到尼采;从霍克海默到阿多诺;从福柯到卡西尔和海德格尔;在这两百多年漫长的启蒙哲学的道路上,作者把启蒙观念的变迁与发展梳理出了一条环环相扣的逻辑链条。

显然,启蒙与反启蒙的观念史不仅影响着欧美的学者,也会影响到世界各国的许多启蒙主义学者,但是,它对中国的启蒙哲学起着多大的作用呢?我们如果照搬其观念,会对本土的启蒙践行有何帮助呢?这些问题当然需要我们根据中国百年启蒙史做出相辅相成或相反相成的分析和判断。但是,无论如何,康德强调的"持续启蒙"的观点是永远照耀启蒙荆棘之路的明灯。正如康德在《历史理性批判文集》中所言:"需要有一系列也许是无法估计的世代,每一个世代都得把自己的启蒙留传给后一个世代,才能使它在我们人类身上的萌芽,最后发展到充分与它目标相称的那种阶段。"②中国一百年的启

---

① 　[英]罗伊·波特:《启蒙运动》,殷宏译,北京大学出版社 2018 年版,第 120 页。
② 　[德]康德:《历史理性批判文集》,何兆武译,商务印书馆 2009 年版,第 4 页。

蒙史比起欧洲少了一百多年,我们遇到的许许多多的问题,同样也在二百多年的欧美启蒙运动中呈现过,所以,我们不必那么焦虑,只要启蒙的思想火炬能够正确地世代传递下去,我们就"有希望达到光辉的顶点"。

我注意到了此书中的两个关键词:一个就是 Sapere aude("敢于认识");另一个就是 living the Enlightenment("践行启蒙")。前者显然是从康德那里继承得来的,这当然是启蒙运动必须固守的铁律,没有这个信条,一切启蒙都是虚妄的运动。后者则是作者根据当今世界启蒙的格局所提出来的观念,它是根据人类遭遇了后现代文化洗礼之后,对一种新启蒙的重新规约。前者是本,后者是变,固本是变化的前提,变化是固本的提升。

同样,在这个"以现代性为对象的试验场"里,我更加注意到的是"启蒙—革命"范式的场域中存在着的悖论关系,而这种关系往往被西方学者解释为一种具有中性立场的价值观,是一个欧洲历史学者眼中具有世界主义维度的"独立的历史现象"。就此而言,我不能认可的是,在中国百年的"启蒙—革命"范式的双重悖论运动过程中,我们遭受的痛苦似乎与法国大革命付出的血的代价是不能同日而语的,其灾难的程度不同和经历的痛苦程度的不同,就决定了持论的态度和价值理念的区别,在这个问题上,我们对启蒙的光感度和对革命的疼痛感似乎更有发言权。

十分有趣,也十分吊诡的是,费罗内在文章的前言开头就是这样描述欧洲当今的启蒙运动的:"套用伟大的卡尔·马克思在《共产党宣言》中的话,人们可能会说:一个幽灵,启蒙运动的幽灵,在欧洲游荡。它看上去悲伤而憔悴,虽然满载荣耀,却浑身都是一场场败仗留下的伤痕。然而,它无所畏惧,依旧带着那讽刺性的笑容。实际上,它换了一副新面孔,继续骚扰着一些人的美梦——他们相信生命之谜全都包含于一个虚幻神秘的神灵的设计,而没有对于人类自由与责任的鲜明意识。"①也许,这也是适用于世界各国的一种普遍的启蒙运动的情形,只要有启蒙意识存在的地方,都会有争斗,但是,启蒙的火种是延绵不绝的,尽管在许多地方它已经是伤痕累累,它却"换了一副新面孔",去"继续骚扰着一些人的美梦",这些人是谁呢?倘若放在中国,是

---

① [意]文森佐·费罗内:《启蒙观念史》,马涛、曾允译,商务印书馆 2018 年版,"前言"第 1 页。

我在做启蒙的美梦,还是他人在做另一种革命的梦呢?因为我也注意到了,此书的第二部分就是专论"对旧制度的文化革命"问题的,显然,这个法国大革命启蒙与革命纠结在一起的幽灵也同样游荡在欧洲的上空,更是游荡在世界各个文化的角落里,用作者的话来说,就是:"当然,他们现在终于可以埋葬那场野心勃勃又麻烦重重的文化革命了。那场革命在18世纪历经千难万险,为的是颠覆旧制度下欧洲那些看似不可改易的信条。人们终于可以扑灭那个用人解放人的不切实际的启蒙信念。那个信念认为人类单凭自身力量就可以摆脱奴役。这股力量还包括对于新旧知识的重新排布,这得益于新兴社会群体的努力,他们拥有一件强大的武器:批判性思维。"①读到这里,我不禁想到了我们百年来的从"人的解放"到"被解放了的人",再到"被囚禁的人"和"身体和思想的解放",我们走过的是一条逶迤的精神天路,这条道路要比欧洲的更漫长,更艰险。

"如果人们仔细探视我们时代的阴云,就会看到一幅不同的景象。……那些划时代事件,同样对贫乏的新旧解释范式和虚构的历史哲学起到了解放作用,残酷的现实否定了理论。那些事件引发的风暴,让几缕微弱的阳光穿透了时代的阴云。现在,那场风暴让我们超越了无数的幻梦和再三的失望,重新点燃了对美好未来的希望;它在各处引发了新的研究,也带来了重新研究启蒙运动的要求。这场深刻的文化革命力图解放人,其范围之广、影响之久,只有基督教在西方世界的兴起和传播可以相比。我们今天就那场革命所提的问题,之前从未有人提出。"②无疑,正如作者所言,"'启蒙运动—法国大革命'范式至今仍颇具吸引力,实际上这种吸引力太强大了"。

但是,在整个20世纪下半叶,我们只知道短暂的"巴黎公社"理想的伟大,却不知道在100年前通往这条道路上的"法国大革命"为全世界的"革命道路"打下了第一块基石,直到新世纪以降,法国大革命才成为中国学界讨论的热点,尤其是那个叫作托克维尔的《旧制度与大革命》的反思,为我们现今的政治经济提供了一面镜子。然而,我们又有多少人能够读懂其中的"画外

---

① ［意］文森佐·费罗内:《启蒙观念史》,马涛、曾允译,商务印书馆2018年版,"前言"第1—2页。
② ［意］文森佐·费罗内:《启蒙观念史》,马涛、曾允译,商务印书馆2018年版,"前言"第2页。

音"呢？因为我们在"启蒙运动—法国大革命"的范式中从来就是一个无知的小学生。

在"启蒙与革命"的悖论之中，我们往往采取的是"合二为一"的逻辑，虽然这也是某些西方历史学家和哲学家们一种惯常的研究方法，我却以为，一个没有经历过那些大革命血腥洗礼、坐在书斋里进行哲思的人，对革命带来的肉体与精神上的创痛是没有切肤之痛的。所以，我并不能苟同费罗内这样的西方理论家们混淆启蒙与革命的界限，把启蒙与革命简单地用一个等号加以连接。无疑，这种滥觞于尼采和福柯的理论教条，一俟在"践行启蒙"中得以中和与运用的话，就会走向另外一个极端，纳粹的思想所造成的人类创痛就会重演一次。君不见，正是尼采的"强力意志"催生了希特勒那种狂热的国家社会主义的大众革命思潮，那山呼海啸般的大众狂热虽然过去了80年，可巨大的声浪却久久回荡在世界革命的每一个角落，那种宗教般的狂热屡屡给世界带来灾难，却无人能够阻挡。为什么这种革命在20世纪30年代末的德国蔓延的速度如此之惊人，其导致的第二次世界大战让人类陷入了无边的罪恶深渊，这种惨痛的教训应该让每一个历史学家和哲学家牢牢地记取，对那种狂热的革命保持高度的警惕。

相反，百年来，在世界范围内，启蒙的声浪却愈来愈小，最终成为一些学者躲在象牙塔中的喃喃自语。本书的作者如果只是从象牙塔中去回眸历史、瞭望未来，抹去了血迹斑斑的历史，则是一种不可借鉴的研究方法，同样，它也看不清未来之路。相比较英美革命，我以为其借鉴的意义或许更大于法国大革命，法国大革命对后来的苏俄革命也产生了深远的历史影响，而苏俄革命对百年中国的"启蒙—革命"范式影响不仅根深蒂固，且有着十分惨痛的历史教训，直到那场举世瞩目的大革命的到来，当人们总结这一悖论所造成的恶果的时候，不得不用"一场浩劫"来总结"文化革命"所造成的后果，尽管在作者眼里"最终再次凸显这场伟大转变不可磨灭的印迹，它是建立现代西方身份认同基础的真正的文化革命"。也许，在230年启蒙与革命的纠结之中，西方学者眼中的法国大革命已然成为一笔精神遗产，它强调的是"启蒙运动的特殊性——它既是对18世纪旧制度的批判，也是旧制度的产物"。其价值观建立在这样的基础上，对西方意味着什么，对中国又意味着什么呢？

　　"法国大革命"作为一次政治事件，它付出的代价并不大，后来爆发的许多次所谓的"革命"，无一是付出巨大血腥代价的，最后演变成街头"革命"的闹剧，那是法国人浪漫主义性格的使然，因为他们知道这种极具表演性质的"革命"至多是在警察局里待上一会儿，就可以仍旧回到咖啡馆或沙龙里去大谈革命的理论去了，殊不知在中国是充满着"污秽和血的"革命。但愿我的这些想法是对此书中的某些理论的一种误读。

　　不过，此书学者在批判实践中的观念陈述是值得我们深思的："批判实践'通过反批判（counter-criticism）而达到超批判（super-criticism），最终蜕化为某种伪善的道德说教'。如同科泽勒克的大学导师卡尔·施米特在 20 世纪 30 年代所推论的，这否定了'政治'上的自治，并引发了西方世界至今仍未停歇的危机，即无法从永恒革命和意识形态文化战争中逃离出来，而这正是由 18 世纪末期启蒙运动的乌托邦理论和法国大革命所开启的。"①从卡尔·施密特的言辞之中，我们闻到了一个纳粹党人理论流行的普遍性，我的脑海中浮现出的是另一个被我们推崇了二十多年的纳粹理论家海德格尔的肖像，如果我们只从哲学的技术层面去看待这些理论专家，而不从践行理论的实践中去看理论的实际效果，那样的哲学是有用的吗？所以，我经常在思考一个问题：海德格尔与他的学生兼情人阿伦特的理论有区别吗？以我浅陋的知识视野来看，不仅有区别，而且存在着一条巨大的鸿沟。这条鸿沟就是在"启蒙—革命"的范式中他们所选择的知识分子的价值立场是截然不同的：前者是为统治者所御用，专门炮制适合于政治体制的理论，毫无感情色彩，是冷冰冰的教条；而后者却是秉持正义，恪守一个知识分子的良知，以人性的价值立场来创造理论。由此我想到这对情人的最终分手，不仅仅是生活境遇和爱情观念所迫，更加不可表述的是他们内心价值取向不同所导致的分道扬镳吧，尽管还有点依依不舍和藕断丝连，但在骨子里，他们就不可能成为同道者和同路人。

　　如果我们再回到启蒙话语里去，可以看出，费罗内对观念史的梳理也是

---

① ［意］文森佐·费罗内：《启蒙观念史》，马涛、曾允译，商务印书馆 2018 年版，第 110 页。

有益的,尽管许多地方他的陈述是中性的,却也给我们带来了抽象概括精准的惊喜。他的一句断语很精彩:"启蒙运动一直被认为是一个洋溢着进步的历史阶段和意识形态,现在,对这一古旧图景的最终批判必须来自一种新的、启蒙的谱系学。"①显然,我对海德格尔一干哲学家的后现代哲学理论不感兴趣,而对启蒙的原初理论更加青睐:"就'人学'这个概念而言,虽然它仍未得到深入细致的研究,但我注意到,大卫·休谟在他 1739 年出版的《人性论》中主张,应当将实验的方法扩展到一种未来的'人学'中。"②这个 280 年前的理论设想,真的有伟大的预见性,在这两个多世纪里,人类始终要解决的终极目标却一直无法解决,这难道不是启蒙主义的大失败吗?

所以,我同意作者的分析:"因此可以肯定的是,从历史角度来看,我们称为启蒙运动的事件是西方世界的一次伟大的文化转向,如何理解它的尝试都面临一个最大的,同时也是最重要的任务:分析它所处的历史语境,以及启蒙运动本身与大革命之前的旧制度之间紧密的辩证关系。"③也就是说,如果我们仅仅把启蒙运动孤立起来进行理论的分析肯定是不行的,关于这一点,费罗内大量引用了托克维尔的理论作为依据是有效的。从这里,我们可以看出旧制度对催生知识分子精英阶层的诞生是起着至关重要的作用的,正如费罗内所概括的:启蒙运动的"进程最后催生出如知识分子或服务于国家的贵族之类的新精英阶层,而这些精英又反过来导致了现代市民社会的产生。这是一个越来越注重个体而非社会集群的社会,它独立于那种绝对国家,虽然后者无心又辩证地在自己怀抱中孕育了它"④。回顾 200 多年来知识分子从"贵族精英"蜕变成"独立的批判者";再从"自由之精神的代言人"到"消费文化的奴仆",正是"伏尔泰对这种新的'作家'类型发起了猛烈的批判,特别是那些受职业共同体、书商和权势阶层支配的'作家',迎合'公众'的需求和品位的'作家'。他把这些人称作'群氓'、'廉价文人'和'低级文学'的承包商,他们心甘情愿为一点点金钱而出卖自己或者背叛任何人。相对于那种由出版市

① ［意］文森佐·费罗内:《启蒙观念史》,马涛、曾允译,商务印书馆 2018 年版,第 80 页。
② ［意］文森佐·费罗内:《启蒙观念史》,马涛、曾允译,商务印书馆 2018 年版,第 192 页。
③ ［意］文森佐·费罗内:《启蒙观念史》,马涛、曾允译,商务印书馆 2018 年版,第 207 页。
④ ［意］文森佐·费罗内:《启蒙观念史》,马涛、曾允译,商务印书馆 2018 年版,第 209 页。

场供养的生活和文艺复兴赞助机制的庇护,伏尔泰更赞成旧制度的专制文化模式,它是一种以为君主服务的学术集团为基础的集体性模式……由于这个原因,他受到一些作家的严厉批评,先是支持新近重生的'共和精神'的作家如卢梭和狄德罗,后来主要是布里索、马拉、阿尔菲耶里以及其他许多支持18世纪后期启蒙运动的人"。① 诚然,伏尔泰对那种商业化的"廉价文人"的贬斥是很有道理的,且有空前的预见性。但是,他的回到老路上去的主意实在是一种学究式的历史倒退。新兴的知识分子刚刚成为独立的、具有现代意识的群体,好不容易从"贵族精英"的封建枷锁中挣脱出来,作为一个大写的"独立批判者",却又要回到御用文人的窠臼中去,这无论如何是个昏招。

但是,作为启蒙主义的一支重要的力量,新兴的知识精英应该如何选择自己的价值观念呢? 我想还是回到康德的理论原点上去,才是最经得起历史考验的价值观念:"我们的时代是真正的批判时代,一切都必须经受批判。通常,宗教凭借其神圣性,而立法凭借其权威,想要逃脱批判。但这样一来,它们倒成了正当的怀疑对象,并无法要求别人不加伪饰的敬重,理性只会把这种敬重给予那经受得住他的自由而公开的检验的事物。"②我想,这也是马克思主义批判哲学的理论基础吧。

世界启蒙运动是一个永远说不完的话题,中国的"五四新文化运动"也是一个可以不断深入阐释的论题,无论从哲学的层面还是历史的层面来加以解读,我们对照现实世界,总有其现代性意义。这是"启蒙—革命"双重悖论的意义所在,也是它永不凋谢的魅力所在。

(三)"革命的五四"与"启蒙的五四"之纠结

总的来说,"五四"运动的种种倾向几乎决定了以后几十年内中国的思想、社会和政治的发展方向。在这场思想的骚动中,开始形成的时刻的社会与民族意识一直延续了下来。

---

① [意]文森佐·费罗内:《启蒙观念史》,马涛、曾允译,商务印书馆2018年版,第206页。
② [德]康德:《纯粹理性批判》,邓晓芒译,人民文学出版社2004年版,"序言"第3页。

……在批判中国旧传统时，很少有改革者对它进行过公正的或同情的思考。①

——周策纵《五四运动史·结论：繁多的阐释与评价》

在中国百年文化史上，我们总是以"五四新文化运动"作为国族现代性的划界。然而，在百年之中，我们经历的却是两个叠加在一起的"双重悖论"，其两个分悖论就是："启蒙的五四"所遭遇的在"启蒙他人"和"自我启蒙"过程中启蒙与反启蒙的悖论；"革命的五四"所遭遇的是在"革命"与"反革命"（此乃中性词）过程中的认知悖论。两者相加所造成的总悖论就是："启蒙的五四"与"革命的五四"所构成的百年中国文化史上错综复杂、千丝万缕的冲突，这种冲突从表面上看似简单，实际上却是每一个中国知识分子难以廓清的一种思维的怪圈，在每一次交错更替的"启蒙运动"与"革命运动"中，人们都会陷入盲目的"呐喊"与"彷徨"的文化语境之中不能自已，苦闷于精神出路寻觅而不得。

我们往往把鲁迅作为"五四新文化运动""革命阵营"的旗手来对抗"启蒙主义"领袖胡适，其实，这就抹杀了他们在许多观念上的交错和重叠部分的共同性，值得反思的是，为什么百年来我们将"启蒙"与"革命"的界限给抹杀了，在这两个性质完全相异的名词之间画上了等号。

鲁迅先生说："最可怕的情形，就是比较新的思想运动起来时，与社会无关，作为空谈，那是不要紧的，这也是专制时代所以能容知识阶级存在的缘故。因为痛哭流泪与实际是没有关系的，只是思想运动变成实际的社会运动时，那就危险了。往往反为旧势力所扑灭。中国现在也是如此，这现象，革新的人称之为'反动'。我在文艺史上，却找到一个好名辞，就是 Renaissance，在意大利文艺复兴的意义，是把古时好的东西复活，将现存的坏的东西压倒，因为那时候思想太专治腐败了，在古时代确实有些比较好的；因此后来得到了社会上的信仰。现在中国顽固派的复古，把孔子礼教都拉出来了，但是

---

① ［美］周策纵：《五四运动史》，陈永明等译，世界图书出版公司2016年版，第346—347页。

他们拉出来的是好的么？如果是不好的，就是反动，倒退，以后恐怕是倒退的时代了。"①这些话与上述胡适的许多言论是高度一致的，从中可以看出许多事情的端倪来，可怕的"反动，倒退"在中国百年历史的长河中流淌，让人陷入了无边的困顿之中，我反反复复揣摩这段话的含义，终于，我没有找到满意的答案，就像老Q那样在祠堂里眍过去了。

于是，我找来这段不知是"启蒙"还是"革命"的谶语，但仍然不能解惑："说到中国的改革，第一著自然是扫荡废物，以造成一个使新生命得能诞生的机运。五四运动，本也是这机运的开端罢，可惜来摧折它的很不少。"②

于是，我再翻阅另外一些"五四先驱者"们的说法，选择几段来进行对比，抑或能在多角度的测量中找到一个较为有价值的坐标来，虽然也很枉然。不过，在对比之前，我还是援引一句余英时先生对"五四新文化运动"的评语："或许，关于五四我们只能作出下面这个最安全的概括论断：五四必须通过它的多重面相性和多重方向性来获得理解。"③

我们在谈"五四运动"的时候，千万不能不把书生谈"五四"与政治家谈"五四"区别开来，也就是说，用学者的眼光和政治家的眼光来看"五四"，是能够读出不同的味道的，甚至是截然相反的两个"五四"来的。

"作为中华民国的缔造者之一，作为著名的政治领袖，孙中山支持'五四'学生运动，这对知识界的分化产生了重大影响，也把青年吸引到革命阵营。列宁十月革命的成功给他留下了深刻的印象，而西方国家对他要求的为重建国家计划提供财政支持的呼吁无动于衷，却承认每一届北洋政府，又使他十分的失望，因此他的思想就趋渐'左倾'。"④也许这就是导致"五四"转向为政治起主导作用的重要因素之一吧。所以，考察"五四新文化运动"初始时的政治人物和文化人物的言论是一件十分有趣，也十分复杂的事情。

用中国共产党缔造者李大钊先生的定义来说："此次'五四运动'，系排斥

---

① 鲁迅：《关于知识阶级》，《鲁迅全集》（第八卷），人民文学出版社2005年版，第227—228页。

② 鲁迅：《〈出了象牙之塔〉后记》，《鲁迅全集》（第十卷），人民文学出版社2005年版，第270页。

③ 余英时：《文艺运动乎？启蒙运动乎？——一个史学家对五四运动的反思》，《现代危机与思想人物》，生活·读书·新知三联书店2005年版，第99页。

④ ［美］周策纵：《五四运动史》，陈永明等译，世界图书出版公司2016年版，第243页。

'大亚细亚主义',即排斥侵略主义,非有深仇于日本人也。斯世有以强权压迫公理者,无论是日本人非日本人,吾人均应排斥之!故鄙意以为此番运动仅认为爱国运动,尚非恰当,实人类解放运动之一部分也。诸君本此进行,将来对于世界造福不浅,勉旃!"①在这里,作为中国最早的共产主义的信仰者,他并没有把"五四新文化运动"定性为"爱国主义"的运动,"仅认为爱国运动,尚非恰当",而是"人类解放运动之一部分也",请不要忘记其中的这一层深刻的含义,所以,我又产生了遐想:他认为的仅定性为爱国主义"尚非恰当",那么,其"人类解放运动"必定是指向"没有压迫、没有剥削"的"国际共产主义运动",其时正是苏俄革命风起云涌之时,李大钊的暗示其实是不言自明的,也就是说,李大钊先生的眼光是更加辽远的,他的定性没有被纳入后来的教科书,似乎也是一种遗憾。

显然,与上述的中国共产党另一位创始人之一、"五四新文化运动"始作俑者陈独秀的"牺牲精神"观点相比较,他们的共同点就在于是站在彻头彻尾的"革命"立场上来说话的,至于陈独秀后来观点有所变化则是另一回事了,反正我从这里读到的是硝烟之气息。

陈独秀后来又这样说过:"'五四'运动时代不是孤立的,由辛亥革命而'五四'运动,而'五卅运动'、北伐战争,而抗日战争,是整个的民主革命运动时代之各个事变。在各个事变中,虽有参加社会势力广度之不同,运动要求的深度之不同,而民主革命的时代性,并没有根本的差别。所以'五四'运动的缺点,乃参加运动的主力仅仅是些青年知识分子,而没有生产大众,并不能够说这一运动的时代性已经过去。"②从中,我们看到独秀先生似乎切中了"五四新文化运动"的要害处就是知识分子没有"唤起民众"的弊端,算是最初揭示"五四新文化运动"启蒙失败原因的人之一。

所有这些,是导致"五四新文化运动"向着苏俄"十月革命"模式靠拢的动因所在,虽然陈独秀在晚年深刻反思了苏俄革命的种种弊端,但在当时确实

---

① 李大钊:《在国民杂志社成立周年纪念会上的演说》,1919年10月12日,发表于《国民》杂志第二卷第一号,1919年11月,未署名。此文摘自该刊的有关报道。

② 陈独秀:《"五四"运动的时代过去了吗?》,《陈独秀文集》(第四卷),人民出版社2013年版,第588页。

是十分青睐这"十月革命"的鼓声的。因此,周策纵先生描述当时知识分子的心态是"正当中国知识分子尝试着吸收西方思想界的自由和民主的传统时,却遭到了商业和殖民化的严酷现实,在这段关键的时期,苏维埃联邦向他们展示了诱人的魅力"①。当然,这不仅是共产主义者的理想,也是"国父"孙中山先生的政治观念。毋庸置疑,激进主义的思潮往往就是革命的动力所在,而那种带有书生气的、纸上谈兵式的自由民主主义的"启蒙"理性考辨,往往会被激情的"革命"欲望和冲动所遮蔽、掩盖。多少年后,当我们将英美"光荣革命"与法国大革命和俄国革命相比较的时候,也许会冷静下来看待一些问题,看到了血与火,乃至于污秽给人类和社会带来的创痛,我们才能客观地去重新审视历史,从这面镜子里看到现实和未来。

其实,当时的左派知识分子和自由主义知识分子都是围绕在杜威和罗素的"西化"理论上做文章,摸不清楚哪种政治模式适合中国的社会前途。杜威把"民治主义"分为政治民主、民权民主、社会民主和经济民主四类,这个观点受到了陈独秀的极大支持,"由于杜威观察了中国当时经济的情况,他更坚决地放弃马克思主义和传统的资本主义。据他的判断因为中国工业落后,劳工问题和财富分配不均问题还不严重,因此,社会主义和马克思主义在中国没有立足之处"②。周策纵当然是不同意这种判断的,其实,后来毛泽东在1925年12月的《中国社会各阶级的分析》和1927年3月的《湖南农民运动考察报告》里就有了相反的论证。到了1930年代,中国共产党的领导人瞿秋白为茅盾谋划长篇小说《子夜》时,也从政治和社会层面彻底否定了杜威的观点。"虽然那些即使倾向社会主义的知识分子也同意杜威对民主主义的某些诠释,但他们自身仍有明显的偏颇:例如对经济问题的特别注重",只有陈独秀的"什么是政治?大家吃饭要紧"的理论是迎合杜威的。也许是杜威的观点比较明晰,其走资本主义的倾向昭然若揭,无论是国民党的左派,还是共产党的绝大多数左翼知识分子都不同意,也就是少数的"柿油党"会同意他的观点吧。倒是陈独秀的一句大实话"大家吃饭要紧"的理论,在近半个世纪后才被

① ［美］周策纵:《五四运动史》,陈永明等译,世界图书出版公司2016年版,第209页。
② ［美］周策纵:《五四运动史》,陈永明等译,世界图书出版公司2016年版,第227—228页。

重新接了过来,补足了杜威理论在中国没有实践意义的谬论。

而当时为什么无论左右派都对罗素的政治社会学如此感兴趣呢?因为罗素的观点有着充分的两面性,你说是辩证法也罢,你说是翻译出的大毛病也罢,他的理论受到知识界的欢迎是真的:"罗素在中国的演讲甚至公开地明显支持共产主义的理想,并且承认苏俄布尔什维克经济措施的一些成就……如他们实现了经济上和政治上的平等。然后他下结论道:世界上所有的国家都应该协助苏维埃维持她的共产制度,他还说:'此外,我认为世界上每一个文明国家都应该实验一下这种卓越的新主义。'"①

而在另一方面,罗素又开始自相矛盾地"反对苏俄共产主义的广泛措施;一些中国知识分子原来希望全盘采用苏俄的政策,他的反对使他们的想法打了折扣。另一方面,罗素强调增产的必要,他的观点引出了一个问题:中国是否有必要发展自己的民族资本主义制度?"这就是引发中国走不走资本主义道路大讨论的成因吧。

两位洋大人开出的药方虽然不同,却引起了当时中国智识阶级在这个焦点问题上的大分化,最后当然是左翼思潮占了上风,包括 1930 年代左翼文学的崛起,就标志着整个文化开始进入了大转折时期。《子夜》在不断修改中,用形象的语言和情境严肃而认真地回答了"中国不走资本主义道路"的命题,当然也包括不走"民族资本主义道路",因为"自从来到人间,资本的每一个毛孔都是肮脏的和血淋淋的",为此,中国社会付出了几十年的政治文化代价。

难怪许多党派的政治家和左右知识分子都热衷于他两面俱到的理论,并进行了几乎并无实际意义的大讨论。

温和的自由主义派的"五四新文化运动先驱者"胡适之先生同样掉进了政治的陷阱里,显然,先生的慈善和仁义之心可鉴,他是害怕因"革命"流血的,但是他的话往往不被当时的知识分子所接受,包括那个"肩扛着黑暗的闸门"的鲁迅先生尽管也知道革命是会有"污秽和血"的,但是,在某种程度上他陷入了对"革命"迷狂的矛盾之中,一方面是掷出"匕首与投枪","直面惨淡的人生"的勇气,另一方面又主张采取避开锋芒的"壕堑战"。所以在大革命的

---

① ［美］周策纵:《五四运动史》,陈永明等译,世界图书出版公司 2016 年版,第 232 页。

动荡时期的激情往往压住的是"小资产阶级"自由主义畏首畏尾躲避鲜血淋漓现实的情调。

所以，胡适总结道："这种运动是非常的事，是变态的社会里不得已的事。但是他又是很不经济的不幸事，因为是不得已，故他的发生是可以原谅的；因为是很不经济的不幸事，故这种运动是暂时不得已的救急办法，却不可长期存在的。"①由此，我想到的是，胡适先生是不想看见流血的"革命"的，但是，他似乎又是对"启蒙的五四"抱有一些希望的。流血是残忍的，尤其是青年学生的血，可是要革命总会有牺牲，"死人的事是经常发生的"，"下定决心，不怕牺牲"才是革命必须付出的血的代价，任何革命都不能逃脱流血的悲剧发生，所以，笔者在"五四"80周年纪念的时候曾经说过：革命只能允许付出一次血的代价，绝不能付出第二次代价，更不能付出 N 次血的代价。办法只有一个，就是在第一次付出血的代价之后，就建立一个能够制止流血的制度和法律出来。

更加有趣的是，作为"改良主义"的失败者的梁启超对"五四事件"也表示了极大的关注，而他的态度就像周策纵说的那样："梁启超的观点似乎是在胡适和陈独秀之间，而国民党领导人（笔者注：指孙中山）则对五四运动的政治潜能深感兴趣，因此吸引一些左派知识分子入党。"哈哈，作为一个末代的旧士子，其对"五四革命"的态度是深有意味的，"戊戌变法"最多就是想来一场"宫廷政变"吧，他的骑墙态度究竟是后悔没有流更多的血来完成那次被后人诟病的"假革命"呢，还是后悔一流血变法就破产了呢？即便是在菜市口，不也就付出了六个文人士子头颅吗，这是能容忍，还是不能容忍的呢？我苦思不得其解。

总之，无论是"五四新文化运动"还是"五四事件"，似乎政治家的兴趣要比文化界的知识分子浓厚得多，"虽然五四运动在本质上是一场思想革命，然而也正因为新式知识分子对政治的兴趣不断提高，才会有这个运动"②。

作为"五四新文化运动"先驱者的教育家蔡元培先生的立场更是一种冷

---

① 胡适：《我们对于学生的希望》，《胡适文集》（第十一卷），北京大学出版社 1998 年版，第48页。
② ［美］周策纵：《五四运动史》，陈永明等译，世界图书出版公司 2016 年版，第225页。

峻的观察角度,显然与其他人不太一样,他一直以为:"原来五四运动也是社会的各方面酝酿出来的。政治太腐败,社会太龌龊,学生天良未泯,便忍耐不住了。蓄之已久,迸发以朝,于是乎有五四运动。"显然,这是肯定"五四事件"对推动整个"五四新文化运动"所起的积极意义。但是,他还进一步痛心疾首地说:"自'五四'以后,学潮澎湃,日胜一日,罢课游行,成为司空见惯,不以为异。不知学人之长,惟知采人之短,以致江河日下,不可收拾,言之实堪痛心啊!"①显然,这又是对"五四运动"所造成的负面效应进行了无情的诟病。毫无疑问,作为一个提倡"教育救国"的先驱者,蔡元培一直是主张"启蒙"大众的,但是,没有"启蒙"的火种是万万不可的,而其火种就在于培养学生,而学生罢学,没有知识作为面向世界的基础,何以启蒙呢? 他之所以将学生置于教育的首位,生怕学生以"牺牲"为祭品,就是不希望在"革命"的行动中输掉"启蒙"的老本。所以"保护学生"的传统便在历次"革命运动"中成为许多教育家义不容辞的职责,那么,我们看到许许多多的校长在革命运动中保护学生的本能,也就不足为奇了。

蔡元培在处理"启蒙"与"革命"的关系时的价值立场为什么与他人有异? 20世纪80年代初的那场"启蒙与救亡的双重变奏"的学术呐喊震撼了许多学者,至今时时还萦绕在人们的耳畔。近年来,如果用"启蒙与革命的双重变奏"的学术观点重新审视"五四新文化运动"以降的文化思潮,显然是一种试图推进学术讨论的积极举措,这也与我近十几年来提倡知识分子的"二次启蒙"思路有相近之处,不过,我并非理论家,只能从"五四文学"大量的思潮、现象和作家作品阅读中获得的直觉体验,提出另一种思考"五四新文化运动"路径,冒着不揣简陋、贻笑大方的危险,博大家一辨,当一回舞台上的小丑,似乎要比阿Q强一些,因为小丑是梦醒之后无路可走的人,不像Q爷自以为是一个"有精神逃路"的人。

于是,我试图沿着世界近现代史的路径去寻找一个新的理论坐标,将其与中国的"启蒙与革命"进行叠印,找出其重叠和相异之处,抑或可以更加明

---

① 蔡元培:《读书与救国——在杭州之江大学演说词》,《蔡元培全集》(第五卷),中华书局1984年版,第123页。

晰地看出投影中的些许问题来。

　　好在这几十年来许多人都把目光集中在法国大革命和英美革命与启蒙的关系上，给我提供了许多新的思考理路，但是，我发现，倘若不把俄国革命与启蒙的关系加入进来进行辨析与思考，我们是无法廓清"五四新文化运动"以来的许许多多中国问题，少了这个参照系而去奢谈西方的"光荣革命"和法国大革命与启蒙的关系，似乎仍然解释不了中国社会百年进程中的许多复杂的"启蒙与革命"的因果关系。

　　读了托克维尔的《旧制度与大革命》仍然没有找到解惑中国"启蒙与革命"的关系问题，又读了他的《论美国的民主》虽然能够影影绰绰地找到一些答案，却不能完全解释出"启蒙与革命"在中国百年历史中的双重悖论关系来。他留下过的名言虽然能够打动我的心灵，却解决不了百年的中国文化问题。比如他说"历史是一个画廊，里面原作很少，复制品很多"①，这是多么精彩的断语啊，我们也知道中国百年来的"启蒙与革命"的复制品很多，但是，他没有给出一个真品的样张来供人欣赏、参照和鉴别。也许，倘若他活到今天，就可能看见东方国家的复制品，尤其是"革命"的复制品。尽管他在《旧制度与大革命》中也说过这样的没有可行性的警句："假如将来有一天类似美国这样的民主共和制度在某一个国家建立起来，而这个国家原先有过一个独夫统治的政权，并根据习惯法和成交法实行过行政集权，那末，我敢说在这个新建的共和国里，其专横之令人难忍将超过在欧洲的任何君主国家。要到亚洲，才会找到能与这种专横伦比的某些事实。"②

　　还有，就是他在《旧制度与大革命》中所说的那两段名言常常被人使用："对于一个坏政府来说，最危险的时刻通常就是它开始改革的时刻。"③"只要平等与专制结合在一起，心灵与精神的普遍水准便将永远不断地下降。"④着实让我坠入云里雾里，难道那就是让路易十六走上断头台的缘由？是大革命"丰硕成果"还是大革命的败笔呢？凡此种种，这些漂亮的语句虽然不断诱惑

---

①　[法]托克维尔：《旧制度与大革命》，冯棠译，商务印书馆2012年版，第106页。
②　[法]托克维尔：《论美国的民主》，董果良译，商务印书馆2017年版，第334页。
③　[法]托克维尔：《旧制度与大革命》，冯棠译，商务印书馆2012年版，第215页。
④　[法]托克维尔：《旧制度与大革命》，冯棠译，商务印书馆2012年版，第36页。

着我，但是，我始终不能从中截获对照中国百年来"启蒙与革命"的解药。

于是，我就决定放弃在法国大革命与启蒙关系中找答案的念头，同时，也放弃了从英美"光荣革命"与启蒙的关系中寻找解惑的通道。

又于是，我大胆地认为，如果不将百年来中国"启蒙与革命"关系的进程和近乎镜子中的孪生兄弟的俄国"革命与启蒙"关系相对照，也许我们就永远走不出那个早已设定的理论怪圈，可能连"十月革命"的炮声都没有听清楚就去瞎扯"启蒙与革命"的淡，我们还有什么资格去评判"五四新文化运动"呢?!

再于是，我对一直引导学界四十年的"救亡压倒启蒙"的观念也发生了怀疑，尽管我曾经对此论佩服得五体投地，尽管我对论者阐释中国"革命"的断语也十分赞同："影响20世纪中国命运和决定其整体面貌的最重要的事件就是革命。"当然这也是对"五四运动"性质的一种定性和定位。但是，我总觉得"救亡压倒启蒙"只是历史瞬间的暂时现象，它只能解释一个历史时段的表象问题，而归根结底却无法阐释一个长时段的百年中国许许多多理论和实践问题，尤其是后七十年来的许多现实问题，因为当"救亡"不再是"启蒙"悖论的对象时，"启蒙"的对立面仍然是回到了"革命"的位置上，也就是说，"革命"（"继续革命"）是相对永恒的，"救亡"则是短暂的，"救亡"消解了，但"革命"仍旧绵绵不绝，这就是中国百年来不变的铁律，也是充分印证"影响20世纪中国命运和决定其整体面貌的最重要的事件就是革命"观点的有力论据。

所以，我就设置出了"两个五四"的命题，即"革命的五四"和"启蒙的五四"。这"两个五四"究竟谁压倒谁呢？沿着时序逻辑的线索来看，各个不同时期有着不同曲线形态，但是，谁占据了上风，谁占据了漫长的时间段，谁占据了统治地位，这是一部长长的论著也无法解决的历史和哲学难题。我只是提出一个十分不成熟，甚至荒谬的假想，能不能成立，也许并不是我这样功力浅薄的人所能阐释清楚的真问题和大问题。

所以，我认为我们是在认识百年"五四新文化运动"的本质问题上发生了偏差，进入了一个否定之否定的理论怪圈之中，当然，这也同时严重地影响了我们对五四新文学作家作品、思潮流派和文学现象的解析,产生出许多误读(这个词并非指西方文论中具有后现代意味的文本阐释的意思)和误判,我希望在"五四"百年之后,我们的学术讨论能够进入一个"深水区",让我们从一个多维度的时空里寻觅到更多的坐标点,以更加准确地定位和定性"五四新文化运动",以及在这一背景下产生的"五四新文学运动"的种种现象。

我一直认为"五四新文化运动"的"启蒙"被不断的"革命"所打断、所困扰,最后走向溃败,其重要的原因就是知识分子在没有完成"自我启蒙"的境况下就匆匆披挂上阵,试图自上而下地去引导大众,在没有大量生力军(教育,尤其是高等教育基础和资源十分匮乏)作为"启蒙运动"的补给线的情况下,在"自我启蒙"意识尚十分淡漠的文化语境中,"启蒙运动"自然就变成了一场滑稽戏和闹剧。如今,高等教育已然普及,但是高等教育中的人文教育是滑坡的,大学里行走着满园的"人文植物人",你让"启蒙的五四"如何反思,你让蔡元培指望的新文化青年队伍情何以堪?

当然,尚有一个关键的问题不能解决,一切所谓的"革命"和"启蒙"都是虚幻的,那就是知识分子"自我启蒙"中难以逾越的障碍物,这一点似乎刻薄的鲁迅先生早就看出来了:"然而知识阶级将怎么样呢?还是在指挥刀下听令行动,还是发表倾向民众的思想呢?要是发表意见,就要想到什么就说什么。真的知识阶级是不顾利害的,如果想到种种利害,就是假的,冒充的知识阶级;只是假知识阶级的寿命倒比较长一点。像今天发表这个主张,明天发表那个意见的人,思想似乎天天在进步;只是真的知识阶级的进步,决不能如此快的。不过他们对于社会永远不会满意的,所感受的永远是痛苦,所看到的永远是缺点,他们预备着将来的牺牲,社会也因为有了他们而热闹,不过他们的本身——心身方面总是苦痛;因为这也是旧式社会传下来的遗物。至于诸君,是与旧的不同,是20世纪初叶青年,如在劳动大学一方读书,一方做工,这是新的境遇;或许可以造成新的局面,但是环境是老样子,着着逼人堕落,倘不与这老社会奋斗,还是要回到老路上去的。"①无疑,鲁迅的进化论的

——————————

① 　这是鲁迅先生1927年10月25日在上海劳动大学的演讲,后题名为《关于知识阶级》,最初发表在《劳大周刊》1927年11月第5期。

思想左右了他把希望寄托在青年身上，而对知识分子的严酷批判与省察也是毫不留情的，从这里，我们看到鲁迅对知识分子"永远是批判性"的定性和定位比萨义德的《知识分子》早了几十年，那么，为什么恰恰在这一点上形成了我们的研究鲁迅的"盲区"，当然，有当今的学者倒是阐释过这个问题，可惜却未能深入下去。这或许就是中国的"启蒙"（包括"革命"）不彻底或不能持续下去的原因吧。

毋庸置疑，"五四新文化运动"时期的言论自由应该归功于"辛亥革命"前后的宽松文化语境，然而，一俟这个语境消失，"五四新文化运动"就像被抽去了灵魂，不对，应该说是文化运动主体的知识阶级失去了思想的灵魂。他们只有痛苦，而没有牺牲精神。我常常在思考一个问题：为什么许多非知识阶级的群众可以有牺牲精神，成为烈士，有的是小小年纪，有的还是女性。答案难道是他们是有"精神逃路"的人吗？也许，在百年之中你可以挑出几个鲜见的知识分子作为例证来反驳我，可让我始终不解的是，即便是像瞿秋白这样优秀的知识分子为什么最后还是情不自禁地写下了《多余的话》？他并不是鲁迅笔下那个考虑自身利害关系的知识分子，他是敢于牺牲自家性命的革命领袖，却留下了千古难解的绝笔。我试图从许许多多的知识分子的面影中找到一个合理合情的答案来，最后还是不得不回到问题的原点上来："启蒙与革命"的双重矛盾，应该说是二难命题，造就了自"五四新文化运动"以来中国知识分子的文化性格和人格缺陷的"集体无意识"：一方面是"启蒙"意识唤起的一个知识分子的良知与担当精神，用人类进步的思想引导社会前行的责任感；另一方面却是面对鲜血淋漓"革命"的畏惧与疑虑，不得不一次又一次向往和臣服于"革命"权威下的苟且与无奈。

其实，在浩如烟海的相关著述当中，我认为，周策纵先生的《五四运动史》是梳理得最简洁清楚的文本，作者在大量的史料钩沉中抓住了问题的要害，客观中性地阐释了"五四"的来龙去脉，并且将其与"五四文学"的关联性也说清楚了。当然，他的核心观点就是在大量的史料梳理中得出的结论：本是一场文化运动，缘何衍变成了政治运动，从旧党的梁启超到新党的国民党和共产党，从"民主主义、资本主义、社会主义和西化"，从孙中山到陈独秀、李大钊到胡适、蔡元培那一长串的"五四新文化运动"的当事人,以及当时杜威、罗素这样对"五四"知识分子影响极深的外国学者的革命思想,以及苏俄革命思想的渗透,凡此种种,不一而足。最后,还是回到了问题的原点上:"希望将能呈现一幅充分的图像,以显示这曾撼动了中国根基,而40年后仍然余波激荡的20世纪的知识分子思想革命。"①如今百年过去了,我们似乎更要叩问中国知识分子的灵魂,根基如何? 思想革命何为?

我们头顶上**"启蒙主义"**的灿烂星空在哪里呢?

我们能够寻觅到引路的"启明星"吗?

二、中国乡土小说的精神之父:鲁迅

"五四新文学"发轫于两类题材,这就是"乡土题材"和"知识分子题材"。毫无疑问,仅仅将鲁迅先生的《狂人日记》作为新文学白话文的开端,以此来证明这个带有模仿痕迹的作品具有现代性,显然是远远不够的,它和晚清以降的讽刺小说的根本区别就在于:同样是揭露黑暗,前者只是停滞在形而下地描写复制生活而已;后者却是注入了形而上的哲思。鲁迅小说的功绩就在于把小说的表达转换成为一种现代意识表现的新表现形式。窃以为,鲁迅的伟大,并不是局限于他用生动的白话语言创作出的新的现代文体,这一点其实在"鸳蝴派"的通俗小说中已经做得炉火纯青了,鲁迅先生的贡献则是在思想层面的,作为一个对中国社会本质认识比一般知识分子更加深刻、视野亦更加开阔的思想者,鲁迅先生选择中国的乡土小说为突破口,深刻剖析和抨击了中国社会的封建本质特征。我往往将他称作"中国乡土小说的精神之父"并非只认为他是中国乡土小说的开创者,而是将他看成中国现代文学中用思想来写作的第一人! 因为他作品中反封建的主题思想一直流灌于中国文学的百年之中而经久不衰,这是任何作家都不可能抵达的思想境界,也是他的作品永不凋谢的现实意义。

"我是说有些新青年可以有旧思想,有些旧形式也可以藏新内容。我也

---

① [美]周策纵:《五四运动史》,陈永明等译,世界图书出版公司2016年版,第15页。

以为'新文学'和'旧文学'这中间不能有截然的分界,然而有蜕变,有比较的偏向,而且正因为不能以'何者为分界',所以也没有了'第三种的立场'。"①我在这里找到了鲁迅小说解读的一把钥匙。

我有时会用一种近乎愚蠢的思想和方法去归纳鲁迅先生的乡土小说作品,十分笨拙地提炼出一个似乎很不相干的"四部曲"来阐释:《狂人日记》、《药》、《阿Q正传》和《风波》是否具有思想和艺术的连贯性呢?是否恰恰构成一部鸿篇巨制的开端、发展、高潮和尾声的时间与空间的结构特征呢?

如果说《狂人日记》是"五四文学"进入现代时空的第一声炮响,它便是以一种全新的人文哲学意识进入小说创作的范例,显然,它的思想性是大于艺术性的,也就是说,鲁迅先生在此是用理性思维来构造乡土社会图景的,其背景图画是虚幻的、不清晰的,人物形象是模糊的,人物是沉浸在自我狂想的意念之中。之所以有人将这部作品当作具有现代派风格的作品,正是由于它的思想性穿透了社会背景的图画,呈现出哲思的光芒,也正是具有模糊而不确定性的人物狂想,让人们看清楚了封建制度"吃人"的本质特征,作品的关键就在于把一个亘古不变的恒定封建社会放大到了一个让人惊恐无措的语境之中,是一剂让人梦醒的猛药。但是这剂猛药有用吗?答案就在《药》中!

《药》是进一步用猛药来唤醒民众的苦口良方吗?这恐怕连作者自己都没有抱任何希望,从这篇作品中,我们看到的是一个彻头彻尾的悲观主义者的鲁迅。四十年前,我的老师曾华鹏先生给我们解析《药》的时候,特别强调了作品结尾处的氛围,用他的学术观点来说,这种"安特莱夫式的阴冷"恰恰就是作品最点睛之笔,而并非那个"人血馒头"的像喻,多少年以后,我才悟出了老师的高明之处。显然,这篇作品既是用"人血馒头"来宣示主题内涵,又是用十分清晰的背景图画来展现衬托人物悲剧,理性思维和形象表达的高度融合,让它成为百年文学教科书式的作品典范:突出人吃人的社会本质,当然是题中之要义,而最后那一笔具象的风景、人物、坟茔、老树、昏鸦,构成的正是鲁迅先生在理性思维和形象思维两者之间互补性的艺术选择,所以,有人

---

① 鲁迅:《"感旧"以后》(上),《鲁迅全集》(第五卷),人民文学出版社 2005 年版,第 347 页。

用那种简洁明快的白描中透露出来的"安特莱夫式的阴冷"就深深地印刻在我的脑海里了。

无疑,《阿Q正传》非但是中国百年乡土小说的巅峰之作,同时也是从20世纪到21世纪以来中国文学最难以逾越高度的作品。尽管在鲁迅先生的旗帜下聚集了一大批"乡土小说派"的作家作品,但是后来者只能望其项背,无人能够超越这样恢宏的力作,原因就是其思想的高度缺那么一点火候。这部作品犀利尖锐的思想性和人物形象的丰富性,以及艺术上的醇厚老辣,都是任何现当代文学作品无法超越的。阿Q成为一个世纪以来中国各个时间和空间中的"共鸣"和"共名"人物形象,它的生命力是鲁迅先生的光荣,却是"老中国儿女"生存的不幸;它的思想穿透力和审美的耐读性成为"鲁迅风"的艺术光环,却成为中国小说,尤其是中国乡土小说艺术的悲剧。至此,鲁迅先生的乡土小说已经达到了"高潮"的境界。但是,"大团圆"的结局,似乎要比任何一国的国民性来得都更加惨烈,因为我们拥有的不只是"沉默的大多数",还拥有更广大的喧闹的庸众,那些个"倒提着的鸭子"似的、嗜好看杀头的大多数"吃瓜的群众"塞满了中国百年的时间和空间,是他们成就了这部伟大的作品,让这部作品永恒,然而,这是中国的幸还是不幸呢?!

其实,阿Q也估计错了,他喊出的"二十年后又是一条好汉"的谶语,也是作者鲁迅先生对社会的误判,其实,根本用不着二十年的等待时间,因为阿Q们具有极强的繁殖能力和坚韧的毅力,他们繁殖的速度和密度是空前的,前仆后继、代代不绝的精神让地下有知的鲁迅先生都始料未及。从这点来说,毒舌的鲁迅虽"不惮用最坏的心理"去猜度国人的内心世界,却还是没有看到国民性的种种行状流布弥漫在百年中国的各个时空的每一个角落里。

虽然,《阿Q正传》已经是鲁迅作品的"高潮"了,但是,这个永远都解析不尽的Q爷,给我们留下的是永无止境的世纪思考的悲剧!

我时常在苦思冥想一个鲁迅先生创作的无解之谜,那就是,为什么鲁迅会中断声誉日渐盛隆的小说创作呢?我以为,在两大题材之中,知识分子题材除了《伤逝》是绝唱外,其他作品并不是此类题材的扛鼎之作,其书写的衰势似乎可以成为鲁迅变文学创作为杂文写作的内在理由,但是,其乡土小说的创作并未衰竭,像《祝福》那样的力作还不时地出现,他完全有理由继续创作下去。诚然,鲁迅先生认为用"匕首与投枪"可以更加痛快淋漓地直抒胸臆,用"林中之响箭"更能直接抵达理性阐释的最佳境界。但是,我以为更深层的原因可能还是在于鲁迅先生早已预判到了中国的悲剧结局是无法改变的。

我为什么幻想把创作早于《阿 Q 正传》一年的《风波》作为鲁迅乡土小说创作的"尾声"呢? 其理由就在于此。

其实《风波》正是鲁迅先生乡土小说创作的中兴期,这篇小说无论是在写人还是状物上都有独到之处,但是,最不能忽略的是小说所揭示出的对国民性无望的悲哀,我们在所有的教科书里都难以找到那种对鲁迅在此奏响"悲怆交响曲"时的心境描写:赵七爷法力无边的宗法势力主宰着这个古老的国度;同是劣根性毕现的"庸众"与"吃瓜的群众"虽表现形式不同,指向的则都是国民性的本质。七斤就是被赵七爷驯化了的羔羊,而七斤嫂却是一株生长在封建土壤里的罂粟,夫妻俩相反相成的互补性格,正烘托出这个"死水"一般的社会已经拯救无望了,任何"城里的风波"都无法改变中国的命运! 让鲁迅先生陷入极大悲哀的是张勋的复辟让他对中国的前途彻底地失去了信心。在这里,鲁迅先生是无力喊出"中国人失掉了自信心了吗"这样的诘问句的。九斤老太"一代不如一代"的咒语虽然是指向了对国粹的批判,也是小说主题的重要核心元素,但是,它更多的则是表现出了鲁迅先生对现实世界的悲哀失望的情绪,是这首"悲怆交响曲"主旋律的重要乐章,它表达出的悲哀旋律一直回响在中国的大地上,久久萦绕在我们的头顶,遮蔽着人们仰望灿烂星空的视线。

我在这里絮絮叨叨地分析了几部鲁迅的乡土小说作品,并不是想对这些作品进行重新梳理,而是想从源头上找出规律性的特征来:中国乡土小说从来就是沉浸在悲剧描写之中的艺术,唯有悲剧才能表达出这一题材作品的深刻性和现实性,这就是中国乡土小说为什么生生不息的缘由所在。

我们尊崇鲁迅先生是因为他的作品用犀利的笔触刺中了中国几千年封建制度的要害,然而,我们并不希望鲁迅作品(包括杂文在内的一切文体)永放光芒，只有鲁迅先生的作品失去了它的现实意义，褪去了它的光环，才证明我们的社会挣脱了封建主义的羁绊，走出了鲁迅先生诅咒的那种世界，也就无须他老人家的幽灵再肩起那"黑暗的闸门"了。

三、中国乡土小说的创作传统：现实主义

鲁迅是"五四新文化"运动的先驱，他开创了中国乡土小说的现实主义创作传统，这种传统已成为乡土小说中最重要的审美文化原型，在不断裂变中获得了新生。因此，透过现实主义在中国百年历史中的命运，可以真切地感知中国现代乡土小说的生命脉搏与历史变迁。

在中国，自"五四"以降，对现实主义的阐释是五花八门、各种各样的，多为改造过的，也有一些是"伪现实主义"，怎样梳理和鉴别，却是一个永远的话题。

在百年文学史中，我们对"现实主义"的理解和汲取往往是随着政治与社会的需求而变化的，可以细分成若干个不同历史阶段进行梳理的。大的节点应该有三四个吧。

（一）

从 1915 年《新青年》创刊后不久，陈独秀就提出了"写实文学"和"社会文学"的主张，引导文学"今后当趋向写实主义"。缘于此，中国文学主潮就开始了"为人生而文学"的道路，遂产生了 20 世纪 20 年代中国文学的"黄金年代"，如果说鲁迅的小说创作是践行 19 世纪批判现实主义而开创了中国现代小说的现实主义文学的先河，深刻的批判性和悲剧性弥漫在他的小说和散文创作中，这就是所谓的"鲁迅风"——批判现实主义的精髓所在，那么集聚在他旗帜下的众多作家和理论家们，都是围绕着"批判"社会和现实的路数前行的，他们效仿的作家作品基本上都是勃兰兑斯在《十九世纪文学主流》中分析到的名人名著。这里就不能不提及"文学研究会"的中坚人物茅盾了，因为他在"五四"前后写了许多理论文章来支撑中国的现实主义文学，呼唤着"国内文坛的大转变时期"的来临，诟病了"唯美主义"和"颓废浪漫倾向的文学"，倡导"附着于现实人生的、以促进眼前的人生为目的"的"现代的活文学"。他还

付诸创作实践,在 1927 年大革命失败之时,激愤而悲观地写下了长篇小说
《蚀》三部曲和短篇小说集《野蔷薇》,这些即时性作品既是思想的"混合物",
同时又是"悲观倾向的现代的活文学"。这样的作品往往被我们的文学史打
入另册,《子夜》这样改弦易张、拔高写实的作品却被大加赞颂,也被其作品的
"政治指导员"瞿秋白以及后来许许多多的评论家和文学史家纳入了现实主
义的范本,以致后来的茅盾也背叛了自己早期对现实主义的阐释,在恍恍惚
惚中自认为《子夜》的现实主义更适合自己的理论生存。当然,我们对《子夜》
也不能一概否定,我个人认为这部作品仍然有着 19 世纪批判现实主义的创
作元素,许多现实生活的场景都是"现代的活文学",其批判现实的锋芒依然
犀利。但是那种要求作家必须从革命发展的需求来描写现实的创作法则,便
大大地减弱了作品反映生活的准确性和客观性,所谓"艺术描写的真实性和
历史的具体性必须与用社会主义精神从思想上改造和教育劳动人民的任务
结合起来"的规约,就把自己锁死在狭隘的现实主义囚笼之中。这在《子夜》
的创作过程中表现得就十分明显:原本茅盾是想写中国民族资产阶级在买办
资产阶级的压迫下溃灭的主题,试图塑造一个失败了的民族资本家吴荪甫的
悲剧英雄人物形象,但为了实行上述创作方法的原则,他就只能遵从一切剥
削阶级都有贪婪本质的命题,把吴荪甫的另一面性格特征夸张放大后进行表
现,这在某种程度上反而削弱了主题的时代性和深刻性。尽管《子夜》是先于
苏联 1934 年钦定的"社会主义现实主义"条例出版的,但是,共产国际的声音
早就传达于中国"左联"之中了,让这部巨著变成了另一副模样。

　　总而言之,"五四新文学"第一个十年,中国文学无论是在理论上还是创
作上,都是基本遵循着欧美 19 世纪批判现实主义创作法则的。而真正的"大
转变"则是 30 年代初"左联"的成立,引进了苏联的"社会主义现实主义创作
方法"。当然,这其中也有鲁迅的功绩(这个问题应该是另一篇文章,那时的
鲁迅认为一切对社会和政府的现实批判都是知识分子的职责,这也是继承批
判现实主义的衣钵的,他的左转是为了适应批判现实,但是,他对左右互换的
结果是有所警惕的,这在他的《对于左翼作家联盟的意见》一文中早有预见性
的阐释,只不过我们八十多年来看懂的人很少,直到现在,我也就只悟出来了

一点点而已。倘若鲁迅先生活到后来，看到现实主义文学那样一次次变种，他肯定是会拿出自己的"匕首与投枪"的）。诚然，也是由于茅盾、胡风等人自1928 年 7 月为政治避难东渡日本后，接受了日本无产阶级理论家从苏俄"二次倒手"而来的无产阶级文艺理论，于 30 年代归国后，将变种的现实主义理论进行了无节制的倡扬，以致现实主义的本义遭到了第一次的重大篡改。这个问题不仅仅纠结了几代作家和理论家的创作思维和理论思维，更让现实主义在革命和现实的两难选择中滑进了对文学客观描写和主观阐释的混乱逻辑之中，历经八十多年都爬不出这个泥潭。这就使我想起了亲历过这样痛苦抉择的胡风文艺思想，多少年来，我一直纠结在他的"主观战斗精神"和"创作方法大于世界观"的现实主义理论中不能自拔。其实，这种逻辑上的矛盾现象，正是包括胡风在内的每一个理论家都无法解决的创作价值理念与客观现实之间所形成的对抗因子。一方面要执行革命家的"主观战斗精神"，另一方面又要尊崇现实主义的创作规律，按照事件和人物本来应该行走的路径前进。我想，任何一个高明的作家都不可能在这种自相矛盾的逻辑中抵达创作的彼岸。这在"胡风集团"中坚人物路翎的长篇小说《财主底儿女们》的创作中表现得尤为突出，作者也无法跳出其领军人物自设的魔圈。说句实话，胡风本人对现实主义的规约也是混乱不堪的，他的理论在许多地方都是矛盾的，并不能自圆其说。

（二）

在共和国文学的长河当中，我们可以看到许许多多为现实主义献身的作家和理论家，我们也可以在现实主义几经沉浮的历史命运中，寻觅出它受难的缘由，但是，现实主义尽管走过那么多弯道，我们却不能因为它踏入过历史的误区，就像对待弃儿一样拒绝它的存在。曾几何时，秦兆阳的《现实主义——广阔的道路》、周勃的《论现实主义及其在社会主义时代的发展》和钱谷融的《论"文学是人学"》，把现实主义抬上了历史的高位，但是 1960 年代对他们的批判，使现实主义步入了雷区。连邵荃麟和赵树理的"现实主义深化论"和"中间人物论"都成了被批判的靶子。带有理想主义的"两结合"创作方法替代现实主义的真正原因就在于现实主义往往带有批判的元素，是带刺的玫瑰，它往往不尊崇为政治服务的规训。

随着思想解放运动的兴起，"伤痕文学"异军突起，标志着 19 世纪批判现实主义在 1980 年代的又一次回潮。人们怀念 1980 年代并不是说那时的作品怎么好，而是认为那个时代批判现实主义创作方法被激活，是给中国的写实主义风格作品开辟了一个从思想到艺术层面的新路径。这是给启蒙主义思潮打开了一个缺口，让思想的潮流和艺术方法都有了一个新的宣泄载体。

我们一直认为从"伤痕文学"到"第二次思想解放运动"和所谓的"二次启蒙"思潮就是"五四新文学"的一次赓续。从思想源头上来说，这是没有错的，但是，从创作方法上来说，这种极度写实主义风格的写作模式，仍然是来源于 19 世纪的批判现实主义，大量的作品是在挣脱了苏式的"社会主义现实主义"镣铐后回到了"写真主义"的境地之中，以至于后来出现了诸如张辛欣那样的"新纪实"作品，成为新时期对现实主义创作方法的首次改造，一直到了如今的"非虚构"文体的出现，我以为这都是现实主义的变种。其实，这种方法茅盾他们在民国时期就以《中国一日》的报告文学形式使用过，只不过并不强调其批判性的元素，到了 50 年代，有人用批判现实主义的方法来进行对现实生活的"仿真"描摹，甚至将"报告文学"的文体直接冠以"特写"的新文体名头。及至 2003 年陈桂棣和春桃 22 万字的《中国农民调查》出现，这种"写真主义"的思潮，其实是与批判现实主义的思潮相暗合的。这也给后来的"新写实"创作思潮提供了某种意义上的借鉴。

其实，"第二次思想解放运动"这个名词在 20 世纪的历史进程中是有歧义的，如果是站在改革开放四十年历史的角度来看，那是属于"第一次思想解放运动"，倘若从我们这一代人所经历的"在场"思想史，以及我们所接受的历史与政治的教育来看，无疑，当时我们都是将这次运动与"五四新文化运动"对应而视的，把它看作中国民主自由思想的恢复与延续，所以我们一直将它称为"第二次思想解放运动"。

而我始终认为，促发这次思想解放运动呈燎原之势的火种却是文坛上出现的"伤痕文学"，作为对 19 世纪批判现实主义思潮的模仿与赓续，正是应验了周扬那句名言:"文艺是政治的晴雨表。"可以毫不夸张地说,没有"伤痕文学"的出现,所谓的"思想解放运动"的进展是没有那么迅猛的,甚至或许会遭到更大的历史阻碍。

我清楚地记得 1977 年 11 月的一天,当我拿到订阅的《人民文学》杂志的时候,眼前不觉一亮,一口气读完了《班主任》,从中我似乎看到了春雷来临前的一道闪电,不,更准确地说是看到了中国政治文化的春潮即将到来的讯息。随之出现的大量"伤痕文学",并没有让人们陷入苦难的悲剧之中,而是沉浸在挣脱思想囚笼的无比亢奋之中,因为我们在漫长死寂的冬天里经受了太多的精神磨难,只有批判现实主义才是最好的宣泄方式。

卢新华的《伤痕》甫一问世,人们就毫不犹豫地用它来命名这一大批汹涌喷薄而出的作家作品,其根本原因就是被积压了多年的思想禁锢得到了空前的释放。《在小河那边》、《枫》、《本次列车终点》、《灵与肉》、《爬满青藤的木屋》、《被爱情遗忘的角落》、《我是谁》、《大墙下的红玉兰》、《乡场上》、《将军吟》、《芙蓉镇》、《许茂和他的女儿们》……当然还包括了许多话剧影视剧本作品,比如当年的《于无声处》、《在社会的档案里》、《女贼》、《假如我是真的》,等等,其中反响最大的就是话剧《于无声处》,想当年,全国上下,几乎每一个有条件的单位都自发组织起自己的临时剧组,演出这场戏。说实话,从艺术上来说,这些作品的美学价值并不是上乘的,艺术性也不是精湛的,甚至有些还是很粗糙的,它们之所以能够激发起全民热爱文学的激情,更多是因为人们期望通过文学来宣泄多年来的积怨与愤懑,以此来诉求政治上的改革。这是一次中国批判现实主义的创作方法的伟大胜利,就此而言,尽管其作家作品在技术层面是那样稚嫩,然而,我们的文学史叙述是不足的。

这持续了几年之久的舔舐伤痕、控诉罪恶的文学作品,带来的是重复 19 世纪西方文学作品中批判现实主义创作方法的兴起,从那个时代的角度来说,人们都普遍把它与"五四启蒙主义思潮"衔接,作为 20 世纪中国思想史上的"二次启蒙"看待,就是期望回到一种文化语境的常态当中去。其实,时过境迁后,冷静地反思这样的启蒙运动,我们不得不考虑其热情澎湃的感性背后究竟有多少理性成分,其实它在历史的进程中屡遭溃败的事实是显而易见

的,其根本的原因在哪里,则是一个始终没有深入的话题,这个萦绕在我脑际
的二难命题久久不能消停,直到新世纪来临,当中国面临着几种文化形态并
置的情形后,我才有所顿悟:正因为"五四新文化"的"启蒙运动"是浮游在"智
识人"层面的一种学术行为艺术,它始终被"革命"的口号与光环所笼罩和遮
蔽,成为一群自诩为现代知识分子的小资产阶级学者试图"自上而下"地改造
"国民性"的自言自语,最终只能以失败而告终,一切都恢复庸常,阿Q们依然
是那个没有灵魂的肉体,亦如行尸走肉。所以,我在20世纪80年代初就提
出了改革开放后的"二次启蒙"(也就是自20世纪以来的"第三次启蒙"),其
核心元素便是:只有知识分子首先完成自我启蒙以后,才能完成启蒙的普及,
虽然我们的高等教育已经达到了相当的普及程度,但是,我们的人文主义的
启蒙还是低水平的,甚至在有些时空中是归零的。这就是我从"第二次思想
解放运动"得到的对"五四新文化运动"的反思(当然,我认为"五四"是一个充
满着悖论的文化运动,也就是说,在对"五四"的认知上,往往有两个不同走向
的"五四"文化革命运动,即"启蒙的五四"和"革命的五四"。而最后的结果
是:革了封建主义的命,却不彻底,甚至是走了一个圆;革了文化的命,则丢
失了人性的价值),以及对现代启蒙运动之所以溃败原因的寻找结果,尽管
用了二十多年的时光,但也是值得的。以此来观察中国作家作品近四十年
来的脉象,我们将它们进行归类,也就会清晰地看出一条革命、启蒙、消费
三者分离与重叠的运动曲线。所以,文学所担负的社会批判职责还是任重
道远的。

　　无疑,"伤痕文学"之后的"反思文学"开始进入了一个较为深层次的理性
反思的阶段,也就是说,批判现实主义在中国要成活下去,光是"诉苦把冤申"
还不行,还得清除其滋生腐朽的封建专制土壤才行。于是,一批作家开始了
深刻的反思,反思的焦点当然就是以往的历史,其反思就是批判的代名词,所
以这种反思虽然是建立在广义的现实主义创作方法上,但是其核心内涵依旧
离不开批判现实主义的支撑。茹志鹃的《剪辑错了的故事》和张一弓的《犯人
李铜钟》之所以成为"反思文学"的代表作,就在于作者用批判现实主义的长
镜头记录下了那一段历史的真相,其中我们看到的几乎就是纪录片式的真实

历史影像，这让我想到的是"文革"后期在一本艺术杂志上看到的西方 20 世纪 60 年代兴起的"照相现实主义"艺术流派，和几乎是在中国画界同时出现的罗中立的油画《父亲》，它们同属一种创作理念和方法，只不过文学上的表现并没有那么强烈的视觉冲击力而已。

值得一提的是高晓声的创作，人们把注意力集中在他的《陈焕生上城》系列作品中，却忽略了他之前的反思更加深刻的作品，像《李顺大造屋》那样深刻反思的作品其批判现实主义的力度直指中国封建社会之要害，可算作当时最为深邃的作品了。高晓声之所以被人誉为大有"鲁迅风"，就是其反思的力度比其他作家略高一筹，不过太过于艰涩的寓言式的批判，虽然深刻，但是看得懂的读者却甚少，像《钱包》《鱼钓》那样的作品，受众面是很小的。

这里不得不提的是另一位大腕级的作家王蒙了，他的"蝴蝶"系列作品被有些文学史定格为"反思文学"的代表作。显然，从内容上来说，他属于"反思文学"的范畴，也具有强烈的批判意识，但是，我为什么没有将其纳入"反思文学"的范畴，就是因为我这里框定的是一个狭义的"反思文学"，自设的标准就是连同创作方法都应该具备现实主义的元素。王蒙的这批作品我也十分喜欢，但是从创作方法上来说，它更有现代派的特征，同时也具备了古典浪漫主义的创作元素，读后让人回味再三，尤其是那种淡淡的忧伤，令人感佩其艺术的高超。但是，这与批判现实主义的代表作的创作方法相去甚远，如巴尔扎克的《人间喜剧》、司汤达的《红与黑》、狄更斯的《双城记》、哈代的《德伯家的苔丝》、莫泊桑的《羊脂球》等，所以，我在文学史的定位上，将其放在"新时期现代派起源"的典范作品之列。

对"伤痕文学"和"反思文学"为什么很快就被"改革文学"所替代的原因，我一直认为，这不应仅仅归咎于社会文化思潮变幻，更重要的是，由于政治原因所导致的批判现实主义的溃灭是理所当然的事情。

南京大学胡福明先生发表的那篇《实践是检验真理的唯一标准》正是在"伤痕文学"崛起之时。1978 年的某一天，胡福明先生来到中文系现代文学教研室（西南大楼的一间大教室）里，将这篇文章的初稿给董健先生看，那一刻我正坐在对面的办公桌上写一篇为悲剧作品翻案的文章（那就是我在 1979

年《文学评论》上发表的第一篇稚嫩的学术论文），听到他们的谈话，我对当时批判现实主义思潮复兴更加坚信不疑。

后来我对实践是检验真理的唯一标准这个命题发生了不可思议的叩问：其实不就是一个哲学的普通常识问题吗？而将它作为高端的学术问题来研究和探讨，这本身就是我们这个国家和民族在那个时代的一个悲剧，好在我们把这一幕悲剧当成了一场扭转乾坤的喜剧，也算是成功推动历史进程的一次批判现实主义的胜利。

当然，这个喜剧的最先得益者应该还是文学界，其首先引发的就是"新时期文学"的命名。1999年，我和我的博士生朱丽丽为《南方文坛》共同撰写了题为《新时期文学》的"关键词"，追溯其来源时是这样描述的："'新时期文学'是当代文学批评中使用频率最高的语汇之一，自'新时期文学'概念出现以来，它的内涵便自动地随着当下文学的进展而不断延伸。当代文学概念尤其是文学史分期概念往往是紧跟政治语境的变迁而变迁的，'新时期文学'作为一个伴随我们约20年的熠熠生辉的文学概念，它的浮出海面，从整体上来说也是得力于'文革'后国家政治语境的剧烈变动。发表于1978年5月11日《光明日报》上的著名的《实践是检验真理的唯一标准》一文最早正式提出了政治意义上的'新时期'概念。……就文学而言，进入新时期之后理论上的拨乱反正和由此引发的讨论主要有三次。首先是关于文艺与政治关系的讨论。70年代末，中国文学界在思想解放运动的背景上开始对文艺从属于政治的观点重新加以审视。《文艺报》编辑部于1979年3月召开文艺理论批评工作座谈会，率先对此命题进行了大胆的质疑与冲击。会议认为：'文艺不是一种可以受政治任意摆布的简单工具，也不应该把文艺简单化地仅仅当作阶级斗争的工具。'随后，《上海文学》于1979年4月发表了评论员文章《为文艺正名——驳'文艺是阶级斗争的工具'》，对文艺从属于政治的命题再度提出质疑。到第四次全国文代会上，邓小平代表中央在《祝辞》中明确指出：'党对文艺工作的领导，不是发号施令，不是要求文学艺术从属于临时的、具体的、直接的政治任务。'周扬也在报告中提出：文艺从属于政治、文艺为政治服务的口号，容易导致政治对文艺的粗暴干涉。1980年7月26日，《人民日报》发表社论，正式提出以'文艺为人民服务，为社会主义服务'取代'文艺为政治服务'的口号。这一口号的提出，使长期附庸于政治阴影之下的文学大大解放出来，进入更为自由更具活力的新天地。其次，新时期发轫之初，还进行了关于'写真实'和'歌颂与暴露'问题的争论。文学创作如何处理歌颂与暴露的问题是几十年间一直没有得到很好解决的一个问题。在争论中文学界进一步确认：文学固然可以歌功颂德，但它绝不能美化现实、粉饰生活、掩盖矛盾，更不应该回避严重存在的社会问题，不闻不问人民的疾苦。争论在理论上进一步确立了现实主义文学的主流地位，进一步否定了'文革'时期的'假大空'文艺。同时文学界对真实性问题也做了严肃的探讨。真实性问题是现实主义的基本原则和理论核心。文学首先应该说真话、抒真情、真实地反映社会生活、真实地表达人民的心声，'艺术的生命在于真实'，真实性成为这个时期文学的最重要的价值标准。再次，是关于文学与人性、人道主义的讨论。在以往，人性和人道主义问题是创作和研究中的一个禁区。随着新的时代的到来，文学界普遍接受了如下观点：人性既有阶级性的一面，又有共同性的一面，共同人性是在人的自然属性基础上形成的社会属性与阶级属性的辩证统一体；人道主义并不只是资产阶级的意识形态，社会主义的文学也应该有它的一席之地。人们认识到马克思始终是把共产主义与人的价值、人的尊严、人的解放和人的自由等问题联系在一起的，马克思主义实际上是包含了人道主义的；社会主义社会也同样存在着异化现象。这一系列的讨论虽然难以取得统一的认识，但讨论本身极有力地推动了人们的思考。经过这一系列的讨论，文学走上了一个新的高度。这些讨论拓展了新时期文学发展的道路。正是在这样一个背景上，形成了新时期文学的启蒙潮流。"①

毋庸置疑，在整个人文领域内，思想最为活跃、创作力最为旺盛的就是那个时期批判现实主义的作家和批评家。如今许许多多经历过那场运动的人都还是在"怀念八十年代"，犹如法国人怀想大革命已经成为一种民族的"集体无意识"了。然而，好戏才刚刚拉开序幕，冬天的严寒又袭面而来。于是，

---

① 丁帆、朱丽丽：《新时期文学》，《南方文坛》1999年第4期。

现实主义又变幻了一种方式出现在文坛上，那就是"新写实主义"的兴起。

（三）

显然，"新写实主义"又一次改变了中国现实主义发展的走向，它到头来就是一场对批判现实主义否定之否定的循环运动。那种对现实生活细节描写的"高度仿真"，既实现了现实主义创作方法的写真效果，同时，过度地沉湎于琐碎的日常生活描写，带来的却是对现实生活批判性思维在一定程度上的消解。当然，批判现实主义创作方法在不同的作家那里，呈现出的是不同的表现形式，但就总体上来说，其批评生活的创作元素仍然是存在的。

我曾经在一篇文章中说过：在整个世界文学的发展格局中，每一次美学观念和方法的更易，都必然带来一次文学的更新，这种历史性的运动使得文学在一次次的衰亡过程中获得新鲜血液而走向复苏。作为一种美学观念和方法，20世纪20年代出现于德国、美国，后又遍及英法和整个欧洲的"新现实主义摄影"（亦称"新即物主义摄影"）给西方艺术界吹进了一股新鲜空气。它鲜明地反对艺术作品中的虚伪和矫饰，摒弃形式主义抽象化的创作方法，要求表现事物的固有形态、细微部分和表面质感，突出其强烈的视觉效果。因此，它主张取材于日常的社会生活和自然风光，扬弃唯美主义的创作倾向，而趋向于自然主义的美学形态。

然而，真正在西方社会引起了巨大震动的美学运动，乃至于给世界文学艺术带来了深刻影响的，是在第二次世界大战结束后崛起的意大利"新现实主义"运动，尽管这个美学流派首先起源于电影界，但它后来波及整个文学领域，尤其是使小说领域的创作发生了革命性的变化，这是先前的倡导者们所始料未及的。这次美学观念和方法的更易，实际上标志着意大利的又一次"文艺复兴"。

首先，就"新现实主义电影"来说，它的美学原则（亦即柴伐梯尼提出的"新现实主义创作六原则"）是："用日常生活事件来代替虚构的故事"；"不给观众提供出路的答案"；"反对编导分家"；"不需要职业演员"；"每个普通人都是英雄"；"采用生活语言"。就此而言，它不仅向传统的好莱坞电影美学提出了挑战，开创了电影发展史上摆脱戏剧化走向电影化的新纪元，而且也给西方美学乃至世界美学带来了深远的影响。正如温伯托·巴巴罗教授在《新现实主义宣言》中一再强调的"新现实主义"的写实风格那样,"新现实主义"的重要标志之一就是回到生活的原生状态中来。尽管诸多"新现实主义"作家的美学观念不尽相同,但是,在这一点上是没有歧义的。

　　回顾中国的现实主义理论体系的形成与发展,直到 20 世纪 30 年代"左联"成立以后,才由一批理论家从"拉普文学"理论中阈定出一整套规范,但这一规范难以运用到具体的文学创作中。而随着 20 世纪 30 年代前后的小说视点的转移和下沉,人们把丁玲创作的小说《水》作为中国现代文学史上的"新现实主义"力作。如果对这一创作现象进行重新审视,我们以为这个提法并不科学。在中国,无论是哪次现实主义的论争都未能逾越"写什么"的理论范围,所谓"现实主义的深化"也好,"广阔道路"也好,都很少涉及"怎么写"这个具有美学观念和方法的根本转变的命题。只有到了 20 世纪 80 年代,中国的理论界才真正触及这个关键性问题。我们并非说美学观念不包含"写什么",而是说它更强调"怎么写"。"新写实主义"在 1980 年代的新鲜出炉,就是一种在现实主义绝望的悖论中诞生的结果。

　　如果说西方 20 世纪历次"新现实主义"美学思潮都是在对"现代派"艺术表示出强烈反感和厌倦的背景下展开的对写实美学风格的回归的话,那么在每一次美学流派的运动中对旧现实主义的美学理解却并无实质性的进展,换言之,也就是"新现实主义"中的美学新意并不突出,即便是像意大利的"新现实主义"对世界电影产生过如此巨大的影响,但必须指出的是,它的美学观念主张并没有逾越现实主义(包括批判现实主义)内容的界定,作家们站在人道主义的立场来反映普通人的生活,来揭示社会生活,这些和传统的现实主义并无区别。所不同的是,作家在强调真实性时,更趋向于表现生活的实录和原生状态,所谓"把摄影机扛到大街上去"的口号便是他们走向现实主义另一个极端的表现。而在整个创作方法上,"新现实主义"的各流派基本上是完全拒绝现代主义表现成分侵入的。在这一点上则和中国 20 世纪 80 年代后期掀起的"新写实主义"小说创作浪潮截然不同,因为 20 世纪 80 年代的中国在经历了现实主义几十年的统治后,又经过了现代主义的洗礼,所表现出的美学态度有极大的宽容性，当然，这也和世界美学发展的潮流有着密切的关系，20世纪40年代的"新现实主义"的倡导者们是绝不可能以高屋建瓴的美学姿态来把握人类美学思潮发展的历史进程的。因此当20世纪80年代中国的"新写实主义"倡导者们重新把握这一美学潮流时，便满怀信心地要表现出现实主义的新意和新质来。这种新意和新质就在于他们在其美学观念和方法的选择中，着重于将现实主义和现代主义的美学观念和方法加以重新认识和整合，将两种形态的创作方法融入同一种创作机制中，使之获得一种美学的生命新质。由此可见，采取这种中和、融会的美学方法本身就成为一种新的美学境界。我们之所以在前文顺便提及了西方（造型艺术的）"变异现实主义"与以往"新现实主义"的美学观念主张的不同点，就是因为它更有生命力，而关键就在于它能以宽容的胸怀融会两种对立的美学观念和创作方法，使艺术呈现出的新质更合乎美学史发展的潮流。同样，中国的"新写实主义"小说的倡导者和实践者们亦从未拒绝对于被历史和实践证明有着强大生命力的现代主义美学的吸纳和借鉴，并没有一味地回复现实主义（包括批判现实主义）的美学传统。换言之，他们对于现实主义的超越就在于不再是机械地、平面地、片面地沿袭现实主义的传统美学观念和方法，而是对老巴尔扎克以来的所有现实主义美学观念加以改造和修正。倘使没有这个前提，亦就谈不上现实主义的"新"。

中国的"新写实主义"既有左拉式的自然主义与老巴尔扎克式的批判现实主义的形态，又有乔伊斯式的意识流与马尔克斯式的魔幻色彩和形态。由此，真实性不再成为一成不变的静止固态的理论教条，而呈现出的是具有流动美感的和强大活力的气态现象。你能说哪一种真实更接近艺术的和美学的真实呢？中国的"新写实主义"者们打破的正是真实的教条和教条的真实，从而使真实更加接近于美学的真实。

现在回想起来，这些理论的归纳似乎还是有道理的，但是，在一个尚未有过真正的批判现实主义成熟期的中国文坛，这种不断变幻的现实主义理论和创作方法，带来的同样是使现实主义走上一条过眼云烟的不归之路的结果。这就是它很快就被消费主义思潮的"一地鸡毛式的现实主义"所替代的真正原因。

　　在对待现实主义的典型说方面,和一切"新现实主义"的流派一样,中国的"新写实主义"亦是持反典型化美学态度的,这一点当然不能不追溯至中国文坛对恩格斯典型说的曲解和实用主义美学观的强加过程。由于对那种虚假的典型人物表示厌倦和反感,像方方和池莉这样的女作家便干脆以一种对典型的藐视和鄙夷的姿态来塑造起庸俗平凡的小人物,这多少包含着作家对典型的亵渎意识。与西方"新现实主义"诸流派亦主张写小人物不同的是,方方们并没有将笔下的小人物作为"普通英雄"来塑造,而是作为具有两重性格的"原型人物"来临摹。这又和批判现实主义者笔下的"畸零人"有所不同,虽然有时他们亦带有"多余人"的色彩,然其并非被社会和作者、读者所抛弃的人物塑造。正因为他们是生活真实的实录,是带着生活中一切真善美和假恶丑的混合态走进创作内部的,所以,人物意义完全是呈中性状态的,无所谓贬褒,亦就无所谓"英雄"和"多余人"。从所谓的"新写实主义"的创作中,我们看不到"英雄"存在的任何痕迹,在具体的描写中,一俟人物即将向"英雄"境界升华时,我们就可看到作者往往掉头向人物性格的另一极描写滑动。这种美学观既是中国特有的社会哲学思潮所致,又包孕了中国"新写实主义"小说作家在一个多世纪的美学发展中的必然选择,这种选择的正确与否,在中国美学发展中尚不能做出明确的判断来,但就其创造的文本意义来看,我们以为这种选择起码是打破了现实主义典型一元化的美学格局,从而向多元化的人物美学境界进发。

　　中国的"新写实主义"者们基本上摒弃了尼采悲剧中的"日神精神"而直取"酒神精神"之要义:悲剧让我们相信世界与人生都是"意志在其永远洋溢的快乐中借以自娱的一种审美游戏";酒神的悲剧快感更是以强大的生命意识去拥抱痛苦和灾难,以达到"形而上的慰藉";肯定生命,连同它的痛苦和毁灭的精神内涵,与痛苦相嬉戏,从中获得悲剧的快感。在这样的悲剧美学观念的引导下,刘恒的《伏羲伏羲》、王安忆的《岗上的世纪》、方方的《风景》、池莉的《落日》等作品才显得更有现代悲剧精神,因为这样的悲剧不再使人坠入那种不能自拔的美感情境之中而一味地与悲剧人物共生死,陷入作家规定的审美陷阱之中,而它更具有超越悲剧的艺术特征,作家对悲剧人物的观照不再是倾注无限同情和怜悯的主观意念,"崇高"的英雄悲剧人物在创作中消亡。作家所关注的是人的悲剧生命意识的体验过程,以及在这一过程中咀嚼痛苦的快感,这就是我们理解《伏羲伏羲》这类悲剧时观察作家"表情"的关键所在。一般来说,在中国"新写实主义"小说创作的文本中,我们看到的是大量的"形而下"的悲剧具象性描写,却很难体味到那种"形而上的慰藉",这恰恰正是作者们刻意追求的美学效果。从接受美学角度来看,读者参与可以就其艺术天分的高下而进入各个不同的阅读层面,但这丝毫不影响小说"形而上"悲剧美学能量的释放。

同样,弗洛伊德的心理学给中国"新写实主义"小说的悲剧美学提供了新的通道。对于我们这个"集体无意识"异常强大的民族来说,无疑,潜意识层面的开掘给现代人的心理悲剧带来了最佳的表现契机。而中国的"新写实主义"者们有效地吸收了 20 世纪以来所有现代主义对弗氏理论的融化后的精华,从潜意识的角度去发掘现代人的悲剧生命流程。从这个意义上来说,悲剧心理学的美学观照呈现出的人的悲剧动因再也不是现实主义悲剧的单一主题解释了,而是呈多义、多解的光怪陆离状态。艺术家并不在悲剧的结局中打上个句号,因此,悲剧美的感受就不能在某一悲剧的疆域里打上个死结。由此来看《伏羲伏羲》和《岗上的世纪》这样的作品,生命的心理悲剧流程就像一道光弧,照亮了"新写实主义"小说的一个描写领域。

"新写实主义"作为一种文学运动,产生于 20 世纪 80 年代中后期对现代文艺思潮的借鉴和融会的浪潮中,绝非偶然,确实已经具备了外部和内部的条件。

从某种意义上来说,它既是对批判现实主义的一种变形,同时又是一种对批判现实主义的一次宽泛的拓展,当然也存在着对批判现实主义的某种消解。

而随着对于旧现实主义创作方法的弊端的不满,20 世纪 80 年代相继出现过诸如"现代现实主义"和借鉴拉美文学爆炸的"魔幻现实主义"、"心理现实主义"和"结构现实主义"创作思潮。到后来由于对现代主义与后现代主义

"先锋小说"创作思潮的抗拒心理,导致了"新写实"的崛起,这些正是对社会主义现实主义的一次次修正与篡改,是重新对那种毛茸茸的"活的文学"的重新肯定和倡扬。作为"新写实"事件的策划者和亲历者之一,我们在二十年前就试图从人性和人性异化的角度来解释"新现实主义"与"旧现实主义",尤其是与"颂歌"型的"社会主义现实主义"区别开来。回顾其发展变化的全过程,这个判断大致是不错的。我们不能说这样的概括就十分准确,但是,直到今天似乎它的生命力还在。我们不能说"新写实"是一个完美的现实主义的延续,但是,作为一种创作方法的反动,它在文学史上是有意义的。

再后来,"现实主义三驾马车"的兴起和新世纪"底层文学"的勃起,现实主义似乎又回到了"五四"的起跑点。然而,在现实主义的道路上,我们的文学似乎还是缺少了一个重要的元素,这恐怕就是"批判"(哲学意义上的)的内涵和价值立场。

历史的经验告诉我们:创作方法只有回到初始设定的框架之中,才能凸显出其作品的生命力。

四、中国乡土小说研究史的反思

"看文学史,文坛是常会有完整而干净的时候的,但谁曾见过这文坛的澄清,会和这类的'文官'们有丝毫关系的呢?"[①]鲁迅留下的这段话虽然不常被人引用,却道出了我们文学"史官"们的众生相。

百年中国乡土小说批评与研究并没有受到应有的关注与研究,梳理中国乡土小说研究自身的百年发展历史,总结其经验得失,辨识其学术价值,推进其发展,正是我们"研究之研究"的目的所在。因为,倘若真正想弄清楚中国社会与政治的变迁,文学是"晴雨表",而中国乡土小说则是这个"晴雨表"上最精密的刻度。百年来,它是如何从农耕文明进入工业文明、后工业文明,也就是它如何走进现代文明的脚印,都清清楚楚、形象鲜明地镌刻在这些乡土小说题材的所有作品中了。

---

① 　鲁迅:《文床秋梦》,《鲁迅全集》(第五卷),人民文学出版社 2005 年版,第 307 页。

　　十七年前,我在《文学评论》上发表过一篇《"现代性"与"后现代性"同步渗透中的文学》,拙文就是想阐释一个观念:中国的农耕文明形态虽然日渐式微,"现代"和"后现代"文明随着中国城市化的进程不仅覆盖了中国的东南沿海,同时也覆盖了整个中原地区和西南地区,甚至也部分覆盖了西部地区。当广袤的农田上矗立起一排排高耸入云的大厦,水泥森林替换了原始植被的时候,我们却不能忘记的是:农耕文明的意识形态仍然会在这些灯红酒绿的奢华城市间穿行,以飓风的速度穿越城市的繁华,它带来的正负两极效应,我们看得见吗? 而且,资本主义尚无法解决的许许多多"现代"和"后现代"的问题,也同时叠加进了中国社会的地理版图中,形成了与西方社会和殖民地国家迥然不同的社会形态和文化形态,但是,我们的作家看到这些东西了吗? 他们有眼光、有能力去开垦这片世界上独一无二的文学创作的处女地吗?

　　如果他们不能,作为一个学者,我们的文学评论家和文学批评家能够在洞若观火中指陈这一现象,为乡土作家指出一条切入文学深处的"哲学小路"吗? 也许,像我们这样的批评家,即使体悟到了这一点,也无法像别林斯基那样去面对惨淡的人生和熟悉的作家。

　　于是,面对重新梳理文学史的我们,能否担当起客观评价这些特殊的文学文本的重任呢? 这是我的冀望,但是,在这部丛书中的著作书写中,显然还没有完全达到这样的要求和高度。这是让我们遗憾的事情。尽管我们可以强调种种不可抗拒的客观原因。

　　中国乡土小说研究之研究,首先要明确的是中国乡土小说研究的对象与范围,亦即要明确乡土小说之所指,从而确定"研究之研究"的对象与范围。20 世纪最初的 30 年间,鲁迅和茅盾对"乡土文学"概念的界定和使用,产生了持久而广泛的影响,"乡土文学"便成为批评界普遍使用的概念。而在 20 世纪 40 年代的解放区,"农民文学"取代了"乡土文学"概念,一统天下。再后来,在 20 世纪 50 年代,文学中仅使用"农村题材文学"、"农村题材小说"概念。从这种概念内涵的变化中,我们可以看出文学史观和学术史观的分野。

　　中国乡土小说批评,最初是围绕鲁迅乡土小说进行的。从 20 世纪 20 年代到现在,乡土小说批评紧紧追随着中国乡土小说创作的时代脚步,在每个历史时期都出产大量的批评文章,从而成为中国乡土小说研究中文献最多、时代性最强的组成部分。但是,我们在梳理的过程中,还是看到了许许多多的遗憾,也就是说,中国乡土小说百年的批评和评论,能够真正毫无愧色地站在文学史舞台上的并不是很多,留给我们的只是一声叹息。

中国乡土小说的历史研究,最早可以从胡适的《五十年来中国之文学》说起。胡适在这篇文学史论性的文章中肯定了鲁迅的短篇小说:"从四年前的《狂人日记》到最近的《阿Q正传》,虽然不多,差不多没有不好的。"虽然胡适的这番话没有从"乡土文学"的角度去进行考辨,但是,他的眼光和气度,让《阿Q正传》早早地进入了文学史的序列。我们从中看到的是,专家学者的眼光与客观评判作家作品的尺度对后来文学史的影响。

但是,我们需要反省的问题恰恰就在于以下几个方面:

首先,我们要解决的是史实问题。

整个文学史的构成既然把文学批评和文学评论作为一个不可或缺的部分,那么,如何看待既往留存下来的"经典"的批评和评论文本? 我们必须尊重的是客观存在的历史,也就是说,不管你认为是正面的还是负面的,只要是在那个历史时期引起过反响的理论和批评都要纳入文学史的范畴之列,它是呈现历史样态的文本,从中我们才能拂去现实世界给它叠加上去的厚厚尘埃,看清楚历史的原貌。这一点是文学史家必须尊崇的治学品格,否则我们就无法真正地进入历史的隧道空间来考察。所以,我对那些为了主动"适应形势"而把许多有价值的文本打入"另册"的做法不屑一顾,而对于那种迫于无奈用"附录"来处理一些文本的编辑方式,只能报以苦恼的微笑,因为我们也常常遇到这样的常识性问题,但这确实是无法解决的史学障碍问题。

一言以蔽之,百年文学史可以进入史料领域的材料很多,只有建立史料无禁区的学术制度,才是保证研究的前提和基础。

无疑,在我们编选的这套丛书之中,试图贯穿这样的史料原则,《中国乡土小说理论文选》、《中国乡土小说作家作品研究文选》、《中国乡土小说历史研究文选》和《中国乡土小说流派研究文选》是尽力采取比较客观的史实态度,虽然,我们阈定的是狭隘的"乡土小说"的概念,排除了那种含义诸多的

"农村题材"的概念和创作理论，但是"农村题材"的理论在某一个历史时期的理论恰恰又是对中国乡土小说理论的一种补充，以及对其自身概念和口号的一种理论反思。比如我们遴选了邵荃麟1962年《在大连"农村题材短篇小说创作座谈会"上的讲话》，文中提出的许多问题为什么被后人总结为"现实主义深化论"，这其中的变异问题，至今仍然有着历史的现实意义。而后面收入的浩然的两篇文章《寄农村读者》（1965年）和《学习典型化原则札记》（1975年），不仅是作者个人创作的心路历程，而且也是中国乡土小说史那个时段宝贵的史料，都是可以被纳入中国乡土小说历史研究范畴之列的。

在这里需要检讨的人是，由于七八年前制定体例方案时，我们过于强调乡土小说概念范畴的狭义性，导致了选编的偏狭，造成了一些遗珠之憾。

其次，史学研究者面临的最大困境就是史识问题。

史识不仅仅是胆识，而且还得拥有较高的哲学思维和美学鉴赏的水平，只有具备了充分的人文素养的积累，你才有可能具有重新评价以往的作家作品的能力，而且也获得对以往文学史家、理论家、批评家和评论家的言论进行重新评判的权力！所有这些条件，我们具备了吗？正是带着这样的疑问，我时常会侧目现存的文学史著作，同时在不断否定自己以往的文学史工作。我自以为自己这么多年的工作，只是提出了一种假想，离开真正撰史还差得很远很远。但是，我不能以强调外在的条件不成熟做挡箭牌，去遮蔽自己文史哲学养不足的可悲。

只有具备了史实和史识的两个基本条件，我们才有可能写出一部好的文学史著述来。无疑，我们现在还不具备这样的先天优势，所以，我们的工作只能是一种初始的工作，我们正在不断地补充着自己的人文素养，以求将来编出一部真正既有史实又有史识的鸿篇巨制的中国乡土小说史来，也希望有一天中国能够出现一部真正属于有史实、有史识、有胆识的中国百年文学史来。

中国乡土小说研究史论和史料的工作总结只是一个休止符，我们期待下一部更有学术含量的著述的问世。

我不相信学术的春天是赐予的，春天在于自身的努力之中。

目　录

绪　论

　　中国乡土小说是中国新文学最重要的组成部分,也是中国新小说中名家辈出、流派纷呈的文体重镇。如果从鲁迅乡土小说开始算起,中国乡土小说至今已有近百年的发展历史。与之形影不离的中国乡土小说批评与研究,也有百年的发展历史。百年来,随着中国乡土小说的萌生、发展、繁盛、蜕变、断裂、复归到再度新变的复杂而曲折的历史演进,[①]中国乡土小说批评与研究也历经初创、中兴、转向、畸变、复兴、繁荣、分流与深化的复杂而曲折的递嬗过程。在百年沧桑岁月中,中国乡土小说得到了几代批评家和学者的长期关注与深入研究,有关研究论文和论著,真可谓汗牛充栋。但遗憾的是,百年中国乡土小说批评与研究自身,却没有受到应有的关注与研究,还是一片亟待开垦的学术荒地。开垦这片学术荒地,梳理中国乡土小说研究自身的百年发展历史,总结其经验得失,辨识其学术价值,推进其发展,正是本"研究之研究"的中心任务与目的。

　　中国乡土小说研究之研究,首先要明确的是中国乡土小说研究的对象与范围,亦即要明确乡土小说之所指,从而确定"研究之研究"的对象与范围。中国乡土小说研究中的"乡土小说",在百年中国乡土小说批评与研究中,其概念与所指在不同

---

　　① 丁帆等:《中国乡土小说史》,北京大学出版社 2007 年版,第 1 页。

的历史时期是不同的。20世纪最初的三十年间,中国新文学界先后出现了"乡土文学"①、"乡土艺术"②、"农民艺术"③、"农民文艺"④、"农民文学"⑤、"乡村小说"⑥等概念。20世纪30年代中后期,鲁迅和茅盾对"乡土文学"概念的界定和使用,产生持久而广泛的影响,"乡土文学"便成为批评界普遍使用的概念。20世纪40年代,"乡土文学"、"农民文学"、"农村文学"等概念被不同区域的不同批评者分别使用或者混用。在解放区,"农民文学"取代"乡土文学"概念,一统天下。20世纪50到70年代中期,中国大陆批评界仅使用"农村题材文学"、"农村题材小说"概念。"文革"后,"乡土文学"、"乡土小说"等批评概念再度得到批评界和学术界的广泛使用,"乡村小说"概念也有部分研究者使用。这些概念,尽管其外延大小有别(如"乡土文学"大于"乡土小说",从逻辑层面上来说它们是种属关系),内涵意味有别(如"乡土小说"偏重"文化","农村题材小说"偏重"政治"),但其所指的文学艺术,不论是小说还是其他文类,均以农民、农村和农业等为表现对象。因此,凡是将以农民、农村、农业为叙事对象的小说作为对象的批评与研究,不论研究者使用"乡土文学"、"乡土小说"、"农民文学"、"农村题材小说"、"乡村小说"中的哪个概念,都是本"研究之研究"的对象。

　　中国乡土小说研究中的"研究",在不加区分的一般用法中,其所指实际涵盖三个方面:一是乡土小说理论,二是乡土小说批评,三是乡土小说历史研究。中国乡土小说的理论建设,始自20世纪第一个十年,⑦周作人、鲁迅、茅盾等先驱者关于"乡土文学"的经典言说,是后来中国乡土小说批评与研究最重要的理论思想资源。自此之后的一百多年来,关于"乡土文学"和"乡土小说"的理论探索就一直没有停

---

　　① 最早出现在周作人写于1910年的《黄蔷薇序》一文中。详见周作人:《苦雨斋序跋文》,河北教育出版社2002年版,第12页。

　　② 周作人:《〈旧梦〉序》,《晨报副镌》1923年4月12日。

　　③ 沈雁冰:《论无产阶级艺术》,《文学周报》1925年5—10月。

　　④ 郁达夫:《农民文艺的实质》,《民众》(旬刊)1927年9月21日。

　　⑤ 谢六逸:《农民文学ABC》,世界书局1928年8月版。

　　⑥ 茅盾:《"乡土艺术"、"乡村小说"、"地方色彩"词条》,《茅盾全集》(第31卷),人民文学出版社1984年版。

　　⑦ 1910年,周作人在《黄蔷薇序》称自己所翻译的匈牙利作家约卡伊·莫尔(周作人译为"匈加利育珂摩耳")的中篇小说《黄蔷薇》为"近世乡土文学之杰作"。《黄蔷薇序》是迄今为止所发现的最早提到"乡土文学"概念的文章。详见周作人:《苦雨斋序跋文》,河北教育出版社2002年版,第12页。

止过。中国乡土小说批评，最初是围绕鲁迅乡土小说进行的。从 20 世纪 20 年代
到现在，乡土小说批评紧紧追随着中国乡土小说创作的时代脚步，在每个历史时期
都出产大量的批评文章，从而成为中国乡土小说研究中文献最多、时代性最强的组
成部分。中国乡土小说的历史研究，最早的可以从胡适的《五十年来中国之文学》
说起。胡适在这篇文学史论性的文章中肯定鲁迅的短篇小说："从四年前的《狂人
日记》到最近的《阿 Q 正传》，虽然不多，差不多没有不好的。"①虽然胡适的这番"史
论"只是提到而没有从"乡土文学"角度考察，《阿 Q 正传》也算是早早地及时"入
史"了。最早也最有影响的"中国乡土小说史论"，可以从鲁迅的《〈中国新文学大
系〉小说二集序》开始说起。鲁迅的这篇序言，虽说是导言，但也是关于"五四"乡土
小说最权威的历史描述和阐释。这类关于乡土小说的学术研究文章也是海量的，
乡土小说史之类的学术著作也很多。有些论者认为，乡土小说批评与乡土小说研
究是不同的，批评有很强的主观色彩，是即时性的，很多批评文章时过境迁就失去
了意义；而研究是客观的，是长效的，不会随着时代的改变而失掉其学术价值。因
此，二者不能混为一谈。从理论上讲，这样的观点不是没有道理的。但实践中的乡
土小说批评与乡土小说研究之间，并没有清晰的界限，二者是很难截然分开的，一
些批评文章，具有无可争辩的"研究"色彩；而一些研究文章，具有无可争辩的"批
评"色彩。因此，将百年来的中国乡土小说理论、乡土小说批评与乡土小说研究，纳
入中国乡土小说研究的范畴之中，都作为本"研究之研究"的对象，也就同样不是没
有道理的。

　　中国乡土小说研究所涵盖的乡土小说理论、批评与研究，在中国社会不同的历
史时期有不同的变化，呈现出非常鲜明的"阶段性"特征。依据中国乡土小说研究
的阶段性变化，大致可将中国乡土小说研究的百年历史划分为初创与中兴（1910—
1942）、转向与畸变（1943—1978）、复兴与繁荣（1979—1999）、分流与深化（2000—
2014）等既有内在连续性又有显著差异的四个发展阶段。

　　中国乡土小说研究的初创，是从乡土小说的理论建设开始的，周作人在写于
1910 年的《黄蔷薇序》中提到了"乡土文学"，在没有找到更早更新的资料之前，这

---

　　①　胡适：《五十年来中国之文学》，《胡适文集》（3），北京大学出版社 1998 年版，第 263 页。

个命名可视为一个"伟大的开始"。自此至 1942 年的中国乡土小说研究,其历史流变与特征依次有:第一,"乡土文学"的引介与倡导。周作人是"乡土文学"最重要的引介者与倡导者,他的《地方与文艺》等是乡土文学理论初创期最重要的理论文献。第二,鲁迅乡土小说批评与研究。鲁迅是中国乡土小说的开创者,伴随《风波》、《故乡》、《阿 Q 正传》等传世名作的诞生,乡土小说批评也在上世纪 20 年代初出现,茅盾、周作人、张定璜等是最早的发起者。至 20 世纪 30 年代,鲁迅研究走向繁荣,出现诸多变化。第三,"五四"乡土小说批评与研究。鲁迅、茅盾、叶圣陶、傅雷、苏雪林等对王鲁彦、许钦文、许杰、蹇先艾等作家的乡土小说的批评,虽然其中有些批评并非自觉的乡土小说批评,但都起到了扩大"五四"乡土作家群影响的作用,推动乡土小说创作走向成熟和繁荣。第四,"京派"乡土小说批评与研究,不仅指对废名、沈从文等创作的乡土小说的批评与研究,如周作人对废名等创作的乡土小说的批评;而且也指持有自由主义文艺观的沈从文、朱光潜、刘西渭(李健吾)、李长之等"京派"作家和批评家的乡土小说批评与研究,如沈从文的《沫沫集》、刘西渭的《咀华集》等都是这个时期有名的批评著作。这些"京派"作家、批评家的理论建构、批评实践与文艺论争(如"京派"、"海派"之争),都极大地推动了 20 世纪 30 年代乡土小说批评与研究繁荣局面的生成。第五,"左翼"乡土小说批评与研究,不仅指对"革命小说"、"社会剖析派"乡土小说、"东北作家群"的乡土小说、"七月派"的乡土小说等左翼乡土小说或具有左翼倾向的乡土小说的批评与研究,而且亦指持有马克思主义文艺观的瞿秋白、茅盾、周扬、钱杏邨、冯雪峰、胡风等"左翼"作家和批评家的乡土小说批评与研究。"左翼"乡土小说批评与研究,不仅极一时之盛,扩大了左翼乡土小说的声势与影响,而且对后来的中国乡土小说理论、批评与创作都产生了巨大而深远的影响。第六,《中国新文学大系》的编纂与出版,不仅有中国新文学"史料"的建设意义,更有中国新文学"史"的建构意义,是一部规模庞大的"实体化"的中国新文学第一个十年的"断代史"与"流派史"。鲁迅、茅盾等编选的"小说卷"收入大量乡土小说,他们在各自撰写的"导论"(序)中再次提出"乡土小说"、"乡土文学"概念,厘定其内涵与外延,圈画出乡土小说的流派、团体,从而形成中国乡土小说批评与研究的一个高峰。这对以后的中国新文学史、中国乡土小说史的编撰,对一些乡土作家作品的经典化,都起到了极为重要的作用。第七,抗战时期不同区域的乡土小说批评与研究。20世纪30年代末到40年代,沦陷区、国统区和解放区的异常区隔,迫使不同区域出现不同的乡土小说作家群落,如"东北作家群"、"七月派"、解放区作家群等。不同区域的乡土批评和研究也随之有了较为明显的区别,不同区域间由此形成相异与互补的局面。总体上看,本阶段依次出现的乡土小说批评与研究,不论其秉持的社会政治文化思想、文艺观念、乡土文学理论、批评与研究方法还是价值取向,都呈现出多元共存的局面,具有后世难以企及或复现的丰富性、复杂性和多样性。

中国乡土小说研究的转向,是指由偏重"文化"转向偏重"政治",其过程始于20世纪20年代末,盛于20世纪30年代,至1942年后由"偏重"政治转变为"首重"乃至"唯重"政治,"乡土小说"概念逐渐被"农村题材小说"概念所取代。至"文革","文学批评"畸变为"革命大批判"。1942年至1978年间的中国乡土小说批评与研究,其历史流变与特征依次有:第一,毛泽东《在延安文艺座谈会上的讲话》的发表,是中国乡土小说批评与研究的重要转折点。关于文学理论批评标准亦即政治标准与艺术标准谁为第一的论争,进一步扩大并强化了《讲话》的影响,确立了《讲话》的权威话语的地位。"阶级"话语成为文艺批评与研究的主导话语,对赵树理、丁玲、周立波、孙犁等解放区作家的乡土小说的批评与研究,也首先是基于"阶级"话语的政治性评判,其次才是艺术批评。这种乡土小说批评与研究,不仅与"京派"自由主义知识分子们的乡土小说批评与研究判然有别,而且与鲁迅等的启蒙主义的乡土小说批评与研究也有了渐行渐远的思想距离。这种阶级论的批评观,自解放区文艺直到整个"十七年"、"文革"时期都依然占据批评话语的中心位置。第二,"民族形式"的倡导与论争,对20世纪40年代的乡土小说创作、批评与研究也有重大影响。"民族形式"的倡导者是毛泽东。1938年,毛泽东在中共六届六中全会上做《中国共产党在民族战争中的地位》报告中提出"民族形式"口号;1940年,毛泽东在《新民主主义论》中又再次提出:"民族的形式,新民主主义的内容——这就是我们今天的新文化。"毛泽东的倡导,直接推动了"民族形式"问题的讨论。向林冰的《论"民族形式"的中心源泉》、葛一虹的《民族形式的中心源泉是在所谓"民间形式"吗?》、郭沫若的《"民族形式"商兑》、茅盾的《旧形式、民间形式与民族形式》、胡风的《论民族形式问题的提出和重点》等是本次论争的重要文献。论争中出现的被视为

"正确"的文学观念与审美观点,转变成乡土小说创作的艺术要求及乡土小说批评与研究的审美评价标准,如对赵树理乡土小说予以肯定的重要理由之一就是其对民族形式、民间形式的承传、改造与创新;对丁玲、周立波乡土小说艺术缺陷的批评,就是认为他们小说中的欧化色彩重了,民族形式、民间形式的东西少了。第三,20世纪50年代的"现代文学"学科的建立与"中国新文学史"的编撰,依照中共政治意识形态与社会主义现实主义原则,重新审视和评价中国现代乡土小说的创作、批评与研究。具有不同政治、文化、思想和社会背景的乡土作家、流派和社团,受到了不同的"学术对待"。鲁迅乡土小说、"五四"乡土小说、包括"革命小说"、"社会剖析派"乡土小说、"东北作家群"乡土小说、"七月派"乡土小说和解放区乡土小说在内的左翼乡土小说等,都受到较多的肯定评价,给予较高的文学史地位。与之相反,自由主义作家和流派、其他社会政治文化思想背景的作家、流派和社团的乡土小说创作,或遭到贬抑(如沈从文乡土小说),或被遮蔽(如张爱玲的《秧歌》、《赤地之恋》)。第四,"十七年"时期,"农村题材小说"的创作,"无论是作家人数,还是作品数量,在小说创作中都居首位"①。对赵树理、周立波、柳青、李准等创作的以"土改"、"合作化"等为题材的小说的批评与论争,是本时期大陆乡土小说批评与研究的主要内容。中国大陆农村社会土地制度的剧烈变革、频繁发生的政治批判运动、文学理论界的文艺思想观念纷争,如"创作方法"论争、"题材问题"、"典型问题"、"写真实"论、"写中间人物"论、"现实主义深化"论等,这些都直接地影响到乡土作家的创作与批评界的批评。对乡土作家作品的褒贬,批评家的人生沉浮,无不与中国当代社会的政治大气候有关。第五,"文革"时期的乡土小说批评与研究畸变为"革命大批判"。赵树理的《三里湾》、周立波的《山乡巨变》、柳青的《创业史》等享誉"十七年"时期的作品都遭到了"大批判",罗织的"罪名"与"罪状"都是"政治化"的,如给《山乡巨变》定的罪状就是"宣扬阶级斗争熄灭论"、"丑化农村共产党员"、"鼓吹右倾机会主义路线",周立波本人也被"监护审查";再如赵树理的《三里湾》被打成"大毒草",赵树理本人也被折磨致死。本时期,被树立为小说"样板"的仅有浩然的《艳阳天》、《金光大道》等几部不多的"农村题材小说",其立为"样板"的理由也是

---

① 洪子诚:《中国当代文学史》,北京大学出版社2010年版,第100页。

"政治化"的。"文革"时期,中国大陆真正意义上的"学理化"的乡土小说批评与研究已经死亡。总体上看,中国乡土小说研究自1942年至1978年间的转向与畸变,其体现出的高度"一体化"和"政治化"特征,是"历史之恶"的结果。

　　中国乡土小说研究的复兴,始于"文革"结束之后的"新时期"。在"拨乱反正"、"解放思想"的大形势下,中国乡土小说创作复苏,乡土小说批评与研究也随之复兴,并很快走向繁荣,俨然成为中国新文学研究里的"显学"。"乡土小说"也取代"农村题材小说"概念,成为最通行的批评用语。1979年至1999年间的中国乡土小说批评与研究,其历史流变与特征依次有:第一,乡土小说(乡土文学)的重新倡导与开拓。刘绍棠是本时期倡导乡土文学并身体力行的重要作家。刘绍棠与孙犁关于乡土文学的有无之争①,雷达与刘绍棠的《关于乡土文学的通信》、骞先艾的《我所理解的乡土文学》、汪曾祺的《谈谈风俗画》等,都对推动"新时期"乡土文学创作与批评研究的复兴产生了影响。第二,乡土小说批评与创作的共同繁荣。随着"伤痕"小说、"反思"小说、"寻根"小说、"先锋"小说、"新历史主义"小说、"新写实"小说等小说创作思潮的不断涌现,一批以乡土小说批评与研究为志业的批评家和学者,即时跟踪批评研究,出产了一大批方法新颖、观点新锐的批评文章与学术著述。由此,乡土小说批评与研究呈现出前所未有的繁荣局面。第三,乡土小说"大家"的"重评"热。20世纪80年代中期至90年代,"20世纪中国文学"、"重写文学史"、"新文学整体观"等成为学术热点。在这样的学术思潮中,鲁迅、茅盾、沈从文、赵树理、丁玲等极具重评价值的乡土作家,成为一些论者的重评对象。重评者们受美籍华人学者夏志清《中国现代小说史》的"启发",高张"审美"大旗,以"去政治化"为策略,提高沈从文、张爱玲的文学史地位;分析茅盾的"矛盾",将其排除在"大师"之外;肯定丁玲的早期创作,否定她的《太阳照在桑干河上》;否定赵树理小说的审美价值,降低其文学史地位,等等。这样的重评,也受到了"急于成名"、"学术炒作"、"'去政治化'也是政治"、"挟洋自重"、"不尊重历史"等不同声音的批评。第四,乡土小说流派、文学社团、地域文化与地域作家群研究兴起。"五四"乡土小说

――――――――――――

　　①　刘绍棠在《北京文学》1981年第1期上发表《建立北京的乡土文学》,倡导乡土文学;孙犁在《北京文学》1981年第5期上发表《关于"乡土文学"》,认为不存在"乡土文学"。二人的意见产生了一定的影响。

派、"京派"、"社会剖析派"、"七月派"、"山药蛋派"、"荷花淀派"、"茶子花派"等都受到了学术界的广泛关注与研究,较早产生学术影响的论著有严家炎的《中国现代小说流派史》,其对乡土小说流派的界定和讨论,推动了乡土小说流派、社团的研究。20世纪80年代中期,"寻根文学"与地域文化、地域作家群研究成为热点,如朱晓进的《"山药蛋派"和三晋文化》、刘洪涛的《湖南乡土文学与湘楚文化》、逄增玉的《黑土地文化与东北作家群》等,这些著述的出版又推动了地域文化、地域作家群研究。第五,中国乡土小说史的编撰。20世纪80年代中后期至90年代,一批乡土小说史著作相继出版,如春荣的《新时期的乡土文学》、陈继会的《理性的消长——中国乡土小说综论》、丁帆的《中国乡土小说史论》、陈继会主编的《中国乡土小说史》等。这些史论著作,是中国乡土小说百年研究的学术积累与集中爆发的结果,同时又进一步推动了乡土文学发展的"史"的研究。第六,中国乡土小说的史料建设。中国乡土小说史上有成就有影响的作家,如鲁迅、茅盾、沈从文、赵树理、丁玲、周立波、柳青、孙犁、刘绍棠、浩然等,都有"全集"、"文集"和"选集"等整理出版,也都有专门的研究资料的搜集、整理与出版。这些史料建设,为中国乡土小说研究,奠定了雄厚而坚实的学术基础。总体上看,乡土小说批评与研究的这个阶段,是中国乡土小说百年研究史上最为繁荣、也最有成就的时期。不论其秉持的社会文化思想、文艺观念、乡土文学理论、批评方法、研究方法还是价值取向,都纷繁驳杂,重现出中国乡土小说研究初创与中兴时期曾经有过的多元共存的局面。

21世纪的头十年中,中国乡土小说研究出现分流与深化,其历史流变与特征依次有:第一,乡土小说理论的新拓展。"自20世纪90年代伊始,在前现代、现代、后现代多元交混的时代文化语境中,中国乡土小说的外延和内涵都发生了巨大变化,如何对它的概念和边界重新予以厘定就成为中国乡土小说亟待解决的问题"[①]。研究者们对此进行了探索,有的论者提出扩展乡土小说的"边界",将叙述"城市异乡者"("进城农民")和"城乡结合部"的小说纳入乡土小说范畴,这不仅在一定程度上突破了传统乡土小说理论的局限,而且还使乡土小说与所谓的"都市小说"发生了交集。乡土小说理论研究拓展的另一个方向,就是梳理中国乡土小说理

---

① 丁帆等:《中国乡土小说史》,北京大学出版社2007年版,第18页。

论思想的历史流变,探寻其中外思想知识资源。面向现实与面向历史的乡土小说理论新探索,这类研究的学术意义是不言而喻的。第二,新世纪乡土小说创作的跟踪研究。新世纪的中国乡村已不再是传统意义上的农村,在急遽的现代化中出现了许多"新因素"、"新问题"和"新经验"。以之为叙事对象和内容的新世纪乡土小说,从外形到内质都表现出与传统乡土小说不同的特征,出现了"转型","转型研究"也正是这个时期中国乡土小说研究的热点之一,如丁帆等的《中国乡土小说的世纪转型研究》;热点之二是对叙述"农民进城"与"乡土生态"的小说创作现象的批评与研究;热点之三是对以西部乡土小说为代表的西部文学的批评与研究,如丁帆等的《中国西部现代文学史》、李兴阳的《中国西部当代小说史论(1976—2005)》、赵学勇等的《革命·乡土·地域——中国当代西部小说史论》等;热点之四是对所谓"小城镇叙事"及"底层叙事"、"打工文学"中以农民为表现对象的小说创作的批评与研究。另外,以乡村各种"老问题"、"新问题"和"新经验"为叙事对象的"新乡土小说"也是这个时期追踪研究的热点。第三,"20世纪中国乡土小说"研究的深化。进入21世纪,"20世纪"就成了真正意义上的历史,对"20世纪中国乡土小说"进行比较客观的"历史研究",就成了本时期的重要课题与新特点。有些研究者对"20世纪中国乡土小说"进行宏观研究,整体把握;有些研究者则进行专题研究,重点深入,如贺仲明的《一种文学与一个阶层——中国新文学与农民关系研究》。比较而言,对"20世纪中国乡土小说"的"历史研究"远不如对新世纪乡土小说的追踪评论与研究那么热闹。第四,中国大陆与台湾乡土小说及中外乡土小说的比较研究。对台湾乡土小说的研究,20世纪80年代就有研究者做出了很好的研究成果,如武治纯的《压不扁的玫瑰花——台湾乡土文学初探》;将中国大陆与台湾乡土小说进行比较研究,是20世纪90年代至21世纪10年代比较受关注的课题,有代表性的研究成果是丁帆等的《中国大陆与台湾乡土小说比较史论》。中外乡土小说比较研究,是百年中国乡土小说研究中长盛不衰的领域。进入21世纪,这一研究领域也有新进展。第五,乡土文学学术史研究。近十多年来,乡土小说研究界对乡土文学学术史的研究也在逐步推进:一是对乡土文学学术史的整体研究;二是对乡土文学史上有影响的作家研究的研究,如对鲁迅、茅盾、沈从文、赵树理等作家的研究史的研究;三是乡土小说研究资料的建设。这些学术史研究在中国乡土小说研究史上都具有学术价值和意义。总体上看,新世纪十多年来的中国乡土小说批评与研究,在都市文化的参照下,研究领域不断拓展;研究人员日趋增多,研究视域更加宽阔,研究方法更加多样,跨学科研究的特质也变得更加明显,认知也更为深入和全面。

概观百年中国乡土小说研究史,其上述"阶段性"特征,与百年中国乡土小说创作发展的"阶段性"特征,存在着一定的对应性。这表明,中国乡土小说研究与中国乡土小说创作之间,尽管有区别、对峙乃至隔阂,但对话与互动是相互关系的常态。百年中国乡土小说研究史的"阶段性"特征,与近百年来中国社会历史变迁的"阶段性"特征,也是对应的。这表明,中国乡土小说研究与同步发展的中国新文学一样,受到近百年来中国社会历史发展的深刻影响。中国社会在近百年来的追求现代化的道路上,其在每个不同的历史阶段所面临的社会问题都不一样,由此而自主生发的或者从西方引入的社会政治、经济、文化乃至哲学思想也会有阶段性的变化,这些都会投射到中国乡土小说的创作、批评与研究中,使其在对社会历史召唤的应答中,发生相应的变化。这种应答性的阶段性变化,非常明显地体现在中国乡土小说研究中的基本概念、话语体系、价值取向乃至研究方法等的阶段性变化之上。中国乡土小说研究中的"乡土小说"概念的内涵、外延乃至其"名称"在不同阶段的变化,与其依从的话语体系和价值取向的变化是大体一致的。而中国乡土小说研究中的话语体系和价值取向是多变的,"启蒙"话语及其价值取向,最初出现在鲁迅乡土小说和"五四"乡土小说的创作、批评与研究中;"二度启蒙"及其价值取向,出现在"新时期"的部分乡土小说创作、批评与研究中;至今,"启蒙"话语及其价值取向,仍然是中国乡土小说创作、批评与研究中的极为重要的一脉。"阶级"话语及其价值取向,在 20 世纪三四十年代的左翼乡土小说创作、批评与研究中占主导地位;至 20 世纪 50 到 70 年代逐渐发展到极端;20 世纪 80 年代,极"左"思潮的"阶级"话语逐渐遭到普遍的"唾弃"。20 世纪 80 年代中后期以来,与过去年代的"阶级"话语形似而实异的意识形态批评与研究路径,吸引了越来越多的研究者,对中国乡土小说所潜含的政治文化权力、阶级、阶层、性别、民族、殖民乃至后殖民等等的发掘,成为研究者们"再解读"的兴奋点。"现代性"话语及其价值取向,在中国乡土小说创作、批评与研究的开创之初即已存在,但成为主导性话语还是近 20 多年的事情。何为"现代性",不同时期不同的研究者们的认识并不一致,因而"现代性"话语在中国乡土小说批评与研究中的运用,存在"人云亦云"和"各说各话"的情况。不同的话语体系和价值取向,对中国乡土小说的艺术形态及其审美要求,也有很大的差别。但不论差别有多大,风景画、风俗画、风情画、地方色彩、异域情调等,通常被看成是乡土小说有别于其他小说类型的形态特征与审美要求。简言之,整体把握百年中国乡土小说研究史,从中可以发现其内在的演变规律,也可以看到需要在今后的研究中避免出现的问题。

中国乡土小说研究之研究,是一种学术史研究,也就是一种特殊的历史研究。研究历史的"史学",首先是"史料学"。全面搜寻和占有中国乡土小说研究的各种史料,对有疑问的或者重要的史料进行考订,无疑是必要的,是研究工作展开的第一步。科学的或者实证主义的史料工作与"小心求证"不是唯一的,"史学"也是"心灵之学",没有研究主体的介入,"史学"就会成为"抽取了灵魂的材料堆砌"[1]。中国乡土小说研究之研究,在充分掌握和考订研究史料的基础上,也会依据我们认为是正确的学术思想和价值观念,进行"史的阐释","以史带论"和"史论结合"仍然是本"研究之研究"的基本方法。

黄修己在《中国新文学史编纂史》中说:"中国新文学史虽然只是文学学科中的一个小部门,一只小麻雀,但如果解剖得好,也有可能找到历史科学和文学研究的某些特性、某些规律。毕竟中国新文学史的研究、编纂也已有八十多年的历史了,可以考虑下我们的小学科如何对现代学术的发展、进步做大一点的贡献。"[2]中国乡土小说研究之研究,亦可作如是观。中国是发展中国家,中国乡村社会的现代转型还是一个比较漫长的历史过程,中国乡土小说创作、批评与研究还将持续很长的历史时间。因而,我们所做的中国乡土小说研究之研究,就不是没有意义的。

---

[1]　丁帆:《关于建构百年文学史的几点意见和设想》,《文学评论》2010 年第 1 期。
[2]　黄修己:《中国新文学史编纂史》,北京大学出版社 2007 年版,第 10 页。

第一章　中国乡土小说研究的初创与中兴
（1910—1942）

　　一般的中国现代文学史著,均认为现代白话小说文体是由鲁迅初创、并在其笔下成熟的,鲁迅也是现代乡土小说的开风气之先者,这种看法大体上是正确的。但就中国乡土小说理论研究而言,最早提及"乡土文学"概念的是周作人。1910 年 12月,他在评介匈牙利作家约卡伊·莫尔(Jókai Mór,周作人译为育珂摩耳)的小说《黄蔷薇》时说:"育珂生传奇之世,多思乡怀古之情,故推演史事者既多,复写此以为故乡纪念,源虽出于牧歌,而描画自然,用理想亦不离现实,则较古为胜,实近世乡土文学之杰作也。"①在没有找到更早更新的资料之前,我们暂且将其定为中国乡土小说理论研究的滥觞。对中国本土的乡土小说进行批评研究,是与鲁迅乡土小说《风波》、《故乡》、《阿 Q 正传》等相伴而生的,周作人、茅盾、张定璜等是最早的发起者。1920 年代的乡土小说批评是"随机式"的,未成体系,对"五四"乡土小说作家群的批评伴随着新文学理论的诞生,虽然初露"社会派"与"审美派"批评不同趋向的端倪,但也没有形成批评流派,甚至不少批评并非自觉的"乡土文学"批评。不过,正是此类批评实践成为中国新文学批评的先声,批评的积累也扩大了乡土小说的影响,促进了乡土小说的成熟和繁荣。1920 年代后期至 1930 年代,随着"京派"、"社会分析派"、"左翼"革命叙事等为代表的乡土小说创作流派的异彩纷呈,新

---

　　① 周作人:《〈黄蔷薇〉序》,《苦雨斋序跋文》,河北教育出版社 2002 年版,第 12 页。

文学研究者开始更多从"史"的角度来看待乡土小说创作的文学史价值和意义。上海良友图书印刷公司出版的《中国新文学大系》为新文学的批评与研究推波助澜，是中国现代文学研究史上第一次为新文学划段分期以及明确地划分流派，茅盾、鲁迅等的"导论"形成乡土小说批评的一个高峰。抗战爆发后，知识分子群体大流亡、大迁徙，文学创作者体验着时代的创痛，也吸纳着重新用笔书写民族与历史的新能量，既有同声合唱，亦有个体变奏，汇成了一个特殊时代的文学交响，所以1930年代末到1940年代的政治区隔推动了多个乡土小说作家群落的出现，如"东北作家群"、"七月派"、解放区作家群等，不同区域的乡土批评和研究既有共同历史担当下的相通之处，也呈现出相异与互补的局面。本章大致择取1910—1942年这样一个相对完整的"现代"段落。

第一节　"乡土"批评的发生与"乡土小说"概念的提出

"乡土"书写是一个世界性的文学母题。有研究者将乡土小说的现代审美特征归纳为"三画四彩"："三画"，即风景画、风情画和风俗画，这是乡土小说文体特征的具体形相；"四彩"，即自然色彩、神性色彩、流寓色彩和悲情色彩，这是乡土小说的内在质素。[①] 这些"地方色彩"和"异域情调"共同构成了现代乡土小说的艺术空间和魅力。中国乡土小说最早的讨论其实也是围绕着"地方色彩"展开，其潜台词更大意义上却是针对新文学早期的"欧化"问题；而且，"地方色彩"也更贴近于"五四"时期的"国民性"和"个性"等话题。早期的主要批评家是茅盾和周作人，他们主要是围绕"乡土艺术"、"地方色彩"而探讨问题；另外，王伯祥、闻一多等的批评文章也涉及了文学与地域的关系问题。这些讨论和新文学初期理论的生成发展相辅相成。

---

① 参阅丁帆等：《中国西部现代文学史·绪论》第三节"西部现代文学的美学风格"，人民文学出版社2004年版。

一、"人化"与"欧化"

"五四"是一个开放的、欧化的时代,自晚清以来引进西方文学的潮流到这一时期更加高涨,浪漫主义、写实主义、自然主义、象征主义、心理分析、意象派等外国文艺流派通过作品翻译被介绍到中国,不同于晚清的一个显著特点就是对西方文论和哲学思潮的译介也如火如荼。除了上文提到的以外,像人道主义、弗洛伊德主义、超人哲学、叔本华悲观论、无政府主义、马克思主义等等多种学说理论都经人翻译在中国境内宣传、试验,甚至成为一些文艺创作者的信仰。这些外来思潮要在中国"新文学"这块处女地上枝繁叶茂、亭亭如盖,还需要不断地调整以适应"新土壤",但是狂飙突进的文化运动和求新求变的时代风尚促使它们早早生根发芽。引进者也并非如某些批评家所言是盲动激进,他们多半从中国社会文化变革的需要出发,选择性就决定了评介以偏概全的弊端。但从批评文章可以看出,批评家对于文学的过于"欧化"存有戒心,引进的西方理论与创作方法怎么融入民族语言、形式甚至思维习惯是大家关注的问题。所谓"橘生淮南则为橘,生于淮北则为枳",任何一种文化在传承中都有其排异性,同时也会有包容性,这些外来思潮有一个逐渐"中国化"的漫长过程。

天生富有"社会分析"意识的茅盾(沈雁冰)是"五四"时期非常敏锐的批评家,尤其对于乡土书写,他有着自己的独到眼光,乡土小说的概念是在其评论中一步步现出轮廓并深化的。茅盾在1921年1月《小说月报》的"文艺丛谈"中首先向文艺的"欧化"问题开刀,说新文学"最大的缺点,便是描写的明明是中国事,却反有浓厚的西洋气扑面而来"[①]。在茅盾看来,每一时代的文学都有为新思想的发生作先锋队的责任,文学家所表现的人生应是一个社会一个民族的人生,所以创作之前先对于"全社会、全民族"应该有一个研究,文学"是'血'和'泪'写成的,不是'浓情'和'艳意'做成的,是人类中少不得的文章,不是茶余酒后消遣的东西"[②]。但是茅盾在强调"文学是思想"一面的东西的同时,并非淡化"艺术",他认为"文学的构成,却

---

①　雁冰(茅盾):1921年1月10日《小说月报》"文艺丛谈"栏目,见《茅盾全集》(第18卷),人民文学出版社1989年版,第65页。

②　佩韦(茅盾):《现在文学家的责任是什么?》,《东方杂志》1920年1月10日。

全靠艺术"，最新的也不一定就是最美的，最好的，不能徒然"慕欧"①。他以"朗损"为笔名发表了《评四、五、六月的创作》②。此文将近三个月来的小说大致分为"(A) 描写男女恋爱的，(B) 描写农民生活的，(C) 描写城市劳动者生活的，(D) 描写家庭生活的，(E) 描写学校生活的，(F) 描写一般社会生活的"。茅盾首次将新文学中"描写农民生活的"作品作为一个类型提炼了出来。他认为，"有什么样的社会背景便会产生出什么样的文学"。这种观念虽有客观决定论的嫌疑，但也确实道出了这一时期小说创作的特点。不过茅盾指出，描写"农民生活"的作品如叶圣陶的《晓行》、辛生的《一条命二十串钱》、苏兆骧的《蚕娘》等均显出"不是个中人自道"的缺点，像鲁迅《风波》那样能够把农民生活的全体作背景、把它们的思想强烈地表现出来的几乎没有。究其原因，茅盾认为是几年来文学提倡"自然美"的礼赞，有这一成见在胸，作为知识者的作家到了乡村大概发现的大多是"自然美"，以致形成了一种"流弊"。他认为此类小说如果"不见农家苦"，那简直是忘却了"文学的使命"。也就在同年1月《小说月报》"革新号"上，茅盾发表《改革宣言》中明确提出："一国文艺为一国国民性之反映，亦惟能表见国民性之文艺能有真价值，能在世界的文学中占一席地位"；强调"就中外文学界情形言之……写实主义在今日尚有切实介绍之必要"，虽然他表示"对于为艺术的艺术与为人生的艺术，两无所袒"，但从其评论还是可见其对"为人生的艺术"的偏袒，强调文学应该反映所书写对象民族的"国民性"，从此阈定了20世纪中国乡土文学创作与批评的基本定向。

二、对抗"欧化"："地方色"的强调

那么究竟如何对抗"欧化"，批评家都强调了"地方色"的重要性。闻一多在诗歌批评中，一面赞扬《女神》体现的时代精神，同时也批评其"欧化"倾向过于严重，缺失地方色彩。③ 1921年，茅盾在落华生小说《换巢鸾凤》"附注"中写道：这篇小说"所叙的情节，都带有极浓厚的地方的色彩(local color)"，他将这种"色彩"的好处归于体现了"写实"的精神，并认为这种写实很是缺失，除了"鲁迅先生的几篇创作

---

① 茅盾：《"小说新潮"栏宣言》，《小说月报》1920年1月25日。
② 朗损(茅盾)：《评四、五、六月的创作》，《小说月报》第12卷第8号，1921年8月10日。
③ 闻一多：《〈女神〉之地方色彩》，《创造周报》1923年6月10日。

确是'真'气扑鼻"①,首先强调的是"地方色彩"。什么是"地方色"？在《民国日报》李达、刘大白编写的《文学小词典》中收有茅盾编辑的"地方色"词条,"地方色就是地方底特色。一处的习惯风俗不相同,就一处有一处底特色,一处有一处底性格,即个性"②。将"地方色"与"个性"相提并论,这既凸显了批评家在中国文学走向世界的初始对于文学民族性问题的最单纯思考,同时也是对作家个体性特征的呼唤。1923年9月,后来成为文史研究专家的王伯祥也以《文学与地域》一文加入了"地方色彩"的讨论。他指出,传统的文学批评只笼统地关注"气韵神味",没有意识到文学史从纵的流变讲,"一时代有一时代之文学",从横的方向讲则"一地域有一地域的特色",就像花草一样,发苗、抽条、舒叶、开花自有其时令顺序,但各自"感受到的天然阳光总有向背,人工培育或有厚薄,便足令它进行的时期先后参差了"③。这些都与茅盾所谓的"真气息"相对照。1924年玉狼(胡梦华)评价鲁迅的《呐喊》,最为肯定的即为"两个特异的地方：(一)讽刺性质,(二)地方色彩。作者这两种特质,不仅是时下一般小说家流所梦想不到的,从历史上找,也很难得着可与比拟的人"④。

　　同样是在"文学小词典"中,除了"地方色"这一概念以外,富有理论自觉的茅盾从一开始就非常注重对于乡土题材文学书写概念的界定。他在"乡土艺术(Heimatkunst)"的词条中指出：德人里奄哈尔德认为,所谓近代乡土艺术的发生并非缘于都会文学之兴盛,而是基于人类尤其是都会中人渴望与自然界亲近的要求所形成的,依此可以勘定乡土艺术是表现与自然界亲近之乡人"健全人格为目的之文学"。该词条还指出,不能否定乡土艺术也是"近代都会文学之反动"；同时,"久居都会之人,常厌都市之烦扰,而慕乡村之平静,缘是'望乡心',乃生所谓'乡土艺术'"。看来,茅盾并不以里氏的论点为然,他更为全面地解读了乡土艺术发展的原因。茅盾还明确了"乡土小说(Dialect Novel)"的定义："叙述乡村人生,以乡村风物为背景,并用各乡方言为书中人物之口语者,曰乡土小说。"这是"乡土小说"第一

①　慕之(茅盾)：《落华生小说〈换巢鸾凤〉》"附注",《小说月报》1921年5月10日。
②　茅盾：《"地方色"》,见《民国日报》副刊"觉悟""文学小词典"词条,1921年5月31日。
③　王伯祥：《文学与地域》,《文学周报》第89期,1923年9月24号。
④　玉狼：《鲁迅的〈呐喊〉》,《时事新报》副刊《学灯》1924年10月8日。

次被引入批评空间。在这里,茅盾从题材、背景、语言等三个方面界定了乡土小说的定义,尤其是强调了语言运用以"方言"作为"口语",一个方面这符合"五四"新文学对于白话的重视,另一方面也呼应了"地方色"的问题,因为"一方水土养一方人","方言"其实也是地方色彩的最鲜明的特征之一。我们还要注意的是,"乡土小说"这个词汇虽然被茅盾通过"词条"的形式引介过来了,还极少应用于批评话语中。茅盾在这里还对此前的"地方色"词条予以重新补充修正,他指定"地方色彩(Local Colour)"即"文学作品有描写一地方之特殊风俗与景物者,此特殊之风俗与景物即名为'地方色彩'。例如文学批评家常言某某作家之作品带有某处之地方色彩,意即谓其多描写某处之特殊风俗与景物也"。相较"地方色"的词条,该词条更加明确指出地方色彩是指文学作品中描写的"特殊风俗与景物",这一界定也不再明确地方色彩与作家"个性"的等一。

　　说到"欧化",其实和当时文学启蒙的"人化"思想有关系。纵观整个现代乡土小说的流变,语言问题其实一直是隐含在各阶段乡土写作中的重要问题,"欧化"与白话化、大众化与方言贯穿始终。语言运动与文学语言现代化是一个相生相克、相互渗透的过程,其间的关系微妙而错综。有批评者即从表述的"详细"与"简明"的特点来思考新文学的"欧化"问题:语体文的特点是可以详细地叙述事件,但不如文言简明,"往往长到三四十字以上,太倾向欧化,使人读了,总发生不如文言简明了当之反感。这确是语体文还未成熟的小小缺憾!"[1]大到一种新的文化、小到一个作家的文艺风格的现代涅槃都不是一蹴而就的,新文学白话语言的欧化既有其必要性,同时也必须有其限度。以"方言"削弱"欧化"是否是可行的路子? 白话融进欧化成分的限度在哪里? 怎么看待欧化与"文学的国语"的关系? 这些都缠绕在当时的文学批评中,当然也夹缠着"地方色彩"的讨论。由于大家意识到,语言作为思想的载体负担着改造思想的责任,而且关涉细腻优美的思想的表现和文艺情调的传达,而"中国话多孤立单音的字,没有文法的变化,没有经过文艺的淘炼和学术的编制,缺少细致的文词,这都是极大的障碍"[2],所以希望文学"人化",那须得先使

---

① 　Y生:《读〈呐喊〉》,《时事新报》副刊《学灯》1923年10月16日。
② 　周作人:《译诗的困难》,《谈虎集》,河北教育出版社2002年版,第18页。

它"欧化","就现在的情形而论,'人化'即欧化,欧化即'人化'"①。将"人化"与"欧化"等同视之,未免也太牵强附会了,不过需要指出的是,为了"启蒙"或"革命"普及的需要,文学语言顺应语言运动的发展有一个"低就"的问题,所谓"由文向俚";当然相较于大众日常语言,文学语言作为书面语言必然是一种"提升",这又是一轮"由俗回雅"。方言一个方面能够增强地域风情,例如赵树理、老舍的语言实践就是颇为成功的案例,但"低就"的语言也会造成文学性的降低和传播上的新阻碍。茅盾虽然以"用各乡方言为书中人物之口语"作为"乡土小说"的显要特征,但他自己的创作其实也并不遵从这一界定。

三、"地域性"与"世界性"

真正体现出 1920 年代初文学批评的理论建树和艺术眼光的还是周作人。在新文学初创期,周作人一直坚持人道主义的文学理论和批评观,对新文学运动产生了重要影响。1917 年初,胡适的《文学改良刍议》提出"文学八事"、陈独秀的《文学革命论》提出"三大主义",但都并没有从理论上确立新文学的根本。1918 年底,周作人发表《人的文学》,认为文学是"重新发现'人'"的一种手段。《人的文学》以西方人道主义为核心价值观,明确地确立了新文学的内涵,"人的文学"这一口号的提出是"文学革命"在理论倡导上的具体化。这种认识其实成为"五四"一代的共识,无论是后来的"为人生"派还是"为艺术"派都能够接受,因为"五四"的精神正在于"人的发现"、"自我的发现"。1919 年,周作人又推出了《平民文学》,该文是对《人的文学》的补充和发展,将前文推出的"人道主义"的命题更具体到倡导作家书写"世间普通男女的悲欢成败"。1921 年,就在《小说月报》"革新号"上,周作人以新文学代言人的身份拟定了著名的"文学研究会"宣言,强调"将文艺当作高兴时的游戏或失意的消遣的时候,现在已过去了,我们相信文学是一种工作,而且又是于人生很切要的一种工作"。从"人"的发现到立足"平民"再到"文学是一种工作",可以说,周作人是新文学的理论先导者和杰出批评家,而且,周作人在文学历史功利性价值的诉求上似乎越走越深。但在 1923 年,周作人遽然走进了"自己的园地"!

---

①　傅斯年:《怎样做白话文》,《新潮》第 1 卷第 2 号,1919 年 2 月 1 日。

这个大转弯转得似乎有些陡,但其实,相较于其他批评家,周作人更多承担了《小说月报》的《改革宣言》,无论"为人生还是为艺术无所偏袒",关键是文学不能背弃"个性","自己的园地"的强调也正是"人的文学"的分内之义。其实早在 1920 年《新文学的要求》的演讲中,周作人已经开始批评文学界"人生派"与"艺术派"的分野,正是作者对自己以往的功利主义文学观的反思和调适,《自己的园地》的出版可谓水到渠成。《自己的园地》既反对"以个人为艺术的工匠"的"为艺术派",又反对"以艺术为人生的仆役"的"为人生派",态度鲜明地主张文学创作"依了自己的心的倾向","以个人为主人,表现情思而成艺术","不为而为",不讲求功利目标,这是一种"独立的艺术美与无形的功利"。超越于"为人生"与"为艺术"之外,周作人匠心独具,一种独特的现代文学理论和批评观呼之欲出。

正是基于以上这些理论观念,周作人对于新文学初创期乡土书写的理论开拓和乡土文学批评观的形成贡献良多。在《地方与文艺》一文中,周作人肯定"风土"与"住民"有密切关系,文学会因为地域的差异性而各有特色,一国之内因地域不同也会显出不同的风格。他认为:"只要是遗传环境所融合而成的我的真的心搏,只要不是成见的执着主张派别等意见而有意造成的",都有其价值,这样的作品自然会具有"国民性,地方性与个性,也即是他的生命","成见"即"国粹乡风",将阻碍新国民文学的创造,所以"我们所希望的,便是摆脱了一切的束缚,任情地歌唱"[1]。周作人和茅盾都不约而同地批评了新文学中出现的"新道学"气,那就是凌空蹈虚,被美丽而空虚的理论所束缚,太抽象化了。在这篇文章中,周作人第一次提出了人类乃"地之子"的说法,文学创作应该落在实处,个性的培养源自"土之力",就如尼采所说的"忠于地"。该文强调,不仅"乡土艺术",一切艺术都"须得跳到地上来,把土气息泥滋味透过了他的脉搏,表现在文字上"。周作人认为"地域性"孕育了"个性"的基因,"他把'个体'生命的弘扬与揭示国民性和描写地方色彩结合为一体,应该说是符合'五四'人文主义思潮的"[2]。可以看出,此时周作人的文艺观较"五四"初期更为开放自由,他从"地域性"到"个性"的连线已经跨越了茅盾从社会认识出

---

① 周作人:《地方与文艺》,《之江日报》十周年纪念号,1923 年 3 月 22 日。
② 丁帆等:《中国乡土小说史》,北京大学出版社 2007 年版,第 11 页。

发的"地方色"的视野。这篇文章为乡土文学贡献了一个重要的批评语汇——"土气息，泥滋味"，这也成为以后乡土小说评价的一个审美标准；而"地之子"也成为后世作家和批评家不厌其烦运用的词语，甚至成为乡土作家的代名词。

在新文学理论初创期，周作人的这些论述是开风气之先的。我们在《中国乡土小说史》中曾将周作人对乡土小说所进行的概念阈定总结为三个方面：一是地域特点；二是体现民风以及民俗中具有的"个性的土之力"；三是体现人类学意义上的"人"。① 周作人将"自然的人"与"文学的人"进行沟通，试图把"人"放进哲学范畴之内考察，这与"五四"以人为本、以人性发展为本的人文思潮相一致，这也可以理解为什么周作人对于随后出现的乡土作家废名那么推重。这种理论命题后来在乡土文学创作与批评中被忽略了，只在沈从文等作家那里以"生命的流注"的形式延续，但风姿卓异，依然绵延至今。我们看到在茅盾所做的"乡土艺术"的词条中，说德人里奄哈尔德的"乡土艺术"的原义即指"近代都市中人之人格只作片面的发展，实为病的现象，惟曰与自然界亲近之乡人之人格有多方面发展之可能；乡土艺术者，即以表现此健全人格为目的之文学也"，茅盾无论是创作还是批评其实都不会例证这一点，倒是废名与沈从文的创作更多的是对这一种"乡土艺术"内涵的发挥。因为茅盾虽然也强调乡土小说要注重地方色引起的"自然美"，但实际上并不太认同里氏的观点，避开从人与自然的沟通或曰"健全人格"这一更富有哲学意味的层面界定，他更为偏重于"乡土艺术亦近代都会文学之反动"，是都市之人的"望乡心"，更为关注的是社会内容，所谓"创作须有个性……但要使创作确是民族的文学，则于个性之外更须有国民性。所谓国民性并非指一国的风土人情，乃是指这一国国民共有的美的特性"②。简言之，里奄哈尔德对"健全人格"的偏重、茅盾对"厌都市烦扰"的强调，实际上是乡土艺术不同流派最重要的两个方面，两者在内涵上的差异则到 1930 年代"京派"形成后方为凸显罢了。

另外，周作人的理论体现出对于"地方性"与"世界性"的关系的辩证思考，他所谓"我相信强烈的地方趣味也正是'世界的'文学的一个重大成分"，体现出"越是本

---

① 丁帆：《中国乡土小说史》，北京大学出版社 2007 年版，第 11 页。
② 朗损（茅盾）：《新文学研究者的责任与努力》，《小说月报》1921 年 2 月 10 日。

土的、地域的越容易走向世界"的观念。这样,从整体上来讲,周作人把个性的彰显、生命的弘扬、国民性的揭示、地方色彩的凸显融会在了一起,勾画了走向世界的乡土文学应该具备的基本要素,既顺应了"五四"人文主义思潮,又有着"个人化"的鲜明理论特色,还具有了国际性的视野。如果说鲁迅带动形成了一个"乡土小说派",那么周作人等于是在理论上为该派搭起了平台,引导了它的成长。正如严家炎先生的分析,新文学运动初期乡土小说的提倡和理论批评的初兴可能基于以下几点认识:"五四"新文学运动是从国外引进的,要在本国土壤上扎根,就必然提倡乡土艺术;要克服思想大于形象的概念化弊病,就应当提倡乡土文学的地方色彩;要使中国新文学自立于世界文学之林,就必须发展本土文学,从乡土中展示民族特色。① 所以,地方色—国民性—个性—世界性,实际上在乡土小说创作上形成了一个环链,这个环链又是紧扣"五四"文学母题的。

四、"乡土文学"的提出与"农民文艺"

在 1923 年,乡土书写刚刚潮兴时,对于要不要倡导"乡土文学",郑伯奇曾提出不同看法,他在《国民文学论》一文指出:"乡土文学固然是很必要的,但是国民文学与写实主义结合到某程度上,它自然也可以发达。所以在现在提倡乡土文学,不如先建设国民文学:这是顺序上必然的道理。"这是目前笔者看到的最早把"乡土"与"文学"直接对接、直呼"乡土文学"的文章,它脱离了"地方"与"文艺"的模糊连线,也不再纠缠于"地方色"问题,而是将其直接作为一种小说类型来谈论;这也是小说创作界"问题小说"渐衰、"乡土小说"兴起的一个明证。尽管作者不太赞成"乡土文学",但却又动情地写道:"这种爱乡心,这种执着乡土的感情,这种故乡的记忆,在文学上是很重要的……实在是一部分文学作品的泉源。所谓乡土文学、乡土艺术,便是这种。国民文学不是这样狭小,它要把这乡土感情提高到一个国民共同生活的境地上去。"②郑伯奇的出发点是认为表达乡土乡情乡心的文字固然惹人"热泪迸出",但是却未免失之狭隘,他所提倡的是能够反映"国民共同生活"的文学,当然

---

① 严家炎:《中国现代小说流派史》,北京大学出版社 2007 年版,第 44—46 页。
② 伯奇(郑伯奇):《国民文学论》,《创造周报》第 33 期。

是"国民文学"来得广泛全面些。可以说,郑伯奇的思虑和提倡固然可贵,但他的认识未免"狭小"了些,乡土文学何尝不是在反映广大的国民的生活？从以后成熟和发展了的乡土文学看,在反映"国民共同生活"方面这一小说题材显然是优长于其他题材的写作。所谓"五四"及整个20世纪的两大题材"乡土题材"和"知识分子题材",前者无论是在数量上还是在质量上都优于后者。

自"乡土文学"与"国民文学"的讨论后,同样是创造社成员的郁达夫写于1927年的一篇文章值得引起更多重视,那就是《农民文艺的实质》。这是发表在1927年9月21日《民众》旬刊第二期的论说文,就其题目讲,强调了一个虽曾提出但在批评实践中未被充分接受的概念,即"农民文艺",这里需要关注的有几点:一是郁达夫的用语显然不同于之前茅盾、周作人等所用的"乡土艺术"、"地方色"、"乡土小说"等,也不同于茅盾在1920年代初将鲁迅的《故乡》、《风波》等归为"农民文学"的说法,而用"农民文艺",这就可以见出其不仅包括文学范畴的诗歌、小说、散文等品类,还会有其他艺术形式,例如民间说唱艺术、剪纸艺术、舞蹈艺术,但从整篇文字看,郁文确乎指的最浅显的、可供农民阅读的文字:"以最浅近简单的文字,来写作诗歌,写作戏剧,使单纯的农民,在工作的中间可以歌唱,在闲暇的时候,可以到空旷的地方去观看阅读的一种东西。"[1]第二点是,这位曾经主张艺术至上、个性至上的浪漫主义作家,在这篇文字中表达的观点却是非常"写实"的,他谈到"农民文艺的实质"是以下四点:"第一,从客观的立脚点来说,我们的农民的生活状态,是如何的朴素,如何的悲惨的。光就这一方面的写实的叙述,只教写得生动,写得简单,也可以说是农民文艺。""第二,从主观方面立脚点为农民申诉,为农民呼喊,完全是为农民而作的文艺。""第三,有地方色彩的农村文艺,就是与资产阶级的都会文艺相对立的作品。""第四,开导农民,启发农民的知识文艺,就是使农民能够了解自家的地位,知道自家的能力,和教示农民以如何去开拓将来的一种文艺。"无论如何,总要求作者"有强烈的感情","有正确的意识"。

这篇文章充分说明,20世纪20年代中期的创造社主要成员已经非常"写实主义"了,其转向已然明朗。就郁达夫而言,研究者将其1923年的《春风沉醉的晚上》

---

[1]　郁达夫:《农民文艺的实质》,《民众》旬刊第2期,1927年9月21日。

即已理解为写实之作。到1927年,郁达夫俨然就是一个"革命作家"了,号召"去做农民运动领导他们作实际的斗争"。所以,实质而言,《农民文艺的实质》倒并没有从文艺理论上谈出多少"实质"来,只不过是作家顺应时代文艺思潮变迁的产物罢了。

虽然郑伯奇较早运用了"乡土文学"这一概念,不过正式界定"乡土文学"则要等到1935年鲁迅的《〈中国新文学大系·小说二集〉导言》和1936年茅盾的《关于乡土文学》了,而这一概念在以后的政治运动和文艺思潮中(例如延安文艺时期)也会发生蜕变与断裂,不同时代的乡土文学也就有了不同的内涵。

第二节　乡土文学的"寂寞"起始与鲁迅
乡土小说批评的个案独奏

其实,我们说20世纪初的乡土文学批评是围绕着"地方色",也只是摘要其中一点"新生气"罢了,当时文坛创作和批评的实际境况则可用两个字来概括——"寂寞"。我们先来看几段乡土作家或乡土文学批评家的文字,来体会一下他们当时对新文坛包括对乡土书写的感受:

> 我感到未尝经验的无聊,是自此以后的事。我当初是不知其所以然的;后来想,凡有一人的主张,得了赞和,是促其前进的,得了反对,是促其奋斗的,独有叫喊于生人中,而生人并无反应,既非赞同,也无反对,如置身毫无边际的荒原,无可措手的了,这是怎样的悲哀呵,我于是以我所感到者为寂寞。这寂寞又一天一天的长大起来,如大毒蛇,缠住了我的灵魂了。……在我自己,本以为现在是已经并非一个迫切而不能已于言的人了,但或者也还未曾忘怀于当日自己的寂寞的悲哀罢,所以有时候仍不免呐喊几声,聊以慰藉那在寂寞中奔驰的猛士,使他不惮于前驱。……至于自己,却也并不愿将自以为苦的寂寞,再来传染给也如我那年青时候似的正做着好梦的青年。(鲁迅《呐喊·自序》,载1923年8月21日《晨报·文学旬刊》)

我们走进荒凉平原,辽阔沙漠也似的文艺园里,只看到薄暮的天气,笼罩着许多乱石,碎石,在脆弱的心头上,也只会感到寂寞与饥渴。……就创作小说而言,也不过几种,其中有独树一帜特殊的作用,收效最大,最使我们满意之作,就要首推一位化名"鲁迅"君新近出版的《呐喊》了。……他耐不住文艺界中寂寞,不忍我们感受寂寞,特将他从一九一八年,《新青年》上发表的《狂人日记》,直到去年《北京晨报副刊》上的《不周山》,集成十五篇,名为《呐喊》,印行出来,惠赐我们。(Y 生《读〈呐喊〉》,载 1923 年 10 月 16 日《时事新报》副刊《学灯》)

两星期以来,只有东高房的鲁彦那里,还可以暂时安慰我的寂寞的生命。……在我前面的只有黑漆漆的浮云,呵! 我觉得寂寞!(章洪熙《鲁彦走了》,载 1923 年 8 月 10 日《晨报副刊》)

朋友们时常谈到寂寞,在像这样的冬夜里我也是深感寂寞的一人。我们常觉得缺少什么似的,常感到一种未曾填满的空虚。(张定璜《鲁迅先生》,载 1925 年 1 月 24、31 日《现代评论》第 1 卷第 7、8 期)

以至于三十年代重要的乡土文学理论家、批评家茅盾在编选《中国新文学大系》、总结"民国六年到民国十年"间的文学时,依然对当年的"寂寞"印象深刻:

现在我们回顾民国六年到民国十年这五年的期间,总会觉得那时的创作界很寂寞似的。作者固然不多,发表的机关也寥寥可数。(茅盾《〈中国新文学大系·小说一集〉导言》)

可见"寂寞"确实是当时文坛寂寥景况的真实反映。是不是可以这样说,这是新文学最初萌发的阶段,传媒机构、作家群体、批评家似乎都还没有做好准备,关于"乡土"的批评文字也只是散见于零星的报刊。当然,"乡土"与"中国"的连线其实已经在鲁迅那里渐露新芽,"为人生"的写实主义的文艺观以及人道主义的思想也正需要落实在乡土叙事中。当然,许多重要论题正是在论争和思辨中产生与发展的。

一、鲁迅乡土小说批评的发生

在新文化运动发动之后,在创作上体现了新文学实绩、尤其是小说创作实绩的,是鲁迅一枝独秀,严家炎在《中国现代小说流派史》中称鲁迅为"乡土文学的最早开辟者与实践者"。在《〈中国新文学大系·小说二集〉导言》中,鲁迅曾有这样一段话:

> 凡是关心现代中国文学的人,谁都知道《新青年》是提倡"文学改良",后来更进一步而号召"文学革命"的发难者。但当一九一五年九月中在上海开始出版的时候,却全部是文言的。……在这里发表了创作的短篇小说的,是鲁迅。从一九一八年五月起,《狂人日记》、《孔乙己》、《药》等,陆续的出现了,算是显示了"文学革命"的实绩,又因那时的认为"表现的深切和格式的特别",颇激动了一部分青年的心。……从《新青年》上,此外也没有养成什么小说的作家。

鲁迅的评论是切中肯綮的,绝无自夸之意。当时的文坛创作基本还是"黑幕派"和鸳鸯蝴蝶派言情小说的天下,"国粹派"的主张更被普通读者阶层所接受,所以"新"文坛境况的关键词除了前文说到的"寂寞",还有一个就是"消沉"——"近半年来的文坛,可谓消沉到极处了。我忍着声音等待震破这沉默的音响到来,终于听到了一声洪亮的呐喊"[1]。"近年来的文坛,可谓消沉极了,而且文学批评的声浪,尤其是沉灭至于极点。"[2]成仿吾和杨邨人的文字真是如出一辙。"寂寞"和"消沉"的感受自然也和新青年对局面大开的期待有关。

作为现代白话体式小说的开创者、乡土小说的开风气之先者,在《呐喊》出版前,鲁迅小说所引发的一点讨论仅集中在《狂人日记》,也不过是"寂寞"的又一明

---

① 成仿吾:《〈呐喊〉的评论》,《创造季刊》第 2 卷第 2 期,1924 年 2 月。
② 杨邨人:《读鲁迅的〈呐喊〉》,《时事新报·学灯》1924 年 6 月 12—14 日。

证。最早注意到鲁迅小说的，多半并非专门论述。1919 年 2 月傅斯年在《新潮》杂志 1 号 2 卷的"书报介绍"栏介绍《新青年》杂志时提及《狂人日记》，算是最早的文字；到 1919 年 11 月钱玄同在《新青年》6 卷 6 号上发表致潘公展的信，称赞《狂人日记》、《孔乙己》、《药》"算是同人做白话文学的成绩品"；同期吴虞的《吃人与礼教》，算是对《狂人日记》有较为详细的阐发。《狂人日记》从题目到体式、从风格到思想都是极端奇怪的，不过，在"无句不狂、有字皆怪"的《新青年》中也并不特别招人注意，所以"未能邀国粹家之一斥"，"前无古人的文艺作品《狂人日记》于是遂悄悄地闪了过去，不曾在'文坛'上掀起了显著的风波"①。作为"文学研究会""为人生"主张的核心人物和理论家，茅盾的批评无疑是有代表性的，他的《评四、五、六月的创作》对 1921 年春夏三个月的创作肯定不多，"最佩服的是鲁迅的《故乡》"②。《故乡》这篇小说进入批评视野，可以说，是茅盾《评四、五、六月的创作》开启了鲁迅乡土批评的先声。

　　"创作文学时必不可缺的，是观察的能力与想象的能力；两者偏一不可。表现的两个手段，是分析和综合。"③其实，文学批评也离不开"观察"与"想象"、"分析"与"综合"，这是茅盾在走向这条道路之初就具备的素质，他指认《故乡》揭示的问题（也是乡人最大的悲哀）是人与人之间的不了解、隔膜。曾有不少人认为茅盾是自 1925 年前后"无产阶级文学"观确立后才开始将"阶级观念"运用到文学评论中，其实不然。在《评四、五、六月的创作》这篇评论文字中，茅盾已经指出：造成《故乡》中人物相互隔膜的原因是"历史遗传的阶级观念"。"豆腐西施"对于"迅哥儿"的态度和"闰土"称呼"我"为"老爷"，实际上是"同有那一样的阶级观念在脑子里"。既然"人生来是一气的，后来却隔离了"，那么，作者对于"现在"的失望、对于未来"走的人多了，也便成了路"的期望也就不是没有道理的。看来，茅盾的社会—历史批评方法是自走向批评之路就已显雏形了，不过，这个时期茅盾的批评观更重要的"准绳"是"表现人生指导人生"。这是一种"强调理性支配的功利主义"的批评观，"茅盾的理论表述比他的许多同道们更细致系统，也更贴近新文学的实际，却又更倾向

---

①　雁冰：《读〈呐喊〉》，《文学周报》第 91 期，1923 年 10 月 8 日。

②　朗损（茅盾）：《评四、五、六月的创作》，《小说月报》第 12 卷第 8 号，1921 年 8 月 10 日。

③　朗损（茅盾）：《新文学研究者的责任与努力》，《小说月报》1921 年 2 月 10 日。

社会功利目标;特别是当他以目光开阔的编辑和专业批评家的身份出现,其功利性的理论批评对新文学的创作就发生更直接的影响"①。

1922年,在《小说月报》的一篇"通信"中,读者谭国棠谈到"巴人"登载在《晨报附刊》上的《阿Q正传》很有锋芒,但"又似是太锋芒了",操之太过,"稍伤真实。讽刺过分,易流入矫揉造作,令人起不真实之感",所以"算不得完善"②。当时大家并不知道,巴人、周树人、鲁迅其实是一个人。茅盾发文驳斥了这种观点。茅盾说:关于《阿Q正传》,"你先生以为是一部讽刺小说,实未为至论。阿Q这人,要在现社会中去实指出来,是办不到的;但是我读这篇小说的时候,总觉得阿Q这人很是面熟。是啊,他是中国人品性的结晶啊!"茅盾断定《阿Q正传》"实是一部杰作",而阿Q是极其典型的"中国人品性的结晶"——后来的研究者大致更多记住的是周作人关于"结晶"的论断,而忽略了是茅盾"首倡"——显示了新文学批评理论初建期茅盾识见的独到。他一针见血地指出了阿Q形象的特殊意义,但是已有初步阶级观念的批评家进一步认为:"阿Q所代表的中国人的品性,又是中国上中社会阶级的品性",他问读者是否"同情我这话"。笔者认为,起码当时的鲁迅也未必"同情"这话的吧?由此可见茅盾早期的批评虽然在理论上有高瞻远瞩的一面,但是也"操之太过"、"稍伤真实"了。

除了茅盾,关注到鲁迅一枝独秀的乡土小说创作的还有胡适。在1922年为《申报》五十周年作纪念文字时,胡适总结了"文学革命"五年来的实绩,一是白话诗的成功,二是短篇小说的成立。他特别提到了鲁迅小说:"《小说月报》已成了一个提倡'创作'的小说的重要机关,内中也曾有几篇很好的创作。但成绩最大的确是一位托名'鲁迅'的,他的短篇小说,从四年前的《狂人日记》到最近的《阿Q正传》,虽然不多,差不多没有不好的。"③因为是对五年来文学创作的总体评价,或曰印象式批评,胡适并没有展开分析鲁迅小说到底"好"在哪里。

在1920年代初,茅盾的评论文章无疑扩大了鲁迅乡土小说的影响,初步形成了一种批评与创作呼应的氛围。但在《呐喊》出版前,无论是茅盾还是胡适,都是在

　①　温儒敏:《中国现代文学批评史》,北京大学出版社1993年版,第102页。
　②　谭国棠、雁冰:《关于〈阿Q正传〉通信》,《小说月报》第13卷第2号,1922年2月10日。
　③　胡适:《五十年来之中国文学》,《〈申报〉五十周年纪念册》1922年3月。

谈到小说的实绩时顺便论及鲁迅小说,第一篇像样的"专论"是周作人的评论文章《〈阿 Q 正传〉》[①]。一反茅盾的见解,周作人直截了当地指认《阿 Q 正传》是一部"讽刺小说"。他首先借助西方小说史家的论述分析了何为"讽刺小说",指出"讽刺是理智的文学里的一支",其主旨是"憎",真正的讽刺是理想主义的一种姿态,是对于混乱的世界所造成的侮辱损害的自然的反应,因此可以说这"憎"正是一种"爱"。周作人从"憎"的讽刺语义体悟出《阿 Q 正传》"爱"的精神——或许这正是周作人倡导的人道主义精神的一个侧面,最伟大的写实家能够将社会作成"人生的'实物大'的绘图,在善人里表出恶的余烬,在恶人里表出善的微光",在昏聩的现代中国,讽刺文学自有其独特的作用。《阿 Q 正传》的讽刺是一种"冷嘲",有一点点近于《镜花缘》、《儒林外史》。但是,它的笔法明显是受域外文学的影响,即俄国果戈理和波兰显克微支以及日本夏目漱石、森欧外的影响,"多理性而少热情,多憎而少爱"是其特点之一。就像茅盾总结阿 Q 是"中国人品性的结晶"一样,周作人指认阿 Q"是中国一切的'谱'的结晶",这是对阿 Q 典型意义的再一次确认。周作人所谓的"结晶"到底是什么样子呢? 不同于茅盾所谓"面熟"的含混,周氏直截了当地论断:这种人"没有自己的意志而以社会的因袭的惯例为其意志"。至此为止,"阿 Q"这个形象作为中国国民性典型代表的"本质"被揭示出来了,他是一个民族的类型;而且这种人在"现社会里是不存在而又到处存在的",这就最终道出了小说"讽刺"的现实意义。周作人接着写道:

　　　　果戈理的小说《死魂灵》里的主人公契契珂夫也是如此,我们不能寻到一个旅行着收买农奴的契契珂夫,但在种种投机的实业中间可以见到契契珂夫的影子,如克鲁泡特金所说。不过其间有这一点差别:契契珂夫是"一个不朽的万国的典型",阿 Q 却是一个民族的类型,他像神话里的"众赐"(Pandora)一样,承受了噩梦似的四千年来的经验所造成的一切"谱"上的规则,包含对于生命幸福名誉道德各种意见,提炼精辟,凝为个体,所以实在是一幅中国人品性的"混合照相"。

---

①　仲密(周作人):《〈阿 Q 正传〉》,《晨报副刊》1923 年 3 月 19 日。

周作人敏锐地意识到,鲁迅在将乡土人物阿Q作为一个"负"的典型创造的时候,最后倒让读者觉得在未庄大概也只有阿Q还算正直可爱些,他认为鲁迅将批判的注意力集中于阿Q,"却反倒将他扶起了",这是著者始料未及的,也可谓"失败的地方"。这种"别出心裁"的理解实际上为以后《阿Q正传》的乡土小说批评打开了另一维度。

不过,在肯定"阿Q"作为民族"谱的结晶"的典型意义时,周作人对于其乡土小说世界性意义的估计不足。据目前所看到的材料,其实在1926年《京报副刊》就刊出了署名"柏生"者所做的《罗曼·罗兰评鲁迅》,谈到罗曼·罗兰曾经看到《阿Q正传》的法文译本,说了很多称赞的话,其中有"这是充满讽刺的一种写实的艺术","阿Q的苦脸永远的留在记忆中的"①。1927年10月,《当代》第1卷第1号上,也曾刊载美国《当代历史》杂志记者贝尔莱特的《新中国的思想界领袖鲁迅》一文,不但提到罗曼·罗兰对《阿Q正传》的评价,还谈到鲁迅另一篇乡土小说《风波》。文章说:"在《风波》里,他描写乡村生活,并且用滑稽和讽刺笔调,叙述农民怎样不受社会改革的影响。……他是一个天生的急进派,一无所惧的批评家和讽刺家,有独立的精神,并且是民主化的。"②这些都说明鲁迅的乡土小说、起码是《阿Q正传》,在1920年代已经在世界文坛产生了影响,而且这文章居然还用"新中国的思想界领袖"来称誉鲁迅,这在当时中国文坛也不曾多见。

二、《呐喊》乡土小说批评的个案独奏

在1923年8月《呐喊》出版之后,对于鲁迅乡土小说的批评有集中出现的迹象。雁冰、Y生、成仿吾、仲回、正厂、冯文炳、杨邨人、无用、玉狼、张定璜、郑振铎、向培良、尚钺、一声等纷纷发表文章,评价《呐喊》在思想、体式等方面的"离经叛道"。在《读〈呐喊〉》中,茅盾对于"寂寞"中诞生的《狂人日记》再次发出极为爽快的赞誉:"只觉得受着一种痛快的刺戟,犹如久处黑暗的人们骤然看见了绚丽的阳光。

---

① 柏生:《罗曼·罗兰评鲁迅》,《京报副刊》1926年3月2日。
② [美]贝尔莱特(P. M. Bartlett):《新中国的思想界领袖鲁迅》,《当代》第1卷第1号,1927年10月。

这奇文中冷峻的句子,挺峭的文调,对照着那含蓄半吐的意义,和淡淡的象征主义的色彩,便构成了异样的风格,使人一见就感着不可言喻的悲哀的愉快。"关于《阿Q正传》,在茅盾看来,现在"阿Q"这两个字几乎到处在用,"在接触灰色的人物的时候,或听得了他们的什么'故事'的时候,《阿Q正传》里的片段的图画,便浮现在脑前了"。阿Q这一形象会让我们每个阅读的人都从中发现自己的影子,"我们有时自己反省,常常疑惑自己身中也免不了带着一些'阿Q相'的分子";甚而,他回应了周作人对于阿Q典型性的理解,他认为,把阿Q理解为中国所特具的国民性,倒是遮蔽了鲁迅小说更广阔的意义,在"色厉而内荏"这一点上,"阿Q相"起码代表了"人类的普遍的弱点"①。茅盾对于《呐喊》的评论并未从"乡土艺术"、"地方色"探究一二,他主要是从形式和思想,这也符合"五四"思想革命的期待,这实际上是进一步对周作人所谓中国传统的"谱的结晶"的一个很好的补充和完善。

由此看来,引进一种理论术语是一回事,运用到具体的批评对象上则又是另一回事。鲁迅小说从开始进入讨论视野就过于条理化、有序化,过于倚赖价值判断,而缺少对鲁迅创作的复杂、模糊、无序的思考,这一点一直延续到1980年代。而"旁观者清",在海外研究者中,竹内好在20世纪40年代就在《政治与文学》中直指了鲁迅的混沌、无序。这是后话了。要特别指出的是,茅盾在这一篇《读〈呐喊〉》中,明确指出"鲁迅君或者是个悲观主义者",他的《〈呐喊〉自序》、《故乡》、《阿Q正传》等都在证明这一点。茅盾这里是从创作心理上发掘鲁迅意义,这是茅盾批评自身的一个突破。实际上,鲁迅《故乡》、《社戏》之作,我们无法完全将其解读为现实主义的客观描摹的规范文本,就说《阿Q正传》,与其说小说的意义在于塑造阿Q这样一个典型人物,不如说是对一个民族精神、心理的挖掘和揭示。鲁迅一方面极力倡导现实主义的创作方法,一方面却并不遵从纯客观的现实书写,鲁迅的"现实主义"是指在主题上思想上直指现实、有现实针对性,至于作为一种创作方法,一向主张"拿来主义"的鲁迅绝不拘泥于西方理论话语,却是针对自己要描写的对象而兼容并蓄、融会贯通,最终形成自己独特的现实主义风格。

在贬抑性的批评意见中,成仿吾的《〈呐喊〉的评论》是比较有代表性的。作为

---

① 雁冰(茅盾):《读〈呐喊〉》,《文学周报》第91期,1923年10月8日。

创造社的一员猛将,成仿吾从"再现"和"表现"的理论出发,认为鲁迅在"再现"他的人物形象时"不负责任",《孔乙己》、《阿Q正传》可谓"庸俗之徒"的"浅薄的纪实的传记"、"劳而无功的作品",是"没有价值"的。① 成仿吾语出惊人,也正代表了新文学批评初兴时期各抒己见的景观。

随着零星批评的增加,开始出现对鲁迅的综合性评论,打头阵的就是1924年曾秋士(孙伏园)的《关于鲁迅先生》②和1925年1月《现代评论》刊出的张定璜的《鲁迅先生》一文。张定璜(1895—1986),字凤举,江西南昌人,创造社重要成员。他15岁入南昌陆军测绘学堂,毕业后留学日本京都帝国大学;1920年代担任北京大学、北京女子师范大学教授与作家,并翻译不少日英法文学作品;1930年开始在法国巴黎索邦大学(Sorbonne)留学,后来担任巴黎汉学研究所前身(Institut des Hautes Etudes Chinoises)教授,1935年底归国;1940年代主要为教育部与中央图书馆作古籍、教育、报刊等工作。张定璜是民国时期著名作家、文史学家、批评家、翻译家,其许多作品发表在《创造》、《语丝》、《现代评论》等刊物上,与周氏兄弟及冯至等交情甚笃。1965年,张定璜移居美国,直至谢世。

在新文学初创期的批评家中,张定璜是不应该被忽视的人物。张定璜擅于将个体生命感受融入批评文字,在1920年代的"苏曼殊热"中,他曾作《苏曼殊与Byron及Shelly》,从艺术的、审美的角度出发谈到读苏曼殊所译拜伦、雪莱等西方浪漫主义诗作所受到的震动,认为苏曼殊的功绩之一是"引导"当时的青年进入一个"另外的新鲜生命的世界",让人们"第一次会晤""异乡的风味"③。从中我们可以了解张定璜的批评风格。张定璜所作的《鲁迅先生》一文大抵也是如此"感性"、情绪丰沛。该文"上"部分,用大量的文字叙述了当时文学界恍如"冬夜"般的"寂寞",当然那也是针对时代氛围所生发的感觉;也写到了诸多"美梦"以及"梦"的惊醒,当然我们可以将其读成一种暗喻吧;接着,张定璜就联想到了鲁迅先生《〈呐喊〉自序》中的话:"年轻时候也曾经做过许多梦,后来大半忘却了,但自己也并不以为可惜⋯⋯而我偏苦于不能全忘却,这不能全忘的一部分,到现在便成了《呐喊》的来

---

① 成仿吾:《〈呐喊〉的评论》,《创造季刊》第2卷第2期,1924年2月。
② 曾秋士(孙伏园):《关于鲁迅先生》,《晨报·副刊》1924年1月12日。
③ 张定璜:《苏曼殊与Byron及Shelly》,见《苏曼殊全集》(四),北京书局1985年影印本,第226页。

由"。鲁迅的"梦"和其"寂寞"大概也是相辅相成了,"这些梦不打紧就织成了《狂人日记》以下共十五篇的短篇小说集《呐喊》"。这是张定璜所理解的《呐喊》的形成。这一部分最为精彩的是批评家将章士钊的《双枰记》和苏曼殊的《绛纱记》、《焚剑记》作了对比研究,得出的结论恰恰在于形象地表述鲁迅小说开启新时代的"现代"意义和文学史地位:

> 两种的语言,两种的感情,两个不同的世界! 在《双枰记》、《绛纱记》和《焚剑记》里面我们最后的旧体的作风,最后的文言小说,最后的才子佳人的幻影,最后的浪漫的情波,最后的中国人祖先传来的人生观。读了他们再读《狂人日记》时,我们就譬如从薄暗的古庙的灯明底下骤然间走到夏日的炎光里来,我们由中世纪跨进了现代。①

张定璜从"语言"、"感情"和描写的"两个不同的世界"三个层面,非常敏锐地指出了鲁迅小说所具有的"分水岭"意义——对于苏曼殊等的作品以一连串五个"最后的"和一个"古庙的灯明"来盖棺论定,而以"夏日的炎光"来比喻鲁迅小说带来的那种耀眼的新意,这一评说可谓后来现代文学史叙事总是从《狂人日记》为发端的最早的论断,也是鲁迅小说经典化的开始。

《鲁迅先生》一文的"下"半部分从分析鲁迅小说的人物形象出发,尤其是那些书写乡下人的小说文本所传达出的"极其平凡的人事里含有一切的永久的悲哀",这一论定很显然不同于"人生派"的国民性的发现或所谓"人性的普遍的弱点",而是指出了阅读鲁迅、走进鲁迅的另一条道路:最习见的世界里的"悲哀"和"叹息","非常之微",却也"非常之深"。在以后的鲁迅研究中,这种注重生命体验的评论虽然不绝如缕,但也很难成为批评主潮,可谓弥足珍贵。由此即可见,张定璜《鲁迅先生》一文确实乃前期鲁迅研究的代表之作,具有重要的文学批评史意义和学术史价值。当然,客观地讲,当时的批评家还没有明确地评论鲁迅乡土写作的意识,作为一篇"综评"性的评论文章,《鲁迅先生》也并未能"摘出"鲁迅的乡土小说来深入细

---

① 张定璜:《鲁迅先生》,《现代评论》1925 年第 1 卷第 7、8 期。

致地予以评价。

可以为《呐喊》阶段的鲁迅批评做一个总结的,是 1926 年台静农编辑出版的《关于鲁迅及其著作》和 1927 年茅盾发表的《鲁迅论》。1926 年 7 月《关于鲁迅及其著作》由未名社出版,收入当时关于《呐喊》的评论和鲁迅"访问记"共十四篇。这里边包含了各色人众对鲁迅的印象及其批评,包括陈源《致志摩》这样的、将鲁迅描画为"一个官僚的神情"的文字。台静农在这部文集的《序》中谈到自己编辑的意图:一是为爱读鲁迅作品的人提供一种可以参照议论的方便;二是揄扬、贬损、谩骂等文章,反映出同一时代不同的人心。当然,作为鲁迅文学的追随者,台静农认为陈源等人所嘲骂的鲁迅个性上的尖刻、睚眦必报,其实相对于专爱"微温,敷衍,中和,回旋,不想急进的中国人",这正是一种应该发扬的精神。"鲁迅精神"这一词正是由台静农这里开始出现并越来越丰富复杂起来的。

1926 年 8 月,鲁迅第二本小说集《彷徨》出版,引起批评界更多关注。高长虹的《走出出版界——写给〈彷徨〉》[①]、董秋芳的《〈彷徨〉》[②]、从予的《〈彷徨〉》[③]、任叔(巴人)的《鲁迅的〈彷徨〉》[④]等是代表性的研究文章,内文多有将《呐喊》与《彷徨》的乡土小说做并置或对比研究的,例如董秋芳的文章认为:"从艺术手段方面说来,《呐喊》,是最努力于描写而求表现之充分,《阿 Q 正传》是最好的例子,《彷徨》里,作者的表现力,已臻于纯熟,不,已是神化之境了。"他评论乡土小说《祝福》"最为自然密严,祥林嫂的故事,是一篇的主脑,而作者却随便带起,绝无用力做作的痕迹","最经济最神奇的是《离婚》","灵动,耐人寻味"。看来,当时批评界对于鲁迅乡土书写予以更多肯定。

三、《鲁迅论》及早期乡土批评的收束

1927 年的《鲁迅论》是茅盾发表的第一篇作家论。作为一篇专论,文章从新文学状况到鲁迅思想评价、从鲁迅杂文创作到小说,长达万言,对鲁迅创作成就的肯

---

① 高长虹:《走出出版界——写给〈彷徨〉》,《狂飙》周刊第 1 期,1926 年 10 月 10 日。
② 董秋芳:《〈彷徨〉》,《世界日报》副刊,1926 年 10 月 18,19 日。
③ 从予:《〈彷徨〉》,《一般》第 1 卷第 3 号,1926 年 11 月 5 日。
④ 任叔(巴人):《鲁迅的〈彷徨〉》,钟敬文编《鲁迅在广州》,北新书局 1927 年版。

定溢于言表,也是茅盾"为人生"的文学观念的集中体现。其中与乡土文学研究相关的,主要集中在第五部分。茅盾认为,《呐喊》与《彷徨》两部小说集,除了《不周山》、《兔和猫》、《幸福的家庭》、《伤逝》以外,"大都是描写'老中国的儿女'的思想和生活"的,而且他特别强调:

> 我说是"老中国",并不含有"已经过去"的意思,照理这是应该被剩留在后面而成为"过去的"了,可是"理"在中国很难讲,所以《呐喊》和《彷徨》中的"老中国的儿女",我们在今日依然随时随处可以遇见,并且以后还会常常遇见。……这些"老中国的儿女"的灵魂上,负着几千年的传统的重担子,他们的面目是可憎的,他们的生活是可以咒诅的,然而你不能不承认他们的存在并且不能不懔懔地反省自己的灵魂究竟已否完全脱卸了几千年传统的重担。①

无疑,茅盾的《鲁迅论》是早期鲁迅小说研究中的翘楚之作,他不仅揭示了《呐喊》、《彷徨》等小说的文本内涵,也对鲁迅风格和思想做了深入探察。茅盾所谓"老中国的儿女"的命名,所谓"负着几千年的传统的重担子",可以理解为茅盾所谓"一切品性的结晶"和周作人所谓"一切的'谱'的结晶"更为通俗也更为贴切的表述。而茅盾同鲁迅一样清醒、一样忧患和失望的有这样两点:一,这些人、这些"应该过去"的思想当下还非常顽固地存在着;二,即便是我们自己的灵魂,也没有完全脱卸这些负载,也是那应该被憎恨、被诅咒的"老中国儿女"中的一员! 这正是茅盾悟到的鲁迅的深刻之处。在《鲁迅论》中,茅盾不认同张定璜在《鲁迅先生》中对鲁迅风格的概括,即"老实不客气的剥脱"和"冷静的旁观",他认为鲁迅绝非站在云端的"超人"、"圣哲",而是"忍住了悲悯的热泪,用冷讽的微笑,一遍一遍不惮其烦地向我们解释人类是如何脆弱,世事是多么矛盾"。《鲁迅论》也一条条分析了《关于鲁迅及其著作》中收录的不少对于鲁迅小说的意见,对于成仿吾对鲁迅的批评,茅盾从自己的理解出发予以否定。对于《彷徨》,茅盾认为其未能很好地反映时代的全貌,在阶级立场上也相对模糊,这显然偏离了"五四"启蒙主义的价值观念。

---

① 茅盾:《鲁迅论》,《小说月报》第 18 卷第 11 号,1927 年 11 月 10 日。

可以说,《鲁迅论》为1920年代前期鲁迅批评的独奏画上了一个圆满的句号,而1927年,也是鲁迅研究包括乡土小说批评的转折点。在新的文化语境下,完全脱出了"五四"时代争论的理路和范畴。这一点我们会在以后再论及。

从进入"中国文学史"书写的方面来看早期鲁迅研究,正式的算是1924年泰东图书局初版、1925年光明书局再版的谭正璧的《中国文学史大纲》。该著在"附骥"式的第十一章"现代文学与将来的趋势"部分,"文学革命的先锋"一节,极力推崇周氏兄弟,认为鲁迅的《呐喊》"是一部永久不朽的作品,很有地方色彩,而用笔冷峭暗讥,有特别风味。不但是好的文艺作品,还是一本革命的宣传书。不过最近的作品,又换了一种意向,但他那种诙谐的神味,仍时常在笔下发出。他诙谐,是欲哭无泪的强笑,吾们决不能当他是滑稽呢!"谭著非常犀利传神地抓住了鲁迅小说的风格特点:"地方色彩"、"诙谐的神味"、"冷峭暗讥"。自此,只要是关于"五四"新文学的文学史著,错过鲁迅的小说创作那不仅是"大失水准",简直是不可思议的事情了。

总体来看,这正是鲁迅小说和乡土描写进入批评史的开端,也是现代"鲁学"的肇始。虽然有不少异声,有这样那样的批评在其内,但就大方向来说,此期的鲁迅批评是源自对"五四"启蒙主义思想、"改造国民性"等新文化观念的认同,单就鲁迅乡土小说而言,周作人、茅盾的解读在以后的"鲁学"中不断被发扬光大。

第三节　茅盾、周作人等的批评开拓与乡土文艺思潮的转向

研究者一般将许钦文、许杰、蹇先艾、彭家煌、王鲁彦等归入"乡土写实小说流派",这当然和鲁迅在《〈中国新文学大系·小说二集〉序言》中对这一题材写作群体的认定有莫大关系。在以后"五四"新文学不断经典化的过程中,鲁迅等的论述几乎成了文学批评的"盖棺论定"之音,影响了乡土写实派声名和作品的传播与流布。其实,这一个写作群体在学理意义上还称不上是"流派",而是他们均受到鲁迅文风的影响,在题材、风格、创作手法上相近,在新文学尤其是现代小说还不够成熟的阶段形成的一个不大不小的小说潮流罢了。

一、乡土写实小说作家群体的形成及其批评

乡土写实小说作家群体的创作在"小荷初露尖尖角"时，即已表现出对鲁迅"国民性批判"主题的师承。王鲁彦在其中曾引人瞩目，并被鲁迅称为"吾家彦弟"。王鲁彦（1901—1944），原名王衡，是浙江镇海人。1926年，他出版了自己的小说集《柚子》，收入早期创作的《狗》、《柚子》、《阿卓呆子》等十一篇短篇小说。在不少乡土写实小说家都辍笔后，王鲁彦的创作在1920年代后依然有较大发展，《柚子》之后有《黄金》、《童年的悲哀》等不少作品问世。1930年代，王鲁彦代表性长篇小说《野火》（《愤怒的乡村》）出版，作品在犀利地批判乡间世俗愚昧的同时，塑造了富有反抗意识的农民形象，引起较大关注；另一部作品《河边》是对"五四"时期现实主义文学中民族特色和风格的肯定，也曾经为其赢得声誉。

大体上讲，1920年代前一阶段，王鲁彦对鲁迅亦步亦趋，尝试将犀利的笔触伸进乡村农民灵魂深处，对他们的麻木落后、冷酷无情、愚昧顽固等国民劣根性进行了批判，而不同于当时其他乡土小说家的是，王鲁彦更倾向于描写农民小有产者。《柚子》中《菊英的出嫁》描摹农村"冥婚"的风俗，不露声色地表现出对民众愚昧迷信的批判；而其《屋顶下》等小说则将文化批判的目光投注在小乡镇家庭关系的龃龉上，通过对婆媳间隙的揭示，来批判封建宗法势力的顽固、暴虐和惨无人性，体现出新文化的人道主义观念，这些都有对鲁迅乡土小说亦步亦趋的继承在内——即秉承"五四"文化批判的意旨，揭开封建文化的遮羞布，暴露其丑陋的本质，促国人警醒。最早论及王鲁彦及其作品的是章洪熙的《鲁彦走了》，这篇小文载于1923年8月10日《晨报副刊》三版"杂谈"栏。《鲁彦走了》同这一时期多数的评论文章一样，"评文论章"的意见不多，偏重于对鲁彦离开朋友旅迁他地、文人圈子更显寂寞的心绪发抒。秉丞（叶圣陶）的《读〈柚子〉》大概可以代表当时的一些意见。秉丞认为，《柚子》体现出王鲁彦乡土小说创作的三个特点：第一，"感受性非常敏锐"，这样使得作品人物每一点细微的心理震动，都逃不脱作者的诚实灵敏的灵魂的捕捉；第二，"作者的笔调是轻松的"，有时又带一点"滑稽"，但潜在的却是"悲哀"，是"含泪的微笑"；第三，"作者的文字极朴素"，不事雕琢。正是这三点，构成了王鲁彦在

1920 年代中期乡土写实小说家中"自有的风格"。[①]

　　这一阶段有关王鲁彦的重要批评文章,则是茅盾的《王鲁彦论》。该文近七千字,算得是当时篇幅很长的文学评论文章了。在此文中,茅盾也将社会—历史批评运用得更加娴熟。《王鲁彦论》开篇对新文学发生以来小说界的收获做了一个总结,认为作家们体现出一些"共通的精神"和"共通的心",即努力诉出他们的悲哀,并在这枯寂的人生努力描画希望、创造新的美的事物。在这些努力中,王鲁彦以其《柚子》和《黄金》等为数不多的创作将"整个的中国社会"藏进了一二,最为成功的是其笔下呈现了一类人物:乡村的小资产阶级,这正好和叶绍钧《潘先生在难中》等所写到的城市小资产阶级相呼应。这其实在"五四"新文学中是"最少被写到的"。另外,王鲁彦不少作品抒写了"作者个人的感想和企图讽刺这混乱矛盾的人生",也就是说作者敏锐地感觉到人生的矛盾和悲哀,而且这种焦灼苦闷的情调贯彻了王鲁彦全部的作品。这自然和文学研究会"文学为人生"的观念比较切近。再者,王鲁彦在描写方面呈现出自然和朴素的一面,而作者的诙谐大都"带一点讽刺的气味",这也是茅盾加以肯定的。茅盾认为,王鲁彦乡土小说创作中存在的毛病也不可回避,一是在反映人生的矛盾和苦闷时所用讽刺总是偏于"瘦瘠的诙谐",二是在人物描写上人物对话常常不符合人物身份,太"欧化",太通"文"。在思想和技术两个层面都算好的,茅盾最推《许是不至于吧》和《黄金》。这两篇小说都能够非常到位地揭示出乡村小资产阶级的处世哲学,以及乡村的原始式的冷酷,体现出作者"锐敏的感觉"。其实,茅盾的《王鲁彦论》正好反映了茅盾个人文学观念的两个重要层面:一是他非常注重文学文本是否是对社会生活的反映,二是他非常重视城乡资产阶级、小资产阶级在文学中的反映。茅盾这种文学批评观触及了中国社会阶层的构成问题,在他接下来的小说创作例如《子夜》中有了更为清晰明确的体现。

　　1934 年,苏雪林撰文分析乡土作家王鲁彦与许钦文。文章认为,王鲁彦对于自己家乡宁波一带"浇薄势利"的民气有深刻的印象,因而也有成功的描写,其作品"感伤灰色的气氛极为浓厚,但其善于描写乡村小资产阶级和农民心理与生活,则使其天然成为鲁迅高足了"。苏雪林给予王鲁彦的《阿长贼骨头》以极高的评价,认

---

①　秉丞(叶圣陶):《读〈柚子〉》,《小说月报》第 18 卷第 7 号,1927 年 7 月 10 日。

为这篇小说与许钦文的《鼻涕阿二》同是学了鲁迅《阿Q正传》的产品，"这是一幅绝妙的'小瘪三行乐图'，文笔之轻松滑稽，处处令人绝倒，也有些仿佛《阿Q正传》"，不过相比于《鼻涕阿二》，"王鲁彦比许的技术似乎更超卓"。①

写出著名"讽刺小说"《鼻涕阿二》的许钦文（1897—1984），原名许绳尧，浙江山阴人。他1917年毕业于杭州省立第五师范学校，留任母校附属小学做教师。期间，接受新文化运动及"五四"新文学影响，开始文学创作，1922年发表第一篇作品短篇小说《晕》，此后经常在《晨报》副刊发表小说和杂文。历任杭州高级中学、成都美术学校、福建师范大学、福州协和大学教师。

许钦文乃当时簇拥在鲁迅身边的文学青年之一，是鲁迅欣赏且重视的乡土写实作家，受到鲁迅的扶持与指导。在鲁迅博物馆选编的《鲁迅回忆录》中，收录有许钦文《〈鲁迅日记〉中的我》一篇文字，这是多年以后许钦文在回忆与鲁迅相处的岁月时写下的，从中可以看出在1920年代许钦文刚刚步上文坛时鲁迅对他的影响："鲁迅先生给我的温暖，好像是春天的和风，渐渐地，把我心底里的冰块吹烊了，也把我满脑子的愤懑吹散了，使我觉得，我已不再处于绝境，并非手无寸铁，我有笔，也是可以有所作为的。"许钦文开始创作后发表有二十余篇短篇小说，如《父亲的花园》、《理想的伴侣》、《一张包花生米的纸》等，多是对早年故乡生活的片段回忆织就成的。1926年，鲁迅专门在其主编的"乌合丛书"中收录了许钦文的短篇小说集《故乡》，这本集子由鲁迅亲自选编校对、资助出版。对于这部许钦文早期的"小说习作"，鲁迅"惊异而欢喜"地声言："在描写乡村生活上，作者不及我，在青年心理上，我写不过作者。"他还嘱托高长虹阅读并为其作一篇"分析的序"。高长虹拖拖拉拉一直到《故乡》出版时，也并没有写成这"分析的序"，不过一篇《〈故乡〉小引》或许也能说明问题。在这篇《小引》中，高长虹认为许钦文小说"乡村的描写，感情的流露，心理的分析，人间的真实性，都是向来所不容易看见过的"，他更为欣赏和感到趣味的如同鲁迅一样，也是"这书中的青年心理的描写"，他很为许钦文"好久地被忽略过去了"抱不平。②

---

① 苏雪林：《王鲁彦与许钦文》，《现代》第5卷第5期，1934年9月。
② 高长虹：《〈故乡〉小引》，《故乡》，北新书局1926年4月版。

不过，阅读高长虹这篇《小引》，一个方面要肯定他的真诚，另一方面也让人觉得这"小引"也过于仓促、过于"小"——更遑论要做一篇"分析的序"了——似乎作者并没有仔细地阅读许钦文原著，更没有对其创作的艺术予以深思熟虑地总结，所以，终有些应付了事的嫌疑，辜负了鲁迅的嘱咐。这表现在，高文只是用几个词汇总结了一下许钦文写作的基本特征，具体是在哪些小说中有较充分的体现并没有展开分析，这就使得那句为许钦文的"被忽略"抱不平的话犹如空中起高台，落不到实处。这不但说明了作序时的高长虹或许用心不在此；也旁证了在文学评论初起时，即便是在鲁迅的"督导"下，做一篇"像样的"文章也并非易事，甚或人们还没有太深刻的评论意识。

有趣的是，这篇"小引"提供的信息如实地记录了鲁迅怀疑自己对许钦文的器重是否为"感情作用"。虽然高长虹的行文语意是否定的，但在今天读《故乡》，虽然说许钦文某些小说例如《请原谅我》、《大水》等，心理描写确实有出类拔萃之处，但是远远没有办法和鲁迅的《阿 Q 正传》、《祝福》、《孤独者》等作品中那入木三分的人物心理描写同日而语。不得不说，鲁迅当初拿许钦文早期作品与自己的做对比，除了自谦外确实有感情色彩在里边，除了乡谊、师生情分外，所谓"爱屋及乌"也可以理解为出于对此一类乡土小说创作的期待和提携之意。在乡土写实小说起步时期，确实需要鲁迅这样的文学家来发掘、奖掖和推出作家作品，引导大家对文学批评的关注。

其实，早期关注到这一类创作并予以相对中肯评价的是傅雷，他最先关注到的作家正好就是许钦文。在《故乡》出版不到一年时间里，他就在《北新》第二十九期发表了《许钦文的〈故乡〉》一文。傅雷开门见山地指出，自己在"闷雨"与"沉寂"中想就许钦文《故乡》说几句话，但"这是杂感，并不是批评"，意思是自己的发言并非学术性的字斟句酌的"批评"，而只是一时之杂想随笔罢了，不必当真。但正是这篇并非正经八百的"杂感"，却道出了鲁迅和高长虹所未能或不能道出的话、一些犀利的批评，其中也有一些是真知灼见。傅雷认为，《故乡》二十七篇小说中让人中意的并不多，至于鲁迅所力推的"青年心理描写"这部分，就体现在占全书内容三分之二的恋爱、婚姻题材，如《小狗的厄运》、《一张包花生米的纸》、《妹子疑惑中》、《口约三章》、《请原谅我》等，其中某些篇章给人以"相当的轻灵的快感"，"发松的地方，也能逼真，而不致离开事实太远"，但是，再说出其他的好处来，实在是缺乏。这些篇章最让人满意的，傅雷推为《父亲的花园》和《以往的姐妹们》，其好就好在"使人反省，使人知道隐匿于事件之底的深的意味"。傅雷本身对于鲁迅的乡土小说中带有冷峻的幽默、深刻的讽刺和夸张的描写的作品，如《阿 Q 正传》、《祝福》、《肥皂》等并不特别喜欢，倒是对于《故乡》、《社戏》、《孤独者》、《伤逝》等作品心存好感，原因也大抵是这些作品绝不以技巧见长，而是其"使人反省"，有"深的意味"。他对于许钦文的评价也是以此为标准。由此，傅雷毫不掩饰地指出他对于鲁迅偏爱许钦文的"失望"。

　　谈到 1920 年代乡土写实类小说的批评与研究，不得不提到另一位作家许杰以及批评家李圣悦。许杰（1901—1993），原名许世杰，字士仁，生于浙江天台。他青年时就读于浙江省立第六、第五师范学校，1922 年编《越铎日报》的《微光》副刊，1924 年开始发表小说并加入文学研究会。1926 年，许杰出版了短篇小说集《惨雾》，共收录《惨雾》、《菜芽》、《醉人的湖风》、《赌徒吉顺》、《小牛》、《小草》、《台下的喜剧》等作品七篇。这些小说多以农村生活为题材，结构整密，气魄雄壮，心理描写细腻，艺术成就较高，是 1920 年代现实主义乡土小说中的优秀之作。1920 年代末，他的创作开始表现出"另一重面孔"，那就是接受了创造社郭沫若、郁达夫等的影响，文风向主观抒情转化。对于许杰及其《惨雾》，李圣悦投入了极大的学术激情，写作了《〈惨雾〉的描写方法及其作风》一文。该文开篇分析了当时新文学界的创作状况，那就是出的作品不少，但是有生命力、有创作意味的作品不多。究其原因，乃"一般作者趋于模仿而忽略创体，注重形式而离开实际"，这样，作者的"情感个性"无以表现出来，作品自然无味无趣。李圣悦对《惨雾》的批评可以说体现了他"打破崇拜偶像"的观念，以"批评的眼光"去赏鉴和寻找"成熟的作品"。①

　　李圣悦主要从结构和描写两个方面来讨论《惨雾》的特点。在结构上，《惨雾》的多篇小说都避免了当时不少作家作品平铺直叙的毛病，而是善于运用"曲折"的布局，或者将宏大复杂的故事场面以作品人物的"听闻"来展示，或者将极为重要的情节线索通过次要人物的旁白对话予以呈现，或者用一个人做主角来串联其全篇

---

① 李圣悦：《〈惨雾〉的描写方法及其作风》，《文学周报》第 292 期，1927 年 11 月 27 日。

的结构等;在叙事方面,作者调动了时而补叙、时而夹叙,时而暗隐、时而明显的方法。这种结构布局方法非常灵活,又严密周全,有一条线索自始至终贯穿到底,体现出作者在小说结构上的匠心。在描写方法上,许杰选用了人物描写、心理描写、感觉描写三种方法。作者用语言和心理来表现人格是其强项,每个人的性格都具体入微、个性鲜明;而用幻觉和幻想来描写人,或者用矛盾心理、味觉嗅觉象征、视觉听觉等来描写人,也异常生动。由此可以见出,许杰"善于用很细的鼻尖将各种事物深切的刻画出来,同时能叙述得有条不紊",这是他的天才之处。在李圣悦看来,许杰作品的另一可贵处,则是不同于当时不少人关注都会城市的社会现象,至于描写乡村的,多缺乏对乡间生活状况真切的感受和入微的描写,这一点许杰做到了,这弥补了描写真正的"平民生活"的文艺的缺乏。很明显,在当时还颇不成熟的文学批评领域,李圣悦的这篇文章从学理的角度解读《惨雾》,是一个很成功的案例。

二、"乡土浪漫派"的出场与早期批评

在1920年代中期,除了此类乡土写实主义小说步趋鲁迅之后形成一个小小的高潮,还有另一类乡土小说创作的出现,那就是废名、沈从文走上文坛。在前文中,我们谈到1920年代初期文坛的关键词:"寂寞"和"消沉",其实爬梳早期那些文学评论文章,轻而易举地就能发现另一个关键词——"梦"。从鲁迅到周作人到张定璜,从废名到沈从文,在创作和批评中,有意无意都在言说着一个"梦",这"梦",既是个人的,也是时代的;既是文学的,也是现实的;既是创作的,也是批评的。张定璜曾这样写着那个时代的文人梦:"枯坐于这个冬夜里的我们,对于未来假定有一番虔信,对于现在到底逃不掉失望。于是我们所可聊以自慰的便是做梦。我们梦到明日的花园,梦到理想的仙乡,梦到许多好看好听好吃好穿的东西;有的梦到不老的少年,有的梦到长春的美女,有的梦到纯真的友谊,有的梦到不知道嫉妒的恋爱,有的梦到崭新的艺术的宫。做梦也是人们享受得到的有限的幸福之一,也有许多人是不能做梦的,多可怜! 不过就令你能做梦,梦也有醒的时候。"①评论鲁迅小说,张定璜却拉扯了半天"梦到"什么,看似离题万里,其实却也正是文学批评家与

---

① 张定璜:《鲁迅先生》,《现代评论》1925年1月。

评论对象之间的一种"声气相求",仿佛不如此,便无以表达对这作品内在精神的理解——在批评家看来,那文学也正不过是文学家做的美满的破裂或悲观的"梦"的重燃罢了,这也正是那个瞬息万变的时代所要求作家的,这一点在以废名和沈从文为代表的"京派"创作和批评中尤其明显。

通常认为,周作人乃1920年代起步、1930年代颇成气势的"京派"的导师,而废名一般又被认为是这个流派在文化观和文学审美理想上最早的践行者,是中国现代文学史上乡土浪漫主义小说的鼻祖。废名(1901—1967),原名冯文炳,湖北黄梅人,据其"日记"记载,他1926年6月开始用笔名"废名"。废名成名于读大学期间。1922年,废名考入北京大学预科英文班,开始广泛接触新文学人物,并参加了浅草社,经常投稿《语丝》,开始发表诗和小说。1925年,废名出版了第一本短篇小说集《竹林的故事》。周作人在为废名《竹林的故事》写"序"时直截了当地下断语:"文学不是实录,乃是一个梦:梦并不是醒生活的复写,然而离开了醒生活梦也就没有了材料,无论所做的是反应的或是满愿的梦。"①由此,周作人认为,时人可能误会冯君的小说是在"逃避现实",其实绝对不是,生活本身就是"平凡人的平凡生活",冯文炳就写乡村儿女翁媪之事,这也却"正是现实"。周作人将"梦"与"现实"进行对位思考,这一认识一下子把废名的乡土创作放在了更高的立意上。

《〈竹林的故事〉序》这篇小文可算得上是1920年代文学批评的上乘之作。在短短的千字之内,周作人除了解读《竹林的故事》一类写作并非"逃避生活"外,还明确了废名乡土小说的第二个、也是更为重要的特点:文学理想和文字之间流淌的"独立的精神",这里边包括为人的"平实朴讷的作风"和"从中外文学里涵养他的趣味,一面独自走他的路"。这些批评文字都极其准确地把握了废名早期创作的基本特征,尤其是其最为"独殊"的那些面向。周作人揭示出废名作品不同于"五四"时期其他小说的独异一面,而这一面正是后来京派发扬光大以致自己可以壁立文坛的价值所在。当然,周作人不讳言,由于自己与对方认识,且很是喜欢对方的作品,因而"说的不免有点偏,倘若当作批评去看,那就有点像'戏台里喝彩'的普通评论,不是我的本意了"——但确乎,"喝彩"绝对是周作人的本意,其"偏"处大概正在于

① 周作人:《〈竹林的故事〉序》,《语丝》第1卷第48期,1925年10月12日。

前文说自己"不知怎的有点'隐逸的'，有时候很想找点温和的读"，这正说明了走进"自己的园地"后的周作人看中废名是必然的，他从一种赏心乐事的角度去读废名的小说，这话中也流露出评论者自己怀有对现实梦破灭的失望感。

1928 年，上海开明书店出版废名的乡土小说《桃园》，周作人一如既往地予以支持，为其作《跋》。在此《跋》中，周作人肯定了自己对于废名的喜欢源自二人都有着"叛徒与隐士合一"的思想。对于《桃园》的意见，总体上讲，周作人认同其具有一种文艺之美，包括形式与内容。周作人借此批评了新文学界近来创作不太讲究文章之学的缺陷，意思是废名的乡土小说创作正是对新文学此类不足的修正。具体在创作艺术上，《桃园》的艺术成就一是语言文字的"简洁而有力"，饱含着一种"古典的趣味"，当然有时也就会显出晦涩；二是乡土人物形象的可爱，人物间好像互相亲近与和解，这是废名皈依田园的"隐逸性"的体现。《〈桃园〉跋》不但很好地概括了废名的思想，也恰如其分地归纳了废名乡土小说的艺术风格，这也是对《〈竹林的故事〉序》的另一重强调。

比起周作人的明了断语和真诚喝彩，废名对于自己乡土小说的认识集中在《说梦》这一篇文章中。[1] 与周作人的"梦"的解析相呼应，废名这篇有些支离破碎、顾影自怜的文字，满纸流荡着哀伤、寂寞和梦。谈及小说的诞生，他说："《竹林的故事》、《河上柳》、《去乡》，是我过去的生命的结晶，现在我还时常回顾他一下，简直是一个梦，我不知这梦是如何做起，我感到不可思议！这是我的杰作呵，我再不能写这样的杰作！"一般来讲，一个作者初步文坛，文笔总是有些稚拙的，但是废名毫不客气地讲自己最早的作品其实是最令人满意的，现在却未必能做得出，这其中的原因便是"梦"的破灭：当初的大地是狭窄的，就在这狭窄的一角似乎比现在看得深，再加上勤苦阅读、勤苦创作，以及伴随期间的全部欢喜，促成了《竹林的故事》的诞生。"创作的时候应该是'反刍'。这样才能成为一个梦。是梦，所以与当初的实生活隔了模糊的界。艺术的成功也就在这里。"废名总结创作的成功与否有其可贵的体验在里边，他将"实生活"的艺术化过程比作"反刍"，这个反刍的过程所造就的成果与"实生活"不会决然无缘，同时在各个方面又会有天壤之别，"实生活"经过这层

---

[1]　废名：《说梦》，《语丝》第 133 期，1927 年 5 月。

历练,才锻冶成了文学。所以,文学这个成品其实就是"实生活"的一个"梦相"。在废名这里,包括在沈从文看来,一个作家本身就是一个批评家,废名对自己作品的这个批评,也影响到了以后文学研究批评对"京派"文学审美的认识。废名的小说以"散文化"闻名,其独特的创作风格人称"废名风"。作为"文体作家",废名对沈从文、汪曾祺等作家产生的影响是不言而喻的。这是后话了。

1924 年始,沈从文的作品陆续在《晨报》、《语丝》、《现代评论》等刊物上发表,他的第一本创作集比废名的晚一年出版,那就是 1926 年 11 月由北新书局出版的戏剧、小说、诗、散文等文体合集《鸭子》。对于《鸭子》提出了比较切实批评意见的,是徐霞村。他在《沈从文的〈鸭子〉》中,依照文体次序评述了《鸭子》的成绩与不足。评论者认为,九篇小说最为难得的是细腻的笔法,这和著者的乡村生活和当兵生活体验有关,他就如实地写下所经验人物坦白的欢笑、爽直的谈话、粗野不羁的娱乐。这篇在《鸭子》出版不足半年发表的文章,基本上抓住了沈从文早期创作(习作)的一些基本特点,例如语言文字的独具一格,例如对于乡村或兵营生活细致生动的刻画功夫。笔者觉得极为重要的则是那最末一笔:"在著者的天真的面孔后还藏着深刻的悲哀。"[①]当然,遗憾也在这里,徐霞村并没有对这"深刻的悲哀"做出进一步的解析尝试,不能不说此文仅是一篇还算漂亮的"表面文章"。文章的另一点不足则是,并未对沈从文在《鸭子》中表现的整体成就,或者是与当时文坛上其他相类作家作品做一个对比分析,以至于就事论事,看似比较潦草。这大概也能代表当时批评界的基本水平了,也说明沈从文文学起步开始并不像废名那样风生水起。其实,在新文化运动落幕的前夕、"文学革命"向"革命文学"转型的序幕将要拉开时,废名和沈从文的创作既是"五四"文学启蒙的那个旧梦的影子,又是在革命文艺思潮将要暴涨的年代知识分子的一个新梦——渴望文学在历史功利性的罅隙里能有自己自如成长的空间,也渴望作为知识分子的作家能够在文学工具论色彩浓烈的时代探寻一点独立的尊严,所以,此类写作其实并非启蒙的悖反,却是文学对启蒙困境的必然反映。但终究,这一流派的乡土小说始终就像一出氤氲着浪漫气息和牧歌情调的文人梦。

---

① 　徐霞村:《沈从文的〈鸭子〉》,载 1927 年 4 月 16 日《北新》第 1 卷第 34 期。

三、"作家论"的兴起与乡土批评的转向

标志着新文学早期批评研究局面有更深入开拓的,一是1927年开始出现的"作家论",二是"序"和"记"所构成的一个自说自话的批评空间。1920年代眼光独到、理论素养好,同时又善于发论的批评家,除了周作人,当然就属茅盾了,尤其是在乡土批判方面。茅盾除了前此我们重点写到的1920年代初在乡土批评发生阶段在学术术语、学术概念上的引进和界定外,到1920年代中后期在乡土作家论上的成就更值得一提。到1927年、1928年,出现了茅盾的《鲁迅论》、《王鲁彦论》,这是现代乡土小说批评经过了几年发育期后的重要成果。这两篇作家论我们在前文的讨论中已经谈过,它是早期鲁迅研究、王鲁彦研究的"总结之作"。1920年代后期到1930年代初,批评界的"作家专论"越来越多。仅1927年至1934年,茅盾的"作家论"除了《鲁迅论》、《王鲁彦论》,还有《徐志摩论》、《庐隐论》、《冰心论》、《落花生论》等,构成了一个系列。"'作家论'其实是茅盾将'现实主义'运用于文学阐释之中,以之梳理文学创作内在规律的一种批评实践活动",在"左翼"理论界,如果说,"瞿秋白、冯雪峰更多的是从理论上确立'社会/历史'批评的权威位置和方法体系——用马克思主义的唯物辩证法理论指导文学批评实践,建立该时期权威的文学批评方法论,引导文坛的创作和批评的走向,那么,茅盾则主要是通过具体的作家作品论来实践这种批评方法。茅盾整个批评体系经由'作家论'的批评实践而逐步确立"①。1930年代中期,苏雪林的《沈从文论》和《王鲁彦与许钦文》这些作家专论的发表,标志着乡土小说批评研究渐趋成熟。

苏雪林的《沈从文论》载1934年9月《文学》第3卷第3号,是现代乡土文学研究中重要的作家论,也是沈从文研究的经典文献。此文发表后影响很大,"渐渐的欧美各国研究中国新文学者和以中国三十年代新文学为题材撰写博士论文者,无论其为中国留学生,或外籍人士,常托人辗转关说,或打听到我的通讯处,写信来向我请教各种问题,并请求供给资料"②。这篇褒贬兼具的文章批评了沈从文小说的

---

① 黄修己、刘卫国主编:《中国现代文学研究史》,广东人民出版社2008年版,第156页。
② 苏雪林:《中国二三十年代作家》,纯文学出版社1986年版,第5页。

啰唆、粗糙、缺乏组织,曾经引发了沈从文强烈不满。例如苏雪林写道:"我常说沈从文是一个新文学界的魔术家。他能从一个空盘里倒出数不清的苹果鸡蛋;能从一方手帕里扯出许多红红绿绿的缎带纸条;能从一把空壶里喷出洒洒不穷的喷泉;能从一方包袱下变出一盆烈焰飞腾的大火,不过观众在点头微笑和热烈鼓掌之中,心里总有'这不过玩手法'的感想。"但《沈从文论》也绝非对沈氏"故作毁谤"①,且某些判断及时、准确,成为影响深远的经典性论述。例如,文章归纳沈从文乡土小说的"文学理想"为:"这理想是什么? 我看就是想借文字的力量,把野蛮人的血液注射到老态龙钟,颓废腐败的中华民族身体里去,使他兴奋起来,年青起来,好在20世纪舞台上与别个民族争生存权利。"这一论点即被钱理群等编写的《中国现代文学三十年》所引用。② 金介甫在《沈从文论》一书中也认为苏学林论文中的观点"有真知灼见"③。

在乡土写实小说出现小高潮、乡土浪漫小说初露峥嵘的同时,还有一类重要的现象正在渐次显露,那就是随着整个文艺思潮的转向,乡土小说也向"革命"方向发展,并相应地出现了批评研究的转向。代表作家是蒋光慈、叶紫、柔石等,他们随后也越来越向"左翼"文艺靠拢。蒋光慈1926年发表了《少年漂泊者》。小说以书信体的形式,描述了农村少年汪中在父母被万恶的地主逼迫双亡之后漂泊四方,经历艰难曲折,最终自觉地走上了为革命事业而英勇斗争的道路。这部小说是最早塑造优秀共产党人形象的小说,激励过许多找不到出路的青年走上革命道路,曾被国民党当局查禁。杜俊东的《读〈少年漂泊者〉》认为,蒋光慈在一派"唯美"的小说世界发出了一声"粗暴的叫喊",这是文学家站在社会的前面引导社会的一种创作,"要按艺术的眼光,描写、修辞上,似乎稍嫌粗直。但这究竟是一篇值得读一读的小说! 这种压迫者的反抗呼声,社会罪恶的揭破者,实在胜过读一万本肉麻的恋爱小说"④!

在谈论"阶级分析"的批评方法出现时,郁达夫的《农民文艺的实质》值得再次

---

① 王娜:《苏雪林民国二十三年日记研究》,武汉大学硕士论文,2008年,第21页。
② 参阅钱理群、温儒敏、吴福辉:《中国现代文学三十年》,北京大学出版社1998年版,第7页。
③ 金介甫:《沈从文论》,符家钦译,国际文化出版公司2009年版,第229页。
④ 杜俊东:读《少年漂泊者》,《骆驼》第27、28期,1927年11月2日、28日。

提到。这里的"农民文艺"，以"农民"为主体、以推动"农民运动"为目的，提倡文艺写农民、给农民看：

> 在消极的方面觉得比较的可以事半功倍，比较的可以实行的农民运动的一种武器，我以为还是农民文艺的提倡，以最浅近简单的文字，来写作诗歌，写作喜剧，创作小说，使单纯的农民，在工作的中间可以歌唱，在闲暇的时候，可以到空旷的地方去观看阅读的这一种东西。

为了充分介绍"农民文艺"是如何的为农民服务，郁达夫接着将波兰诗人拉提斯老·来蒙脱（W. S. Reymont）《农民》四卷的梗概——写出来，来看明白"这位诺贝尔奖金领受者的作品，是如何的富有乡土气，如何的带有革命性了"。说到创造社的转向，郁达夫这篇文章可以算作在乡土文学批评领域转向的一个案例了。

第四节　鲁迅乡土小说研究的繁荣与 "左翼"乡土批评的蓬勃兴起

1928 年是中国现代文学第二阶段的开端，是中国文艺的嬗变年，研究界常常说到的是太阳社的成立、创造社的集体转向。当然，鲁迅研究的嬗变也是其中一个非常鲜明的例证。

一、鲁迅乡土小说研究的转向与初步繁荣

在本前次的内容中，我们曾经谈到茅盾 1927 年以《鲁迅论》为前一阶段的鲁迅研究，尤其是鲁迅的乡土书写研究画下了一个有力句号。也是在 1927 年，就是一声《第三样世界的创造——我们所应当欢迎的鲁迅》①一文的发表，呈现出前一阶段向后一阶段转换的端倪。《第三样世界的创造》以青年人欢迎鲁迅——"思想界

---

① 一声：《第三样世界的创造》，《少年先锋旬刊》第 2 卷第 15 期，1927 年 2 月 21 日。

的权威者"、"时代的前驱"——到广州的口气,对鲁迅小说作出了一些比较分析和评价。一声认为:"鲁迅小说里所描写的多半是农村生活。中国的农村经济是在外国商品的掠取和军阀官僚剥削之下破产的。破产的农村生活自然亦有贫穷。鲁迅便拿着这个'贫穷'来做他的中心题材。我们只要看他的创作集《呐喊》里的人物,如孔乙己,阿Q,华老栓,红鼻子老拱,九斤的一家,等等,都是穷到精神变态——病,发狂。再也没有一支笔能够像他把农民的穷困写得更可怜、更可怕了。"一声"站在革命的观点上"来观察鲁迅的小说,自然会提炼出"贫穷乃是鲁迅小说的中心主题"的观点,于是也会有下边的议论:"可是他只是如此写。他没有叫农民起来反抗他们的命运,也没有叫青年回到农村去改造农村。他只是很冷然的去刻画,去描写,写好了又冷然地给你们看,使我们看了失惊。"正是由于对鲁迅乡土小说肯定中更为否定的倾向,《第三样世界的创造》在下文就追索鲁迅"论文"的革命价值——终究"只是短棒",不是"机关枪",不能让其足够满意,进一步得出了这样的结论:"或许是鲁迅的创作对于革命的消极的贡献。"从这篇文字,正好可以看出在1927年前后"五四"新文化运动转向工农革命的一个当口,评论界对于鲁迅小说"革命"与否的一个解读,其实也是对鲁迅思想"革命性"的探问,也是对鲁迅小说的"艺术性"、"思想性"评价转向"革命性"、"阶级性"评价的开端。

这里需要提起的是刘大杰发表于1928年的一篇文章,较早地关注到鲁迅乡土小说的特征,并从"写实主义"角度解读鲁迅小说的艺术特色。文章认为,读了《呐喊》、《彷徨》,对鲁迅笔下的"鲁镇、S城、未庄风气的闭塞,乡民的愚暗,以及男女的教育的城市的农村的状态,我们都有很深的印象","说鲁迅是一个乡土艺术的作家,也不是无理的"。[①] 刘大杰从鲁迅小说对于浙江绍兴地域色彩的揭示中,明确定位鲁迅是"乡土艺术作家",这是在挞伐声起时保持清醒的一篇文学评论。

所以,"革命文学"开始的鲁迅批评是以"讨伐"起步的。当然,最能体现出这一评论蜕变和思想交锋的是发表于1928年的几篇文章,主要包括钱杏邨的《死去了

---

① 刘大杰:《〈呐喊〉与〈彷徨〉与〈野草〉》,《长夜》1928年5月15日。

的阿 Q 时代》①、青见的《阿 Q 时代没有死》②、石泉的《〈祝福〉读后感》③、昌派的《写
给死了的阿 Q》等④,也包括像画室(冯雪峰)所作《革命与知识阶级》这一类文章⑤。
这几篇文章可谓观点明确,甚至针锋相对,都是火力很足的言论。虽然他们并非针
对鲁迅的乡土小说创作发言的,但大量的内容是以鲁迅为论说对象的,多半是围绕
阿 Q、祥林嫂这些鲁迅乡土小说中体现国民劣根性一面的人物,或者说是论断鲁迅
对乡土中国的认识。这里将这几篇论说文均放入"乡土小说研究流变"这一课题中
看待,其中要谈到的是"阿 Q"的批评史。阿 Q,可谓新文学运动发动以来,最具有
代表性的乡土人物,即周作人所谓中国传统文化的"一切'谱'的结晶",而阿 Q 的
批评史本身,也构成了新文学批评史中最为夺目、最富有意味的一个章节,可以称
为中国现当代思想史、文化史变迁的一个标本。

　　《死去了的阿 Q 时代》与《写给死了的阿 Q》两篇文章,都立场鲜明地指出:阿 Q
的时代已经过去! 而声明阿 Q 时代过去的本意在于:鲁迅对乡土中国,尤其是对
中国病态的国民性的表现已经过时了:"无论鲁迅著作的量增加到任何的地步,无
论一部分读者对鲁迅是怎样的崇拜,无论《阿 Q 正传》中的造句是如何的俏皮刻
毒,在事实上看来,鲁迅终究不是这个时代的表现者,他的著作内含的思想,也不足
以代表十年来的中国文艺思想。"实际上,中国文艺已经走过了以"幽默"、"趣味"、
"个人主义思潮"为关键词的时代,中国的各个阶级地位正在呈现突变,"中心的力
量"已经暗暗转移,文学革命已经转向革命文学了。钱杏邨在宣告"鲁迅时代的终
结"之后,为了证明"除开他的创作的技巧,以及少数的几篇能代表'五四'时代的精
神外,大多数是没有表现现代的",文章又从"阶级分析"的角度、从四个层面长篇大
论地予以阐述。首先就是《呐喊》和《彷徨》"始终没有找到一条出路,始终的在呐
喊,始终的在彷徨,始终的如一束丛生的野草不能变成一棵乔木",无法带给读者以
希望,这暴露了鲁迅的"小资产阶级的恶习性"。第二个方面是"死去了的阿 Q 时

　　①　钱杏邨:《死去了的阿 Q 时代》,第一至三节(包括"附记")载于 1928 年 3 月 1 日《太阳月刊》第 3 号,
第四、五节载于 1928 年 5 月《太阳》,另见于李何林编《鲁迅论》。
　　②　青见:《阿 Q 时代没有死》,《语丝》第 4 卷第 24 期,1928 年 7 月 11 日。
　　③　石泉:《〈祝福〉读后感》,《新晨报》1928 年 8 月 17 日。
　　④　昌派:《写给死了的阿 Q》,《语丝》第 4 卷第 34 期,1928 年 8 月 20 日。
　　⑤　画室(冯雪峰):《革命与知识阶级》,《中国文艺论战》1928 年 5 月。

代"，具体论述了《阿Q正传》这类小说在表现"过去了的中国的病态的国民性"方面、在解剖"辛亥革命"初期的农村里部分人的思想方面的"好处"，但终究这种在表现意义上的好处存在着极大的问题：一是"究竟不能说是代表十年来的中国现代文坛的时代的力作"；二是"十年来的中国农民是早已不像那时的农村民众的幼稚了"。下一节的内容则是对于"变成了落伍者，没有阶级的认识，也没有革命的情绪"的鲁迅的批判，并以大时代先知先觉的角色声言"现在是醒来的时候了"。最后一个部分则是"朦胧以后"，是把鲁迅作为一个中伤、嘲讽、诋毁革命的个案，来考察小资产阶级知识分子、作家的出路到底在哪里，那就是不能把眼睛永远及于黑暗，他更应该"看到社会的光明"，应该"来参加革命文艺的战线"。

如果说一声的《第三样世界的创造》只是发出了一声破天荒的呼喊，不一定能够引起别人注意的话，作为1927年"太阳社"重要组织者的钱杏邨，在1928年前后"文学革命"向"革命文学"转向的关键时期，以"革命文艺战线"上一名代言人的身份向"五四"文学的重镇作家鲁迅叫板，作为一种文艺策略和斗争战术，这是"最可理解"、也最引人瞩目的行为了——在新一代青年看来，或许只有这样"声色俱厉"、"矫枉过正"、"打倒权威"的痛斥，才可能引起足够关注，并趁势宣告一个不同于"五四"启蒙主义的新时代的到来。将"精神胜利法"演绎到极致的阿Q，从启蒙话语下荒唐可笑、懦弱无知、欺软怕硬、屈辱卑贱、受尽戕害的旧式农民形象，马上就面临着在革命时代改头换面、粉墨登场的另一重面孔了——阿Q摇身一变，就成了真正的底层农民阶级的代表。时代就是这么吊诡！文艺评论竟然也是如此吊诡！恐怕是如何看透世事的鲁迅也始料未及的。

青见的《阿Q时代没有死》与钱杏邨的观点既有一致性又针锋相对。该文肯定了钱杏邨所谓时代变化、阿Q的代表资格过时的批评思路，但是认为从中国目前农民的区域分布、数量等来看，"阿Q"还活着，还代表着大部分农民。判断阿Q死去，为时尚早。但是，青见并没有明确：到底是阿Q的时代未曾过去，还是批判阿Q"精神胜利法"的文艺思潮还未过时？

针对文艺界、思想界对鲁迅的批判以及"阿Q是否过时"的讨论，思想敏锐的冯雪峰则认识到了"五四"落潮后知识分子群体的裂变，从"知识阶级的动摇"、"中国革命的现阶段"、"追随的途中"等几个角度入手，将知识阶级分出三种不同类型，即废弃自己个人主义立场的一类、向往革命却又反顾恋旧的一类、甘心反动的一类。针对目前中国的革命要求,对于某一些知识阶级应该"以极大的宽大态度对之"。正是由此,"对目下创造社诸人及其他等底抨击鲁迅的一事",冯雪峰提出鲁迅属于反顾人道主义的第二类知识分子,因此对于鲁迅的攻击,不但是大可不必的,也是不利于革命的。沿着这样一种"思想艺术"和"批判策略",鲁迅研究包括整个文艺思潮又开始新的调整。

1920 年代的鲁迅批评,从站在思想启蒙、文化革新立场的阐释,到站在"革命"角度、阶级分析的观点对其文学理想予以质疑和批评,这双向的批评其实也正好构成以后"鲁迅研究"的两个基本思路和方向,即"思想的鲁迅"与"革命的鲁迅",也成为后来鲁迅研究中自由主义学者和"左派"学者深刻的分歧渊薮。

二、鲁迅乡土小说研究的"多声部"与"左翼"批评的峰起

鲁迅研究的转向标志着整个文坛风向的转变,其中有"五四"一代知识分子的分裂与重聚,以胡适、徐志摩、梁实秋为代表的一批知识分子倾向自由主义,创办了能够代表他们态度与立场的《新月》月刊,后起之秀"京派"也加入了这一序列;以郭沫若、成仿吾等为代表的一批知识分子转向"革命文学",宣布"个人主义的文艺"已经过时了;陈独秀以及在"五四"时期既已崭露头角的、以李大钊、瞿秋白等为代表的一批知识分子,成为马克思主义文艺理论的忠实拥趸,推动了无产阶级文学运动的发展;而 1928 年 1 月成立的太阳社则全部由共产党员组成,蒋光慈、钱杏邨主持《太阳》月刊,俨然成为新一代青年的代言人。1929 年下半年,太阳社从日本引进了左翼文学理论家藏原惟人提出的"新写实主义"(即"普罗列塔利亚写实主义"、"无产阶级现实主义"),强调文艺创作更加重视真实性,"站在客观的具体的美学上"、以"前卫"的无产阶级眼光来表现革命理想主义精神。这种情况下,"一是'五四'所开启的有相对思想自由的氛围消失了,文学主潮随着整个社会的变革而变得空前政治化;二是无产阶级革命文学运动推进了马克思主义文艺理论的传播与初步的运用,并在相当程度上决定着此后二三十年间文坛的面貌;三是在左翼文学兴发的同时,自由主义作家的文学及其他多种倾向文学彼此颉颃互竞,共同丰富着三

十年代的文学创作"①。

作为最能显示"五四"新文学实绩的代表性作家,鲁迅坚持启蒙主义文学观、致力于"改造国民性",被"太阳社"以及前创造社成员攻击为"封建余孽"也就自然而然,茅盾、叶圣陶等被"彻底清算"也是不难理解的事了。其实在 1929 年,茅盾就曾经在《读〈倪焕之〉》一文评价叶圣陶的创作时又为鲁迅辩护,反驳钱杏邨、冯乃超等人的指斥,他写道:"我还是以为《呐喊》所表现者,确是现代中国的人生,我还是以为《呐喊》的主要调子是攻击传统思想,不过用的手段是反面的嘲讽。"针对《呐喊》未能表现出农村农民革命的希望的言论,茅盾实事求是地说:"如果我们能够冷静的考量一下,便会承认中国乡村的变色——所谓地下泉的活动,像有些批评家所确信的,只是最近两三年以来的事,而在《呐喊》的乡村描写发布出来的当时中国的乡村正是鲁迅所写的那个样子。"②

革命文学论争和无产阶级文学思潮的中兴引起了中国共产党的关注,共产党指示创造社、太阳社停止攻击鲁迅,于是有了 1930 年 3 月 2 日"中国左翼作家联盟"在上海的成立,鲁迅、茅盾、冯雪峰、蒋光慈、钱杏邨等四十余人出席,而郭沫若、郁达夫也加盟了"左联"。"左联"的成立是"五四"一代分裂后知识分子的大重组,成立后先后出版有《拓荒者》、《萌芽月刊》、《北斗》等系列刊物,吸纳了一大批知识青年加入,文艺界的"宗派意识"也越来越明显,对文艺界的影响极其深远。有意思的是,钱杏邨 1930 年 2 月在《拓荒者》上发表的《鲁迅》一文。这篇文章既是对 1928年其声色俱厉地诅咒"阿 Q 时代已经死去"、"鲁迅已经过时"的观点的修正,肯定了鲁迅的"反封建的《呐喊》与《彷徨》在'五四'时代的作用",同时热切呼唤"鲁迅的站在无产阶级的立场上的新的反封建的创作的产生"。

1920 年代末的鲁迅研究以"讨伐"开始,却接着在 1930 年代初形成了一个研究热潮,似乎是又换了一重天地。1930 年 3 月,上海北新书局出版了李何林编选的《鲁迅论》,是继台静农 1926 年所编选《关于鲁迅及其著作》后又一本"鲁迅研究资料汇编",收录了自 1923 年至 1929 年 7 月间评论鲁迅及其创作的文章 20 余篇,

---

① 钱理群、温儒敏、吴福辉:《中国现代文学三十年》(修订本),北京大学出版社 1998 年版,第 147 页。
② 茅盾:《读〈倪焕之〉》,《文学周报》1929 年 7 月。

是鲁迅研究的重要文献,也为1920年代的鲁迅批评画了个圆满的句号,为1930年代打开了序幕。随着鲁迅散文集和数部杂文集的出版,鲁迅研究的范围扩大了,一方面是围绕"鲁迅精神"、"鲁迅思想"、"鲁迅人格"、"鲁迅地位"、"文艺论争"展开;另一方面,做鲁迅文学艺术分析的也有不少,但是能够自觉地把鲁迅乡土小说作为一个题材门类来进行艺术批评和研究的并不多见。

　　这方面值得提到的是苏雪林的《〈阿Q正传〉及鲁迅艺术》。这篇文章作为系统分析阿Q形象典型性以及鲁迅小说艺术风格的长篇论文,在鲁迅批评史上占有一席之地。苏雪林分析了阿Q"精神胜利法"、"卑怯"、"善于投机"等个性特点,指出他是像刘姥姥一样"同垂不朽"的典型人物;她提炼出《呐喊》和《彷徨》这两部小说集体现的三个艺术特征:"第一是用笔的深刻冷隽,第二是句法的简洁峭拔,第三是题材的新颖独到。"①苏雪林这篇评论在许多方面都有真知灼见,例如她拿鲁迅的小说语言与一些作家的欧化语言做比较,认为前者才是"现代白话文学"的正途。另外,年轻批评家李长之的《鲁迅批判》是当时有分量的一组评论文章,不仅对鲁迅精神的一些侧面做出不同寻常、出乎意料的阐释,也是此一阶段对鲁迅小说、杂文做艺术研究的集大成者。李长之的批评以感悟和鉴赏见长,他称鲁迅为"诗人",强调鲁迅文学的"抒情性"和"诗意化"特征。从这一理解出发,他更加看重的是鲁迅的一系列乡土小说文本,厘定《孔乙己》、《风波》、《阿Q正传》、《故乡》、《祝福》、《伤逝》、《社戏》、《离婚》等为"完整的艺术",具有不朽的经典意义。②

　　之后,鲁迅研究不断深化,尤其是1936年鲁迅逝世,更是掀起了新一轮的评论热潮,各大报刊争相刊发纪念文章,或回忆其为人处事,或重评其文学作品,或评价其思想价值,或分析其精神脉络,鲁迅已经上升为"民族魂"的地位。1937年6月,上海生活书店出版了夏征农编选的《鲁迅研究》,"标志着鲁迅研究学术史已从鲁迅逝世的非常时期转入了比较冷静的学术研究阶段",同时也出现了"质疑、贬低和攻击鲁迅的声音"③。在1930—1940年代初复杂的社会文化背景下,以上两种声音针

---

①　苏雪林:《〈阿Q正传〉及鲁迅创作的艺术》,《国闻周报》第11卷第14期,1934年11月5日。

②　李长之:《鲁迅批判》,北新书局1936年1月出版,此书收录自1935年5月29日起李在天津《益世报》、《国闻周报》上发表的系列"鲁迅批评"。

③　黄修己、刘卫国主编:《中国现代文学研究史》,广东人民出版社2008年版,第197页。

锋相对,以致文学研究与政治立场、思想观念纠缠不清。其中,苏雪林、李何林等的攻讦更倾向于"自由主义"文人意识形态,瞿秋白、茅盾、郁达夫、胡风等则多从思想革命、大众革命的角度。

不仅是"鲁迅批评",在社会政治斗争领域,工农兵的位置在发生"位移",文艺大众化势在必行,所以乡土文学的思想精神与"五四"文学相对发生了许多实质性变化,"革命的文学家! 到民间去!"的口号异常响亮,"不到民间不能完成我们文学革命的使命,不到民间不足以建设真正革命文学的基础"①。"民间"就是工农,他们是"革命文学"的主要对象。从一个侧面来说,这推动了乡土艺术的发扬。前边我们曾经分析了郁达夫的《农民文学的实质》,而对于"农民文学"有着更为翔实研究的,就是1928年谢六逸在世界书局出版的《农民文学ABC》了。这是一本长达三万多字的专门论著,也是乡土文学研究的第一本专著。谢六逸在开篇"绪论"部分详细列出了"农民文学的意义"包含的五点内容,依次为:"描写田园生活的文学"、"描写农民与农民生活的文学"、"教化农民的文学"、"农民自己或是有农民的体验的作家创作的文学"、"以地方主义(都会主义之反对)为主,赞美一地方、发挥一地方的优点的文学(乡土艺术)",这是广义的解释。而狭义的解释,"农民文学就是指那些描写被近代资本主义所压榨的农民的文学",而且该文在"绪论"也谈了"农民文学的运动",以及农民诗、农民剧的问题。大体上看,谢六逸的解释和郁达夫的框定差距不大,都是新的文化语境下作为知识分子的作家倡导大众文艺、革命文艺之重要部分。谢六逸此文的价值在于,他以"世界文学"的视野,用大量的篇幅即从第二章到第六章,分别评介了"俄国的农民文学"、"爱尔兰的农民文学"、"波兰与北欧的农民文学"、"法国的农民文学"、"日本的农民文学",资料翔实,论及的作家作品数量众多,对于中国文艺界了解国外农民文学的发展状况非常有帮助,对于开拓中国作家的创作视野和深广度也大有裨益。《农民文学ABC》尤其对俄国农民文学的评介占的份额最大,这与当时的中国文艺思潮偏向苏俄学习也有关系。

"左翼作家联盟"的建立使得"左翼"内部的文艺论争渐趋告一段落,"左翼"乡土小说的写作与批评在1930年代前期非常活跃。"左联"建立之时,"普罗"文艺正

大行其道,之后向"新兴的大众化的文学"转向,当时文坛有多个乡土作家群落,除了以沈从文、废名为代表的"京派",还有以蒋光慈等为代表的"左翼"乡土小说写作、以茅盾为代表的"社会剖析派"、"东北作家群"、"七月派"等乡土创作,后几个派别其实都偏向于"左翼"文艺,或者与"左翼"文艺有千丝万缕的联系,"左翼"批评成为一个时期文艺批评的主流形式话语。这里重点谈及当时几部有代表性的乡土小说的批评与研究。"普罗文学"中的代表作,就是反映乡村革命斗争的乡土小说,那就是蒋光慈的《二月》、《咆哮了的土地》、《田野的风》,叶紫的《丰收》、《电网外》,丁玲的《田家冲》、《水》,华汉(阳翰笙)的《地泉》等。由于作家主观意念上狂热地要书写农村、而客观上对于农村的了解非常局限,这一批小说大部分都有着概念化的倾向,离"乡土写实"的风格尚远,被称为"小资产阶级的文学",其中一部分还被称为"变相的恋爱小说"。佚名(杜衡)这样评《田野的风》:

> 蒋光慈先生的作品向来就是很单纯的:文笔是单纯的文笔,人物是单纯的人物。他只能写固定的典型。《田园的风》里的典型是更固定了。就连智识分子的李杰也是始终如一的。这种手法也许不容易在技巧上见长,可能却能够有更多能够支配读者的力量,盖棺论定,他始终不失为一个有力的煽动的作者。纵然因作品里有太多的罗曼蒂克的气氛而受过各方面很多的指责,然而能够这样有力地推动青年读者的作家,却似乎除了蒋光慈先生之外没有第二个。①

从这篇短评可以看出,评价此类乡土书写时艺术标准是其次的,重在作品是否对推动革命有利("有力的煽动的作者"、"推动青年读者"),但终究是蕴含着批评的,例如文笔、人物过于"固定","不容易在技术上见长","太多的罗曼蒂克的气氛"等,正如茅盾批评蒋光慈是"脸谱主义的代表"。

三、《地泉》批评与"普罗文学"的转型

在现代乡土小说史和批评史上,阳翰笙(华汉)的《地泉》具有特殊的"标本意

---

① 佚名(杜衡):《田野的风》(蒋光慈著),《现代》第1卷第4期,1932年8月1日。

义"。1930 年 10 月,华汉的三部中篇小说《深入》、《转换》、《复兴》(合名《地泉》)由上海平凡书局出版,1932 年 7 月上海湖风书局重版。这中间两年,正是革命的罗曼蒂克路线受到"内部"批评和肃清的阶段,也正是普罗文学向"大众化的新兴文学"迈进的阶段。华汉在《重版自序》中写道:"在我们正在努力走向文艺大众化路线的现阶段,对于在《地泉》中我所走过的浪漫谛克的路线,我是早已毫无留恋的把它抛弃了的。"①瞿秋白、郑伯奇、钱杏邨等受邀为"重版本"作序。郑伯奇的《〈地泉〉序》指出,"你的许多长处——斗争的实感,伟大的时代相,矫健的文字,强烈的煽动性——都是我所企求而不能得的;但是你的短处,却不幸有许多和我相同"②。钱杏邨在《〈地泉〉序》中细致归纳了"初期中国普洛文学"几种不正确的倾向,依次为:个人主义的英雄主义的倾向、浪漫主义的倾向、才子佳人英雄儿女的倾向、幻灭动摇的倾向。但从"道路工程学"上来讲,它的意义正在于后来者可以以此为鉴,勇于修正③。

　　茅盾也受到华汉邀请,为《地泉》做评,附印在"重版本"内。茅盾毫不客气地指出,1928 年到 1930 年这一时期所产生的作品,现在差不多公认是失败的。失败的原因:"(一)缺乏社会现象全部的非片面的认识,(二)缺乏感情地去影响读者的艺术手腕","这些错误当时成为一种集团的倾向"。虽然目前这种状况有改观,但是"批评家们且莫以看见孩子们初能举步时那种惊喜的眼光来作过分的奢望,作家们还当更刻苦地去储备社会科学的基本知识,更刻苦地去体验复杂的多方面的人生,更刻苦地去磨炼艺术手腕的精进和圆熟"④。作为"左翼"阵营重要的文艺理论家,茅盾在强调社会价值的同时,一再强调"艺术手腕"对于创作成败的决定意义,使文艺作品能"较之一切政治工作"有显见区别。瞿秋白的《〈地泉〉序》排为首序,瞿秋白写道:"《地泉》连庸俗的现实主义都没有能够做到,最肤浅的最浮面的描写,显然暴露出《地泉》不但不能帮助'改变这个世界'的事业,甚至于也不能够'解释这个世

① 华汉:《〈地泉〉重版自序》,《地泉》(重版本),湖风书局 1932 年 7 月 25 日。
② 郑伯奇:《〈地泉〉序》,《地泉》(重版本),湖风书局 1932 年 7 月 25 日。
③ 钱杏邨:《〈地泉〉序》,《地泉》(重版本),湖风书局 1932 年 7 月 25 日。
④ 茅盾:《〈地泉〉读后感》,《地泉》(重版本),湖风书局 1932 年 7 月 25 日版。

界'。《地泉》正是新兴文学所要学习的'不应当这么样写'的标本。"①可以说，"左翼"文艺阵营其实是借这五篇序文对初期革命文学理论以及创作中的革命功利主义的"浪漫谛克"予以清算，正如"左翼"文艺战线借乡土题材的写作对早期革命文学全面的反省，为新文学挣脱"左倾机械论"的桎梏、向现实主义迈出了重要一步。

代表着从"普罗文学"向"大众化的新兴文学"成功转型的，是 1931 年丁玲的短篇小说《水》和茅盾的社会剖析型乡土小说"农村三部曲"《春蚕》、《秋收》、《残冬》等。《水》这部小说以 1931 年中国 16 省遭了水灾的农民为主人公，是丁玲完全抛弃了"莎菲女士"那种"主观"、"表现"的艺术，也超越了"革命加恋爱"的《韦护》、《一九三零年春上海》，转向"新现实主义"的标志之作。《水》一经发表即受到了"左翼"批评家的极大关注。茅盾依然从时代精神、社会阶级特征来解读《水》，认为丁玲作为一个从旧家庭中冲出来的叛逆的女性青年作家，和 1920 年代的上海滩知识青年一样，曾经有过无政府主义的倾向，这在《莎菲女士的日记》阶段有较浓郁的表现；1920 年代中期以后，时代要求这些作家创作出更深刻揭示社会问题的作品，丁玲与当时流行的"革命加恋爱"的题材不期而遇，创作了《韦护》；到《一九三零年春的上海》，丁玲把握时代的意识更加明确，《水》这篇小说"不论在丁玲个人，或文坛全体，这都表示了过去的'革命与恋爱'的公式已经被清算！"②

冯雪峰以"丹仁"为笔名发表《关于新的小说的诞生——评丁玲的〈水〉》一文，更是将《水》作为丁玲"从浪漫谛克走到现实主义，从旧的写实主义走到新的写实主义的一个路标"，同时作为权衡一个"新的小说家"的标准。所谓"新的小说家"，就是"能够正确地理解阶级斗争，站在工农大众的利益上，特别是看到工农劳苦大众的力量及其出路，具有唯物辩证法的方法的作家！"冯雪峰强调"大众"、"时代"、"集体"，认为在《水》里面，"不是一个或二个的主人公，而是一大群的大众；不是个人的心理的分析，而是集体的行为的展开"，它初步兑现了"唯物辩证法创作方法"。文章分析了《水》在艺术上的一些优长及其作为"新的小说的一点萌芽"的缺点，也分析了丁玲整个创作发展的经过，从而将丁玲的道路选择上升到知识分子道路抉择

---

① 易嘉(瞿秋白)：《革命的浪漫谛克——〈地泉〉序》，《阳翰笙选集》(第 4 卷)，四川文艺出版社 1989 年版，第 76 页。

② 茅盾：《女作家丁玲》，《中国论坛》第 2 卷第 7 期，1933 年 6 月 19 日。

的高度："丁玲所走过的这条进步的路，就是，从离社会，向'向社会'，从个人主义的虚无，向工农大众的革命的路（注：着重号为原文所有），好多的进步的知识分子同走过来的路，是不能被曲解为纯是被作用，或知识惨暗的消极的觉悟的结果。"①

在"左翼"文艺中，应该注意到作家、批评家对一批特殊的"丰灾"小说的关注。1930 年代开始，广大农村不是旱灾就是涝灾，但是也有过难得的丰收年景，但由于各种盘剥、压榨，事实上每每是"丰收成灾"，这除了在茅盾的"农村三部曲"中有深切观照外，同题材小说还有叶紫的《丰收》、叶圣陶的《多收了三五斗》、荒梅的《秋》、蒋牧良的《高定祥》等，同时台湾则有赖和的《丰收》（《台湾新民报》1932 年 1 月），所以 1933 年竟有刊物以《告读者》形式特别谈及此一现象："近来以农村经济破产为题材的创作，自从茅盾先生的《春蚕》发表以来，屡见不鲜，以去年丰收成灾为描写重心的，更特别的多，在许多文艺刊物上常见发表。本刊近来所收到的这一方面的稿件，虽未曾经过精密的统计，但至少也有二三十篇。"②凌冰是"左翼"阵营的乡土批评家之一，他曾经为杜衡的《怀乡集》作"引"，也曾经为叶紫作"评"。叶紫的《丰收》重在暴露豪绅地主恶棍榨取贫农的凶状，《火》重在描写贫农在艰难求活中挺险抗租的事实。在《〈丰收〉与〈火〉》③一文，凌冰以社会批评的视角，分析了农民从忍耐到打开生命的难关的抗争历程。作为社会——历史批评的代表评论家，茅盾在谈论叶紫的《丰收》时从社会批判的角度这样分析这种文学史现象："'丰灾'是近来文坛上屡见的题材，但是我们要在这里郑重推荐《丰收》，因为此篇的描写点最为广阔；在二万数千言中，它展开了农事的全场面，老农落后意识和青年农民的前进意识，'谷贱伤农'以及地主的剥削，苛捐杂税的压迫。这是一篇精心结构的佳作。"④叶紫自己也曾经这样写道："我只是老老实实地想把我浑身创痛，和所见到的人类的不公，逐一地描绘出来，想把我的内心中的郁积统统发挥得干干净净。"⑤有学者认为，茅盾对《丰收》的短评圈出了三个层面的问题，一是"农事的全场面"，二是"老农"与"青年农民"的意识差别，三是阶级间的政治经济矛盾，而无论是叶紫

---

① 冯雪峰：《关于新的小说的诞生——评丁玲的〈水〉》，《北斗》第 2 卷第 1 期，1932 年 1 月 20 日。
② 《现代》编者：《四卷狂大号告读者》，《现代》第 4 卷第 1 期，1933 年 11 月 1 日。
③ 凌冰：《〈丰收〉与〈火〉》，《现代》第 4 卷第 2 期，1933 年 12 月 1 日。
④ 茅盾：《几种纯文艺的刊物》，《叶紫文集》（上），湖南人民出版社 1983 年版，第 5 页。
⑤ 叶紫：《我怎样与文学发生关系》，《叶紫文集》（上），湖南人民出版社 1983 年版，第 508 页。

的小说还是茅盾的评论,这几个方面问题的提出都具有了不同于"五四"文学文化批判的指导意义。[①] 王统照的《山雨》是写煽动农民在怎样"活不下去"的情况下寻找"另打算"的代表之作,前部分写了乡村,后来转向都市。虽然故事的发展并不充分,但也是这一时期乡土作家借助小说探讨中国农村社会道路的较为成功的长篇,对北方农村崩溃状况及其原因的探讨,正好呈现了当时的工农革命趋势。整体上看,对于"丰灾"作品,在批评方法上达成了一致,那就是阶级的与革命的分析批判方法。其实,此类写作对"成灾"原因的探究,其敏感性和时代性在于,它捕捉到了之后"土地革命"这一社会转型的先兆,同时也将批判性融进了其中。

1930 年代的"左翼"文学阵营中,对新文学作家做系统研究并产生重要影响的是茅盾,描写乡村的能手也可以说是茅盾。初涉乡村题材的《春蚕》发表后,即引起"左翼"批评界热议。朱明认为,茅盾 1920 年代的《蚀》三部曲《幻灭》、《动摇》、《追求》是代表着小资产阶级性的作品,往往陷入唯心论的泥沼,但《春蚕》能把握住中国农村"丰收成灾"的重要题材来写,把老通宝、荷花等形象写得异常深刻动人,是一篇成功的作品。但这篇小说仅仅注意到"落后的农民",对于 1927 年后农民的觉醒和"现时的农民的斗争不闻不问","失了现实性",这是很大的缺点;而且写的是"桃源"般生活的农民,流于"狭小范围的观照式的自然主义";再者就是未能追溯严重的经济恐慌的成因。因此,《春蚕》依然算是一篇"浮面的东西"的作品。[②] 这种将阶级意识和革命斗争奉为批评圭臬的批评思路可以说成一时之风尚。

1932 年后,茅盾转向农村题材,有《泥泞》、《小巫》"农村三部曲"(《春蚕》、《求售》、《残冬》)、《林家铺子》、《当铺前》、《水藻行》等一系列乡土名篇佳作。批评家一般认为,长篇小说《子夜》未能完成农村线索的构图,是一大遗憾。《林家铺子》、《当铺前》、"农村三部曲"等一定程度上是一种弥补。1933 年 5 月,开明书店出版茅盾的短篇小说集《春蚕》,共收录了八个短篇,即《春蚕》、《秋收》、《林家铺子》、《小巫》、《右第二章》、《喜剧》、《光明到来的时候》、《神的灭亡》,分量最重的当然是前边四篇农村题材的小说。罗浮(夏衍)指出:"现在万花缭乱百戏杂陈的,我们这文坛上,若

---

① 丁帆:《中国乡土小说史》,北京大学出版社 2007 年版,第 66 页。
② 朱明:《茅盾的〈春蚕〉》,《现代出版界》第 8 期,1933 年 1 月 1 日。

真能以发现了时代指示给我们的真正壮健美丽的文艺——'批评的','创造的','历史的',而又属于'大众的'文艺,在许多老作家里,我们不能不推茅盾先生是最勇敢,最进步,而又写作最多的一个人'。"①当然,罗浮还是嫌茅盾在作品阶级意识上有些暧昧不清:"关于封建意识和阶级意识的对比,常是前者非常的浓厚而后者却像烟一般的轻淡,"他提醒茅盾,"在封建残余逐渐消灭,阶级意识逐渐抬头的现代,这一点我希望茅盾先生在以后的作品里,要加以注意才好";在小说创作技巧方面,在新小说尽力容纳旧小说的技巧上,《春蚕》做得还不够充分,希望茅盾"能打通这条大众化的道路,以为后来者倡";第三,就是"小资产阶级浪漫式的描写"在茅盾历来作品中都有保留,"要以极大的努力去全部铲除"。在《春蚕》被明星公司拍成电影时,另境更是做《〈春蚕〉与农村现状》一文,在肯定其为"三十年代的农村社会史的代表作"的同时,也是批评了茅盾笔下的农民都是未曾觉醒,没有意识探究自己为什么饥饿以及出路的。② 丁宁在短评《春蚕》中同样认为,茅盾从《春蚕》到《秋收》丢掉了必要的叙述而拾起一个头,捡起一个尾,劳苦大众的灾难到底怎么形成的? 自耕农怎么成了佃户? 这些都被"隐蔽"了,题材上取了巧,主题上也就断了气。茅盾对于这些批评意见,提出了自己的看法,他说:"在这里,罗浮似乎把封建意识和阶级意识看作两个东西,其实封建意识也是一种阶级意识——封建社会的统治阶级的意识。"③

可以看出,"左翼"乡土批评参与了一套意识形态话语体系的建构,呈现出鲜明的社会科学化倾向,文学越来越成为"战斗的武器"。换一个角度来看,不同于从社会、现实出发来谈文学,茅盾这样的作家、批评家,大体上是从文学作品出发来把握时代精神,从而形成自己对社会、历史演化规律的理性认知。他曾这样说道:"假使你是一位科学家,用精密的科学方法,来分析来剥脱中国社会的人层,你总该不至于失望你的工作的简单易完。从最新的说洋话吃大餐到外国的先生们起,到'士食旧德之名氏,农服先畴之畎亩,商循族世之所鬻,工用高曾之规矩'的老中国的儿女

① 罗浮(夏衍):《评茅盾〈春蚕〉》,《文艺月报》第 1 卷第 2 期,1932 年 7 月。
② 另境:《〈春蚕〉与农村现状》,《申报·自由谈》1933 年 5 月 27 日。
③ 茅盾:《〈春蚕〉、〈林家铺子〉及农村题材的作品》,见《我走过的道路》(中),人民文学出版社 1981 年版,第 137—141 页。

们,你至少可以分出十层八层的不同人样来;或者抄一句漂亮话,可以分出十层八层的'文化代'来。"①

　　从相对"文学的"角度关注和评价《春蚕》的,是朱自清。他在《春蚕》出版后,即做书评,点明"本书最大的贡献,在描写乡村生活",新文学里的乡村描写,第一个自然是鲁迅君的"老中国的儿女"。其次还有王鲁彦,"据说是西方文明侵入后的农村",大多基于"幻想",而"茅盾所写的却是快给经济的大轮子碾碎了的农村",相对鲁迅笔下的乡村复杂得多了。② 在一派"阶级分析批评"之下,朱自清的评论显得温柔敦厚,清醒自觉,非同一般。言的《春蚕》亦能够较为客观地分析《春蚕》等几篇以乡村生活为题材的作品刻画入微的艺术功力。③

　　1930 年代前期,虽然在"左翼"文学内部发生过很激烈的论争,但是在乡土小说批评方面却比较统一。"左翼"文艺与"左翼"乡土批评为抗战时期的"文章下乡,文章入伍"和之后解放区工农兵文艺铺下了一条可供参照的道路。

第五节　自由主义文学与"京派"乡土批评的崛起

　　谈到自由主义文学,首先要谈一下 1930 年代的自由主义文人群体,他们生成和存在的那个时代是中国 20 世纪乃至整个文学流派史上难逢的一段文学时光。"文学革命"在 1920 年代后期幕落花凋后,"五四"一代知识分子大裂变、大重聚。1928 年,胡适、徐志摩、梁实秋等创办的"新月社"出版《新月》月刊,把"思想市场"上挂着各种招牌和旗帜的群体划分为"功利派"、"标语派"等"十三派",他们标榜"本社同人"遵从"不折辱尊严和不损害健康"的原则,目的在于建立一种"稳健的合乎理性的学说"④。这一批知识分子的联袂出演,标志着中国现代自由主义文学的发端。当时"新月派"的梁实秋和鲁迅等"左翼"作家发生激烈论争,围绕的论题就是"阶级性"和"人性"的问题。以自由主义知识分子为主形成的另一个文学群体就

---

①　方璧(茅盾):《王鲁彦论》,《小说月报》第 19 卷第 1 号,1928 年 1 月 10 日。
②　知白:《春蚕》,《大公报·文学副刊》第 287 期,1933 年 7 月 3 日。
③　言:《春蚕》,《大公报·文艺副刊》1933 年 7 月 31 日。
④　《〈新月〉的态度》(《新月》发刊词),1928 年 3 月。

是"京派"。1928 年，国民革命军北伐成功，"统一"随之告成，北京改名北平。北方文人特别是滞留在故都的文人猛然间感到了旷古的寂寞：北京的首都资格在被南京所占有的同时，她也把全国文化中心的地位"丢"给了上海。"五四"之后北京的几份影响巨大的报刊，不是毙命就是移地——《京报副刊》随着《京报》在 1926 年 4 月被张作霖查封而停刊；《现代评论》在 1927 年为了"言论的自由"而迁往上海；《语丝》在 10 月被张作霖查封后，12 月起也到上海复刊；《晨报副刊》的主要分子不能见容于国民政府，1928 年宣告关闭……一大批文人纷纷到南方例如上海去寻求机会，"革命文学"以强有力的态势登陆上海文坛。

一、自由主义文人群体与"京派"的勃兴

也就是在这种背景下，在北方文坛相对"萧条"的一个时节，居留北平的文人希望通过自己的选择"在冷静寂寞中产生丰富的工作"[①]。在这些文人中，有一直留守北平、在 1930 年 5 月出刊了《骆驼草》的周作人，也有终于抛开了上海的便利与繁华回到北平、受到极大欢迎的胡适，可以说他们是"五四"或者说整个新文化运动的两面文化大旗，他们和当时也留在北平的俞平伯、朱自清、杨振声、闻一多等一起，吸引和凝聚了来自全国各地的一批年轻人，引导和帮助他们很快走上了文学的道路。

"京派"实际上是一个松散的文学流派。之所以称其"松散"，一是缘于"京派"从来没有像有的文学流派或团体一样有明确的组织、明确的纲领；二是缘于他们内部的分歧，例如周作人、梁实秋、俞平伯与沈从文、朱光潜、刘西渭（李健吾）、师陀，虽然他们都是偏向于自由主义的知识分子，主张"自由生发，自由讨论"，但其文学批评和创作的路径很不相同。因此，这个群体的界定有广义与狭义之分。广义的"京派"，把作为连接流派纽结、"有形与无形"之间的社团—刊物作为界定标准，把鲁迅所说的"老京派"——作为"京派"先驱、为京派骨干力量的生成和壮大提供了文学园地和支持语境的周作人、胡适包括其中；狭义的"京派"着眼于这个群体的核心力量、真正形成了现代文坛特别是 1930 年代文坛对话格局中一方阵容的年轻一

---

① 　周作人其时给胡适信件，见《胡适来往书信选》（上册），中华书局 1979 年版，第 539 页。

代作家,如沈从文、朱光潜等。在新时期较早对"京派"做出开拓性研究的吴福辉在《〈京派小说选〉前言》中列举了他认为的"京派"阵容:"即便持一种狭义的观点,以《大公报·文艺副刊》、《文学杂志》周围聚集起来的作家为主来加以认定,也便有小说家:沈从文、凌叔华、废名、芦焚、林徽因、萧乾、汪曾祺;散文家:沈从文、废名、何其芳、李广田、芦焚、萧乾;诗人:冯至、卞之琳、林庚、何其芳、林徽因、孙毓棠、梁宗岱;戏剧家:李健吾;理论批评家:刘西渭(李健吾)、梁宗岱、李长之、朱光潜等。"①"京派"不结社,但却创办了几大刊物作为话语权"阵地",即《骆驼草》、《大公报·文艺副刊》、《水星》、《文学杂志》,作者和读者都很多。"京派"文艺理论批评与研究在1930年代颇成规模,除了刘西渭的两部有影响的著述《咀华集》、《咀华二集》,还有沈从文的《现代中国作家评论选》,朱光潜的《谈美》、《孟实文钞》,梁宗岱的《诗与真》、《诗与真二集》,萧乾的《书评研究》,其中也多有涉及"京派"乡土小说的内容。

　　实际上,"京派"是在与其他文学群体或流派中的论争中逐渐获得身份认定的。它的逐渐壮大与1930年代的数次文学论争都很有关联。"京派"与"海派"的对垒即为现代文学史上一桩著名公案,是后来被称为"京派重镇"的沈从文挑起了这场论争。1933年9月,离开北平到上海六年之久的沈从文再次回到北平,接管了《大公报·文艺副刊》;同时,朱光潜与李健吾同船回国,北平文艺界大大增强了实力。10月18日,沈从文发表了意在抨击文坛不正风气的《文学者的态度》,这个"不正之风"即指他一向深恶的"海派"作风。"京派"对于"海派"文坛这个"不正之风"的批判包含有两个方面的指向:第一,文学的商品化:商业化操作下的文学生产的性质是什么? 文学的"贩卖"终究要导致文学走向哪里? 对于文学的消费性和商业化的批评无疑是京派、海派笔战的重要的背景;第二,文学的政治化:轰轰烈烈的革命文学一味追求与时代同步、与政治联姻,其文学自身的价值何在? 对于这两点,沈从文曾经有过明确论述:"谈及文学运动分析它的得失时,有两件事值得我们特别注意:第一是民国十五年后,这个运动同上海商业结了缘,作品成为大老板商品之一种。第二是民国十八年后,这个运动又与国内政治不可分,成为在朝在野政策工

---

① 吴福辉:《京派小说选·前言》,人民文学出版社1990年版。

具之一部。"①沈从文自认文学家对文学应怀着"宗教"般的信仰:"中国目前新文人真不少了,最缺少的也是最需要的,倒是能将文学当成一种宗教,自己存心作殉教者,不逃避当前社会做人的责任,把他的工作搁在那个俗气荒唐对未来世界有所憧憬,不怕一切很顽固单纯努力下去的人。"②在《关于海派》一文中,沈从文写道:"正值某种古怪势力日益膨胀,多数作家皆不能自由说话的时候,什么人从我所提出的一个问题来加以讨论,想得出几个办法;或是从积极方面来消灭这种与恶势力相呼应的海派风气,或是从消极方面制止这种海派风气与恶势力相结合。"③有一些研究者倾向于将沈从文所谓的"海派"仅仅解读为文学的商业化,而将"左翼"文坛置于这种论争的语义之外,这是明显远离了历史的真实的。朱光潜作为当事人在1980 年现身说法:"当时正逢'京派'和'海派'对垒。京派大半是文艺界旧知识分子,海派主要指左联。"④"京海之争"愈演愈烈,以至鲁迅、曹聚仁、徐懋庸等都卷入其中。

朱光潜回国后出任北京大学西语系教授,并推出了《文艺心理学》、《诗论》、《谈文学》等系列著作,为京派批评打下了理论基础。1937 年,朱光潜创办号称"纯文学"期刊的《文学杂志》,提出"拥护自由主义","反对抑压和摧残",自由就是"性所固有";而且,他认为自由主义与人道主义"骨子里是一回事"⑤。朱光潜在文学批评上主张"欣赏",主张批评者与文本"共通",反对理性分析。沈从文和朱光潜作为"京派"重要的理论家,一时间影响甚隆。抗战时期该派主办的《文学杂志》停刊,后于 1947 年复刊,使"京派"成为一个从 1920 年代末一直延伸到 40 年代末的文学流派。汪曾祺作为京派青年小说家、散文家和沈从文的嫡传弟子,他在"西南联大"时期的创作给即将退出舞台的"京派"文学画上了一个有力的终止符,又在新时期的文坛重新点燃了"京派"艺术的火炬,其文学观念的继承者其实不绝于缕。

在误解和冲突中,京派从昂扬的升腾走向湮灭,归纳起来其原因大概有以下几

　①　沈从文:《新的文学运动与新的文学观》,《沈从文选集》(第 5 卷),四川人民出版社 1983 年版。
　②　沈从文:《新文学与新文人》,《沈从文文集》(第 12 卷),花城出版社 1984 年版。
　③　沈从文:《文学者的态度》,《大公报·文艺副刊》1933 年 10 月 18 日。
　④　朱光潜:《自传》,《朱光潜美学文集》(第 1 卷),上海文艺出版社 1982 年版。
　⑤　朱光潜:《我虽与本刊的期望》,《文学杂志》创刊号,1937 年 5 月。

点:首先是"京派"文人的"个人化"叙事即对于文学的审美价值的标榜与紧迫的历史大叙事之间存在着不可调和的矛盾;第二,"左翼"文学作为主导性文学形态追求与历史同步,什么样的历史行为要进入历史中心都要受到它的钳制,其话语霸权对京派文学立场构成冲击;第三,作为人文知识分子超前性的文化构思对于历史现代性的或者说进化论的质疑与社会现代化趋势构成冲突;第四,"京派"文人群体无疑有着太强烈的"知识精英"意识,这一文化身份上的优越感使他们在客观上与社会下层人民形成对抗。"京派"所遭遇的矛盾规整起来,即为在当时的历史语境和话语方式下,"京派"另类人文的文化—文学价值观的"不合时宜",致使他们的"忧生之嗟、迟暮之感、生死之虑"显得"曲高和寡"。

二、"京派"的田园牧歌文化理想与乡土重构及其意义

在新文学发展史上,"京派"是难得一见的能够将文学理论与创作实践结合得相得益彰的文学流派。"京派"在碌碌噪噪的都市之外,为我们展示了一卷卷自然、淳朴的乡土风俗画、风情画,沈从文的湘西长河、废名(冯文炳)的大别山南麓湖北黄冈的桃园菱荡和京郊世界、芦焚的中原河南乡野果园、萧乾的北京老城根世界,无处不在显示着"天籁自然之美",在他们的笔下,无论是过客、酒徒、寡妇都是倔强、强健而和平的,无人不显示着"人性自然之美"对于生活在车轮滚滚红尘漫漫之都市中的"乡下人"的招安意象,所以"京派"的文学世界为我们提供了"民族想象"的文本。沈从文的创作大致有三部分组成:乡土抒情、都市讽刺、民族或民间传奇的重叙。沈从文的乡土抒情小说里边的人物多姿多彩,有农民、士兵、水手、娼妓、巫师、船夫、少女,文字间多有对自由、善良、原始的人情和性爱的由衷礼赞——这些被认可为民族精神的"精华",说明了作家对于人性本色的肯认和永生的人类的同情。《边城》是沈从文最重要也最出色的小说之一。这部洋溢着"牧歌式"情调的小说显示了沈从文对于乡土的复杂丰富的情感,体现了沈从文全部的艺术精髓。生活在"边城"的人们都是这么卑微,听天由命的,因为命运充满了无可把握的神秘感,但他们自有他们的伟大之处:简约中带着细致、无言中透着真实、粗糙里含着风韵,他们的美丽是太阳下流淌得最顺畅的空气,这真是给害着现代病的城市男女的一剂有效的良药! 中篇小说《龙朱》是沈从文唱给现代人听的、已经过去了的一单

纯质朴的氏族制度时代边地风俗人性传奇的热情颂歌。沈从文把这首颂歌中最动情的音符唱给了年轻的龙朱,他在社会生活上尊严、刚毅、坚强,在个人感情生活上真诚、执着、勇敢,在他的身上流淌着这个边地民族单纯而又奇崛的血液,使生活在矫饰、猥琐、苟且的灰色都市中的人们不由不惊羡、倾慕进而反思和批判现代文明与人性进化的悖论。沈从文通过对两个经验世界乡村和都市的鲜明比照设置来构筑他的小说,凭借独特的经验感悟,以生活在都市而鹤立鸡群的"乡下人"的评说姿态,开始了他对古朴的乡土文明的怀念和眷恋,展开了他对所谓的"现代城市文明"的挞伐。

就这样,"京派"以一种道德的、理想的、审美的方式介入了社会历史的进程。

但是,沈从文心灵的家园、那片神奇的土地终究不再是净土了。1934 年沈从文回到阔别了十二年的故乡,在一番考察和思索以后他不由感慨:"表面上看来,事事物物自然都有了极大进步,试仔细注意注意,便见出在变化中堕落趋势。最明显的事,即农村社会所葆有的那点正直素朴人情美,几乎快要消失无余,代替而来的却是二十年实际社会培养成功的一种唯实唯利庸俗人生观。"①在《媚金、豹子与那羊》中,他这样为现代物质文明带给湘西表面繁荣下,那种金钱支配一切,道德沦丧和人情美的消失感到无比的忧伤。"地方的好习惯早已消失了,民族的热情也下降了,所有的女人也慢慢地像大城市里的女人,把爱情移到牛羊金银虚名虚事上来了。'爱情'的地位显然已经堕落,美的歌声与美的身体同样被其他物质战胜为无用的东西了。"因而,《丈夫》《贵生》《萧萧》描述的世界已经缺少了诗情画意,湘西净土已经在现代文明浸淫下变色变质,湘西人自在的生存和卑微的尊严正在经受伤害。所以,"京派"在"乡土抒情"和"都市讽刺"的基础上,通过他们的民族民间传奇和历史传奇的重新叙述,开始了他们的生命形式的重建,描绘了他们民族想象的"神话"。

认识到"京派"是以一种道德的、审美的方式介入社会进程好像还并不够,"京派"的文学还企图通过"恢复传统"、"扩大中国文化"来"重造人心",找回曾经失去的民族自信。夏志清即认为:"沈从文并没有提出任何超自然的新秩序;他只肯定

---

① 沈从文:《〈长河〉题记》,文聚社 1945 年 1 月。

了神话的想象力之重要性,认为这是使我们在现代的社会中,唯一能够保全生命完整的力量。……人类得和自然,保持着一种协调和谐的关系。只有这样才可以使我们保全原始血性和骄傲,不流于贪婪与奸诈。……除非我们保持着对人生的虔诚态度和信念,否则中国人——或推而广之,全人类——都会逐渐变得野蛮起来。"①"边城"和"长河"意象构成了沈从文小说的荒野性大背景,如果说野林、山洼、果树、菜园子、草棵子、溪流成就了这个大背景的古朴、辽阔、钟秀、隽永,渡船、吊脚楼和热辣辣漫山飞荡的情歌则构成了小说人物生活的清丽灵动中雄强奔放的魅惑空间。这个富有魅惑力的"背景"即是地域性质上的也是时间性质上的,既是真实性质上的也是心灵性质上的。它一边联系着历史的一组概念——远古、蛮荒、陈旧、落后;另一方面又昭示着一个未来的社会图式——率真、纯朴、活力、自由自在以及强劲的生命韧性。一个关于现代与文明悖论性的问题提出来了。

　　这里就要谈到"京派"的文化理想或曰人文关怀,其实也是 1930—1940 年代中国自由主义知识分子寻求的现代性的另一条阐释途径。有人认为"京派"反对"载道"的"左翼文学",反对商业性的文学生产,它所主张的"文学的自由"和"艺术的独立"便是一种完全个人化的无任何社会功利性的、与现实脱节的文学,曹聚仁就在《京派与海派》中写道:"京派不妨说是古典的,海派也不妨说是浪漫的;京派如大家闺秀,海派则如摩登女郎。若大家闺秀可嘲笑摩登女郎卖弄风骚,则摩登女郎亦可反唇讥笑大家闺秀为时代落伍。海派文人百无一是,固矣,然穿高跟鞋的摩登女郎,在街头往来,在市场往来,在公园往来,她们总是社会的,和社会相接触的,那些裹着小脚,躲在深闺中的小姐,不当对之有愧色吗?"②也许这是一种故意的误读。其实在中国必须通过生产方式的变革和社会组织的优化来获取足够的生存保障的历史情形下,文学家对观念的选择不可能完全是"反功利"或者是"反现代性"的。在《新文人与新文学》中,沈从文就申言"最缺少的也是最需要的,倒是能将文学当成一种宗教,自己存心做殉葬者,不逃避当前社会做人的责任……的人"。再如,京派是在周作人等"老京派"扶助下成长起来的,但是京派在创作实践上反驳了前辈,

① 　[美]夏志清:《中国现代小说史》,刘绍明等译,香港中文大学出版社 2001 年版,第 162 页。
② 　曹聚仁:《京派与海派》,《申报·自由谈》1934 年 1 月 17 日。

不能认同他们在"左翼文学"的跋扈下消极的反抗,甚至放弃对自己的发言权,一味沉浸在幽默闲适的"恶化"趣味中。1932 年周作人发表《论新文学的源流》,把新文学的源流追溯到明朝末期公安派和竟陵派,林语堂创办《人间世》、《论语》,"幽默"和"闲适"的小品文随其后而成风,"京派"的批评家们对此很有些不满。朱光潜在《论小品文》中说:"晚明式的小品文聊备一格未尝不可,但是如果以为'文章正轨'在此,恐怕要误尽天下苍生。"①李健吾也认为小品文只是些"纤巧游戏的颓废笔墨",他由此质问所谓要"发扬性灵"的小品文家"当你遭到一种空前的浩劫仅能带一本书逃命的时候,譬如说,你挑选屈原还是袁中郎呢?"②

　　沈从文等"京派"乡土小说对现代性物质与精神对立的思考达到高潮。沈从文写"湘西"系列,以一个现代都市商业文化的批判者的眼光、价值观念,以富有传奇性的选材,描摹乡村部落的率真、放达、洒脱、仁厚,表达了他的社会文化立场,即痛感于被现代文明所携带的观念及物质对宁静温和的乡土世界的冲击,又反抗传统礼教观念的束缚,通过对原始生命力的呼唤,张扬一种健全的对国家、民族和个人都更为合理的生存环境和存在方式,从而实现民族精神的再造。很明显,沈从文是向后的对于人类文明传统中高贵精神的寻找。不过,他的《长河》和《边城》中的不少作品都以悲剧结束。这些悲剧可能缘于天道宿命,也可能缘于外界的破坏力量。这说明他对这个地区部族能否保持自己原初古朴的怀疑。正如汪曾祺所言:沈从文"二十岁以前生活在沅水边的土地上,二十岁以后生活在对这片土地的印象里"。他的"湘西"是他的精神还乡地。人文的"湘西"并不存在,它的美好和安宁只是在意义上与沈从文的心灵达成共谋的结果,他的"民族灵魂的重塑"对于现代性的质疑也是作家个人心灵与时代话语共谋的另一维度。如同沈从文宣称他是"乡下人"而并不会真的愿意回到乡下一样,他在用文学完成他的心灵自救的同时,文学也代表了一种文人与历史、与社会互动的存在姿态。他在《〈边城〉题记》中写道:"我要表现的本是一种'人生的形式',一种优美、健康、自然而又不悖于人性的人生形式。"

---

① 朱光潜:《论小品文》,《朱光潜全集》(第 3 卷),安徽教育出版社 1987 年版。
② 李健吾:《李健吾批评文集》,珠海出版社 1998 年版,第 112 页"注"。

　　"京派"既反对左翼文学群体的"工具论"文艺观,又反对"为艺术而艺术",绝非是追求"象牙塔中的艺术",而是提倡一种"美育教化"的文艺功用观念——以文艺重建国民精神与情感,通过塑造高尚、健全的人格文化来达到改造社会、振兴民族的伟业。"京派"由此张扬了他们"为人生"的态度。沈从文认为作家"这种人相信人类应当向光明处去,向高处走。正义在他们胸中燃烧,他们的工作目的就是向生存与进步努力,假若每个文学作品,还许可作者保留一种希望,或希望他作品成为一根杠杆,一个炸雷,一种符咒,可以因它影响到社会组织上的变动,恶习气的扫除,以及人生观的再造。或希望他的作品能令读者理性更深湛一些,情感更丰富一些,做人更合理一些。他们的希望容或有大有小,然而却有相同的信仰,就是承认人的个体原是社会一部分,文学作品是给人看的,把文学从轻浮猥亵习气里救出,给人一种新的限制,使他向健康一方面走去,实为必需的情形"①。"京派"的作家大都对文学怀着这种期待。

　　我们这里再拿乡土小说家、批评家鲁迅与沈从文做比较。沈从文小说所诉求的是民间的"自在生存"状态,在这一点上来看,可能来自民众底层的沈从文比鲁迅更了解中国老百姓的生活观。而这种"自在生存"在鲁迅那里真的就是"国民性"中最低劣的历史"惰性",是需要"改造"的主体吗? 答案并不那么简单。如果我们能对"呐喊"的鲁迅和"彷徨"的鲁迅的异同做一番认真的解读,就会发现鲁迅"铁屋"的隐喻表明他完全认识到了"铁屋"中的民众中有愚昧的庸众,也有自在状态下保持原始古朴的另一个"民间",即沈从文的"民间"。

　　对于一生中都是一个"独异个人",在其乡土叙事中永远与"庸众"对立、与借助文学实现政治功利者的对立的鲁迅,如果我们要打破砂锅探询他对于"国民性"中恶的、丑的一面的无情剖析究竟是要建立怎样的健全的良好的"国民性",那么鲁迅似乎给过我们答案,故乡中少年闰土在海边月下扎猹的镜头像一幅经典画面,呈露出作者内心真实的国民品格的期许:自然、纯真、勇敢、和谐、不卑不亢。这是鲁迅作品中简直是唯一的"快乐之笔",他表达了他的"理想民间"的版本:只有这样的"国民"才真正是他的灵魂伴侣,也应该是国民性的主体。除此以外,无论是乡土小

---

　　①　沈从文:《沈从文批评文集》,珠海出版社1998年版,第23页。

说还是神话故事,无论是诗歌还是散文,无论写知识者还是写群众,所有的文本中一律有一个个性行动与别人、与社会不协调的人物,鲁迅永远固守自己的孤独。"怀疑"使鲁迅成为一个近乎冷酷的现实主义者,也使他的精神世界充满了悖论性:虽然退回内心时,他怀疑一切,"常常觉得惟'黑暗与虚无'乃是实有",但当他站在社会立场时,他总是力主对于未来、对于民众的信赖和希望,鼓励人们为明天的幸福生活而努力奋斗,而"不愿意将自己的思想,传染给别人。何以不愿,则因为我的思想太黑暗,而自己终不能确知是否正确"①。那么这个潜在的自然、和谐、纯真、勇敢、洒脱、率真、不卑不亢的"少年闰土"的"民间"不就是沈从文的"民间"吗?

由此,无论鲁迅的"审丑"还是沈从文的"审美",他们的目的都是民族精神的塑造,即"国民性"问题,尽管他们采取与历史对话的方式和价值维度不同,尽管他们的乡土小说所表述人文改造的路径不同。

三、独特的"京派"乡土批评与文学史价值

分析完了以沈从文为代表的京派群体"民族想象与文化重构"的文学理想,我们再来谈一下沈从文的乡土小说批评。沈从文在 1930 年代创作颇丰,出版有多本小说集、散文集,几乎每一部都有"序"或"跋",例如《〈石头船〉后记》、《〈边城〉题记》等;他还为其他作家的作品集写过"题记"或"序言",例如《〈萧乾小说集〉题记》、《〈篱下集〉题记》等,这些都可以作为沈从文的乡土批评文本来研究。这里重点以《论冯文炳》为例,来进一步发掘沈从文的文学观念以及文学批评的特点。《论冯文炳》②一文作于 1933 年 7 月,后收入其评论集《沫沫集》,同时收入该集的还有《论郭沫若》、《论落花生》、《鲁迅的战斗》、《论施蛰存和罗黑芷》、《〈轮盘〉的序》、《〈沉〉的序》、《我的二哥》,可见,此集集中收录了几篇"作家论"。《论冯文炳》是沈从文早期作家论的代表作。文章开宗明义追认"导师",提出"五四"以来"以清新朴讷文字,原始的单纯,素描的美,支配了一时代一些人的文学趣味,直到现在还有不可动摇的势力,且俨然成一特殊风格的,提倡者与拥护者,是周作人先生",尤其是对于推

---

① 鲁迅:《〈两地书〉二十四》,《鲁迅全集》(第 11 卷),人民文学出版社 1981 年版,第 79 页。
② 沈从文:《论冯文炳》,见《沈从文批评文集》,珠海出版社 1998 年版。

动冯文炳创作而言,周作人更是功莫大焉。这段话是"京派"对于周作人与其流派风格形成关系的早期讨论;第二,这段话等于概括了冯文炳(其实也是"京派")大致的文学艺术特征,即文字上的"清新朴讷",文风上的"原始单纯",叙事方法上的"素描"等。文章接着用两段文字论述了文学上的"单纯的完全"何以随着时代向前而"不会容易使世人忘却,而成为理事的一种原型",这等于是指明了此类创作在世界文学史上所具有的"原型"价值和意义;接着分析周作人的文体风格和趣味"完全为他人所不能及",包括那份"平静的心"以及描画的"动静的美"。这等于为论述冯文炳做了艺术渊源与特征的铺垫,也为其独特文学史价值埋下了伏笔,所以下文顺理成章地引出冯文炳"所显现的趣味,是周先生的趣味"一句话,正式进入对冯氏的评论。冯文炳用一支笔把一切爱悦的境界"纤细地画出",他的作品有两个最为突出的特征:一是"充满一切农村寂静的美";二是"所显示的神奇,是静中的动,与平凡的人性的美","动"与"静"共同造就了冯文炳小说的神奇美。沈从文对于冯文炳乡土小说美学特征的概括可谓真知灼见。

　　沈从文批评了某些评论家对冯文炳所谓"文字文法不通"的批评,不过他也承认:冯文炳"过分发展"了自己的语言风格,以至于转到"嘲弄意味"、"不庄重"、"放肆",这倒是事实,例如《莫须有先生传》,因而这是"完全失败了的一个创作";包括遣词造句上那些"八股式的反复",也不免都是瑕疵。这些都使得本来应该是沿着"北方文坛盟主"周作人、俞平伯的路子走下去的冯文炳创作,却"把问题带到一个不值得提倡的方向上去"。沈从文指出了一个很重要的创作道理:在写人物时,"若不能从所描写的人格显出,却依赖到作者的文体",必然会失败。意识是文体的创新自然重要,但人物的塑造只需要更好地发掘其"个性"而不是仅依赖文体,例如幽默、诙谐等,而失了"朴素的美"。而有意思的是,沈从文分析其中的原因,竟将这种"文体依赖"归于鲁迅的《阿Q正传》与《孔乙己》"难于自制的诙谐"。沈从文由这"文体与人物"的问题生发开来,评述了许钦文、王鲁彦、施蛰存等现代乡土小说家的创作,得出的结论是:与冯文炳风格最为"相称的",就是沈从文自己。沈从文从时代演变下新文学发展的趋势出发,分析了当时文坛各种批评倾向,认为评论界对于新文学初期的幼稚作品,可能给予了"不相称的最大的估价",这有可能导致一个"取其反"的态势,由此看,冯文炳过去的一些作品,"一定将比鲁迅先生所有一部分作品,更要成为不应当忘去而已经忘去的中国典型生活的作品"。从这篇"作家论"看,沈从文的评论语言看似散淡但条理分明,步步递进,论述深入,一些对冯文炳文学风格的评论,被以后的研究者所接受;而其对当时文坛批评的论析,尤其是对鲁迅某些作品的批评,虽然"论断"有过,也有其独到之处。从一定意义上说,《论冯文炳》也是在论"京派"早期的创作,是对该派文学价值和意义的发掘。

"京派"另一位绕不过去的大批评家就是李健吾。李健吾(1906—1982),山西运城人,在文学批评中用笔名刘西渭。李健吾是位文学多面手,文学作品有小说、散文、戏剧等,翻译有福楼拜、莫里哀、司汤达等人作品。20世纪三四十年代以刘西渭为笔名在《文学季刊》、《文学杂志》、《大公报》等刊物上发表了系列文学评论文章,"文思活跃,文采飞扬"[1]。1936年,这些文章结集为《咀华集》由文化生活出版社出版;1942年,《咀华二集》出版,收入了1925年至1940年间所写的八篇评论文章。这两部集子批评的对象有曹禺、卞之琳、何其芳、林徽因、夏衍等,批评的乡土作家则有蹇先艾、沈从文、废名、叶紫、萧军等,代表了"京派"乡土批评的高峰。

李健吾的批评方法被称为"印象主义"批评,这和"京派"追求美、追求艺术永恒的理想不谋而合。"不判断,不铺叙,而在了解,在感觉。他必须抓住灵魂的若干境界,把这些境界变做自己的。"[2]他带着这种欣赏的心理来阅读《边城》,自然会得出"令人惊见"的意见:

> 但是,读者,当我们放下《边城》那样一部证明人性皆善的杰作,我们的情思是否坠着沉重的忧郁?我们不由问自己,何以和朝阳一样明亮温煦的书,偏偏染着夕阳西下的感觉?为什么一颗赤子之心,渐渐褪向一个孤独者淡淡的灰影?难道天真和忧郁竟然不可分开吗?[3]

李健吾的这种印象式的批评也可以视为一种"鉴赏式"、"随笔体"批评。当然,不必讳言,李健吾曾受到法国印象主义文艺的影响,另外对中国传统文学与批评也

---

① 卞之琳:《李健吾的"快马"》,《新闻出版交流》1997年第1期。
② 李健吾:《自我与风格》,《李健吾文学评论选》,宁夏人民出版社1983年版,第214页。
③ 李健吾:《咀华集·咀华二集》,复旦大学出版社2005年版,第186页。

有创造性的继承。他说:沈从文的小说"具有一种特殊的空气,现今中国任何作家所缺乏的一种舒适的呼吸",《边城》"是热情的,然而不说教,是抒情的,然而更是诗的"。① 这种"点评"可能更能传达出批评对象的韵味和精髓,这正是李健吾受益于中国古典文学批评传统的一面,"妙悟"迭出,体现出审美现代性理论对中国古典文论的改造。

李健吾评说乡土小说家蹇先艾的《城下集》,也是别有风采:

蹇先艾先生的世界虽说不大,却异常凄清;我不说凄凉,因为在他观感所及,好像一道平地的小河,久经阳光薰炙,只觉清润可爱;文笔是这里的阳光,文笔做成这里的莹澈。

……蹇先艾先生的短篇小说往往富有嘲弄中产者的意味,却又不过于辛辣。然而这挡不住他同情芸芸的众生,一般在命运泥土里挣扎的良弱。②

李健吾做有《叶紫论》和《叶紫的小说》。他谈叶紫的乡土小说,则曰:"始终仿佛一棵烘焦了的幼树……不见任何丰盈的姿态,然而挺立在大野露出棱棱的骨干,那给人苦壮的感觉,那不幸而遭电殛的暮春的幼树……"③文字优美,比喻形象,感悟灵动,使读者对叶紫小说美学风范有了一个非常深刻的印象。

司马长风在《中国新文学史》中将李健吾与茅盾这两位现代文学史上著名的文学批评家、理论家并置评价,毫不客气地得出这样的结论:"没有刘西渭,三十年代的文学批评几乎等于空白。"他还判定茅盾的文学为"干预文学"、"政治尺度"。司马长风的评语未免过格,将茅盾的作品偏狭化理解了,更偏离了"严正不苟"的史家标准,不过从某些侧面分析也有其道理。茅盾的文学批评和理论建构偏于社会目的,其间过多意识形态话语和政治批评的渗透,同样的,1930 年代茅盾自己的作品也领受了这样的批评标准。在同一时期中,相对能够偏向于"文学尺度"来品评同代作家作品并能打破派系壁垒的,确实是李健吾。"李健吾是属于非主流派批评

---

① 李健吾:《〈边城〉——沈从文先生作》,《李健吾文学评论选》,宁夏人民出版社 1983 年版,第 53 页。
② 刘西渭(李健吾):《〈城下集〉——蹇先艾先生作》,《咀华集》,文化生活出版社 1936 年版。
③ 李健吾(刘西渭):《叶紫的小说》,《咀华二集》,文化生活出版社 1942 年版。

家,或者说属于自由主义倾向的批评家……李健吾显然比主流派批评家随和、平易
而又亲切得多,特别是当他们(读者)对那些充斥于报刊的说教的宣传的批评已经
开始腻味的时候,李健吾印象式的鉴赏的批评就另有一种吸引力"①。另外也有学
者分析:"如果说李健吾将批评的对象由作品转向作家,提出批评需要心灵的传记,
是大多数京派批评家所遵循的批评的原则,也是对批评形式的一种突破,那么李健
吾的印象式批评强调批评家灵魂与思想的主观介入,并以客观的方式和角度加以
表达和表现,则可以看作对批评这一文学活动的重新定位和阐释。"②

　　"京派"还有一位批评家,就是李长之。李思维敏捷,文笔奇拔,富有创见。他
提出"感情的批评主义",认为批评家应该设身处地"用作者的眼看,用作者的耳听,
和作者的悲欢同其悲欢",以这些思想和情绪"体验作者的甘苦"。③ 这是同李健吾
的批评观和批评方法差不多的"体验式批评"。李长之赢得大名的批评文章是针对
鲁迅的。在"左翼"文学大行其道、鲁迅研究一片热闹时,1932 年,李长之发表《〈阿
Q 正传〉之新评价》,从自己的批评观念出发毫不客气地重评"世故的老人"鲁迅的
名作④;1935 年 5 月起,又在《益世报》、《国闻周报》发表专题论文"鲁迅批判"12 篇,
其中有的篇章重评鲁迅的乡土小说,1936 年结集出版。这在本章第四节曾经叙述
过,这里不再赘述。

　　总之,京派不仅乡土小说创作成就斐然,影响广布;其理论建树和乡土批评也
成就卓越,在 1930 年代的众声喧哗中是唯一可以和"左翼"文艺批评相颉颃的一个
流派。需要强调的是,在 1930—1940 年代活跃的人文思潮激变中,"新月派"与"京
派"等文人群体一起形塑了中国文艺思想领域的自由主义文艺观,虽然以后很长时
期被遮蔽、被压抑,但毕竟成为以后文艺观念发展流变的重要一脉。

---

① 温儒敏:《中国现代文学批评史》,北京大学出版社 1993 年,第 96 页。
② 赵凌河、孙佳:《李健吾文学批评理论资源的多元整合》,《石家庄学院学报》2011 年第 1 期。
③ 李长之:《我对文艺批评的要求和主张》,《现代》1933 年第 3 卷第 4 期。
④ 李长之:《〈阿 Q 正传〉之新评价》,《再生》第 1 卷第 6 期,1932 年 10 月 20 日。

第六节　《中国新文学大系》与乡土小说研究的推进

《中国新文学大系》(1917—1927)作为"整理、保存、评价""五四"文学的重要文学选本,是 1930 年代新文化语境和文学权力话语场中,"五四"一代借助经典遴选和界定对新文学正统地位和知识分子文化身份的重新确认,也体现了"五四"一代文学思想的内在分歧和前后迁变以及文学史与思想史的关联。《大系》自身的经典化是"五四"文学经典化的体现,同时现代文学史上一些文学社团、文学流派、文学批评、文学理论、文学史观等的经典地位的确立与《大系》密不可分。就乡土小说批评与研究而言,《大系》的乡土小说选编、乡土作家和社团的划定、乡土批评的展开,都对现代乡土小说经典化以及乡土文学研究有推进之功。

一、《中国新文学大系》与"乡土文学"概念的界定

这里首先要论述的是《中国新文学大系》与"乡土文学"概念的界定问题。本章第一节曾经谈到 1920 年代周作人、茅盾、郁达夫等对"地方色"、"地方文艺"、"乡土艺术"、"农民文学"等概念的引进、提出、界说或批评实践,也曾经谈到郑伯奇在《国民文学论》一文所用到的"乡土文学"一词,但是,"乡土文学"作为一个理论术语被正式提出、其外延与内涵被加以界定却是在 1930 年代,这便要等到良友图书印刷公司赵家璧主编的《中国新文学大系》的出版。

鲁迅主编《〈中国新文学大系〉小说二集》,其序洋洋洒洒,细致缜密,见解独到深刻。在序中,他总结"五四"乡土小说的成就及其流派,第一次正式提出和定义了"乡土文学"的概念:

> 蹇先艾叙述过贵州,裴文中关心着榆关,凡在北京用笔写出他的胸臆来的人们,无论他自称为用主观或客观,其实往往是乡土文学,从北京这方面说,则是侨寓文学的作者。但这又非如勃兰兑斯(G. Brandes)所说的"侨民文学",侨寓的只是作者自己,却不是这作者所写的文章,因此也只见隐现着乡愁,很

难有异域情调来开拓读者的心胸，或者炫耀他的眼界。①

　　鲁迅这里对"乡土文学"的概括突出了几点：一是"侨寓者"也就是离乡寓居城市的人们所写；二是无论主观与客观，都要抒发"乡愁"，"乡愁"是作者的创作动因和作品的重要元素之一；三是应该有"异域情调来开拓读者的心胸"，而"异域情调"，一方面是"地方色彩"，另一方面也是显示与"此在"的对照，隐含着知识分子对"故土"或者美学意义上的"故乡"一种人道主义的忧患和关怀，这是"五四"时期的文学母题。所以，鲁迅是以此为标准来将"乡土文学"和"侨民文学"作区别，显现了鲁迅的理论自觉。

　　为了充分传达何为"异域情调"，鲁迅继续以蹇先艾作品的艺术特征为论说对象，指出："蹇先艾的作品是简朴的……虽然简朴，或者如作者自谦的'幼稚'，但很少文饰，也足够写出他心曲的哀愁，他所描写的范围是狭小的，几个平常人，一些琐屑事，但正如《水葬》，却对我们展示了'老远的贵州'乡间习俗的冷酷，和出于这冷酷中的母性之伟大，贵州很远，但大家的情景是一样的。""老远的贵州乡间习俗的冷酷"、"冷酷中的母性之伟大"，这既是"乡愁"所寄的"异域情调"，而其之所以能够让"非老远的贵州"的读者产生共鸣，乃是不同地域的"冷酷"可能有千万种，但不同的地域作家在描写中同样寄予了"乡愁"。鲁迅又以许钦文为例，写道："许钦文自名他的第一本短篇小说集为《故乡》，也就是不知不觉中自招为乡土文学的作者，不过在还未开手来写乡土文学之前，他却被故乡所放逐，生活驱逐他到异地去了，他只好回忆'父亲的花园'……"这话道出了乡土文学是作者"到异地"、写关于故乡的"回忆"的一类题材创作。也可以说，鲁迅客观平实地提出了"乡土文学"的概念，将其与"侨民文学"相对照提出，但是并未能深刻而系统地从学理上界定，而是在论评作家作品的过程中"夹叙夹议"，在他看来这一问题似乎不需要认真地进行理论阐释，不过确实有些唐突和不周延。

　　在《大系》中，茅盾宏观上考察了第一个十年间的新文学发展状况，评述了文学

_____

　　① 鲁迅：《〈中国新文学大系〉小说二集·序》，《鲁迅全集》（第6卷），人民文学出版社1981年版，第247页。

研究会"为人生"的一些乡土作家作品。一年之后的 1936 年,经过《大系》编纂后的再思考,茅盾发表《关于乡土文学》一文,将"世界观"和"人生观"上升到"地方色彩"和"异域情调"之上,突破了自己以往关于"乡土文学"的认识:

> 关于"乡土文学",我以为单有了特殊的风土人情的描写,只不过看一幅异域图画,虽能引起我们的惊异,然而给我们的,只是好奇心的餍足。因此在特殊的风土人情而外,应当还有普遍性的与我们共同的对于运命的挣扎。一个只具有游历家的眼光的作者,往往只能给我们以前者;必须是一个具有一定的世界观和人生观的作者方能把后者作为主要的一点而给与了我们。①

　　与鲁迅的提法相比,以社会—历史批评为鹄的茅盾的界说揭示出问题的另一个层面:"异域风情"只是乡土文学的"表相"而已,其核心的问题则是蕴藏在文本背后的观念,观念具有辖制的能力,决定了这一文学文本到底具有怎样的深度和对社会解释的有效性。所以,如果说鲁迅意在审美层面的"异域情调"及其寄予的作家人道关怀,而茅盾直接将价值层面作为核心问题看待,而非乡土小说重要艺术特征的"异域情调",这体现出现代文学史上两位重要的文学家在理论认知上的歧见。鲁迅虽然作为"左翼作家联盟"的重要领导者,参与形塑了文艺大众化以及阶级分析的文艺批评观,但是在编选"纯文学"的《大系》时,还是力图超越一些时代纷扰和定见,毅然决然地维护文学的标准,这其实含有"五四"时过境迁后鲁迅向那代文学致意的意味;而茅盾是一个富有理论自觉的文学家、批评家,自加入文学研究会以后一以贯之地坚持其"社会全息"式的文学理想和批评观,对"乡土文学"内涵的把握更加趋于理性。

　　总之,鲁迅在《导论》中正式界定"乡土文学"与"侨寓文学"的差别,揭示了现代文学第一个十年间乡土小说的含义和特点,被以后众多批评家和文学史家援引,为"乡土文学"作为一种类型研究打下了基础。

---

① 蒲(茅盾):《关于乡土文学》,《文学》第 6 卷第 2 号,1936 年 2 月 1 日。

二、"五四"乡土作家、群体和流派的划定

《中国新文学大系》圈定了"五四"一代乡土作家、群体和流派,这成为以后现代文学史叙事的依凭,直接推动了现代乡土小说家及其作品的经典化。

茅盾的《小说一集》主要收录文学研究会作家作品,也有 1926 年以前《小说月报》、《文学周报》上散见的八篇作品;鲁迅编选的《小说二集》收进了除文学研究会、创造社这两大社团之外的部分新文学作家作品,例如《新潮》早期作家群小说,弥撒社、浅草社、沉钟社、莽原社、狂飙社、未名社等小社团成员的小说;郑振铎编选的《小说三集》收录创造社作家作品。这三卷文集收录的乡土小说主要集中在一集和二集。

茅盾所撰《〈中国新文学大系〉小说一集·导论》视野宏大,史料翔实,论证清晰,结构严谨,尤其是对于文学研究会的筹建、活动和各省的文学社团创建和刊物创办、活动等第一手资料的收集非常翔实,成为以后相关研究的重要依据。茅盾用批评家、理论家的眼光来编选评价 1917—1927 年间各种题材小说的创作,对于乡土题材写作也予以足够关注。《小说一集》编选了潘训的《乡心》,王思玷的《偏枯》、《瘟疫》,徐玉诺的《一只破鞋》、《祖父的故事》,彭家煌的《怂恿》、《活鬼》,许杰的《惨雾》、《赌徒吉顺》等一批乡土小说。茅盾的《导论》高屋建瓴,在对新文学十年发展总成绩进行总结概论的基础上,再一一分节点评文学研究会各题材小说取得的实绩。他将 1921 年作为前后分界点,认为前半期是"寂寞而单调",但之后无论是题材的拓展还是表达的深入都有了不少新的东西,尤其是一群青年作家把文坛装点得颇为热闹。但是他还是遗憾地指出:"新文学运动""好像没有开过浪漫主义的花,也没有结现实主义的实;我们的初期的作品很少有反映着那时候全般的社会机构的;虽然后半期比前半期要'热闹'得多,但是'五卅'前夜主要的社会动态仍然不能在文学里找见",究其原因,那是"生活的偏枯"导致的"文学的偏枯"。茅盾给"久已不见"了的作家王思玷比较多的文字,肯定他是有才能的作者,评介其四篇小说。《偏枯》和《瘟疫》这两篇乡土小说,前者是写一对贫农夫妇卖儿卖女瞬间的悲痛,作者以"冷观"的态度描写这一人间悲剧,每个人物都写得如从纸背跃出来似的,茅盾认为此篇在其所有创作中"技巧上最为完美"。《瘟疫》利用"幽默"的手法极写了小

村居民如何挡丘八太爷的驾,揭示军阀铁蹄下的山东老百姓怎样害怕兵。正如茅盾所言,这"幽默"如讽刺画,有些过头就变得近于"谑",因而写得不大近真实人情。

茅盾《〈小说一集〉导论》的第八节专门讨论描写农村生活的徐玉诺、潘训、彭家煌、许杰。对于"有满身泥土气的从乡村来的人写着匪祸兵灾的剪影"、1926年起似乎消失了的河南作家徐玉诺,茅盾细致地分析其创作的优缺点——优点就是"活生生的口语"、"人物描写没有观念的抽象"、"动作"和"心理"的描写颇有功力;但是其缺点也很明显,就是缺乏布局谋篇的组织能力,全凭诗人气的单纯印象"再现"。潘训是浙江人,在描写农民生活比较少的时期,其代表作《乡心》却是一篇"应得特书"的小说。这篇小说描写的是农村青年抱着"黄金的梦"跑到城市讨生活的境况。在书写农村典型人物的命运以及青年一代在城乡间的挣扎上,潘训生动地写出了一个大悲剧时代的前奏曲——虽然没有正面书写农村生活,但却写出了农村衰败的第一声悲叹。

如果说徐玉诺和潘训的小说偏于简单,那彭家煌和许杰的小说则是善于用复杂的人物和动作将农村生活展示给读者。彭家煌的《怂恿》作风独特且圆熟,其浓郁的地方色彩、活泼的带着土音的对话、紧张的情节、多样的人物、错综复杂的故事,使其成为新文学开创期难得的优秀乡土小说,这也正是茅盾所欣赏的。茅盾对《活鬼》这篇小说在诙谐的表面下"对于宗法社会的不良习俗的讽刺"予以肯定,其文本分析也是细腻而诙谐。许杰是浙江台州人,其作品大多取材于自己的故乡。茅盾在《〈小说一集〉导论》中以一句话形象概括了许杰的乡土小说:"以憎恶的然而同情的心描了农村的原始性的丑恶。"《惨雾》也可称为现代乡土小说第一个十年的杰出代表作,它在一幅广大的农村生活背景上,浓墨重彩地描画出台州宗法制辖制下的乡下特殊而野蛮的乡俗;《赌徒吉顺》则极写了在社会转型期被生活的飞轮抛出来的渣滓似的可怜而可悲的乡间人物,更是由此表现了乡镇经济势力超于封建思想的压迫,因为这经济力不是生产的、创造的,而是"消费的,破坏的"。茅盾提炼出许杰的特长在于结构整密、气魄雄伟、心理描写细腻;而尤其是"能够提出典型的人物",例如吉顺这一角色,就如阿Q一样,是"一个没有灵魂的躯壳"。但不足也恰恰就在"典型人物"这里。许杰提炼出了"人物典型",却缺乏将此类典型写活写透的笔力,所以"赌徒吉顺"终于不像阿Q那般"典型"。

正是由于茅盾的推重，一方面大家对文学研究会乡土作家有了一个群体性、全局性认识，另一方面使得一些在第一个十年时小有成绩、但后来"消失"了的作家得以被"保存"，并呈现出他们文学魅力的一面，这为后来研究现代文学批评史和乡土小说史的学者提供了权威性的"作家群"参照。

鲁迅编选的《小说二集》收录的乡土小说有鲁迅的《药》、《离婚》，汪敬熙的《瘸子王二的驴》，废名的《竹林的故事》、《浣衣母》、《河上柳》，蹇先艾的《水葬》、许钦文的《父亲的花园》、《石宕》，王鲁彦的《柚子》，黎锦明的《复仇》等。鲁迅所做《〈小说二集〉序》是围绕各个刊物的作家群、社团分节的，共分五节，其中前四节是对作家群、社团创作的批评，关于乡土小说作家作品的评价也就分散在这四个章节内，不太集中，但所及比较全面；第五节谈的是"选辑的体例"以及编选中的"遗珠之憾"等。《〈小说二集〉序》第一节评述《新青年》作家群，重点介绍的乡土作家就是鲁迅自己了。毋庸置疑，鲁迅的创作显示了文学革命最初的实绩，在当时极大地激励了青年一代，即所谓：《狂人日记》、《药》、《孔乙己》等，"因那时的认为'表现的深切和格式的特别'，颇激动了一部分青年读者的心"。但鲁迅始终保持"世界文学"的审度眼光，他将自己在《新青年》上发表的作品放在世界文学的视野来讨论，认为这些小说之所以引起当时读者的"激动"，乃是当时文坛"怠慢了绍介欧洲大陆文学的缘故"，他毫不回避《狂人日记》、《药》等小说从思想到形式都借鉴了欧洲不少名家名作："一八三四年顷，尼采（Fr. Nietzsche）也早借了苏鲁支（Zarathustra）的嘴，说过'你们已经走了从虫豸到人的路，在你们里面还有许多人是虫豸。你们做过猴子，到了现在，人还尤其猴子，无论比那一个猴子'的。而且《药》的收束，也分明的留着安特莱夫（L. Andreev）式的阴冷。"不过，客观地讲，"后起的《狂人日记》意在暴露家族制度和礼教的弊害，却比果戈理的忧愤深广，也不如尼采的超人的渺茫。以后虽然脱离了外国文学的影响，技巧稍为圆熟，刻画也稍加深切，如《肥皂》、《离婚》等，但一面也减少了热情，不为读者们所注意了。"我们将这些"自评"、这些"权威性的判断"与其《〈呐喊〉自序》做对照阅读，不仅可以对现代白话小说的起始有一个更客观中正的认识，也更能够理解鲁迅所谓"激动读者"到"减少了热情"这一渐变的心理线索。从《呐喊》的编辑出版到《大系》的编选，这中间已过去十二三年，无论是中国社会还是文学界抑或鲁迅个人的人生都历经了巨大变化，他始终如一清醒自己启蒙主义的文学理想,但也自始至终对启蒙主义的未来深怀质疑。

《〈小说二集〉序》第二节评述《新潮》、弥撒社、浅草社等作家群,重点介绍的乡土小说作家是废名。鲁迅对废名小说风格的总结概括力强,见地深透。废名在浅草社时,其特长并未显出,到1925年《竹林的故事》的发表,他那"冲淡为衣"、"从他们当中理出我的哀愁"来的特点终于呈现。这种"冲淡为衣"在第一个十年的新文学中可谓自成一格,当然后来这作为新文学乡土小说别具生面的一脉在"京派"那里发扬光大了,而且在1930年代兴起的自由主义文学阵营占有一席之地,《大系》编选时正值盛况。但鲁迅冷静地体察到了作者化有限的"冲淡的哀愁"为"有意低回、顾影自怜"的细微变化,与前者比起来,后者未免作态,是主张平实自然的鲁迅所不欣赏的,因而他也并未对废名的某一作品做细致的文本分析。

《〈小说二集〉序》第三节是评述《晨报副刊》、《京报副刊》作家群。此节阈定"乡土文学"概念的同时集中论及蹇先艾、许钦文、王鲁彦、黎锦明几位作家的乡土小说创作,并从现实主义理论出发探寻了乡土作家应该有的思想激情。许钦文是鲁迅一向关爱和提携的同乡作家,鲁迅肯定了许钦文能够写出活泼的民间生活的能力,但是其《故乡》更多体现的则是"故意的冷静"、愤激的"诙谐",未免有些"令人疑虑",失信于读者,这是许钦文创作的危险瓶颈。作为乡土大家,鲁迅对许钦文的批评可谓一针见血。王鲁彦本来是文学研究会成员,但茅盾《小说一集》遗漏了,正好鲁迅将其作为《晨报副刊》、《京报副刊》作家收入《小说二集》内。同样从写实主义的冷静和诙谐出发,鲁迅对于王鲁彦笔下"失掉了人间的诙谐"的"冷静"虽有不满,但更有肯定,并将其与世界上一些重要文学家和思想家作类比:"要说冷静,这才真是冷静;这才能够和'托尔斯小'的无抵抗主义一同抹杀'牛克斯'的斗争说;和'达我文'的进化说一并嘲弄'克鲁屁特金'的互助论;对专制不平,但又向自由冷笑。"将王鲁彦与许钦文的"冷静"与"诙谐"相比较,鲁迅更愿意看到前者这"冷静"下的"热烈",这也其实是鲁迅自己的创作一以贯之的文学精神,一个文学家对社会人生无论如何愤懑和不满,但揭出这"疮疤"的内心却是出于热血热肠——"引起疗救的希望"。谈到湘中作家黎锦明,鲁迅写道:"大约自很小就离开了故乡的,在作品里,很少乡土气息,但蓬勃着楚人的敏感和热情……"可见,黎锦明的小说在"土气息,泥滋味"上是不够的,不过以"异域情调"来看,那"楚人的敏感和热情"也算得地域特色的体现了。序第四节介绍莽原社、狂飙社作家群,再次涉及鲁迅、废名。

　　鲁迅在《〈小说二集〉序》中评述作家作品时,特别注意引用作者其他文体文本例如散文、序文、诗歌等来辅助理解,例如介绍许钦文短篇小说集时大段引用其回忆性的文字《父亲的花园》,阐述许钦文的乡土小说其实"苦恼的是失去了地上的'父亲的花园'",这"父亲"其意义当然不仅是指血缘上的父亲;谈蹇先艾的《水葬》,引用了他小说集《朝雾》"序言"中的一段话,这些引用文字与小说选本形成互文,帮助理解作者的"乡愁"渊源所自,也揭示出每个作家作品"个体性"的乡愁特征。

　　在茅盾、鲁迅各自的"导论"中,前者从社会历史批评视角,分析了"五四"时期小说创作普遍存在的重视"个人生活的小小的一角"、观念化现象,倡导开阔的书写视野;而后者的优长则是能够用几个词汇或一句话精准地概括出一个作家一部作品的特点来,有时近乎苛刻,但是一针见血。无论持见是否相同,在以后的文学史研究中,这些作家作品均因《大系》的推介而留存史册,并成为"五四"文学经典化的一部分。还拿鲁迅《〈小说二集〉序》的"自评"来说。鲁迅精彩的"自评"对于以后的"鲁迅研究"、"五四"小说研究、现代文学理论研究都有重要意义,"表现的深切"、"格式的特别"以及"忧愤深广"等至今是我们认识鲁迅小说恰如其分的切入口,例如钱理群等主编的《中国现代文学三十年》(修订本)第二章《鲁迅(一)》[①],在论述"《呐喊》与《彷徨》:中国现代小说的开端与成熟标志"一节,直接就以鲁迅的"表现的深切"和"格式的特别"为标题展开评析。

　　作为现代文学研究著名的史料学家,阿英编选的《〈大系〉史料·索引》中没有严格遵从1917—1927这个年份时限,而是截至1930年代初,其中第三部分"作家小传"、第五部分"创作编目"等涉及一些乡土小说作家作品。"作家小传"中,乡土小说家列有王鲁彦、沈从文、沈雁冰、汪敬熙、李劼人、许钦文、许杰、冯文炳、彭家煌、叶绍钧、台静农、鲁迅、蒋光慈、黎锦明等,每位作家的"小传"短则四五十字,长则二百字左右。我们不妨在这里抄录几条,以方便对于这一内容有个直观印象:

　　　　沈从文　小说家。湖南凤凰城人。十二岁,受军事基础训练,十五岁随军

---

　　① 　钱理群、温儒敏、吴福辉:《中国现代文学三十年》(修订本),北京大学出版社1998年版。

外出,曾作上士。后作书记,随军在川湘鄂黔四省边境三年。然后到北京,开始写作生活。初期作品,大都发表于《晨报副刊》,后来则为《现代评论》,《小说月报》,《新月》。作品印成册的,有五十种左右。有自传一册,叙述到北京以前生活甚详。一九三四年起,主编天津《大公报·文艺副刊》。①

　　冯文炳　小说作者。别署废名。"语丝社"干部作家。小说集已刊行者,有《竹林的故事》、《桃园》、《桥》、《莫须有先生传》。②

鲁迅的相对较长,有三百字左右。

　　鲁迅　原名周树人,鲁迅,其笔名也,浙江绍兴府人。《新青年》干部作家。曾游学日本,与周作人合译《域外小说集》。至《新青年》时代,开始发表创作。作品辑集者,有小说集《呐喊》,《彷徨》。散文集《野草》,《朝花夕拾》,《热风》,《华盖集》,《华盖集续编》,《而已集》,《二心集》,《三闲集》,《伪自由书》,《准风谈月》③。专著有《中国小说史略》。论文集有《坟》。以《阿 Q 正传》最为知名,英法俄均有译本。传记资料,有《自序传略》,《呐喊自序》,及《鲁迅及其著作》,《鲁迅在广州》,《鲁迅论》,及何凝《鲁迅杂感选集序引》。译作主要者为厨川白村的《苦闷的象征》、《出了象牙之塔》,法兑也夫《溃败》,阿志巴绥夫《工人绥惠略夫》等。④

　　这些文本的入选以及批评的推进,极大地影响了日后新文学史家对相关作家、社团、编选者的定位,除《中国现代文学三十年》之外,如孔范今的《二十世纪中国文学史》、黄修己的《中国现代文学研究史》、丁帆的《中国乡土小说史》、汪晖的《反抗绝望》等研究著作都对《大系》观点有不同程度的借鉴。

---

① 阿英编选:《〈中国新文学大系〉史料·索引》(影印本),上海文艺出版社 2003 年版,第 212 页。
② 阿英编选:《〈中国新文学大系〉史料·索引》(影印本),上海文艺出版社 2003 年版,第 222 页。
③ 当为《准风月谈》之误。
④ 阿英编选:《〈中国新文学大系〉史料·索引》(影印本),上海文艺出版社 2003 年版,第 225 页。

三、《中国新文学大系》编选者审美观与文学史观的差异

从《中国新文学大系》乡土小说编选和批评，我们可以看出编选者审美观与文学史观的差异，也可以发现某些局限。

首先，我们还是看茅盾与鲁迅这两位对乡土小说多有论评的编选者。作为一位"很入世"的"左翼"作家、批评家，茅盾对乡土作家作品的评价秉持的标准是"社会——历史批评"的立场，考察作者是否能够书写出"全面的"社会人生。无疑，茅盾的批评不可避免地带有那个时代激进的革命气息和"观念化"的倾向，他以马克思主义为指导、注重文学现象的阶级分析，在"左翼"批评以及现代文学史上具有典型意义。相对而言，鲁迅的择取和评论视野更为包容广远。大致看来，一个是注重每一位作家在艺术上独特的"那一面"，一个是注重文学作品的思想内涵；一个是世界的眼光，一个是时时不忘"关切时代"。

从另外一些侧面，可以看出暴露在乡土文学领域的异见后的文坛论争与派性矛盾，这为后来的研究提供了特殊的资料和视角。《中国新文学大系》遴选并论及的主要乡土小说及作家、社团主要集中在"小说卷"一二集，不过，有一个有意思的现象是，《大系》划定的"后界"1927年，正是"京派"的废名、沈从文刚刚走进文坛时；《大系》编纂时，沈从文正红极一时，但《大系》小说卷对废名作品收录稍多，却忽略了沈从文。周作人编辑"散文卷"，却偏偏收入废名的小说，理由是"也可以做散文读"，当然是出自"偏爱"。阿英的资料卷作品目录和部分简介打破1927年的下限，在作家小传部分，介绍到废名和沈从文，相对来讲，废名介绍更为细致；在作品选介中，收录有沈从文的《鸭子》等，算是平分秋色。这当然和1925年废名的《竹林的故事》已经颇有文名、而沈从文的《鸭子》则出版于1926年且影响不著有关，但这只是表象，《大系》编选者不约而同、厚此薄彼的"集体意志"还是值得探究。其实仔细分析还是会发现，这几卷的编选者多是"左翼"文坛中人或关系密切者，而当时沈从文在自由主义作家群中影响日隆，而且是"京派"与"左翼"文坛论争的中坚人物。其实在《大系》出版后，两者之间的论辩与冲突更加白热化。1935年，朱光潜发表《"曲终人不见，江上数峰青"》，立即引起鲁迅的反感，做《题未定草·七》予以反驳；接着在1936年10月，沈从文发表《作家间需要一种新运动》，指责文坛的"差不多"

现象,当然笔下之意在批评"左翼"文学在题材、内容、风格上的不良现象,茅盾在次年做《关于"差不多"》,反击沈从文将文学的时代性与艺术的永恒性对立起来。这场讨论虽然未能更加理性深入地开展,但留下了许多值得探索的理论话题,也具有很重要的实践意义。由此不难推测,《小说一集》、《小说二集》为什么给沈从文的篇幅比较少。

谈到强调重点的不同或曰偏见,我们也可以顺便述及郑伯奇的《〈小说三集〉导言》和胡适的《理论集》。作为创造社的核心人物,郑伯奇来编选创造社诸同人的作品集是再合适不过的人选了,由于他对创造社的社团运作和各位作家的特点成竹在胸,所以"点评"起来得心应手,既能从宏观上缕析创造社艺术追求的西方理论渊源,又能细致入微地探察每个人的风格性情,提供了西方文艺理论"东渐"、影响"五四"新文学的重要证据。但是,由于"身在庐山中",有时未免"一叶障目"或"在彼言彼",在对比其他社团成就时会稍失公允,对创造社稍有拔高之嫌。胡适的"导言"在这一方面则更为明显,那就是在对"五四白话文运动"、新文学理论建设和新诗写作的功绩予以总结时,有意无意地会把那功绩更多地"加冕"给"当年的胡适之",这与他1922年所做《五十年来中国之文学》时那种客观公允,尤其是对陈独秀之功的"和平讨论"相比,未免有些"王婆卖瓜"、"自我宣扬"。胡适曾称《关不住了》为"新诗成立的纪元",朱自清在《大系》诗集的"导言"中即客观地指明,《关不住了》其实只能算一首译作。朱自清认为胡适对新诗初创时的成绩太乐观了,他忽略了新诗重于说理、变化太少、模仿外国诗太重、"缺少一种余香和回味"等缺点。胡适选择如此叙述修辞,可能和事过多年之后他在文化界的影响超越陈独秀,妨碍了他对"新文化运动"一些细节真实性的回忆;也可能出于《大系》是对新文学经典的遴选,也是一种文学史地位的确立,胡适很明白这一点,所以有意为之——当然这样说有点"妄度君子之腹"了。其实,更重要的原因是,从"五四"到《大系》编选时的1930年代,中国思想文化界风云变幻,"五四"一代知识分子重新分化和重组,其文化身份、话语权、文学价值观也都产生分歧,陈独秀成为一名坚定的马克思主义者,而胡适成为中国自由知识分子的代表人物,胡适借重《大系》重新划定话语权也是理所当然的考量。反过来说,这何尝不是鲁迅、茅盾等其他编者的"愿望"?

　　总的看来,《中国新文学大系》十卷本每卷有每卷的特色,每卷有每卷不可替代的贡献,也都能体现出编者广博的文学视阈、深厚的理论批评功底和不俗的才情和识见。从《中国新文学大系》出版到 1940 年代末,创作界和学术界均把《大系》作为了解"五四"文学的"必读书目",这是《大系》经典化的开端;40 年代末到 70 年代末,《大系》逐渐被淡化。到新时期以后,《大系》研究重启,至今出现了一大批学术成果,例如徐鹏绪等《〈中国新文学大系〉研究》是文献学个案研究,全面梳理了出版背景、涉及的文学运动和论争及文体理论等;覃宝凤硕士学位论文《论〈中国新文学大系〉的编纂》对编辑过程、编选理念以及一些文献的整理扎实细致;朱智秀《〈中国新文学大系(1917—1927)·小说选集·导言〉研究》以"小说选集"选编者的作用为中心,"从更加微观的角度研究《大系》、认识《大系》的价值和地位打开了一扇别致的窗口",是近年来《大系》研究的重要成果。仅就乡土文学而言,新时期以来与《大系》相关的乡土小说研究大致可以概括三个方面:一是《大系》文本本身与"五四"乡土文学文献学的研究和评介;二是借重《大系》"导言"批评观点做"五四"乡土文学经典作家(包括编选者)、社团或流派批评与研究;三是《大系》的乡土小说批评模式与现代文学制度的关联性研究。这些研究在各个层面推进了 20 世纪中国乡土小说研究的发展以及新的研究思路和模式的形成。所以,《大系》也为我们分析经典化与文化秩序、价值尺度、控制体系等的关系,以及回应经典建构中美学质素的本质主义与侧重于文化政治的建构主义提供了一个较好的视角。

第七节　抗战时期"东北作家群"、"七月派"等的乡土批评

　　中国现代文学第二个十年的乡土小说批评与研究以"左翼"文艺批评观和自由主义文艺批评观的冲突贯穿始终,以"京派"与"海派"的论争推进了发展,以"左联"解散、鲁迅研究热潮、"作家论"写作热和新文学家的经典化而结束,同时以抗战爆发的文学批评转向为新的起点。

一、"东北作家群"的形成及相关批评

1931 年"九一八"事变爆发,东北广袤的土地沦陷。中华民族面临的主要矛盾不再是各种人文社会思潮的对抗、颉颃与冲突,而是如何反抗"殖民地化"的命运。民族抗战需要各阶层人民的统合力,在这种情况下,知识分子捐弃前嫌,甚至那些自甘放逐于时代冲击波之外的知识分子也重新走进社会、回归时代,促进了民族抗日统一战线的形成。文学关注的焦点发生转移,一些前所未有的题材、素材、主题开始涌现,同时对于国家命运、民族忧患和个人性格的深层次省思逐渐被作家所揭示,文学向着更为广阔更为深远的空间延展。东北沦陷后,中国开始出现 1930 年代第一批流亡作家群体,那就是以萧红、萧军、端木蕻良、罗烽、李辉英、白朗、舒群、骆宾基为代表的"东北作家群",他们早期的文学创作作为"左翼文学"的一部分提前开启了现代文学新一阶段乡土书写的"乡愁"内涵。这"乡愁"不同于鲁迅、茅盾等以前对于乡土文学的界定,而是面对着国土沦丧、家园破毁所萌发的"故国家愁",远远超过了知识分子精神还乡的叙事指向。"随着民族战争的推进,特别是随着他们的文学恩师与精神导师鲁迅的逝世,他们又从上海到武汉,一步步远离故土,在不断的生离死别中深化对战争苦难和人生况味的体验,也因现实境况与政治选择的不同,开始了各自不同的人生漂流与精神漂泊。"[1]他们将"五四""国民性批判"的主题进一步引向深化,"从生活的再现中去探讨民族文化传统、民族性格的优劣得失"[2]。这方面的代表作是萧军的《八月的乡村》、萧红的《呼兰河传》。

《八月的乡村》1935 年由上海奴隶社出版,鲁迅亲自为其作序;1936 年,此书由上海容光社再版,奠定了萧军在现代乡土小说史上尤其是在流亡作家群中的重要地位。萧军在初版《〈八月的乡村〉书后》这样写道:"如果可能——就是说,环境不迫害我到连呼吸全不自由的时候——现在正是要'城下盟'的时候,中国政府应该自动消泯百姓反日的思想及其他。'危害民国'的罪名,也许会贯到你的头上来。因为我这是在反'日',反'帝',反对人类的残害者呢!——一定还要写,写,

---

① 丁帆等:《中国乡土小说史》,北京大学出版社 2007 年版,第 139 页。

② 钱理群等:《中国现代文学三十年》,北京大学出版社 1998 年版,第 346 页。

写……"《八月的乡村》正是为那在苦难的血泊中斗争的人所书写的,出版后引起极大反响:"《八月的乡村》的伟大成功,我想是在带给了中国文坛一个全新的场面。新的题材,新的人物,新的背景。"①鲁迅认为《八月的乡村》在艺术上稍逊于法捷耶夫的《毁灭》,但是鲁迅不仅从艺术成就方面肯定了《八月的乡村》对北方风景画、风俗画等的描绘,对东北沦陷区现实苦难和民族抗争的反映,更是站在拯救国民灵魂的高度来谈论它:

> 我却见过几种说述关于东三省被占的事情的小说。这《八月的乡村》,即是很好的一部,虽然有些近乎短篇的连续,结构和描写人物的手段,也不能比法捷耶夫的《毁灭》,然而严肃、紧张,作者的心血和失去的天空、土地,受难的人民,以至失去的茂草、高粱、蝈蝈、蚊子,搅成一团,鲜红的在读者眼前展开,显示着中国的一份和全部,现在和未来,死路和活路。凡有人心的读者,是看得完的,而且有所得的。②

1939 年,著名批评家李健吾作《萧军论》,全文共分六节。李健吾首先从萧军的性格为人谈起,温故萧军的生平,分析其"浪子性情"以及他"活着""不为视颜人世,而为一种高尚的意义"的追求;在第二部分,李健吾以幽默的笔法分析了《八月的乡村》与法捷耶夫《毁灭》的异同,而这也正是鲁迅比较的角度;第三节分析萧军为什么选择"八月"。在他看来,此一小说留在人们心目中的不是那些苦斗的人民革命军,而是"具有坚强的性格的自然",所以,萧军是借"八月"自然的强韧来衬托了人,二则也说明这部小说所具有的浓烈的地方色彩、乡土气息;《萧军论》第四部分则集中评述《八月的乡村》所存在的两个方面的不足,一是心理的粗疏,二是人物描写过于依赖"作者的独白",未能获得一种"现实的普遍性";在第五节,作者肯定了萧军在"粗疏"之下"完全把我们擒住"的文法;最后一节则评论了《八月的乡村》之后萧军的小说创作从"热"到"冷"的调整,当然,"阶级斗争,还有民族抗战,是萧

---

① 乔木:《八月的乡村》,《时事新报》第 23 期,1936 年 2 月 25 日。
② 鲁迅:《田军作〈八月的乡村〉序》,收入《北方文丛》,上海作家书屋 1935 年 8 月。

军先生作品的两棵柱石。没有思想能比二者更切合现代,更切合一个亡省的人的"。《萧军论》对萧军的性格、经历与创作的关系以及艺术优劣做了比较全面细致的论述,是当时研究萧军的重要文章,也体现了李健吾对作家作品细腻的把握。

　　除了萧军,另一位被批评界关注最多的流亡作家就是萧红了。1935 年,让萧红一鸣惊人的乡土小说《生死场》同时由上海容光书局出版,也是鲁迅亲自作序。这篇序言写于当年 11 月 14 日的夜里,因为战事,鲁迅居住的上海闸北区居民们正"抱头鼠窜",在这江南的混乱中读《生死场》,就似亲眼看见了五年前的哈尔滨,那也正是萧红逃离的地方。鲁迅评价这部书稿:

　　　　这自然还不过是略图,叙事和写景,胜于人物的描写,然而北方人民的对于生的坚强,对于死的挣扎,却往往已经力透纸背;女性作者的细致的观察和越轨的笔致,又增加了不少明丽和新鲜。

　　鲁迅首先肯定的是,《生死场》作为一部乡土小说,在人物描写方面的成功,即对于"生的坚强,死的挣扎"的描写,用了"力透纸背"这样的评语,可见鲁迅对萧红功力的欣赏;让鲁迅满意的第二点,则是作者细致入微的观察力和写出这种细微的"笔致"。鲁迅对《生死场》这两个方面的分析和强调成为以后萧红研究中不断被引用的断语。

　　"七月派"理论家胡风为《生死场》做"后记"。胡风显然与鲁迅"英雄之见略同",也是首先注意到了《生死场》人物描写的巨大成功,他将其与肖洛霍夫的《被开垦了的处女地》相比,认为"她所写的农民们的对于家畜(羊,马,牛)的爱着,真实而又质朴,在我们已有的农民文学里面似乎还没有见过这样动人的诗篇"。主张写出底层人的"精神奴役创伤"的胡风,分析了萧红笔下"立起来的人物"老王婆、老赵三,他们这些被日本侵略者"抢去了的人民却是不能够'驯服'的"。胡风认为,在人物描写上,萧红的文字既体现出女性的纤细的感觉,也有超越女性的"雄迈的胸襟",可以说,这在女性作家中是一个创见。不过,在叙事艺术方面,胡风对于萧红是批评多于欣赏的,他总结萧红的短处和弱点有三点:

　　第一，对于题材的组织力不够，全篇显得是一些散漫的素描，感不到向着中心的发展，不能使读者得到应该能够得到的紧张的迫力。第二，在人物的描写里面，综合的想象的加工非常不够。个别地看来，她的人物都是活的，但每个人物的性格都不凸出，不大普遍，不能够明确地跳跃在读者的前面。第三，语法句法太特别了，有的是由于作者所要表现的新鲜的意境，有的是由于被采用的方言，但多数却只是因为对于修辞的锤炼不够。我想，如果没有这几个弱点，这一篇不是以精致见长的史诗就会使读者感到更大的亲密，受到更强的感动罢。

　　除了鲁迅和胡风的推重，《生死场》引起批评界广泛关注，例如力生的《介绍〈生死场〉》(1936年《妇女生活》第2卷第1期)、丞彦的《〈生死场〉读后记》(1936年6月30日《中学生文艺季刊》第2卷第2号)、何梦兰的《〈生死场〉》(1939年《中学生战时》半月刊第1卷第1期)、林风的《我读过的书——〈生死场〉》(1939年《妇女生活》第8卷第6期)等。对这部小说的解读，大致也是肯定萧红将那些蝼蚁一样活着、"为生而就死"的人民写得真实动人，以及从"五四"乡土小说发展的角度看萧红创作的意义。总体看来，批评界对《生死场》的批评意见大致集中在三个方面：一是《生死场》体现出时代性和民族性特征，其叙事正好呼应了当时抗战的需要，东北人特有的顽强、坚韧、充满生命力的个性特征在这部小说中有充分展现；二是《生死场》体现出一种阶级意识，写透了东北民众奴隶一样被剥削、压榨、蹂躏的命运，所以可以放在1930年代的"左翼文学"中讨论，萧军在该小说再版时就着重强调这一面；三是《生死场》对于生命意识和人的精神向度的关注，体现了萧红超越时代的文学内力，这使得萧红的创作迥异于一般的"抗战文学"、"左翼文学"，观照到了人类、人性的普遍困境。这种独特的艺术能力也贯穿其整个创作，在《呼兰河传》中有更为淋漓尽致的发挥。所以也就不难理解，为什么胡风在《〈生死场〉序》中总结的萧红小说结构叙事上的三个"短处和弱点"，恰恰被后来一些学者视为萧红在文体方面的创造，也恰是其超越"左翼文学"的最可贵之处。

　　1941年，萧红的《呼兰河传》由桂林河山出版社出版，茅盾为其作序。茅盾从以下几个方面肯定了《呼兰河传》的艺术特征和成就：第一，《呼兰河传》的风格更为

"明丽和新鲜",就像"一篇叙事诗,一幅多彩的风土画,一串凄婉的歌谣";第二,《呼兰河传》既有社会批判的意味,更将批判的笔锋指向愚昧保守的国民文化人格,作者因其哀怜,为其愤怒;第三,萧红承续了《生死场》对生命主题的探讨,既写出了乡间愚暗的恐怖,同时也活画了小民安于清苦、富有韧性、自得其乐的天性,这是生命难得的亮色,也是许多小民过下去的支撑。可以说,茅盾非常精准地把握了萧红从《生死场》到《呼兰河传》风格和题材上的承续与变化,尤其是"叙事诗"的定位和"生命"主题的提出确为的论。正如萧红自己所言:"有一种小说学,小说有一定的写法,一定要具备某几种东西,一定要学得像巴尔扎克或契诃夫的作品那样,我不相信这一套,有各式各样的作者,有各式各样的小说。"①

　　1935 年,端木蕻良完成了长篇小说《科尔沁旗草原》的写作,接着创作了《大地的海》,两部小说在 1938 年、1939 年相继出版。在先行出版的《〈大地的海〉后记》中,端木说自己写的"都是一些关于土壤的故事"。自古以来,关于土壤的故事都是强者的侵略、侵占与弱者的被奴役,"我的故乡的人们则是双重的奴隶",所以《大地的海》是写"这被世界艳称着的沃土——黑色的草原的怒海",奴隶们怎样用"粗拙的力量来讨回"自己的土壤! 端木的"后记"用激愤昂扬的语言表达了对土地的热爱、对人民苦难的忧患、对压迫者和侵略者的仇恨,这正是其小说文本所要表达的主题。在《关于〈科尔沁旗草原〉》这篇自述性文章中,端木明言:他是要写一部把"科尔沁旗草原直立起来"的书。他从社会阶级分析的角度剖析了"草原上的社会的结构",即"小闷头财主"、"一捧火"小地主、暴发户、大财主、大粮户等,以及由此形成的科尔沁旗草原上的三大"经济动脉":土地资本、商业资本、高利贷资本。而驯良的农夫的祈祷在观世音面前终于不见效应,"在忍耐破裂了的时候,狮子的不常见的吼声,会在那广大的草原上吼起来了。这时候,他们要报复,用粗大的不法的手指去撕掉'观音大士'身上的法衣"。《科尔沁旗草原》写的正是这些驯良者"连奴隶都做不稳"之下的怒吼,尤其是新一代农民身上流淌的"共同的血液"。端木极写了大地的"勾魂的美",其笔下的草原苍茫肥沃,民风粗犷豪放,历史记忆悠远沉痛,现实生活阴霾笼罩,使得小说文本具有了东北史诗风采。所以,黄伯昂(巴人)

---

① 聂绀弩:《〈萧红选集〉序》,《聂绀弩全集》(第 9 卷),武汉出版社 2004 年版,第 73 页。

在长篇评论文章《直立起来的科尔沁旗草原》中,对此有过精妙的评价:"这在我们读了,觉得像读了一首无尽长的叙事诗。作者的澎湃的热情与草原的苍茫而深厚的潜力,交响出一首'中国的进行曲'。音乐的调子,彩色的丰姿,充满了每一篇幅。我们的作者,有一副包容这整个草原的胸鳌。倾听着它的啜泣,怒吼,歌唱,哀叫;还倾听着它衰老的叹息,新生的血崩……我们作者是个小说家吗?不,他是拜伦式的诗人。"①黄伯昂可谓以惊艳的语气写出了对《科尔沁旗草原》的赞美。而司马长风在评价这部小说的艺术成就时也是毫不掩饰地惊叹道:

> 《科尔沁旗草原》的魅力,在于粗犷与温馨的对衬与交织,它一方面写大草原的野性,写杀人越货、奸淫掳掠的土匪,写心冷如钢的大山,写粗鲁愚昧的农民,另一方面又写《红楼梦》式的、仆婢成群的邸府,写那些风月男女的旖旎缠绵,写眼似儿童、心如老人、思想如巨人、行动似侏儒的丁宁,写小姐、丫环们燕语莺啼……从粗犷的荒野进入温馨的闺阁,又以荡漾的春光进入萧索的秋煞;象从现实进入梦境,又从梦境回到现实,《科尔沁旗草原》正是具有这种勾魂的美。②

以"二萧"、端木为代表的"东北作家群"每个人的风格各有千秋,但他们国破家亡后共同的流浪生活和漂泊意识,构成了他们"怀乡病"同样的底色,与刚健的民族精神和不屈的生命意识紧密相连。当时的批评也精准地抓住了"东北作家群"独特的生命感受、民族意识,同时对于各自迥异的艺术风格褒贬不一,例如胡风对萧红小说叙事的批评就与茅盾截然不同,这一方面体现了20世纪三四十年代初文学批评空间的多元、活跃,另一方面也体现出以"现实主义"为切入点的"左翼"批评观仍占主潮。

在东北沦陷尤其是华北沦陷后,曾经发生过"乡土文学"的倡导和论争,一些坚持"五四"新文学传统的作家认为,"乡土文学"包含了国民、民族、时代等等含义在

---

① 黄伯昂(巴人):《直立起来的〈科尔沁旗草原〉》,《文学集林》第2集,1938年12月。
② 司马长风:《新文学史话》,南山书屋1980年版,第185—186页。

内,最容易寄托对"故国"的伤怀、对故土的哀思,也最容易唤起人们抵抗侵略的信念。所以,汇聚在"乡土文学"旗帜下的作家除了"东北作家群"外,也有大量的以乡土书写揭示沦陷区人民的生存境遇、表现被殖民者勇毅坚定的抗争精神和生命强力的作品,这些富有乡土气息的现实主义创作对民族创伤的书写具有浓郁的现实意义,代表作有山丁的《绿色的谷》、秋萤的《河流的底层》等。抗战爆发后,也曾经发生过"反思五四新文学"的思潮,其缘起在于社会环境急切渴望文艺在民族解放战争中发挥更便捷的作用,即文学的历史功利性诉求愈加强烈,关于"文学与现实"的思考自然会浮上水面。茅盾、周扬、穆木天、艾思奇等都曾经发表文章,强调"当前形势下抗战文艺的现实意义"等论点,茅盾更在《"五四"的精神》一文对"五四"新文学主张的"个性解放"、"个人的发现"等做出重新阐释,文艺形式——文学的民族化与大众化的讨论成为一个时期的文艺热点。

二、"七月派"的文学创作与批评

"七月派"的文学创作与批评在1930年代中叶以后逐渐令人瞩目。作为"七月派"理论建设和文学批评的核心人物,胡风独具个性和慧眼,从1930年代开始就坚持批评文学创作中的公式主义和客观主义,反对教条化、概念化。胡风并不像其他"左翼"文艺批评家一样主张客观反映现实,他认为"客观主义"从本质上看就是一种"奴从现实",作家主观精神介入的现实才更符合现实,他主张作家的创作个性和创造精神的主观呈现。

胡风提倡"主观论"的现实主义批评方法,就此他推出了系列理论与批评著作,如《文艺笔谈》、《文学与生活》、《民族战争与文艺性格》、《论民族形式问题的提出和重点》、《论现实主义的路》等,他的《林语堂论》、《张天翼论》、《〈蜈蚣船〉——"京派"看不到的世界》等,是当时重要的批评文章。胡风以他独特的介入视角和理论视野丰富了"左翼"文艺社会—历史批评的内涵,呈现了三四十年代的"左翼"文艺批评不同的可能性路径。

胡风文学理论的最终形成与三十年代末到四十年代初的几次重要文学思潮和文艺论争都有关系。1938年,毛泽东在中国共产党六届六中全会上做了《中国共产党在民族战争中的地位》的报告,第一次提出了"民族形式"的问题,意在强调马克思主义中国化、反对教条主义,引起解放区、国统区关于"民族形式"的大讨论,意见极为分歧。其中,郭沫若的《"民族形式"商兑》、茅盾的《旧形式、民间形式与民族形式》、胡风的《论民族形式问题的提出和重点》等文章在当时影响较大。胡风以相对辩证的历史的观点,明确提出不能离开内容去谈形式,形式脱离内容不可独立存在,民族形式必须是"从生活里面出来的",是"反映民族现实的新民主主义的内容所要求的、所包含的形式",这一认识超越了"就形式论形式"的片面观念。胡风认为,文艺批评的基本任务是"社会学的评价和美学的评价之统一"①,这与周扬等的"阶级论"批评观不同。更为重要的是,胡风强调"五四传统",强调"鲁迅思想",而且他强调面对现实时文学批评的"主观"维度,即文学批评是主观的精神活动,是"战斗意志的燃烧、情绪的饱满、站在比生活更高的地方,等等"②,具有重要的创新意义。

胡风最终以"主观战斗精神"构筑了自己的文学理论体系,包含了三个重要的支撑性观点:"到处都有生活"、"精神奴役创伤"、"世界进步文艺支流说"。他在上海、武汉、重庆等地持续主编《七月》、《希望》等杂志,另外还有一系列丛书出版,并影响了众多知识分子和文学家。在他扶植培养下成长起来的一批新作家,被称为"七月派"作家群,包括路翎、丘东平、彭柏山、冀汸、曹白等。他们的乡土小说创作深入生活底层和人物心灵深处,感受战争岁月大地上的生命蛮力以及农民的"精神奴役创伤",其浓郁的启蒙色彩和体验现实主义与现代主义交织的艺术特色在三四十年代之交的文坛独树一帜。

"七月派"作为开端于"左翼"文学、壮大于抗战时期的文学流派,在抗战阶段呈现与时代契合的现实主义创作方向以及独异的理论个性,虽然很不成熟,但却是对1920年代末以后新文学某些局限的一次反动。路翎是"七月派"中作品最多、成就最高的作家,《饥饿的郭素娥》、《财主底儿女们》、《燃烧的荒地》、《蜗牛在荆棘上》、

---

① 胡风:《人生·文艺·文艺批评——试答〈青年生活〉问"怎样作文艺批评"》,《群众》1944 年第 10 卷第 1 期。

② 胡风:《今天,我们的中心问题是什么?》,《七月》1940 年第 1 期。

《罗大斗底一生》、《王兴法夫妇》、《王家老太婆和他底小猪》、《易学富和他底牛》等都是有"心理体验"深度的乡土小说。作为"七月派"的代表性作家,路翎在乡土小说领域的主要思想和艺术贡献呈现了"七月派"在抗战爆发前后的中国文坛最为卓然独立的一面。当然,路翎的创作在 1942 年之后才进入高峰期,完成于 1942 年的中篇小说《饥饿的郭素娥》发表于 1944 年,被邵荃麟誉为"在中国的新现实主义文学中放射出一道鲜明的光彩"①。在 1942 年,胡风曾写《一个女人和一个世界——路翎作中篇小说〈饥饿的郭素娥〉序》,对路翎的人物形象塑造予以高度评价,认为"在路翎君这里,新文学里面原已存在了的某些人物得到了不同的面貌,而现实人生早已向新文学要求分配座位的另一些人物,终于带着活的意欲登临了"②。胡风准确地把握了《饥饿的郭素娥》的特质,指出路翎"不能用只够现出故事经过的绣像画的线条,也不能用只把主要特征的神气透出的炭画的线条,而是追求油画式的,复杂的色彩和复杂的线条融合在一起的,能够表现出每一条筋肉的表情,每一个动作的潜力的深度和立体"。他期望"已在对话里面显示了不少放着光芒的例子"的路翎,在创作中能够跨过"展开在他的前面的还有不止一个的高坡"。同时,路翎也在反思着自己的写作,在给胡风的信中,他写道:"'郭素娥',不是内在地压碎在旧社会里的女人,我企图'浪漫地'寻求的,是人民底原始的强力,个性底积极解放。但我也许迷惑于强悍,蒙蔽了古国底根本一面,像在鲁迅先生底作品里所显现的。"③

　　路翎的乡土巨著《财主底儿女们》面世于 1945 年,不仅开创了"心理体验小说"的一脉,也最终确立了路翎在现代文学史上不可忽视的地位。路翎把笔触伸进人物的潜意识深处,对人类蒙昧状态下的"本我"各个侧面予以挖掘和揭示,探索造成"精神奴役创伤"的深层原因。胡风对这部小说更是予以高度评价。在《〈财主底儿女们〉序》中,胡风写道:"在这部不但是战争以来,而且是新文学运动以来的规模最宏大,可以堂皇的冠以史诗名称的长篇小说里面","路翎所要的并不是历史事实的

　　①　邵荃麟:《饥饿的郭素娥》,《青年文艺》1944 年第 1 卷第 6 期。
　　②　胡风:《一个女人和一个世界——路翎作中篇小说〈饥饿的郭素娥〉序》,《野草》第 4 卷第 4 期,1942 年 9 月 1 日。
　　③　路翎:《致胡风(1942 年 5 月 12 日)》,《胡风路翎文学书简》,安徽文艺出版社 1994 年版,第 37 页。

记录，而是历史事变下面的精神世界底汹涌的波澜和它们底来根去向，是那些火辣辣的心灵在历史运命这个无情的批判者前面搏斗的经验"。[①]当然，因为路翎的乡土小说多发表在1942年之后，关于他的批评与研究更多就属于下面一个章节的论述内容了。

无疑，"七月派"的乡土小说批评是现代文学批评史、学术史上重要的一页。胡风对于"京派"的文学观一向抱有奚落之意，这一点就值得关注。在其本为评论北方作家澎岛的《蜈蚣船》的《〈蜈蚣船〉——"京派"看不到的世界》一文，他处处拿"京派"做靶子，批评"京派"作家的"名士才情"、"附庸风雅"以及"明净的观照"："所谓'京派'文人底生活大概是很'雅'的，或者在夕阳道上得得地骑着驴子到西山去看垂死的落日，听古松做龙吟或白杨底萧萧声，或者站在北海底高塔上望着层叠起伏的街树和屋顶做梦，或者到天坛上去看凉月……"这明显是对"京派"超越现实主义的文学理念表达揶揄和嘲弄。而上面谈到的胡风对于自己一向关心的"东北作家群"的态度上，他推崇的一面正是萧红等的乡土小说文本体现的生命强力和抗争意志，这当然具有现实指向；同样的道理，对于自己亦师亦友的鲁迅，他的定位是"思想家、战士、艺术家"——"艺术家"这个称号放在最后，并有意忽略鲁迅个人以及其文学文本中呈现的复杂的精神景观，所以他宁愿说鲁迅并非"新思想的介绍者和解说者"，其"最伟大的地方"是"以新思想作武器，向'旧垒''反戈'"[②]。胡风虽然恰当其时地评价了鲁迅和萧红等的乡土小说，但很明显，胡风并无主观意愿就某一类小说题材例如"乡土小说"发言。换言之，他并没有如茅盾或鲁迅那样的"乡土文学"理论自觉，而只是"借他山之石可以攻玉"、心系"我们的中心问题"罢了。

---

① 胡风：《〈财主底儿女们〉序》，见路翎《财主底儿女们》，人民文学出版社1985年版，第1页。
② 胡风：《关于鲁迅精神的二三基点——纪念鲁迅先生逝世一周年》，见《民族战争与文艺性格》，南天出版社1943年版。

第二章　中国乡土小说研究的转向与畸变（1943—1978）

中国乡土小说批评与研究在 1943 年至 1978 年间逐渐呈现出高度政治化的特点。毛泽东《在延安文艺座谈会上的讲话》的发表是乡土小说批评与研究从 20 世纪 30 年代向 40 年代转换的重要转折点。《讲话》所确立的"政治标准第一，艺术标准第二"，不仅长时间地影响中国乡土小说创作，而且也直接地影响着中国乡土小说的批评与研究。20 世纪 40 年代，"乡土小说"概念较少被提及，解放区对赵树理、丁玲、周立波等作家的"农村题材小说"的批评及其研究，"阶级分析"成为最主要的批评方法。20 世纪 50 至 60 年代，乡土小说批评走向政治化，"文学为政治服务"逐渐演变成"文学为政策服务"，对乡土小说的批评，也变成对作家作品政治立场、政治倾向的判断与评价，但在实际的批评实践中，还是出现了兼顾艺术标准的声音，而对乡土小说如何为政治服务，也是歧见丛生，因而，此时乡土小说批评呈现出论辩多而批评结论尖锐对立的特点；同时，借"现代文学"学科的建立与"新文学史"编纂，对现代乡土创作予以"重评"，政治化的色彩日趋浓重，"左翼"和"革命"文学之外的一大批作家作品，或被贬抑，或被排斥，或被屏蔽。"文革"时期，乡土小说批评与研究进入政治化的极端，批评与研究变成了"革命大批判"，乡土小说创作与批评研究均进入"死亡地带"。[①]

---

① 丁帆等：《中国乡土小说史》，北京大学出版社 2007 年版，第 233 页。

第一节 《在延安文艺座谈会上的讲话》与乡土文学批评

1942 年 5 月，毛泽东邀请延安的作家、艺术家举行座谈会。在 1942 年 5 月 2 日第一次大会上，毛泽东到会发表讲话，称为"引言"；在 1942 年 5 月 23 日的第三次大会上，毛泽东到会讲话，做了"结论"。该"引言"与"结论"称为《在延安文艺座谈会上的讲话》。1943 年 10 月 19 日，《解放日报》头版首次公开发表《在延安文艺座谈会上的讲话》全文。《在延安文艺座谈会上的讲话》(下文简称为《讲话》)问世之后，对当时的解放区文学与国统区文学都产生了影响，特别是随着国共战争中共产党的胜利，毛泽东的《讲话》开始具有了压倒性的优势，成为文学创作、文学批评的主导原则。1949 年以后，《讲话》当然成为唯一的文学创作准则。《讲话》主要在以下几个方面颠覆和改写了中国现代文学传统：首先，"文艺服务于政治"；其次，确认解放区文艺的服务对象首先是工农兵，"我们的文学艺术都是为人民大众的，首先为工农兵的，为工农兵而创作，为工农兵所利用的"；第三，指明解放区文艺为工农兵服务的根本途径，突出了在马克思主义的指导下，知识分子(文艺工作者)的思想改造和普及与提高的途径，要求"文艺工作者自己的思想情绪应与工农兵大众的思想情绪打成一片"；第四，在批评标准上确立了必须遵守"以政治标准放在第一位，以艺术标准放在第二位"，要求"革命的政治内容与尽可能完美的艺术形式的统一"。《讲话》提出的文艺的工农兵方向，民族化、大众化的艺术追求，造成了"五四"以来中国文学的又一次变革。强调作家世界观的改造，强调作家情感立场的转变，强调作家要无条件地深入生活，改变了作家的创作姿态和创作方式。特别是在创作实践上出现了一批以描写农村、农民为主要内容，具有地方色彩和民族特色的作品。

一、《讲话》前后的"大众化"、"民族形式"讨论

抗战开始，"文章下乡，文章入伍"的口号在抗战统一战线的政治语境中得到作家、艺术家最广泛的呼应，老舍等作家身先士卒进行了文学大众化的创作。国家危

机时刻,民族国家观念凸显,与之相对应,1940 年代关于文学的"民族形式"的讨论牵涉众多作家批评家,向林冰、葛一虹、战国策派都曾掀起民族形式的论争。文学形式与政治意识形态诉求紧紧地纠缠在一起。毛泽东《在延安文艺座谈会上的讲话》中对于文学大众化的表述既拥有着 20 世纪 40 年代民族形式兴起的大背景,同时也是加速 20 世纪 40 年代文学民族形式的巨大推动力量。20 世纪 40 年代乡土文学创作与批评就在这样的历史语境中发生。

吴组缃是在茅盾创作影响下出现的年轻的"左翼"小说家,其小说《鸭嘴涝》于 20 世纪 40 年代问世,得到了诸多好评。"在文字方面,他极努力利用口语。虽然他感到多少的苦痛与困难,虽然自己还不愿意,可是已经给以我最大的欣悦。专从文字上说,已足使我爱不释手! 词汇、声调、歇后语、谚语,都使我念了一遍,再念一遍。借着这些有魔力的活生生的话语,我不单看到,而且听到鸭嘴涝的人们怎样不安,不服气,与不肯投降。组缃先生教乡民自己发出那最大的变动与期望。"①老舍显然是在抗战时期文学通俗化的视域中谈到《鸭嘴涝》的。

基于与老舍一致的立场,以群对《鸭嘴涝》与《脱缰的马》在方言运用方面的技巧给予了很高评价:"作者从实践上正确地解决了文学上的民间语言的使用问题。有些人将文学上的采用(吸收)民间语言问题理解作方言(甚至方音)的复录,实际这是不可能并无结果的,在运用汉字的前提下,作者却从苦心的经验中找出了一条路子——扬弃了方言中说出来会写出来不懂的部分,而选取了那些写得出来并易为一般人了解的部分。然而客观地看来,我们却不能不说:这是吸收民间口语(方言土语)丰富文学语言的正路;并且由此矫正了那种以记录方音为满足的偏向。在这一点上《鸭嘴涝》值得给以最高的评价,因为作者大胆地作了开创的试验,并且获得了适当的成功。"②

茅盾的文学批评在抗战时期迎来了又一次高峰,致力于文学批评,推动抗战文学创作成为此时茅盾文学批评的重心。茅盾的乡土文学批评继续关注他在 20 年代即提出的文学的地方色彩,与此同时,他格外关注乡土小说的语言问题。对《乡

① 老舍:《读〈鸭嘴涝〉》,《时事新报》1943 年 6 月 18 日。
② 以群:《评〈脱缰的马〉》,《抗战文艺》第 9 卷第 1、2 期合刊,1944 年 2 月 1 日。

下姑娘》，茅盾肯定了该小说的风俗性。"地方色彩之浓厚，是本书的一个特点，专从人物对话中加些方言土语来达到地方色彩的目的，这在近时似乎颇为一部分作者常用的手法。这是最便当的方法。《乡下姑娘》的作者却不采用这一个方法。本书的强烈的地方色彩，首先是表现在风俗生活习惯的描写上。广东客家人的生活习惯本就自成一格，故在这一点上表现了地方色彩。似乎也还便当，最难能可贵的，是在自然环境的描写上也能表现了地方色彩。作者描写自然环境是有他的特长的。"①

茅盾在这篇文章中提出了一个极为尖锐的问题，就是京腔与方言如何调和。这也是乡土小说的症结所在。"如果作者能叫他书中的人物都是漂亮的京腔，那也许从另一面看来，生动传神的问题是解决了，然而另一问题却使我们（不但作者）会困惑：这一些满口京腔的客家农民不三不四成了什么东西；这一个不调和的问题恐怕也不轻吧？自然，事实上也还没有说普通话的客家农民，不过，作者书中的普通话的强调正因其太不够京腔，或者反倒缩小了不调和的距离罢？这是无可奈何的办法，当我们还没有完善的方法解决的时候。"茅盾感叹"这是个难解决又急待解决的问题"。②

"通俗化"、"大众化"和"民族形式"是"抗战文学"的必然要求，因为摆在作家面前的任务是向广大民众（主体是农民）宣传"抗战"，在此时的批评家看来，作家的重要使命就是"写活农民"，而唯有以通俗的方言土语，才可以达此目标，因而，老舍赞扬《鸭嘴涝》使读者"不单看到，而且听到"农民的"不安"与抗争，茅盾警告"满口京腔的客家农民不三不四成了什么东西"，一正一反，两者都在强调作家应该使用什么样的语言的问题。简言之，"通俗化"、"大众化"和"民族形式"此时主要被阐释为对方言土语的运用与吸纳。

二、《讲话》传播中乡土文学批评的"大众化"、"民族化"趋向

毛泽东的《在延安文艺座谈会上的讲话》不仅在解放区是文学创作的唯一思想

---

①　茅盾：《读〈乡下姑娘〉》，《抗战文艺》第 9 卷第 1、2 期合刊，1944 年 2 月 1 日。
②　茅盾：《读〈乡下姑娘〉》，《抗战文艺》第 9 卷第 1、2 期合刊，1944 年 2 月 1 日。

指针,在国统区也被"左"倾的作家、批评家接受。①在《讲话》的传播过程中,赵树理的小说成为典范的样板。

《李有才板话》是被提及最多的赵树理作品之一。"这本小书,它以短短三万字的篇幅,简约地写出了根据地的农村生活——主要是政治生活的横断面。"②可以看到,文学批评把描写政治生活作为了创作的中心。这篇文章认为《李有才板话》可以为其他作家提供借鉴:

> 首先,写作目的明确和正确。正因为作者不把写给农民看的东西当作"庸俗的工作",或者是"第二流的工作",有意无意地抱着"第二等"的写作态度来从事它,而另外存在着"第一等的"写作目的。因此,便能够在作品中处处显示出读者对象的尊重,考虑到他们的习惯和口味,理解水准,接受能力,通过通俗浅近的文艺形式来进行思想教育。这种对文艺所采取的态度,对读者所采取的态度,也就是"为谁服务"的问题,也就是立场的问题。

> 其次,是阶级分析的观点和方法。书中的人物,例如"阎恒元"、"老秦"、县农会主席"老杨"以及其他农村进步青年等等不同阶级或阶层的人物,他们都各以本阶级的本来面目出现,甚至观点、情感、生活习惯、语言等,也都大体符合于自己的身份,使人感到亲切,而不是作者的主观臆造。③

这位批评者在文章中认为,这种阶级分析的观念和方法,在作者不过是刚刚开始应用,要想彻底求得掌握,便要依靠两种功夫:一是马列主义的学习,二是对社会的调查研究。④文学批评者在作家面前自觉获得批评的高位,以要求的姿态对作家说话,而作家则自觉低位。这些都有《讲话》中对文学批评的重视,对知识分子(作家)的贬低的论断作支撑。

---

① 纪桂平、贾玉民:《〈在延安文艺座谈会上的讲话〉在40年代的传播与接受》,《河南社会科学》1997年第2期。
② 李大章:《介绍〈李有才板话〉》,《华北文化(革新版)》第2卷第1期,1943年12月。
③ 李大章:《介绍〈李有才板话〉》,《华北文化(革新版)》第2卷第1期,1943年12月。
④ 李大章:《介绍〈李有才板话〉》,《华北文化(革新版)》第2卷第1期,1943年12月。

　　郭沫若在 20 世纪 40 年代已经完全倾向于解放区文艺,对赵树理的小说高度赞扬:"我是完全被陶醉了,被那新颖、健康、朴素的内容与手法。这儿有新的天地、新的人物、新的感情、新的作风、新的文化,谁读了,我相信都会感兴趣的。"别有意味的是,他把拥有国统区文学创作背景的丁玲在解放区的创作与完全来自解放区的作家进行对比。"第一篇是丁玲的《我在霞村的时候》。丁玲是国内国外所熟悉的我国有数的名作家,但她的这篇作品和其他的十一个比较起来,在手法上是毋宁是有逊色的。这正好是一个标准尺度,由此可以知道其他十一位作家是已经达到了怎样高的水准。"①其实在这样的对比思路中,艺术质量已经不再作为文学批评的重点,来自国统区的作家就具有政治的原罪,所以丁玲的小说在郭沫若眼中是质量最差的。文学批评中的政治立场的先入为主将成为日后文学批评的普遍做法。

　　与政治立场第一的批评相伴随的是,郭沫若文学批评不顾及作品本身,完全进行拔高式的赞歌批评模式也将成为日后文学批评的另一种套路。"十二篇中我最喜欢的是康濯的《我的两家房东》,那可以说是达到了完善的地步。"②"我最近算阅读了这两本意外满意的好书。我愿意把这两本书推荐为抗战以来文艺作品的杰出者"③,"我费了一天工夫,一口气把解放区短篇创作选第一辑和赵树理的《李有才板话》读了一遍,这是我平生的一大快事,我从不大喜欢读小说,这一次是破例,这是一个新的时代,新的天地,新的创世纪,这样可歌可泣的事实,在解放区必然很丰富,我希望有笔在手的朋友们尽力把它们记录下来,即使是素材,已经就是杰作,将来集结成巨制时,便是划时代的伟大作品,我恨我自己陷在另一个天地里,和光明离得太远,但愿生活在光明中的人,不要忘记把光明分布到四方"④。

　　较之于郭沫若对解放区文学的赞歌批评,茅盾的评价文字相对理性。比如茅盾对《吕梁英雄传》的评价还能够在新文学史的视野中进行。"本书是用章回体写的,然而作者对于章回体的传统作风有所扬弃。在近三十年来,运用章回体而能善

----

① 郭沫若:《〈板话〉及其他》,《文汇报》1946 年 8 月 16 日。
② 郭沫若:《〈板话〉及其他》,《文汇报》1946 年 8 月 16 日。
③ 郭沫若:《〈板话〉及其他》,《文汇报》1946 年 8 月 16 日。
④ 郭沫若:《谈解放区文艺创作》,《群众》第 12 卷第 4、5 期,1946 年 8 月 24 日。

为扬弃,使章回体延续了新生命的,应当首推张恨水先生。《吕梁英雄传》的作者在功力上自然比张恨水先生略逊一筹。不过,书中对白的纯用方言,却是值得称道的一个优点。这就大大地补救了人物描写粗疏的毛病,而这粗疏的毛病主要是由于未能恰如其分地刻画了人物的音声笑貌。大概作者是顾到当地广大读者的水准,故文字力求简易通俗,但简易通俗是一事,而刻画细腻又是一事,两者并不相妨而实相成,为了前者而牺牲后者,未免是得不偿失了。同样的原因,作者对于每一场面的氛围的描写亦嫌不够,这两点,可说是本书的美中不足。"①

茅盾承认张恨水对章回体的娴熟运用,能够拥有文学史的眼光表现了茅盾负责的文学批评态度,进而指出《吕梁英雄传》的不足之处。在茅盾的批评中,小说中的方言一直是他关注的焦点,从抗战初期对京腔与方言的调和的关注,再到此一时期对人物对话方言运用表示赞同,可以看出,方言在小说作品中发挥的作用是1940年代乡土文学创作与批评中的重点。

当然,茅盾自有茅盾的乐观。他认为《李有才板话》"让我们看见了解放区的农民生活改善的斗争过程和真相,使我们知道此所谓斗争实在温和得很,不但开大会由群众举出土劣地主的不法行为与侵占他人财产的证据,同时也许地主自己辩护,近来有些人一听到'斗争'两字便联想到杀人流血,凄惨恐慌(这都是听惯了反动派的宣传之故),遂以为'改善农民生活'乃理所当然,而用斗争手段则未免不温和;哪里知道解放区的斗争实在比普通的非解放区的地主老爷下乡讨租所取的手段要温和了千百倍呀!"②

茅盾认为《李有才板话》是大众化的作品,能够做到大众化,主要因为作者是站在人民立场写这题材的,他是人民中的一员而不是旁观者,而他之所以能如此,无非因为他是不但生活在人民中,而且是和人民一同工作斗争。从1943年困惑于民族形式的难以解决到1946年认为找到了民族形式的出路,茅盾困惑的消除彰显了《讲话》在国统区影响的日渐加深,特别是在国统区的左翼作家那里,已经内化为文学批评的原则。此外,茅盾在这篇文章中提及了小说的社会效果,"当这篇小说在

---

① 茅盾:《关于〈吕梁英雄传〉》,《中华论坛》2卷1期,1946年9月1日。

② 茅盾:《关于〈李有才板话〉》,《群众》第12卷第10期,1946年9月29日。

农民群中朗诵的时候，这些快板对于听众情绪上将发生如何强烈的反应，便知道作者这一新鲜的手法不是没有深刻的用心的"。从对乡土小说朗诵效果与广场效应的重视可以看出，茅盾的乡土文学观念已经发生了巨大的变化。

《讲话》的传播使乡土文学批评进一步深化、细化了对"大众化"、"民族化"的要求，除继续强调运用农民日常语言之外，作家作品的政治立场被提到首要的位置，马列文论的一些基本概念、方法在当时的批评实践中也被广泛使用。

《讲话》传播中，解放区作家被解放区或国统区文学批评公开或隐蔽地作为文学大众化的样板。此外，国统区的一些作家的创作也在《讲话》的视域中被阐释，当然这些作家的创作已经受到了《讲话》的影响。这方面最突出的代表作家是艾芜。"人物性格的刻画，一般来讲是完整，但却没有给人以怎样突出深刻的印象。这一个农人的家，可说是中国农村社会中一个最普通、最平凡的农人之家，陈西生、陈母、陈妻，也可说是农村中一些最具典型性的人物，也许因为太典型的缘故，除了觉得他们很真实、很完整之外，就很难找到其他的特点。"①可以看出"典型人物"已经成为文学批评的重要标准。

三、《讲话》语境中的"京派"、"七月派"小说批评

随着《讲话》的传播，特别是随着中国共产党在军事政治方面的胜利以及马列主义意识形态的扩散，追求作品在形式方面的通俗易懂和主题方面的紧跟政策成为 20 世纪 40 年代乡土文学的一种潮流，但在此潮流之外，依然存在着其他的乡土小说创作方式，大体由"京派"作家与"七月派"作家组成。

师陀的《果园城记》是 20 世纪 40 年代有影响的乡土小说。他的创作追求显示出了另外一种格局。"这小说的主人公是一个我想象中的小城，不是那位马叔敖先生——或是说那位'我'，我不知道他的身份，性格，作为，一句话，我不知道他是谁，他要到何处去。我有意把这小城写成中国一切小城的代表，它在我心目中有生命，有性格，有思想，有见解，有情感，有寿命，像一个活的人。"②

① 林因：《艾芜的〈乡愁〉》，《大公报(上海)》文艺副刊 138 期，1947 年 5 月 16 日。
② 师陀：《果园城记·序》，上海出版公司 1946 年 5 月版。

与师陀的小说宣言相近,李广田以更详尽的篇幅表达了自己对文学创作中情调的重视。"只在创作以前或正在写作时感觉得极透彻,浸润得极浓酣,他和那所要写的东西成为一个生命,他只是诚实地写,诚实于自己,也诚实于所要表现的那个天地,等写出来了,文章中自然充满了情调,也就自然有了特殊的风格,自然,也就是有了特殊的氛围与滋味。"李广田更进一步认为:"一个作者,怎样才能在自己生命中充满某种情调,然后,在作品中也充满这种情调而成为一种特殊风格呢? 不是别的,就是,一个作者多经验,多体察,多思索,多感觉,最重要的,在写作上说,还是要多忍耐,忍耐是写作的第一德行,不急于执笔,不草率从事,必须等到那个新世界的焕然觉醒,完成,以至诞生。"①"但每一个都是一个人,他是一个完整的人格,纵然他自己可以自相矛盾,然而那矛盾的也还是他自己,也还是属于他整个的人格,所以一个作家总有自己一贯的情调与风格,因之,一个作家的整个风格,和他的某一件作品的风格实在是一事,而且是同样完成的,只要作家是永久诚实的,诚实于自己,诚实于自己所要表现的那个新天地。"②李光田对于作家个性的坚持,对于作家忠实于自己情感的强调,对作品风格的关注,处处显示出与解放区文学的迥异。

"七月派"作家路翎的小说同样显示出了另外一种审美格局。"在那个蒋少祖身上,作者勇敢地提出了他底控诉:知识分子底反叛,如果不走向和人民深刻结合的路,就不免要被中庸主义战败而走到复古主义的泥坑里去。这是对于近几十年的这种性格底各种类型的一个总的沉痛的凭吊。而在那个蒋纯祖身上,作者勇敢地提出了他底号召:走向和人民深刻结合的真正的个性解放,不但要和封建主义做残酷的搏战,而且要和身内的残留的个人主义的成分以及身外的伪装的个人主义的压力做残酷的搏战。"③"路翎先生在写黄述泰的成功是无由否认的。黄述泰的二重人格——本能的善良与人为的粗暴,使他成为一个极不单调的冲动里。路翎先生极有把握地捉住了这一点性格上的矛盾,黄述泰便在他笔下显出是个活生生

---

①　李广田:《论情调》,《文讯》第 8 卷第 2 期,1948 年 2 月 15 日。

②　李广田:《论情调》,《文讯》第 8 卷第 2 期,1948 年 2 月 15 日。

③　胡风:《青春底诗——路翎著长篇小说〈财主底儿女们〉序》,《文艺杂志》新 1 卷第 3 期,1945 年 9 月 15 日。

的人物：老实、良善的典型。"①

　　胡风对于路翎小说的评价同样也提到了"典型"、"与人民结合"这样的字眼，但胡风对于知识分子的强烈关注，对于作家主体精神的专注，对于作家与创作对象精神肉搏的申明，表明了他与《讲话》所强调的作家臣服于人民群众的观念的巨大差异，左翼内部的分歧与差异表现得淋漓尽致。由于对文学创作目的的认识不同，对乡土文学的特征的看法也不可能相同。"我们所认为的路翎先生的成功处，倒不只限于他对人物的绘画上。《蜗牛在荆棘上》所给予我们的喜悦，是他的那一份深湛的人情味：都市人永不会体验到乡里人的可爱，他们生活的错综繁复，正不下于都市人的声色风致。"②冯亦代认可的是路翎小说中的乡土人情味道，而不是关于语言的口语化和小说形式的大众化。

　　进入 20 世纪 40 年代后期，左翼内部的分歧白热化，《大众文艺丛刊》刊发了大量针对"七月派"的批判式批评，路翎曾发表反批评，对这些批判一一进行了批驳。"主观这个说法，并不是指哲学意义上的所谓精神决定物质，也不是唯心意义上的强调意志或幻想，也不是强调简单的什么'内在精神世界的描绘'"，在抽象的意义上说的"作家的个人人格力量"；"客观这个说法，并不是指本体论意义上的物质世界，也不是指事物底真实的运动本质，这是明明白白的事情。相反的，主观要求，是指的如实地去把握事物运动本质的要求；客观主义，是指脱离了事物底运动本质（即满足于表面的观念、图像），游离了在真实意义上说的客观；主观要求，是指在战斗实践中如实地去把握客观，即历史真实的要求；客观主义，是指本质上的反客观。"③"我们所说的战场，是在一切方面和封建的中国作战的战场，而乔木先生底战场只有一个，即前线。我们说，到处都是战场，特别是对于战斗的知识分子和文艺作家，应该到处都是作家。对旧的意识文化，旧社会的奴役关系，旧的人生感情作战，需要、能够写短小的东西就写短小的东西，需要、能够做直接的文化教育工作就做直接的文化教育工作，需要、能够拿起枪来就拿起枪来——在一切地方和人民结合，绝对服从我们底神圣的历史要求的命令，但首先需要得看他，这作家，有没有

---

① 　冯亦代：《评〈蜗牛在荆棘上〉》，《希望》第 2 辑第 2 期，1946 年 6 月 16 日。
② 　冯亦代：《评〈蜗牛在荆棘上〉》，《希望》第 2 辑第 2 期，1946 年 6 月 16 日。
③ 　余林（路翎）：《论文艺创作底几个基本问题》，《泥土》第 6 辑，1948 年 7 月 12 日。

这样的因吸收了社会斗争底血汁而来的战斗要求或主观要求！"①《讲话》权威日益确定的语境中，文学批评已经被政治批判笼罩。

四、《讲话》指导下的乡土文学批评模式

1949 年前后，《讲话》随着中国共产党政权的日益稳固确立了不可撼动的权威地位。此一时期的文学批评已经溢出学术讨论之外，而是与政治立场对错、阶级身份优劣紧密相关。沈从文的创作、路翎的创作已经成为"左翼"文学批判中的众矢之的，"左翼"文学批评中的批判模式已经开始大量呈现，如：

> 土地改革运动的狂潮遍布了半个中国，地主阶级的丧钟已经敲响了。地主阶级的弄臣沈从文，为了慰娱他没落的主子，也为了以缅怀过去来欺慰自己，才写出这样的作品来。然而这正是今天中国最典型的地主阶级的文艺。也是最反动的文艺。这篇作品里，沈从文对于其自己的身份和"灵魂与人格"作了一次最清楚的画供。②

> 因为如果不从集体的人民斗争上看，人民的力量是找不到的；如果看不到潜在着的人民的集体力量，出路是找不到的；如果不把知识分子自己和人民大众相结合，知识分子的弱点的克服是不可能的。不管作者所写的是什么矿工，但所反映了的却是一种知识分子的心情，要写工人的恋爱，但写出来的，恰恰是一种知识分子的思想。③

与批判相对应的是解放区作家的现身说法，以《讲话》实践者的口吻与身份确立《讲话》的权威。赵树理认为学习群众的语言，就要长时间地到群众中去工作，做群众运动或基层政权工作，去学习他们的语言，了解他们的思想和感情等。赵树理写作的另一信条是故事曲折，引人入胜。所以他觉得如果决心走"文摊"的路，作品

---

① 余林(路翎)：《论文艺创作底几个基本问题》，《泥土》第 6 辑，1948 年 7 月 12 日。
② 乃超：《略评沈从文的〈熊公馆〉》，《大众文艺丛刊》第一辑《文艺的新方向》，1948 年 3 月 1 日。
③ 乃超：《略评沈从文的〈熊公馆〉》，《大众文艺丛刊》第一辑《文艺的新方向》，1948 年 3 月 1 日。

除了必须有典型的人物之外,还一定要有曲折的故事。① 写作了《暴风骤雨》的周立波是 20 世纪 40 年代后期解放区文学的后起之秀,对《讲话》的阐释已经非常自觉与娴熟。"毛主席在延安文艺座谈会讲话以后,新文艺的方向确定了,文艺的源泉明确地给指出来了。"②"文学工作者应该尊重各级党的领导和指导,应该经常虚心认真的向群众学习,并且善于集中同志们的智慧。"③"亲身经历的是第一等文学材料,所见所闻是第二等文学材料,然后阶级分析的观念分析。要表现农民,必须学习农民的语言。"④

《暴风骤雨》的读者同作者一样,也熟练地掌握了《讲话》的要义。在一次关于《暴风骤雨》的座谈会中,与会人员认为小说人物赵玉林的死太突然,会对现实生活中的农村干部有消极影响,对于中农刘德山的塑造也认为不妥当,认为没有写出中农革命的一面,还有对于小说中写打人的一段不利于今后开展工作,影响不好。⑤注重小说的教育意义,关注文学对革命的积极方面的影响,都是受到苏联社会主义现实主义观念重要影响的《讲话》的重要准则。这样政治嗅觉敏锐的读者将成为日后文学批评的重要参与者。

1949 年前后,文学批评中欲以树立今后文学样板的焦虑日益明显:"孔厥走过的一条逐渐进步的道路,由不善于表现新的生活到比较成功地表现了新的生活,由知识分子的作风到比较接近群众的作风。由比较狭小的主题到像《新儿女英雄传》这样反映一个历史过程的主题。由对解放区现实的不相适应到比较适应,但能够做到这样,主要是由于作者能够逐渐走向实际,走向群众,逐渐克服过去的曾经有过的对现实旁观的态度。"⑥"赵树理同志是值得学习的,学习他密切联系群众的作风,学习他为群众服务的热忱,学习他那种取得多才多艺的学习精神,学习他对群众艺术爱好的活泼风趣。看他的作品,学习他的文章,当然更是应该的事。"⑦从这

---

① 李普:《赵树理印象记》,《长江文艺》第 1 卷第 1 期,1949 年 6 月。
② 周立波:《〈暴风骤雨〉是怎样写的?》,《东北日报》1948 年 5 月 29 日。
③ 周立波:《〈暴风骤雨〉是怎样写的?》,《东北日报》1948 年 5 月 29 日。
④ 周立波:《〈暴风骤雨〉是怎样写的?》,《东北日报》1948 年 5 月 29 日。
⑤ 《〈暴风骤雨〉座谈会记录摘要》,《东北日报》1948 年 6 月 22 日。
⑥ 陈涌:《孔厥创作的道路》,《人民文学》1949 年第 1 期。
⑦ 王春:《赵树理怎样成为作家的》,《人民日报》1949 年 1 月 16 日。

些充满号召性的宣传式的文学批评中，一种总结既往文学创作经验，开创新的文学创作样式的意识形态冲动再明显不过地表露出来。确实如此，文学创作即将进入一个由《讲话》精神统治的时代。

第二节　农村题材小说批评的"阶级"话语及其变奏

在《在延安文艺座谈会上的讲话》(以下简称为《讲话》)中，毛泽东指出："在现在世界上，一切文化或文学艺术都是属于一定的阶级，属于一定的政治路线的。为艺术的艺术，超阶级的艺术，和政治并行或互相独立的艺术，实际上是不存在的。"①他着力解决的问题是文艺为群众及如何为群众的问题，目的在于求得文艺对革命政治的有力配合，因此，政治是第一位的，文艺标准尚在其次。具体说来，《讲话》要求文艺工作者首先"为工农兵"服务。"为工农兵"服务不仅在题材内容上要描写工农兵，在形式上也要注意为工农兵所懂。而描写工农"表面上属于取材的问题，但实际是立场方法的问题"②。形式上为工农也是如此，因此"为工农兵"服务实质上反映的是政治立场的问题。受《讲话》的影响，在文艺创作上，文学的工农兵方向得到贯彻，文艺为现实政治服务的意图更为强烈。在文艺评论上，也以是否"为工农兵"服务为准则，政治立场成为衡量一切作品的批评方法。每每批评一篇作品首先判定作品的思想内容是否正确，其次是它所产生的政治作用，第三是形式是否大众化，至于其他问题则几乎全被忽略。如解放区作家赵树理、丁玲、周立波等人的农村题材小说研究，在《讲话》发表后新的文学理论标准的不断强化下，整体呈现出较强的政治功利色彩。夏志清在《中国现代小说史》第十八章中评价《小二黑结婚》与《李有才板话》时就讲道："在中国共产党大捧赵树理的那几年，我们所看到的，并不是一种新的文学的兴起，而是一种可以强化共产党政权的心态的培养。"③黄修己也指出了赵树理的研究与政治的关联："对他的创作的评论，也就自

---

① 毛泽东：《在延安文艺座谈会上的讲话》，《毛泽东选集》，东北书店 1948 年版，第 985 页。
② 丁玲：《关于立场问题我见》，《谷雨》第 1 卷第 5 期，1942 年 6 月。
③ ［美］夏志清：《中国现代小说史》，复旦大学出版社 2005 年版，第 413 页。

然地是从政治评论起步的。"①

一、赵树理乡土小说批评的政治化

1940 年代研究赵树理的主力军大部分是"著名的文学家、文艺理论家及赵树理故旧亲朋中有一定知名度的人"及"政界要人"②。最初的评论文字是政界要人彭德怀所写。1943 年 9 月《小二黑结婚》发表,扉页上印有彭德怀的题词:"像这种从群众调查研究中写出来的通俗故事还不多见。"简短的题词突出了赵树理《小二黑结婚》的两个可取之处,即题材上从调查研究中获取,而形式上采取的是通俗故事。政界要人的推荐使赵树理的作品得以在解放区等地广泛传播、为人了解,但并未引起文学界的热评。直到《李有才板话》的发表,才相继出现了一批评论文章。而这与赵树理小说所取的题材有着密切关联。

较早且影响较大的是当时华北地区宣传工作负责人李大章的《介绍〈李有才板话〉》,这是赵树理研究中最早的一篇文学评论。文章指出该小说"以短短三万字的篇幅,简约地写出了根据地一个乡村生活——主要是政治生活的横断面",肯定了小说所描写的内容,并与《小二黑结婚》进行对比,认为前者"更有收获"、"更有向读者介绍的价值",原因在于《李有才板话》描写的是减租减息运动,是"政治生活的横断面",更具政治意义。作者还指出小说朴素生动地描写了不同时代的新旧人物,加深了对他们的印象,使人明确了自己的立场和态度,这是小说的"感染力之所在,也算是'为工农兵服务'的一个开端"。而章工作员作为"十足'可怕的'主观主义、官僚主义的例子,值得当作整风的借鉴"。这是对小说现实意义的肯定,论者试图与《讲话》联系起来,将赵树理的创作视为对毛泽东在 1942 年文艺整风运动中提出的"文艺为工农兵服务"方针的回应。这是首篇将赵树理的创作与毛泽东《讲话》联系起来的文章。此外,文章还指出应从小说中吸取三点经验:写作目的的明确和正确,阶级分析的观点和方法,对马列主义的学习和对社会的调查研究。③ 延安文艺批评家冯牧持有相似观点,他认为《李有才板话》是人民文艺的杰出成果,是我们所

---

① 黄修己:《不平坦的路——赵树理研究之研究》,天津教育出版社 1990 年版,第 3 页。
② 康序:《赵树理研究沉思录》,《吕梁学刊(哲社版)》1991 年第 1 期。
③ 李大章:《介绍〈李有才板话〉》,《华北文化(革新版)》第 2 卷第 1 期,1943 年 12 月。

看到的最早的成功地反映了解放区农民翻身斗争的作品,"为我们描绘出了一幅解放区农村中的农民生活和农村关系的急剧变化的图画"。它的中心主题是在中国共产党和民主政府领导下,农民们如何挺立起来。冯牧认为该小说有三大成就,它的最大成就在于赵树理写出了农村变化的全过程和他对地主的憎恨与对农民的赞美;其次,说明了一个真理,即如果想要把农民翻身运动做好,必须深入到群众中去;再次,群众化的表现形式。① 毛泽东在《讲话》中提出:"许多同志爱说'大众化',但什么叫作大众化呢? 就是我们的文艺工作者的思想感情和工农兵大众的思想感情打成一片。"②而赵树理的作品正是在与农民的切磋交谈中产生的,正如他自述的那样,"写的东西,大部分是写给农村中识字的人读,而且想通过他们介绍给不识字的人听的,所以在写法上对传统的那一套照顾的更多一些"③。因此,形式上自然易懂一些,冯牧称赞赵树理在形式上实现了群众化,显然取的是《讲话》的评判标准。

　　作为中国共产党文艺政策发言人的评论家周扬评论了赵树理的三篇小说《小二黑结婚》、《李有才板话》和《李家庄的变迁》,他和李大章、冯牧一样,都肯定了小说对"农村中的伟大的变革过程"的反映。其中,他对《李家庄的变迁》这篇更具政治意义的小说明显有所偏爱,"《李家庄的变迁》虽只写的一个村子的事情,但却衬托了十多年来山西政治的背景,涉及了抗战期间山西发生的许多重要事件,包含了历史的和现实的政治的内容;可以看出作者在这里有很大的企图。和作者的企图相比,这篇作品就还没有达到它所应有的完成的程度,还不及《小二黑结婚》与《李有才板话》在它们各自范围之内所完成的。它们似乎是更完整,更精炼。但是就作品的规模和包含的内容来说,《李家庄的变迁》自有它的为别的两篇作品所不可及的地方"。显然,周扬衡量作品的标准更趋向于内容,这是与当时的标准相符合的。他将赵树理小说的独特性、值得学习之处归结为两点:人物的创造和语言的创造。最后点出这些独特性的形成,与时代和社会、与毛泽东的文艺方针,有着紧密的关系,"赵树理同志的作品是文艺创作上的一个重要收获,是毛泽东文艺思想在创作

---

① 冯牧:《人民文艺的杰出成果——推荐〈李有才板话〉》,《解放日报》1946 年 6 月 23 日。

② 毛泽东:《在延安文艺座谈会上的讲话》,《毛泽东选集》,东北书店 1948 年版,第 972 页。

③ 赵树理:《三里湾写作前后》,《文艺报》1955 年第 19 期。

实践上的一个胜利"。稍晚于李大章,周扬也把赵树理创作与毛泽东文艺思想相连起来。可以说,在他的这篇论文中,周扬处处将赵树理的成就与毛泽东的《讲话》相印证。例如在论述赵树理人物创造的独特性时,指出其成功的经验实际上说明了文艺要表现工农兵,要塑造工农兵的形象,这就必须熟悉工农兵的生活,掌握工农兵的语言。而要以工农的眼光看待生活,就必须在感情上与他们打成一片,这样才能不是站在斗争之外,而是站在农民的一方,以农民的爱憎去评价事物。在语言上也是如此,周扬指出《讲话》后,学习民间语言、民间形式的努力,产生了很多的优秀的结果。他肯定赵树理对群众语言的运用,指出"要创造工农兵文艺,这片世界有打扫一番的必要。人物与环境必须相称"[①]。总之,赵树理创作的成功,成了证明毛泽东文艺思想正确性的实例。但事实却是赵树理写作《小二黑结婚》、《李有才板话》时,毛泽东的《在延安文艺座谈会上的讲话》尚未公开发表,在远离延安的晋冀鲁豫边区,尚不能读到《讲话》全文,赵树理后来听到《讲话》的内容时,也只是兴奋地表示:"毛主席批准了我的路线!"而不是实践了毛泽东的文艺思想。

郭沫若连续撰文《〈板话〉及其他》和《谈解放区文艺》,说自己对赵树理的作品"意外满意"、"非常满意"。[②] 随后又写了《读了〈李家庄的变迁〉》,较为详细地分析了《李家庄的变迁》的内容和艺术形式。

茅盾也接连写了两篇文章盛赞赵树理的创作:《关于〈李有才板话〉》和《论赵树理的小说》[③]。他认为"赵树理先生是在血淋淋的斗争生活中体验过来的",所以他"不是无所容心地来描写山村的变迁的。他的爱憎极为强烈而分明。他站在人民的立场,他不讳饰农民的落后性,然而他和小资产阶级意识极浓厚的知识分子所不同者,即不因农民之落后性而否定了农民之坚强的民族意识及其恩仇分明的斗争精神"。与周扬一样,茅盾也将赵树理小说的成功作为整风的例证,是受整风运动的影响。他称"《李家庄的变迁》不但是表现解放区生活的一部成功的小说,并且也是'整风'以后文艺作品所达到的高度水准之一例证。这一部优秀的作品表示了

---

① 周扬:《论赵树理的创作》,《解放日报》1946 年 8 月 26 日。

② 郭沫若:《〈板话〉及其他》,《文汇报》1946 年 8 月 16 日;《谈解放区文艺》,《晋察冀日报》1946 年 8 月 24 日。

③ 茅盾:《关于〈李有才板话〉》,《群众》第 12 卷第 10 期,1946 年 9 月 29 日;《论赵树理的小说》,《文萃》第 2 卷第 10 期,1946 年 12 月,后载《人民日报》1947 年 2 月 9 日。

'整风'运动对于一个文艺工作者在思想和技巧的修养上会有怎样深厚的影响"。总之,内容上表现两个阶级的斗争,形式上做到大众化,这就是茅盾认为赵树理成功的地方。

继文学巨匠们的评论之后,对赵树理的研究值得注意的是 1947 年,此时,赵树理在解放区已经成了除毛泽东和朱德外最为有名的人物。在这个背景下,是年 7 月 25 日,晋冀鲁豫边区文联根据中共晋冀鲁豫中央局宣传部的指示,举行了一次为期半个月的文艺座谈会,专门讨论赵树理的创作。在讨论的过程中,众人参考郭沫若、茅盾、周扬等对赵树理创作的评论及赵树理创作过程、创作方法的自述,反复热烈讨论。会议期间中央局宣传部副部长磐石同志赶来参加,对大会讨论各项问题有详细指示,对赵树理作品极为推崇,认为"他的作品政治性强,对农民对'小字辈'的人物充满热爱,对地主阎恒元一类人物充满憎恨。整个作品阶级立场非常明显,希望大家学习赵树理的创作精神"①。而在会议结束前,主持文联日常工作的副理事长陈荒煤作了题为《向赵树理方向迈进》的总结发言。这无疑最为集中地代表了解放区文艺界对赵树理的意见,极具典型性。陈荒煤在文中总结出赵树理创作值得学习的三个特点:"政治性很强"、"民族新形式"、"为人民服务"的"革命功利主义",并率先提出了"赵树理方向","号召边区文艺工作者向他学习"。陈荒煤认为赵树理作品的政治性体现在"他反映了地主阶级与农民的基本矛盾,复杂而尖锐的斗争。他是站在人民的立场来写的,爱憎分明,有强烈的阶级情感,思想情绪是与人民打成一片的"。他把这一点作为首要的一点,指出"这也是知识分子文艺工作者首先要学习的一点",最大意义上凸显了赵树理研究的政治性。在形式上,陈荒煤认为唯有群众的语言才能创造出群众所欢迎的民族新形式,因此也才能反映当前的群众生活与斗争。赵树理选择了活在群众口头上的语言,因此他创造了民族新形式。这是比以往的评论者所作出的更高的肯定。他引用赵树理自己的话,说明赵树理的创作目标是"老百姓喜欢看,政治上起作用",他认为"这两句话是毛主席文艺方针最本质的认识"②。因此,赵树理方向也就是毛泽东所提倡的文艺

---

① 《进一步明确创作方向交流经验,文联召开文艺工作座谈会,一致认为应向赵树理创作方向学习》,《人民日报》1947 年 8 月 10 日。

② 陈荒煤:《向赵树理方向迈进》,《人民日报》1947 年 8 月 10 日。

方向。

此外,文生中环组和燕京大学北极星社也举行了关于《李有才板话》的座谈会,分别发表了《〈李有才板话〉讨论总结》和《〈李有才板话〉座谈总结》。① 其中,燕京大学北极星社的社员从主题、题材、形式三方面对《李有才板话》进行了讨论。在主题上,他们指出《李有才板话》所反映的是农民如要生活下去,就要彻底消灭封建地主们的势力、要觉醒、要有严密的组织等。而在农村工作的人,如不真正生活在农民中间,便会被狡猾的地主蒙上眼睛,工作失败,这不是政策的错误,而在于个人工作态度不认真和工作经验不丰富。在题材上,指出赵树理所描写的或许是他亲身参与的阎家山的血淋淋、活生生的斗争历程。在形式上,则认为这是"新的,大众化(或人民化)的形式"。

邵荃麟对毛泽东提倡的批评模式极力支持,他在《论马恩的文艺批评》一文中强调了文艺批评的原则性:"它是从无产阶级的立场上,和对于革命与广大群众的利益观点上,用辩证唯物论的方法,去分析一篇作品的具体内容,和从社会学与无产阶级美学的一致观点上,去评定作品的艺术价值,而把这种批评看作揭露现实和指导现实的一种阶级斗争的武器。"②在具体的批评实践中,他也是这样做的。在评论《李家庄的变迁》时,他从小说所描绘的图画中"看到了民族和社会斗争的姿态"。他认为小说的主题内容有三个值得注意的要点,即从历史的、社会的和阶级的观点上,去把握和处理题材:一、"写一个落后的闭塞的农村底觉醒的过程,从这里告诉我们农民潜在力量的所在和它的历史根源";二、把"抗日的民族战争和社会斗争联系起来";三、"作者是站在阶级的观点上去认识现实和处理其题材的"。③ 在表现方法上,荃麟也给予肯定,认为赵树理剪裁得当,朴素简明,没有浮泛的堆砌,没有烦琐纤细的笔调,是最新的文艺风格的特点。邵荃麟显然是从内容和形式两个方面来论述的,明显可见他对政治意义的强调。

林默涵是从解放区出去的作家,1948 年和郭沫若等人同在香港时,他也发表

---

① 文生中环组:《〈李有才板话〉讨论总结》,1947 年 10 月《文艺生活(光复版)》第 18 期;燕京大学北极星社:《李有才板话〉座谈总结》,《文艺知识》1947 年第 3 期。

② 邵荃麟:《论马恩的文艺批评》,《大众文艺丛刊》1948 年第 4 辑。

③ 荃麟、葛琴:《李家庄的变迁》,《文学作品选读》,三联书店 1949 年版。

了对赵树理的评价文章——《从阿 Q 到福贵》。这篇评论虽是两个人物形象的比较,但归结到底,仍属于政治批评的范畴。他明确地说,此文不是对两篇小说"作艺术成就上的比较",而是把这两个有许多相同地方的形象连在一起,让人们看到"三十多年来中国农村的变化,和中国农民由蒙昧到觉悟的历程"。在这个历程中,"经过了多少流血与不流血的斗争,这封建统治的铁幕才终于被打得支离破碎,它现在正在作着垂死的挣扎。三十多年,这时间真不短呵,中国革命的长期性,不但因为革命的正面敌人是那样顽强而且特别残酷和狡猾,也由于广大人民长期在封建意识的麻痹下,由蒙昧到觉悟,不能不经过一个悠长的过程,这就是阿 Q 到福贵的过程"。由这两个形象,林默涵看到的是三十多年农村变化中两者政治上的不同命运,后者获得了翻身觉悟,原因在于"这时,中国人民长期被奴役的历史,已达到一个转折点,封建势力以及它所依附的帝国主义势力,已经根基动摇,而且快要彻底倾覆了"①。从对比的角度评论不同的人物形象本是新颖可取的,但林默涵却仅从阶级命运上进行对比,不免简单肤浅。

综观 1942 年后赵树理的研究,无论是文学界还是政界要人,对赵树理的评价基本上都是从政治意义上去评判的,对他的赞誉是如此,批判同样也是如此。这一点从 1948 年底 1949 年初围绕他的小说《邪不压正》所产生的争议尤可看出。

1948 年 10 月,赵树理的小说《邪不压正》在《人民日报》13 日、16 日、19 日、22日上连载。两个月后,这篇小说遭到了猛烈地批评。党自强发表《"邪不压正"读后感》,对小说中的人物塑造提出了批判。他指出小说的主人公是软英,她是从黑暗统治下解放出来的一个女性。而小说却没有写出软英的变化过程,以至后来思想坚定、在行动上不屈斗争的软英的形象,便显得无来由,不大切合现实。党自强认为"软英的坚定思想应该必须是在党的直接或间接教育培养下产生出来的"。其次,党自强还指出小宝是软英的恋爱对象,也是"正"这一方面的主要人物,他在小说中占的位置应仅次于软英,而文中对小宝的活动,实在写得太少了,并且很软弱,不敢挺身斗争。党自强认为"小宝应该是优秀的共产党员,应该是有骨气的",进而他指出造成小宝形象软弱的原因,在于"把党和群众的作用,写得分量过少"。由

---

①　林默涵:《从阿 Q 到福贵》,《小说》1948 年第 1 卷第 5 期。

此,他最后得出结论,指出通篇小说总的缺点是:"把党在农村各方面的变革中所起的决定作用忽视了,把一个人的个性和客观环境的有机联系忽视了,因此,纸上的共产党是脱离现实的共产党,纸上的软英是脱离现实的软英,纸上的封建地主是脱离现实的封建地主,于是看了这篇小说像似看了一篇'今古奇观'差不多,对读者的教育意义不够大。"①党自强处处以党的标准来衡量人物形象,只要是不符合这种政治意义上的地方,他都提出质疑,可谓政治批评意味极为浓烈。与党自强不同,韩北生从政治上对《邪不压正》给予了肯定,他认为该作品"无论在政治上艺术上都是相当成熟的"、"极好的作品","对于今天农村的整党有积极的教育作用"。②《人民日报》同时将党自强和韩北屏的不同意见发表出来,立即引起了许多人的热议。他们纷纷发表意见,表达自己的或赞成或反对的意见。在1949年1月16日的《人民日报》上,编者再次同时编发了这样几篇文章。

耿西持肯定意见,他认为"在我们解放区的文艺作品中,这篇小说还是第一个这样明确、生动、丰富而又较为深刻地反映了我们党的政策。我认为小说的主人公应该是执行与接受政策的两方面:元孩和聚财,软英不过是聚财反面的重要陪衬人物"③。他将内容定性在对党的政策的反映上,并据此在主人公的人选上指出与党自强不同的看法,无疑,在他看来,只有具有政治意义的人物才是主人公。耿西还肯定了小说的"现实教育意义":执行政策的教育、政策路线不明确、中贫农本来是一家。他也对小说提出了些许批判意见,如小说没有从群众热爱党并热望解决问题的气氛中结束这篇小说,因此显得无力,代表执行政策那一方面的人物写得不够等。乔雨舟也插了几句嘴,他在《我也来插句嘴——关于"邪不压正"争论的我见》一文中指出从教育意义上讲,《邪不压正》"是收到了它应得的效果的,它生动的画出了农民大众的群像,从它里边他们可以认识到:只有共产党才是说一不二的,党的政策是没有错的,党是真心为人民服务的,并从而使他们改变观望的态度而参加到火热的党所领导的斗争里来;对妇女,它可以使她们了解:只有共产党才能解放她们,也只有共产党,才能解放一切被压迫的人们! 这就是这篇作品的伟大意义,

①　党自强:《〈邪不压正〉读后感》,《人民日报》1948年12月21日。

②　韩北生:《读〈邪不压正〉后的感想与建议》,《人民日报》1948年12月21日。

③　耿西:《漫谈〈邪不压正〉》,《人民日报》1949年1月16日。

而'今古奇观'则根本不能与之比拟"①。从阶级的观点,乔雨舟对地主形象的塑造提出了批评,他认为书上的封建地主太伏贴,不能够引起我们强烈的憎恨,所以不够现实。而东则由小说中看到正确的政策、正确的意见与人物终将战胜,认为小说"提出了学习与宣传党的总路线、总政策与各个具体政策的严重任务,提出了整顿这些组织、清洗投机分子、阶级异己分子(虽然他们的数目并不大)与改造作风的严重任务"②。这无疑是从政治的角度强调小说具有重大的教育意义。王青发表《关于"邪不压正"》一文,也肯定了小说"对指导当前的土改整党运动来讲是有现实意义的"。不过,他也提出了小说的两个缺陷:阶级观点上的含混和漠视了党的教育力量。他认为赵树理对小旦的处理,不但是放松了敌人,倒置了宾主,冲淡了阶级仇恨,而且也渲染着"人性论"的色彩,对于小宝他则认为"应当是优秀的共产党员,应当是有骨气的",但读者却很难从正面捕捉到小宝"优秀"的真凭实据。③ 王青和党自强的观点相似,都强调从阶级的立场观点塑造人物,因此一旦人物不符合他们的阶级身份,他们就提出了批评。

此外,1949 年中华人民共和国成立前夕,赵树理还发表了小说《传家宝》,有研究者进行了评论,目的也在于肯定小说的"教育的意义:妇女要参加主要劳动"④。还有一些访问、介绍性的文章,也仍要归结到政治性上。如荣安的《中国人民政协代表访问记——人民作家赵树理》,他介绍了赵树理的农村生活经历,指出赵树理出生于农村,亲身经受了封建地主压迫和剥削的苦痛,养成他对封建阶级的极端仇恨和对农民阶级无限热爱与同情的情感,因此表现在他的作品中,经常是以阶级斗争的姿态出现,而这种斗争又常常正确地反映了党的政策和路线,掌握了阶级斗争的艺术。他将赵树理创作的目的也提高到政治的高度,认为赵树理写成小说就是用来教育广大干部和群众的。⑤

---

① 乔雨舟:《我也来插句嘴——关于〈邪不压正〉争论的我见》,《人民日报》1949 年 1 月 16 日。
② 而东:《读了〈邪不压正〉》,《人民日报》1949 年 1 月 16 日。
③ 王青:《关于〈邪不压正〉》,《人民日报》1949 年 1 月 16 日。
④ 王宾阳:《说〈传家宝〉》,《人民日报》1949 年 8 月 13 日。
⑤ 荣安:《中国人民政协代表访问记——人民作家赵树理》,《人民日报》1949 年 9 月 30 日。

二、周立波、丁玲乡土小说批评的政治化

不仅赵树理的研究充满政治性话语,周立波、丁玲的农村题材小说研究亦是如此。署名"芝"的论者在《推荐暴风骤雨》一文中开篇就指出他推荐的原因,"这书不仅动人的表现了那燃烧起来的复仇的火,也雄浑的表现了那火的伟大气魄,把几千年来阻碍中国进步的封建烧毁了。不仅深入的挖出了农民们成年溜辈的冤屈的根,也生动的绘出了那在这火里产生的新的社会的面貌,新的人物的生长"[1]。这里突出的复仇、新社会、新人物,都是对作品内容上的政治意义的肯定。《暴风骤雨》发表后,举办了座谈会,许多作家都参与了讨论。宋之的认为小说"对将来在空白地区开辟工作,提供了很多经验。……这里所写的工作队的方式,从不了解情况逐渐摸索到正确的道路,是可以作为其他地区的参考的"。这无疑突出的是小说的政治作用。金人将《暴风骤雨》与赵树理的作品对比,指出:"赵树理的东西,就是中国农村本身,是从中国农村的泥土里生长起来的;而立波同志的这部作品,基本上还是知识分子写的农民。""这部书整个给人的印象是,农民的斗争地主,好像不是由于肖队长的领导,而是由于地主的翻把。因此这就冲淡了党的领导,肖队长也就变成不甚重要的人物了。关于政策:对中农刘德山的态度,和坚决团结中农这一原则,有些距离,似乎值得考虑。打人问题,书里也写到了。最近中央发布的几个指示,都提到了反对乱打乱杀,共产党人不应组织打人。我最近想了想,打死人主要是对于无产阶级的胜利没有信心的表示。作为工作经验来介绍,拿到新地区去,这点也是值得考虑的。"金人提出的种种批评,紧密结合着党的政策,进而对小说的作用也产生了疑虑。黄铸夫也提出批评,他认为小说存在三个缺点:一是"思想性不够",他认为书中"农村生活写进了一些,但思想发展,农民由自为的阶级提高到自觉的阶级的过程,写得比较少";二是对于运动发展的规律,掌握得不大够;三是对于人物的处理,让赵玉林死掉,会给群众引起不好的影响,通过肖队长来体现党的政策、领导思想、领导方法、工作作风,在这点上没有很好地掌握住。因此,作者认为"作为指导群众运动的经验,是有欠缺的"。马加对小说作出了肯定,他认为《暴

---

[1] 芝:《推荐〈暴风骤雨〉》,《生活报》1948 年 5 月 11 日。

风骤雨》"不仅写了'八一五'后东北农村的新的面貌,新的人物生长,新的社会制度建立,这个新的变化是东北局号召干部下乡,发动群众,获得的成绩;另一面:它也写出了旧社会封建地主的统治,残酷,欺骗,剥削,荒淫与无耻的罪恶"。"这是作者在实践毛主席在文艺座谈会上的讲话的方针,下乡工作,勤劳写作收到的成果。"马加从阶级的观点出发,认为小说描绘出了新旧两个完全不同的阶级,并把小说的成功与《讲话》相连,政治意味不言而喻。舒群指出"内容包括很广:党的领导、领导思想、领导方法,特别是关于农民的思想情感,地主的罪恶,等等,更加复杂,如果作者没有一定的生活或体验和气魄,是不容易写出来的"。人物上,舒群认为"写得比较成功,写出了农民和共产党的血肉关系"。在政策思想问题上,指出"'打人'和'对中农'写的是有些不妥。这一点减低了作品的思想性"。周洁夫指出过去看到的反映农村的作品都比较直接,而周立波的书则"写出了地主集团与农民集团的尖锐斗争,曲折而复杂,并且也写出了这个农民集团是在党的领导下进行斗争的。书中表现地主的抵抗相当顽固,须要反复斗争,才能砍到大树,它很好地反映了东北农村的现实"①。无论是内容、人物,还是尖锐斗争的评价,这些评论显然都是从政治的角度对小说做出的评价。

　　韩进、林铣、关晨等也都相继评论了周立波的《暴风骤雨》。② 韩进在文中突出强调了作品人物的革命性:"表达农民的革命情绪,如此鲜明强烈,如此真实,这是解放区文艺创作的一个基本特色。"他从政策的角度对内容做了肯定,指出作品内容既写了群众的行动也写了党的领导,没有什么原则上的偏差。他高度赞扬作品属于解放区的优秀之作,而在蒋管区,则不能出版也没有人能够写出这样的作品,以此证明:"中国人民在获得解放之后,就在文艺方面也可以很快创造出空前的成绩来。"他也对作品提出了批评,认为没有突出地表现当时运动的特点,农民群众的贫困生活与阶级仇恨二者之间结合得还不够,人物不够典型,未能多方面表现农村生活。

---

① 《〈暴风骤雨〉座谈会记录摘要》,《东北日报》1948 年 6 月 22 日。

② 韩进:《我读了〈暴风骤雨〉》,《东北日报》1948 年 6 月 22 日;林铣:《关于〈暴风骤雨〉》,《东北日报》1948 年 7 月 19 日;关晨:《我看完了〈暴风骤雨〉》,《东北日报》1948 年 7 月 19 日。

三、域外中国乡土小说批评的政治性

除了国内的政治批评外,国外对解放区作家的研究也极具政治性,其中尤以苏联为重,如对赵树理的研究。苏联是国外最早译介赵树理的社会主义国家,其学者对《李家庄的变迁》格外垂青,想必与其"题材大"有关。苏联《新时代》杂志登载了斯维特洛夫与乌克兰切夫论赵树理作品《李家庄的变迁》的书评,题目是"关于中国农村的小说",1949 年 7 月 29 日《人民日报》刊载了对这篇文章的简介。文中指出小说"以极大艺术真实性写出了中国人民的觉醒,给西欧反动'中国专家'的谰调当头一棒";"这位年青的作家在艺术的形象里正确地写出了最近十五年来中国人民政治经济和文化生活的发展。这部小说的意义不仅在于它暴露了国民党统治的反动实质和指出中国共产党的伟大创造活动,而且还在于它以极大的艺术真实性写出了中国人民觉醒及其政治活动的增长。这部小说体现了民主中国人的精神形态形成的复杂过程"。① 不久,王进也对斯维特洛夫与乌克兰切夫(王进文中译为斯凡特洛夫和乌克兰节夫)对《李家庄的变迁》的批评文章进行了翻译。文中指出赵树理的《李家庄的变迁》最近获得了国际的好评。批评者指出:"赵树理的新作小说包括广泛的各种问题。它生动地反映了最近十五年来中国的政治、经济和文化的发展。其意义不单在于它暴露了国民党统治的反动的本质,表达了中国共产党的伟大的建设能力,并且十分深刻地刻画了中国人民的觉醒和他们的政治活动的成长。我们在阅读的时候,对民主中国人民的道德、思想的形成过程,获得了清楚的了解。""作者的企图是使读者借本书之助,能够看到并且感觉到今天中国的实在情况,我们必须这样说,他的这一目的是达到了。他的小说使中国人民的斗争与生活成为读者所能够了解的东西。赵树理拆穿了西欧反动的'专家'们所捏造的谣言,他们硬说中国人民具有'神秘特性',传统上一直是'保守'的,'天性地反对任何新事物'的,并硬说中国人永远是惰性的。现在这些歪曲事实的'理论'是扫地了。""小说有力地驳斥了目前流行在外国的反动派所制造的谰言,那就是说中国的人民民主政治是空想的。事实则相反,中国的民主已经在人民大众中牢固地扎下根,获

---

① 《苏联新时代杂志评〈李家庄的变迁〉》,《人民日报》1949 年 7 月 29 日。

得了全人民的拥护。无疑的,最成功的几章是描写村庄中的民主政治如何发展。它显示出在八路军和新四军统治下的地区,怎样推行了种种民主政策,农民们如何拥护人民解放军。而且他们决不惜自我牺牲来保卫这民主的果实。国民党反动军队虽则依靠了美国军火和美国训练,也经不起人民解放军的摧枯拉朽的打击。"①从文中的论述我们可以看出苏联批评家通常把赵树理的创作指认为了解和把握中国共产党的政治形象记录,他们在赵树理的作品中发现了它能够粉碎西欧反动势力对新中国的种种歪曲,击破了以往西方关于中国的邪恶想象。这种解读显然对政治、革命意义等方面分外侧重,显露着属于社会主义意识形态范畴的价值理性。

　　总之,自 1942 年延安召开文艺座谈会以后,农村题材小说的研究就发生了极大的改变。无论是赵树理、周立波,还是丁玲,对他们的研究都成为为政治服务、指导现实革命的手段。他们作品中的"阶级意识"被推到最前面,人物身上充满了强烈的爱憎情感,形式上则实现了大众化,适于群众阅读。可以说,政治批评成为此时文艺研究的主调。这种批评模式到 1949 年中华人民共和国成立以后,渐趋发展到极端,几乎每一次文艺批评最后都演变成轰轰烈烈的政治批评。赵树理、周立波、丁玲等都受到了程度不一的批评。就赵树理而言,除了《登记》,1949 年后他创作的几乎所有的作品都受到过不同程度的批评。伴随着人们越来越尖锐的指责和批判,农村题材小说的研究逐步滑向了日趋严重的公式化、概念化倾向,而赵树理也停止了写作。

第三节　现代文学学科建立与新文学史
编撰对乡土小说研究的推动

　　中国乡土文学是中国新文学的一个组成部分,中国乡土小说研究也是中国新文学研究的一个分支。中国现代文学作为一个学科的建立与"新文学史"的编撰,对中国乡土小说研究的发展,具有最为直接的推动作用。

---

　　① 王进:《苏联对〈李家庄的变迁〉的批评》,《人民日报》1949 年 10 月 1 日。

一、"现代文学"学科的建立与"新文学史"的编撰

从 20 世纪初期"文学革命"以来到 1949 年这段时期的文学,目前有两种说法:一种是"新文学",另一种是"现代文学"。在 20 世纪 50 年代之前,即"现代文学"这一学科正式诞生之前,绝大多数研究者都采用"新文学"的说法,仅有极个别学者,如任访秋采用"现代文学"的说法。换言之,"现代文学"取代"新文学"这一说法,与"中国现代文学"作为一门学科的形成有着重要的关系。

"中国现代文学"这门学科的形成大致经历了三个阶段:第一个阶段,自"新文学"诞生之日到中华人民共和国的成立,即初创阶段和原始型构阶段,阐释理念以"人的文学"为主。在该阶段,"新文学"逐渐从古代文学中独立出来,成为一门独立的学科,以赵家璧的《中国新文学大系》为典型代表。第二个阶段,20 世纪 50 年代初期政治化的阶段,毛泽东的《新民主主义论》成为阐释"新文学"的理论原点,文学与国家意识形态紧密结合,王瑶的《中国新文学史稿》为典型代表。第三个阶段,"现代文学"在被剔除出"当代"的理念下建立学科,"现代文学"这一概念正式取代"新文学"。

在初创阶段,对"新文学"这一学科的成立起着重要作用的自然是"新文学"的倡导者和研究者。事实上,自"新文学"诞生之日起,就有相关作家及文学家在高校讲授该课程。沈从文、朱自清等人就专门在大学里开设"新文学"课程。此外,"新文学"的蓬勃发展促使了研究者对其予以关注,将其作为研究对象的文学史随之出现。以我们所熟知的中国现代文学的三个划分阶段为准,第一个十年,也即 1917 年至 1927 年,就出现了胡适的《五十年来中国之文学》和梁实秋的《现代中国文学之浪漫的趋势》;第二个十年,也即 1928 年至 1937 年,涉及"新文学"史的专著就有 28 种,[①]以文学选本的形式编撰"新文学"第一个十年的文学史也已出现,这便是赵家璧先生编撰的《中国新文学大系(1917—1927)》。由此可见,"新文学"作为一种独特的文学存在进入研究者的视野并非始于 20 世纪 50 年代。然而,构成一门独立的学科必须有以下三个质素:特有的研究对象及研究领域、严密的理论体系和方

---

① 参见温儒敏:《从学科史考察早起几种独立形态的新文学史》,《中国文化研究》2003 年第 1 期。

法论。"新文学史"的编撰者和"新文学"的研究者因为距离文学现场太近,真正独立的著述并不多,理论建设尚不成熟,与学科建设紧密相连的课程设置也未真正独立。从这个意义上讲,20世纪50年代之前的文学史虽然力图将"新文学"从古代文学中分离出来,但并不具备严格意义上的学科形态。

学科意义上的"中国现代文学"的诞生始于20世纪50年代,直接诱因是中华人民共和国的成立。1949年中华人民共和国成立后,对新民主主义革命胜利经验的理论总结迫在眉睫,为新民主主义革命修史的任务被提上日程,而"五四"以来的"新文学",则是其中必不可少的一部分。因此,"新文学史"研究就顺理成章地从古代文学的学科领域中独立出来,迅速成为一门"显学",成为本科生必修的一门专业基础课。

率先进行改革的是清华大学。清华大学本就注重"中国新文学",并汇集了一批兼通新旧两个领域的大师。1949年秋,清华大学中文系实施教学改革,把"新文学史"作为一门独立的重头课程来开设。由于师资力量的缺乏,本来讲授"中国文学史分期研究(汉魏六朝)"课程的王瑶被委以重任,改教"新文学史"这门课,并马上着手编写教材《中国新文学史稿》。1950年5月,教育部召开高等教育会议,通过了《高等学校文法两学院各系课程草案》,明确规定全国各大学必须开设"新文学史"这一课程。其任务是"运用新观点、新方法,讲述自五四时代到现在的中国新文学的发展史,着重在各阶段的文艺思想斗争和其发展状况,以及散文、诗歌、戏剧、小说等著名作家和作品的评述"①。在这一思想的指导下,1951年7月,老舍、蔡仪、王瑶、李何林等人在《新建设》杂志上发表草拟的《中国新文学史教学大纲》。《大纲》明确规定,编写新文学史的目的首先在于"了解新文学运动与新民主主义的关系"②,"新文学"即为"新民主主义的文学",它的发展是"无产阶级占领文学历史舞台的过程和结果"。《大纲》颁布后,《新中华》杂志发表了一系列带有质疑声音的文章,如任访秋的《〈中国新文学史教学大纲〉(初稿)的商榷》,王西彦的《关于〈中国新文学史教学大纲〉(初稿)的讨论》,俞元桂的《关于〈中国新文学史教学大纲〉(初

①　黄修己:《中国新文学史编纂史》,北京大学出版社1995年版,第126页。
②　黄修己:《中国新文学史编纂史》,北京大学出版社1995年版,第127页。

稿)第二编》、《关于〈中国新文学史教学大纲〉(初稿)第三编》等。由此可见,学界对新文学的学科建制尚存疑义,但这并不能改变国家意识形态对教育体制的影响,以及对新文学教学和新文学史编撰的决定性影响。1951 年 9 月,王瑶的《中国新文学史稿》(上册)由北京开明书店出版,意味着我国以新民主主义为指导思想的文学史正式诞生。该书的重要意义不仅在于为当时的许多大学开设"新文学"课程提供了依据,更在于它的学科垂范作用。

此后,蔡仪的《中国新文学史讲话》(1952 年)、丁易的《中国现代文学史略》(1955 年)和张毕来的《新文学史纲》(第 1 卷)(1955 年)、刘绶松的《中国新文学史初稿》(1956 年)等相继出现。这一时期,绝大多数文学史家沿袭了"新文学"这一称谓,仅有丁易采用了"现代文学"的说法。20 世纪 50 年代中期,人们逐渐放弃了"新文学"的说法,而改称"现代文学",如 1950 年代开始的学生集体著述(典型的如吉林大学、复旦大学的学生集体编撰《中国现代文学史》),以及唐弢主编的《中国现代文学史》等。与此同时,"当代文学"这一概念与"现代文学"联袂出现,而前者的出现就意味着"现代文学"对"新文学"的取代。诚如洪子诚所说:"'现代文学'对新文学的取代,是为'当代文学'概念出现提供'空间',是在建立一种文学史'时期'划分方式,为当时所要确立的文学规范体系,通过对文学史的'重写'来提出依据。而这种依据,主要来自毛泽东的《新民主主义论》等论著。"①不管怎么说,"新文学"作为独立课程的出现与"新文学史"专著的出现,意味着现代文学学科的正式成立。

"新文学史"作为"修史"的重要组成部分,自然需要在指导思想上加以统一。文学史的编撰既是著者历史观和文学观的体现,也是领导集团对既往文学的评价及对未来文学发展设想的重要体现。中华人民共和国成立后,毛泽东对新文学的认识逐渐成为学界的"金科玉律",特别是他的《新民主主义论》和《在延安文艺座谈会上的讲话》更是研究者的"元理论"。《新民主主义论》对中国社会性质的判断,直接影响着中国新文学的评价机制。毛泽东指出中国是一个半殖民地半封建的社会,中国革命的性质是反帝反封建的民主革命,中国革命必然经历"旧民主主义—新民主主义—社会主义"三个由低到高的阶段,对应的,中国文学也必然经历这三

---

① 洪子诚、孟繁华主编:《当代文学关键词》,广西师范大学出版社 2002 年版,第 2 页。

个阶段。毛泽东采用了马克思著名的"存在决定意识"的论断,认为经济和政治的形态决定了文化的形态,然后才有文化对于经济和政治的影响。在革除旧政治、旧经济、旧文化的基础上,才能建立新民主主义的文化。既然,新民主主义是一个过渡阶段,新民主主义文化也是一个过渡阶段,它低于社会主义文学,也必然朝着社会主义和共产主义的方向发展。此后,毛泽东的《在延安文艺座谈会上的讲话》所制定的文艺政策以及延安文艺的支配地位都再次强化了文学史中的意识形态因素。

王瑶的《新文学史稿》是第一部图解毛泽东《新民主主义论》的文学史。该书的绪论部分分别介绍了"新文学史"的"开始"、"性质"、"领导思想"和"分期"。在"开始"中王瑶就提道:"中国新文学的历史,是从'五四'的文学革命开始的。它是中国新民主主义革命三十年来在文学领域上的斗争和表现,用艺术的武器来展开了反帝反封建的斗争,教育了广大的人民;因此它必然是中国新民主主义革命史的一部分,是和政治斗争密切结合着的。新文学的提倡虽然在'五四'前一两年,但实际上是通过了'五四',它的社会影响才扩大和深入,才成了新民主主义革命底有力的一翼的。"①尽管王瑶的《新文学史稿》确立了文学与政治的粘连关系,为此后的文学史的写作起了一个很不好的开端,但客观地说,纵观当时的几部文学史,王瑶的《新文学史稿》还算是比较好的,没有刘绶松等人的"文学史"那般"上纲上线"。刘绶松在《中国新文学史初稿》一书中,一开始就采取了"厚今薄古"的策略:

> 资产阶级的论客们就曾经这样歪曲过我国新文学运动的真实历史。他们有的把从"五四"时期开始的新文学运动说成是明朝"公安派"和"竟陵派"的继承或"复活",企图把我们的从古典现实主义文学中创造性地发展出来的,具有社会主义因素而且继续沿着这个方向猛勇前进的革命的新文学,与封建时代的文人学士们的"风雅"、"性灵"等腐朽思想混为一谈(针对的是周作人的《中国新文学的源流》——笔者注)。有的认为五四新文学运动是"以市民为盟主的","是市民社会突起了以后的,积累了几百年的世界进步文艺传统底一个新

---

① 王瑶:《中国新文学史稿》(上),新文艺出版社1951年版,第1页。

拓的支流"(针对的是胡风的《论民族形式问题》,笔者注),妄图否认我国新文学运动是在无产阶级的领导和马克思列宁主义的影响之下发生和发展起来的这个铁的事实,否认十月社会主义革命和苏联文学对我国新文艺的巨大深刻的影响。他们还有的把新文学运动说成仅仅是文字工具上和形式上的一种改良或革新运动,而抹煞了新的文学形式所表现出来的新的思想内容与新文学在我国革命史上所发生的巨大的武器作用(针对的是胡适的《五十年来之中国文学》——笔者注)。他们这样涂抹和曲解新文学历史的真实情况,不仅由于他们对于文学历史的无知,而且也因为他们具有这样一个难以告人的目的和企图:多方篡改历史的真实面貌,来维护旧中国统治者的利益,为帝国主义、封建地主阶级和资产阶级服务。①

　　这与其说是在治史,不如说是在清理既有的文学史观,为新民主主义革命的胜利寻找文学上的理论依据。"新文学"之"新"乃相对于封建文化之"旧",而"新文学"逐渐被"现代文学"所取代,其根本原因就在于上层建筑对文化的干预。20 世纪 50 年代的文学史,不过是《新民主主义论》的佐证。因此,新文学史基本上和政治史联系在一起,特别是革命、运动史联系在一起,而在革命史中又和社会主义革命史联系在一起,似乎有追根溯源和正本清源之意。在这个基础上,我们可以看出,新文学史是以新民主主义文化政策为基础的,以政治为底色的文学史。

　　新文学史的编撰和现代文学学科的建立,都是以政治标准为基础的,这样的文学史视野和学科框架,决定了此时乡土文学研究的总体特征。其一,由于共和国成立后,一个迫切的政治任务就是改造旧乡村,进行社会主义新农村建设,而现代乡土文学为旧中国乡村留下了历史的"面影"②,其中蕴含了现代作家对乡土中国的深邃思考,因而,现代乡土文学研究必然受到重视;其二,既然新文学史的编撰和现代文学学科都是以政治标准为准绳,那么对现代乡土小说及其作者的评价,必然也是遵照政治标准,甚而独尊政治标准,从而使政治倾向不同的乡土作家作品受到贬

---

① 刘绶松:《中国新文学史初稿》(上),人民文学出版社 1979 年版,第 2—3 页。
② 许志英、倪婷婷:《中国农村的面影——二十年代"乡土文学"管窥》,《文学评论》1984 年第 5 期。

抑,也使艺术标准在相当程度上被"搁置"。

二、共和国初期的文学史对乡土文学的研究与重评

"乡土文学"作为中国新文学的一个重要组成部分,它与农民、农村的天然关系,以及与社会、政治的密切关系决定了文学史的建构者对其的关注。"1940 年代标志着中国文学进入另一个'纪元',它的理论指导是毛泽东发表的《在延安文艺座谈会上的讲话》。……《讲话》在理论上所确定的'为工农兵服务'的宗旨,阈定了一切文学艺术应倡导'民族风格'、'民族气派',而'民族风格'和'民族气派'则又自然而然地寻觅到乡土小说这块最能体现其宗旨的沃土。"①的确,在共和国初期的文学史中,我们都能找到乡土文学的踪迹,特别是鲁迅研究。文学史对某一文学类别的关注,无外乎宏观上的流派研究,微观上的作家个案研究,所不同的只是治史者的价值观的不同。从这个意义上讲,共和国初期的文学史并没有大的不同,然而,该时期的新文学史对乡土文学的研究又极具颠覆意义和阶段性特征,是对"五四"以来乡土文学的重评,处处体现着政治意识形态对乡土文学研究的规范和干预。在前文已经指出,新民主主义是新文学史的关键词,对乡土文学的研究也就有其独特的关键词:其一,从主题学层面来讲,内容是否符合新民主主义革命,是否具有政治性;其二,从创作方法上讲,是否属于社会主义现实主义的创作方法。从这个意义上讲,共和国初期对乡土文学的研究有三个重要的特点:其一,重现实主义的乡土流派,轻浪漫主义的乡土流派;其二,在作家个案研究中,重鲁迅而轻其他作家;其三,借"乡土的酒杯"而浇"其他的块垒"。总的来讲,流派研究与个案研究统统归结于思想性与革命性的层面上,"乡土"作为一个文学的母题的重要质素如文明冲突等都不见了。

重现实主义的乡土流派而轻浪漫主义的乡土流派,即重视以鲁迅为主的启蒙乡土流派和左翼乡土流派,而轻以沈从文为主的抒情乡土小说流派。总的来说,建国以后新文学史对乡土小说流派的研究,没有形成一定的体系,即便是将我们通常意义上的某一流派的作家放在一起,也并未对他们的作品进行整体归纳,对其创作

---

①　丁帆等:《中国乡土小说史》,北京大学出版社 2007 年版,第 15 页。

主张和文学宗旨进行评述,给人一种"只见树木不见森林"之感。王瑶的《中国新文学史稿》在共和国初期的"文学史"中,是直接以"流派"作为章节最多的文学史,"乡土文学"和"东北作家群"即是典型。在"乡土文学"这一章节中,王瑶对"乡土文学"的产生及代表性作家如鲁迅进行了研究。在第八章"多样的小说"中的第五节"东北作家群"对"东北作家群"进行研究,侧重关注小说的抗日主题。此外,还有"农村破败的影像"一节关注艾芜等人的乡土小说。刘绶松的《中国新文学史初稿》对乡土文学发展过程中的每个流派均有涉及,如"五四"启蒙乡土小说流派、社会剖析派、东北作家群、山药蛋派等,但并不以流派称之,仅作作家作品的个案研究。由此可见,流派研究并非新文学史的关注的焦点所在,自然,乡土文学流派的研究也付之阙如。

重鲁迅而轻其他乡土作家,是 20 世纪 50 年代新文学史研究的一个显著特点。"鲁迅方向"是毛泽东所确立的,是不可动摇的。他说:"鲁迅是中国文化革命的主将,他不但是伟大的文学家,而且是伟大的思想家和伟大的革命家。鲁迅的骨头是最硬的,他没有丝毫的奴颜和媚骨,这是殖民地半殖民地人民最可宝贵的性格。鲁迅是在文化战线上,代表全民族的大多数,向着敌人冲锋陷阵的最正确、最勇敢、最坚决、最忠实、最热忱的空前的民族英雄。鲁迅的方向,就是中华民族新文化的方向。"[1]因此,研究鲁迅,实质上是求证"鲁迅方向"。故而从新文化运动伊始,乡土文学的研究者(当然,其他的研究者也如此)就奠定了鲁迅的地位,并贯穿始终,使其成为"旗手"。在这种情况下,能够进入研究视野的鲁迅的乡土文学就很有限,且与乡土文学本身的主旨相去甚远。

鲁迅作为一个"标杆",是衡量其他乡土文学的标杆。因此,对鲁迅的阐释,对鲁迅及其作品的定位就显得尤为重要。用"毛泽东思想的价值体系"评判鲁迅,就成为文学史家自觉的任务。这就可以解释,为何王瑶的《中国新文学史稿》、张毕来的《新文学史纲》、刘绶松的《中国新文学史初稿》在鲁迅乡土文学研究上存在惊人的一致性。鲁迅作为"乡土文学"的开创者和理论的奠定者,他对"国民性"的批判和对"老中国儿女"的"爱之深"与"痛之切",是众所周知的。然而,这些内容并没有

---

① 王瑶:《中国新文学史稿》(上),新文艺出版社 1951 年版,第 11 页。

在上述三部文学史中出现,只是用阶级论的方式对鲁迅小说中人物的阶级身份加以分析,于是,闰土、爱姑、祥林嫂、阿Q这几个人物形象,完全披上了一抹亮色,他们因鲁四老爷、七大人、赵太爷等的存在,获得了阶级意义上的"同情"以及朴素的反抗力量。王瑶的《中国新文学史稿》将《阿Q正传》视为"封建社会地主阶级与农民的根本矛盾"以及农民要革命的愿望。张毕来的《新文学史纲》将鲁迅家族的破败看成鲁迅接近农民阶级的缘由,鲁迅与少年闰土之间的亲密关系、对中年闰土的同情,皆被视为一个阶级对另一个阶级的关切。"阶级"作为一个关键词的凸显,是张毕来的《新文学史纲》的一个重要特点,他着力挖掘《风波》、《明天》、《故乡》等作品中主人公的阶级性,即是明证。同样的,刘绶松的《新文学史初稿》所涉猎的鲁迅的乡土题材的小说,如《药》、《明天》、《故乡》、《阿Q正传》等,阐释理论虽结合了鲁迅自己的言论,但皆以毛泽东和周扬的思想贯彻其中。该书处处显示着"新、旧"对立的二元思维,认为旧社会的罪恶无处不在,但新社会的光明却是显而易见的,并赋予鲁迅小说一个相对光明的未来。"鲁迅早期的创作,以反对封建主义为它的主要内容,作品的题材多半取自旧中国的农村或是封建势力很大的城镇,人物主要是些'不幸的小人物'——农民和小市民。通过这些作品,鲁迅给予了旧中国社会以无情的揭露和猛烈的抨击,但也经常地透露出作者对于新的社会和新的生活的热望和信心,鼓舞了广大青年为未来战斗的勇气。"①相比较而言,王瑶的《中国新文学史稿》对鲁迅的乡土小说的研究还是客观的,尽管他没有偏离对农村、农民的阶级分析的主旨,但仍能指出"老中国儿女"的两种典型:麻木的(如闰土)和浮浪的(如阿Q),并指出他们身上的国民性弱点。

此外,鲁迅的批判现实主义也成为文学史家关注的焦点,只不过,他们肯定的是"现实主义"——和"社会主义现实主义"相同的后四个字,对鲁迅乡土文学采用的现实主义方式的阐释有些牵强附会。文学史的编撰者将鲁迅的批判现实主义往社会主义现实主义上靠,他们一致认为鲁迅的现实主义是"有了社会主义现实主义个别因素的现实主义,在客观上,它已是世界无产阶级的社会主义现实主义文学阵

① 刘绶松:《中国新文学史初稿》(上),人民文学出版社1979年版,第50页。

营的同盟军"①。鲁迅的现实主义的局限性，究其根源在于"五四"文学指导思想的不完善性，即在于资产阶级思想的局限性，而其改进的方式就是接受社会主义的创作方法。

借"乡土的酒杯"而浇"其他的块垒"。此种说法固然有些不妥，但共和国初期的乡土文学研究的确是为新民主主义革命服务的，其研究动机与研究目的都打上了鲜明的政治意识形态色彩，对乡土小说政治背景的关注，超出了对其文化内涵的关注。在《中国新文学史稿》中，王瑶对"五四"乡土小说只做现象描述，不做价值判断，只关注表层意义上的农村现状，对"乡土小说"初创时期具有母题意义的"文明冲突"等视而不见。反倒是，"农民命运的现实写照"——他们在各个时代的觉醒、抗争、解放等得到了前所未有的重视。所有的一切都被打上了政治的烙印。

王瑶对"乡土文学"的论述颇为微妙，他所采用的材料正是我们广为熟知的鲁迅的那段话：

> 凡在北京用笔写出他的胸臆来的人们，无论他自称为用主观或客观，其实往往是乡土文学，从北京这方面来说，则是侨寓文学的作者。但这又非如勃兰兑斯所说的"侨民文学"，侨寓的只是作者自己，却不是作者所写的文章，因此也只见隐现着乡愁，很难有异域情调来开拓读者的心胸，或者炫耀他的眼界。许钦文自名他的第一本短篇小说集为《故乡》，也就是在不知不觉中，自招为乡土文学的作者，不过在还未开手来写乡土文学之前，他却已被故乡所放逐，生活驱逐他到异地去了，他只好回忆"父亲的花园"，而且是不存在的花园，因为回忆故乡的已不存在的事物，是比明明存在，而只有自己不能接近的事物较为舒适，也更能自慰的。②

作为打开"乡土文学"的一把钥匙，此段话历来被诸位方家所重视，自然，歧见与多义在所难免。因此，王瑶称之为"'五四'以后写作'乡土文学'的脱离了土地的

---

①　张毕来：《新文学史纲》，人民文学出版社 1955 年版，第 46 页。

②　鲁迅：《〈中国新文学大系〉小说二集·导言》，赵家璧主编《中国新文学大系》，上海良友图书印刷公司　1935 年版。

地主底儿女们的情绪"①也不足为怪。"脱离了土地"指向"怀旧"、"恋土",自是乡土文学的应有之义。但"地主底儿女们"却是对乡土作家阶级属性的判断,是对作家身份的悄然转换,且将乡土文学产生的真正缘由给遮蔽了,文明冲突的心灵冲击不见了。由此可见,王瑶的研究始终纠缠着两种语言——阶级语言和审美语言,他时而露出一个文学家的审美感知,时而又用阶级语言对其加以遮蔽。

"地域"是乡土文学的典型特征,也是研究乡土文学的重要视角。但在王瑶这里,"地域"这一视角并没有受到重视。第八章"多样的小说"中的第五节"东北作家群"也基本上对这一群体的地域文化特征关注甚少,仅关注小说的抗日主题:"九一八事变以后,日本帝国主义者强占了我们的东北,民族危机日益加深,文学上自然便有很多的抗日反帝的作品出现。其中首先和直接受到帝国主义蹂躏的是东北的人民,他们便流亡到祖国的关内,愤怒和感受都迫使他们写出了反日的作品,要求人们注意东北的情形。"②作为一个流亡文学群体,"东北作家群"自然会对抗战这一主题进行集中反映,但这一主题始终纠缠着东北特有的地域色彩和民族性格,这恰恰是乡土文学的重要质素。然而,王瑶并没有对此进行研究,仅凸显文学的政治功能和社会功能。同样的,《农村破败的影像》涉猎了颇带异域色彩的艾芜等人的作品,但自始至终强调的是阶级意义下的农村,对乡土文学内在的地域文化色彩等绝少提及。

刘绶松的《中国新文学史初稿》将新文学史分为五个时期:"五四运动时期"、"第一次国内革命战争时期"、"第二次国内革命战争时期(即左联时期)"、"抗日战争时期"和"解放战争时期"。显而易见,该书以"运动"带"史",意在强化"文学的政治意义"。因此,每个历史时期相应的作家作品研究,均非真正意义上的乡土文学研究,更多的是注重其题材上的对于农民、农村阶级斗争的关注和形式上的与"社会主义现实主义"的差距。所以,刘绶松的《中国新文学史初稿》所涉"乡土文学"篇目最多,却分析得最为离谱。最典型的如对鲁迅乡土小说的研究。在刘绶松这里,鲁迅的《祝福》、《离婚》等农村题材小说,其启蒙主题被解构,成了探究中国出路的

---

①　王瑶:《中国新文学史稿》(上),新文艺出版社1951年版,第94页。
②　王瑶:《中国新文学史稿》(上),新文艺出版社1951年版,第251页。

小说,意在揭示旧社会的"苦",特别是妇女们被压迫的境遇,反衬新中国的光明。有意将文学史编织进政治史中,并以毛泽东的文学观念为评判准绳,贴近者自然文学性与思想性均高超,反之,则很差。如此一来,凡是乡土文学研究本应关注的地方均被忽视或被扭曲。王鲁彦作为文学研究会成员和鲁迅的学生,他的《柚子》、《李妈》、《童年的悲哀》等题材对农村社会的不幸与苦难的揭露,及创作方式上的自然与朴素是刘绶松关注的地方,但其作品中"黑暗"以及欧化气息则受到了他的批判;柔石的《为着奴隶的母亲》侧重的是阶级矛盾下的骨肉分离的家庭悲剧,不足的是没有看到农民的革命力量;茅盾、沙汀、艾芜、吴组缃等"社会剖析派"的乡土小说,"社会的剖析"特别是"阶级的剖析"被凸显,而乡土文学自身的"异域色彩"被忽视,即便是艾芜小说中的地域色彩和抒情笔致,在刘绶松这里也有意被遮蔽了;"东北作家群"重点介绍了萧军的《八月的乡村》和萧红的《生死场》,虽说因介绍得简洁,政治术语并不鲜明,但对中国人民的觉醒和反抗力量的凸显,在一定程度上,背离了这一作家群体的初衷;……赵树理的乡土小说与"毛泽东文艺思想"相契合的地方被凸显,高度赞扬其歌颂共产党领导下的农村新貌,认为他"笔下塑绘出来的人物在一定程度内表现了一定社会力量的本质的事物,而他的作品也就在培养社会生活中新鲜的、光辉的东西和根除衰老的、垂死的东西的伟大斗争中,担负起了教育人民的责任"[①]。而此后 1945 年至 1949 年的历史阶段中,对乡土文学的批判与嘉奖并存,批判的是未能适应社会主义现实主义的作家,典型的如对萧军的批判。刘绶松专设"萧军思想批判"一节,对萧军的"个人主义"、"超阶级观点"、"狭隘的民族主义"等进行批判,倡导作家必须与人民群众相结合,改造思想。此时,所谓的"乡土文学"恐怕成了真正的"形式主义";另一方面,社会主义现实主义的文学受到吹捧,如唐漉的短篇小说集《我的两家房东》、柳青的《种谷记》、周立波的《暴风骤雨》、丁玲的《太阳照在桑干河上》等,刘绶松称它们实践了文艺工农兵方向,但也指出了它们在正面人物形象塑造上的不足等。与解放区的"明朗的天"相比,国统区作家沙汀的《还乡记》和艾芜的《山野》、《故乡》、《一个女人的悲剧》等,它们由于揭示了旧社会的疾苦而受到关注,其作品的思想性在刘绶松看来就高于他们此前的

---

① 刘绶松:《中国新文学史初稿》,人民文学出版社 1979 年版,第 516 页。

作品。

文化冲突、启蒙主题、国民性批判等乡土文学的重要内容,在只注重文学的思想性的时代,均被忽视或被扭曲。由此可见,"新文学史"中的乡土小说作家无一例外地被编织进阶级的历史中,做了一番阶级意义的解读。"新文学史"对乡土文学的研究,是基于毛泽东思想的价值体系,是对现代文学所做的一次阶级阐释。

三、乡土文学研究的推动

现代文学学科的建立以及新文学史的大量出现,确实推动了乡土文学的研究。因为,不管治史者遵从何种历史的逻辑,将现代文学史上的乡土小说流派纳入新民主主义革命以及毛泽东思想的价值体系中,重评现代乡土文学,但学科的垂范作用引导着诸多研究者来关注时代变迁下的中国农村与农民的命运。上文所论述的新文学史对乡土文学的研究即是力证。而 20 世纪 50 年代后期,"新文学"这一概念被"现代文学"逐渐取代后,孙中田等编著的《中国现代文学史》(上卷,吉林人民出版社 1957 年版)、复旦大学中文系现代文学组学生集体编著的《中国现代文学史》(上册,上海文艺出版社 1959 年版)、吉林大学中文系中国现代文学史教材编写组所编写的《中国现代文学史》(第 1 册,吉林大学出版社 1959 年版)等也对乡土文学进行了相应的研究。

其次,它确立了一种新的研究范式和批评理论体系。王瑶的《中国新文学史稿》第一次对"五四"新文化运动到中华人民共和国成立这一时段的文学进行了系统的梳理和描述,奠定了现代文学史写作的基础。1955 年出版的《中国现代文学史略》(丁易)开始"以论代史",套用"苏联模式"以"社会主义现实主义"来梳理现代文学,现代文学史就仅成了"社会主义现实主义"酝酿、发生与发展的历史。1956年出版的《中国新文学史初稿》(刘绶松)政治性更强,将"新文学史"视为阶级斗争的一个表现,注重文学运动和文学论争。此外,张毕来也对乡土文学的发展历程进行了简单勾勒,以政治为参照系,愈趋近"社会主义现实主义"其进步性就愈强,其作品就会得到愈多的关注。可以说,从王瑶的《史稿》到刘绶松的《初稿》,政治性越来越强,新文学史渐成了革命史的一个分支,写作者的学术个性难以施展。对乡土文学的研究也以政治性为标准,人物分析以阶级属性为依据,主题内容以新民主主义革命为依据,创作方法以社会主义现实主义为标准,非此即彼,二元对立的治史观念甚为明显。在"新文学"范畴下的乡土文学研究,侧重其反封建的一面,其价值理念是人文主义启蒙思想。而"现代文学"这一学科建立之后,为乡土文学的研究找到了新的阐释方式。诚然,这种阐释方式存在严重的问题,歪曲了乡土文学的内涵,造成了乡土文学的断裂,但这毕竟是一种历史存在。

当然,"现代文学"学科的建立和新文学史的编撰在推动乡土文学研究的同时,也在某种程度上阻滞了乡土文学的研究。共和国初期教条主义式的文学批评,言必称《在延安文艺座谈会上的讲话》势必会遮蔽某些作家。在此,以刘绶松的《中国新文学史稿》为例。该书的二元对立倾向甚为明显,"旧与新"、"敌与我"、"主与从"等泾渭分明,而划分的标准则是毛泽东的《在延安文艺座谈会上的讲话》:

> 凡是为人民的作家,就是"我",就要给他们以主要的地位和篇幅,指出他们作品中的思想性和艺术性方面的成就(自然,也要指出历史和时代所给予他们的限制),叙述和评价他们在文艺战线上的战斗的实绩,号召大家更好地学习他们,继承他们。凡是为着剥削者和压迫者的反人民的作家就是"敌",就要给他们的作品以无情的揭露和批判,指出他们思想的反动性,不把我们主要的篇幅花在他们身上。[①]

由此可见,"入史"的标准和"入史"的对象都有明确的规定,并非完全遵循历史真实。在这种情况下,我们很难见到乡土文学的真实面貌。一个最为明显的力证就是沈从文的缺席。中华人民共和国成立以后,在我们熟知的三部具有奠基意义的新文学史中,即王瑶的《中国新文学史稿》、丁易的《中国现代文学史略》和刘绶松的《中国新文学史初稿》,沈从文都是作为反面形象出现的。丁易的《中国现代文学史略》最为典型,该书认为沈从文是"反动的政治态度和文学主张"的"新月派"的代表人物,其创作立场是资产阶级或封建地主阶级的,因此,他笔下的人物并非活生生的人,而是其反动立场的化身。王瑶的《中国新文学史稿》虽注意到沈从文作品

---

① 刘绶松:《中国新文学史初稿》,人民文学出版社 1979 年版。

的美学特质,但又强调他的小说散漫拖沓,"空虚浮泛",说故事的能力远远大于写小说的能力。由此可见,对沈从文的研究只作价值判断,不作文本研究,只对其文本的政治性加以定性,不对其文学性加以赏析,更别提对其乡土小说的研究了。沈从文逐渐被遮蔽了,而他的缺席就意味着乡土抒情派的缺席,而乡土抒情派的缺席就意味着乡土文学史的不完整性。作为中国乡土小说史的重要组成部分,沈从文的乡土小说虽然极具文学史家所批判的虚幻性质,但这虚幻建立在他对城市文明反思的基础上,他一再强调自己的"乡下人"身份,用文字精心构筑自己的"湘西世界"。这种具有浪漫气质的文学品格和田园诗风,自成一家,并极具典范意义。因此,对沈从文的忽视就造成了乡土文学脉络的中断和文学史的偏狭。

　　与"遮蔽"对应的是故意的"扭曲"。"扭曲"其实是更深层次的遮蔽,启蒙乡土文学以批判和战斗的姿态进入研究视野,并树立了鲁迅这个标杆,其他的乡土作家都或多或少地与鲁迅有着千丝万缕的关系。树立"鲁迅方向",这没错,因为鲁迅是乡土文学的奠基者,但关键在于如何树立这一方向。"宣传哪些,抬高哪些,放大哪些,却必然要做出选择。这是一个极其复杂的鲁迅再造工程,包含了方方面面的工作,其中最为重要的首先是两项:一是努力把鲁迅与革命拉近;二是努力使鲁迅思想与毛泽东思想完全一致。"[1]鲁迅成为配合国家机器的重要的文化资源,他对乡土中国的暗哑发声是带有革命色彩的,他的批判是建立在旧社会必然会被推翻,光明的新中国必然到来的逻辑基础上的。然而,鲁迅的乡土文学并非以"革命"为底色的,人物也并非具有鲜明阶级属性和阶级对抗意识,而是在中西文化冲突的历史背景中体现出一种忧患意识。这种罔顾历史的批评,直接导致了乡土文学的退隐,催生了农村题材文学的诞生。

　　从"新文学"到"现代文学",意味着一种批评范式对另一种批评范式的取代。政治化批评开始占据主导地位,毛泽东的文学观念成为理论的原点,严重束缚了研究者的学术主张,这必然造成乡土文学研究的失范。

---

　　[1]　李新宇:《1949:进入新时代的鲁迅——"鲁迅与当代中国"研究之一》,《齐鲁学刊》2007 年第 3 期。

第四节　"十七年"时期农村题材小说批评的政治化

从中华人民共和国成立至"文革"结束,曾经产生广泛影响的"乡土文学"、"乡土小说"作为文学批评的概念、术语几近绝迹,代之而起的最常用的是"农村题材小说"。此时的乡土社会正在经历一场前所未有的大变革,乡土社会传统的经济关系和礼治秩序,在从"土改"到"合作化"再到"人民公社"的沧桑巨变中,被全面颠覆,可以说,每一阶段政治风向和政策条文的变化,对农民产生的都是刻骨铭心的生命体验,不仅深刻地影响着他们的思想、情感与行为,也深刻地改变着农村社会的内在结构,而"农村题材小说"则担当了诠释"农村"新内涵的重任。较之于"乡土小说","农村题材小说"已不再是作家个人对乡土中国的现代性呼唤,而是作家秉承相关政策对新农村建设的描绘与宣传,由此决定了"农村题材小说"的性质、功用与叙事形式。

文学为政治、政策服务成了毋庸置疑的原则,因此,评价农村题材小说的标准和尺度就是政治上是否正确,简言之,就是批评的政治化。然而,批评的政治化并不意味着所有的批评家都放弃了以艺术标准评价作品,也不意味批评家对"为政治服务"的理解完全一致,因而纷争不断,具体体现为围绕农村题材小说如何为政治、政策服务的批评与论争,对《创业史》中梁三老汉与梁生宝形象的不同评价,关于"中间人物"、"英雄人物"的论争,对文学功能的定位以及关于农村题材小说内容与形式的批评与论争。

一、关于农村题材小说如何为政治、政策服务的批评与论争

"十七年"时期,对于文学与政治关系的定位,延续并发展了《讲话》的精神,确立且深化了文学为政治服务的原则,农村题材小说的创作与批评则成为实践这一原则的"前沿阵地"。然而,如何理解为政治服务的含义?为政治服务是否等同为政策服务?文艺与政治是何关系?文学如何为政治服务?在这些具体问题上,却见仁见智,聚讼纷纭。

（一）农村题材小说批评的最高原则：为政治和政策服务

自《讲话》始，左翼文坛逐渐将"文学为政治服务"、"政治标准第一，艺术标准第二"作为文学批评的圭臬。共和国成立后，这一批评标准更加权威化，几乎所有参与创作和评论的作家、批评家都自觉地以之为准绳。至1960年，有学者将"为无产阶级的政治服务，为社会主义建设和共产主义理想服务"概括为文学研究工作者应该"铭心书绅、时时牢记"[①]的一条根本原则。所谓为政治服务，根据当时的政治逻辑，就是为政策服务，凡是对此提出异议者，都将受到政治上的严惩，冯雪峰、刘绍棠就为此先后被打成"右派"。

1949年，冯雪峰就撰文高度评价描写农民共产党员优秀品质的小说《高干大》，认为小说"是分明负起了政策的任务而得到了成功的作品"[②]，在冯雪峰看来，文学的作用首先是政治上的功用，是能否在"群众工作上发生很实际的好的影响"[③]。先从政治立场与作用上评价作品，是冯雪峰文学批评的一贯思路和方法。早在1932年，冯雪峰从题材、立场、人物三方面肯定丁玲的小说《水》，并以此称丁玲为"新的小说家"，理由就是丁玲能够正确地理解阶级斗争，能够站在工农大众的利益上。后来，冯雪峰评价《太阳照在桑干河上》在文学发展上的意义，也着重强调小说"把党的领导（即无产阶级的领导）和农民自身的斗争相结合"，是"这本书很重要的一个优点"[④]。可以说，冯雪峰对农村题材小说的所有批评的首要标准就是政治标准，这与当时文学批评的标准是高度一致的，但冯雪峰对"政治"与"政策"的辨析，还是为自己招来厄运。冯雪峰的核心观点是反对作家教条主义式的图解政策，"政策是很威严的，没有人敢反对，错误在于使政策离开了生活"[⑤]；作为有过创作经验的批评家，冯雪峰主张"写出生活的真实来；如果是真实的，就一定也反映了政策"[⑥]。在中华人民共和国成立前后，冯雪峰被称为现实主义的理论大师，但无论

---

① 刘绶松：《文学研究工作必须为无产阶级的政治服务》，《文学评论》1960年第1期。
② 冯雪峰：《欧阳山的〈高干大〉》，《冯雪峰论文集》（中），人民文学出版社1981年版，第213页。
③ 冯雪峰：《欧阳山的〈高干大〉》，《冯雪峰论文集》（中），人民文学出版社1981年版，第210页。
④ 冯雪峰：《〈太阳照在桑干河上〉在我们文学发展上的意义》，《冯雪峰论文集》（中），人民文学出版社1981年版，第466页。
⑤ 冯雪峰：《关于目前文学创作问题》，《冯雪峰论文集》（下），人民文学出版社1981年版，第27页。
⑥ 冯雪峰：《关于创作和批评》，《冯雪峰论文集》（下），人民文学出版社1981年版，第37页。

是反对图解政策，还是主张写真实，在将"文学为政治服务"日益狭隘化的语境中，这样的现实主义理论显得不合时宜，被戴上了"反对文艺为政治服务"①的帽子。

　　刘绍棠以少年作家名世，他的小说以京郊农村为背景，描绘新的时代气息、新的生产生活方式，描摹京东运河周边农村的人物风情，可谓紧跟时代政治风潮，真正做到了文学为政治服务。1950 年代初期，刘绍棠以《红花》等描绘农村新风尚的小说引起党内高层领导的重视，继而发表的《青枝绿叶》、《摆渡口》、《大青骡子》等中短篇小说更是紧跟政策，积极配合在农村推行的"互助组"、"合作化"运动。但作为一个颇具禀赋的作家，刘绍棠对文学为政治服务自有他的体会，在分析抗战文艺时，刘绍棠充分肯定其实际作用，但也直率地指出，这些为宣传具体的政策条文而创作的作品，"艺术性一般很差"，因而，他理解的文艺为政治服务，"并不是表现在机械地为某一政策或某一方针的服务上，也并不是表现在根据宪法、党章和法律条文的创作上；它主要是表现在作品的阶级性、对人民的鼓舞作用以及对人民道德品质的美育作用上"②。质言之，刘绍棠推崇的是作品的立场、倾向与感染力，反对作家缺乏生活基础而教条主义地根据政策条文演绎故事，他借总结苏联文学的经验教训，谈到教条主义的荒谬："这种教条主义的戒律，迫使作家不去忠实于生活的真实，而去忠实于要求生活和要求人物的概念；迫使作家忘却艺术的特性，而去完成像其他社会科学那样的教育任务。"③刘绍棠之论是作家落实"文学为政治服务"的真正有效的途径和方法，但却迅速招致严厉的政治批判，被扣上"堕落"和"反党"④之名。

　　以冯雪峰的资历、刘绍棠的创作成就，都难逃大规模的批判，可见"文学为政治服务"就是"为政策服务"，是不容反思、不容"具体问题具体分析"的。农村题材小说就只能及时地按照政策去演绎"土改"、"互助组"、"合作化"、"总路线"、"大跃进"、"人民公社"，当然，不排除有的作家个人认识与政策条文高度契合，因而，他们不是"演绎"故事，而是"谱写历史的新篇章"，那么，那些作品与政策高度吻合的作

---

① 巴人：《现实主义还是反现实主义》，《文学评论》1959 年第 1 期。
② 刘绍棠：《我对当前文艺问题的一些浅见》，《文艺学习》1957 年第 5 期。
③ 刘绍棠：《现实主义在社会主义时代的发展》，《北京文艺》1957 年 4 月号。
④ 参见：文艺报社论《从刘绍棠的堕落中吸取教训》，房树民《刘绍棠是怎样走向反党的》，两文均出自《青年作者的鉴戒——刘绍棠批判集》，东海文艺出版社 1957 年版。

家,是否存在小心翼翼地按照政策构思情节的情况呢? 以柳青为例,柳青的农村题材小说算得上是最符合政策精神的,但柳青"透露他的心情说是怕犯错误"①。

关于文艺与政治的关系问题,周扬在第三次文代会上说得明白:"革命的文艺从属于革命的政治,反动的文艺从属于反动的政治。"②"十七年"时期,农村题材小说的批评主潮也正是按照"文艺从属于政治"的逻辑来立论的,因而,有批评家评论刘澍德的《卖梨》、吉学霈的《三个书记》、方之的《出山》、高缨的《大河涨水》四篇农村题材短篇小说时说:"他们像持枪的战士,用笔做为无产阶级的武器;他们自觉地把自己的创作任务,同当前人民最迫切的需要结合起来。"并鼓励这四位作者"写出更多的焕发着社会主义光彩的农村的新人形象;对一切企图阻塞或抵抗社会主义激流前进的破铜烂铁,发出激越昂扬的战斗声音"③。论者在这里准确地诠释了农村题材小说该如何"从属于政治":为什么而写,写什么样的人,如何对待落后、反动人物。潘旭澜也是在这个意义上肯定李准农村题材小说的意义:"(李准的小说)反映了近十年来我国农村从互助组到合作化,从合作化到公社化以后的巨大深刻的变化。"④事实上,当时对于农村题材小说的评价,就是看其是否扮演好了从属于政治的角色。无论是最初对"土改"、"互助组"、"合作化"的描绘,还是后来对"大跃进"、"人民公社"的书写,无不如此,因而,我们在众多作家深入农村、扎根农村,专心创作反映农村变革的小说中,竟然几乎见不到作家对于农村一次次经受生产和生活方式大变革的任何质疑,也听不见批评家对于与政策条文高度契合的土改小说、合作化小说的诘难。恰恰相反,批评家和作家都觉得,即使是他们较为满意的小说,在对政策精神的领悟上做得还不够。期间所发生的论争,都是在文学为政治、文学从属于政治的前提下,对要不要兼顾文学本身的属性以及如何更好地为政治服务的讨论与辩难。

(二) 由"如何为政治服务"衍生出的话题与问题

"文学为政治服务"只是创作与批评的最高原则,落实到具体的文学实践中,会

　　① 冯雪峰:《关于目前文学创作问题》,《冯雪峰论文集》(下),人民文学出版社1981年版,第29页。

　　② 周扬:《我国社会主义文学艺术的道路》,北京师院中文系现代文学教研室编:《中国当代文学史料选》(2),第441页。

　　③ 宋爽:《为农村新人塑像》,《文艺报》1962年第10期。

　　④ 潘旭澜:《谈李准的小说》,《文学评论》1964年第5期。

衍生出写什么、如何写，才能更好地为政治服务的问题，由此引发了关于"题材问题"、"干预生活"、"写真实"及"现实主义深化"等诸多问题的论争，由于此时国家正在农村推行一系列前所未有的改革，农村题材小说承担宣传国家政策、描绘改革前景的重任，因而常常处于论争的风口浪尖上。

　　题材问题，首先是写什么的问题，自"双百方针"以来，文艺界一直有扩大题材范围、破除题材问题上的清规戒律的呼声，为此，《文艺报》1961年第3期专门发表了《题材问题专论》，文章肯定描写重大题材的意义，并把题材问题上升为"两条战线的斗争"，但文章同时提倡"题材问题多样化"，并援引时任国务院副总理的陆定一旧文中的一段话："只许写工农兵题材，只许写新社会，只许写新人物等等，这种限制是不对的。"①此后，关于题材问题论争不断，至1966年，《文艺报》在第5期发表署名文章《〈文艺报〉专论〈题材问题〉必须彻底批评》，并加上了长长的批评《题材问题专论》的"编者按"，有关题材问题的论争才告一段落，该文的结论是："（《专论》）排斥无产阶级及其革命斗争在现代文学艺术作品中的主导地位"，作家"必须努力创造无产阶级的光辉形象"②。

　　讨论题材问题，就无法回避农村题材。题材分为重大题材和一般题材，所谓"重大题材"指的是"表现工农兵群众在革命斗争中和社会主义建设中变革旧世界、创造新生活的丰功伟绩"③，而在社会主义建设中，农业和农村建设尤其重要，早在1949年3月，毛泽东就明确提出："从现在起，开始了由城市到乡村并由城市领导乡村的时期。"④这就意味着，建设和改造农村成为建国后政治、经济生活中的大事，农村题材自然属于"重大题材"。作家应该写帝王将相、才子佳人，还是"艺术地反映""土改"、"合作化"、"人民公社化"这样的"重大题材"？答案是不言而喻的：

　　　　特别是在农业战线上，人民群众坚定地团结在党的周围，战胜了几年来连续的自然灾害，发挥了农村人民公社集体经济的优越性……取得了辉煌的成

---

①　《题材问题专论》，《文艺报》1961年第3期。
②　杨广辉：《〈文艺报〉专论〈题材问题〉必须彻底批评》，《文艺报》1966第5期。
③　《题材问题专论》，《文艺报》1961年第3期。
④　毛泽东：《毛泽东选集》第4卷，人民出版社1991年版，第1427页。

就。在伟大的现实面前,作家、艺术家只有全心全意地深入生活,和广大人民群众共同战斗,运用各种各样的艺术形式,很好地反映这些斗争,给人民群众以有力的鼓舞和战斗的支援。①

"十七年"时期,农村题材小说在数量上处于绝对优势,与此时提出作家应描写重大题材有直接关系,但创作有自身的规律,当时即有人指出:"作家写的必须是熟悉的题材,在文艺创作上,无疑是一条规律。"②因此,数量上的优势并不意味质量上乘。

"干预生活"的提法是文艺界对"双百方针"的积极响应,目的是使文艺更好地为政治服务,"作家,必须是热爱自己的人民和生活,必须是大胆干预生活,用全心灵去支持一切新事物的猛将"③。即"干预生活"是出于对人民、对生活的热爱,是出于对新事物的支持,而这一切当然是源于对新政府的热爱和支持,秦兆阳说得更明白:"一个有高度政治热情和对于生活十分敏感的作家,他是不可能对于当前的生活变化抱冷淡态度的,他是会自觉地去干预当前的生活的。"④正是因为抱着"高度政治热情",刘绍棠、白危、耿简(柳溪)分别以《田野落霞》、《被围困的农庄主席》、《爬在旗杆上的人》等小说"干预生活",这些小说以农村合作化运动为背景,揭露了从农村到城市、从田头地尾到官场形形色色的乱象和怪象,"干预"的问题既具针对性,又颇为严重。《田野落霞》揭露基层官员无德无能,拉帮结伙;《被围困的农庄主席》描绘了各种政府职能部门对农庄的"围困",税务员、推销员、新华书店的营业员、公安员络绎不绝地来到农庄,他们有的强行征收各种不合理的税款,有的强行推销农庄并不需要的商品,有的征收农作物时压级压价,小说还特别提到工农业产品之间的"剪刀差",犀利地反映了农庄在新社会、新制度中的困境;在当代小说中,《爬在旗杆上的人》较早刻画了善于为自己捞取"政绩"的官员形象,小说对某些领导干部毫不关心农民的利益,却精明地利用农民,为自己捞取政治资本的心理与行

---

① 艺华:《关于题材的几个问题》,《山东文学》1963 年第 2 期。
② 袁世硕:《鲁迅论题材问题》,《山东文学》1961 年第 11 期。
③ 唐挚:《必须干预生活》,《人民文学》1956 年第 2 期。
④ 何直(秦兆阳):《现实主义——广阔的道路》,《人民文学》1956 年第 9 期。

为刻画得入木三分。上述小说描绘的问题正是当时的农村之痛、官场之病，充分显示了作者"高度政治热情和对于生活十分敏感"。但政治化批评的逻辑与正常的文学批评的逻辑，是不一样的，这些小说很快被宣布为"毒草"，《田野落霞》竟然被说成"刘绍棠在反党的路线上的一种'新的探索'"①。当时即有人指出此类批评的荒谬：

> 凡是批评生活中阴暗的，不健康的，甚至是畸形的东西的文章，凡是描写人民群众的困难和疾苦的作品，不管其动机如何，效果如何，大都被不公正地指责为"歪曲现实，诋毁生活，诽谤社会主义制度"。②

究其原因，此时包括农村题材小说在内的所有文学作品，"已是侍臣性质的文学，是不可能获得'干预生活'的真正权利的，这就注定了这场'无根的干预'不可能会进行很久，它必然会遭到政治的'反干预'"③。"反干预"的理论基石可以追溯到1940年代延安形成的关于"歌颂"与"暴露"的著名理论，事实上，这个理论一直在支撑着政治化的文学批评，成为"十七年"时期不可逾越的原则，而一些对新生活满怀激情的作家、批评家却试图对此有所逾越，最终都付出了惨痛的代价。"写真实"及"现实主义深化"的提出莫不如此。

关于"写真实"，根据茅盾的说法，是自1956年下半年开始，"文艺界有些人一股劲儿叫着：要写真实"④，也即提倡"双百方针"之后，"写真实"就成为文艺界的一种影响较大的呼声，自1957年开始，对"写真实"的批评持续不断，而且批评的调门越来越高。茅盾点出"写真实"在政治上的"错误"："片面地描写社会生活阴暗面的作品"，是"造成近来的青年中间文艺思想混乱的主要原因"⑤；还有论者从"写真实"会破坏劳动人民形象的角度，指责孙谦农村题材小说《伤疤的故事》中的共产党

---

①　房树民：《一篇恶毒歪曲新农村的小说》，《青年作者的鉴戒——刘绍棠批判集》，东海文艺出版社1957年版，第121页。

②　黄秋耘：《刺在哪里》，《文艺学习》1957年第6期。

③　丁帆、王世城：《十七年文学："人"与"自我"的失落》，河南大学出版社1999年版，第136页。

④　茅盾：《关于所谓写真实》，《人民文学》1958年第2期。

⑤　茅盾：《关于所谓写真实》，《人民文学》1958年第2期。

员陈友德面对哥哥的铁锹,没有以暴抗暴,将其塑造成"怯懦的温情主义者",对"劳动人民的形象,是作了多么严重的歪曲啊!"①总体而言,"写真实"在当时政治化的批评语境中,存在两处"致命伤":"写阴暗面"和"歪曲劳动人民形象",而邵荃麟的"现实主义深化论"进一步推动了对这两个问题的思考与论辩。

邵荃麟认为现实主义深化就是"向现实生活突进一步","我们写人民内部矛盾,恰恰相反,是为了巩固和保卫我们的社会基础"②。可是,"人民内部矛盾"在当时就等于"阴暗面",在从"互助组"到"合作化",再到"人民公社化"的政治发展的历程中,最大的"阴暗面"就是有些农民不愿意走集体化道路,而这在当时的政治中特别敏感,因此,以至于有人从邵荃麟对梁三老汉形象的肯定中,推断出,"(邵荃麟)不相信党能够领导全国人民建成社会主义","按照他的理论主张写出来的作品,只能起瓦解群众革命斗志,动摇群众对社会主义的信心"③。有的人则从正面立论:"走集体化的道路成了他们的自觉要求,他们把从个体经济走到集体经济的道路,看成是一条通向共产主义的大道。"④

对邵荃麟,这种指责显然是不公平的,他已经说得相当明白:"写人民内部矛盾,无非是写无产阶级在社会主义建设时期,怎样克服阶级与阶级之间,以及自身内部的矛盾,不断前进。"⑤并非邵荃麟表达得不够清楚,也不是批评者理解有误,而是"现实主义深化论"提倡写阴暗面,挑战了"歌颂"与"暴露"的理论原则。有论者以康濯的小说《代理人》为例,批判"现实主义深化论"的危害,直言"作者的兴趣却放在暴露人民公社的'黑暗',暴露农村党的基层组织和贫下中农的'缺点'、'错误'上面"⑥。

"歪曲劳动人民形象"则关联着一个争论更为激烈的话题——"中间人物论",

---

① 葛琴:《从"人性论"到"写真实"》,《人民文学》1960年第12期。

② 邵荃麟:《在大连"农村题材短篇小说创作座谈会"上的讲话》,《邵荃麟评论选集》(上册),人民文学出版社1981年版,第399页。

③ 唐达晖:《"只提出问题,不解决问题"的实质是什么?》,《武汉大学学报(人文科学版)》1965年第2期。

④ 朱恩彬:《揭开"现实主义深化"理论的烟幕》,《文史哲》1965年第1期。

⑤ 邵荃麟:《在大连"农村题材短篇小说创作座谈会"上的讲话》,《邵荃麟评论选集》(上册),人民文学出版社1981年版,第400页。

⑥ 吴立昌、戴厚英:《"现实主义深化"理论的真面目》,《学术月刊》1965年第4期。

而这场论争始终围绕中间状态的农民与农民英雄孰多孰少,农民对合作化、集体化的真实态度,以及艺术真实与生活真实等问题而展开,对"十七年"农村题材小说的创作与批评产生了广泛影响。

关于"题材问题"、"干预生活"、"写真实"及"现实主义深化"的讨论,农村题材小说都可谓首当其冲,农村题材小说在得到重视的同时,也面临着如何处理艺术真实与生活真实的关系、如何处理"歌颂"与"暴露"的关系等棘手的问题,而政治化的批评以非文学的标准为当时的农村题材小说作了暂时的"定论",但随着时间的推移,当初的"定论"已不攻自破,它们带给农村题材小说的伤害却是无法弥补的。

文学为政治服务,在"十七年"时期农村题材小说的批评语境中,就是要求直接及时地正面宣传具体的政策,所谓处于"第二"位的"艺术标准",被主流的批评放弃了。而放弃"艺术标准",则使文学批评变成了政治批评,导致许多批评结论走向悖谬。

二、关于《创业史》中梁三老汉、梁生宝形象及"中间人物"、"英雄人物"的批评与论争

把严家炎的观点归为"中间人物论",是不客观的,虽然两者在对梁生宝和梁三老汉的评价上,作出了相似的结论。1961 年 6 月,严家炎发表《谈〈创业史〉中梁三老汉的形象》,文章力排众议,提出《创业史》中最成功的艺术形象不是梁生宝,而是梁三老汉。严文主要是从艺术形象的真实性、社会意义和美学意义方面,肯定梁三形象。文章认为,农村互助合作运动比土地改革要"复杂、深刻得多",因为它会遇到"几千年旧制度旧传统所形成的习惯势力的抵制",因而从真实性而言,梁三老汉形象的成功就在于"按照生活实有的样子,充分写出了他作为个体农民在互助合作事业发展过程中曾经有过怎样的苦恼、怀疑、摇摆,有时甚至是自发的反对";从社会意义和美学意义而言,"又从环境对人物的制约关系中充分发掘和表现了梁三老汉那种由生活地位和历史条件所决定的终于要走新道路的必然性",可能是考虑到肯定梁三老汉形象容易引起误解吧,文章反复论述梁三老汉"跟党跟社会主义有着潜在的感情联系的一面","在他身上有一种更可贵、更带积极意义的东西,这就是

一种以曲折方式表现出来的对社会主义的热忱"①。可是,严文不推崇英雄人物梁生宝形象,反而称道落后农民梁三老汉形象,还是在批评界激起了强烈的反响,尤其是在大连"农村题材短篇小说创作座谈会"上,邵荃麟提出所谓"中间人物论"、"现实主义深化论"之后,严家炎和邵荃麟往往被绑在一起,接受批评。

严家炎论梁三老汉形象,首先是艺术上是否成功,然后才是人物形象的社会政治意义,虽然在后来的论争中,严家炎先从政治上进行自我保护:"社会主义文学要以社会主义精神和共产主义精神教育人民,这就要求作家必须用无产阶级观点去观察、反映社会生活,并且特别努力去创作真实动人的体现无产阶级美学理想的正面形象。从这点出发,我们根本反对那种向作家去提倡写'中间人物'、低估英雄人物思想教育意义的主张。"但严家炎还是着力论证"思想上最先进并不等于艺术上最成功"②,之后,严家炎还重申"(梁生宝)艺术塑造的具体方法上也还有某些不足之处(即所谓'三不足'),尚未成为书中最成功、最深厚的艺术形象"③,可见,严家炎对梁三老汉和梁生宝形象的不同评价确实是着眼于艺术上的得失,但包括作者柳青在内对严家炎的反批评和论争大都不是基于艺术形象的成功与否的。

尽管严家炎自己划清了与"中间人物论"的界线,但无法否认对梁生宝形象和梁三老汉形象的评价与邵荃麟是相似的。邵荃麟说:"《创业史》中的梁生宝,是最高的典型人物,但我不认为是写得最成功的。梁三老汉、郭振山等也是典型人物。"就这样,严家炎基于艺术形象的批评与邵荃麟"不回避人民内部矛盾"、重视"中间人物"的政治—艺术主张遇合到一起,从而把"中间人物"与"英雄人物"之争紧紧和《创业史》拴在一起,并由《创业史》拓展到对周立波、赵树理、李准、西戎、马烽、刘澍德等作家塑造的农村人物形象的讨论。

与严家炎不同,邵荃麟肯定梁三老汉形象主要是从政治角度考虑的,"把矛盾集中在梁三老汉身上,逐步解决集体化中的各种问题"④。但在后来的论争中,大都有意无意忽视了邵荃麟肯定梁三老汉的初衷,而抓住三个政治性问题:人民内部

---

① 严家炎:《谈〈创业史〉中梁三老汉的形象》,《文学评论》1961年第3期。
② 严家炎:《关于梁生宝形象》,《文学评论》1963年第3期。
③ 严家炎:《梁生宝形象和新英雄人物创造问题》,《文学评论》1964年第4期。
④ 邵荃麟:《在大连"农村题材短篇小说创作座谈会"上的讲话》,《邵荃麟评论选集》(上册),人民文学出版社1981年版,第402、391—392页。

矛盾可不可以写？是英雄人物多还是中间状态的人物多？是应该写"英雄人物"还是"中间人物"？从而使关于"中间人物"的论争变成了艺术批评与政治批评两种话语交织与错位的复杂对话。

康濯、黄秋耘、阎纲、沐阳等人对写"中间人物"的提倡与支持，虽然出发点不尽相同，但有两个共同点：一，兼顾艺术性；二，在政治上主张写人民内部矛盾。

康濯评价赵树理小说的人物"都是平易而又不平凡，都是从劳动人民世代流传的深厚和优良的生活品质上长出，同时又都恰如其分地融汇了新社会萌芽和茁壮的新的面貌"，周立波"字里行间横生的趣味交织着我国农民健美乐观的情绪"，孙犁笔下的"新的人物和新的风物，又往往都从最朴素平凡的生活里长出，并和最朴素平凡的生活融合在一起，因而也特有着自然和亲切的说服力"①。康濯所激赏的作家笔下的人物都是所谓的"中间人物"，他们富有生活气息和人情味，斗争性不强，但从艺术性的角度来品评，却真实可信，这一特点在孙犁的小说中，表现得尤为突出。黄秋耘在评论孙犁的小说②时援引茅盾在第三次文代上论风格多样性时所说的"既能以金钲羯鼓写风云变幻的壮丽，也能用锦瑟银筝传花前月下的清雅"为孙犁辩护。阎纲在评价《汾水长流》时也流露出类似的观点："若是写出他（指郭守成，小说中的爱占便宜的老农——引者注）真正口服心服的艰苦转变过程，写出新生活影响下人物思想发展的逻辑关系，那么他即使不是农村先进人物，也会使读者从他身上看到农业合作化的优越和农业社会主义改造的深远意义。"③沐阳论梁三老汉、严志和（《红旗谱》）、亭面糊（《山乡巨变》）、喜旺（《李双双》）、糊涂涂、常有理（《三里湾》）等农村人物形象，④也着眼于性格的多样性和复杂性，朱寨最初也持类似的主张，⑤他评价亭面糊的"典型意义和成功在于：中国农民在合作化运动中所表现出来的两面性，通过这个个性显明、喜剧性、又富有时代特征的性格表现了出

---

① 康濯：《试论近年间的短篇小说》，《文学评论》1962 年第 5 期。
② 黄秋耘：《关于孙犁作品的片断感想》，《文艺报》1961 年第 10 期。
③ 阎纲：《〈汾水长流〉的人物和结构》，《文艺报》1962 年第 4 期。
④ 参见沐阳：《从邵顺宝、梁三老汉所想起的……》，《文艺报》1962 年第 9 期。
⑤ 后来朱寨的观点发现了变化，撰文批评邵荃麟和严家炎，参见朱寨：《从对梁三老汉的评价看"写中间人物"主张的实质》，《文学评论》1964 年第 6 期。

来"①,上述评论都是从艺术形象的成功与否方面立论的,注重艺术真实与生活真实的辩证关系,推崇具有乡土气息的、在大时代面前苦闷彷徨却又不甘于被时代抛弃的普通农民形象,是批评家们在保持政治正确的前提下,对人物性格是否丰满,是否真实等艺术细节的探讨,但批评家们所欣赏的人物,却对新社会新制度有所怀疑和抵触。这类人物的内心诉求与实际行为当时称之为"人民内部矛盾"。

"人民内部矛盾"该不该写当时是个问题。康濯等人对此作出了肯定的回答:"我们作为革命战士的作家,在斗争中可以出生入死;对人民内部矛盾,自也会同样激于高度的责任感,而要严肃地加以反映。"②阎纲在评论《汾水长流》时,也充分肯定小说描写了小农经济的思想意识同集体经济利益的矛盾。尽管提倡写"人民内部矛盾",是"激于高度的责任感",也是受"双百方针"鼓舞与感染的结果,但随着政治形势和人们的政治情绪日趋极端化,主张写"人民内部矛盾"就成为一条罪状。

反对"中间人物论"者,除了反对写"人民内部矛盾"——在农村题材小说中,就是反对写"落后农民"不愿加入"互助组"、"合作社",反对描写个人利益与集体利益的冲突,此外,还出于一种敏感而奇怪的"政治逻辑",写"中间人物"意味着冷淡"英雄人物";肯定"中间人物"多,就是怀疑社会主义制度。于是,"英雄人物"就成为反对"中间人物"最有力的"武器","中间人物"在农民中所占比例也成了论争的重要内容。

中间人物占多数的判断,最初源于茅盾,邵荃麟在大连会议上引用"两头小、中间大"的说法,也申明是茅盾提出的,但在后来的批评中,基本上都隐去了茅盾的名字。针对"两头小、中间大"的说法,《文艺报》编辑部的批评文章针锋相对地认为:

> 从广大农民对待社会主义的态度来看,那就绝不是"两头小,中间大";而是农民的绝大多数,包括一些曾经有过摇摆的农民,经过暂时的徘徊观望之后,都终于自愿地走上了社会主义道路。③

---

① 朱寨:《谈〈山乡巨变〉及其他》,《文学评论》1959 年第 4 期。
② 康濯:《试论近年间的短篇小说》,《文学评论》1962 年第 5 期。
③ 《文艺报》编辑部:《"写中间人物"是资产阶级的文学主张》,《文艺报》1964 年第 8、9 期合刊。

　　有的论者则以"英雄人物"的多来否定中间人物的多,"我们所处的时代确实是英雄辈出的时代。提倡写'中间人物'的人为什么生活在这样一个英雄的时代却看不见我们的英雄人物呢?"①黎之则说:"认为现在只有所谓中间人物才是大量的,英雄人物是罕见的,显然是站不住脚的。"②处于中间状态的农民多,还是英雄农民多,折射的是农民对新社会、对公有制的认同程度,在政治化的批评思维中,作家描写多数农民不认同或不太认同,就是作家本人对社会主义制度的怀疑与毁谤,因此,对于他们而言,实际生活中是英雄人物多还是中间人物多,并不重要,重要的是作家、批评家要统一"口径",只能是英雄人物多!"你们把我国工农群众的'广大阶层'都列入你们的'中间人物'这一特殊概念的框框里,这岂不是侮辱我国广大人民都是动摇于资本主义与社会主义之间的'落后人物'吗?"③

　　写"中间人物"必然会写他们的缺点,而当普通农民的政治身份转为"人民"之后,写农民的缺点就成为一种禁忌,有人甚至把丁玲创作于共和国成立前的《太阳照在桑干河上》作为批判的靶子,指责作者丑化"农民形象","把对农民缺点的'斗争'看得和对地主的'斗争'同样重要"④,西戎的《赖大嫂》也被指"歪曲了广大农民形象"⑤。写农民的缺点或有缺点的农民,就可能被指站在反动的或资产阶级的立场上,这对于当时的作家,即是犯了严重的政治错误。

　　既然"中间人物"不能多写,那么,写"英雄人物"就成为必然的选择。对于何谓农业中的英雄人物,并没有严格的界定,他们当然不可能像革命年代的英雄那样出生入死,骁勇善战。总体而言,那些积极支持并执行党的农村政策的农民,都可以称为农民英雄,"十七年"时期,最知名的农民英雄形象无疑是梁生宝,以及后来《艳阳天》中的萧长春,其他凡是在特定阶段先进的农民形象都被称为农民英雄。

　　在对"中间人物论"的批评过程中,描写"英雄人物"的呼声越来越高,是否支持描写"英雄人物"也被视为一种政治选择。最初的论述多从"时代的要求"与"任务"

---

① 张羽、李辉凡:《"写中间人物"的资产阶级文学主张必须批判》,《文学评论》1964 年第 5 期。
② 黎之:《创造我们时代的英雄形象》,《文艺报》1962 年第 12 期。
③ 张羽、李辉凡:《"写中间人物"的资产阶级文学主张必须批判》,《文学评论》1964 年第 5 期。
④ 王燎荧:《〈太阳照在桑干河上〉究竟是什么样的作品》,《文学评论》1959 年第 1 期。
⑤ 罗立乾:《中文系师生开展对"现实主义深化"理论的批判》,《武汉大学学报》1965 年第 1 期。

等原则性的角度,要求作家创造英雄人物,[①]当然,这也是对"中间人物论"的直接回应与抵制。随着对"中间人物论"的批判越来越政治化,提倡写英雄人物就成了一种政治表态,因而,文艺界的领导人和重要的批评家纷纷撰文提倡写英雄、演英雄。至 1966 年《文学评论》第 2 期上发表《塑造我们时代的英雄形象》,文章选取《解放军文艺》、《北京文艺》、《羊城晚报》、《人民日报》、《文艺报》、《光明日报》等 13 种报刊上已发表的文字和王杰、雷锋两个英雄人物的日记,共 48 段,呼吁写英雄人物,作者包括解放军官兵、工人、农民等,"文革"时所谓的"三突出"原则,此时已是呼之欲出。

由对在"合作化"运动中不够先进的梁三老汉、郭振山、亭面糊、"小腿疼"等人物形象的不同评价,而引发的"中间人物"与"英雄人物"之争,部分是艺术与政治的错位对话,部分是艺术观念的冲突,其中又夹杂了较强的政治情绪。虽然当时作家们塑造了不少农民英雄形象,但令人泄气的是,成功的农民英雄形象却不多见,就连最具代表性的梁生宝和萧长春,作为英雄人物,其性格的丰满性和真实性都一直遭到质疑,这与当时批评家、作家、工人、农民、解放军官兵,群情激奋,一起强烈要求写英雄人物的盛况,形成了巨大的落差。具有反讽意味的是,那些所谓"不好不坏、亦好亦坏"处于中间状态的农民形象,却似乎有更长的艺术生命。

要求作家写"英雄人物",还与当时对文学功能的定位有关,而对文学功能的定位直接决定了农村题材小说的内容与形式。

三、关于文学功能及农村题材小说内容与形式的批评与论争

在今天看来,文学的功能是多方面的,至少包括认识、教育、娱乐等功能,但"十七年"时期,却只片面地强调文学的教育功能,即使在许多具体问题上存在严重分歧的批评家,在这一点上却是高度一致的,有的理论家也试图兼顾文学的审美属性,提出"美感教育作用"[②],但着眼点依然是教育作用,丝毫未言及文学的娱乐、消遣功能。邵荃麟在大连会议上的讲话中的说法是:"文学的任务就是要在这时加强

---

① 参见蔡仪:《文学艺术中的典型人物问题》,《文学评论》1962 年第 6 期;艾克恩:《英雄人物的力量》,《上海文学》1963 年第 1 期。

② 蔡仪:《现实主义艺术与美感教育作用》,《文学评论》1959 年第 5 期。

思想教育。"①更有甚者,有人认为"排除了文学作品的认识作用与教育作用",我们就"可以嗅到一股与陈腐的资产阶级美学观点有渊源关系的气味"②。将文学的教育功能唯一化、极端化,是一种普遍的思维和认识。当然,也偶有异议,例如,康濯说:"所谓文学的重大的战斗意义,历来就包含着给人以教育、影响、知识和欣赏、陶冶、娱乐各个方面的内容。这里我倒恰恰感到在我们的短篇创作中,给人以赏心悦目和高尚娱乐的小巧轻松的作品太少。"③后来,这段话被《文艺报》作为"写中间人物"的材料而摘录出来,以供批判。如果文学的功能是教育,那么农村题材小说的功能当然是教育农民,毛泽东所说的"严重的问题是教育农民"被广为引用,作为衡量农村题材小说优劣得失的准绳。将农村题材小说教育功能唯一化,直接为写"英雄人物"提供了理论支撑,同时也在相当程度上决定了当时农村题材小说的内容和形式。

　　"十七年"时期,农村题材小说在内容上几乎都是围绕政策转,"土改"、"互助组"、"合作化"、"大跃进"——进入小说文本,即使如此,作家依然会因细节偏离政策而受到批评,特别是在恋爱描写上。刘澍德的长篇小说《归家》虽然被认为"反映出六十年代初农村两条道路斗争的某些重要方面",但小说中对于男女主人公之间的爱情描写却被诘问:"背景,是 20 世纪 60 年代初的轰轰烈烈的两条道路斗争,在这一背景之下,却扮演着似乎是好多年前的苍白的恋爱悲剧。人们不禁要问:哪里来的这一对神经质的恋人? 难道他们就是我们时代的新人吗?"恋人之间的怄气、误会、争吵,也被指为"无聊的冲突",小说中的爱情描写被说成是"一条游离于社会意义之外的误会的细线"④。换言之,"社会意义"才是小说的价值所在,凡与之无关的情节、细节都可能被指为"无聊"或偏离题旨。有的论者说得更直接:"《归家》既然把主要的篇幅用来刻画菊英和朱彦的纯粹属于个人的庸俗无聊的感情上的冲突,它就不但无法担负起毛泽东同志所要求于文学作品的'作为团结人民、教育人

---

① 邵荃麟:《在大连"农村题材短篇小说创作座谈会"上的讲话》,《邵荃麟评论选集》(上册),人民文学出版社 1981 年版,第 391 页。
② 陈言:《漫评林斤澜的创作及有关评论》,《文艺报》1964 年第 3 期。
③ 康濯:《试论近年间的短篇小说》,《文学评论》1962 年第 5 期。
④ 何文轩:《评〈归家〉的爱情描写》,《文艺报》1963 年第 11 期。

民、打击敌人、消灭敌人的有力的武器'的任务,甚至会使一些缺少认识或经验的读者,和作品的主人翁一起,离开了现实斗争,沉湎于这些个人的感情的纠葛中。"①陈残云的长篇小说《香飘四季》也被指责:"过多的爱情描写冲淡了尖锐、复杂的阶级斗争。"②总体而言,农村题材中的爱情因与政治教育功能无关,往往被视为多余的,甚至是有害的。但现实生活中,对于被牢牢限定在土地上的农家而言,最重要、最令他们兴奋的喜事就是男婚女嫁,因而熟悉农村生活的作家很难回避它,特别是在长篇小说中,但对小说功能的定位又使作家不敢把笔墨"浪费"在对爱情真实、细致的描写上,爱情只能是彰显主人公政治正确的点缀品,也是农民英雄的"战利品",因而,此时此景中的爱情描写通常是节制并符合政治逻辑的———一个优秀的农村女青年决不会爱上落后男青年的,柳青的《创业史》、周立波的《山乡巨变》、赵树理的《三里湾》、康濯的《水滴石穿》、陈残云的《香飘四季》、浩然的《艳阳天》,无一脱此窠臼,孙犁的《铁木前传》算是略有越轨之笔,但也是点到即止。

对恋爱婚姻的认识尚且如此,儿女情长、家长里短就更没有空间,它们都被认为是非本质的细枝末节,从而将农村小说的情节主干圈定在诠释政策的宏大叙事的框架之内。

"独尊"教育功能,演化出在情节模式上,推崇敌/我斗争的模式。敌/我斗争在"十七年"农村题材中,最常见的表现形式就是"两条道路"的斗争。所谓"两条道路"的斗争,就是集体化与私有化的斗争,在当时被表述为社会主义和资本主义的斗争。早在第一次文代会上,周扬就明确指出:"文艺作品则必须揭发社会中一切的主要矛盾和主要斗争。"③这一观点不断被强化,有论者要求"优秀的文艺作品"去解决"关于社会主义时期的阶级斗争的伟大风暴"④,也即斗争越尖锐、越紧张,越好。支克坚等人在以《创业史》为例批驳"中间人物论"时,不仅肯定作者的政治立场是"自觉地站在革命立场上,以明确的阶级和阶级斗争观点"描写农村生活,而

---

① 樊骏、吴子敏:《〈归家〉的思想倾向和艺术倾向》,《文学评论》1963 年第 4 期。

② 杭志忠、沈原梓:《我们对〈香飘四季〉的看法》,《文学评论》1965 年第 4 期。

③ 周扬:《新的人民的文艺》,洪子诚主编《中国当代文学史·史料选》(上),长江文艺出版社 2002 年版,第 157 页。

④ 姚文元:《关于加强文艺批评的战斗性》,《文学评论》1963 年第 3 期。

且特别强调小说的情节模式："全书横贯着一条阶级斗争的突出而鲜明的红线。"①
在支克坚等人看来，"突出而鲜明的"阶级斗争"红线"(即情节上的敌/我斗争模式)
是作家(作品)政治正确的有力证据。故事集《劳模嫁女》得到肯定也是因为"紧紧
抓住了农村社会主义和资本主义两条道路斗争这条纲"②，阎纲高度评价《绿竹村
风云》的重要理由是，小说"合情合理地"将农村两条道路的斗争"逐渐趋于深
化"③。简言之，只有敌/我斗争的情节模式，才被认可，是否采用这一模式被上升
为作者的政治立场问题，但是，农村题材小说的"斗争"叙事不可能像革命历史题材
那样，敌我对立，兵戎相见，你死我活。农民处于地缘、血缘、姻亲、宗亲等盘根错节
的社会关系中，也很少存在你死我活的矛盾，从"互助组"到"合作社"，在政策条文
上都是自愿原则，对此，谙熟政策的作家们当然是一清二楚的，因而，在批评家的眼
里少有符合标准的叙事模式，《山乡巨变》、《三里湾》、《香飘四季》、《水滴石穿》等长
篇小说在得到部分肯定的同时，又往往被批评"没有突出两条道路的斗争"或"没有
反映阶级斗争"，只有《创业史》和《艳阳天》中描绘的阶级斗争和路线斗争被广泛
认可。

　　批评界对敌/我斗争模式的推崇，并不能直接决定作品的情节模式，因为许多
作家对农村的社会关系、人情往来的实情是知根知底的，现代乡土文学的写实主义
精神依然潜在地影响着作家的创作，因此，无论是长篇还是短篇，农村题材小说中
激烈的敌/我斗争的情节模式并不多见，但是，敌/我斗争模式的理论对批评家和作
家都产生了广泛的影响，多数小说中的敌/我斗争(多为两条路线的斗争)虽然并不
激烈，但依然构成情节的主线，而试图缓和斗争紧张程度的努力，哪怕是人物性格
的缓和，都会触碰敏感的政治神经，如提出写"中间人物"的主张，就被说成是"我国
农村两条道路斗争在文艺上的反映"④，在这样的逻辑下，敌/我斗争情节模式日益
权威化。

　　① 支克坚等：《从革命现实主义和革命浪漫主义相结合的创作方法谈〈创业史〉(第一部)》，《西北师大
学报》1964 年第 Z1 期。
　　② 紫晨：《一本值得欢迎的新故事集》，《文学评论》1965 年第 2 期。
　　③ 阎纲：《农民作者写的好长篇》，《文学评论》1965 年第 5 期。
　　④ 朱寨：《从对梁三老汉的评价看"写中间人物"主张的实质》，《文学评论》1964 年第 6 期。

　　"独尊"教育功能,还强化了叙事方式上的民族化标准。事实上,自"赵树理方向"被确立之后,叙事方式上的民族化就是农村题材小说的主流。后来,周扬进一步强调了这一方向:"我们又必须反对与防止一切技术至上主义(例如技术与思想分开,盲目崇拜西洋技巧等等)、形式主义。"①自此,叙事方式逐渐与政治立场挂钩。柳青说:"马克思主义美学的一个根本规律是:内容决定形式……作家总是按照他自己的世界观水平和阶级感情组织情节和描写细节的。"②柳青自觉地把叙事方式与世界观、阶级感情联系在一起,这是作家对国家文艺政策的积极响应,是作家自觉向"赵树理方向"靠拢。这显然不是柳青一个人的想法,而是一种较为普遍的做法和认识,"十七年"农村题材小说叙事方式的单一化与趋同化(大多为"情节小说",而且依照农民的欣赏习惯构建依时序推进的有头有尾的通俗故事),即是有力的证据。当然,并非没有作家试图在叙事方式上作出新的探索,但在形式等于政治立场的逻辑下,往往会招致严厉的批评,例如林斤澜的部分短篇小说在叙事方式上超越了"赵树理方向"的规范,即被批评:"忽视对于作品的社会意义和社会内容的追求,又过分追求形式的现象,是不同程度地存在着的,这不可避免地带来艺术形式本身的弱点,比如群众化不足、结构奇特、玩味某种狭小的感受等。"论者接着把形式问题上升为政治问题:"艺术形式的群众化,是区别革命的文学艺术与过去一切文学艺术的质的问题;是文学艺术能否积极地为社会主义基础服务、能否为工农兵服务,能否与工农兵相结合的问题,也是一个作家的思想感情、艺术观、审美观的倾向问题。"③如此一来,作家为了避免"犯错误",往往选择更"正确"、更"保险"的叙事方式,从而使农村题材小说对叙事方式的探索停滞不前。

　　小说的内容与形式,固然与时代思潮、审美风尚的流转变迁有关,与社会的文明程度、读者的文化水平有关,但在政治化的批评与写作环境中,更多的还是受制于政治对文学功能的定位,而若政治思维急功近利,只取所需,不及其余,结果往往适得其反,不仅预定的功能难以实现,也遏制了作家对内容与形式的探索,结果只

---

① 　周扬:《新的人民的文艺》,洪子诚主编《中国当代文学史·史料选》(上),长江文艺出版社 2002 年版,第 159 页。
② 　柳青:《提出几个问题来讨论》,《延河》1963 年第 8 期。
③ 　陈言:《漫评林斤澜的创作及有关评论》,《文艺报》1964 年第 3 期。

留下单调的内容和单一的形式。对于一个文学倍受重视、文坛人才济济的时代而言，无论如何，是令人遗憾的。

"十七年"农村题材小说批评的政治化，对农村题材小说产生了深刻的影响，它"牵引"或圈定了作家对题材的选择，对生活的认识，对人物的选择与塑造以及对小说内容和形式的选择，从而决定了一个时代农村题材小说的风貌，也决定了它的艺术水准，其中的经验教训值得深思。文学批评本属于学术批评，而学术批评的基本前提是平等对话，因而文学批评本应是学者之间以及学者与作家之间的平等对话，而不是政治力量对作家、作品居高临下的审判，甚或"宣判"。学者之间的论争更不宜作政治上的定性，当初对"中间人物论"及对严家炎论梁三老汉等的批判，如今看来，令人匪夷所思。

第五节 "文革"时期乡土小说批评的极端政治化

中国乡土小说批评与研究，自 20 世纪 30 年代的左翼乡土小说批评开始，"阶级"话语渐次取代"启蒙"话语；直至 20 世纪 70 年代，批评与研究的政治意味越来越浓厚。"文革"时期，中国乡土小说批评走向了极端政治化，畸变为"革命大批判"。

一、政治动荡中的"革命大批判"式批评

1966 年 5 月 4 日至 26 日，中共中央政治局扩大会议在北京召开。此次会议召开的目的"是为了赋予'文化大革命'以合法的地位，为它确立一个指导方针，以便使全党接受并遵照执行"[①]。1966 年 5 月 16 日通过《中国共产党中央委员会通知》，即《五一六通知》，该通知要求全党"高举无产阶级'文化大革命'的大旗彻底揭露那批反党反社会主义的所谓'学术权威'的资产阶级反动立场，彻底批判学术界、

---

① 卜伟华：《砸烂旧世界——"文化大革命"的动乱与浩劫（1966—1968）》《中华人民共和国史》第 6 卷），香港中文大学出版社 2008 年版，第 74 页。

教育界、新闻界、文艺界、出版界的资产阶级反动思想,夺取在这些文化领域中的领导权。而要做到这一点,必须同时批判混进党里、政府里、军队里和文化领域的各界里的资产阶级代表人物,清洗这些人,有些则要调动他们的职务"①。

文学创作和文学批评在"文革"期间发生了空前的动荡、磨折,几近覆灭,同时此一时期的创作与批评又由于1949年后文学与政治紧密扭结的惯性以一种更为激进的方式得到延续。1949年后蔚为大观的农村题材小说创作与批评在"文革"期间也遭遇了天翻地覆的变化。

（一）延安及"十七年"农村题材小说典范作家在"文革"中的命运

1949年后,各省作协、文联及宣传部等部门的领导人大都由获得主流文坛认可的著名作家担任,"文革"开始,这些作家首当其冲受到批判。1966年6月8日,湖南教育文化界揭发、批判著名作家康濯;1966年6月15日《广西日报》点名批判广西壮族自治区宣传部副部长陆地;1966年8月6日,山西省委决定在《山西日报》公开批判著名作家赵树理。②赵树理与康濯在解放区成名,是1949年后声名显赫的农村题材小说作家,而陆地的成名作《美丽的南方》也属农村题材。其中,赵树理的遭遇是最值得深思的。

1947年7月25日,晋察冀鲁豫边区文联召开文艺座谈会,全面探讨和评价了赵树理的创作成就,《人民日报》发表了陈荒煤在会上的发言稿《向赵树理方向迈进》,该文第一次提出"赵树理方向"概念,此后赵树理成为解放区文学的典范作家。1949年第一次文代会,周扬发表《新的人民的文艺》讲话,讲话中把《李有才板话》称为"反映农村斗争的最杰出的作品,也是解放区文艺的代表之作"③。自此,赵树理由解放区文学的典范作家成为全国范围内的典范作家。在1949年后,当代文学批评界对于赵树理的评价虽时有波动变化,但总体而言,赵树理是作为农村题材小说写作样板而存在的。"文革"期间,赵树理及其文学创作跌至舆论批评的谷底,赵树理本人也遭受了惨烈的身心摧残而离开人世。赵树理"文革"时的命运变迁可以

①　卜伟华:《砸烂旧世界——"文化大革命"的动乱与浩劫(1966—1968)》《中华人民共和国史》第6卷),香港中文大学出版社2008年版,第74页。

②　卜伟华:《砸烂旧世界——"文化大革命"的动乱与浩劫(1966—1968)》《中华人民共和国史》第6卷),香港中文大学出版社2008年版,第100—102页。

③　周扬:《周扬文集》(第1卷),人民文学出版社1984年版,第515页。

看作农村题材小说创作与批评"文革"境遇的缩影。

对赵树理的批判总是无法离开对周扬乃至邵荃麟的批判,前者关乎对"十七年"文艺政策的整体否定,后者关乎"黑八论"之"中间人物论"。在这样的批评中,赵树理被认为是"资产阶级的反动作家",周扬对赵树理的赞扬则被认为是"对赵树理的吹嘘和追捧,力图在文艺界竖起这个贯彻反革命修正主义文艺路线的反动文学的'标兵',以达到为资产阶级复辟服务的目的"①。赵树理成为论证周扬罪行的一个工具。周扬对赵树理"具有新颖独创的大众风格"的赞扬被认为"是周扬竭力推销的'人物内心矛盾复杂化','敢于暴露阴暗面'的反动创作理论的表现"②。周扬赞扬赵树理在《三里湾》中塑造"糊涂涂"等中间人物等言论,则被认为是周在竭力阻挠农村合作化运动。邵荃麟在大连农村题材短篇小说座谈会上的发言,被批判者认为是在"攻击和诅咒三面红旗,为右倾机会主义者东山再起作舆论准备"③。该批判文章对赵树理的文学观也提出批判,认为赵树理的文学观模糊和削弱了无产阶级文学的阶级性和战斗性。文章最终得出结论:赵树理的创作为周扬一伙的"反革命修正主义"文艺路线制作了不少"样板"。这些"样板"都是丑化工农兵、攻击社会主义制度、反对毛泽东思想的"大毒草"。周扬一伙把赵树理捧为"圣手",无非是为资本主义复辟鸣锣开道。只有这样才能为无产阶级文艺的健康发展扫清道路。④ 对作家的阶级立场进行判定是"文革"时期文学大批判方式的基本路径,把批判对象置于阶级阵营的对立面在以阶级斗争为纲的年代是最致命的。对于农村题材作家的赵树理而言,"诅咒三面红旗"、"丑化工农兵"这样的罪名指认已让他无翻身可能。批判者天然的政治正确势必让被批判者无还手之力。从对赵树理的批判中可以看到,无产阶级的阶级性与战斗性成为"文革"时期农村题材小说的核心要义。

(二)农村题材小说批判背后的农村政策分歧

陈登科是一位在"十七年"时期成名的农民作家,他识字不多,文化水平很低,

---

① 魏天祥:《赵树理是反革命修正主义文艺路线的"标兵"》,《光明日报》1967 年 1 月 8 日。
② 魏天祥:《赵树理是反革命修正主义文艺路线的"标兵"》,《光明日报》1967 年 1 月 8 日。
③ 魏天祥:《赵树理是反革命修正主义文艺路线的"标兵"》,《光明日报》1967 年 1 月 8 日。
④ 魏天祥:《赵树理是反革命修正主义文艺路线的"标兵"》,《光明日报》1967 年 1 月 8 日。

最初开始写作时遇到不会写的字需用图画代替,处女作《活人塘》的写作、出版得到了赵树理的帮助。陈登科的写作技艺进步较快,《风雷》是他的一部长篇,出版后受到好评,"文革"中却受到激烈批判。《风雷》被批判的原因复杂:首先,与赵树理受到批判相同,"十七年"农村题材小说已经不再适应"文革"时期农村题材小说的写作与批评标准;其次,围绕《风雷》展开的文学批判,关涉国家关于农村政策分歧等复杂面向。《人民日报》发表评论文章对陈登科小说进行批判,并配发编者按。"《风雷》这株反党反社会主义的大毒草,是在中国赫鲁晓夫亲自授意下炮制出笼的。它披着写'农业合作化'的外衣,大刮反革命黑'风',大打资本主义妖'雷',穷凶极恶地攻击我们伟大的党,肆无忌惮地污蔑无产阶级专政,为中国赫鲁晓夫篡党复辟制造反革命的舆论。"这类批判声东击西,意在言外。该批判文章把小说写作过程描述成一场"阴谋活动"。"一九六二年,在国内外阶级敌人掀起的恶风浊雨中,中国赫鲁晓夫赤膊上阵,恶毒攻击无产阶级专政,猖狂反对党的社会主义建设总路线,公然替右倾机会主义分子彭德怀翻案。他在扩大的中央工作会议上,大放厥词,扬言要像赫鲁晓夫修改斯大林写过的联共党史一样,修改中国的革命历史,妄图倒转历史的车轮;并且特地指使他在安徽的代理人李葆华之流:'回去以后,把前三年的历史写本书。如果勇敢些,就把它编剧演,再勇敢些,就立碑传给后代。'反动小说《风雷》,就是遵中国赫鲁晓夫之命,由披着'工农作家'外衣的反革命分子陈登科精心炮制的颠倒'前三年的历史'、诋毁三面红旗、攻击社会主义制度和无产阶级专政、为中国赫鲁晓夫树碑立传的一株大毒草。"①

对《风雷》的批判表现了"文革"时期文学大批判的批判程序:首先进行罪名认定,罪名认定由一位全知全能者做出;其次,以情节的离奇与故事的完整叙述所谓反革命丑恶行径的来龙去脉;再次,被批判小说中的被批判的人物的语言、行动与在政治斗争中已经落马的政治人物进行一一对应式的比附,进而对小说作者以及该小说模式及负责小说发表、出版的有关人员进行批判;最后,批判文章进行谩骂式的诅咒,并以"我"响亮的政治口号与对敌方的武力恫吓结束。"文革"中大批判

① 安学江:《彻底砸烂中国赫鲁晓夫篡党复辟的黑碑——批判陈登科的反动小说〈风雷〉》,《人民日报》1968 年 7 月 8 日。

文章和大批判文章的读者的关系如同一个道德义愤燃火者与一架道德激情燃烧机。如：

> 当时，国内外阶级斗争十分激烈。帝国主义、现代修正主义和各国反动派勾结在一起，大演反华丑剧。中国赫鲁晓夫也公开跳了出来，伙同国内外阶级敌人，大造反革命舆论，大搞资本主义复辟。在扩大的中央工作会议上，他公然替右倾机会主义分子彭德怀翻案，疯狂叫嚣"对三面红旗不同意，甚至提出自己的路线、纲领都是允许的"。在安徽大组会上，他对李葆华们说："回去以后，把前三年的历史写本书。如果勇敢些，就把它编剧演，再勇敢些，就立碑传给后代。"他唯恐他的喽啰不敢写，又煽动说："如果受到打击，可以辞职嘛，等以后路线正确时，你们再来当书记。"什么是中国赫鲁晓夫心目中的"路线正确"之时？这就是他梦寐以求的资本主义复辟成功之日。反骨毕露，何其狂妄！①

细节和现场感是"文革"大批判文章点燃道德义愤的杀手锏。

> 反动小说《风雷》，以大量的笔墨描写了祝永康隐姓埋名的神奇活动，如"夜访何老九"、"巧遇羊秀英"、"三请陆素云"等，祝永康的这一套我们并不感到陌生，它和资产阶级分子王××"捂个大口罩，包个大头巾"，在桃园大搞神秘活动完全是一路货！②

《风雷》中所进行的"社会主义教育运动"的方法又完全是中国赫鲁晓夫的"暗察私访"、"扎根串连"那一套。中国赫鲁晓夫疯狂反对毛主席历来主张和历来实行的群众路线，反对用阶级分析的方法去向社会作调查，胡说什么"贫下中农不向我们说真话"，"调查会调查不出问题"，把解放十几年后的社会主

---

① 宛敬青：《〈风雷〉是怎样贩卖"后十条"的》，《人民日报》1968 年 7 月 10 日。
② 宛敬青：《〈风雷〉是怎样贩卖"后十条"的》，《人民日报》1968 年 7 月 10 日。

义新农村,仍然当作"敌占区",荒唐地搬出了一套所谓"白区工作经验",主张
工作队进村以后,要进行"秘密工作","扎根串连"。①

　　风,特别大。这两个人,顶着风,骑着车子,并肩向前走。边走边谈着心。
这篇文章以小说对方旭东和祝永康逆风行走的一段描写出发,"认为是地地道
道的反革命黑话,他们顶着社会主义的东风,坚持走资本主义的道路"。②

　　小说人物成为大批判文章诋毁、诅咒刘少奇的直接材料,刘少奇的人生经历都
可以从祝永康的身上找到例证。批判文章认为,小说开篇祝永康冒着风雪来淮北
寻父这一情节,影射了中国的赫鲁晓夫在抗日战争的漫天烽火中,为了保住狗命而
逃避斗争,化名躲在淮北留下可耻"足印"的罪行;小说中祝永康为任为群打抱不
平,主持公道,是刘少奇为彭德怀翻案的表现。批判文章得出结论:祝永康就是叛
徒、内奸、工贼刘少奇的化身,是一切反动阶级利益的代表,是一个极为反动的典
型。③ "反动小说《风雷》披着描写合作化的外衣,竭力兜售刘少奇'三自一包'、'自
负盈亏'的修正主义黑货,其罪恶目的就是阴谋刮起单干的妖风,走资本主义道
路。"④文学批判与政治批判合二为一。政治与文学紧密地纠缠在一起。

二、工农兵写作的新代言作家的登场与批评

　　"文革"期间的农村题材批评和当时其他的文学大批判相同,一方面要对所谓
反革命作品进行批判,另一方面也要对新近发表的符合"文革"文学规范的作品进
行褒奖,即所谓大破大立。

　　(一)农村题材小说新的规范与新的样板的产生

　　《虹南作战史》是"文革"后期得到"文革"文学主流认可的农村题材小说。特别
是小说人物红雷生的塑造被当时的批评文章大加赞同。"红雷生是在农业合作化

---

① 宛敬青:《〈风雷〉是怎样贩卖"后十条"的》,《人民日报》1968 年 7 月 10 日。
② 郑甫锷:《粉碎反动的"顶风"精神——批判反动小说〈风雷〉》,《文汇报》,1969 年 9 月 26 日。
③ 华文兵:《从祝永康看〈风雷〉的反动性》,《文汇报》1969 年 7 月 4 日。
④ 上海县虹桥公社小闸大队:《陈登科刮的什么风,打的什么雷》,《文汇报》1969 年 10 月 10 日。

运动中涌现出来的大批群众领袖人物的一个艺术典型。"当时的文章认为这个人物形象被注入了某些新的因素,"即从社会主义社会中两条路线斗争高度来塑造这个英雄形象,表现出了时代风貌,反映了农业合作化运动这场斗争的实质,概括了从贫下中农中间成长起来的无产阶级英雄形象的特征"①。文章首先表扬了红雷生又硬又软的性格:"硬的性格就有了新的阶级内容,即革命的硬骨头精神,坚强的无产阶级党性。同时又很软,表现在善于和富裕中农做斗争。"②文章分析这种硬和软的结合是"共产党人坚定的原则性和策略的灵活性的辩证统一,标志着洪雷生英雄性格的成熟"③。其次,文章赞扬了洪雷生的第二个性格特点:用脑子分析,即红雷生对走在社会主义大道上的光明景象的幻想。文章认为幻想可以变成巨大的推动力,是改造世界的物质力量。文章得出的结论是:只有从路线斗争的高度来认识农业合作化运动,才能对那场斗争有本质的认识;只有从路线斗争的高度来指导文艺创作,塑造英雄形象,才能使英雄形象闪耀着时代光芒,具有更深刻的现实教育意义。④从有关《虹南作战史》的评论可以看出,"文革"时期文学批评要求农村题材小说作者必须从路线斗争的角度描述农业合作化运动。此外,当时的文学批评把红雷生的幻想等同于现实的观点表明"文革"时期农村题材小说中英雄人物的塑造已将革命浪漫主义推向了虚伪的状态。让革命群众检验小说真实性也是"文革"文学批评的一个特点。有资格给小说提意见的群众来自小说人物从事同样工作的生产第一线的人物。这是现实主义在"文革"期间被庸俗化教条化理解的表现。"听说《虹南作战史》正在广泛征求意见,准备继续努力作战,有信心、有决心把作品改得更好,并积极酝酿第二部的创作。这正是广大读者共同愿望,我们共同期望着。"⑤

"文革"时期农村题材小说样板的确立主要通过对"十七年"时期成名的浩然作品进行阐释实现的。《一担水》是浩然在"文革"时期创作、发表的短篇,在当时影响很大。浩然详细地讲述了《一担水》的写作过程。浩然从最初听到为孤寡老人义务

① 方泽生:《还要努力作战——评〈虹南作战史〉中的洪雷生形象》,《文汇报》1972年3月18日。
② 方泽生:《还要努力作战——评〈虹南作战史〉中的洪雷生形象》,《文汇报》1972年3月18日。
③ 方泽生:《还要努力作战——评〈虹南作战史〉中的洪雷生形象》,《文汇报》1972年3月18日。
④ 方泽生:《还要努力作战——评〈虹南作战史〉中的洪雷生形象》,《文汇报》1972年3月18日。
⑤ 方泽生:《还要努力作战——评〈虹南作战史〉中的洪雷生形象》,《文汇报》1972年3月18日。

担水的故事谈起,然后写遇到姐夫一家由于担忧家产的分割而产生矛盾的故事。浩然因此"既惋惜,又反感。对照马克思、恩格斯关于两个决裂的教导,使我认识到小农经济遗留下来的私有观念,仍这般牢固地占据着一些人的思想阵地,使得他们亲人不亲,影响了他们团结和睦地进行劳动和生活。毛主席说过严重的问题是教育农民,真是如此!"①浩然自觉运用马克思主义衡量生活琐事,进而分析姐夫一家分裂是由于私有观念在起作用,并且认为马常新十八年坚持为孤老人挑水是由于和私有观念决裂的结果。"文革"中的浩然已然成为"文革"主流文学的全面实践者。"我"还进一步认识到,"文学创作的艺术概括,并不仅仅是表现手法和技巧问题,主要是以马列主义、毛泽东思想为武器,对现实生活、原始材料进行分析研究"②。简言之,《一担水》的成功之处,在于把现实生活中的好人好事"同农村两个阶级、两条道路斗争的惊涛骇浪联系起来,根据实际生活进行大幅度的艺术虚构"③,它表明农村生活经验与毛泽东思想相加是"文革"时期农村题材小说的经典构造模式。前者保证了现实主义在政治教条束缚下的唯一残留,农村生活的一些真实细节;后者强调了农村题材小说的情节设置与毛泽东的农村道路完全一致。

在"文革"时期的文学评价体系中,浩然小说完全成为农村阶级斗争的附属物,几乎所有的评论都在"反映阶级斗争、路线斗争"和"塑造英雄人物"这两点上肯定浩然小说的意义。如初澜阐发《艳阳天》的意义:(小说)"让英雄人物在阶级斗争、路线斗争的风口浪尖上经受种种考验"④。初澜的阐发具有代表性,洪广思也是在这两点上肯定《艳阳天》的思想艺术成就:"(《艳阳天》)比较深刻地反映了我国农村两个阶级、两条道路、两条路线的激烈斗争,热情歌颂了广大贫下中农坚持社会主义道路,反对资本主义复辟的斗争精神,塑造了萧长春等具有高度阶级斗争、路线斗争觉悟的无产阶级英雄形象"⑤。对《金光大道》的评价也是如此:"(浩然)以党的基本路线为指导创作,就是要用马克思主义阶级斗争的观点,观察、认识现实生活,从中概括出具有本质意义的矛盾冲突,反映社会主义时期无产阶级和资产阶级

---

① 浩然:《〈一担水〉写作前后》,《北京文艺》1973年第5期。
② 浩然:《〈一担水〉写作前后》,《北京文艺》1973年第5期。
③ 马联玉:《谈〈一担水〉的艺术构思》,《解放军文艺》1973年第7期。
④ 初澜:《在矛盾冲突中塑造无产阶级英雄典型》,《人民日报》1974年5月5日。
⑤ 洪广思:《社会主义农村阶级斗争的画卷》,《北京日报》1974年4月20日。

的斗争,社会主义道路和资本主义道路的斗争,毛主席革命路线和修正主义路线的斗争,揭示正确路线必然战胜错误路线这个历史规律,塑造自觉执行毛主席革命路线的工农兵英雄形象。"①"小说真实地揭示了党内路线斗争和阶级斗争的关系。"②"小说形象地反映了毛主席革命路线必然战胜修正主义路线这个历史规律。"③"小说还写出了正确路线之所以无往而不胜是因为它代表了历史发展的方向,代表了广大贫下中农的利益,有深厚的阶级基础和群众基础。"④"小说还揭示了世界观和路线的关系。"⑤

与此同时,浩然小说被看作"三突出"原则的成功实践。"《金光大道》还努力运用革命样板戏的'三突出'的创作原则,正确处理英雄人物和群众的关系,正面人物和反面人物的关系。"⑥作者运用革命样板戏"三突出"的创作原则,表现高大泉善于用不同方式正确处理敌我矛盾和人民内部矛盾,在互助合作的金光大道上夺取社会主义革命一个又一个的胜利。⑦在讨论浩然其他小说时,论者也多从"三突出"的原则方面肯定小说的意义,如对《西沙儿女——正气篇》的评价:"作者还认真学习革命样板戏的'三突出'创作经验,为了在千万个西沙儿女中,概括塑造出这一个无产阶级典型人物。"⑧再如对《杨柳风》和《七月槐花香》的肯定:"作者认真学习了革命样板戏的创作经验,运用'三突出'的创作原则,满腔热情地塑造无产阶级的英雄典型。"⑨

另外,浩然小说的人物形象塑造也是"文革"时期农村题材小说人物形象塑造的样板。"小说有力地刻画了萧长春鲜明的性格特征——革命硬骨头精神,这种精神在阶级斗争、路线斗争中,表现为坚定不移地执行毛主席的革命路线,奋不顾身

---

① 谢文:《用党的基本路线指导创作——评〈金光大道〉第一部》,《北京日报》1974 年 2 月 3 日。
② 谢文:《用党的基本路线指导创作——评〈金光大道〉第一部》,《北京日报》1974 年 2 月 3 日。
③ 谢文:《用党的基本路线指导创作——评〈金光大道〉第一部》,《北京日报》1974 年 2 月 3 日。
④ 谢文:《用党的基本路线指导创作——评〈金光大道〉第一部》,《北京日报》1974 年 2 月 3 日。
⑤ 谢文:《用党的基本路线指导创作——评〈金光大道〉第一部》,《北京日报》1974 年 2 月 3 日。
⑥ 闻军:《一场复辟与反复辟的生死斗争——评长篇小说〈艳阳天〉》,《光明日报》1974 年 2 月 28 日。
⑦ 宋今英:《风雷激荡红旗扬——谈〈金光大道〉第二部中高大泉英雄形象的塑造》,《天津文艺》1974 年第 5 期。
⑧ 成莫愁:《美丽的西沙　英雄的儿女》,《文汇报》1974 年 9 月 13 日。
⑨ 辛文彤:《新的高度　新的起点》,《天津文艺》1974 年第 4 期。

地进行反复辟的斗争,英勇顽强地战胜一切困难和险阻。"①这一人物之所以高大、丰满而感人,很重要的一点,是由于作者在创作中运用革命的现实主义和革命的浪漫主义相结合的创作方法,通过把现实生活中的矛盾和斗争典型化的途径,突出地刻画了萧长春的英雄形象。②不论是萧长春还是高大泉,他们已经不再作为小说虚构因素之一而存在,而是一个亦真亦幻的党的英雄。"真"表现在萧长春或高大泉一定是存在于现实生活的,因为这是毛泽东思想的具体体现,如果否认了他们的真实性,就是否认了毛泽东思想的真实性;"幻"表现在于萧长春或高大泉是农村"文化大革命"的引领者,如果"文化大革命"不停止,对他们的阐释就不可能定型。

　　纵观"文革"时期浩然小说的评价史,有两种评价特征始终存在。首先,浩然小说的意义是随着政治运动的变化、生机而逐渐叠加的,这是一种批评累加现象。林彪没有覆灭前,浩然小说大体上在反击刘少奇的农村路线意义上而存在;林彪覆灭后,加上了反击林彪反革命纲领的这一意义。其次,不论是《艳阳天》还是《金光大道》,评价语言都极其相似,甚至雷同,这是"文革"时期农村题材小说浮夸乃至虚假的具体表现。"小说所取得的成就,在当前批林批孔运动中,对于批判林彪的'克己复礼'反革命纲领,批判文艺创作上的'无冲突论',提供创作上的借鉴,都是很有意义的。"③"小说《艳阳天》的成就,是对刘少奇、林彪一伙散布的'阶级斗争熄灭论'的有力批判,对于在社会主义文学创作中反对'无冲突论'和'中间人物论',坚持以党的基本路线为纲,在矛盾冲突中塑造无产阶级英雄人物,提供了有益的经验。"④"在当前批林批孔运动深入发展的大好形势下,在反击修正主义文艺黑线回潮、坚持无产阶级文艺革命的斗争中,探讨和研究《艳阳天》的思想艺术成就,对于批判林彪贩卖孔孟的'克己复礼'、'中庸之道',肃清'阶级斗争熄灭论'在文艺领域中的流

---

① 闻军:《一场复辟与反复辟的生死斗争——评长篇小说〈艳阳天〉》,《光明日报》1974 年 2 月 28 日。

② 艾克恩:《无产阶级专政下继续革命的英雄典型——评长篇小说〈金光大道〉第二部高大泉形象的塑造》,《光明日报》1974 年 11 月 10 日。

③ 闻军:《一场复辟与反复辟的生死斗争——评长篇小说〈艳阳天〉》,《光明日报》1974 年 2 月 28 日。

④ 师钟、石宇声:《雷雨洗出艳阳天 烈火炼就硬骨头——评长篇小说〈艳阳天〉》,《解放军文艺》1974 年第 7 期。

毒，反对文艺创作中的'无冲突论'和'中间人物论'等，是很有现实意义的。"①这种批评累加现象和批评雷同现象在小说评论中非常明显。

在"文革"时期的浩然小说评价中，也会提及他的地方风味等这些农村题材小说批评传统中的关键词汇："笔力遒劲的素描，它富有木刻风味，画面质朴，线条清晰而洗练，形象突出而传神，使人感到亲切自然。它又颇具传统写意画的格调，以明快的构图，诱发人们久久凝视，去体会那深刻的政治寓意。"②不过这些并不作为主要的论述对象，只是稍有提及。

（二）对逾越农村题材写作新规范的作品的批判

短篇小说《牧笛》和《生命》是"文革"中后期遭遇批判力度最大的两部农村题材小说。这两部农村题材小说不同于"十七年"农村题材小说在"文革"初期的被批判，二者是在"文革"农村题材小说规范已经确定之后被批判的，显然，它们逾越了"文革"农村题材小说规范。"毒草小说《牧笛》的出笼绝不是偶然的。它是当时那股否定无产阶级'文化大革命'、为刘少奇修正主义路线翻案的反动思潮在文艺上的反映，也是作者本人与《文艺作品选》编辑部某些人怀'文化大革命'前之古复修正主义文艺黑线之旧，声气互通，密切配合的产物。""还需要指出的是，《文艺作品选》编辑部存在的这种严重状况，是和省有关主管部门的个别负责人分不开的。《牧笛》的出笼，是由他们发了通行证；吹捧毒草的评论文章，又是由他们批准签发，这难道仅仅是工作上的疏忽、失职，而不反映立场、世界观方面的问题吗？"③该评论文章抓住小说描述主人公张志远有七八年的学吹笛的历史，对比"文化大革命"在七八年前展开的历史，由此说"在这样伟大的政治革命运动中，作者却让张志远在家里躲了七八年，学吹笛。很明显，这是对无产阶级'文化大革命'别有用心的歪曲，暴露了作者对无产阶级'文化大革命'的态度"。该评论还检举揭发说，"他曾咬牙切齿地说，要不是'文化大革命'，我的集子也出来了，写牧笛这个作品就是让别

---

① 艾克恩：《无产阶级专政下继续革命的英雄典型——评长篇小说〈金光大道〉第二部高大泉形象的塑造》，《光明日报》1974 年 11 月 10 日。

② 艾克恩：《无产阶级专政下继续革命的英雄典型——评长篇小说〈金光大道〉第二部高大泉形象的塑造》，《光明日报》1974 年 11 月 10 日。

③ 于平：《毒草小说〈牧笛〉出笼说明了什么？》，《河南文艺》1974 年第 1 期。

人知道我没有死,翻'文化大革命'案的反动气焰何等嚣张"①。评论指出"文艺作品要正确反映农村生活",这部小说之所以没有正确的表现农村在于"看不到阶级斗争、路线斗争、思想斗争的场面,看不到贫下中农学习大寨战天斗地,重新安排河山的壮举,看不到一点无产阶级'文化大革命'后农村欣欣向荣的兴旺景象。这不是一幅典型的陶渊明式的桃园风光吗? 然而在社会主义农村绝对找不到这样一个与世隔绝的'世外桃源',这只不过是作者的捏造,和反动世界观的自我暴露"②。该评论指出了牧笛在政治内容方面所犯的错误,即歪曲农村火热的斗争生活,丑化贫下中农的形象和歪曲知识青年的形象。"短篇小说《牧笛》,就是一株为复辟资本主义制造舆论,为林彪反革命主义路线扬幡招魂的大毒草。它吹出了林彪反党集团及一小撮地、富、反、坏、右的心声,吹出的是地地道道的反革命复辟曲,必须予以彻底的批判!"③"他从来不讲阶级斗争、路线斗争,却津津乐道地宣扬什么'羊群不会说人话,它们可懂人事'等一类的屁话!"④从这些评论文字中可以看到林彪事件对于"文革"中国的巨大震动。

"《生命》的出现也再次为我们文艺工作者敲了警钟,从反面教育我们,要正确地深刻反映'无产阶级文化大革命',首先必须正确地对待'无产阶级文化大革命',做'文化大革命'的促进派。"⑤"《生命》用篡改'文化革命'性质、颠倒'文化革命'历史的拙劣手法,美化'文化革命'的反对派老铁头,从反面使我们认识到,老铁头形象所表达的思想实际上迎合了被打倒了的地富反坏右及其代理人要向'文化革命'反攻倒算的阴暗心理。"⑥"对《生命》应该严肃批判,我们切不可以为这是小题大做,掉以轻心,应该把这种批判提高到坚持党的基本路线,开展上层建筑领域里的阶级斗争,保卫和发展'无产阶级文化大革命'的成果,巩固无产阶级专政的高度来

---

① 开封师院中文系工农兵学员评论组:《文艺黑线回潮的标本》,《河南文艺》1974年第1期。
② 开封师院中文系工农兵学员评论组:《文艺黑线回潮的标本》,《河南文艺》1974年第1期。
③ 杜时国、樊俊智、郭霄、梁志林:《〈牧笛〉吹的是什么曲》,《河南文艺》1974年第1期。
④ 河南省豫剧院第二剧组大批判组:《〈牧笛〉是反党、反社会主义的毒草》,《河南文艺》1974年第1期。
⑤ 赵国才:《要正确地反映无产阶级文化大革命的光辉历史》,《朝霞》1974年第1期。
⑥ 上海师范大学中文系一年级一班评论小组:《老铁头是无产阶级革命造反派的形象吗?》,《朝霞》1974年第1期。

认识。"①"据辽中县知情同志的揭发,《生命》的原稿甚至把投毒害死牲口的罪名,也加在这个知识青年的身上。这纯粹是往知识青年头上栽赃。"②"在毛主席亲自发动和领导的'批林批孔'这场政治运动中,我们开展对反动小说《生命》的批判,这是反击修正主义路线回潮,保卫'文化大革命'成果,巩固无产阶级专政的一场严重的阶级斗争。""颂古怀旧,颂的是'文化大革命'前的某些修正主义的旧秩序,怀的是刘少奇、林彪反革命的修正主义路线吗。这就是问题的本质。谁宣扬开倒车,反对彻底革命,谁就是和孔老二、林彪穿一条裤子,做一条板凳,这是阶级斗争的必然规律。"③对《牧笛》和《生命》的批判的高频词汇,如"歪曲知识青年形象"、"保卫'文化大革命'成果"、"批林批孔"、"反攻倒算"等也反映了"文革"中后期中国社会与"文革"初期的些微变化,此一事实使得农村题材小说的写作更加如履薄冰,知识青年的塑造是否符合政治正确成为新的写作标准之一。

(三)"文革"结束前农村题材小说批评对鲁迅乡土小说艺术的有限借镜

1972年以后,各地高校学报陆续恢复出刊,高校学报关于农村题材小说的讨论相对而言具有了些许学术性,当然整体而言依然是大批判文章。这些文章最大的一个特点就是对于鲁迅乡土小说的讨论。鲁迅作为"文革"时期唯一一个可以阅读、可以研究的现代乡土小说倡导者和现代乡土小说作者,他的乡土小说的被讨论与"文革"后期的农村题材写作乃至"新时期"初期的农村题材小说有着微妙的历史关联。

首先,这些鲁迅小说研究文章是符合"文革"大批判语境的。"鲁迅在这时提出农民问题,特别是提出农民革命由谁来领导的问题,对于确立和巩固无产阶级对中国革命的领导与领导权,具有重大意义。"④"鲁迅小说所总结的资产阶级不准农民革命的历史教训,也是一面镜子,它照出了那些打着保护农民利益的旗号,实际上

① 陶玲芬、肖律:《〈生命〉是对无产阶级"文化大革命"的否定》,《朝霞》1974年第1期。
② 辽宁大学中文系学员批《生命》小组:《革命青年运动不容否定——评〈生命〉中的两个青年形象》,《辽宁大学学报(哲学社会科学版)》1974年第3期。
③ 涛头立:《一篇为刘少奇、林彪反革命修正主义路线翻案的反动作品——评短篇小说〈生命〉》,《辽宁文艺》1974年第3期。
④ 程致中:《农民必须在无产阶级领导下继续革命——学习鲁迅关于农民问题的几篇小说》,《安徽劳动大学学报(哲学社会科学版)》1975年第2期。

反对农民革命的资产阶级代表人物的嘴脸。"①"反映旧制度的旧传统、旧观念、旧习惯是一种巨大的社会阻力,它只能有利于反动派而不利于人民。鲁迅正是从这样的思想高度,成功地塑造了九斤老太的艺术典型,深刻批判了'一代不如一代'的保守哲学。"②"它却熔铸了深刻的阶级斗争的历史,总结了反复辟斗争政治经验。"③《孔乙己》是被反复讨论的一篇。"今天,当我们反击党内最大的不肯改悔的走资派邓小平刮起的右倾翻案风,彻底批判教育界的奇谈怪论,与修正主义教育路线对着干时,重读鲁迅《孔乙己》,确实会大有益处。在孔乙己身上,我们不是可以看到右倾翻案风所维护和复辟的旧教育制度,究竟是什么货色吗?"④"地主资产阶级的代理人林彪出于反革命的需要,公然继承封建糟粕,鼓吹孔孟之道。他们的罪恶阴谋一旦得逞,千万个祥林嫂就要重新受到鲁四老爷之流的压迫和残害。"⑤"《孔乙己》就是其中的一篇。这篇小说是对封建教育的形象批判的重炮。今天,在反击右倾翻案风的斗争中,重读《孔乙己》,对于批判邓小平的修正主义路线,认清其复辟倒退的反动实质,仍然有它的现实意义。"⑥"这次革命在它所波及的农村中所引起的反响,这次革命失败的原因和后果,以及革命人民应该从中得到的经验教训等,都在《阿Q正传》中得到深刻的反映。"⑦《孔乙己》、《阿Q正传》、《风波》是文学批判者当时提及频率最高的鲁迅小说,这些文章主要附会鲁迅对科举制度的批评和对辛亥革命的冷静观察。

其次,鲁迅小说的艺术精妙之处被提及。"其一,这个'前言',交代了日记的来历,有助于增强小说的真实感,为作者构筑战斗的掩体。其二,这个'前言',点出

①　程致中:《农民必须在无产阶级领导下继续革命——学习鲁迅关于农民问题的几篇小说》,《安徽劳动大学学报(哲学社会科学版)》1975年第2期。

②　解放军某部勤务三连理论小组、辽大中文系《鲁迅作品选讲》编写组:《必须清除旧制度的痕迹——读〈风波〉》,《辽宁大学学报(哲学社会科学版)》1975年第3期。

③　鲁一兵、刘济献:《风波未息 战斗不止——谈鲁迅小说〈风波〉》,《郑州大学学报(哲学社会科学版)》1975年第3期。

④　冯天瑜:《讨伐吃人的儒家教育的檄文——读鲁迅的〈孔乙己〉》,《光明日报》1975年4月24日。

⑤　仲洪霞:《孔孟之道是吃人之道——读鲁迅的小说〈祝福〉》,《人民日报》1974年3月19日。

⑥　乐牛:《对封建教育制度的深刻批判——读〈孔乙己〉》,《北京师范大学学报(社会科学版)》1976年第4期。

⑦　北京汽车制造厂工人理论研究所鲁迅研究小组:《辛亥革命时期形象的阶级斗争史——读〈阿Q正传〉》,《北京师范大学学报(社会科学版)》1976年第4期。

了理解作品的一些重要症结,有助于我们把握小说在内容和形式上的特点。"①"从小说的完整艺术结构来看,我觉得不能说《祝福》在结构上采取倒叙的写法,至少这种说法不周严。"②"为了更好地认识鲁迅所精心塑造的祥林嫂的悲剧性格及其典型意义,在学习、分析、研究这篇小说时,最好照顾到故事情节的完整性,把祥林嫂的悲剧故事作为一个整体划为一部分,根据人物性格发展的逻辑,对祥林嫂的悲剧性格进行具体深入的分析研究,然后再结合分析研究开头、结尾的社会环境描写,进一步挖掘祥林嫂悲剧产生的深刻的社会根源。"当然这一切都是以承认鲁迅小说的反孔意义为前提的。"鲁迅的《祝福》是一篇思想内容深刻和艺术形式比较完美的具有代表性的反孔小说。"③"孔乙己这个读书人竟连个名字都没有,有的只是别人取笑的一个绰号,可见他地位卑下到了可怜的程度。鲁迅先生又用这个名字作为这篇小说的题目,体现了对孔家店的无情嘲弄。"④此外,该文章辨析了孔乙己写作和发表的年代,孔乙己生活的年代与孔乙己的形象,具有难能可贵的说理性质。这些对于鲁迅乡土小说艺术的细致分析,体现了"文革"结束前政治批评前提下文学批评的有限可能性,这些有限的可能性涉及不同于"文革"农村题材小说的艺术视境。

---

①　冯光廉:《〈狂人日记〉琐谈》,《山东师院学报(社会科学版)》1976 年第 1 期。
②　朱德发:《〈祝福〉中两个问题的试解》,《山东师院学报(社会科学版)》1976 年第 1 期。
③　朱德发:《〈祝福〉中两个问题的试解》,《山东师院学报(社会科学版)》1976 年第 1 期。
④　荣太之:《关于〈孔乙己〉的几个问题》,《山东师院学报(社会科学版)》1976 年第 1 期。

第三章　中国乡土小说研究的复兴与繁荣
（1979—1999）

1979—1999 年是中国百年学术史上最富有创造性的历史时段之一。这一历史时段的思想激情来源于被"文革"禁锢十年之久但终于获得较为自由的思想和言说空间，乡土小说作为百年中国文学中经久不衰的热点，在这个难得的学术空间中顺理成章地成为被思想、被言说的重点之一，其成果达到了这个时代的思想高度，同时也打上了时代的烙印。"乡土小说"作为一种批评术语，在 1940 年代至 1970 年代渐行渐远，甚至于销声匿迹，而到了这一时段，却异常活跃，这绝不是当代学者捡起了一个被遗忘或被遗弃的批评概念，而是他们以非凡的勇气和智慧接续了"五四"精神和"五四"传统，从而把学术研究和思想自由结合起来，为学术研究的正常化、为重新确立并传播科学与民主精神，做出了贡献，特别是在拓展研究对象、尝试多样化的研究方法、更新观念等方面的努力，使乡土小说研究走到了时代思想的前沿。但是，这二十年是政治、思想和学术环境急剧变化的时期，乡土小说研究无法脱离具体的历史语境，政治标准与艺术标准的绝对化与对立化、外来批评方法的生硬套用、理论建构的不足等，都使之留下了时代性的缺憾。

第一节　中国乡土小说研究的复兴与拓展

中国乡土小说批评与研究，在 20 世纪 40 年代中后期至 70 年代末，其核心概念"乡土小说"逐渐嬗变为"农村题材小说";在"文革"期间,"农村题材小说"的批评与研究,事实上已消泯在"革命大批判"横飞的唾沫之中。"文革"后,在拨乱反正、解放思想带动的"重写文学史"的语境中,中国乡土小说批评与研究得以恢复,可谓劫后重生。重生后的中国乡土小说批评与研究,在研究对象、观念和方法等方面,都有了新的拓展,迈入蓬勃发展的学术"新时期"。

一、研究对象的拓展

20 世纪 50—70 年代,受以左翼文学为主线的文学史叙述体系及其"文学史观"的影响,一些在中国乡土小说发展史上比较重要的乡土作家、乡土小说流派等,或没有受到应有的重视与评价,或被遮蔽和放逐在研究视域之外。"文革"后,中国乡土小说批评与研究的对象,在乡土小说作家、乡土小说流派、"新时期"乡土小说及地域文化等方面都有新的拓展。

(一)重新"发现"的乡土作家

自新文学开局以来,中国的文学与政治之间始终有着关系复杂的缠绕,政治的变局影响着文学的走向,而文学对于政治的参与也在相当程度上决定了文学作品的地位高低。废名、沈从文都是"京派"作家的代表人物,他们的作品最显著的特色就是冲淡、超然,远离社会现实。1949 年以后,意识形态对于文学的制约作用日益显著,废名、沈从文这样处于时代边缘的作家被长期遮蔽也在情理之中。共和国成立后至"文革"结束之初的中国新文学史里,几乎很难见到这些作家的身影,即便惊鸿一瞥,也只是在某些带有批评性的章节之中。但文学史的不公正并不会持续太久,随着"文革"后政治环境的"解冻",乡土小说批评与研究也从沉疴中苏醒,化作汩汩清泉让人耳目一新。许多曾经受到冷遇的乡土小说家们又重新成为评论和研究的焦点。

曾被郭沫若斥为"桃红色作家"的沈从文,1949 年以来的命运可想而知,文学生命已完全枯萎,评论界更是对其采取了漠视的态度。1983 年,朱光潜为沈从文的《凤凰集》所写的序文《关于沈从文同志的文学成就历史地位将会重新评价》引起了人们的讨论,有论者便针锋相对地认为沈从文的"多数作品和当时人民群众的现实斗争有较大距离",因而我们要拒绝的其实是"叫人厌恶的批判",而非"正常的、必要的批判"①。虽然反对的意见不少,但值此一役,沈从文研究也逐渐回归了理性,同时夏志清、金介甫等一批海外学者的沈从文研究在大陆的传播也给了研究者许多有益的启发。红色的燎原之火燃过的文学荒原上,清新的绿意变得稀有而可贵,沈从文一跃而成为研究的热点,对于他的评价达到前所未有的高度,俨然成为文学史上的"大家"之一。至1998年权威的现代文学教材《中国现代文学三十年》的修订本中,已经将沈从文单独立章,沈从文的"大家"地位基本为研究者所公认了。

　　废名或许还称不上是"大家",但他在乡土小说的形式意义上的创新使其地位无人可以取代。废名的小说一直以来都是与时代错位的,因此自20世纪20年代初就一直属于研究的冷门,1949年后的废名研究更是处于中断状态,直到"新时期"废名才算进入了研究视野,却远远谈不上热门。1981年,凌宇的《从〈桃园〉看废名艺术风格的得失》算是这一时期第一篇有分量的研究文章;1982年,杨义在《废名小说的田园风味》中呼吁道,研究废名小说对于"如实地描绘'五四'以来小说的全貌,对于探讨今天小说艺术多样性的发展,都会大有裨益"②。他在后来的《中国现代小说史》的乡土小说论述中为废名单立了一节,对于废名乡土小说的研究贡献不小。随着废名研究逐渐热闹起来,其与禅宗的关系、现代性与反现代性的问题都引起人们的争论与探讨,美学特征研究、比较文学研究也逐渐兴起,代表文章有《废名与禅宗》(李俊国,1988)、《废名的小说艺术》(冯健男,1997)、《论废名早期小说的美学特征》(张可喜,1998)、《废名创作中禅意的形成与嬗变》(杨厚均,1999)、《废名乡土小说隐含的反现代性主题及其叙事策略》(逄增玉,1999)等。

　　如果说沈从文和废名是由于对政治的游离而为评论者所漠视,那么李劼人这位被称作"民主战士"的作家又缘何遭受不公的待遇呢? 李劼人从1912年开始创作,笔耕不辍,曾被郭沫若誉为"中国的左拉"。其作品以反帝反封建为主旨,富有思想性与艺术性。似乎没有理由能让李劼人受此冷遇,然而细思之下,便大约能明白症结所在。一方面,李劼人的创作受到了法国自然主义文学的影响,尊崇科学求

---

① 彭燕郊:《历史·时代·对一个作家的评价》,《湘潭大学社会科学学报》1984年第2期。
② 杨义:《废名小说的田园风味》,《中国现代文学研究丛刊》1982年第1期。

实的创作精神,追求纯粹的客观性和真实性,因而其笔下的人物几乎没有一个真正意义上的英雄,全是缺陷与优点一样丰富的有血有肉的人,这便不符合典型人物的塑造要求,不能为主流文学所青睐;另一方面,李劼人自身的性格特点也决定了他不受重视,他独门独派、离群索居,在门户之见极深的文坛又如何能够立足。

"新时期"以来,李劼人开始受到了一定程度的关注,虽然比起他在文学上取得的成就仍显不足,但已是很大的进步。首先是其作品集的出版为学术研究工作铺平了道路。四川人民出版社出版了五卷本的《李劼人选集》,囊括了他最重要的作品。其次是他在文学史上的地位得到提高。唐弢主编的《中国现代文学史》(人民文学出版社 1979—1980 年版)首次对李劼人的创作进行了评述,虽然笔墨不多,但却意义重大。1988 年,杨义的《中国现代小说史》第 2 卷立专节介绍了李劼人,之后的文学史也几乎不会遗漏这位长篇小说大家。

文学渐渐地不再成为政治的附庸,地位逐渐独立起来,文学的独立品性愈加受到评论者的重视,乡土小说的研究也随之深化。随着西方的文学批评方法渐渐涌入,精神分析、比较文学、叙事学等各种各样的方法开始被研究者借鉴、运用,对于这些被遗忘的乡土"大家"的评论便开始不拘泥于重新发现的意义,而是越来越个人化、深度化了。

(二) 重新开启的乡土小说流派研究

1981 年,首届中国现代文学思潮流派学术讨论会召开,流派研究开始得到研究者的重视,乡土小说流派的研究也逐渐成为一个热门课题。然而由于长期以来对于风格、流派的研究不够深入,一时之间对于概念的理解产生了不少分歧与混乱。不同研究者对于乡土小说流派的划分标准各不相同。严家炎的《中国现代小说流派史》(人民文学出版社 1989 年版)认为现代小说中有十个重要流派,其中的乡土小说流派有乡土小说派、社会剖析小说派、"京派"、东北作家群、大众化小说派(后分化为山药蛋派与荷花淀派)。也有论者认为"现、当代乡土小说主要流派则有20 年代乡土派小说,四五十年代的'山药蛋'派小说与'荷花淀'派小说,还有 80 年代中期的'寻根'小说"①。对于流派的定义,有宽有窄,有的定义宽泛些,将"茶子

---

① 田中阳:《从文化视角观当代海峡两岸乡土小说之异同》,《湖南师范大学社会科学学报》1997 年 1 期。

花派"、"白杨树派"等也都标举出来,热闹非凡;有的定义狭窄一些,连"山药蛋派"都不算流派,如有论者依据文学流派应有共同的理论主张和相似风格的原则,对赵树理与马烽、西戎进行比较研究后质疑是否真的有所谓的"山药蛋派",引起了文艺界的广泛论争。孙犁对于流派研究持消极态度,认为没有必要强提流派,"流派之说,虽有近人所乐于称道,然甚难言矣。固执者视而有之,达观者疏而略之,必拘泥之,而定形命名,其无谓也"①。这个观点就不免有些偏激了,流派之名要理清确实不易,但只要有益的论争持续下去,流派的确定标准也会越来越科学规范。

　　20世纪20年代的乡土小说派(亦称乡土文学派、乡土小说写实派)是受鲁迅影响而产生的一个流派,也是鲁迅在《〈中国新文学大系〉小说二集·序》中第一次将他们作为一个乡土文学的群体进行评述。或许是因为乡土小说派不像"京派"、"山药蛋派"那样在"新时期"仍有创作上的延续,喧闹一时的流派研究中,这一派却显得较为沉寂。也有许多论者似乎并不将其视作一个流派,只是在评述20世纪20年代的乡土小说时,提到鲁彦、许钦文这一批作家,真正将其作为一个流派进行研究的有严家炎的《中国现代小说流派史》、丁帆的《中国乡土小说史论》(江苏文艺出版社1992年版)等。20世纪80年代中期"寻根小说"异军突起后,不少论者看到了两者间的相似性,将二者进行比较考察,认为两者同样都是在中外文明的冲突之下,以描绘农民的生活画面"来探究农民精神世界更深层的文化心理,来揭示民族文化的粗精优劣",从而"重建中华民族的新文化,重塑民族的心态和灵魂"。②

　　1949年以后,"京派"小说研究相对沉寂。到"新时期","京派"文学作为一种文学现象与文学流派渐渐得到研究者的注意。"京派"小说研究在初期主要表现为凌宇的沈从文研究、钱理群的周作人研究这样的个案研究。20世纪80年代中后期,"京派"小说才作为一个整体受到研究者的广泛关注。严家炎的《中国现代小说流派史》将"京派"小说作为乡土小说的重要流派之一,描述了"京派"小说的形成、发展以及"京派"小说的整体风格特色、思想风貌,由此建构起"京派"小说的研究框架。

---

①　孙犁:《再论流派》,《孙犁研究专集》,江苏人民出版社1983年版,第181页。
②　索燕华:《从二十年代乡土文学到八十年代寻根文学》,《延边大学学报(社会科学版)》1997年第4期。

　　"新时期"对于"东北作家群"的研究，一时间蔚然成风，成为现当代文学研究的"热门"话题之一。然而，在初始阶段，明晰的流派地域意识并未形成，此时的研究多半从单个作家作品的研究入手，如钱理群的萧红研究。这些都为进一步的研究奠定了深厚的基础，客观上有力地催生了此后的流派性研究。白长青撰写的《论东北作家群的创作特色》(1983)首次对于"东北作家群"进行了综合全面的研究。此后，逄增玉、沈卫威等一批学者对于"东北作家群"的研究取得了丰硕的成果。

　　"山药蛋派"的流派地位早在 20 世纪 50 年代就已为文艺界所认可，赵树理、马烽、西戎等作家饱含山西泥土气息的通俗平实的问题小说显示出了一个流派的共有特色。到了"新时期"，山西省率先组织起对"山药蛋派"的讨论，就"山药蛋派"还能否继续发展下去这一问题评论界进行了广泛的争论。持肯定意见的一方认为年轻的一批山西作家将为这一流派"注入新的血液，生命力越加旺盛"①。持反对意见的一方则认为"山药蛋派"后继乏人，并根据社会历史条件的变化，得出流派"已经失去了发展的客观条件"这一结论，黄金时代再难复现，应当期待新的流派出现，而非一味将目光停留在"山药蛋派"上。② 随着晋军突起，"山药蛋派"也渐入历史范畴，对这一流派的研究也渗透了史的意识和整体性的观照，如董大中的《"山药蛋派"今何在？》(1987)、傅书华的《论"山药蛋派"作家塑造典型的成型方式》(1993)等。

　　与"山药蛋派"乡土小说几乎同时引起人们关注的另一个流派便是"荷花淀派"，这一流派体现了不同于前者的乡土小说的诗化风格，得名于孙犁的《荷花淀》，代表作家还有刘绍棠、韩映山、丛维熙等。尽管为该流派是否存在也曾有过争执，常有人用"草色遥看近却无"、"山色有无中"来形容它的迷离，但是作为一种被公众长久以来所确认的艺术风格，"荷花淀"风格确实存在。有论者论述"荷花淀派"作为流派的艺术风格及其变迁，如艾斐的《论"荷花淀派"的艺术变迁》；有论者则试图梳理"荷花淀派"的形成过程、风格特色及现状，如李晓宁的《"荷花淀派"小说漫论》。

　　关于"新时期"究竟有无乡土小说流派，评论界产生了分歧。有论者认为，乡土

---

　　① 高捷：《论"山药蛋派"》，《山西大学学报》1984 年第 3 期。
　　② 刘福林：《"山药蛋派"还能"流"下去吗？——与李国涛同志商榷》，《山西师院学报（社会科学版）》1980 年第 3 期。

小说流派在"新时期"已经分化解体,时代不需要流派,也产生不出流派,"取而代之的是强烈个性意识的主体性创作"。"荷花淀派"、"山药蛋派"这些曾经的流派不再有进一步发展的可能,而新一代的"寻根"小说家们尽管有着某方面的共同点,但"在艺术风格上却毫不雷同",也就有悖流派的主要特征之一了。[①] 针对"新时期"无流派的说法,有论者认为"应当摒弃过去以流派定作家终身的划分法,根据新时期小说不断变化的特点,以作品表现出来的主要风格、主要倾向为划分依据,借以确定新时期小说的流派分类",并据此发明出一个"地域文化派",又以文化心态和地域特色的不同划分出"风俗小说"、"乡土小说"和"寻根小说"三类。确定流派的标准虽不是一成不变的,可若真是这样包容万千,不免要生出许多混乱来。不过具体的流派虽然几乎消失了,但各区域性作家群的兴起弥补了这一缺憾,湘军突起、陕军东征……作家们摩拳擦掌,整个中国的文学之土上一时狼烟四起,热闹非凡。

（三）"新时期"乡土小说研究

"文革"后,中国的历史翻开了崭新的一页,乡土小说在这全新的画布上绘出了缤纷的图案,而创作的发展也对乡土小说的批评进行反哺,使"新时期"的乡土小说研究有了新的发展。"新时期"文坛上一批"重放的鲜花",又一次得到了评论界的广泛关注,其中的乡土小说作者更是引领了文坛风骚。汪曾祺重温起四十年前的旧梦,承继了废名、沈从文一脉的田园诗意,吹奏出一曲曲浪漫美好的乡间牧歌。《受戒》所代表的"京派"美学风范的复归,在文坛无异于一石激起千层浪,引起了研究者的震惊和兴奋。高晓声举起20世纪20年代乡土文学"为人生"的大纛,描画全新的乡土社会的风情与人生图景。他的《"漏斗户"主》、《李顺大造屋》、《陈奂生上城》等作品被人认为是"鲁迅风"的回归,对于国民灵魂的描画常常让人想起鲁迅笔下的人物。有论者便从这个时期乡土小说美学思想的转型中揭示出背后的历史渊源,并指出"新时期"初期的转型对于其后乡土小说发展产生的巨大影响。

20世纪80年代中期,文坛兴起了"寻根"的大潮,其中拉美魔幻现实主义的影响自然不可小觑,然而也毕竟只是催化剂,真正的根源还在于"文革"之后的精神荒漠亟须找到一汪自给自足的泉眼,"寻根文学"便应运而生了。韩少功、郑万隆等打

---

① 丁帆:《中国乡土小说史论》,江苏文艺出版社1992年版,第189—190页。

着"寻根"的旗号开始了对乡土文学的新探索,在边缘文化的土地上重新挖掘文学的"根"。韩少功的《爸爸爸》、阿城的《棋王》、王安忆的《小鲍庄》、郑万隆的"异乡异闻"系列、李杭育的"葛川江系列"等都是"寻根小说"的代表作。这一时期关于"寻根小说"的研究也十分热闹繁荣,既有关于"寻根小说"与20世纪20年代乡土文学的对比研究这样的外部研究,亦有对于"寻根小说"自身特质的内部研究;既有对于作家作品的思想艺术的探讨,亦有关于"寻根"理论的争鸣讨论。

至20世纪90年代,在市场经济大潮的冲击下,城乡之间、工业文明与农业文明之间的矛盾异常激化,乡土小说在内容与形式两方面都有更为纵深的开拓,主题模式更为丰富多样,形式手法也越加复杂精细。在一些作家的笔下,乡土成了应被放逐与背弃的恶土,充满污垢泥泞;与此同时,乡土又在另一些作家的创作中被极端地美化,成为纯净的桃源世界。《白鹿原》、《马桥词典》、《九月寓言》……几乎每一部长篇小说的出场都掀起一阵波澜,引起评论界的广泛讨论。有论者以"新乡土小说"为之命名,以凸显20世纪90年代的新质。有论者即认为20世纪90年代乡土小说断然有别于其他小说类型的理性批判精神、乡恋情结和回归意识,已经开始对这一时期的乡土小说进行整体上的审视。①

(四)地域文化研究

在"新时期"小说研究中,对于地域文化的研究当记上浓墨重彩的一笔。前面也提到,到了"新时期",乡土小说流派几近成为历史范畴,取而代之的是区域性乡土小说作家群。而另一方面,以往的一些乡土小说作家,其作品的地域文化因素逐渐凸显出来,进入研究的视野中。对象的拓展往往也是一种角度的变换,这一点在第三节中我们再详细展开。

其实对于地域特色的注意早已有之,《文心雕龙》就曾考量过《诗经》与《楚辞》所体现的南北不同的地域风貌。但以往对于地域的理解多为一种对于自然因素的考量,而相对忽视了其中的人文因素,也就看不到地域对文学影响的更为深刻的方面。严家炎认为:"地域对文学的影响是一种综合性的影响,决不仅止于地形、气候

---

① 伍世昭:《文化价值取向的三个面相——中国九十年代乡土小说一瞥》,《理论与创作》1997年第6期。

等自然条件,更包括历史形成的人文环境的种种因素,例如该地区特定的历史沿革、民族关系、人口迁徙、教育状况、风俗民情、语言乡音等;而且越到后来,人文因素所起的作用也越大。"①

对于地域的划分,可以是一个比较大的范围,如西部文学、东北文学,也可以是一个比较小的范围,如山西作家群、湖南作家群。当然,地域文化研究中还包括像北京、上海这样的城市地域文化研究,就不在我们的考量范围之内了。而从纵向来考察,每一个地域的文化与文学都有自身的传承,在几代作家不同的勾勒描摹下,一个区域的文学才显现出完整而流动的风貌。

关于乡土小说的地域文化研究,这一时期结出了硕果累累,特别是20世纪90年代中期以来,公开发表的有关区域文化与文学研究的论文已有数百篇之多,出版的相关丛书及研究著作不下百部。由著名学者严家炎主编、湖南教育出版社出版的"二十世纪中国文学与区域文化丛书"是其中的代表。这批不能算是非常成熟的著作,在乡土小说研究史上的意义却不可估量。有关区域文化与文学的话题日益引起评论界的广泛重视,新的区域文化和文学研究的热潮蓬勃兴起。

二、乡土小说观念的拓展

"新时期"乡土小说研究的开端并不是那样顺遂,刘绍棠甫一疾呼乡土文学的重要性,不曾想却引发出一场有关"乡土文学"的有无之争来。他宣称"对世界,我们要建立中国的国土文学,在国内,我们要建立各地的乡土文学"②。孙犁却在文章中回应,"就文学艺术来说,微观言之,则所有文学作品,皆可称为'乡土文学';而宏观言之,则所谓'乡土文学',实不存在。文学形态,包括内容和形式,不能长久不变,历史流传的文学作品,并没有一种可以永远称之为'乡土文学'"③。孙犁认为"乡土文学"的命名并无意义,反而会囿限人们的视野,现代作家如鲁迅等所称的乡土文学也不过是普通的名词,并非批评的术语。无独有偶,台湾差不多同期也出现过这样的声音,钟肇政便说:"我认为'乡土文学,如果要严格的赋予定义,我想是不

---

① 严家炎:《〈20世纪中国文学与区域文化丛书〉总序》,《理论与创作》1995年第1期。

② 刘绍棠:《建立北京的乡土文学》,《北京文学》1981年第1期。

③ 孙犁:《关于"乡土文学"》,《北京文艺》1981年第5期。

可能的，没有所谓'乡土文学'，用一种比较广泛的眼光来看，所有的文学作品都是乡土的，没有一件文学作品可以离开乡土，我看到的许多中外的文学作品，百分之九十九还是有它的乡土味，因为一个作家写东西，必须有一个立脚点，这个立脚点就是他的乡土。"①这和孙犁的看法如出一辙。孙犁的反对意见引来了许多论者的关注，金宏达在《论早期的"乡土文学"》一文中便针锋相对地提出乡土文学"是一种客观存在"，于20世纪20年代"就形成了一股文学潮流"，此后更是涌现出众多的乡土作家和作品来。接着赵遐秋、曾庆瑞在1984年出版的《中国现代小说史》中也指出了这一观点的偏颇。而后李玉昆的《关于"乡土文学"的有无之争》则专门针对孙犁的说法，从历史源流和理论角度对此进行了一一批驳。孙犁的看法虽然偏颇，但引来的一场争论却让乡土文学更受人们的关注，也让乡土文学的概念更为明晰，与刘绍棠的提倡竟起到一致的效果，不禁让人想起新文学提倡之初的"双簧信"来，尽管有无心和有意之别，却有些异曲同工之妙。

虽然乡土文学的存在基本得到肯定，但就乡土文学是否为流派的问题又引起了争论。有论者将乡土文学理解为中国的一个乡土小说流派，这中间又有细微的差别。如黄雯的《论乡土文学的地域生活特色》②一文，直接将乡土文学等同于20年代的乡土小说写实派，而方丽萍的《乡土文学散论》虽亦认为乡土文学是"一种文学流派"，但其中包括了以废名为代表的"乡土文学抒情写意派"和受鲁迅影响的"乡土写实派"两个分支，前者由沈从文、孙犁、汪曾祺延续了下去，后者则有赵树理作为接班人。③ 不过大部分论者还是对这个概念作了区分，认为乡土文学既是世界文学的一个母题，指的是一种文学样式，同时又特指20年代的乡土小说写实派，和"山药蛋派"、"荷花淀派"一道可以"归入乡土文学这个大的文学母题之下"④。

我们不禁要思考，为何乡土文学发展了几十年，它的内涵与外延仍是众说纷纭、莫衷一是，无怪乎会引起诸多争论，甚至连存在的意义都曾被否认。要理清这

---

① 转引自王淑秧：《海峡两岸"乡土文学"比较》，《小说评论》1990年第2期。
② 黄雯：《论乡土文学的地域生活特色》，《贵州民族学院学报（社会科学版）》1997年第1期。
③ 方丽萍：《乡土文学散论》，《青海师专学报》1999年第2期。
④ 杨文忠：《同一历史问题的不同时代表现——乡土文学派与山药蛋派的比较研究》，《河南师范大学学报（哲学社会科学版）》1999年第6期。

一纷繁复杂的概念,先要为它正名。不论是从共时还是历时的角度来看,对于这一文学现象的命名都未曾有过完全的统一,"乡土小说"、"农村题材小说"、"乡村小说"等命名的迥异,显示的是"名"下不同的文化内涵。早在 20 世纪 30 年代,鲁迅和茅盾等人就已经使用了"乡土文学"这一批评术语进行文学研究,而随着政治形势的发展,"乡土文学"的概念逐渐地为"农村题材文学"所取代,地域色彩淡化而政治色彩更为浓厚。经历过长时间的迂回徘徊,20 世纪 80 年代初期,随着"新时期"的来临,对于乡土文学的研究又得以重新开展,这个开端其实也是从"农村题材文学"到"乡土文学"的复归。也有论者在文学批评时使用了"乡村小说"这一术语,与"乡土小说"实际上已经相通,如赵园的《地之子:乡村小说与农民文化》(北京十月文艺出版社 1993 年版)。但也有论者对"乡土"的提法不以为然,段崇轩在《农村小说:概念与内涵的演进》一文中指出:"乡土小说虽然也可以写得深邃、博大,像鲁迅、茅盾的小说,但它毕竟强调的是'乡土性',并依此为创作宗旨。概念确切,可内涵较为狭窄。"①他提出了一个自认为更有弹性、涵盖更广的"乡村小说"的概念,并不遗余力地加以提倡,撰写了不少关于乡村小说的研究文章。然而乡村小说是否真如他所说的那样比以往所有的概念都更准确、更文学,恐怕还是有些一叶障目了。乡村往往让人联想到诗意的田园生活,很难将农村改革的艰难曲折和它联系在一起,也很难将更为厚重的文化意义赋予在它身上。综合各方面的因素看来,还是乡土小说最能够担此重任,也最为研究者所接受。

　　对于乡土小说的评论与研究,早在 20 世纪 20 年代张定璜对鲁迅的批评中便初见端倪。在国家民族低迷黑暗的时期,真切关注现实的乡土小说自然容易受到人们的重视。早期的乡土小说理论便显示出了杂色的样貌,鲁迅开创的乡土小说理论着重于知识者的乡愁与理性精神的冲突,周作人的乡土小说理论则从民俗学的视角关注着乡土小说中的风俗画面,而茅盾的乡土小说理论以对农民、农村问题的重视成为新中国成立以后一家独大的理论模式。到了"新时期",随着人们理论视野的开阔,"乡土文学"这一批评概念的内涵与外延都有了较大的拓展。鲁迅关

---

　　①　文章刊载于《晋阳学刊》1997 年第 1 期,标题中的"农村小说"是一个模糊的概念,用以涵盖这个范畴中的各种概念,而其中的"乡村小说"是作者所推崇的概念。

于乡土文学的著名论断引出了几十年的歧见,"新时期"的研究者们对于乡土小说的理解,也是从这歧见里开始的。

鲁迅在《〈中国新文学大系〉小说二集序》中解释何谓"侨寓文学"时说:"侨寓的只是作者自己,却不是这作者所写的文章"①,有论者理解为早期乡土小说家与城市、现代文明的格格不入,一味地"逃避现实,回归田园",小说中因而"缺乏现代文明和进步思想的烛照"②。但更多人的理解还是乡土小说家们离开故乡来到城市之后,反而获得了一种以现代文明重新审视传统文化的新视角,乡情与理性的冲突是他们最主要的创作心态。对于"异域情调"的理解也产生了分歧,有论者认为这是指作家的乡土风情在外地人眼中的印象,因此几乎等同于"地方特色"。亦有论者认为"异域情调"指的是"侨民文学"的特点,侨寓的作家所写的主要是怀乡之作,"并无闲情逸致猎奇异域风情"③。其实相对于读者的角度,乡土小说家对于故乡风土人情的描绘自然是一幅异域风情的图景,但此"异域风情"却是不同于鲁迅笔下的"异域风情"了。

乡土小说的内涵,也就是其根本的特质究竟是什么,"新时期"的批评家们纷纷给出了自己的答案。有论者认为,所谓乡土小说,就应着力于对地方风光的描绘,风俗习惯的展示,特殊心理气质、情感的刻画,再现出大时代、大社会的流动和发展。认为乡土小说是"真切地展现作者故乡(农村或小乡镇)的风土、人情、民俗,寄托表现作者的乡思、乡情、乡愁,深刻反映农民的历史和现实命运的作品"④。有论者则对乡土文学做了这样的界定:"所谓'乡土文学',简单说来,就是作家描绘自己所熟悉的地方(主要是故乡农村或小市镇)的人物和环境,在环境描写中特别地注意风物、风俗和心理的特异性的渲染,具有比较浓厚的地方色彩及氛围,因而能特别真切地展示出一个地方的生活风貌的文学作品。"⑤这样的阐述还有许多,就不

---

① 鲁迅:《〈中国新文学大系〉小说二集序》,《鲁迅全集》(第 6 卷),人民文学出版社 1981 年版,第247 页。

② 金汉:《中国乡土小说的艺术新变——"新乡土小说"论》,《浙江师大学报(哲学社科版)》1993 年第 4 期。

③ 春荣:《新时期的乡土文学》,辽宁大学出版社 1986 年版,第 5 页。

④ 陈昭明:《乡土文学:一个独具审美特质的文种》,《小说评论》1993 年第 2 期。

⑤ 金宏达:《论早期的"乡土文学"》,《中国现代文学研究丛刊》1982 年第 1 期。

一一赘述,总结起来主要分为以下几个方面:

从描写的内容方面看,一是要有地方色彩、风俗画面的描绘,这是乡土小说的一层底色,少了它也就变了味,如论者在描述20世纪20年代乡土文学时,就认为其最显著的特点"是描绘了一幅幅栩栩如生的乡镇生活风俗画"①。有论者表达了同样的观点,认为"乡土文学的核心是乡土气息或地方色彩,亦即某一地域内特殊自然景观、风俗习惯、人文精神等的圆整和合,是特定生存状态和精神现象组成的特有情状"②。二是要有广阔的社会历史、农民命运的描写,小说的思想内容才见深度。如有论者认为,乡土小说要通过对特定地域生活的描摹,再现时代社会风貌,"作者通过对故乡这一特定地域的描写来展示社会时代的流动和变化,从而使乡土文学本身具有了社会性、时代性和人民性"③。

从作者的精神情感方面看,一是要有恋乡、思乡之情的表现,有了作者乡情的倾注,小说的风俗画才被赋予了灵性。有论者对乡情推崇到极致,高呼"真正的乡土文学的创作,乡情是它的动力,是它的灵魂,是它的最根本特征"④。二是要有现代理性的审视眼光,对于传统、民俗、国民性不能一味认同,还要有理性的批判精神与反思意识。乐黛云在描述"五四"乡土文学时,便指出其实质是"觉醒了的现代作家,以西方文化作为参照体系,对本土文化进行的历史的'反观'与'反思'"⑤。黄万华在《乡土文学与现代意识》中也认为,作者对于现代意识的把握才使乡土小说与古典的田园文学区别开来。⑥

乡土小说的外延由这一批评术语所适用的对象构成,内涵越丰富,外延反而越狭小。就时间范围来说,一般而言,人们认为鲁迅是乡土小说的开创者,却也有人将古典时期的方言小说纳入了这一范围,如清末用苏州方言写就的《海上花列传》,

---

① 王扬泽:《〈地之子〉与二十年代的乡土文学》,《中国现代文学研究丛刊》1983年4期。
② 夏子:《本世纪中国乡土文学的主题变奏》,《中国文学研究》1998年第2期。
③ 胡炳章:《乡土文学生命力考察》,《吉首大学学报(社会科学版)》1990年第3期。
④ 刘一友:《论沈从文的乡情及其〈边城〉创作——兼谈乡土文学的基本特征》,《吉首大学学报(社会科学版)》1985年第3期。
⑤ 乐黛云:《"乡土文学"研究的新收获——读杜惠荣、王鸿儒〈蹇先艾评传〉》,《中国现代文学研究丛刊》1987年第2期。
⑥ 黄万华:《乡土文学与现代意识》,《中国现代文学研究丛刊》1988年第2期。

有论者便评述道"作为乡土（方言）文学，却独树一帜"①。而 20 世纪 40 年代至中华人民共和国成立后一段时间的农村题材小说，因其与二三十年代的乡土小说思想、艺术上的迥异，许多论者便将这些小说排除在了乡土小说之外，但也有不少论者将其作为乡土小说发展的变调进行论述，勾勒出整个 20 世纪乡土小说发展的总的轮廓，这样弹性的处理对于乡土小说的研究来说或许更为有益些。就地域范围来看，乡土小说一般是描写作者的故乡农村或小市镇的小说，有论者认为具有乡土意识的某些城市小说也能够算入乡土小说的范畴，有论者对此进行了批驳，认为不应将民族文化心理结构的乡土意识作为界定乡土小说的标准。

20 世纪 80 年代中期，"寻根小说"的出现使得乡土小说理论又大为拓展，乡土小说不再是仅仅隐现着乡愁，而是自觉地对于民族之源的追溯和民族精神的追寻。"寻根"理论的建立主要由一群小说家来完成，他们一面进行创作上的努力，一面又以理论的构建为小说做出注解，或者也可以说他们的创作才是如此宏大的"寻根"的一个注脚。韩少功的《文学的"根"》历来被视作"寻根小说"的宣言，"文学有'根'，文学之'根'应深植于民族传说文化的土壤里，根不深，则叶难茂"②。李杭育在《理一理我们的根》一文中亦指出，"民族文化的精华，更多地保留在中原规范之外。规范的、传统的'根'，大都枯死了"③，民间的沃土里才根植着一直为人所忽视却需要的根。阿城也认为，中国文学要与世界对话，需要的是"强大的、独特的文化限制"④。郑义在《跨越文化断裂带》一文中指出，民族文化在"五四"时期就隔断了，只有"跨越民族文化之断裂带"，我们的文学才能真正走向世界。⑤ 自鲁迅以来，乡土小说对于传统一直持有理性审视的批判态度，而"寻根小说"的集体宣言似乎一反批判国民劣根性的传统，要挖掘民族文化的"优根"来，因此也引来不少批评与质疑。有论者认为，"五四"运动并未切断传统文化，"文化断裂带"的提法本身就很可疑，"寻根小说"的提倡者对于传统文化的维护"体现的也不过是一种狭隘的民族意

---

① 秦欣邨：《乡土文学说略》，《文艺评论》1984 年第 1 期。
② 韩少功：《文学的"根"》，《作家》1985 年第 6 期。
③ 李杭育：《理一理我们的根》，《作家》1985 年第 6 期。
④ 阿城：《文化制约着人类》，《文艺报》1985 年 7 月 6 日。
⑤ 郑义：《跨越文化断裂带》，《文艺报》1985 年 7 月 13 日。

识"，会导致对外"排拒"、对内"复古"的偏狭。① 这样的忧虑看似不无道理，实则没有认识到"寻根"的本质，也没有认识到"复古"背后往往意味着革新。李庆西对这些批评进行了回应，认为"寻根"本质上是"反文化的回归"，不仅是对传统的继承，也受到西方思潮的影响，中国文化就在这碰撞之中产生了"自我否定和再生的力量"②。关于"寻根"理论的激烈争论，不论孰是孰非，终归对于文学的发展、理论的进步产生了积极的作用。正如季红真所说的那样，文化寻根以"文化"作为契机"加快了文学的艺术嬗变与文艺理论与批评的学术回归"③。

由此可见，"新时期"乡土文学的复归并非仅仅是 20 世纪二三十年代的重复。一方面，新一代的研究者们踩在前人的肩膀上眼光看得更加长远，复归其实也是一次重新阐释，"乡土文学"的内涵与外延都更为明晰；另一方面，乡土小说创作的发展又会对理论进行新的补充和修正，对乡土小说的研究起到反哺作用，特别是"寻根小说"的出现令"乡土文学"攀上了另一座丝毫不逊于前人的高峰，使得人们对于乡土小说的认识又得以深化。一个简单的批评概念，其后是我们对于整个事物最本质的把握，厘清了"乡土文学"这一概念在这一时期的拓展，也就明白了"乡土文学"的研究发展这 20 年走过了怎样的路途。

三、研究方法的拓展

长期以来，人们的思维往往被极"左"思潮禁锢，以辩证唯物主义之名，行主观唯心主义之实。随着这一枷锁的打破，中国大陆兴起了思想解放的浪潮，一场关于真理标准问题的大讨论也使得实事求是的原则深入人心。然而思想的解放毕竟不可能一蹴而就，阶级性、人民性这些概念长久以来占据了人们的意识，思维无形之中已经有了某种定势，一时间还难以转换过来。阶级分析、庸俗社会主义的批评方法并非到了"新时期"就能一夜间消逝无形，至少在初期乡土小说的批评里仍然有残留的痕迹。如贾明生的《"山药蛋派"的灵魂是什么——兼谈社会主义现实主义》，便将社会主义现实主义看作"山药蛋派"的灵魂与本质，而对表现形式、文学技

---

① 张学军：《关于寻根文学的几点思考》，《山东社会科学》1988 年第 1 期。
② 李庆西：《寻根：回到事物本身》，《文学评论》1988 第 4 期。
③ 季红真：《文化"寻根"与当代文学》，《文艺研究》1989 第 2 期。

巧这些方面有些不以为然,目光不免被理论限制得有些偏狭。

　　20世纪70年代末至80年代初,"去政治化"成为这一阶段迫在眉睫的工作。批评界首先就文学批评标准问题展开了广泛而深入的讨论。长期以来,"政治标准第一,艺术标准第二"的说法在我国评论界一直拥有毋庸置疑的正确性,在此标准下阶级分析方法、庸俗社会主义理论大行其道。"新时期"来临,这一标准也开始受到广泛质疑,几年之内"为文艺正名"的文章层出不穷。1982年胡乔木在中央宣传部召集的思想战线问题座谈会上发表讲话,指出"把政治标准作为衡量文艺作品的第一标准的提法……究竟是不确切的,并且对于新中国成立以来的文艺的发展产生了不利的影响"①。至此,文艺与政治的缠绕局面终于趋向明朗,曾经被作为"第一"的政治标准逐渐向艺术标准偏移,文学批评开始向经典马克思主义和现实主义批评传统复归。

　　社会—历史批评方法自"五四"以来便在我国文艺界独占鳌头,1949年后很长一段时间却被滥用了。经过"新时期"之初的拨乱反正,这一批评方法焕发出新的生命力,仍有占据半壁江山之势。乡土小说的内容之一,便是通过对于特定地域风俗的描写展现出广阔的社会生活画卷,人们在对乡土小说进行批评研究时,社会—历史批评自然是十分便当的选择。真实性、倾向性和社会效果是它的主要评判尺度,如彭韵倩的《对变革时期农村生活的思考》一文,显然就是将能否"准确地反映变革进程"、"给人以启示"作为乡土小说好坏的评价标准。有论者以此方法对乡土小说作品的社会历史内容进行阐述,如周溶泉、徐应佩的《三十年代旧中国农村悲惨生活的缩影——读茅盾的〈春蚕〉、〈秋收〉和〈残冬〉》。也有论者对于乡土小说中的人物典型进行分析,如阎纲的《论陈奂生——什么是陈奂生性格》。

　　挣脱了政治的羁绊,批评家的主体性得到突显,承担的角色也相应地发生了转化。意识形态批评向审美批评转化,"审美"的问题开始进入研究视野,社会历史的广角镜头调整为对于文本的细腻聚焦,批评家对于乡土小说的语言艺术、结构艺术倾注了更多关注。乡土小说中的语言表达与审美情趣是不可分割的,文体学批评采用语言学的理论与方法来研究小说作品中的语言,同时注意揭示文学语言的审

---

① 胡乔木:《当前思想战线上的若干问题》,《文艺报》1982年第5期。

美效果。譬如钱立言的《试论刘绍棠小说的语言风格》(《文艺》1982 年第 1 期)、杨一冰的《略谈赵树理小说的语言美》(《杭州大学学报》1982 年第 1 期)都是从语言方面入手对刘绍棠、赵树理的小说进行审美观照。形式主义批评同样也更为重视作品的艺术魅力而不是作品所反映的社会历史的深广度。如林家平的《〈芙蓉镇〉的结构艺术》细致剖析了《芙蓉镇》"以人物为筋骨"、"以故事为血肉"的结构手法，小说中盘结着的大大小小的悬念以及巴尔扎克式的"浮雕式叙述"，现在看来或许有些普通，在历史文化批评占据主导地位的当时却是有反拨的作用，让更多人的注意力从内容转向了形式。

　　这一阶段最重要的贡献是对过去几十年的意识形态批评进行拨乱反正，虽无太大的突破性，但"去政治化"的诉求基本得到实现，也为新批评形态的出现做了理论上的准备。随着学术的回归，社会的、审美的、文化的多重方法都被先后引入乡土小说批评中，对于乡土小说的研究也从零敲碎打而至愈来愈成气候，一时竟蔚为大观。1985 年是文论界的"方法年"，就在这一年前后，西方文艺批评的理论与方法系统而全面地被引进来，不同理论的交锋形成了一个新的批评场域。系统论、信息论、控制论，这些自然科学的理论方法在文学批评中得到运用，如林兴宅的《论阿Q 性格系统》就是运用系统论的方法，对阿 Q 的性格进行新的阐释，引起了广泛的影响。比较文学的研究方法也大放异彩，程光炜、王丽丽的《沈从文与福克纳创作视角比较》从题材的选择、主题的设置和对人物命运的探索诸方面发掘了沈从文与福克纳的相通之处，而殷国明的《在不同的地平线上——梅里美和沈从文小说创作比较》也是研究沈从文的乡土小说，但因为比较对象的不同得出的结论也不一样。该文章将看似迥异的两位不同民族、时代的作家放在一起进行比较，认为两人的作品都揭露出现代文明之下的人生悲剧，转而在荒僻的净土里寻求人性的复归。殷国明认为："比较文学的方法为我们搭起了一座研究文学的桥梁，使我们能够……进一步了解各种文学之间历史的、美学的共同性和特殊性，使它们走向世界，成为各放异彩的世界共同的精神财产。"①

---

　　① 殷国明：《在不同的地平线上——梅里美和沈从文小说创作比较》，《新疆大学学报(哲学社会科学版)》1985 年第 3 期。

　　在众多的批评方法中,文化学批评在乡土小说的研究领域应用得最为广泛也取得了最为丰硕的成果。"乡土"一词本身就带有浓厚的文化意味,从文化的角度来考察、研究乡土小说的文化学批评在这一时期成绩斐然,是丝毫不用引以为怪的。乡土小说天然地与一个民族特定的文化心理息息相关,又与生养它的一方文化水土紧密相连,乡村的变迁中传统与现代文明的冲突也必然会在乡土小说中得到反映。20世纪80年代中期,寻根小说的兴起对乡土小说批评中文化角度的确立,起到了极大的促进作用。

　　具体来说,文化学批评在乡土小说研究中的运用,首先在文学现象、作品中探寻民族文化心理,如韩鲁华、厚土的《透视民族文化心理结构的艺术视觉——读李锐小说〈眼石〉等三篇》。乡土小说作者在特定民族文化环境中浸染,创作出的作品在审美意趣、叙述方式或是人物形象上,都或多或少会表现出民族文化的某些特质,而评论家便从对作品的体悟中对民族文化的心理进行剖析,以推动乡土小说,甚至是整个民族的发展。二是揭示乡土小说中的区域文化特色。区域文化视角是乡土文学研究中早已有之却又全新的研究视角,鲁迅早已认识到了乡土文学的地域色彩,但迟至此时这一点方才为人们所重视,并被赋予更重要的意义。宏大的东西方文明的碰撞被虚化为背景,镜头聚焦于作家们所受到的区域文化浸染,如巴蜀文化之于李劼人、湘楚文化之于韩少功等。区域文化研究看似远离了文学的范畴,实则能够帮助我们更好地理解小说的思想和意蕴。譬如四川乡土文学中,为何农民与知识分子形象在作家笔下十分边缘化,有权势之人反倒占据了文学舞台的中心? 这就要考虑到四川是一个封建色彩浓厚的内陆盆地,来自海洋的文明之风迟迟无法吹入。在军阀、官僚、地主、袍哥们的世界里,农民与知识分子在他们面前都显得如此孱弱无力。

　　关于乡土小说的地域文化研究这一时期成果尤其丰硕,一批专著与丛书的出版显示了这一时期地域文化研究的实绩。樊星的《当代文学与地域文化》(华中师范大学出版社1997年版)分为"北方文化的复兴"、"南方意识的崛起"和"城与城"这样三个篇章,其中前两篇主要为对于乡土文学的批评。作者以文化景观为底色,描画出各地域文学的斑斓多姿,齐鲁的悲怆、西北的雄奇、吴越的逍遥、巴蜀的灵气……虽限于篇幅未能进行深入的探讨,但能以寥寥笔墨的点染亦描摹出了各地文学的神韵所在,揭示出中国广袤大地上民族性的丰富与驳杂。由著名学者严家炎主编,经湖南教育出版社陆续出版了"二十世纪中国文学与区域文化丛书"。区域文化所涵括的内容自然不局限于乡土小说,但乡土小说的研究比重却占了其中的十之七八,如李继凯的《秦地小说与三秦文化》、刘洪涛的《湖南乡土文学与湘楚文化》等。这些著作虽然不能说都很成熟,但研究者们从区域文化的研究角度出发重新审视乡土小说,得出不少新颖的见解。说到"山药蛋派",人们往往想到"大众化文学"、"解放区文学"、"农民文学"这些固有标签,而朱晓进在《"山药蛋派"与三晋文化》一书中从地域文化的角度来研究这一流派,更加充分地揭示了其作为流派有别于其他的特色。逄增玉的《黑土地文化与东北作家群》以文化考古的方法推翻了东北无文化的成见,展现了一幅瑰丽的黑土地文化的画卷。作者对于"东北作家群"的考察不着眼于作家的流亡者身份或政治角色,而是以他们的文化心理为考察点,指出地域文化精神与作家文化心理存在的"同构"现象。千百年的日神文化精神、自由漂泊的渴望等,早已凝结为一种"集体无意识和文化无意识,潜移默化地渗透、积淀在一代代东北住民的心理结构中"[1],使他们挣脱枷锁,率先为了土地沦亡歌哭呐喊,最早写下反帝国主义的篇章。

　　研究方法的多元化在带来乡土小说批评繁荣的同时,也产生了一些不容忽视的负面效应。各色理论思潮的纷至沓来十分容易导致理论的滥用,这一个还没有完全消化,那一个已经摆在了眼前,只能是狼吞虎咽又浅尝辄止。对于西方文学理论的过度依赖也使乡土文学研究中的方法论问题凸显出来,中国的乡土小说自有其独特的民族特性,岂是西方文论能够框限的。然而我国的传统文论无法直接转化为今人所用,又没有自己的一套现代文学理论体系,一些批评家只能像海绵一样疯狂地吸收舶来的理论。李扬便指出,文学批评只是从"政治投机"转向了"方法论投机",批评家在意的往往是"通过'文学批评'给自己带来的'附加值'"[2]。我们所以要对于乡土小说的研究进行研究,便是要总结其中的经验教训,也期待着我国的乡土小说研究能够早日产生自己的完备理论。

---

①　逄增玉:《黑土地文化与东北作家群》,湖南教育出版社 1995 年版,第 37 页。
②　李扬:《对新时期文学批评的回顾与反思》,《广东社会科学》2010 年第 2 期。

第二节　"重写文学史"与乡土小说"大家"重评

　　20 世纪 80 年代,在解放思想、改革开放的大时代语境中,中国现当代文学研究领域出现了"重写文学史";20 世纪 90 年代,又出现了海外中国学者引发的"再解读"。前者的"重写"对象是 20 世纪 50 至 70 年代中国大陆学界确立的以左翼文学为主线的文学史叙述体系及其"文学史观";后者则以前者及其"重写"成果为"再解读"对象。"再解读"一般被看成对"重写文学史"的延伸与"反拨",是"重写文学史"思潮发展的新阶段。乡土小说"大家"重评是在包括"再解读"在内的"重写文学史"语境中进行的,也是"重写文学史"的重要组成部分。

　　"重写文学史"语出《上海文论》(现更名为《上海文化》)1988 年第 4 期的特设文论专栏名。① 在有关中国大陆 1980 年代的学术史研究中,"重写文学史"有"广义"和"狭义"两种用法。狭义的"重写文学史"专指《上海文论》1988 年第 4 期至 1989 年第 6 期的同名专栏及其推动的"重写"活动和系列文章。广义的"重写文学史"则指自 20 世纪 70 年代末开始盛行于中国现代文学与当代文学研究领域的"学术运动"或曰"学术思潮"。其发生发展的历史文化语境与知识资源有五:第一,"文革"后,政治上的解放思想和拨乱反正给学术研究领域带来了比较宽松的气氛和活跃的思想;主流意识形态对文艺的相对独立性的有限肯定引发了人们对于文学史写作的历史反思,相对自由的思想空间为"重写文学史"提供了可能性。另一方面,"重写文学史"也可以说是一种时代政治诉求在文学研究中的反映。毛时安即言:"'重写文学史'专栏的筹划和出台,并不是出于编辑部的心血来潮,更不是某个人灵感和机智的产物。它出台的基本背景是十一届三中全会以来党的拨乱反正、改革开放的一系列方针政策。""要彻底否定'文化大革命'就必然要重写文学史。重写文学史是党的十一届三中全会路线在文学研究领域的逻辑必然。"②此言道出了

---

　　① 　由陈思和、王晓明和毛时安共同拟定。参见王晓明、杨庆祥《历史视野中的"重写文学史"》(《南方文坛》2009 年第 3 期)中的有关论述。

　　② 　毛时安:《不断深化对文学史的认识——"重写文学史"专栏编后絮语》,《上海文论》1989 年第 6 期。

"重写文学史"本身的政治实践意义。第二,李泽厚在《中国现代思想史论》中提出"救亡压倒启蒙",认为"历史的解释者自身应站在现时代的基地上意识到自身的历史性,突破陈旧传统的束缚,搬进来或创造出新的语言,词汇、概念、思维模式、表达方法、怀疑精神、批判态度,来'重新估定一切价值分',只有这样,才可能真正去继承,解释、批判和发展传统"①。"救亡压倒启蒙"说,推动了学术界对改良与革命、"告别革命"、辛亥革命及激进主义的讨论,也推动了中国现当代文学研究者的"重写文学史"。第三,刘再复的《文学研究应以人为中心》、《论文学的主体性》等论文。刘再复认为,长期以来的庸俗阶级斗争论和直观反映论使得文学批评的参照系统主要是政治背景,现当代文学应该突破这一思维定式而重新改写。第四,美籍华裔学者夏志清的《中国现代小说史》被译介到中国大陆。夏志清对张爱玲、沈从文和钱锺书等人的发现与推崇,影响了相当一部分现代文学的研究者,成为"重写文学史"学术实践的重要推动力之一。第五,英美"新批评"等西方文艺理论的大量引进,促进了中国文学批评的"现代化",为"重写文学史"提供了重要的理论资源。由此观之,"重写文学史"不是孤立的心血来潮式的创新冲动,而是"文革"后中国社会政治、思想、文化与文学等多方面联动变化的结果。

"重写文学史"的"重写"策略,主要有三点:第一,"整体观":不仅要将近代、现代与当代文学"打通",而且"要把'20 世纪中国文学'作为不可分割的有机进程来把握",这是因为"对 20 世纪整个中国文学的发展来说,许多根本的规定性是一致的"②,而"人们习惯于以政治的标准对待文学,把新文学史拦腰截断,形成了'现代文学'与'当代文学'的概念。这实际上是一种人为的划分,它使两个阶段的文学都不能形成一个各自完整的整体,妨碍了人们对新文学史的进一步研究"③。第二,"主体性":"重写文学史"强调研究者要从自己的阅读感受出发,而不是依从外在的概念,重视研究者的主体意识,"研究者精神世界的无限丰富性,必然导致文学史研究的多元化态势"④。第三,"审美性":在"重写文学史"专栏的发刊词中,王晓明与

---

① 李泽厚:《中国现代思想史论》,东方出版社 1987 年版,第 47 页。
② 陈平原、钱理群、黄子平:《"20 世纪中国文学"三人谈·缘起》,《读书》1985 年第 10 期。
③ 陈思和:《新文学史研究中的整体观》,《复旦学报(社会科学版)》1985 年第 3 期。
④ 陈思和:《关于重写文学史专栏的对话》,《上海文论》1989 年第 6 期。

陈思和的开篇声明就是"审美性",认为"重写文学史"绝非仅仅是单纯编年式的史的材料罗列,"也包含了审美层次上的对文学作品的阐发批评"①。后来又提出"本专栏反思的对象,是长期以来支配我们文学史研究的一种流行观点,即那种仅仅以庸俗社会学和狭隘的而非广义的政治标准来衡量一切文学现象,并以此来代替或排斥艺术审美评论的史论观"②。在实际运用中,这三种"重写"策略因研究者的不同而有所变化。

在20世纪80年代的"重写文学史"思潮中,乡土文学研究领域出现了一批有新见有分量有影响的研究成果,如春荣的《新时期的乡土文学》(辽宁大学出版社1986年版)、陈继会的《理性的消长——中国乡土小说综论》(中原农民出版社1989年版)、刘绍棠的《乡土文学四十年》(文化艺术出版社1990年版)、丁帆的《中国乡土小说史论》(江苏文艺出版社1992年版)、严家炎主编的"20世纪文学与区域文化丛书"等。

20世纪90年代的"再解读"旨在运用西方20世纪60年代之后的结构主义、后结构主义、精神分析、后殖民理论、后现代主义、女性主义、西方马克思主义等各种文化理论,对20世纪40年代至70年代的中国文学"经典"以及80年代重要作家作品进行"重读"。这种"再解读"或曰"重读","侧重探讨文学文本的结构方式、修辞特性和意识形态运作的轨迹,对于突破社会—历史—美学批评和'新批评'这种上世纪80年代'主流'批评样式,把文学研究推向更具体深入的层面,产生了较大影响"③。"再解读"的代表性著述有唐小兵主编的《再解读——大众文艺与意识形态》(香港牛津大学出版社1993年版)、黄子平的《革命·历史·小说》(香港牛津大学出版社1996年版)、李扬的《抗争宿命之路——"社会主义现实主义"(1942—1976)研究》(时代文艺出版社1993年版)、王晓明主编的《批评空间的开创:二十世纪中国文学研究》(东方出版中心1998年版)等。

在包括"再解读"在内的"重写文学史"的学术热潮中,对乡土作家特别是一些乡土大作家进行"重评"也是题中之义。随着研究者们不同视点、方法和识见的"重

---

① 陈思和、王晓明:《主持人的话》,《上海文论》1988年第4期。
② 陈思和、王晓明:《主持人的话》,《上海文论》1989年第5期。
③ 贺桂梅:《"再解读":文本分析和历史解构》,《海南师范学院学报(社会科学版)》2004年第1期。

评",一些乡土作家在文学史上的地位发生了戏剧性的变化,有些作家的文学史地位得到相当大的提高,如废名、沈从文、孙犁等;有些作家的文学史地位有所下降,如柳青、浩然等;有些作家则得到越来越深入也充满歧见的评价,如鲁迅、丁玲等;对茅盾、赵树理、刘绍棠、周立波等乡土大家的研究视角也逐渐变得开阔多样。

一、鲁迅乡土小说重评

鲁迅是中国现代小说的开创者,也是中国乡土小说的开创者。鲁迅写于"五四"前后的《孔乙己》、《风波》、《故乡》、《阿 Q 正传》、《祝福》等,是现代中国最早的乡土小说,这些作品为后来的乡土作家建立了规范;鲁迅是现代中国最早讨论"乡土文学"者之一,其对"乡土文学"的理论阐述,几已成为中国乡土小说理论的"元理论"。鲁迅还扶持和影响了一批乡土小说家,如许杰、台静农、王鲁彦、蹇先艾、许钦文、彭家煌、萧红、萧军等。蹇先艾曾说:"事实告诉我们:二十年代和三十年代的作者,尤其是北京的青年们,多数是在鲁迅的扶植下,或者受了他的小说的熏陶才从事写作的。实际上鲁迅就是一位最早的乡土文学作家。"①鲁迅这位"最早的乡土文学作家"也是最早受到人们的关注和研究。如果从 1913 年《小说月报》的编者恽铁樵(焦木)评点鲁迅的文言小说《怀旧》开始算起,鲁迅研究至今已有一百多年的历史。在这一百多年中,中外学者发表了难以计数的鲁迅研究文章,出版了海量的鲁迅研究著作。在不同时期、不同国度、不同研究者、基于不同研究动机的"鲁研"中,历史上的那个鲁迅变成了各个不同的"学术鲁迅",真可谓"有一千个研究者就有一千个鲁迅"。

在中国大陆,已逾百年的鲁迅研究还在继续进行之中,鲁迅研究之研究也早已开始,最有分量的研究成果当推鲁迅研究专家王富仁所著《中国鲁迅研究的历史与现状》。在这部鲁迅研究之研究的专著中,王富仁将 1913—1989 年的鲁迅研究分为四个大的历史时期:第一,鲁迅研究的奠基期(1913—1928),本时期研究的重心在鲁迅前期的小说,特别是《呐喊》。本时期的研究派别主要有以傅斯年、吴虞、周作人、茅盾、张定璜为代表的社会人生派批评,以成仿吾为代表的青年浪漫派批评,

①　蹇先艾:《我所理解的"乡土文学"》,《中国现代文学研究丛刊》1985 年第 1 期。

以陈西滢为代表的对立批评。本时期,对中国鲁迅研究做出了实际贡献的主要是社会人生派的批评。第二,鲁迅研究的形成期(1928—1949),本时期主要有三个研究流派。其一,马克思主义学派,本时期马克思主义学派的鲁迅研究经历了三个不同的发展阶段:一是在 1928 年的"革命文学"论争中,以郭沫若、成仿吾、冯乃超等为代表的中国青年马克思主义理论派对鲁迅的否定;二是左联时期以瞿秋白、冯雪峰为代表的马克思主义务实派对鲁迅的肯定;三是鲁迅逝世后至 20 世纪 40 年代以毛泽东为代表的政治家对鲁迅的崇高评价。本时期,以胡风为代表的马克思主义精神启蒙派的鲁迅研究也有所成就。其二,人生—艺术派,主要活动在 20 世纪三四十年代,以李长之等人的鲁迅研究为代表。其三,自英、美归国的自由主义知识分子派,主要活动在 20 世纪三四十年代,以梁实秋、苏雪林、闻一多等为代表。第三,鲁迅研究的毛泽东思想统帅期(1949—1976),本时期中国大陆鲁迅研究的最显著特征就是明确肯定并公开承认毛泽东思想在鲁迅研究中的指导地位,并在毛泽东思想的价值体系中分析与评判鲁迅思想及创作的历史价值。在统一的思想旗帜下,又存在两个实际有很大差异的研究倾向或派别:其一,理论派研究,在继承瞿秋白、毛泽东 20 世纪三四十年代的理论观点的基础上又有所发展,但发展不大并很快僵化,这种僵化的理论在"文革"中完全成了政治权力的附庸,失去了它自身的理论价值和实践意义;其二,学术派研究,以学院派为核心的学术研究取得的成就最大,构成了中国鲁迅研究新的繁荣局面。第四,鲁迅研究的"新时期"(1976—1989),本时期的鲁迅研究最显著的特点是不同鲁迅研究学派的出现,主要有五:其一,马克思主义正统派的鲁迅研究;其二,启蒙主义派的鲁迅研究,如王富仁的《中国反封建思想革命的一面镜子——〈呐喊〉、〈彷徨〉综论》;其三,人生哲学派的鲁迅研究,如汪晖的《反抗绝望》;其四,三四十年代英美派自由主义知识分子鲁迅观的重新活跃;其五,中国的先锋派鲁迅研究,如戈宝权的《鲁迅在世界文学史上的地位》、王富仁的《鲁迅前期小说与俄罗斯文学》、吕俊华的《论阿 Q 精神胜利法的哲理和心理内涵》、林兴宅的《论阿 Q 的性格系统》等。① 20 世纪 90 年代以来,中国大陆的鲁迅研究出现了新的变化,学术界从多个角度向鲁迅世界深度掘进:第一,思

---

① 详见王富仁:《中国鲁迅研究的历史与现状》,浙江人民出版社 1999 年版。

想史角度,如王乾坤的《由中间寻找无限》和《鲁迅的生命哲学》等;第二,精神分析与心理学角度,如吴俊的《鲁迅个性心理研究》、王彬彬的《鲁迅的晚年情怀》;第三,文化学角度,如朱晓进的《历史转换期文化启示录》、郑欣淼的《鲁迅与宗教文化》;第四,比较文学角度,如姚锡佩的《现代西方哲学在鲁迅藏书和创作中的反映》;第五,文本形式角度,如叶世祥的《鲁迅小说的形式意义》、谭君强的《叙述的力量——鲁迅小说叙事研究》等;第六,考据学角度,如赵英的《籍海探珍》、朱金顺的《新文学考据举隅》等。①　总的来看,20世纪90年代以来的鲁迅研究比较沉寂,也比较多元,虽然其"显学"地位不再,但在沉静中仍然以较大规模拓展,出现了全球化趋势。

在上文所述的百年鲁迅研究中,从乡土小说角度研究鲁迅是最为薄弱的,即如贾植芳所言:"鲁迅是中国现代乡土文学的开拓者已成为人们的共识,然而从乡土文学的角度研究鲁迅的小说创作却不多见。"②20世纪八九十年代,从乡土小说或乡土文学角度研究鲁迅小说的论著有春荣的《新时期的乡土文学》(辽宁大学出版社1986年版)、严家炎的《中国现代小说流派史》(人民文学出版社1989年版)、陈继会的《理性的消长——中国乡土小说综论》(中原农民出版社1989年版)、刘绍棠的《乡土文学四十年》(文化艺术出版社1990年版)、丁帆的《中国乡土小说史论》(江苏文艺出版社1992年版)等不多的几部;从乡土小说或乡土文学角度研究鲁迅小说的论文也不多,在篇名或研究主题中明确标出"鲁迅"、"乡土小说"或"乡土文学"的论文,发表于20世纪80年代的主要有钱英才的《鲁迅与许钦文——"鲁迅与浙江乡土文学"研究之一》(1981)、金宏达的《论早期的"乡土文学"》(1982)、郝胜道的《"乡土文学"的提法不是鲁迅最先使用的》(1985)、赵学勇的《鲁迅·乡土文学·"生命"主题》(1986)、李玉昆的《鲁迅——乡土文学的奠基者》(1986)、李彪的《鲁迅小说的乡土特色与同期某些乡土小说之比较》和《鲁迅小说的乡土特色与同期某些乡土小说之比较》(1987)、张云龙的《〈呐喊〉、〈彷徨〉与乡土精神——鲁迅小说艺术生命探析之一》(1988)、王景山的《鲁迅是"民族派",还是"西洋派"?——兼论鲁迅

---

① 详见王家平:《20世纪八九十年代鲁迅研究的生态系统》,《首都师范大学学报(社会科学版)》2002年第4期。

② 贾植芳:《〈放逐与回归:中国现代乡土文学论〉序一》,详见杨剑龙《放逐与回归:中国现代乡土文学论》,上海书店出版社1995年版,第1页。

和乡土文学并和山口守先生商榷》(1988)等；发表于20世纪90年代的主要有丁帆的《鲁迅乡土小说的理性批判意识和悲剧意识》、《"乡土文学派"小说主题与技巧的再认识》和《乡土小说悲喜剧转换的历程》(1992)、成则的《鲁迅小说与台湾乡土文学》(1992)、孙丽玲的《鲁迅乡土小说与茅盾农村三部曲比较研究》(1993)、杨剑龙的《反讽：鲁迅乡土小说的独特魅力》(1994)、《论鲁迅的乡土小说与文化批判》(1995)、《论鲁迅乡土小说的民俗色彩》(1996)、范家进的《"双向隔膜"的发现和"双向批判"的开展——鲁迅乡土小说研究》(1998)、《民间的迷妄与"狂欢"——鲁迅乡土小说研究之二》(1998)、刘伯贤的《两位各呈异彩的乡土文学大师——鲁迅、沈从文的乡土作品比较论》(1998)、范钦林的《现实主义乡土小说的两地先驱——鲁迅、赖和乡土小说比较论》(1999)等。这些论著和论文共同形成了鲁迅乡土小说研究的"黄金期"。

20世纪八九十年代的鲁迅乡土小说研究，主要从四个方面展开：其一，鲁迅的乡土小说理论，鲁迅所写的《〈中国新文学大系〉小说二集序》中有关乡土文学的论述成为阐释的主要对象，鲁迅在这篇著名的序言（导言）中所提到的"乡土文学"、"侨寓文学"、"乡愁"、"异域情调"等成为论者阐发的关键词；其二，鲁迅的乡土小说创作，从题材、主题、人物形象、民俗风情、小说形式、创作方法等多个方面展开研究，既同一般的鲁迅研究、鲁迅小说研究有所交集，又因围绕"乡土文学"、"乡土小说"进行而有所区别；其三，鲁迅乡土小说与中外文学和文化之间的关系，研究得较多的是鲁迅乡土小说与外国文学和文化之间的关系，亦有少量文章论析鲁迅乡土小说与宗教之间的关系；其四，鲁迅乡土小说的影响，一是对"五四"乡土小说的影响，二是对20世纪三四十年代左翼乡土小说的影响，三是对"新时期"乡土小说的影响。这四个方面的研究，角度多样，方法多样，把鲁迅乡土小说研究推到了较高的理论境界。

这里仅对严家炎的《中国现代小说流派史》和丁帆的《中国乡土小说史论》两部专著中的鲁迅乡土小说研究略作评述。严家炎的《中国现代小说流派史》认为，鲁迅乡土小说"具有生活本身那种迷人的丰富性和生动性"，"在内容上具有难以比拟的深刻性"，"在艺术上是真正圆熟的，是丰富而又单纯的，达到了真正有意境这样一种很高的审美境界"①,这些特点对中国现代文学初期的乡土小说流派的形成具有示范作用。严家炎是从"小说流派"角度来研究鲁迅乡土小说的,其对鲁迅乡土小说特征的把握,在早期乡土小说流派形成中的作用的分析,既前无古人又十分准确而独到。严家炎的这些观点,对后来者的研究产生了深远的影响。丁帆的《中国乡土小说史论》从三个方面对鲁迅乡土小说展开研究:其一,关于鲁迅的乡土小说观念,该书认为"鲁迅是较早提出'乡土文学'这一术语的",但直到 1935 年"给《中国新文学大系·小说二集》作序时才正式提出'乡土文学'这一概念";认为鲁迅对"乡土文学"所作界定中的"凡在北京"是泛概念,指离开故乡走向都市和世界的一代知识分子;"侨寓文学"不同于勃兰兑斯的"侨民文学";"乡愁"应是"博大的人道主义胸怀";"异域情调"是"乡土文学"的重要特征。② 这些精到的论述不仅出现得比较早,而且应该是贴近鲁迅本意的。其二,鲁迅乡土小说创作,有几个特点:一是批判与同情的背反,根源于创作主体的复杂性,也影响到小说艺术价值的高低,《阿Q正传》等小说以理性批判见长,《故乡》、《祝福》等小说更多同情怜悯,批判色彩也就较弱;二是鲁迅乡土小说有"强烈的地方色彩"和"异域情调";三是创作方法多样,以现实主义创作方法为主,兼用象征主义、表现主义等现代派创作方法,在具体的叙事技巧上也有开拓创新。③ 其三,鲁迅乡土小说具有一种现代悲喜剧精神特征,这与叔本华、尼采哲学思想的影响有关。④ 总之,鲁迅乡土小说是早期中国乡土小说的最高成就,成为中国乡土小说的"被模仿式"。同本时期鲁迅研究的主潮一样,鲁迅乡土小说研究在借助鲁迅的威名确立"乡土小说"这个独特的"文种"或"研究领域"的同时,也用充满内在矛盾的"孤独鲁迅""重写"了"至圣先师鲁迅",用"启蒙鲁迅""重写"了"革命鲁迅"。

二、茅盾乡土小说重评

茅盾同鲁迅一样,是中国现代小说的开创者,也是中国乡土小说的倡导者和践

---

① 　严家炎:《中国现代小说流派史》,人民文学出版社 1989 年版,第 49—50 页。
② 　详见丁帆:《中国乡土小说史论》,江苏文艺出版社 1992 年版,第 15—18 页。
③ 　详见丁帆:《中国乡土小说史论》,江苏文艺出版社 1992 年版,第 36—43 页。
④ 　详见丁帆:《中国乡土小说史论》,江苏文艺出版社 1992 年版,第 235—243 页。

行者。茅盾创作的《泥泞》、《小巫》、"农村三部曲"(《春蚕》、《秋收》、《残冬》)、《水藻行》以及《林家铺子》、《当铺前》等小说,都可谓名篇佳作,被人们视为"社会剖析派"乡土小说的代表。在具体研究茅盾乡土小说批评与研究之前,先简述近百年来的茅盾研究历史与现状。

中国茅盾研究始于 20 世纪 20 年代,至今已近百年。茅盾研究专家叶子铭、丁帆在《茅盾研究的回顾与展望》中,将 1928—1994 年的中国茅盾研究划分为三个时期:第一,茅盾作品的评论时期(1928—1949),多为同时代人(作家、评论家、读者)的跟踪评论,以单篇的作家、作品评论为主,而且集中在对名篇、名著的评论分析上;本时期的评论研究基本上确立了茅盾在中国现代文学史、文化史上的重要地位和影响。第二,茅盾研究的建设与停滞时期(1949—1976),主要特点有三:一是茅盾研究基本上是结合大中学校的现代文学教学来进行的,所以仍然以对名篇、名著的评论为主;二是出版了一批综合性的茅盾研究专著,如邵伯周的《茅盾的文学道路》(1959)、叶子铭的《论茅盾四十年的文学道路》(1959)等;三是开始搜集整理茅盾著作与研究资料。"文革"期间,茅盾研究完全陷入停顿状态。第三,茅盾研究的重振期与持续发展期(1977—1994),这是茅盾研究发展最快,成果也最丰富,同时又遇到困境与挑战的重要历史时期。其中,1977—1983 年为恢复与重评阶段;1955—1988 年为发展与深化阶段,这一阶段的主要成果有搜集、整理与发掘茅盾研究资料,整理出版茅盾著作,不断扩大茅盾研究领域,形成不同观点之间进行学术争鸣的风气,加强国际性学术交流;1988—1994 年为持续发展与回落阶段,特别是进入 20 世纪 90 年代初期以来,茅盾研究逐步进入一个新的"低谷期"。① 这与中国政治、经济、思想、文化的大气候的变化有关。

在 20 世纪 80 年代末《上海文论》掀起的"重写文学史"(亦即前述狭义的"重写文学史")热潮中,茅盾的一些作品在"重读"、"重写"的旗帜下遭到前所未有的贬抑和否定。对茅盾及其以《子夜》为代表的作品进行否定性评价的文章有蓝棣之的《一份高级形式的社会文件——重评〈子夜〉》、王晓明的《一个引人深思的矛盾——论茅盾的小说创作》、汪晖的《关于〈子夜〉的几个问题》、徐循华的《对中国现当代长

---

① 详见叶子铭、丁帆:《茅盾研究的回顾与展望》,《中国现代文学研究丛刊》1995 年第 2 期。

篇小说的一个形式考察——关于〈子夜〉模式》和《诱惑与困境——重读〈子夜〉》等。蓝棣之认为《子夜》的伟大主题与其艺术魅力相分离,"是一部过于笨重的使人望而生畏的作品",是一部没有艺术化的"政治小说",是"主题先行"的"宣传品","是一次不足为训的文学尝试",与《蚀》相比是一大退步,因为作家在"文学功利主义观念的引导下,把文学当成工具","把文学活动也看成是政治活动","对社会生活所作的大规模描写都服务于作家的先验主题",这就"限制了作品主题的指向,也限制了作家的才气,限制了对生活的整体叙述",因而"其反映现实的真实性是很可怀疑的"。[①]　徐循华则认为《子夜》是为"政治"而非鲁迅所提倡的"为人生"的文艺观指导的产物。概观否定性的"重评"或"重写"文章,其基本观点有三:第一,"矛盾的茅盾",即两个茅盾,亦即作为政治家的茅盾和作为文学家的茅盾,"政治家的茅盾"因"没有建立起皈依文学的诚心"而有可能使"文学家的茅盾""遭到艺术女神的拒绝"。[②]　第二,"茅盾传统",以《子夜》为代表的社会剖析小说"构成了一种可以称之为'茅盾传统'的东西","茅盾传统"是对以鲁迅为代表的"'五四'文学传统"的"一次重要背叛"。[③]　第三,创作上的政治化、概念化和公式化,如《子夜》就是"一部失败的艺术品"[④],具有"主题先行化"、"人物观念化"、"情节斗争化"等模式特点,[⑤]而且不够"文学水准",只是"一份高级形式的社会文件"[⑥]而已。如此全盘否定式的"重评"或"重写",遭到一些茅盾研究者的反批评,如邵伯周就曾撰文,对王晓明的"遭到艺术女神拒绝"论、汪晖的"背离'五四'文学传统"论、徐循华的"失败的艺术品"论、蓝棣之的"社会文件"论等,逐一进行批驳,认为这几种贬低、否定《子夜》、《春蚕》等作品的论调,"其理论根据无论是精神分析学说、直觉主义或存在主义(某种偏见除外),其本身可能都包含有合理的成分,在特定的社会历史条件下还起过一定的积极作用,产生过广泛的影响。但也存在某些共同的或相类似的消极成分,

---

①　蓝棣之:《一份高级形式的社会文件——重评〈子夜〉》,《上海文论》1989 年第 3 期。

②　王晓明:《一个引人深思的矛盾——论茅盾的小说创作》,《中国现代文学研究丛刊》1988 年 4 期。

③　汪晖:《关于〈子夜〉的几个问题》,《中国现代文学研究丛刊》1989 年 1 期。

④　徐循华:《诱惑与困境——重读〈子夜〉》,《上海文论》1989 年第 3 期。

⑤　徐循华:《对中国现当代长篇小说的一个形式考察——关于〈子夜〉模式》,《上海文论》1989 年第 3 期。

⑥　蓝棣之:《一份高级形式的社会文件——重评〈子夜〉》,《上海文论》1989 年第 3 期。

那就是强调个人直觉、主观、感情体验，排斥理性；强调作品只应表现个人的苦闷、颓唐、怀疑、悲观等思想情绪，反对作家自觉地表现明确的社会政治主题。评论者如果片面强调上述各种学说中的消极成分，用来取代马克思主义的历史观点和美学观点，并用来评价以马克思主义作为指导思想的革命现实主义作品，那就肯定是格格不入，南辕北辙"①。丁尔纲在他的《论东西方文化碰撞中对茅盾的历史评价》中指出，"在不同观念支配下，可以写出不同的文学史"，而"错误与肤浅的文学观念""完全可能把文学史写得更糟"。他认为在重写文学史的相当一部分论文中，明显受到夏志清的《中国现代小说史》和大量涌入的现代派美学思潮的影响，这其实是些资产阶级民主主义观念中比较陈旧并且错误的东西，与无产阶级审美观格格不入，因此，茅盾在这种观念下受到争议并不影响他的文学地位。② 丁尔纲的批驳也遭到了批评，有些新锐的论者认为他的思想观点"左"的气息太重，因而不以为然。

让茅盾再遭"厄运"的是"作家重排座次"。1994年，王一川等与出版机构合作推出了一套"20世纪中国文学大师文库"，给作家重新排了座次。在小说卷中，有"九位"大师出场，其排列顺序为：鲁迅、沈从文、巴金、金庸、老舍、郁达夫、王蒙、张爱玲、贾平凹。这对于此前人们所推崇的"鲁、郭、茅、巴、老、曹"的大家排名无疑是一次很大的冲击。重排文坛座次者认为他们是根据审美的观点来进行重评的，具体标准有四：一、现代汉语的创造性地运用；二、新文体的开创；三、人文内涵的深刻表现；四、形而上意味的建构。茅盾之所以被除名，理由是"欠缺小说味，往往概念痕迹过重，有时甚至'主题先行'，所以只得割爱"③。此举在当时引起舆论一片哗然。支持者有之，反对者更多，认为将茅盾除名是不公正的，这样做不过是编选者"急于出名"、"标新立异"或商业炒作。茅盾作为中国新文学的开拓者之一，为中国小说的现代化建立了不朽的功勋，在思想混乱的20世纪30年代初，他以清醒的意识创作了《子夜》，分析了中国社会的性质，鲁迅对其做出了很高的评价。在"重写

---

① 邵伯周：《漫谈我的茅盾研究心得——兼论茅盾研究中的几个问题》，吴福辉、李频编：《茅盾研究与我》，华夏出版社1997年版，第75页。

② 丁尔纲：《论东西方文化碰撞中对茅盾的历史评价》，《茅盾与中外文化》编辑组：《茅盾与中外文化》，南京大学出版社1993年版，第44—69页。

③ 王一川：《我选二十世纪中国小说大师》，《文学自由谈》1994年第4期。

文学史"语境下,即使一再遭遇贬抑和非议,茅盾依然是不可被抹煞的历史存在。

在近百年的茅盾研究中,从"乡土小说"、"乡土文学"角度研究茅盾农村题材小说的论文、论著不多。在篇名或研究主题中明确标出"茅盾"、"乡土小说"、"乡土文学"或"农村题材"的论文,发表于 20 世纪 70 年代末至 80 年代的主要有王嘉良的《茅盾农村题材小说的独特价值》(1982)、顾顺泉的《茅盾小说散文中的乡土特色》(1984)、李继凯的《论茅盾小说中农村题材描写的得与失》(1985);发表于 20 世纪 90 年代的主要有张崇文的《茅盾小说里的农民形象之考察》(1990)、李广德的《论茅盾作品中的浙江地方"风景画"》(1991)、丁帆的《茅盾与中国乡土小说》(1992)、孙中田的《茅盾与沈从文的小说风格断想》(1992)、余连祥的《茅盾小说与吴越文化》(1992)、孙丽玲的《鲁迅乡土小说与茅盾农村三部曲比较研究》(1992)、余海鹰的《〈农村三部曲〉乡土文学品格初探》(1997)、叶志良的《茅盾的乡土文学观》(1999)等。从"乡土小说"、"乡土文学"角度论及茅盾乡土小说的论著有丁帆的《中国乡土小说史论》(江苏文艺出版社 1992 年版)、陈继会等的《中国乡土小说史》(安徽教育出版社 1999 年版)。这些论文和论著对茅盾乡土小说的研究,主要从这几个方面展开:其一,茅盾的乡土小说观念。丁帆认为,茅盾的乡土小说观念不同于鲁迅,"1936 年,茅盾先生给'乡土小说'作经典性概括时,就异常鲜明地把它的世界观地位置于首位。无疑,这种'定位'和'定性'是为'为人生而艺术'的现实主义道路服务的,它推动了'乡土小说'在现实主义方向的迅速发展,同时,亦给'乡土小说'走向一个较狭窄的创作地带提供了理论和概念上的根据"[1]。也有研究者对茅盾的乡土小说观念持完全肯定态度,认为茅盾在《〈中国新文学大系〉小说一集·序言》、《关于"乡土文学"》等文章中提出的"乡土文学"的观点主张,"是符合马克思主义的文艺观点的,也是符合中国新文学运动的实际的,对文学创作有指导意义,为乡土文学的发展指明了道路"[2]。其二,茅盾的乡土小说。20 世纪 80 年代,一些研究者还沿用"农村题材"概念及其相应的分析方法研究茅盾的乡土小说,如王嘉良的《茅盾农村题材小说的独特价值》,以毛泽东的《新民主主义论》为指导思想,提出

---

① 丁帆:《中国乡土小说史论》,江苏文艺出版社 1992 年版,第 18 页。
② 叶志良:《茅盾的乡土文学观》,《黑龙江社会科学》1999 年第 4 期。

茅盾乡土小说的独特价值有三点：一是"映照三十年代农村生活面貌的一面镜子"，二是塑造了老通宝等"旧中国农民的不朽典型"，三是"描绘农村生活的成功的艺术经验"①。杨义认为，茅盾"在三十年代前中期所写的一系列短中篇小说，多是《子夜》所遗落的题材的横向拓展，其中尤其是由《春蚕》、《秋收》、《残冬》组成的农村三部曲，以及《林家铺子》和中篇小说《多角关系》，别开生面地展示了农村和小市镇的阶级矛盾、经济状况和社会心理"②。其三，茅盾乡土小说的创作方法。茅盾在乡土小说创作中基本上遵循了现实主义创作方法，这是 20 世纪八九十年代研究者们的共识。在一般的创作方法分析之外，论者们对茅盾乡土小说中的风俗描写、风景描写、浙东方言的运用及由此而带来的地域文化色彩等进行研究，从而形成了有别于茅盾都市题材小说特点的认识。总的来看，与 20 世纪 80 年代末至 90 年代文学评论界和学术界此起彼伏的"贬'茅'之风"不同，研究乡土小说的学者们对茅盾乡土小说尽管也有这样或那样的批评，但总体上是持肯定态度的。在茅盾的全部小说作品中，乡土小说并不多，但"茅盾小说一旦进入'乡土'视阈，就显现出思想和艺术的深邃与精湛，我们当然不能简单概括为'乡土的童年视角'给小说带来的新鲜感。但是有两点则是肯定的：一是由于'为人生'的思想观点拨动着'五四'反封建主题的琴弦，作者在这一悲凉的封建土壤上看到了革命后的更深刻的悲剧，于是，那种以一颗拯救民族和农民于危难之中的忧患之心，促使作者把时代的选择和农民的悲剧置于描写的中心。二是由于'乡土小说'给人以风土人情之膳足，最能满足一种风俗民情的审美需求，这种审美形态对于发掘整个民族文化心理结构恰恰又呈一种和谐的对应关系。……茅盾的'乡土小说'题材作品之成就是颇为惊人的"，可谓"篇篇珠玑"③，是后来的左翼乡土小说的"被模仿式"。

三、沈从文乡土小说重评

沈从文一生创作宏富，作品结集约 80 多部，是中国现代作家中成书最多的一位。沈从文小说可列入乡土小说的作品很多，如《草绳》、《初八那日》、《夜鱼》、《柏

---

① 王嘉良：《茅盾农村题材小说的独特价值》，《杭州师院学报（社会科学版）》1982 年第 3 期。
② 杨义：《中国现代小说史》（第二卷），人民文学出版社 1988 年版，第 112 页。
③ 丁帆：《茅盾与中国乡土小说》，《浙江学刊》1992 年第 1 期。

子》、《山鬼》、《神巫的故事》、《腊八粥》、《媚金·豹子与那羊》、《石子船》、《渔》、《牛》、《丈夫》、《三三》、《阿黑小史》、《边城》、《萧萧》、《贵生》、《长河》、《福生》等。这些乡土小说旨在表现"一种'人生的形式',一种'优美,健康,自然而又不悖乎人性的人生形式'"①。沈从文曾被鲁迅称誉为中国新文学中"最优秀的短篇小说家"②,但不幸的是他长期被湮没在历史的迷雾当中,直到"后文革时期"才被中国大陆学界"重新发现"。

中国的沈从文研究始于20世纪20年代,至今已90余年。"早在20年代,沈从文就开始为文坛所注意。到30年代,沈从文已经拥有广泛影响。但直到1949年前,对沈从文的研究却没有溢出文学评论的范围",也"无缘进入《中国新文学大系》"③,个中原因众说纷纭。1949年至1979年的30年间,中国大陆的沈从文研究几乎是空白,仅有王瑶的《中国新文学史稿》、丁易的《中国现代文学史略》、刘绶松的《中国新文学史初稿》、林志浩主编的《中国现代文学史》、唐弢主编的《中国现代文学史》等有所论述。王瑶的《中国新文学史稿》用一页的篇幅来论述沈从文小说,虽然行文简略且含贬义,但对沈从文小说特征的把握比较准确,如在评价沈从文乡土小说时说:"他有意借着湘西、黔边等陌生地方的神秘性来鼓吹一种原始性的野的力量,他老说自己是乡下人,原因也在此。……有人说他是'文体作家',就是说他的作品只有文字是优美的;其实他也有要表现的思想,那就是对'城市人'的嘲笑和对原始力量的歌颂。"④丁易的《中国现代文学史略》稍晚于王瑶先生的《中国新文学史稿》,也出版于20世纪50年代。丁易将沈从文放在"没落的资产阶级文学流派"这一章节中论述,认为沈从文小说制造了"一个适合地主阶级的观念世界","十分露骨地表现出作者的浓厚的地主阶级意识",人物观念化,文体"轻飘飘",是"文字的魔术师","挂着艺术家招牌的骗子"。⑤刘绶松的《中国新文学史初稿》仅在谈"对资产阶级文艺思想的斗争"等问题时提及沈从文且将其视为"资产阶级反动文人",认为沈从文反对"抗战八股"和"公式主义","实质上就是反对文艺为抗战

---

① 沈从文:《〈从文小说习作选〉代序》,《沈从文文集》(第11卷),花城出版社2013年版,第44页。
② 鲁迅、斯诺:《鲁迅同斯诺谈话整理稿》,斯诺整理,安危译,《新文学史料》1987年第3期。
③ 凌宇:《沈从文研究的回顾与前瞻》,《中国现代文学研究丛刊》1995年第2期。
④ 王瑶:《中国新文学史稿》,上海文艺出版社1982年修订重版,第273页。
⑤ 丁易:《中国现代文学史略》,作家出版社1955年版,第290—291页。

服务，反对以文艺为教育人民打击敌人的武器"①。唐弢、严家炎主编的《中国现代文学史》对沈从文亦持批判态度，称其"总是有意无意地回避尖锐的社会矛盾，即或接触到了，也加以冲淡调和。作家对于生活和笔下的人物采取旁观的、猎奇的态度；对于黑暗腐朽的旧社会，缺少愤怒，从而影响了作品的思想艺术力量"②。这就是所谓"前30年"大陆文学史中"政治上受批判、创作被漠视"的"沈从文"③。"文革"结束以后，"沈从文热"持续升温，沈从文在"重写"中跃升为"大家"。

　　1980年，朱光潜发表《从沈从文先生的人格看他的文艺风格》④，对沈从文的人格与文艺风格作了肯定，这篇文章在当时反响不大，但这可以看作中国大陆"重写沈从文"的开始。1983年，朱光潜又发表了《关于沈从文同志的文学成就历史将会重新评价》，表述了在当时看来有点惊世骇俗的三个观点：其一，"很欣赏"沈从文的"人性"思想，称许沈从文"有勇气提出'人性'这个别扭倒霉的字眼，可能引起'批判'"。其二，认为沈从文"不是一个平凡的作家，在世界文学史中终会有他的一席地"。朱光潜还说："据我所接触到的世界文学情报，目前在全世界得到公认的中国新文学家也只有从文和老舍。"其三，"预言从文的文学成就，历史将会重新评价"⑤。这篇文章产生了很大的反响，也招致了一些保守者或曰正统派的猛烈批评，朱光潜为此"被迫作了两次检讨"⑥。令那些正统派没有想到的是，朱光潜的预言在后来的"重写文学史"中很快得到了证实。夏志清的《中国现代小说史》也是中国大陆"沈从文热"的重要推手之一。这部影响很大的小说史为沈从文单列一章，推崇沈从文为中国现代文学的"大家"。书中虽然也指出沈从文的一些不足，但更多的是肯定的赞词，如夏志清称誉沈从文"是中国现代文学中最伟大的印象主义者。他能不着痕迹，轻轻的几笔就把一个景色的神髓，或者是人类微妙的感情脉络勾画出来。他在这一方面的功夫直追中国的大诗人和大画家，现代文学作家中，没

　　① 刘绶松：《中国新文学史初稿》，人民文学出版社出版1979年版，第457页。
　　② 唐弢、严家炎主编：《中国现代文学史》（二），人民文学出版社1979年版，第280页。
　　③ 凌宇：《沈从文研究的回顾与前瞻》，《中国现代文学研究丛刊》1995年第2期。
　　④ 朱光潜：《从沈从文先生的人格看他的文艺风格》，《花城》1980年第5期。
　　⑤ 朱光潜：《关于沈从文同志的文学成就历史将会重新评价》，原载《湘江文学》1983年第1期。本文录自刘洪涛、杨瑞仁编：《沈从文研究资料》（上），天津人民出版社2006年版，第432—433页。
　　⑥ 荒芜：《关于沈从文先生》，荒芜编：《我所认识的沈从文》，岳麓书社1986年版，第190页。

有一个人及得上他"①。再如夏志清认为,"沈从文的田园气息,在道德意识来讲,其对现代人处境关注之情,是与华茨华斯、叶慈和福克纳等西方作家一样迫切的"②。也就是说,从世界文学角度看,沈从文也是"大家"。夏志清的这些观点和方法给中国大陆学界以很大的影响。

　　中国大陆学界在20世纪80年代亦即"新时期"对沈从文的重新评价,凌宇认为主要是从四个方面展开:其一,"从政治上为沈从文'平反'正名",代表性的著作有凌宇的《从边城走向世界》③;其二,"对沈从文创作方法的辨析",如董易的《自己走出来的路子》④;其三,"从正面阐释沈从文美学理想的基石——人性的价值",如余永祥的《一幅色彩斑驳的湘西历史生活画卷》⑤;其四,"从'乡土文学'或'抒情小说'代表作家角度阐释沈从文创作的美学价值",如许志英、倪婷婷的《中国农村的面影——二十年代"乡土文学"管窥》⑥。凌宇认为,20世纪80年代初中期的沈从文研究为其"反思阶段",自20世纪80年代中后期开始则为"重构阶段"⑦,其代表性成果很多,如论文有凌宇的《从苗汉文化与中西文化的撞击看沈从文》等,专著有吴立昌的《沈从文:建立人性神庙》、王继志的《沈从文论》、韩立群的《沈从文论:中国现代文化》、赵学勇的《沈从文与东西方文化》等。20世纪90年代以来,沈从文研究成果倍出。据不完全统计,沈从文研究论文已超过30000篇,研究专著已逾百部。至今,沈从文研究虽然不再那么热闹,但依然是中国新文学研究的重要领域之一。

　　从乡土文学角度或城乡对照角度"重写"沈从文的论文、论著也有很多,这与鲁迅研究、茅盾研究颇为不同。研究论文方面,被引用率很高的论文有何益明的《论沈从文的〈边城〉》[《湘潭大学学报(社会科学版)》1981年第1期]、刘一友的《论沈从文的乡情及其〈边城〉创作——兼谈乡土文学的基本特征》[《吉首大学学报(社会

① 　[美]夏志清:《中国现代小说史》,刘绍铭译,香港中文大学出版社2001年版,第177页。

② 　[美]夏志清:《中国现代小说史》,刘绍铭译,香港中文大学出版社2001年版,第162页。

③ 　凌宇:《从边城走向世界》,三联书店1995年版。

④ 　董易:《自己走出来的路子》,《中国现代文学研究丛刊》1983年第2期。

⑤ 　余永祥:《一幅色彩斑驳的湘西历史生活画》,《湘潭大学学报》1982年第1期。

⑥ 　许志英、倪婷婷:《中国农村的面影——二十年代"乡土文学"管窥》,《文学评论》1984年第5期。

⑦ 　详见凌宇:《沈从文研究的回顾与前瞻》,《中国现代文学研究丛刊》1995年第2期。

科学版)》1985 年第 3 期]、赵园的《沈从文构筑的"湘西世界"》(《文学评论》1986 年第 6 期)、王晓明的《"乡下人"的文体和城里人的理想——论沈从文的小说创作》(《文学评论》1988 年第 3 期)、韩立群的《乡土作家之路——论沈从文的创作道路》[《聊城师范学院学报(哲学社会科学版)》1988 年第 4 期]、丁帆的《乡土小说悲喜剧转换的历程》[《福建论坛(文史哲版)》1992 年第 4 期]、赵学勇的《沈从文创作的民俗构成》(《中国现代文学研究丛刊》1994 年 第 1 期)、朱晓进的《三十年代乡土小说的审美倾向与文体特征》[《南京师范大学学报(社会科学版)》1994 年第 2 期]等。研究论著方面有秦亢宗、蒋成瑀的《现代作家和文学流派》、严家炎的《中国现代小说流派史》、丁帆的《中国乡土小说史论》、杨剑龙的《放逐与回归:中国现代乡土文学论》等。概观这些研究论文和论著,对沈从文乡土小说的研究,主要从四个方面展开:其一,思想主旨,论者们所研讨的沈从文乡土小说思想主旨,其关键词主要有"人性"、"生命"、"现代性"、"反现代性"、"启蒙"等,这些关键词的思想内涵及其相互间的复杂关系,是讨论的重点与创新点。沈从文曾自述:"我只想造希腊小庙。……这神庙里供奉的是'人性'。"①这成为分析阐释沈从文乡土小说的重要切入点,论者们就此作了大量的研究分析,提出了各种各样的见解。较早论及"人性"问题的有何益明的《论沈从文的〈边城〉》,文中提出《边城》给读者以强烈的美感的,首先是'人情'美,即湘西人民思想性格、精神素质中所饱含的人性爱、人情味"②。严家炎在论述以沈从文为代表的"京派小说"时,也将"赞颂纯朴、原始的人性美、人情美"③视为"京派小说"的首要特征。其二,文化特质,即从文化学角度探讨沈从文乡土小说,也是研究者们最感兴趣的论题,这方面的论文、论著亦很多。有不少论文分析沈从文乡土小说与湘西巫卜文化、苗汉文化、楚文化、西方文化等之间的关系,如凌宇的《从苗汉文化与中西文化的撞击看沈从文》、赵园的《沈从文构筑的"湘西世界"》等。赵园认为,沈从文笔下的"湘西"是"体现着文化批评倾向的湘西"④,她对此作了多方面的展开分析,一些观点影响很大。也有不少论文研

---

① 沈从文:《〈从文小说习作选〉代序》,《沈从文文集》(第 11 卷),花城出版社 2013 年版,第 41 页。
② 何益明:《论沈从文的〈边城〉》,《湘潭大学学报(社会科学版)》1981 年第 1 期。
③ 严家炎:《中国现代小说流派史》,人民文学出版社 1989 年版,第 227 页。
④ 赵园:《沈从文构筑的"湘西世界"》,《文学评论》1986 年第 6 期。

讨沈从文乡土小说中的民俗文化,如赵学勇的《沈从文创作的民俗构成》从"沈从文对民俗与文学的一般关系的理解"、"沈从文作品中的民俗变形"、"沈从文作品的民俗构成"等三个方面展开分析,并以沈从文自己的话阐明民俗描写的意义:"把在不同时间和空间生长的生命,以及生命不同的式样,发展不同趋赴相同的目的,作更有效的黏合与连接!……必然会充满了传奇性而又富于现实性,充满了地方色彩也有个人生命流注。"①其三,文体特征,沈从文是公认的"文体家",如夏志清亦称誉沈从文是一个"文体家","在他成熟的时期,他对几种不同的文体的运用,可说已到随心所欲的境界。既有玲珑剔透牧歌式的文体,里面的山水人物,呼之欲出;这是沈从文最拿手的文体,而《边城》是最完善的代表作。此外还有受了佛家故事影响的叙述体,笔调生动。最后值得一提的是他模仿西方句法成功后的文体(他早期也模仿过,但不成功,这点我们在前面提过了)。他对这几种文体的处理,花了很大的心机"②。沈从文对自己的小说文体也有"自评",如沈从文曾说文体"精致,结实,匀称,形体虽小而不纤巧,是我理想的建筑"③。20世纪30年代,沈从文评价自己的乡土小说时说:"作品一例浸透了一种'乡土抒情诗'的气氛。"④朱晓进认为:"追求力度而忽略精、雅的审美倾向,带来了30年代乡土小说在文体上的一系列特点。"具体而言,就是"简化"、"直语"、"客观化"、"抒情化"、"速写"等。沈从文创作于这个时代的乡土小说也具有"简化"、"直语"和"抒情化"等文体特征。⑤ 严家炎认为,以沈从文小说为代表的"京派小说"有"扬抒情写意小说的长处,熔写实、记'梦'、象征于一炉"的特点。⑥ 其四,审美风格,"田园牧歌"是沈从文乡土小说的标志性审美风格,这也是研究者们研讨最多的话题。如何认识沈从文的"田园牧歌",论者们众说纷纭,有的将其看成是一种文体风格,有的注重文体背后的民族文化精神,有的则综合分析,如赵园即认为"沈从文作品中和谐之美达于极致,纯净到无可

---

① 沈从文:《新废邮存底》,《沈从文文集》(第12卷),花城出版社2013年版,第75页。
② [美]夏志清:《中国现代小说史》,刘绍铭译,香港中文大学出版社2001年版,第176页。
③ 沈从文:《〈从文小说习作选〉代序》,《沈从文文集》(第11卷),花城出版社2013年版,第41页。
④ 沈从文:《长河·题记》,《沈从文文集》(第11卷),花城出版社2013年版,第41页。
⑤ 朱晓进:《三十年代乡土小说的审美倾向与文体特征》,《南京师范大学学报(社会科学版)》1994年第2期。
⑥ 严家炎:《中国现代小说流派史》,人民文学出版社1989年版,第231页。

挑剔如《边城》者，因其太合于中国式的田园诗境，太合于'美'的目的，反而少了一点泼辣辣的生气，使人另有一种轻微的'缺憾感'"①。王晓明认为沈从文"只有从湘西的风土人情当中，他才能提取出与都市生活风尚截然不同的道德范畴。他那渲染牧歌情致的热情，主要正是发源于这样的隐秘心理"。然而，"他越是虔诚地描绘牧歌图，就越说明他对这图景信心并不牢固"②。在"田园牧歌"的另一面，丁帆注意到，沈从文的乡土小说以一种"野性思维"超越了"古典悲剧"，"沈从文是个没有受正统教育，亦未受过系统的美学理论熏陶，而充满野性思维的乡土小说作家。他的创作不受任何理论思维框架的束缚，做起小说来显得异常潇洒和猖狂，其悲剧观亦显得与众不同"。沈从文要"以另一种生命的体验来唤起'酒神精神'，试图以野蛮的气息来冲破'死水'一般的保守生命意识"。"在整个现代文学史上，沈从文的乡土小说（尤其是前期作品），是最具尼采'酒神悲剧精神'的，是最能超越文学功利色彩的小说。"③

沈从文研究由冷变热，又由热变平淡，与中国社会大气候的变化有关。在1949年以前的新文学30年中，沈从文、张爱玲、林语堂这样的作家在文坛有一定的影响力；1949年后，在中国大陆政治意识形态与社会文化高度"一体化"的语境中，沈从文这样的自由主义作家遭到忽视乃至有意遮蔽是必然的。在较为开放的"后文革时期"，"重写文学史"才有了可能，"沈从文热"也才有了可能。钱理群在《中国现代文学三十年》中说："沈从文自己的作品一再地出版并受到研究，证明了历史上曾经冷落过的文学现象不一定永远地遭到冷落。"④

四、赵树理乡土小说重评

赵树理是"现代文学诸多杰出的作家中……非常特殊的一位"⑤，他不愿意做一个"文坛作家"，而立志做一个"文摊作家"，理由是要让识字不多的农民能读到和读懂他的作品。在20多年的创作历程中，赵树理为中国乡土小说贡献出了《小二

---

① 赵园：《沈从文构筑的"湘西世界"》，《文学评论》1986年第6期。
② 王晓明：《"乡下人"的文体和城里人的理想——论沈从文的小说创作》，《文学评论》1988年第3期。
③ 丁帆：《乡土小说悲喜剧转换的历程》，《福建论坛（文史哲版）》1992年第4期。
④ 钱理群、温儒敏、吴福辉：《中国现代文学三十年》，北京大学出版社1998年版，第222页。
⑤ 钱理群、温儒敏、吴福辉：《中国现代文学三十年》，北京大学出版社1998年版，第475页。

黑结婚》、《李有才板话》、《地板》、《李家庄的变迁》、《催粮差》、《福贵》、《邪不压正》、《三里湾》、《锻炼锻炼》、《求雨》、《灵泉洞》、《套不住的手》、《实干家潘永福》、《卖烟叶》等有影响的作品。中国大陆对赵树理及其乡土小说创作的认识和评价，自20世纪40年代以来发生了"褒—贬—褒—褒贬并行"的变化。如此大起大落的变化，与中国社会特别是中国大陆社会的历史变迁有关。

　　20世纪40年代中后期是赵树理文学生命的巅峰时代。1943年，《小二黑结婚》在彭德怀的大力推举下问世，名不见经传的赵树理由此引起人们的关注；随后面世的《李有才板话》、《地板》、《李家庄的变迁》等小说，也受到肯定。周扬高度评价"具有中国作风和气派的赵树理的创作"，认为赵树理是"一位具有新颖独特的大众风格的人民艺术家"，赵树理的作品"是毛泽东文艺思想在创作上实战的一个胜利"①。郭沫若、茅盾、冯牧等纷纷撰文肯定和宣传赵树理及其小说创作，将赵树理小说归结为毛泽东《在延安文艺座谈会上的讲话》思想指导的"杰出成果"②，使其成为那个时代的"赵树理方向"③。

　　20世纪50年代延续了解放区文学时期对赵树理的评价，如王瑶的《中国新文学史稿》对赵树理的评价，基本遵循周扬和茅盾在20世纪40年代的观点。王瑶引用茅盾的话评价赵树理的"《李家庄的变迁》不但是表现解放区生活的一部成功的小说，并且也是'整风'以后文艺作品所达到的高度水准之例证。这一部优秀作品表示了'整风'运动对于一个文艺工作者在思想和技巧的修养上会有怎样深厚的影响……现在单来说一说这部书的技巧。用一句话来品评，就是已经做到了大众化。没有浮泛的堆砌，没有纤巧的雕琢，质朴而醇厚，是这部书技巧方面很值得称道的成功。这是走向民族形式的一个里程碑，解放区以外的作者们足资借鉴"④。刘绶松的《中国新文学史初稿》亦引用郭沫若、周扬、茅盾等人的有关论述评价赵树理小说，如刘绶松引用郭沫若的话说："从《小二黑结婚》到《李有才板话》再到《李家庄的

---

①　周扬：《论赵树理的创作》，《解放日报》1946年8月26日。
②　冯牧：《人民文艺的杰出成果——推荐〈李有才板话〉》，《解放日报》1946年6月23日。
③　陈荒煤：《向赵树理方向迈进》，《人民日报》1947年8月10日。
④　王瑶：《中国新文学史稿》，上海文艺出版社1982年修订版，第653页。茅盾的《论赵树理的小说》原载《文萃》第2卷第10期(1946年12月)，后载《人民日报》1947年2月9日。

变迁》,作者本身也就像一株树子一样,在欣欣向荣地,不断地成长。"①简言之,20世纪50年代的中国现代文学史延续和发展解放区文学时期的观点,给赵树理小说以很高的评价,确立了赵树理在中国新文学史上的地位。

20世纪六七十年代是赵树理文学生命的低谷与终结期。本时期,赵树理的小说创作已显得不合时宜。1963年,赵树理描写一个投机青年的短篇小说《卖烟叶》,一发表就受到批判。"文革"时期,赵树理被打成"周扬树立的黑标兵",遭到长期的迫害、批斗,最后被折磨致死。这个时期对赵树理进行"大批判"的文章很多,如魏天祥的《赵树理是反革命修正主义文艺路线的"标兵"》等②。这类"大批判"文章,对赵树理及其小说创作作了全盘否定。真正意义上的赵树理小说研究与批评,事实上在"文革"时期是不存在的。

自20世纪80年代开始,在广义的"重写文学史"语境中,赵树理研究与赵树理小说批评沿着如下三条路线展开:

第一条研究和批评路线就是肯定赵树理小说,也适当批评其不足。据知网收录文章统计,自1978年到1999年间各地报纸期刊上发表的赵树理研究论文及学位论文有1489篇。这段时间出版的赵树理的传记和研究专著也很多,如黄修己的《赵树理评传》和《赵树理研究》、戴光中的《赵树理传》、高捷等人的《赵树理传》、申双鱼的《铁笔圣手——赵树理》、杨品的《赵树理传:颠沛人生》、董大中的《赵树理写作生涯》、韩玉峰和赵广建合写的《赵树理的创作与生活》、王献忠的《赵树理小说的艺术风格》、李土德的《赵树理小说的艺术世界》和杨志杰的《赵树理小说人物论》等。这些研究论文和论著,对赵树理的生平、思想、文艺观、创作道路、艺术风格、流派探讨等方面进行了深入的研究,其中持肯定态度的论文和论著占绝大多数。论者们的路数不尽相同,要者有五:其一,重拾20世纪四五十年代有关赵树理的观点和评价,作更细致、深入的研究。在20世纪70年代至80年代初,这类基于政治视角的研究,在为长期遭受批判的赵树理"平反"和恢复名誉这一点上还是有意义的。一些研究者在那时也开始试图有所创新,黄修己在评价自己的赵树理研究时曾说:

---

① 郭沫若:《读了〈李家庄的变迁〉》(原载《北方杂志》第1、2期,1946年9月出版),黄修己编《赵树理研究资料》,北岳文艺出版社1985年版,第191页。

② 魏天祥:《赵树理是反革命修正主义文艺路线的"标兵"》,《光明日报》1967年1月8日。

"1979 年我写《赵树理评传》时，流行的是政治视角，人们还习惯于从政治价值上来评论作品的意义。我那时写了一节赵树理小说的'乡土风味'，就是想在政治之外寻找新角度。"①其二，发掘赵树理小说的"启蒙"意义，这是研究赵树理小说的新角度。不少论者将赵树理与鲁迅进行比较研究，从中发掘赵树理对鲁迅精神的传承与变异，如陈继会曾撰文说："在中国现代文学史上，如果说鲁迅是第一个成功地描写旧式农民的伟大作家，那么赵树理则是第一个成功地描写新式农民的杰出作家。在深深关注农民命运，不断地探索他们的解放道路，并通过自己的艺术实践反映这种关注探索这一点上，赵树理与鲁迅是相一致的。"②影响最大的要数钱理群、温儒敏和吴福辉合编的《中国现代文学三十年》，该著认为赵树理是"抗日民主根据地和解放区土生土长的作家，有地道的农民气质，能自然自在地写出真正为农民所欢迎的通俗乡土小说，他成功地开创了大众化的创作风尚，代表了 40 年代解放区文学创作的最高成就"③。在具体论述赵树理小说创作时，钱理群等都将赵树理与鲁迅联系起来分析，如在论述赵树理小说"塑造历史变革中的农民形象"时，认为"在现代文学史上，赵树理是继鲁迅之后最了解农民的作家。赵树理深切地懂得旧中国农民的痛苦不仅仅在政治上受压迫、经济上受剥削，而且在于精神上的被奴役，他最懂得农民摆脱旧的文化、制度、风俗、习惯束缚的极端艰巨性。这样，赵树理在观察表现中国农民社会时，就有了与鲁迅大体相同的角度，即从农民的精神面貌、心理状态以及人与人的关系的角度去进行历史的考察。但赵树理的时代又不同于鲁迅的时代：这是一个农民在中国共产党领导下起来摧毁农村封建残余势力、走上彻底翻身道路的新时代。在鲁迅那里还是一个大问号的地方，在赵树理的时代，生活本身已经提供了一些初步答案。因此如果说鲁迅主要是揭露中国农民精神上的创伤，以唤起人们的觉醒，赵树理则主要表现中国农民在政治、经济翻身过程中所实现的思想上的翻身——农民精神、心理状态的变化，人的地位及家庭内部关系（长幼关系、婚姻关系、婆媳关系等）的变化，并且从这个变化过程中，来显示农民改造

①　黄修己：《从显学到冷门的"赵树理研究"》，《中华读书报》2004 年 11 月 3 日。

②　陈继会：《新文学史上农村题材的两位开拓者者——略论赵树理与鲁迅》，《郑州大学学报（哲学社会科学版）》1983 年第 3 期。

③　钱理群、温儒敏、吴福辉：《中国现代文学三十年》，北京大学出版社 1998 年版，第 475 页。

的长期性与艰巨性"①。其三,分析赵树理小说的地域文化特征,这类论文、论著也很多,如黄修己对赵树理小说的"地方色彩"有所论述:"赵树理的创作具有严格的、准确的时空性,即故事的时间、地点都有明确的规定性,不可任意挪动搬迁,人物、情节都只能是此时此地的产物,而非彼时彼地所能有。春华秋实,不乱其时;南桔北枳,难易其所。他的故事都有鲜明的时代特征和浓郁的地方色彩。"②对赵树理及"山药蛋派"的地域文化特征论述最为深入亦最有影响的论著当推朱晓进的《三晋文化和山药蛋派》,黄修己认为这部著作是"1990年代赵树理研究的重要收获"③。其四,从民间文化角度肯定赵树理小说创作的价值,陈思和是这方面的代表,他认为"赵树理在中国当代文学史上的地位无法抹煞。因为唯有他,才典型地表达了那一时期新文化传统以外的民间文化传统与政治意识形态的龃龉。赵树理作为一个知识分子,他选择民间文化作为安身立命之地,完全是出于理性的自觉的行为"④。继陈思和之后,王光东等一些评论家也采用相同的视角对赵树理现象进行阐释。此后,"民间"、"民间文化"与"民间文化形态"等成为后来者趋之若鹜的分析工具。其五,从乡土小说的形态特征角度切入,这方面的论文、论著也很多,丁帆的有关论述产生了较大的影响。丁帆对赵树理的乡土小说作了多方面的解析,其中特别关注赵树理小说作为"乡土小说"的形态特征。丁帆认为,在赵树理小说中"风俗画"的消失,这标志着中国乡土小说的"转型"。⑤

　　第二条研究和批评路线就是否定赵树理小说,集中出现在20世纪80年代中后期。董之林认为,这个时期对赵树理的研究与批评,已"由'文学的方向'遁入'不折不扣的功利主义'泥淖,使他成为这一时期文学(从'解放区'到'十七年')缺乏艺术水准的代表。对赵树理作品的非议主要集中在两点:一是'工农兵文学'的反智倾向;二是'问题小说'的服膺政治倾向。两者之间,服膺政治是主要问题,反智是

---

① 钱理群、温儒敏、吴福辉:《中国现代文学三十年》,北京大学出版社1998年版,第479页。
② 黄修己:《赵树理评传》,江苏人民出版社1981年版,第306页。
③ 黄修己:《从显学到冷门的"赵树理研究"》,《中华读书报》2004年11月3日。
④ 陈思和:《民间的浮沉——对抗战到文革文学史的一个尝试性解释》,《上海文学》1994年第1期。
⑤ 丁帆:《中国乡土小说史论》,江苏文艺出版社1992年版,第153页。

由此带来的表现形态"①。1988 年《上海文论》第 4 期发表戴光中为这个专栏写的第一篇文章《关于"赵树理方向"的再认识》，文章讥讽赵树理的小说"常常使富有教养的艺术家微笑摇头，被精于鉴赏的审美家视为'小儿科'，已很难在读者心中激起长久的兴趣"。文章还认为"赵树理方向"在内容上提倡"问题小说论"，把文学视为政治服务的工具；在艺术上主张"民间文学正统论"，"反映出赵树理内心强烈的农民意识和艺术上的民族保守性"②，这种"方向"容易使写作沦为政治宣传，从而给新文学带来负面影响。同年，郑波光发表《赵树理艺术迁就的悲剧》一文，把赵树理为适应农民需求而创作的通俗化、大众化的作品说成是"艺术迁就"的"低层次"而加以否定，认为"在'五四'新文学的发展中，在描写新天地、新思想、新感情、新人物上，赵树理较之他的前辈是前进到一个新阶段，在文学大众化方面，赵树理给'五四'新文学传统补充了一项新内容。但是，从文学的观念和艺术的水准上衡量，赵树理较之他的前辈却是一个倒退，是从鲁迅、郭沫若、茅盾等的现代文化高层次，向农民文化低层次的倒退。赵树理的艺术成就不但不能与鲁迅、郭沫若、茅盾、巴金、沈从文、老舍等人相提并论，而且比丁玲的《太阳照在桑干河上》、周立波的《暴风骤雨》也有所逊色"。"赵树理的偏执，他对文学接受高层次的拒绝，使他毕生未能产生一部伟大的作品来，使他一生只在文学接受的低层次徘徊，郭沫若对赵树理成为'参天拔地的大树林子'的预言，始终没有成为现实。"③对赵树理如此贬低与否定，产生了很大的影响，有人赞成，有人附和，也有人反对，如唐再兴的《文学史不能这样"重写"》、蔺羡璧的《我们还需要赵树理》等文章就对这种贬抑赵树理的观点进行反批评。他们肯定赵树理"在文艺大众化方面积累的经验，以及他全心全意为人民服务的精神"，指出"戴、郑的失误，就在于背离了革命功利主义和历史主义。他是以贵族气的偏见和趋时的'超前'的眼光，用'为艺术而艺术'和西方资产阶级的文艺学说，作为价值取向，进行'再认识'的"④。对赵树理及其小说创作进行否定性

---

① 董之林：《关于"十七年"文学研究的历史反思——以赵树理小说为例》，《中国社会科学》2006 年第 4 期。

② 戴光中：《关于"赵树理方向"的再认识》，《上海文论》1988 年第 4 期。

③ 郑波光：《赵树理艺术迁就的悲剧》，《文学评论》1988 年第 5 期。

④ 蔺羡璧：《我们还需要赵树理》，《文艺理论与批评》1990 年第 2 期。

"重写"现象的出现,其原因是多方面的:一是 20 世纪 80 年代的批"左"、反"左",试图剥离文学与政治的关系。二是中国新文学界对赵树理小说的"不屑"由来已久,"解放区的'革命文化人'开始并不怎么欣赏赵树理这位'农民作家'。"①"有些自命为'新派'的文化人,对通俗的大众文艺看不上眼。""有些知识分子对《小二黑结婚》摇头,冷嘲热讽,认为那不过是'低级的通俗故事'而已"。② 三是夏志清的《中国现代小说史》对赵树理小说的贬抑,夏志清认为"赵树理的早期小说,除非把其中的滑稽语调(一般人认为是幽默)及口语(出声念时可以使故事动听些)算上,几乎找不出任何优点来。事实上最先引起周扬夸赞的赵树理的两篇,《小二黑结婚》及《李有才板话》,虽然大家一窝蜂叫好,实在糟不堪言。赵树理的蠢笨及小丑式的文笔根本不能用来叙述,而他的所谓新主题也不过是老生常谈的反封建跟歌颂共产党仁爱的杂拌而已"③。这种观点也对否定性"重写"赵树理产生了影响。

第三条研究路线是"中性的",主要是资料建设之类的研究工作。其一,编辑整理赵树理著作,工人出版社和山西大学合编《赵树理文集》4 卷本、《赵树理文集续集》;山西省作协和北岳文艺出版社合作,编辑出版标注本《赵树理全集》5 卷。其二,编订年谱,有董大中的 1982 年版《赵树理年谱》,1993 年出版了这部年谱更为翔实的增订本。其三,编选研究资料,这类资料较多,有复旦大学中文系贾植芳等编《赵树理专集》、中国赵树理研究会编《赵树理研究文集》3 卷、黄修己选编《赵树理研究资料》、陈荒煤主编《赵树理研究文集》、王中青编《赵树理作品论集》、山西大学中文系赵树理研究组编《赵树理研究资料》等。这些都是赵树理研究和批评的基础工程,其意义是不言而喻的。

20 世纪 90 年代以来,赵树理及其小说研究和批评渐趋平淡,这被看成正常的,黄修己即言:"赵树理毕竟是 20 世纪中国文学不能遗漏的重要现象,还要研究,他是不会被遗忘的。不过像热潮期那样许多人集中地研究,成批地出成果,大概很长时间里都不可能再现了。"④

---

① 董之林:《关于"十七年"文学研究的历史反思——以赵树理小说为例》,《中国社会科学》2006 年第 4 期。

② 杨献珍:《〈小二黑结婚〉出版经过》,《新文学史料》1982 年第 3 期。

③ [美]夏志清:《中国现代小说史》,刘绍明等译,香港中文大学出版社 2001 年版,第 411—412 页。

④ 黄修己:《从显学到冷门的"赵树理研究"》,《中华读书报》2004 年 11 月 3 日。

五、丁玲乡土小说重评

丁玲是中国现代小说史上既多产多变又毁誉参半的作家。在丁玲的全部小说创作中，能视为乡土小说的作品不多，仅有《阿毛姑娘》、《田家冲》、《水》、《母亲》、《太阳照在桑干河上》等。其中，以短篇《水》和长篇《太阳照在桑干河上》最为有名。短篇小说《水》以"新的开拓震动了当时的整个文坛"①；长篇小说《太阳照在桑干河上》斩获 1951 年苏联斯大林文艺奖，产生了很大的影响，奠定了丁玲作为具有世界影响力的著名作家的地位。对丁玲乡土小说的批评和研究，自 20 世纪 30 年代以来的 80 多年间，学界评说也在不同的历史时期发生不同的变化。

20 世纪 30 至 40 年代，文学批评界对丁玲的《水》和《太阳照在桑干河上》以很高的评价。冯雪峰高度肯定《水》，认为这篇小说"引起读者的赞成"的特点有三："第一，作者取用了重大的巨大的现时的题材"，"第二，在现在的分析上，显示作者对于阶级斗争的正确的坚决的理解。第三，作者有了新的描写方法，在《水》里面，不是一个或两个的主人公，而是一大群的大众，不是个人的心理的分析，而且是集体的行动的开展(这二点，当然和题材有关系的)"②。茅盾评价说："《水》在各方面都表示了丁玲的表现才能的更进一步的开展。……表示了过去的'革命与恋爱'的公式已经被清算！"③20 世纪 40 年代末，乡土作家许杰发表长篇论文，赞誉《太阳照在桑干河上》"是中国历史改写的叙事诗"，"是新的中华人民共和国怎样在创造怎样在诞生的过程的一部伟大的叙事诗"，"也是新民主主义文化的里程碑"。④ 在《太阳照在桑干河上》出版不久还未产生什么影响的时候，许杰能对其"历史地位作如是观，反映了评论者具有史家的深远的眼光"⑤。

20 世纪 50 年代初中期，丁玲的《太阳照在桑干河上》等乡土小说依然受到文学批评界和学界的高度肯定。最有影响的文章，首先要提到的是陈涌的《丁玲的

---

①　钱理群、温儒敏、吴福辉：《中国现代文学三十年》，北京大学出版社 1998 年版，第 301 页。

②　何丹仁(冯雪峰)：《关于新的小说的诞生——评丁玲的〈水〉》，《北斗》第 2 卷第 1 期，1932 年 1 月 20 日。

③　茅盾：《女作家丁玲》，《文艺月报》第 1 卷第 2 号，1937 年 7 月 15 日。

④　许杰：《论〈桑干河上〉》，《小说月刊》1949 年第 3 卷 2 期。

⑤　龚明德：《〈太阳照在桑干河上〉早期研究的回顾》，《辽宁师范大学学报(社科版)》1988 年第 1 期。

〈太阳照在桑干河上〉》，该文认为《太阳照在桑干河上》是一部"大体上比较本质的反映了当时运动的作品"，是一部"正确的现实的作品"，是"比较成功的作品"，"和别的比较成功的同类作品一样，被国内和国外的读者视为可以从它们理解中国土地改革运动的代表作品之一"。① 冯雪峰的《〈太阳照在桑干河上〉在我们文学发展上的意义》对小说塑造的农民形象在"我们文学发展上的意义"展开论述，强调农民干部和农民群众才是"这部小说的主角"，肯定这部作品"对于我们所以是一个重要的收获，就不仅因为它是几部写土地改革的作品中更为优秀的一部，在一定的高度上反映了土地改革，而且还因为这标记着我们的文学在反映现实的任务上已经有一定的成就和能力，标记着我们文学的一定的成长的缘故"②。王瑶的《中国新文学史稿》同意并直接引用冯雪峰对丁玲的《水》的评价，评价《太阳照在桑干河上》是"新中国诞生前的叙事诗。这书现在已经是驰誉国际的名作，它反映了中国人民的改写历史的伟大激烈的斗争"③。

　　20 世纪 50 年代中后期至"文革"时期，丁玲及其文学创作遭到批判和否定。较早对《太阳照在桑干河上》进行否定性评价的有竹可羽的《论〈太阳照在桑干河上〉》，认为《太阳照在桑干河上》"作为一部描写中国土改斗争的小说，在实际上已成为一部描写农民的落后、动摇和叛变为主的小说"，"主要是一部失败的作品"。④ 王燎荧的《〈太阳照在桑干河上〉究竟是什么样的作品？》比竹可羽的论文走得更远，该文逐一批驳了冯雪峰、陈涌等人的观点，将《太阳照在桑干河上》判定为"一部反党作品"⑤。从 1957 年"反右"开始到"文革"时期，丁玲被"批倒批臭"前后长达 22 年，对丁玲及其文学的研究也中断了 22 年。

　　1979 年，丁玲复出，对丁玲小说的批评与研究也随之进入"新时期"。自 1979 年至 1999 年的 20 年间，对丁玲乡土小说的"重评"沿着两条路线展开。

　　第一条是肯定路线，论者们在总体肯定的前提下，对丁玲乡土小说的不足也给予适度的批评。研究者们首先给丁玲"恢复名誉"，"在拨乱反正的时代背景下，丁

①　陈涌：《丁玲的〈太阳照在桑干河上〉》，《人民文学》1950 年第 5 期。
②　冯雪峰：《〈太阳照在桑干河上〉在我们文学发展上的意义》，《文艺报》1952 年 5 月版。
③　王瑶：《中国新文学史稿》，上海文艺出版社 1982 年修订重版，第 664 页。
④　竹可羽：《论〈太阳照在桑干河上〉》，《人民文学》1957 年第 10 期。
⑤　王燎荧：《〈太阳照在桑干河上〉究竟是什么样的作品？》，《文学评论》1959 年第 1 期。

玲研究的主要任务就是破除二十二年来对丁玲形象的歪曲与亵渎,把对丁玲的认识回归到正确的结论上来。推倒对于丁玲小说的那些莫须有的罪状,还它们的本来面目,便成了新时期丁玲小说研究乃至整个丁玲研究的当务之急:既是它的内在要求,也是它的先决条件。从而,从拨乱反正、为丁玲的代表性作品恢复名誉入手,也就构成了新时期丁玲小说研究的一个突出特点"。[1] 发表较早影响较大的论文是蔡葵、臻海的《〈太阳照在桑干河上〉的革命现实主义——兼论对它的某些否定意见》,该文认为《太阳照在桑干河上》"是把思想领域里的斗争作为土改斗争的重要内容来加以深入描写"[2]。赵园的《也谈〈太阳照在桑干河上〉》指出了这部作品的一些不足,但特别肯定"《桑干河上》所反映的生活已经成为历史,而小说是对那一历史时期中国农村的成功的艺术表现;在文学发展的链条上,《桑干河上》接上了特定的一环,它以自己的成功,为农村题材小说创作的进一步繁荣,准备了条件。无论从哪个意义上说,这部小说在中国现代文学史上的地位都是不可低估的"[3]。严家炎的《开拓者的艰难跋涉论丁玲小说的贡献》同样认为,《太阳照在桑干河上》是"迄今反映土改最深刻、最丰富的长篇小说","是继《子夜》之后的一个新的突破,是丁玲对无产阶级文学作出的最大贡献"。[4] 这些论说的"基本立足点要'真正恢复'丁玲在中国现代小说史上的'应有的地位',廓清近年出版的一些文学史著作和发表的某些单篇论文中所含有的'对丁玲作品的不恰当的指责'"[5]。其后的批评与研究,从《太阳照在桑干河上》的题材、主题、人物、民俗事项、叙事结构等方面展开,一些问题形成争论的"热点"。如围绕小说中的主要人物张裕民展开分析和争论的文章很多,较早且较有影响的有郝胜道的《浅谈张裕民形象》,该文逐一分析反驳了一些对张裕民形象的否定性批评观点,认为张裕民"是中国现代小说史上继多多头、水生嫂、李有才、高干大之后出现的又一个革命农民的典型,是一个成功的艺术形象"。同时也认为张裕民的塑造存在一些"缺点",如人物语言没有"个性化","正

①　袁良骏:《新时期丁玲小说研究漫评》,《中国现代文学研究丛刊》1989 年 第 3 期。
②　蔡葵、臻海:《〈太阳照在桑干河上〉的革命现实主义——兼论对它的某些否定意见》,《新文学论丛》1980 年第 1 期。
③　赵园:《也谈〈太阳照在桑干河上〉》,《芙蓉》1980 年第 4 期。
④　严家炎:《开拓者的艰难跋涉——论丁玲小说的历史贡献》,《文学评论》1987 年第 4 期。
⑤　袁良骏:《新时期丁玲小说研究漫评》,《中国现代文学研究丛刊》1989 年 第 3 期。

面描写过少","动作缺少连贯性","叙述多于描写",还有"漏写的现象"等。① 对《太阳照在桑干河上》的思想主旨展开分析和争论的论文和论著也很多,有"创意"的也不少,如黄修己的有关论述就与已有认识颇为不同,他认为"《桑干河上》展开了四十年代农村革命中的阴谋与爱情的故事。……这阴谋与爱情的线索,与从正面展开的土改过程中种种矛盾的描写,构成了《桑干河上》的主要内容"②。进入 20世纪 90 年代,钱理群、温儒敏和吴福辉等的《中国现代文学三十年》给《太阳照在桑干河上》以很高的"历史定位":"丁玲的《太阳照在桑干河上》最大成就在于正确地表现了农村的阶级关系,真实地反映了生活固有的复杂性:一方面,由于作家自觉掌握与运用阶级分析的观点,因此,在表现农村阶级关系的广度、深度及准确度上,都超过了'五四'以来表现农村阶级斗争题材的作品;另一方面,由于作家坚持从生活实际出发,在真实地反映农村阶级关系的复杂性上,在对人性的分析、批判和表达上,又超过了反映土地改革的同类作品。"③

　　第二条是否定路线,论者们在对丁玲小说总体否定的前提下,也给予有限的肯定。20 世纪 80 年代中后期,与"革命大批判"年代的"政治否定"不同,一些研究者们在"重写文学史"的时潮中对《太阳照在桑干河上》进行"学理否定"。其中,比较有影响的是王雪瑛的《论丁玲的小说创作》,该文批评说:"那里面简直看不到丁玲自己的独特感受,只有那一个纯粹政治性的主题……(它)明白地宣告了这位女作家的彻底失败,……丁玲几乎完全丧失了她的艺术个性,包括她作为一个女作家的那些独特的禀赋。以《莎菲女士的日记》那样独特的创作为起点,却以《太阳照在桑干河上》这样的概念化作品为终点:丁玲的这一条创作道路,除了使人感到惋惜和悲哀,还能给我们怎样的启示呢?"王雪瑛如此否定的"学理"依据是"创作"的"个性论":"对于一个作家来说,创作无疑应该是一种个性的扩张,一种感情的释放……是作家的一种自我保护……丁玲所以会走上文学创作的道路似乎就正是出于这种自我保护的本能……但是,现实世界的黑暗一次又一次地撞坍她的心理城墙,她的每一次个性扩张都遭遇到严重的打击……到最后,在似乎不可抵抗的环境压力面

---

① 　郝胜道:《浅谈张裕民形象》,《中国现代文学研究丛刊》1982 年第 4 期。

② 　黄修己:《中国现代文学简史》,中国青年出版社 1988 年版,第 423—424 页。

③ 　钱理群、温儒敏、吴福辉:《中国现代文学三十年》,北京大学出版社 1998 年版,第 527—528 页。

前,丁玲还是认输了,她终于吸取了教训,由个性扩张转变为收缩个性,由自我抒遣转变为自我封闭,由倾听自己的心声转变为图解现成的公式:她的创作变了质,由先前那种积极的自我超越和自我保护,变成了自我丧失,变成了一种消极的自我保护。"其结论是丁玲"以《莎菲女士的日记》那样独特的创作为起点,却以《太阳照在桑干河上》这样概念化作品为终点"[①]。反对此论的人不少,认同此论的人也很多。20 世纪 90 年代,谢冕在谈到丁玲前后期创作的"个性"时,也批评说:"我们在《太阳照在桑干河上》中看不到'这一个'丁玲。而在《莎菲女士的日记》中看到了,尽管后者比前者写得早得多。是莎菲使丁玲在她的作品中和文学史中存活着,而不是后来那些使她赢得了荣誉的新作"[②]。

由于丁玲是女作家,用"女性主义"或"女权主义"批评方法批评和研究丁玲乡土小说的论文,在 20 世纪 90 年代就多了起来。丁玲是否是女权主义者,是否是女性主义文学的开路人,丁玲小说创作中的女性意识等,成为研究者的热门话题。进入新世纪,这类研究文献亦愈多了起来。

六、周立波乡土小说重评

周立波是中国乡土小说发展史上有影响有成就的作家。从 20 世纪 30 年代开始至"文革"后的 1979 年,周立波为中国新文学贡献了《牛》、《懒蛋牌子》、《盖满爹》、《禾场上》、《腊妹子》、《民兵》、《山那面人家》、《下放的一夜》、《艾嫂子》、《霜降前后》、《翻古》、《张满贞》、《湘江一夜》等 30 多部短篇小说,《暴风骤雨》、《山乡巨变》和《铁水奔流》3 部长篇小说,以及众多散文和报告文学作品。在周立波的全部文学创作中,以乡土小说创作最为有名也最有成就;在周立波研究中,也以周立波乡土小说研究最为重要,相关研究论文、论著也最多。

20 世纪 40 年代末,长篇小说《暴风骤雨》的出版并获 1951 年斯大林文学奖三等奖,使周立波成为著名作家。在《暴风骤雨》出版的当年,即有署名"芝"写的评介文章《推荐〈暴风骤雨〉》,肯定小说叙事所呈现出的"生活的真实,场面的活泼,故事

---

① 王雪瑛:《论丁玲的小说创作》,《上海文论》1988 年第 5 期。
② 谢冕:《文学的纪念(1949—1999)》,《文学评论》1999 年第 4 期。

的紧凑,语言之精练,农村风土的生动描写,人物形象之具有丰富的生命力,说明作者在选择和组织他的素材时,达到了真正艺术的境界。他没有为他的素材所捆束,他有力地创作了他的典型的人物与典型的环境。……是这一时期的最鲜明的史诗"①。当时的评论界认为,《暴风骤雨》有四个特点:其一,题材重大,写正在进行的土地改革很有意义;其二,塑造了"农村新人"形象,如赵玉林、郭全海、白玉山等;其三,善于运用东北农民的语言,也留有一些欧化的语言;其四,"作品的地方色彩也很丰富,形成了独特的中国风格"②。

20世纪50年代到60年代中期,周立波先后创作出了长篇《山乡巨变》、短篇《山那面人家》等有影响的作品,从而一再引起批评界和学术界的关注与研究热情。陈涌在同名文章中用现实主义方法对《暴风骤雨》的"政治热情"、题材选择、人物塑造、语言语用、情节结构等作了深入详细的分析,肯定这部小说"比较完整地表现了农民土地斗争的整个过程,也相当真实地表现了农村各个阶级的面貌和心理,和它们之间的斗争","是中国反映农民土地斗争的代表作品"。③ 黄秋耘对《山乡巨变》的形象塑造、景物描写、语言艺术、幽默风格与地域特色进行了分析和肯定,认为"《山乡巨变》的作者在艺术追求上取得了很大的成就,以其独特的艺术风格、耀目的艺术光彩、对人物性格和心灵细致的剖析、对农村新生活富有诗意的描绘,开拓了文学创作的新境界"。他还认为与《暴风骤雨》具有"阳刚"之美不同,《山乡巨变》具有"阴柔"之美,④这一观点因其独特,影响也较大。茅盾亦撰文高度评价周立波小说,认为"从《暴风骤雨》到《山乡巨变》,周立波的创作沿着两条路线交错发展,一条是民族形式,一条是个人风格;确切地说,他在追求民族形式的时候逐步地建立起个人风格"⑤。本时期,周立波创作的反映故乡现实生活的20多篇短篇小说,也受到批评界和学界的肯定,如唐弢就对《禾场上》、《山那面人家》、《北京来客》等作

① 芝:《推荐〈暴风骤雨〉》,原载《生活报》1948年5月11日,引自李华盛编:《周立波研究资料》,湖南人民出版社1983年版,第290页。

② 韩进:《我读了〈暴风骤雨〉》,原载《东北日报》1948年6月22日,引自李华盛编:《周立波研究资料》,湖南人民出版社1983年版,第300页。

③ 陈涌:《暴风骤雨》,《文艺报》第11、12号合刊,1952年6月25日。

④ 黄秋耘:《〈山乡巨变〉琐谈》,《文艺报》1961年第2期。

⑤ 茅盾:《反映社会主义跃进的时代 推动社会主义时代的跃进》,《人民文学》1960年第8期。

品很欣赏，认为"作者是有意识地在尝试着一种新的风格：淳朴、简练、平实、隽永。从选材上，从表现方法上，从语言的朴素、色彩的淡远、调子的悠徐上，都给人以一种归真返朴、恰似古人说的'从绚烂到平淡的感觉'"①。王瑶的《中国新文学史稿》、刘绶松的《中国新文学史初稿》等史著也对周立波乡土小说不吝赞词，如王瑶在著作中评价《暴风骤雨》说："书中通过了生动深刻的描写，使读者看到了农村阶级斗争的激烈的图景"，农民形象"都是写得非常鲜明"，"也写出了一些生动的干部形象"，"所用的语言比较接近农民的口语，因此读来也就比较生动活泼"。② 这些研究和评说，肯定了周立波乡土小说的政治意义与社会意义，肯定了周立波乡土小说的艺术特色与艺术价值，确立了周立波乡土小说在中国新文学史上的地位。

　　"文革"时期，周立波小说被否定，对周立波小说的"革命大批判"（如1971年湖南人民出版社出版《抓革命大批判第3集——批判周立波反动小说〈山乡巨变〉》）代替了正常的文学批评和学术研究，周立波研究陷入停滞。

　　"文革"后，特别是十一届三中全会后，周立波小说重新得到肯定。"文革"结束之初的周立波研究，与前述丁玲研究一样，主要是为其恢复名誉。秦牧写的《〈韶山的节日〉一文的奇祸》是较早为周立波作品"平反"的文章。③ 刘锡诚的《谈〈暴风骤雨〉及其评价问题》从"宣扬布哈林路线还是党的革命路线？"、"小说的倾向是革命的还是反革命的？"、"驳所谓'创伤'论"、"生活——创作之源"等四个方面为《暴风骤雨》"平反"，肯定"作者在当时就能正确地把握住了现实生活的本质特征，历史地真实地再现了震撼中国大地的伟大土改斗争。这一点实属难能可贵，足见立波同志作为艺术家的才能和功力"④。这类"平反昭雪"文章还很多，如弘弢的《重读〈暴风骤雨〉》(《黑龙江文艺》1978年第1期)、彭顺文的《一部反映农业合作化的好作品——谈周立波〈山乡巨变〉》(《湖南师范大学学报》1978年第1、2期合刊)、范良钧的《〈山乡巨变〉有何罪》(《湖南日报》1979年1月18日)、谭冬梅和李震之的《农业合作化的壮丽史诗——为〈山乡巨变〉昭雪》(《湘江文艺》1979年第1、2期合刊)

---

①　唐弢：《风格一例——试谈〈山那面人家〉》，《人民文学》1959年第7期。

②　王瑶：《中国新文学史稿》，上海文艺出版社1982年修订版，第665—666页。

③　秦牧：《〈韶山的节日〉一文的奇祸》，《湘江文艺》1978年第1期。

④　刘锡诚：《谈〈暴风骤雨〉及其评价问题》，《社会科学战线》1979年第4期。

等。周立波小说的"平反昭雪"为后来的"正常研究"和"重评"铺平了道路。

　　20世纪80年代，一些致力于周立波小说评论和研究的学者，如庄汉新、胡光凡、李华盛、冯健男、宋遂良、艾斐、蒋静、华济时等，从文艺思想、创作方法、题材、人物、主题、语言、技巧及流派风格等方面，对周立波小说展开全面深入的研究，发表或出版了一批有分量有影响的论文、论著。冯健男在20世纪80年代发表多篇周立波研究论文，认为周立波在中华人民共和国成立后的创作是"现实主义的胜利"，周立波是"一位风格独具的作家。当然，他的风格的独创性正是来自他的现实主义的深刻性和个性"①。周立波在"作品里做到了真、善、美的自然的和独创的结合，由此生出悦目和感人的艺术力量"。"作为一位具有独创的艺术风格的作家"，周立波"在生活中观察、感觉、发现和挖掘出'美'来，以表现生活的'真'和宣扬当时的'善'"。② 朱寨肯定《山乡巨变》是"有质有量的鸿篇巨制"，"周立波同志在《山乡巨变》里创造了一个湖南乡土气息浓郁的山村，山村里散布着不同式样的家庭，生活着各样的人物。合作化运动把人们的生活带进了一个新的历史阶段，互相之间，内内外外，展开了错综复杂的斗争。就表现这个山村生活的丰富和完整来说，不是可以用农村生活的一个方面可以概括的，而是一个农村社会的缩影"③。胡光凡在20世纪80年代发表了10多篇专论周立波小说的文章，对周立波小说作了多方面的研究，认为周立波农村题材短篇小说有"浓郁的生活气息和乡土风味，给人一种无比清新、朴实、秀美的感觉"，"富于幽默感"，"凝炼含蓄"，是"革命现实主义的烂漫山花"④；认为"重新审视"《山乡巨变》应该肯定两点：一是"真实地反映了农民群众走上合作化道路的艰难步伐和曲析复杂的'心灵历程'，深刻地揭示了农民既是劳动者又是小私有者的两重性"；二是"小说艺术地再现了一九五五年下半年以来，党内在农业合作化的方针问题上所发生的那场大争论，并在一定程度上客观地展现

---

① 冯健男：《现实主义的新胜利——周立波建国后的创作》，《文学评论》1980年第1期。
② 冯健男：《周立波小说的真善美》，《文艺研究》1981年第4期。
③ 朱寨：《〈山乡巨变〉的艺术成就》，《社会科学战线》1981年第2期。
④ 胡光凡：《革命现实主义的烂漫山花——周立波农村题材短篇小说的艺术风格》，《文学评论》1981年第4期。

了合作化后期'要求过急,工作过粗,改变过快'的偏差,反映了它带来的若干'后遗症'"。① 同前述"历史的美学的"研究不同,艾斐尝试从文学流派角度研究周立波小说,认为湖南有个"茶子花派",这个地域文学流派的形成,"在很大程度上就是依赖于周立波这个核心的,而以周立波为核心的'茶子花派'的形成与发展,又有力地促进了湖南文学人才的成长和文学创作的繁荣";"周立波对湖南作家的深刻影响,对'茶子花派'的形成和发展所起的巨大作用,主要表现在三个方面,即思想影响、作品影响和具体工作的影响"。② "茶子花派"的提法,在当时即有争议,后来未被学界接受。有些论者进行比较研究,将周立波乡土小说与鲁迅、赵树理、柳青等作家的乡土小说作比较,在异同分析中发现和阐释周立波乡土小说的独特之处。

　　20世纪80年代中后期至90年代,中国大陆兴起"重估""十七年文学"的时潮,质疑这一研究领域既有的价值尺度与研究方法,如丁帆、王世成著《十七年文学:"人"与"自我"的失落》其著作标题即表明论者新的价值取向与研究方法,同时也指明了"十七年文学"的致命缺失。③ 周立波的《山乡巨变》和创作于"十七年"的短篇小说,在"重估"中也受到一些论者的贬抑,如秦林芳"再论"《暴风骤雨》时,认为周立波在创作中失落了"自我","以理论为信条,剪裁了生活,才演绎出如此简单分明的二元对立的阶级模式。作者丰富的感性被抽象的理性取代了,作者的个性消融到原则之中了"。④ 再如程世洲批评《山乡巨变》等农村题材小说存在"政治使命感压倒人道主义精神"、"悲剧意识让位于喜剧精神"、"农民落后文化心理批判弱化"等"文化精神的变异",出现了"片面承袭中国古典小说技巧"、"人物形象塑造的简单化倾向"、"艺术个性的抑制与艺术风格的雷同"等"审美意识的迷失"。⑤

　　20世纪90年代中后期,周立波研究出现"多元化"。一些研究者延续自己旧有的研究套路继续拓展,如艾斐的专著《中国当代文学流派论》对周立波乡土小说

---

① 胡光凡:《历史的真实和艺术家的勇气——关于〈山乡巨变〉再评价的一点浅见》,《中国文学研究》1986年第2期。

② 艾斐:《论"茶子花派"得以形成的基因与条件》,《中国文学研究》1986年第2期。

③ 丁帆、王世成:《十七年文学:"人"与"自我"的失落》,河南大学出版社1999年版。

④ 秦林芳:《〈暴风骤雨〉中的迷失——周立波〈暴风骤雨〉再论》,《名作欣赏》1994年第4期。

⑤ 程世洲:《变异与迷失——"十七年"农村题材小说的反思》,《湖北大学学报(哲学社会科学版)》1993年第3期。

的美学形式与艺术风格、"茶子花派"形成基因与条件等作了系统论述。① 再如谭元亨的专著《土地与农民的史诗》，对周立波乡土小说中对农民与土地关系的描写以及对自由与爱情的礼赞作了充分肯定。② 也有一些研究者以陈思和发明的"民间"概念为分析工具，重新发现并阐释，如刘洪涛的《周立波：民间文化与主流意识形态》，认为周立波小说"对在社会主义改造大潮中，民间风尚、习俗、信仰所面临的巨大压力表达了由衷的关切，对乡土人物在历史推进中的命运表达了深沉的忧虑。周立波潜意识中，对民间文化在乡土生活中的合法性和主宰地位，从未动摇过信心。因此，民间文化在他的作品中，能够保特相对独立，与主流意识形态之间形成对峙、冲突，并在一定程度上，消解了后者的改造攻势"③。

20 世纪 90 年代中后期，周立波研究中最有影响的是"再解读"，其中又以唐小兵的《暴力的辩证法：重读〈暴风骤雨〉》最为有名，影响亦很大。该文认为《暴风骤雨》存在"写作方式的暴力"、"语言的暴力"和"暴力的语言"；认为《暴风骤雨》"这类'转述式文学'是一个'革命时代'的大众文学，不仅建立起自身一套完整的'写作方式'，而且也形成一定的创作公式和语言词汇，在最表面也是最深刻的意义上，回响和阐释着主流意识形态，服务于体制化了的'象征秩序'。在这个意义上，'转述式文学'恰恰是非革命而且保守的一种文学形式，是对文学革命的终极否定"④。这种"再解读"重新回到文学与政治意识形态的关系，但解读方法与过去年代的"政治解读"截然不同。

至 21 世纪，周立波乡土小说研究不断有新的方法、新的拓展。

七、柳青乡土小说重评

柳青的乡土小说创作，跨越了"现代文学"与"当代文学"两个时期。从 20 世纪 30 年代走上文坛开始，柳青为中国新文学陆续贡献了《误会》、《牺牲者》、《地雷》、

---

① 艾斐：《中国当代文学流派论》，北岳文艺出版社 1994 年版。
② 谭元亨：《土地与农民的史诗》，天津古籍出版社 1995 年版。
③ 刘洪涛：《周立波：民间文化与主流意识形态》，《文艺理论研究》1997 年第 3 期。
④ 唐小兵：《暴力的辩证法：重读〈暴风骤雨〉》，唐小兵编《再解读：大众文艺与意识形态》(增订版)，北京大学出版社 2007 年版，第 127 页。

《在故乡》、《喜事》、《土地的儿子》、《种谷记》、《咬透铁锹》、《铜墙铁壁》、《创业史》、《蛤蟆滩的喜剧》等作品。其中,以长篇小说《创业史》影响最大。从1948年首次出现《读〈种谷记〉》开始,对柳青和柳青小说的批评与研究,至今已逾70年。在半个多世纪的批评研究中,对柳青和以《创业史》为代表的柳青小说的评价也是有如过山车,时高时低,毁誉参半。

20世纪40年代至50年代,柳青的早期作品《种谷记》、《铜墙铁壁》、《咬透铁锹》是评论研究的对象。1950年1月4日,巴金、李健吾、周而复、唐弢、许杰、黄源、程造之、冯雪峰、叶以群、魏金枝等在上海为柳青的《种谷记》举行座谈会,与会者们大都对《种谷记》评价不高,认为小说写得不够好,故事不够曲折,缺少发展,平铺直叙,人物性格不够鲜明,变化突兀。但他们都肯定柳青的写作态度认真、严肃,小说也有一定的价值,就是“它把当时共产党抗日根据地陕北的一个村庄的面貌介绍给我们,介绍得非常精确和非常详细。这个村庄,和陕北其他的村庄一样,在共产党和民主政府的领导之下,通过减租的政策和集体互助以增加生产的变工的号召,正在改革着和前进着。这种改革的性质,和进步中的问题,是都已经写出来了”①。《铜墙铁壁》、《咬透铁锹》也有评论,这里从略。

20世纪60年代初中期,柳青的《创业史》出版后产生很大反响,成为这个时期评论研究的热点。严家炎、冯健男、任文、张钟、冯牧、李希凡、徐文斗、韩长经等纷纷撰文评论,一时好评如潮。本时期评论研究的最大热点,是梁生宝、梁三老汉两个农民形象。严家炎的《关于梁生宝形象》、《梁生宝形象和新英雄人物创造问题》、《谈〈创业史〉中梁三老汉的形象》、《〈创业史〉第一部的成就》等是这一时期影响最大的评论文章。这几篇文章的核心观点,就是《创业史》中塑造得最成功的人物,不是作为故事主角的“新英雄形象”梁生宝,而是作为“中间人物”的梁三老汉。其理由是,从艺术要求看,梁生宝不够真实,梁三老汉比较真实,“梁三老汉虽然不属于正面英雄形象之列但却具有巨大的社会意义和特有的艺术价值。作品对土改后农村阶级斗争和生活面积揭示的广度和深度,在很大程度上有赖于这个形象的完成。

---

① 《〈种谷记〉座谈会》,原载《小说》3卷4期,1950年1月号,引自山东大学中文系编:《中国当代文学研究资料·柳青专集》(内部参考资料),山东大学中文系1979年印制,第77—92页。

而从艺术上来说,梁三老汉也正是第一部中充分地完成了的、具有完整独立意义的形象"①。与之相较,作家在塑造梁生宝形象时,"似乎并不是时刻都紧紧抓住人物的性格和气质特点的。为了显示人物的高大、成熟、有理想,作品中大量写了他这样的理念活动:从原则出发,由理念指导一切"②。严家炎的观点在当时引发了一场不小的争论。柳青不同意严家炎的观点,在《提出几个问题来讨论》中提出六个问题,对严家炎的观点进行反驳。他认为在梁生宝"不真实"这个问题上,"小说的描写和严家炎同志的分析,存在着不可调和的矛盾"③。又在《艺术论》中指斥"严家炎说以梁三老汉为中心,这简直是胡说八道"④。不少论者也纷纷撰文表示对严家炎观点的异议,如冯健男在《再谈梁生宝形象》中再次强调梁生宝形象是成功的,他与严家炎的分歧在于"我们的社会主义文学如何表现党的领导的问题;如何达到矛盾和斗争典型化和人物性格、特别是新英雄性格典型化的问题;如何体现革命现实主义和革命浪漫主义相结合的艺术方法问题"⑤。冯健男把论争双方分歧的症结,说得很清楚。

　　20 世纪 60 年代后期至"文革"结束的十年间,柳青研究陷入停滞。20 世纪 70 年代末至 80 年代初,学界重新启动柳青研究,为柳青和《创业史》"恢复名誉"。康濯、阎纲、徐文斗、蒙万夫、刘建军、艾斐等撰文分析《创业史》的思想意义、形象塑造等问题,研究的焦点仍然是梁生宝和梁三老汉形象。不少文章,其研究方法和研究内容都是 20 世纪 60 年代的延续。也有在方法、观点上显得比较新颖的文章,如张明廉的《人情、人性与社会主义文学的真实性——谈谈〈创业史〉中的人情、人性描写》,该文认为"作者既不回避、更不摒斥人情、人性,而是根据马克思主义的基本立场和观点,着重描写和充分表现人情、人性,以朴实的诗意的笔触,表现在新的巨大历史变革过程中人情、人性的真、善、美和假、恶、丑的对立、斗争和消长,揭示我们时代无产阶级和劳动人民的人情美、人性美的无比魅力,这正是《创业史》具有无可

---

① 严家炎:《谈〈创业史〉中梁三老汉的形象》,《文学评论》1961 年第 3 期。
② 严家炎:《关于梁生宝形象》,《文学评论》1963 年第 3 期。
③ 柳青:《提出几个问题来讨论》,原载《延河》1963 年 8 月号,引自山东大学中文系编:《中国当代文学研究资料·柳青专集》(内部参考资料),山东大学中文系 1979 年印制,第 250 页。
④ 柳青:《艺术论》,蒙万夫等编《柳青写作生涯》,百花文艺出版社 1985 年版,第 68 页。
⑤ 冯健男:《再谈梁生宝形象》,《上海文学》1963 年第 9 期。

辩驳的真实性和深刻性的重要原因"①。这样的论断,尽管把"人情美、人性美"还限制在"无产阶级"和"劳动人民"之内,走得不算太远,但在当年也是比较前卫的。刘建军、蒙万夫、张长仓合写的《论柳青的艺术观》、阎纲所撰写的《〈创业史〉与小说艺术》等专著的出版,也是本时期柳青研究的重要成果。

　　20世纪80年代,评论界和学界开始以越来越"学理"的方法和态度研究《创业史》,其路径主要有五:其一,不依时政变化臧否艺术,坚持运用历史的美学的方法。20世纪80年代,农村经济改革,"大包干"(家庭联产承包责任制)逐渐取代"合作化",《创业史》的"合作化叙事"也随之受到一些人的质疑和批评。对这种依据时政变化来臧否过去年代的文艺作品的批评倾向,一些论者并不认同。如刘思谦在《建国以来农村小说的再认识》中提出:"对作品的认识如果围绕着农村政策的变化而变来变去,衡量作品价值的尺度就成了可长可短的橡皮尺,当代文学史上农村题材的作品可能就没有多少可以站得住的了。更重要的是,作品的历史真实性与它所反映的那一段生活的历史功过、政治是非并没有必然和直接的联系,不能用对某一历史阶段的政治评价来直接判断作品的历史真实。"肯定《创业史》"对于农业合作化运动历史真实的概括之广度和深度以及宏伟的艺术构思……仍然是首屈一指的";"即使若干年后这一段历史的功罪要重新予以评说,《创业史》仍然有沉甸甸的认识价值。它那扎实、深厚的'生活故事'将告诉人们:中国农民走过这样一条路!从美学的标准来看,《创业史》的成功也是无可怀疑的。作品中梁三、梁生宝等许多人物,是具有多方面性格特征的活生生的艺术形象"②。其二,从特定的艺术创作方法入手,深入研究《创业史》的主题表达、人物形象塑造、情节结构和各种技巧等。用现实主义及其典型论进行研究的论者最多,如刘建军和蒙万夫的《论柳青创作的现实主义特色》(《文学评论》1981年第1期)、徐文斗和孔范今的《论〈创业史〉的典型化》(《河北大学学报》1983年第1期)、李星的《一个富有生命力的农民典型——试论〈创业史〉中的王二直杠》(《唐都学刊》1989年第4期)等。其三,分析《创业史》的乡土特色,这类文章不多,但对乡土小说研究而言却特别有价值,如魏家骏的

_____

　　①　张明廉:《人情、人性与社会主义文学的真实性——谈谈〈创业史〉中的人情、人性描写》,《西北师大学报(社会科学版)》1979年第3期。

　　②　刘思谦:《建国以来农村小说的再认识》,《文学评论》1983年第2期。

《〈创业史〉的风景画和风俗画——〈创业史〉艺术谈》,认为"《创业史》在自然景物描写方面的特色则是不追求表面的奇幻瑰丽的色彩,不追求田园诗般的牧歌情调,作者从动态的感受而非静穆的观察出发,写出在社会主义前进的蓬勃浪潮中农村生活的画面,并着重写出景物的地方色彩和时代特征"。在风俗画描写方面,"《创业史》所描绘的北方农村社会生活的风俗,就是通过具体、生动的生活画面,把北方民间生活习俗的描写,同人物的生活命运结合起来,借以表现人物的生活命运与时代、与社会生活的联系,并写出这种时代的影响在人物身上的投影。……《创业史》中所写的婚丧喜哀的风俗场面,就把人物命运与风俗人情融为一体,颇有深刻的社会历史内容"①。再如唐继贤的《〈创业史〉的乡土特色》,将乡土特色看成"文学民族化的显著标志之一,也是革命现实主义创作的重要组成部分",认为《创业史》"运用细腻传神的手法,按照一个完整的艺术构思把现实世界中时代的变迁、人物的命运、农村两条道路的矛盾纠葛和陕西关中地区的山川景物、民情风俗巧妙地编织在一起,构成一幅幅雄浑和谐的生活画卷。作品渗透了浓厚的生活气息,呈现出西北山乡独特的乡土风味、情调,给人以深刻的审美感受"②。其四,创作研究,本时期出版了两部专著,一是周天的《论〈创业史〉的艺术构思》(上海文艺出版社 1985 年版),二是孔范今、徐文斗的《柳青创作论》(陕西人民出版社 1983 年版),后者对柳青的早期和中期创作,《创业史》的思想、形象、艺术和文学史意义,柳青的创作道路等进行了全面系统的分析,在分析方法上以现实主义的美学要求和政治意识形态的"革命性"与"正确性"为评判依据。其五,史料建设,本时期出版了柳青研究资料数种,有中国青年出版社编的《大写的人——柳青回忆文集》(中国青年出版社 1982 年版)、陕西人文杂志编辑部与陕西社科院文研所合编的《柳青纪念文集》(《人文杂志丛刊》第 1 集,1985 年版)、蒙万夫编纂的《柳青写作生涯》(百花文艺出版社 1985 年版)等,柳青研究资料得到进一步完善。

20 世纪 80 年代后期至 90 年代,柳青研究出现了不同于过去年代的新变化,再次"重评"成为这个时期的主要特征。具体表现在以下几个方面:其一,否定性"重

---

① 魏家骏:《〈创业史〉的风景画和风俗画——〈创业史〉艺术谈》,《教学与进修》1983 年第 4 期。

② 唐继贤:《〈创业史〉的乡土特色》,《人文杂志》1985 年第 5 期。

评",最有影响的文章是宋炳辉的《柳青现象的启示——重评长篇小说〈创业史〉》。该文认为"柳青的《创业史》中存在着深刻的价值矛盾,即单一的政治视角对人物塑造的制约和感性的生活体验对人物的生动性的强化之间的矛盾"。"《创业史》以狭隘的阶级分析理论配置各式人物。这种理论之所以狭隘,在于它是以简单、机械的经济决定论为前提的。"柳青在小说中"惨淡经营的多样化和差别化,并未脱离文学形式对政治运动直接模拟的樊篱,根本上还是人物性格的单一化,人物配置的类型化和情节安排的程式化"。柳青虽然"长期扎根于农村生活,力图忠于生活的作家",但其"对马克思主义抱有一种非科学的简单化信仰","在先验的理论框架的规范中面对生活",因而导致了其创作主体性的丧失,这就"必然导致作品中人物主体性的丧失,于是人物服务主题,事件演绎主题,主题证明政治理论的千真万确"。①论文将"文学主体论"与"政治决定论"或"经济决定论"等对立起来,取前者,贬后者。这在 20 世纪 80 年代整体上的文学启蒙氛围中,虽然不那么惊世骇俗,但也算是很前卫。对此"偏激之论",一些论者并不认同,如罗守让、江小天分别撰写了《为柳青和〈创业史〉一辩》(《文学评论》1991 年第 1 期)和《也谈柳青和〈创业史〉》(《文艺理论与批评》1990 年第 1 期)的文章公开为柳青辩护,但无法与宋炳辉文章的影响力相抗衡。其二,从地域文化角度研究《创业史》,依然是本时期最重要的研究视角之一。本时期出版的此类研究专著有李继凯的《秦地小说与三秦文化》,作者赞扬"柳青是用毕生心血投注于'创业'主题文学表达的最有代表性的秦地作家。他的《创业史》第一、二部,从文化意蕴上看也许并不怎样丰富,但在集中揭示农民的生存经验和合作化道路的历史合理性方面,的确是不可多得的好作品。要想彻底摆脱贫困,仅靠数千年习惯的个体自然经济模式充其量只能缓解贫困,尤其在现实中也许只是权宜之计,而随着人们觉悟的真正提高,合作化道路的潜在优势也许会超越尝试的层面和失败的教训,进入一个较高的层次"②。刘克宽的《超越政治视角的文化审视——重新解读〈创业史〉中梁三老汉形象》一文,也从文化角度重新解读《创业史》,认为小说中的"梁三老汉作为成功的艺术形象,在审美价值上所体

---

① 宋炳辉:《柳青现象的启示——重评长篇小说〈创业史〉》,《上海文论》1988 年第 4 期。
② 李继凯:《秦地小说与三秦文化》,湖南教育出版社 1997 年版,第 158—159 页。

现出的不同凡响之处,从根本上说是创造主体超越了人物塑造的政治视界而达到了文化审视高度的结果。表现在审美过程中,即一定意义上摆脱了由政治的权威话语建构所决定的批判因素,在叙述中显示出一种对人生自我价值追求的合理性的认定与理解。具体到人物形象来说,即在对矛盾统一性格的艰难转化的描写中,极为可贵地揭示出了梁三老汉作为个体农民的典型,为了摆脱屈辱地位、争得'人的尊严'而不屈奋斗的过程,从而使人物的复杂性格具有了震撼人心的审美价值"①。此类文章也很多。其三,从乡土小说艺术形态角度展开分析,丁帆的《中国乡土小说史论》认为《创业史》是"一部恢宏的史诗般的鸿篇巨制",但在"风土人情和风俗画以及风景画的描写力度上却大大逊色于三十年代的乡土小说,亦远不如同期的孙犁和周立波等人的创作,甚至连赵树理小说中那种以方言土语来强化风俗画描写的成分亦丧失殆尽",因而是"向乡土小说风俗画的美学特征告别的宣判书,这种审美特征的失落,严重损害了乡土小说的审美效应,同时也就无形中消弭了乡土小说与农村题材小说的区别"。②

进入 21 世纪,有关柳青及其《创业史》的批评研究,"重评"与"再解读"携手同行,"散发着浓郁的新历史主义气息"③。

八、孙犁乡土小说重评

孙犁与柳青一样,是跨越"现代"与"当代"的作家,是"荷花淀派"的代表人物。尽管孙犁自己不认可"乡土小说",他的小说《麦收》、《荷花淀》、《芦花荡》、《白洋淀纪事》、《村歌》、《铁木前传》等,却被评论界和学界归入乡土小说之列予以批评和研究。孙犁研究,如果从署名"怀霜"的《战士怎样在地下生根的——关于〈荷花淀〉》(《时与文》1947 年 9 月 2 卷 3 期)开始算起,至今已 70 多年。在这几十年的风云变幻中,孙犁研究虽然时冷时热,但对孙犁及其小说的认识不断加深,评价也有不断走高的趋势,孙犁在贾平凹等人的一些论说中甚至由"文学名家"变成了"文学大

---

① 刘克宽:《超越政治视角的文化审视——重新解读〈创业史〉中梁三老汉形象》,《山东师大学报(社会科学版)》1998 年第 2 期。

② 丁帆:《中国乡土小说史论》,江苏文艺出版社 1992 年版,第 170 页。

③ 刘宁:《两种现实主义的论争——柳青研究六十年的回顾与思考》,《中国现代文学研究丛刊》2011 年第 4 期。

家"、"文学大师"。

　　20世纪40年代末至60年代中期,对孙犁小说的评论与研究,大多集中于对《荷花淀》、《白洋淀纪事》、《风云初记》、《铁木前传》等一些名篇佳作的评介和对孙犁创作风格的描述,并且形成了一些共识。其一,浪漫主义精神。韩长经撰文说:"在孙犁的早期著作里,像吴召儿和双眉这样的人物形象,像《荷花淀》和《芦花荡》这样的生活场景,都是被充分浪漫主义化了的。它们比真实还要真实,比真实还要美。……《风云初记》中所表现的对敢于斗争敢于胜利的人民的歌颂,对旧世界的彻底否定和批判,都体现着浪漫主义精神。"①也有论者发现孙犁小说有浪漫主义与现实主义结合的特点,"在《白洋淀纪事》的许多篇章中,浪漫主义还是基调,那么,到了《铁木前传》,浪漫主义和现实主义就有了进一步的结合,作品中的现实主义因素有所发展,作品的思想内容也更加深厚了"②。其二,抒情小说。孙犁小说被论者们看成抒情小说,如黄秋耘说:"孙犁的作品,虽然绝大多数都是小说,却有点近似于诗歌和音乐那样的艺术魅力,像诗歌和音乐那样的打动人心,其中有些篇章,真是可以当作抒情诗来读的,当作抒情乐曲来欣赏的。作家在艺术上所追求的,似乎是一种诗的境界,音乐的境界。"③其三,美的女性形象塑造,这是孙犁小说的显著特点。《白洋淀纪事》"这个54篇的集子,字数才26万多字。在这26万字中间,作者试图画出60多个性格鲜明的华北老革命根据地、从抗日战争到解放战争期间的农村妇女的各种形象,以及这些妇女在对民族敌人和阶级敌人斗争面前所表现出的无比崇高的优良品质和自我牺牲的坚毅精神。全书篇篇像女人头饰上的珠花,珠珠放光"④。其四,风格纤丽清雅,这是孙犁小说最突出的风格特征。茅盾曾评价说:"至于纤丽的笔触和细腻的情调,正是孙犁的艺术风格的特色,我们既提倡艺术风格的多样化,就不应该对此责备求全。我们的生活是多姿多彩的,既有烈火狂飙的一面,也有风光霁月的一面。如果要全面地反映我们整个时代的风貌,就不但容许,而且必须鼓励各种不同的艺术风格的百花齐放,各尽所能。他既能以

---

①　韩长经:《试谈〈风云初记〉的浪漫主义精神》,《文史哲》1963年第4期。
②　黄秋耘:《关于孙犁作品的片段感想》,《文艺报》1962年第10期。
③　黄秋耘:《关于孙犁作品的片段感想》,《文艺报》1962年第10期。
④　王林:《妇女的颂歌——介绍孙犁的〈白洋淀纪事〉》,《蜜蜂》1959年第1期。

金钲羯鼓写风云变色的壮丽,也能用锦瑟银筝传花前月下的清雅","孙犁有他自己的一贯的风格,《风云初记》等作品,显示了他的发展的痕迹。他的散文富于抒情味,他的小说好像不讲究篇章结构,然而决不枝茎,他是用谈笑从容的态度来描摹风云变幻的,好处在于虽多风趣而不落轻佻"。① 茅盾对孙犁本人及其作品的高度评价,产生了广泛而深刻的影响。在一些新文学史著作中,孙犁被定位于"文学名家"。王瑶在《中国新文学史稿》中写道:"孙犁的作品大都以抗日战争时期的冀中农村为背景,能够生动地描写出农村男女的勤劳明朗的性格和英勇斗争的精神,有着浓厚的生活气息和抒情的风格。尤其着重表现农村青年妇女在战争中的心理变化和他们的伟大贡献,他作品中关于农村女性的描写往往占有很重的地位,其中有勇敢矫健的革命行为,但也有一些男女爱情的细致情绪,有时,这种细致的感情写得太多,太生动了,就和整个作品中那种战争的气氛很不相称,因而也就多少损害了作品所应有的丰富思想。"②

　　20 世纪 60 年代后期至"文革"结束的十年间,孙犁研究陷入停滞。20 世纪 70 年代末至 80 年代,孙犁及孙犁小说研究沿着 20 世纪五六十年代开辟的研究路径展开,主要有五:其一,创作方法研究,与 20 世纪五六十年代不同,孙犁的小说创作方法被认定是现实主义的,浪漫主义次之,如周申明在《孙犁小说的现实主义力量》中说:"孙犁的作品,尤其是早期的一些作品,确实闪耀着明丽的浪漫主义色彩。但是,我认为,从创作方法说,孙犁作品的基调是革命现实主义的。"③郭志刚在《论孙犁现实主义创作的特征》中亦言:"我们不否认,在孙犁的艺术气质里,含有浪漫主义的色彩和成分……从整体上看,孙犁依然是一位现实主义的作家。"④金梅从孙犁文论中发掘孙犁的现实主义美学思想,其在孙犁的《作画》、《谈美》、《读作品记》等文章中,发微探幽,寻觅抽绎出孙犁的现实主义美学思想,并将这种思想的核心

---

　　① 茅盾:《反映社会主义跃进的时代,推动社会主义时代的跃进》,人民出版社 1960 年版。引自刘金镛、房福贤编:《孙犁研究专辑》,江苏人民出版社 1983 年版,第 189 页。
　　② 王瑶:《中国新文学史稿》(下册),新文艺出版社 1953 年版,第 319 页。
　　③ 周申明:《孙犁小说的现实主义力量》,《中国现代文学研究丛刊》1981 年第 4 期。
　　④ 郭志刚:《论孙犁现实主义创作的特征》,《社会科学战线》1983 年第 1 期。

内容概括为"美在生活,美在思想,美在创造"①,这为探讨孙犁小说的现实主义提供了极为重要的文艺思想佐证。其二,艺术风格研究,这类文章很多,所持观点大都与20世纪五六十年代相近,也有出新意的。周申明、邢怀鹏将孙犁的艺术风格概括为"别具特色的时代风云录","纷然多姿的妇女形象","浓郁隽永的诗情画意","纯熟新颖的'白描'手法","浑朴自然的艺术结构","精湛动人的语言艺术"。② 郭志刚将孙犁小说的艺术风格概括为"从平凡生活表现时代的主要旋律","创造美的意境","造成含蓄的条件","地方色彩——实现现实主义要求的结果","孙犁塑造人物的特点","'质以传真'的群众语言","孙犁与'荷花淀派'"等。③ 这些论述,有的是对孙犁艺术风格特征的直接概括,有的是从人物塑造、流派特征去把握孙犁小说的艺术风格。这类对孙犁艺术风格的分析,既继承了20世纪五六十年代已有的一些观点,又有一些新的发展。其三,女性形象研究,这类文章也很多,在沿袭过去已有的观点的同时,也有新的发展。有论者将孙犁小说中的女性形象分为代表民族精神的女性形象(如水生嫂、吴召儿)、处在"新旧生活交叉地带的女性"(如小满)、具有思想性格缺陷的女性形象(如懒老婆马兰、投机派俗儿)等三类,这些女性形象具有"'试纸'作用"、"必需作用"和"魅力作用",④这样的分析虽然别扭,但多少也有些新意。其四,孙犁小说与"荷花淀派"(亦称"白洋淀派")的关系,涉及这个问题的文章也很多,如艾斐的《论"荷花淀派"的艺术变迁》(《当代文坛》1984年第11期)、张志忠的《论中国当代文学流派》(《中国社会科学》1985年第5期)等。总体上看,本阶段的孙犁小说研究比20世纪五六十年代的研究更具体、细致、深入;在研究方法与价值取向上,也有这个阶段特有的时代气息。有论者认为:"新时期的孙犁研究已不是零散地对他的某些作品进行分析解读,也不是孤立地对他进行个案论述,而是从综合性、整体性、宏观性上对孙犁进行研究,把他放在现、

---

① 金梅:《美在生活,美在思想,美在创造——孙犁的现实主义艺术论札记》,《天津师大学报》1983年第3期。

② 周申明、邢怀鹏:《孙犁的艺术风格》,《河北大学学报》1980年第3期。

③ 郭志刚:《论孙犁作品的艺术风格》,《中国现代文学研究丛刊》1983年第3期。

④ 李永生:《女性对象世界的艺术把握——孙犁"酵素小说"初探》,《山西师大学报(社会科学版)》1986年第2期。

当代文学发展史的大背景下,对他进行重新评价与定位。"①但孙犁自己对 20 世纪 80 年代及以前的"孙犁研究"并不满意,他说:"研究不能老重复过去那些东西,什么孙犁文章行云流水呀,富有诗意呀,还有荷花淀流派等等,要拿出一些新的东西。"②

20 世纪 80 年代末至 90 年代,孙犁及孙犁小说研究"拿出"了"一些新东西"。其一,作家主体研究,有关孙犁研究的论著和论文逐渐多了起来,如论著有郭志刚、章无忌合著的《孙犁》(中国华侨出版社 1997 年版),论文有贾平凹的《孙犁论》(《当代作家评论》1993 年第 3 期)、孙郁的《话说孙犁》(《中国图书评论》1995 年第 3 期)等。其二,孙犁文论研究,孙犁文论在本时期受到研究者们的重视,相关研究论文比较多,如黄彩文的《孙犁文艺思想简论》(《河北师范大学学报》1990 年第 8 期)、许桂良的《论孙犁的现实主义美学思想》(《河北师范大学学报》1993 年增刊)、李山林的《源于生活的文学语言观——孙犁文论研究之一》(《天津外国语学院学报》1997 年第 4 期)等。其三,"新孙犁"研究,孙犁在"文革"后创作了系列"芸斋小说"及大量的回忆录和散文作品,对这些作品的研究是"新孙犁"研究的主要对象,这类文章很多,如张学正的《老孙犁与新孙犁》(《百科知识》1995 年第 4 期)等。其四,孙犁乡土小说研究,从乡土小说角度讨论孙犁乡土小说的论文有不少;论著不多,有丁帆的《中国乡土小说史论》、陈继会的《中国乡土小说史》等。丁帆对孙犁乡土小说的散文化和诗化、通俗化和大众化、意境营造、语言运用、地方色彩、异域情调等艺术特征进行了简短而系统的讨论③,确立了孙犁在中国乡土小说发展史上应有的位置。

进入 21 世纪,孙犁研究文献数量增多,各个论题都有进展,但波澜不惊。

九、刘绍棠乡土小说重评

刘绍棠说不上是乡土小说"大家",但可以肯定地说他是乡土小说"名家",就中

---

①　张学正:《说不尽的孙犁——孙犁研究的回顾与期待》,《天津师范大学学报(社会科学版)》2002 年第 4 期。

②　孙犁:《语重心长一席话——孙犁谈文学研究》,《天津市孙犁研究会简报》1994 年第 1 期。

③　丁帆:《中国乡土小说史论》,江苏文艺出版社 1992 年版,第 162—164 页。

国当代乡土小说研究而言,刘绍棠是不应该被遗忘的。自 1949 年发表微型小说《邰宝林变了》开始至 1998 年逝世,刘绍棠在 40 多年的创作生涯中,共创作了 12 部长篇小说、30 部中篇小说、100 余篇短篇小说。其中,以《青枝绿叶》、《运河的桨声》、《蒲柳人家》等作品最为有名。

刘绍棠在 20 世纪 50 年代即有"文名",受到评论界的关注。李牧歌的《谈刘绍棠的创作》对刘绍棠创作于 20 世纪 50 年代初期的小说进行了系统的分析,认为刘绍棠"最初的创作,无论是思想上艺术上,都还是不够成熟的,例如《一顶轿子》、《模范红旗随风飘》、《七月里高粱红》,作品所记载的事物多是零星片段,生活的广度和思想的深度,也是不够的。然而随着年纪的增长,不断的努力,他的社会经历和生活认识也就逐步丰富了。特别重要的是,刘绍棠已经逐渐能够从政治方面去分析农村生活的各种现象,从阶级斗争的本质上去观察各种事物了。这就使得刘绍棠近年来发表的创作,如《运河滩上》、《山楂村的歌声》、《十字路口》,在思想上和艺术上都有比较完整的表现"①。何家槐的《关于〈运河的桨声〉》评价这是"反映农业合作化运动的一部较好的作品",但小说在塑造各个阶层的人物时,将注意力"主要集中在中农身上","无疑是把农村中尖锐的、复杂的阶级斗争简单化了"。② 肖殷的《要更多地和更深入地理解生活》肯定"刘绍棠在他的作品里,给读者带来了生活气息。作者能够把某些场景、人的活动以及某些生活细节生动地表现出来。从这类技巧里,可以看到作者有一种能够用感性形象的方式去感受生活的本领"。该文也认为刘绍棠小说"存在着很大的弱点",如"作品的生活内容与思想内容却仍然非常单薄,作品显得分量不厚,显得轻淡和飘浮";"作者对生活的矛盾采取了更为简单化的处理,人物与人物之间的矛盾和各种复杂斗争的解决,不仅离开了性格的内在的真实,也离开了生活的真实逻辑,以致矛盾的提出和解决也失去了可信的基础";"在创造形象的时候,却选择了一条抵抗力最小的道路,即是企图以一种较轻便的'写作技巧'来达到目的;而避开了认真地研究生活和研究人物的正确途径"。③ 这些批评,用当时的评价标准来衡量是准确的,抓住了刘绍棠小说存在的"弱点"。

---

① 李牧歌:《谈刘绍棠的创作》,《天津日报》1955 年 3 月 24 日第 4 版。
② 何家槐:《关于〈运河的桨声〉》,《人民文学》1956 年第 1 期。
③ 肖殷:《要更多地和更深入地理解生活》,《文艺报》1956 年第 8 期。

　　20世纪50年代后期至"文革"，刘绍棠因"鸣放"获罪，刘绍棠研究停滞。刘绍棠"文革"后重返文坛，以小说《蒲柳人家》再度闻名于世，刘绍棠研究也随之开始，并于20世纪80年代前期形成刘绍棠小说研究的小高潮。评论界和学界对刘绍棠小说的题材、主题、人物、情节结构、表现方法、语言特点、乡风民俗、民族风格及其小说创作的变化等，都进行了分析研究。其一，创作变化，丁帆在谈到刘绍棠小说创作变化时说，刘绍棠"复出"之初的小说创作"没能够摆脱陈规旧套，他的作品在艺术上非但不见长进，甚至还没能超过五十年代的水准。他的新作《地母》、《含羞草》、《燕子声声里》、《藏珍楼》等都存在着较浓厚的概念化倾向"。进入20世纪80年代，"刘绍棠用'从生活的大书上扯下来的几页'的中篇小说闯出了自己的新路，不断向'乡土文学'的纵深突进，终以独异的风格而蜚声文坛。他以《蒲柳人家》为信号，打出了'乡土文学'的旗帜，即以他丰厚的乡土生活为本，创作出'田园牧歌'式的'美文学'来。这些作品通过对丰富生活的描绘，鲜明地体现出生活的充实性与和谐性，给人以闲逸恬静、心旷神怡的美感，有较大的可视性"。这些"可视"的小说，具有"真朴美"、"语言美"和"创作形式美"。① 其二，"运河文学"，伦海将刘绍棠小说称之为"运河文学"，是"运河牧歌"，其"格调是那样的清新自然，那样的洗练流畅，而又略带几分古朴。在他的彩笔之下，北运河真是明媚得如同少女，反映着澹荡的天光，夹岸的青纱帐，溢放出醉人的泥土香。综观他的作品，无论人物、语言、风俗习惯、人情世态、生活气氛和环境色彩，其选材的视野，始终没有离开过京东运河平原的'乡土'风味；而且，刻画得又是那样栩栩如生、历历在目，使人觉得如临其境，如见其人，如闻其声。可以说，刘绍棠的'乡土文学'是地地道道的'运河文学'"。② 此后，在有关刘绍棠小说的研究文章中，"运河文学"概念成为一个重要的分析工具，被研究者们反复应用。其三，题材选择，刘绍棠小说描写的主要是乡村琐事，家长里短，即使叙述到重要的历史事件，这些事件也大都成为故事发生的背景。对刘绍棠小说的题材选择，评论者们也多有论述，如赖瑞云的《独创与得失》在分析《蒲柳人家》时，注意到小说有与"重大政治斗争"相关的故事叙述，但"情节的

---

① 丁帆：《试论刘绍棠近年来作品的美学追求》，《文学评论》1982年第5期。
② 伦海：《刘绍棠的"运河文学"》，《赣南师专学报（哲学社会科学版）》1982年第3期。

重心还是儿女之事。至于作品中大量的传奇笔墨：一丈青大娘大闹运河滩，何大学问威震古北口，柳罐斗与云遮月的渡船幽会，吉老秤与牵牛儿的忘年交友谊，无不取景于日常生活、男女之情、家庭悲欢"①。其四，人物形象，评论者们认为刘绍棠的新时期小说创造出了许多富有鲜明个性和独具光彩的人物形象，充分表现了普通农民心灵深处的情操美和善良的人性美。在众多人物形象中，尤以女性形象塑造最为突出，不少评论者谈到刘绍棠善于塑造女性形象，如有评论者注意到，女性形象"几乎出现在每一篇作品中，并且几乎都是主角，她们经历不同，年龄有别，然而她们又都命苦心甜，灵魂高洁，并且和男子一样重义多情"②。其五，"乡土风俗画"，这也是评论者们论述较多的问题。张同吾较早关注刘绍棠小说中的"乡土风俗画"，赞美刘绍棠的《瓜棚柳巷》"把我们带到五十年前他家乡的田园中去：运河滩头，一片瓜园；水柳篱墙，柴门半掩。瓜熟时节，满天香雾；南风徐来，香飘十里。瓜棚窗外，垂柳依依，从这里眺望运河风姿：见白帆点点，碧波粼粼；听渔歌船号，哀婉悲壮。在这小小瓜棚之内，寂寂柳巷之中，却有辛勤的劳作，英勇的搏斗，深挚的友谊，忠贞的爱情；有悲伤，有欢乐；有闪光的灵魂，有向上的力量；有民族斗争浓云未雨时的阴暗，有压迫和反抗刀光剑影里的厮杀。它像一幅色泽明丽的家乡风俗画，从一个特殊的角度曲折地描绘了时代的风貌；它像一首感人肺腑的田园抒情诗，含蓄地表现了作家对生活挚爱的深情"③。其六，小说结构，刘绍棠小说的结构特点，既有对中国传统小说结构的继承和运用，也有对外国优秀小说的学习。郑恩波对此即有论述，他说"绍棠的创作广取名家之长，其中我国古典小说的影响尤为明显"④。有评论者批评刘绍棠小说的结构出现了"固定程式"，如《渔火》中的马名雅、解连环；《瓜棚柳巷》中的柳棋青，《草莽》中的桑木扁担和桑铁瓮，《蒲剑》中的蒲天明和阮家兄弟；《荇水荷风》中的金大戟和龙抬头……他们一律武艺惊人，义重如山，身后常常拽着一串饶有趣味的身世。小说中女性也总是以巾帼英雄的面目出现：一丈青大娘手脚好生了得，春柳嫂同样勇猛强悍，柳叶眉学得一手好拳脚，即使

①　赖瑞云：《独创与得失——刘绍棠创作道路得失刍议》，《当代作家评论》1984 年第 5 期。
②　方顺景：《一颗闪光的珠子》，《文学评论丛刊》1982 第 12 期。
③　张同吾：《乡土风俗画　田园抒情诗——读刘绍棠的〈瓜棚柳巷〉》，《当代》1981 年第 4 期。
④　郑恩波：《刘绍棠和他的乡土文学》，《文艺理论研究》1989 年第 4 期。

一年难得开几回金口的金不换大娘也有一手飞绳套人的绝技"。再如,"刘绍棠小说——包括当代题材的小说——总是有意无意地安排了大团圆的结局。无论是《瓜棚柳巷》、《蒲柳人家》,还是《柳伞》、《花天锦地》,中途消失了的人物总是在关键时刻不迟不早地回来,敌对力量一概三拳两脚被打垮,各种冲突都得到满意的解决,有情人终成眷属,果然是'天上月圆,地上花好,人间喜临门'"①。其七,语言特色,对刘绍棠小说的语言特色,评论家看法似乎较一致,"大量地娴熟地运用家乡人民的口头语言","善于把我国古典文学语言与人民口头语言熔炼在一起","富有个性的语言表现","这种雅俗共赏、传神怡目、声情并茂、传统说书味和地方口语都重的民族语言",等等。所有这些特点,被归于刘绍棠小说的民族风格。

20 世纪 80 年代中期以后,刘绍棠小说评论又进入了相对冷落的阶段,评论文章不仅数量大为减少,而且质量不高。段宝林主编的《刘绍棠与运河文学》是本时期比较重要的刘绍棠研究资料集。

十、浩然乡土小说重评

浩然是中国当代文学史上争议最大的作家。浩然的小说创作始于 1956 年,从那时开始,先后创作了《喜鹊登枝》、《艳阳天》、《金光大道》、《百花川》、《西沙儿女》、《苍生》等有影响的作品。这些作品分属"十七年文学"、"文革文学"和"新时期文学"。在过去的几十年中,对这些分属不同时期的作品的评价,可谓是冰火两重天。

20 世纪 50 至 70 年代,浩然是名重一时的作家,受到官方和批评界的高度肯定。叶圣陶对浩然的短篇小说集《喜鹊登枝》非常欣赏和肯定,"就收在集子里的 11 篇短篇看,已经可以从多方面见到,在被革命唤醒的新农村里,受合作化的实际教育的新农村里,人的精神面貌怎么样焕然一新,人与人的关系怎么样发生自古未有的变化"。"写对话,写景物,集中在表现人物的需要上,不肯随便浪费笔墨。所用语言朴素、干净,有自然之美。是可以上口念的作品,念起来比仅仅用眼睛看更有意思。"小说的布局也是"精心结撰"②。巴人对浩然的短篇小说集《喜鹊登枝》也

① 南帆:《刘绍棠小说的独特风格和固定程式》,《文艺理论研究》1983 年第 3 期。
② 叶圣陶:《新农村的新面貌——读〈喜鹊登枝〉》,《读书》1958 年第 4 期。

非常肯定,集子里的"十一篇小说,每篇都透露着新生活的气息,读了以后,好像自己也下了一次乡,置身于新农村里,看到了一个个精神饱满、积极、勇敢而又活泼的青年男女,也看到了一些笑逐颜开、正直、纯良,从旧生活和旧思想中解放出来的年老的一代。小说的基调充满乐观主义的精神,是新生活的颂歌。文风也明净流畅。作者对农村新妇女似乎很感兴趣,着笔特别多"。巴人也指出这本集子里的小说存在两个问题:"第一,作者笔下的人物精神面貌虽给人一种新鲜的感觉,但是人物还不够有突出的个性,即还不够有永远活在读者心里的力量。第二,理解我们党的各项政策是好的,是十分必要的,但怎样才能更深入地发掘为政策所渗透的生活的特征,使作品有更丰富的生活基础"①,作者做得还不够好。艾克恩、周述曾、徐文斗等也纷纷撰文评论浩然小说。"文革"时期,浩然小说受到的肯定更多,评价也更高,如陈继会的《耿耿正气满胸膛——读浩然〈西沙儿女——正气篇〉》(《郑州大学学报》1974年第3期)、金梅的《社会主义新生事物在斗争中前进——评长篇小说〈金光大道〉第二部》(《天津师范大学学报》1975年第2期)等。浩然是那个时代为数不多的"大家"。

20世纪70年代末80年代初期,对浩然小说的评价,肯定的少,否定的多了起来。最早对浩然实施重评的是在1977年11月刊发于《广州文艺》的一组文章,随后有"浩然批判"的文章出现。如郁炳隆的《〈百花川〉批判——兼评浩然在我院中文系的一次"讲话"》(《南京师大学报》1978年第2期)、王光祖和方仁念的《摈弃现实主义的一块样板——评浩然的〈三把火〉》(《上海文学》1978年第4期)等。"浩然批判"是与1978年前后对"文革"极"左"政治的批判一同展开的,是在揭批"四人帮"的"根本任务"下进行对浩然的去经典化。

20世纪80年代中后期以后,在"重写文学史"时潮中编写的中国当代文学史大都从审美角度否定浩然小说。如冯刚等编著的《中国当代文学史初稿》谨慎肯定浩然作品的思想内容和艺术表现"有可取之处",但批评其"艺术构思以及对自己所描写的生活的认识和评价由于深深打上'四人帮'道德反动思潮的烙印,把阶级斗争简单化,把路线是非搞颠倒,搞'三突出',过分强调个别英雄人物的历史作用,因

---

① 巴人:《略谈〈喜鹊登枝〉及其他》,《人民文学》1959年第11期。

而就严重地损害了作品中的现实主义,导致许多不真实的描写",甚至批评其"在读者中造成不好的影响,《金光大道》尤甚"①。张钟的《当代文学概观》对浩然创作于"文革"前的《艳阳天》等作品有适度的肯定,但对其"文革"时期的作品完全否定,认为"文化大革命"中的"浩然在创作上明显地接受了'四人帮'鼓吹的创作理论。他的《金光大道》既有'三突出'的模印,又有'从路线出发'的烙痕。中篇《百花川》已走到'写与走资派斗争'里边去了。至于中篇小说《西沙儿女》那完全是按照'四人帮'的旨意炮制出来的坏作品"②。在本时期发表的研究论文中,对浩然小说持否定性评价的也是多数。

需要特别提到的是,20 世纪 80 年代中后期也有一些文章,对浩然在"文革"后创作的小说作品(如《苍生》等)是肯定的。如沈太慧撰文肯定浩然"文革"后的小说创作,在叙述访谈过程的同时,转述了浩然在"文革"后的所思所想、所作所为,肯定"文革"后浩然的"两次觉醒"。第一次是"思想解放运动"时期,"浩然自我解剖说,他受'左'的影响,在创作上走过一段弯路,也有一定的盲目性。过去认为'右'是影响人民过幸福生活的,现在认识到'左'的危害。在政治上摔一跤,使我重新认识自己"。第二次是 20 世纪 80 年代初中期,"浩然在时代和生活的呼唤中,在同行们的'冲击'下'觉醒'了! 他的这一次'觉醒'与几年前思想解放运动时的那一次'觉醒'具有同样重要的意义"③。康凯、陆莹在合作撰写的文章中,认为浩然在"文革"期间"走了了弯路",但在"文革"后的十多年间,"浩然以文学形式把他对历史、社会、人生与文学的反省和思索公之于世。这便是《山水情》、《晚霞在燃烧》、《乡俗三部曲》(含《寡妇门前》、《终身大事》、《半路夫妻》三部连续中篇)等长篇小说,《浮云》、《弯弯的月亮河》、《姑娘大了要出嫁》、《老人和树》、《能人楚世杰》、《细雨濛濛》、《赵百万的人生片段》、《男大当婚》等十五部中篇小说,以及一批短篇小说和儿童文学作品。总计二百万字。这的确是一个相当巨大的数字,也是对当代文坛不算微薄的奉献。它凝聚着作家对养育他的农村大地和父老乡亲的拳拳之心,刻印出他奋力

---

① 冯刚等编:《中国当代文学史初稿》(下册),人民文学出版社 1980 年版,第 287 页。
② 张钟:《当代文学概观》,北京大学出版社 1980 年版,第 429 页。
③ 沈太慧:《埋头苦干,再拼一场——访作家浩然》,《当代文坛》1985 年第 6 期。

追赶时代的艰辛跋涉的足迹"①。这类评论不全盘否定浩然小说,而是"区别对待",即有限肯定浩然"十七年"时期的创作,批评其"文革"时期的创作,对浩然"文革"后的创作,则基本持肯定态度。

　　20世纪90年代的浩然研究,众语喧哗。在研究方法与视角上较20世纪80年代有所开拓,借鉴了国外一些现代研究方法,从话语系统、历史实证、文学纪事、叙述策略等多角度来研究,进一步突破社会历史的单一分析法。这一时期浩然先后引起了两次大的争鸣:第一次是1994年《金光大道》由京华出版社出版及浩然在《文艺报》上的言论引起强烈反响;第二次是1998年9月20日《环球日报》发表了《浩然要把自己说清楚》的文章,全面披露了浩然的几个惊人的观点,引起了学界更为强烈的反应。争论的焦点之一是对浩然在"文革"中的表现的看法,争论焦点之二是浩然及其创作在中国当代文学史上的地位以及在今天的价值和意义。叔绥人、杨扬、章明等人均对浩然及其代表作品在文史上的地位予以了否定。"《金光大道》与其说是在表现合作化运动中中国农民的正确伟大,还不如说是在为'文革'历史粉饰、唱赞歌。"②本时期,从中国乡土小说历史发展角度研究浩然小说的,有丁帆的《中国乡土小说史论》。丁帆认为,浩然"文革"时期的小说创作,将中国乡土小说带进了历史发展的"死亡地带",浩然的"悲剧命运就在于身不由己地把乡土小说的创作推入了绝境。'高、大、全'的英雄人物成为清规戒律,'三突出'的创作方法堵塞了乡土小说一切的审美通道。'风俗画',甚至'风景画',都被视为一种乡土小说的'反动',被湮没在臆造的规定故事情节模式之中。'文革'将文学推入了中国文学史的'空白',浩然也由此将乡土小说领入了'死亡地带',乡土小说完全变成了一种政治或政策的简单传声筒,赤裸裸的主题阉割了小说的审美机能"③。本时期,也有论者从"客观历史"的角度肯定浩然的小说创作,如赵润明、张德祥等评论者认为浩然的文学创作在当代文学史上写下了重要的一页,"浩然所创造的那些农民形象丰富了当代文学的人物画廊,提供了丰富的认识价值和审美价值"④。

---

　　①　康凯、陆莹:《追赶者的足迹——评浩然近年来的小说创作》,《北京社会科学》1986年第2期。
　　②　杨扬:《痴迷与失误》,《文汇报》1994年11月13日。
　　③　丁帆:《中国乡土小说史论》,江苏文艺出版社1992年版,第173页。
　　④　张德祥:《我所理解的浩然》,《名家》1999年第6期。

20 世纪 90 年代末至新世纪，浩然研究逐渐走向多元化。

　　概观对上述十位乡土作家及其作品的"重评"抑或"再解读"，可以发现几个共同点：其一，文学观念与价值观念多变。20 世纪 80 年代，研究者们在历史的和美学的标准之间，更倾向于美学标准，这"正是文学界倡导的'文学自觉'、'回到文学自身'等文学本体论观念在文学史研究中的反应"[①]。有评论者对此进行批评，认为"80 年代中期的'文学自觉'、'回到文学自身'的文学'非政治'潮流，也可以看到它的政治含义。……所谓'纯'文学理论，所谓纯粹以'文学性'、'艺术性'作为标准的文学史，如伊格尔顿说的，只是一种学术神话"[②]。20 世纪 90 年代的"再解读"，则是"把文学重新历史化，把文本重新打开，将文学和社会、政治、历史实践以及其他话语重新联系起来"，因而这可以被视为"新左派文学史观的崛起"[③]。其二，研究方法和批评方法求新求变。如前文所述，在对乡土小说"大家"的重评或"再解读"中，评论者们采用或借鉴来自西方的新批评、精神分析批评、神话原型批评、结构主义、后结构主义、接受美学、女性主义批评、文化学批评等多种多样的批评方法和研究方法。这些方法的运用，把中国乡土小说批评和研究推向了更加具体而深入的层面，提升了中国乡土小说批评和研究的理论水平。"重写文学史"思潮中的乡土小说"大家"重评，其学术价值是不言而喻的。

　　如有评论者所说："'重写文学史'是一个永无终结的现代命题，这使它至今仍有着重要的理论意义。"[④]始自 20 世纪 70 年代末 80 年代初的"重写文学史"并未落下帷幕，有关乡土小说"大家"的"重写"还在继续。

---

　　① 贺桂梅：《人文学的想象力——当代中国思想文化与文学问题》，河南大学出版社 2005 年版，第66 页。
　　② 洪子诚：《问题与方法》，生活·读书·新知三联书店 2002 年版，第 41 页。
　　③ 旷新年：《文学史视阈的转换——论 1950、1980 和 1990 年代的文学史叙事》，《中国现代文学研究丛刊》2013 年第 1 期。
　　④ 张德明：《"重写文学史"：一个没有终结的现代命题》，《贵州师范大学学报（社会科学版）》2003 年第5 期。

第三节　乡土小说流派与地域文化研究

20世纪80年代至90年代,中国新文学研究风行流派研究与文化研究。在中国乡土小说研究领域,乡土小说流派与地域文化也成为研究热点。在过去年代即已有所研究的有名的流派,如"京派"、"七月派"、"左翼"等,又重新进入人们的研究视野;一些过去未被作为流派研究的作家群体,如"茶子花派"、"白杨树派"等,被当作流派予以发掘和理论集结。与中国乡土小说密切相关的地域文化,成为研究对象和研究切入点。把乡土作家、乡土小说放到特定的地域文化里进行分析研究,更易凸显乡土小说独特的文化内涵与品性。一些研究者占据理论高度,"雄视"中国乡土小说整体的流派问题与地域文化问题;一些研究者则纷纷"占地为王",以自身所在文化地域的乡土作家作品为研究课题,推出了一批相关研究论文、论著和研究资料集。

一、流派研究热与乡土文学流派研究

自20世纪80年代开始,中国大陆盛行文学流派研究,何为流派,中国现当代文学有哪些流派,流派的范围、形成、特征等,成为评论者们研究和争论的问题。在中国乡土小说研究领域,关于乡土文学流派的有无、乡土小说流派的范围、性质、特征等,也成为一些研究者热心研究的问题。

(一)20世纪80年代的流派研究热

20世纪80年代初已经出现了关于文学流派的研究,但关于文学流派的理论似乎并未真正建立起来,关于流派的成立和划分标准、有哪些流派等并没有定论,对文学流派的构成因素和范围界定不明确,这从当时的很多讨论都是围绕这某个流派是否是一个流派可以看出来,如对"山药蛋派"、"荷花淀派"等的争议。因此,从20世纪80年代以来的流派研究,都只是做了一些较为零散的、感性的研究工作,并没有从学术意义上深入研究流派问题,直至1988年严家炎的《中国现代小说流派史》出版,情况才有所改观。

《中国现代小说流派史》是较早系统整理和深入研究中国现代小说流派的专著。严家炎首先界定了小说流派的概念，论证了从流派角度研究现代小说的必要性。他认为，由于流派揭示的是一群作家而不是一个作家的特点，因此，"研究小说流派，可以帮助我们掌握和分析纷纭复杂的文学现象，从中整理归纳出某些脉络，发现和总结小说发展的某些规律和经验，不仅能指出同一时期内横的分化，而且也能指出前后不同时期纵的关联。再加上研究者对各个流派的文学价值的评价高低，组成了一个三维的坐标系，通过它，可以把现代小说发展的主要过程及其特点描述得更加准确，更加接近于事实，而且能做到提纲挈领，简明适度"①。另一方面，从流派角度研究小说，也有助于我们更加深入地认识像鲁迅、茅盾等大家的"文学史"意义。

严家炎以非常严谨的态度辨析和认定了现代小说的几个重要流派：在鲁迅影响下出现的以文学研究会一些成员为主的"乡土小说派"，"自我小说"或"身边小说"的流派，"革命小说派"（即初期的"普罗文学派"），"新感觉派"，"社会剖析派"，"京派"小说，"东北作家群"，"七月派"小说，"后期浪漫派"等。另外，解放区民族化、大众化小说流派（即"山药蛋派"、"荷花淀派"），左翼作家的讽刺小说是否可构成一个流派等，都应加以研究。关于文学流派的界定，不同的学者可能会有不同的观点，严家炎的归纳不一定就是定论。但他的论证很充分，很有说服力，他归纳出来的这些流派也大多得到研究界的承认。

严著带动了学术界文学流派的研究，20世纪80年代后期出现了文学流派研究热，出现大量的文学流派研究论著，如论文有刘焕林的《中国现代各流派小说概观》（《广西师范大学学报》1985年第3期）、艾斐的《论"茶子花派"得以形成的基因与条件》（《中国文学研究》1986年第2期）、王荣芬的《中国现代小说流派述评》（《盐城师专学报》1989年第3期）等；论著有范泉主编的《中国现代文学社团流派辞典》、陈安湖主编的《中国现代文学社团流派史》、艾斐的《中国当代文学流派论》、张学军的《中国当代小说流派史》等。

（二）关于乡土文学流派的两种不同观点

流派研究热为乡土文学研究提供了一个新角度，从流派角度研究乡土文学在

---

① 严家炎：《中国现代小说流派史》（增订本），长江文艺出版社2009年版，第3页。

这个时期也是研究成果精彩纷呈。丁帆、王嘉良、王培元等学者对此作出了贡献。

　　丁帆在专著《中国乡土小说史论》中,对乡土文学流派提出了自己的观点:"所谓流派就是在某个特定'时空'中'群体作家'对于'个体作家'的模仿,而标志着这一'时空'中的最佳创作思想和艺术风格一旦被'群体'所接受和扩张,相对来说,它便预示着'个体风格'的消亡,这就是布封为什么一再强调'风格即人'的道理。"①在他看来,流派的确立,有利于弘扬一种思想和艺术风格,但同时在某种程度上消弭创作作为一种个体思维活动的本质特征。因此,在分析流派时,"不能离开群体和个体之间的那种背反的关系,从文学发展史的视角来考察其利与弊,指出中国乡土小说在七十年的流派发展过程中所历经的坎坷"②。基于这样的理解,丁帆在写"乡土文学史"或者"史论"的时候有涉及流派的问题,但并没有专论乡土小说流派,而是从文学史中的各个社团、流派、群体中寻找并分析论述他们乡土小说的部分。因为,"从鲁迅开始的'乡土小说'创作无论作为一种主潮或是暗流,它一直成为20世纪中国小说的主干"③,是作家用来表达自己世界观和文学观的"载体"④。因此,大部分的社团、流派和群体中的作家都有关于乡土小说的创作,丁帆并没有明确表示这些就是乡土文学流派,只是在分析他们的乡土小说的时候,以这样的社团、流派或群体为单位。被丁帆归为乡土小说流派或者群体的有:20世纪20年代以鲁迅为首的乡土小说流派,20世纪二三十年代以废名、沈从文为代表的"田园诗风"的"京派小说",20世纪30年代以茅盾为代表的"社会剖析派"乡土小说,以及20世纪30年代"左联"的"革命的乡土小说"、"东北作家群"、"七月派"小说,20世纪40年代解放区出现的直至中华人民共和国成立后"十七年文学"时期的"山药蛋派"和"荷花淀派"。

　　丁帆认为乡土文学流派只存在于现代文学史和中华人民共和国成立初期,而到了新时期尤其是"寻根文学"之后,是没有流派也难以出现真正的流派的。"随着生活观念和艺术观念的演变,作家们在创作中的'自我意识'的强化,个体精神的凸

---

①　丁帆:《中国乡土小说史论》,江苏文艺出版社1992年版,第377页。
②　丁帆:《中国乡土小说史论》,江苏文艺出版社1992年版,第377页。
③　丁帆:《中国乡土小说史论》,江苏文艺出版社1992年版,第7页。
④　丁帆:《中国乡土小说史论》,江苏文艺出版社1992年版,第8页。

现造成了风格的排他性。也就是说,小说流派业已趋于分化解体,几十年来人们期冀出现或即将形成的中国乡土小说流派,如'荷花淀派'和'山药蛋派'的进一步完善和发展似乎已经成为幻影;而 1983 年异军突起的'湘军'亦在高涨的创作潮流中分化;'京派'小说更是各呈异彩……所有这些都清楚地表明:时代已不需要在一种创作模式和创作风格下进行生产了,流派逐渐蜕化,取而代之的是强烈个性意识的主体性创作。这个时代产生不出流派,也不需要产生流派,它只冀望产生'巨人'。"①韩少功以《爸爸爸》破坏了自己正统的"湘军"形象,完成了一次对"湘军"的背叛;"京派"之中明智的作家都在个体的创造中不断改变自己,把自己划出流派的范畴,而努力形成自己独特的风格;"西部文学"有成熟的中国乡土小说范型,但谁也没有认为他们能够成为中国乡土小说流派的一翼;"山药蛋派"走向了"死亡地带";陕西作家群的成功在于"他们没有提出建立流派的口号,而是尊重个体性的创作思维,提倡开放式的而不是封闭式的文学观念"。这些都证明了流派在这个时代的消亡,"任何指望中国文学领域里,尤其是在乡土小说中形成流派的理想看来已被时代艺术观念的大潮所吞噬,代之以希冀出现的应是'巨人'的时代"②。

　　概而言之,丁帆认为,流派代表的是一种"群体意识",而那种"群体意识"是乡土小说发展的反动力。所以,他是反对乡土小说领域里出现文学流派运动的,他更看重的是一种个体意识、个性色彩。正为如此,他在分析现代文学史上存在的那些社团、流派和群体的乡土小说时,都是侧重于分析那个群体内部作家的个体差异。

　　与丁帆不同的是艾斐。艾斐致力于流派理论和当代流派的辨识、梳理工作。与丁帆认为当代文学史上无流派的观点相反,他认为当代文学史上是有流派的,他以中国古代文学史、现代文学史和外国文学史的流派研究为参照,提出了关于流派的概念:流派"就是思想认识、创作特点、艺术风格和审美情趣等大致相近似或一相近似的创作群体。这个创作群体是充满动态感的,始终是一个张扬艺术个性和默契艺术共性的美学流程。这个创作群体的形成,可以是自觉的,也可以是非自觉的,而且在大多数情况下都是非自觉的,是一种在共同的文艺思潮、传统基因、文化

---

①　丁帆:《中国乡土小说史论》,江苏文艺出版社 1992 年版,第 189 页。

②　丁帆:《中国乡土小说史论》,江苏文艺出版社 1992 年版,第 194 页。

积淀、生活特质、时代精神、民俗沿习、民族内曜、艺术形态和美学物体的综合效应中的艺术集萃。这个创作群体的出现是自然的文学现象,是文学发展过程中的一种基本形态,不以人的意志为转移"①。值得一提的是,当时的学术界,大多数研究者直接将 20 世纪 20 年代在鲁迅影响下出现的以文学研究会一些成员为主的流派称为"乡土小说派",如严家炎的《中国现代小说流派史》等。但在实际关于乡土文学的研究中,可涉及的流派还有很多,如"京派"小说、"左联"、"东北作家群"、"山药蛋派"、"荷花淀派"、"茶子花派"和"新时期"以来的很多地域作家群等,都被划分为乡土小说流派或者准流派的范畴。人们研究这些流派或者准流派的乡土文学,但基本上并没有真正重要的关于乡土文学流派的理论建构,在这种情况下,艾斐在《论文学流派的美学形态与艺术类型》中首次提到了"乡土型"文学流派,并做了一些理论工作。他认为:"'乡土型'文学流派,是在一定的民族、地域和文化基础上形成的文学流派。这种类型的流派,可以是偏重于民族性的,也可以是偏重于文化性的。当然,在更多的情况下,它们是以民族—地域—乡土—文化—历史的综合美学形态出现的。其最重要的特点,是始终带有浓厚的乡土气息,但大多是在一定的历史文化地域中形成并发展起来的。"②这是首次出现的明确的关于乡土文学流派的界定。据此,艾斐认为中国当代文学史上存在过的"乡土型"的文学流派有五个:① 有近半个世纪发展历史的"山药蛋派";② 20 世纪 50 年代形成的以孙犁为代表的"荷花淀派";③ 20 世纪 50 年代后期至 60 年代初期出现的"茶子花派";④ 以沙汀、艾芜、李劼人、赛先艾、刘澎德、王松、吴源植、李乔、彭荆风、公浦、季康等为主干作家的"西南乡土派";⑤ 以王汉石、柳青为代表的"渭河派"。到了"新时期",又出现了"西部文学"、"京味小说"、"市井文学"、"文化小说"等新起的乡土文学流派,这些新起的乡土文学流派还不够成熟,但具备了流派的典型特征,是乡土文学流派的雏形。

朱晓进的专著《"山药蛋派"与三晋文化》、沈卫威的专著《东北流亡文学史论》等,都是本时期乡土文学流派研究的重要收获。此外,王嘉良、王培元、许道明、逢增玉、白长青、凌宇等就某一具体的流派研究作出了自己的学术贡献。

---

① 艾斐:《论中国文学流派的现实形态与发展规律》,《天津师大学报(社会科学版)》1990 年第 3 期。

② 艾斐:《论文学流派的美学形态与艺术类型》,《齐鲁学刊》1990 年第 6 期。

二、重点研究的乡土文学流派

纵观 20 世纪 80 至 90 年代的乡土文学流派研究,可以发现,20 世纪 20 年代鲁迅影响下的"乡土小说派"、"京派"、"东北作家群"、"山药蛋派"、"荷花淀派"是"新时期"乡土文学流派研究的重点。

（一）20 世纪 20 年代的"乡土小说派"

"乡土小说派"是 20 世纪 20 年代中期在周氏兄弟的影响下出现的以鲁迅的创作为示范、以文学研究会一些成员为主的流派,这是个有理论有创作的初步成熟的现实主义流派,代表性作家有鲁彦、许杰、潘训、徐玉诺、彭家煌、王任叔、蹇先艾、许钦文、台静农等。这是中国现当代文学史上最少争议的乡土小说流派,也是最早的乡土小说流派。丁帆的专著《中国乡土小说史论》主要探讨了"乡土小说派"作家的乡村蒙昧视角和城市文明视角的互换、互斥和互融,其作品在人道主义精神指导下的不同的文化批判的内涵,作品中的地域情调、地方色彩以及创作方法。张秀琴的《论"五四"乡土文学的抒情特色》分析了乡土作家复杂的情感——对故土的热爱,对广大农民的同情,对农民自身弱点的愤怒和他们的抒情方式与技巧——间接抒情和通过对场面、事件的客观描写抒发感情。陈继会在《文化视角中的"五四"乡土小说》中分析了"五四"乡土小说的缘起、理性的批判精神和他们的文化两难:乡土文学是在乡村的封建文化和城市的现代文化的冲突下产生的,从乡村走入都市的知识青年受到了两种文化的冲突与撞击,同时也带来了他们自我心理上的冲突,因此作品呈现出两种不同的景象:一方面,是对农村黑暗、落后的状况的揭露和批判;另一方面,"对浓烈的乡愁乡情的抒写,对朴质、静谧的乡村生活(浑然的自然景观,淳厚的人伦风情)的礼赞"。这也是这些作者的文化两难——乡情与理性的纠结、冲突。但这批作家大都具有理性的文化选择意识,这使"'五四'文学的文化批判在其一开始就是双向的。一方面是对古老的乡村文化的彻底批判,这种批判成为当时文化调整中的主导潮流;另一方面,是对被近代商业文化'污染'腐化的都市文明的批判。这种批判虽然并未构成主流,但却是具有未来意义、应当引起注意的文化现象"[①]。

---

① 陈继会:《文化视角中的"五四"乡土小说》,《文艺研究》1989 年第 5 期。

除了这些之外,黄育新的《论早期乡土派小说》、陈继会的《"五四"乡土小说的启蒙主题》和《"五四"乡土小说的历史风貌》、刘昕华的《逃离与皈依——"五四"时期与新时期乡土小说创作主体考察》等,都是"新时期"研究乡土小说派的重要论文、论著。

(二)"京派"乡土小说

以废名、沈从文为代表的"京派"乡土小说是"新时期"流派研究和乡土小说研究的重点。"京派"不同于"京味小说",它是指新文学中心南移到上海以后,20世纪30年代继续活动于北平的作家所形成的一个特定的文学流派。主要成员有部分语丝社、新月社留下的成员,如周作人、废名、梁实秋、凌叔华、沈从文等,另外还有一些清华、北大的在校师生和一批初出茅庐的文学新秀;主要阵地是《骆驼草》、《大公报·文艺副刊》、《水星》、《文学杂志》等。"京派"的作品大都与社会现实保持一定的距离,有自己的美学理想,追求一种冲淡、恬静、含蓄、超脱的风格。"京派"并不是正式结成的文学社团,成员的思想、艺术倾向并不完全一致,但共同的趋向和主张、相似的审美理想和文学风气,使其成为一个相对松散的文学流派。一直以来,因为众所周知的原因,"京派"始终处于时代与文化的边缘,也处于学术研究的边缘,直到"新时期",这种状况才有所改变。"京派"在"新时期"回到学术研究者的视野,并且成为学术研究的"宠儿",大量关于京派研究的论文、论著开始出现,如杨义的《京派小说的形态和命运》(《江淮论坛》1991年第3期)、王嘉良的《略说"京派"与"京派作家"萧乾》(《浙江师大学报》1991年第3期)、查振科的《京派小说风格论》(《文学评论》1996年第4期)、《解构与重构——鲁迅与京派文学》(《安徽师大学报》1995年第4期)、李俊国的《三十年代"京派"文学批评观》(《中国现代文学研究丛刊》1987年第2期)和《三十年代"京派"文学思想辨析》(《中国社会科学》1988年第1期)、孙振华的《生命的礼赞与悲悯——京派小说创作主题探析》(《云梦学刊》1995年第1期)、李明军的《乡土小说与京派小说中的风俗人情》(《语文学刊》1994年第1期)、许道明的《京派文学的世界》(复旦大学出版社1994年版)等。总之,一直被掩蔽的"京派"在"新时期"成了学术研究的热点,甚至出现了很多专门研究"京派"的学者,如许道明、李俊国、王嘉良、查振科等。

刘小波在《京派小说的形态》中认为"京派"作家在文化取向上选择乡村而推拒

城市,城市题材小说只是作为乡土小说的对比性补充,附丽于其整个乡土文学形态之中。许道明的《京派文学的世界》分析了京派的方方面面:"京派"作为流派的特征和发展历程,"京派"作家的社会思想、文艺思想和他们处于中西文学、现代与传统之间的作品表现出来的冲突与调和的特征,"京派"文学和中国现代文学的关系,"京派"的诗歌、散文、小说、戏剧、批评理论等。在这里,我们只关注他对于"京派"小说的批评,他认为"京派"小说多有乡土文学的内容是"京派"的一个重要特点,但与 20 世纪 20 年代的"乡土小说流派"不同的是,"京派"作家"写作乡土小说的目的全在竭力保住人性的完整","他们的乡土小说是一派天真的世界,犹如孩子一般的天真"。与 20 世纪 30 年代其他的乡土文学(主要是左翼领导下的乡土文学)出现的政治化的趋势不同,"京派乡土小说反映了这个时代某一类正直作家的情绪",他们的小说更注重诗意的追求。另外,"京派"乡土小说的文体、审美趣味、他们所描述的风俗画和风情画等都别具特色。① 李明军在《乡土小说与京派小说中的风俗人情》中将"乡土小说派"和"京派"的乡土小说作对比分析,认为"乡土小说派"小说和"京派"乡土小说都注意对农村风俗人情的描绘,但"乡土小说派"作家侧重用现实主义笔法,展现农村风俗落后、野蛮、丑恶和冷酷的一面,并予以批判、揭露;而"京派"小说作家则多采用浪漫主义主观抒情笔法,展示农村纯朴、自然、和谐和平静的风俗画,并寄托自己的追求与向往之情。余淑荣的《论废名和沈从文的乡土小说风貌》、杨剑龙的《恋乡的歌者——沈从文和汪曾祺小说之比较》则分析了"京派"代表作家的乡土小说异同。因为乡土小说的创作是"京派"的重点,其他的如上面列举的那些分析"京派"的论著虽然不是专门研究"京派"的乡土小说,但多少都有所涉及。

（三）"东北作家群"的乡土小说

"东北作家群"被严家炎称为是"准流派",他们是"九一八"事变后陆续流浪到关内的一批作家,以萧军、萧红、端木蕻良、罗烽、舒群、白朗等为代表。"东北作家群"的乡土小说创作非常有成就,他们把浓得化不开的乡土情结、炽热的民族情感融汇于具有浓郁东北地域文化色彩的"风景画"、"风俗画"和"风情画"的描绘中,为中国乡土小说作出了重要的贡献。因此,在"新时期"以来的乡土小说研究中,"东

---

① 许道明:《京派文学的世界》,复旦大学出版社 1994 年版,第 263—269 页。

北作家群"是一个非常重要的群体。沈卫威的《东北流亡文学史论》、逄增玉的《黑土地文化与东北作家群》等是这个时期重要的著作,还有大量研究"东北作家群"的论文:王培元的《论东北作家群》(《中国现代文学研究丛刊》1992 年第 1 期)、《论东北作家群创作的地方特色》(《文艺论丛》1986 年 23 辑)和《对东北作家群小说创作的再认识》(《社会科学辑刊》1989 年第 4 期),白长青的《论东北作家群的创作特色》(《社会科学辑刊》1983 年第 4 期)、《论东北现代文学中的短篇小说创作》(《锦州师范学院学报》1996 年第 1 期)和《关于"东北作家群"创作的断想》(《社会科学辑刊》1989 年第 4 期),逄增玉的《东北作家群创作的乡土色彩》(《湖南师院学报》1984 年第 5 期),徐塞的《对东北作家群作为文学流派的探讨》(《沈阳师院学报》1987 年第 4 期)和《鲁迅与东北作家群》(《锦州师院学报》1988 年第 1 期),常勤翼的《铁狱里的归来人——论东北作家群及其创作》(《北方论丛》1988 年第 6 期)等,不胜枚举。可以说,在"新时期"的文学研究领域,"东北作家群"是最大的热点和重点。沈卫威、逄增玉、白长青、王培元、徐塞等当时都致力于研究"东北作家群",并做出了丰硕的研究成果。

　　但也应该注意到,专门从乡土小说角度切入来研究"东北作家群"的论著并不多,然而,几乎所有的研究者都注意到了"东北作家群"小说创作中浓郁的乡土色彩。"有的研究者将东北作家群作品中的乡土色彩与中国现代文学史上的乡土文学联系起来,认为东北作家群创作是乡土文学的一支流脉,并且是一种发展了的、特殊的乡土文学。还有的研究者进一步指出,东北作家群作品中的乡土色彩不仅体现在自然景物、风俗语言等'外部'结构中,而且由外而内地体现在人物塑造、社会关系、内容主题等'整体结构'中。王培元的文章指出,即便在自然景物的描绘中,作家们也并非为自然而自然,而是掺入主体情绪,或将自然描绘同整体氛围、对象特征包容协调。而大量的乡风民俗的描绘,徐塞指出,其中融进了时代、阶级、社会内容,充满了文化反思色彩;常勤翼的文章则进一步指出,乡风民俗在东北作家笔下是作为乡村封建文化景观而展现出来的,它的功能和目的,是东北作家通过对此的批判性描绘,将反封建主题渗入反帝抗日文学中,在新的历史条件下重奏五四以来新文学反帝反封建的双重主题。"①

---

　　① 逄增玉:《新时期东北作家群研究述评》,《文学评论》1990 年第 4 期。

尤其值得一提的是逄增玉的《黑土地文化与东北作家群》,这部著作不仅是东北作家群研究史上具有总结性和开拓性双重品格的力作,更重要的是,它从区域文化的角度来研究"东北作家群"创作的乡土色彩,选择具有黑土地特色的日神文化精神、鸟图腾崇拜、漂泊心态、自由精神、胡子现象、民俗风情、乡土语言等七个方面逐一探讨东北的地域文化对"东北作家群"及其创作的影响,揭示了"东北作家群"创作的乡土色彩的深层文化心理根源,不仅仅是乡土色彩,"东北作家群"的整个创作,都与东北的地域文化密切相关。

(四)"山药蛋派"

"山药蛋派"是在赵树理的影响下,以山西作家马烽、西戎、孙谦、胡正、束为等人的创作为核心而形成的流派,这些作家深深扎根于农村生活,作品具有浓厚的生活气息和地方色彩。"山药蛋派"孕育于 20 世纪 40 年代的解放区,形成于 50 年代,是中国乡土小说史上唯一跨越所谓现代文学史与当代文学史的流派。在 20 世纪八九十年代的中国大陆学术界,"山药蛋派"一直是研究的热点之一。"山药蛋派"能否构成一个流派、"山药蛋派"能否"流下去"、"山药蛋派"的地域文化特点等都是这个时期热议的话题。有关的研究成果也很多,有影响的论著有朱晓进的《"山药蛋派"与三晋文化》、丁帆的《中国乡土文学史论》、张学军的《中国当代小说流派史》等;有一定影响的研究论文也不少,如李国涛的《且说"山药蛋派"》(《光明日报》1979 年 11 月 28 日)、刘福林的《"山药蛋派"还能"流"下去吗?》(《山西师院学报》1980 年第 3 期)、艾斐的《长期"共事"以"久"臻"熟"——论"山药蛋派"作家深入生活的态度和方法》(《当代文坛》1984 年第 4 期)、杨文忠的《同一历史问题的不同时代表现——乡土文学派与山药蛋派的比较研究》(《河南师范大学学报》1999 年第 6 期)等。总之,在"新时期"的乡土小说流派研究中,"山药蛋派"一直是重中之重。

丁帆的《中国乡土小说史论》从文学内部规律角度分析了"山药蛋派"代表人物赵树理的乡土小说,尤其是抓住其叙述视角的转换这一特点(从"五四"以来俯视农民的叙述视角到以农民的视角为叙述视角),认为其小说的真正特点是"作者在进入'角色'时没有忘记自己是和人物站在同一视角上,尽力不让作者和人物的关系分离或交叉,因此而真正进入表现农民文化心理的更深层次"[1]。丁帆指出,赵树

---

① 丁帆:《中国乡土小说史论》,江苏文艺出版社 1992 年版,第 151 页。

理乡土小说不怎么注意"风景画"的描绘,而作为乡土小说重要特征之一的"风景画"的消失,使其乡土小说失去了某种纯文学的标记,向着通俗小说的方向发展。从审美意义上来说,赵树理小说中的喜剧人物对"五四"以来的乡土小说审美内容的悖反,开创了乡土小说新的审美领域。这些论述在当时是颇为新颖的,即使是现在也不失其学术价值。

朱晓进的《"山药蛋派"与三晋文化》与以往的政治学批评视角不同,他从地域文化这一角度,全面论述了"山药蛋派"文学与三晋文化的关系,主要包括三个方面的内容:一是"山药蛋派"作品中所包含的三晋文化内容;二是三晋文化对"山药蛋派"作家的影响;三是三晋文化对"山药蛋派"作为一个文学流派的演变过程的影响。在分析山西地域文化的时候,作者抓住了一个"实"字,"三晋文化在本质上是一种崇'实'的文化"①,这种崇"实",可以是务实、重实、求实、实干、实利、现实等,在不同的文化层面上有不同的理解,但无论如何,这种崇"实"的精神是山西的地域文化特征,影响和制约了"山药蛋派"的作家作品,使这个流派也呈现出了类似的特征。总之,作者将宏观的文化把握和微观的作家作品分析相结合,详尽地分析了三晋文化和"山药蛋派"之间的关系,从一个崭新的角度对"山药蛋派"文学作出了价值和意义的估价评判,也使我们对"山药蛋派"的审美观照由原来的社会—政治层面进入广阔的文化层面,"成功地实现了对'山药蛋派'文学由政治工具判断向文化价值判断的跃迁,是'山药蛋派'研究中一部开拓性的力作"②。

此外,杨文忠的《同一历史问题的不同时代表现——乡土文学派与山药蛋派的比较研究》将 20 世纪 20 年代的"乡土小说派"和"山药蛋派"的乡土小说进行对比,认为同样是乡土小说,但由于时代、出身、文化背景和创作追求不同,造成了他们乡土小说的不同特点。张学军的《中国当代小说流派史》中第一章"'山药蛋派'的小说"运用社会历史批评的方法,分析了"山药蛋派"产生的历史条件、乡土小说的主题、艺术特点及其深远影响。

简言之,20 世纪 80 至 90 年代的中国大陆学术界从各个方面对"山药蛋派"的

---

① 朱晓进:《"山药蛋派"与三晋文化》,湖南教育出版社 1995 年版,第 247 页。
② 刘殿祥:《文学与文化的对接——评朱晓进〈"山药蛋派"与三晋文化〉》,《江苏社会科学》1997 年第 3 期。

乡土小说进行研究,打破了以往单一的政治学批评模式,产生了很多有价值的研究成果。

（五）"荷花淀派"

"荷花淀派"以孙犁为"旗手",以韩映山、冉淮舟、刘绍棠、丛维熙、房树民、铁凝等京、津、冀的一些作家为代表,其作品善于从农村平凡的生活中抓住人性美、人情美,具有清新明丽的诗情画意。学界一般认为"荷花淀派"的作品比"山药蛋派"更具艺术性,从乡土小说的角度来说,保留了乡土小说本质性的要素——"地方色彩"和"异域情调",更贴近乡土小说,但关于这个流派的研究成果,其实并不如"山药蛋派"那样多。在 20 世纪八九十年代的研究中,主要是讨论其风格,尤其是孙犁的风格,如艾斐的《论"荷花淀派"的艺术变迁》(《当代文坛》1984 年第 11 期),马俊青、陈苏彬的《清水止芙蓉天然去雕饰——孙犁作品风格与荷花淀派之命名》(《山西大学师范学院学报》1995 年第 2 期),周申明、邢怀鹏的《孙犁的艺术风格》(《河北大学学报》1980 年第 3 期)等。"荷花淀派"的刘绍棠在 20 世纪 80 年代初积极倡导"乡土文学",但其老师孙犁却否定"乡土文学",引起了"乡土文学"的有无之争。

（六）其他流派

除了上述几个流派,以蒋光慈为代表的"革命小说派"、"社会剖析派"、"七月派"等流派的乡土小说也都在"新时期"得到了研究,但相对较少,在这方面比较有成就的是丁帆。"乡土小说派"、"京派"、"革命小说派"、"社会剖析派"、"东北作家群"、"七月派小说"等小说流派,在严家炎的《中国现代小说流派史》之后,大部分得到了学术界的认可。但关于中国当代文学史上尤其是"新时期"以来是否存在流派,则一直争议较大。相对来说,20 世纪五六十年代的"山药蛋派"、"荷花淀派"和"茶子花派"还算是得到了较多的认可。而"新时期"以来的"反思文学"、"伤痕文学"、"寻根文学"、"新写实小说"等多被作为文学思潮讨论,"山西作家群"、"西南作家群"、"陕西作家群"、"山东作家群"等作家群也并不被认为构成流派,大部分学者倾向于当代文学史尤其是"新时期"以来的文学史无文学流派,但也有些学者不这样认为。致力于中国当代文学史流派工作的主要有艾斐、张学军等,尤其是艾斐,不仅致力于建立中国当代文学史的流派工作,而且致力于建立流派理论的工作。

不管如何争议,在谈论当代文学史上的乡土文学时候,涉及较多的除了"山药蛋派"、"荷花淀派"和"茶子花派"之外,还有"寻根文学"、"新写实小说"等各个作家群。应该注意到的是,在有关乡土小说流派及其作家作品的批评和研究中,20世纪八九十年代最为流行的研究方法和批评方法就是"文化学"方法,乡土文学与地域文化的关系尤其受到研究者们的关注。

三、地域文化与乡土小说之关系研究

20世纪80年代中国大陆出现了"文化热",文学创作和批评研究也不例外。在文学创作领域,从20世纪70年代末80年代初的"伤痕文学"、"反思文学"到80年代中期的"寻根热",再到之后的"新写实小说"、"现实主义冲击波"等,一股股文学思潮此起彼伏、转瞬即逝,贯穿这些文学思潮特别是"寻根小说"思潮中的地域文化小说的创作却显示出顽强的生命力。汪曾祺的"高邮"小说、贾平凹的"商州系列"、莫言的《红高粱》系列、刘绍棠的"运河小说"、冯骥才的"津味小说"、邓友梅的"京味小说"、刘恒的"洪水峪系列"、叶兆言的《夜泊秦淮》系列、刘震云的"故乡系列"、阎连科的"瑶沟系列"、王安忆展示当代上海文化的《流逝》、《好婆与李同志》、《长恨歌》等,都是在地域文化的背景中建构自己的艺术世界。在文学批评和研究领域,研究者们不再把理论批评和文学研究仅仅看成简单的政治阐释和政治价值的判定,开始从更开阔的文化视野中看取自己的研究对象,出现了大量的研究论文和论著,其中最具代表性的是严家炎主编的"二十世纪中国文学与区域文化丛书"。

严家炎认为:"对于20世纪中国文学来说,区域文化产生了有时隐蔽、有时显著而总体上却非常深刻的影响,不仅影响了作家的性格气质、审美情趣、艺术思维方式和作品的人生内容、艺术风格、表现手法,而且还孕育出了一些特定的文学流派和作家群体。"[①]因此,从区域文化角度研究现当代文学不仅可行,而且十分重要。严家炎主编的"二十世纪中国文学与区域文化丛书",其共同的学术理念就是从区域文化角度研究现当代文学。这套丛书包括:吴福辉的《都市漩流中的海派小说》,朱晓进的《"山药蛋派"与三晋文化》,费振钟的《江南士风与江苏文学》,彭晓丰、舒建华的《"S会馆"与五四新文学的起源》,李怡的《现代四川文学的巴蜀文化

---

① 严家炎:《二十世纪中国文学与区域文化丛书·总序》,《创作与评论》1995年第1期。

阐释》、李继凯的《秦地小说与"三秦文化"》、逄增玉的《黑土地文化与东北作家群》、魏建、贾振勇的《齐鲁文化与山东新文学》、刘洪涛的《湖南乡土文学与湘楚文化》、马丽华的《雪域文化与西藏文学》。这套丛书全面地探讨了地域文化对 20 世纪中国文学的影响，抓取 20 世纪中国文学史上几个具有典型的区域文化特征的重要作家、流派或者群体为研究对象，拓展了文学研究的学术视野和领域，展示了文学领域地域文化研究的实绩。在这套丛书中，尤以研究乡土文学的几部最为出色，如朱晓进的《"山药蛋派"与三晋文化》、李继凯的《秦地小说与"三秦文化"》、逄增玉的《黑土地文化与东北作家群》、刘洪涛的《湖南乡土文学与湘楚文化》等。这些著作各具特色，都是本时期中国乡土文学研究的重要成果。

在严家炎主编的这套丛书之外，还有樊星的《当代文学与地域文化》、崔志远的《乡土文学与地缘文化》、段宝林的《刘绍棠与运河乡土文学》、杨政山的《山东青年作家与齐鲁文化》、赵学勇的《新文学与乡土中国：20 世纪中国乡土文学与西部文学研究》、许道明的《京派文学的世界》等论著。下面仅对樊星的《当代文学与地域文化》与崔志远的《乡土文学与地缘文化》作简短的评介。

樊星的《当代文学与地域文化》大体上以地理区划来界定地域，作者首先将中国大陆划分成为南、北两大区域，对南北方的地域文化作总体上的分析。以此为基础，再将南北两大区域细化。其中，"北方文化的复兴"由"齐鲁的悲怆"、"秦晋的悲凉"、"东北的神奇"、"西北的雄奇"和"中原的奇异"等组成，"南方意识的崛起"由"楚风的绚丽"、"吴越的逍遥"和"巴蜀的灵气"等组成。最后，作者选取几个城市作为代表，分析了不同城市的地域文化所造成的小说在风味上的种种差异。他相信"在地域文化的丰富多彩中，孕育着中国传统文化的多元化的基因；在民间文化的勃勃生机中，涌动着重铸民族魂的热能"。所以，他希望通过自己的探讨，描绘出当代文学的地域特色，更希望由此进一步研究、审视当代文学所表现出的中国的国民性、民族性。"作者对齐鲁大地的理性与血性的矛盾冲突的阐述，对秦晋高原有灵性的厚土的礼赞，对东北作家在 80 年代为人生的困惑而沉思而求索的解释，对西北文学所表现出来的刚烈与坚忍、自由而乐观的西北魂的首肯，对由朴实与狡黠、幽默与冷嘲等所组成的中原民魂的剖析，对楚地活泼热烈的生命力的肯定和对神秘莫测的巫文化的揭示，对由浪漫冲淡细腻等所组成的吴越精神的遐想思索，对辛辣幽默的川味文学的文化品格的称誉……所有这些都是出自作者对生命力和生命激情的褒扬,也出自作者对重新发现民族文化、重铸民族精魂、优化良化国民性的一种热望。"①也应在此指出的是,这部论著在论述当代文学与地域文化的相互关系时候,侧重于从当代文学的作家作品来审视地域文化的特征,或者说是某个地域的地域文化特征在当代文学的作家作品中的体现,而对当地的地域文化特征的分析和论证明显不足,对于二者的关系论述得也不够全面,其理论性或者说批判性也不是很强,用饱含感情的笔墨论述研究对象,态度宽容。作者在"后记"中说:"我希望自己的文学研究因此赋有文化评论的品格。另一方面,努力追求文学研究的文学性、知识性、哲理性,追求'文史哲不分家'的传统学术品格,也是我的一个心愿,我希望以此超越文学批评晦涩化的风气。"②如此看来,其论著存在的一些不足也许是作者有意追求的风格。

　　崔志远的《乡土文学与地缘文化》是一部专门从地域文化角度研究乡土文学的论著。第一章界定乡土文学概念,回顾中国乡土文学发展的历史。首先,从刘绍棠和孙犁的不同观点入手,结合中国乡土文学的实绩和文化根基,论证了乡土文学的存在;其次,就乡土文学概念的界定问题,综合考察了刘绍棠、严家炎、李玉昆等人的不同观点,在此基础上,从地缘文化角度重新界定了乡土文学的概念,为其研究提供理论基础,显示了一种科学和严谨的精神;最后,作者又简单清晰地梳理了中国乡土文学的发展演变。在这样的梳理和界定之后,再展开自己的论证和评析,以此保证其论证过程的严密性和一贯性。论著第二章切入正题,从地缘文化角度对"新时期"乡土小说进行研究。在对"新时期"乡土小说的研究中,作者围绕"地缘文化"这个中心议题,先从"新时期的农村、文化和乡土文学作家"、"新时期乡土文学艺术形象的发展流变"、"新时期乡土文学的地缘文化风貌"等几个方面作总的论述,再选择刘绍棠、贾平凹、汪曾祺等分别代表燕赵文化、三秦文化和吴越文化地域特色的作家,以点带面地论述各个地域不同的文化风貌和文学表现。从总体上看,全书体系完备,线索清晰,重点突出,布局合理。在研究方法上,崔著主要采用的是

　　①　刘安海:《解开地域文化与文学关系之锁——读〈当代文学与地域文化〉》,《高等函授学报(哲学社会科学版)》1997年第3期。

　　②　樊星:《当代文学与地域文化》,华中师范大学出版社1997年版。

文化批评方法,如作者自己所说:"本书拟从地缘文化视角对新时期乡土文学进行剖析和批评"。在具体的研究和批评中,作者还运用了社会学批评、心理学批评、文本批评等,试图在"在传统批评和新潮批评之间、理论批评和创作实践之间,寻找相互沟通的'灵犀'",如"分析贾平凹和汪曾祺小说时所用的原型批评方法和心理分析的方法;研究刘绍棠的创作时,把'运河文学'形象与京剧行当联系起来作系统的分析,可以说是一种学术的新发现"①。也应该看到,乡土文学和地缘文化之间的关系是相互的,而崔著着重分析的是地缘文化对乡土文学(当然主要是"新时期"乡土小说)的影响,而忽视了乡土文学对地域文化的影响。不仅是崔著,很多研究二者关系的论著都侧重前者而忽视了后者。

除了上述专著之外,研究乡土小说与地域文化关系的论文也非常多,有影响的论文也有不少,如丁帆的《20世纪中国地域文化小说简论》、何西来的《关于文学的地域文化研究的思考——从"二十世纪中国文学与区域文化"想到的》等。丁帆的《20世纪中国地域文化小说简论》不是具体分析某个地域的乡土小说,也不是详尽地分析地域文化与乡土小说的关系,而是在总体上高度概括地域文化小说的要素之外,着重分析"文化"这一点对于地域文化小说的重要性。② 何西来的《关于文学的地域文化研究的思考——从"二十世纪中国文学与区域文化"想到的》提出了很多关于文学的地域文化研究的理论知识,包括其与国人世纪反思潮流的关系、与中国传统地域文化的关系、与创作的关系等。③

总之,20世纪80至90年代从地域文化角度研究文学尤其是乡土文学形成了一股潮流,并取得了重要的成绩。进入21世纪以来,从地域文化角度研究文学更加炙热。

四、乡土小说流派的研究方法

在20世纪八九十年代的乡土文学流派研究中,学术界实践了多元化的研究方

---

① 马云:《乡土文学与地缘文化》,《文艺研究》2000年第4期。
② 丁帆:《20世纪中国地域文化小说简论》,《学术月刊》1997年第9期。
③ 何西来:《关于文学的地域文化研究的思考——从"二十世纪中国文学与区域文化"想到的》,《中国现代文学研究丛刊》1999年第1期。

法,如秉持辩证唯物主义的历史学研究方法、较为传统的社会—历史批评、文化批评、地域研究、对比研究、审美研究、伦理研究、心理学方法等,都是这一时期乡土文学流派研究的重要途径。这种多视角、深层次的研究,给中国乡土文学流派研究带来了新气象。

　　社会—历史批评仍是 20 世纪八九十年代乡土文学流派研究中非常重要的方法,很多学者习惯于采用这一研究方法。宋红芳的《"五四"乡土小说的悲剧意蕴》结合当时的社会背景和这批作家的人生经历,分析作者悲剧性创作思维的形成、作品的悲剧主题内涵和在西方悲剧理论影响下形成的独具特色的悲剧表现方式。王培元的《论东北作家群》结合当时的社会历史状况,分析"东北作家群"作品的思想内容和风格。李俊国的《三十年代"京派"文学思想辨析》、杨义的《京派小说的形态和命运》、高捷的《论"山药蛋派"》、张学军的《中国当代小说流派史》和丁帆的《中国乡土小说史论》等论著关于乡土小说流派的分析,大都运用了社会—历史批评的方法。值得注意的是,虽然社会—历史批评是比较传统的批评方法,但这种批评方法有很强的生命力,在这种方法的指导下也可以研究出新的成果。如张学军著作中关于"山药蛋派"的分析,运用的是传统的社会—历史批评,研究的也是一些老生常谈的领域,但也能出新意。例如,关于"山药蛋派"乡土小说的主题,作者认为"山药蛋派"作家继承了鲁迅开创的"五四"乡土小说批判国民劣根性这一命题,去善意嘲讽农民的精神弱点,"'山药蛋派'的作家们在设置小说的矛盾冲突时,没有去写地主富农破坏的阶级斗争,而主要集中在对农民精神弱点、思想局限的揭示上"①,这与历来在分析"山药蛋派"作品时强调其作品中的阶级斗争主题,有明显的不同;而对于"山药蛋派"作品的风格,作者也不是从民族化、大众化、通俗化等角度来分析,而是认为其艺术上最突出的地方是诙谐幽默的轻喜剧风格。

　　对比研究也是 20 世纪八九十年代乡土小说研究运用的一个重要方法。李明军的《乡土小说与京派小说中的风俗人情》将"乡土小说派"与"京派"的乡土小说中的风俗人情进行对比研究;杜显志和薛传芝的《高下文野之别——对两个小说流派相近审美追求的辨析》将"革命小说派"和"东北作家群"的审美特征进行比较,二者

---

① 张学军:《中国当代小说流派史》,山东大学出版社 1999 年版,第 23 页。

都是"力之美",但也表现出不同的特征。质言之,"'革命小说'派的'力之美'给人以生涩、粗糙、僵硬之感,而'东北作家群'的'力之美'则显得更加自然、熨帖、圆润"①。除了不同流派之间的对比,还有流派内部不同作家的对比,如余淑荣的《论废名和沈从文的乡土小说风貌》、杨剑龙的《恋乡的歌者——沈从文和汪曾祺小说之比较》等。

审美研究一直是文学研究的一个重点,在 20 世纪八九十年代的乡土小说流派研究中也不例外。20 世纪 20 年代的"乡土小说派"、30 年代的"京派"和"东北作家群"、20 世纪四五十年代的"山药蛋派"和"荷花淀派"等,各个流派甚至流派代表作家的风格、美学趣味都是本时期乡土小说研究的重点。张秀琴的《论"五四"乡土文学的抒情特色》、宋红芳的《"五四"乡土小说的悲剧意蕴》、查振科的《京派小说风格论》、杜显志和薛传芝的《阳刚之美:东北作家群的审美追求》、马俊青与陈苏彬的《清水出芙蓉,天然去雕饰——孙犁作品风格与荷花淀派之命名》、艾斐的《论周立波对"茶子花派"的思想擘划和艺术熏陶》等,虽然也用了其他一些方法,但主要还是从审美角度研究的。

在各具特色的研究方法中,尤其值得一提的是文化批评和地域研究。1980 年代学术界出现"文化热",文化批评也因此成了本时期文学批评中最重要的途径之一,大量的论述都采用这种批评方法。孙振华的《生命的礼赞与悲悯——京派小说创作主题探析》从文化视角考察"京派"小说的创作主题。他认为,对生命的思考、探索,是"京派"小说创作的出发点,这一创作主题是对"五四"文学主题的承续和发展。陈继会的《文化视角中的"五四"乡土小说》则是运用文化批评的方法分析了"五四"乡土小说的缘起、理性的文化选择和他们的文化两难。许道明的《京派文学:在现代与传统之间》分析了京派文学对于传统文化的重新认识,他们的作品"反映了对传统文化中的某些部分在当代生活中的意义,以及文化传统对整个民族文化发展的支配力保持着清醒的估计,并且努力在新的环境中通过对传统的重新阐述和运用来谋求进步"②。从文化角度来分析乡土小说流派的著述还有很多。在

① 杜显志、薛传芝:《高下文野之别——对两个小说流派相近审美追求的辨析》,《郑州大学学报(哲学社会科学版)》1995 年第 6 期。

② 许道明:《京派文学:在现代与传统之间》,《复旦学报(社会科学版)》1993 年第 4 期。

本时期用文化批评方法研究乡土文学流派的成果中,最成功的莫过于从地域文化角度研究乡土小说,前文已有详论,这里不再赘述。

此外,历史学、心理学和伦理学研究方法等,在20世纪八九十年代的乡土文学流派研究中也得到了运用。沈卫威的《东北流亡文学史论》、艾斐的《论"荷花淀派"的艺术变迁》、张学军的《中国当代小说流派史》等都运用了客观中性的历史学研究方法;刘昕华的《逃离与皈依——"五四"时期与新时期乡土小说创作主体考察》运用心理学方法阐述了"五四"时期与新时期乡土小说创作主体逃离与皈依的情绪模式,揭示了这种情结模式包蕴的心理机制——代偿心理和人对土地的依附心理,及其困惑与超越的心路历程,并认为"五四"时期与新时期乡土小说家只能面对困惑,也只能面临超越;查振科的《京派小说风格论》在对"京派"小说传奇性与悲剧性风格的分析中运用了伦理学的相关知识。当然,所有这些批评方法的运用并不是单一的,20世纪八九十年代的乡土文学流派研究中,常常综合运用多种批评方法。

五、成就及问题

20世纪八九十年代的中国乡土小说流派研究,取得了很大的成就:其一,开拓了乡土小说研究的新领域和新方法,从崭新的角度展示了乡土小说的风貌。其二,一些过去长期被忽视和压抑的乡土小说流派重回学术研究领域,最典型的莫过于"京派";另外,对"乡土小说流派"、"社会剖析派"、"荷花淀派"等一些一直得到学术界关注的流派,也有了更全面更深入的探讨,重新发现了其价值。如对于"山药蛋派"的研究,打破了过去一直强调的"民族化、大众化的文学"、"解放区的文学"、"农民的文学"这几个带有很强政治性的概念,从各个方面对其加以研究,发现了其作为文学流派的特性,实现了对其价值和意义的重估,产生了很多有价值的研究成果。其三,大量的新的批评方法的运用为乡土小说流派研究带来了革新,尤其是文化学批评和研究方法的运用,产出了一批有价值的研究成果。同时,有些学者在乡土小说流派批评中运用一些传统的批评方法,也使研究变得更深入,如社会—历史批评、文学内部分析等。

20世纪八九十年代的中国乡土小说流派研究也存在一些问题:其一,乡土文学流派研究在理论层面探讨得不够。研究者几乎都把视野确定在某一个流派或者几个流派的乡土小说上,而关于这方面的理论建树则非常少,是否存在乡土文学流派、怎样界定乡土文学流派、它的要素和特征是什么? 这些理论性的问题,除了艾斐有一些论述外,很少得到学术界的关注。学术界应该加强这方面的理论建设。其二,对乡土文学流派作整体的、系统的研究也较少。如上所述,大部分学者关注的是某个或几个具体的流派,尚未见到从整体上研究中国乡土流派史的论著。严家炎的《中国现代小说流派史》、张学军的《中国当代小说流派史》等虽然涉及乡土小说流派,但都不是专门讨论乡土小说流派史的著作。丁帆的《中国乡土小说史论》对乡土小说流派问题有较多的论述,但也不是专门论述乡土小说流派史的。其三,学术研究者的兴趣点相对集中。一方面,探讨的流派或者地域较为集中,"社会剖析派"、"茶花子派"等得到的关注比较少;另一方面,就某一具体的流派来说,研究者们关注的领域也较为雷同,对于社会背景、主题、美学风格等关注较多,对一些深层次的文化内涵问题的探讨不够深入,对乡土小说的文体、语言等形式方面的关注也很少。其四,真正的高屋建瓴式的、深度广度俱在的论著较少。很多分析都是较为浅显的、表层的,就具体的某个问题作具体分析,真正能做到从理论高度上深入探讨的很少,这大概也与这方面的理论准备不足有关。其五,虽然出现了很多新的研究方法,但运用最多的还是较为传统的社会—历史批评,新方法中只有文化批评、地域文化研究和审美研究运用得相对较多,应该加强研究方法的进一步变革,加强综合研究与系统研究,努力使乡土文学流派的研究呈现出多视角、多范畴、多层次的格局。

　　概而言之,20 世纪八九十年代的乡土文学流派研究尽管存在诸多不足,但值得肯定的地方也有不少,是本时期乡土小说研究不可或缺的组成部分。

第四节　乡土文学"通史"和"断代史"研究

　　在"文革"后解放思想、改革开放大潮的推动下,中国乡土小说研究也在 20 世纪 70 年代末进入了新的繁荣期。至 20 世纪 80 年代末和 90 年代,出现了几本颇有分量的中国乡土小说史研究专著,如武治纯的《压不扁的玫瑰花——台湾乡土文学初探》(中国广播电视出版社 1985 年)、春荣的《新时期的乡土文学》(辽宁大学出版社 1986 年)、陈继会的《理性的消长——中国乡土小说综论》(中原农民出版社 1989 年)、丁帆的《中国乡土小说史论》(江苏人民出版社 1992 年)、陈继会主编的《20 世纪中国乡土小说史》(中原农民出版社 1996 年)、庄汉新和邵明波主编的《中国 20 世纪乡土小说论评》(学苑出版社 1997 年)、崔志远的《乡土文学与地缘文化：新时期乡土小说论》(中国书籍出版社 1997 年)、陈继会主编的《中国乡土小说史》(安徽教育出版社 1999 年)等。限于篇幅，下面仅对丁帆的《中国乡土小说史论》与《中国乡土小说史》、陈继会的《理性的消长——中国乡土小说综论》与《中国乡土小说史》等几部著作较为详细的评述，对其他著作则略作讨论。

一、《中国乡土小说史论》与《中国乡土小说史》

丁帆的《中国乡土小说史论》由江苏文艺出版社于 1992 年 9 月出版。学者陈辽评价说，这部开风气之先的专著不仅因"填补了现代小说研究领域的一个空白而引人注目，而且还因为丁帆采用乡土小说研究的新视点展示了中国乡土小说的色、香、味而使读者感到兴味盎然。这在现代文学研究专著中确实是不多见的"①。《中国乡土小说史论》起笔于"五四"时期中国乡土小说的诞生，终笔于 20 世纪 80 年代末，对 1989 年的乡土小说作家作品也有涉及，没有回避对新近发生的文学现象的近距离观照，说得上是一部资料扎实、方法多样、论有新见、秉笔直书、行文洒脱不羁的中国乡土小说通史。

丁帆的《中国乡土小说史论》计有七章：绪论为第一章，系统阐述乡土小说理论，奠定论著的理论基础；第二至四章描述中国乡土小说 70 多年的发展史，这是本论著的主体部分，也具有"通史"的叙述特征；第五章论述中国乡土小说的审美特征；第六章阐述中国乡土小说的文化蕴涵及其内在的文化冲突；第七章分析中国乡土小说的形式特征与创作技巧。这几章更具"论"的色彩。这样的结构安排，做到了有史有论、史中有论、论中有史、史论结合。

《中国乡土小说史论》的绪论部分阐述了相互关联的四个理论问题。首先，勾

---

① 　陈辽：《读〈中国乡土小说史论〉》，《文学自由谈》1993 年第 3 期。

画了"乡土小说"作为世界性的文学母题的发展轮廓,概述了世界文学中乡土文学及中国乡土小说发展的历史大轮廓,为推出本论著最核心的理论概念"乡土小说"提供了历史的基础。其次,描述了中国"乡土小说"概念的提出与阈定的历史,界定了这一核心概念的内涵与外延,描述了这一概念的所指在中国新文学发展中的"蜕变"。特别强调"作为一种世界性的文学现象,'乡土小说'的创作不再是指那种 18 世纪前描写田间乡村生活的'田园牧歌'式的小说作品。它是在工业革命冲击下,在'两种'稳定的激烈冲突中所表现出的人类生存共同意识,这在 20 世纪表现得尤为明显。任何一个民族和阶级的作家都希望站在自己的视域内,用'乡土小说'这个'载体'来表达自己的世界观和文学观"[1],"整个 19 世纪到 20 世纪初,'乡土小说'作为一个世界性的文学母题,已经用'地方色彩'和'风俗画面'奠定了各国'乡土小说'创作的基本风格以及它的最基本的要求"[2]。这种基本的风格和要求,必然也影响着自"五四"新文学运动以来的中国乡土文学的创作实践和理论研究,因而以此来"研究中国现当代乡土小说并以此为出发点写出它们的历史是十分正确的"[3]。再次,辨析"乡土小说"与"乡土意识",二者密切相关,但并不相同。辨析二者的不同,其意义在于将"乡土小说"与"非乡土小说"区别开来,避免将"乡土小说"概念泛化,"没有一定的规范,也就没有'乡土小说'这个文体本身"[4]。而"有些学者把乡土小说的概念任意扩大,竟以为,不管是什么小说,只要是描写了本土文化,就立即给它们戴上'乡土意识'或'乡土精神'的帽子,认定其为乡土小说,于是'市井小说'以至'都市小说'也被堂而皇之地标示为具有'乡土意识'、'乡土精神'的乡土小说,这显然是不恰当的"[5]。论著厘定"乡土小说"的界线,强调"'乡土小说'的重要特征就在于'风俗画描写'和'地方色彩'";"乡土小说一定是乡村、乡镇题材的作品"[6],"这一乡土小说的新观点,恰当地规范了乡土小说的界线"[7]。最后,分析

---

① 丁帆:《中国乡土小说史论》,江苏文艺出版社 1992 年版,第 7 页。
② 丁帆:《中国乡土小说史论》,江苏文艺出版社 1992 年版,第 10 页。
③ 陈辽:《读〈中国乡土小说史论〉》,《文学自由谈》1993 年第 3 期。
④ 丁帆:《中国乡土小说史论》,江苏文艺出版社 1992 年版,第 25 页。
⑤ 陈辽:《读〈中国乡土小说史论〉》,《文学自由谈》1993 年第 3 期。
⑥ 丁帆:《中国乡土小说史论》,江苏文艺出版社 1992 年版,第 25 页。
⑦ 陈辽:《读〈中国乡土小说史论〉》,《文学自由谈》1993 年第 3 期。

乡土小说所蕴含的创作主体的"逃离"与"返乡"的文化精神冲突,这成为分析不同历史时期中国乡土小说内在文化精神变化的理路。绪论对这四个问题的阐述,为后面的历史描述与阐释奠定了坚实的理论基础。

《中国乡土小说史论》的第二章到第四章,描述和阐释了中国乡土小说的历史发展流变,将其流变轨迹描述为开端、发展、变调、递嬗和演进。

中国乡土小说发生发展的开端,是鲁迅乡土小说及鲁迅影响下的"乡土小说流派"。鲁迅乡土小说是中国乡土小说的"被模仿式"。在价值取向上,鲁迅乡土小说存在两种相互涵容又相互影响的价值取向:一是人道主义精神,具体化为"乡愁"、对农民等被侮辱被损害者的同情和怜悯;二是文化批判精神,具体化为对封建文化思想的批判,对国民劣根性的批判。二者的多寡,直接影响到小说艺术价值的高低,如《阿Q正传》多文化批判,而《故乡》等多同情怜悯,因而前者优于后者。在审美形态上,鲁迅乡土小说"开创了风土人情的异域情调的疆域,赋予小说强烈的地方色彩"①。这对中国乡土小说后来的发展产生了长久的影响。在叙事方法上,鲁迅乡土小说使用的方法是多元的,如非线性叙事、视角不限于"回忆"等。鲁迅乡土小说是中国乡土小说的伟大开端,也起到了最好的示范作用,成为"被模仿式"。在鲁迅乡土小说影响下形成的"乡土小说流派",在价值取向上,同鲁迅乡土小说一样,既有人道主义精神,也有文化批判精神,但不同的作家各有特点,相互间有差异,存在文化批判的背反;在审美形态上,"乡土小说流派"的作品常以较多的笔墨描写不同地域的风景画、风情画和风俗画,有浓郁的"异域情调",能给人以美的餍足。在艺术方法上,这类作品多为"表现"与"再现"的融合。《中国乡土小说史论》对中国乡土小说的历史开端及最初的发展所做的历史描述与思想及形式的阐释,其价值取向是启蒙主义的,其审美尺度则是乡土小说应有的艺术形态及其内在规定性。

中国乡土小说在20世纪三四十年代有了很大的发展,出现了以蒋光慈小说为代表的"革命的乡土小说",以茅盾小说为代表的"乡土社会小说",以废名、沈从文小说为代表的"京派"乡土小说,以萧军、萧红小说为代表的"东北作家群"的乡土小

---

① 丁帆:《中国乡土小说史论》,江苏文艺出版社1992年版,第40页。

说,以路翎小说为代表的"七月派小说"等。《中国乡土小说史论》对这些不同历史
时期、不同地域、不同流派的色彩各异的乡土小说,都作了历史描述与阐释,但轻重
有别。茅盾乡土小说作为"乡土社会小说"的代表,成为论述的重点之一。丁帆认
为,茅盾小说"一旦进入'乡土'视阈,就显现出思想和艺术的深邃与精湛"。值得肯
定的有两点,"一是由于'为人生'的思想观点拨动着'五四'反封建主题的琴弦,作
者在这一悲凉的封建土壤上看到了革命后的更深刻的悲剧。于是,那种以一颗拯
救民族和农民于危难之中的忧患之心,促使作者把时代的选择和农民的悲剧置于
描写的中心。二是由于'乡土小说'给人以风土人情之餍足,最能满足一种风俗民
情的审美需求,这种审美形态对于发掘整个民族文化心理结构恰恰又呈现出一种
和谐的对应关系"。茅盾的《泥泞》、《小巫》、"农村三部曲"(《春蚕》、《秋收》、《残
冬》)、《林家铺子》、《当铺前》等小说"篇篇珠玑"。茅盾的乡土小说创作与其乡土小
说理论并不一致,悄然显露的艺术家的创作本性与其左翼创作理论的政治意识形
态要求之间出现了"悖反"①。这样的论述显然比"重写"潮中一些评论者对茅盾的
简单否定,更逼近茅盾的"矛盾"。以废名、沈从文为代表的"京派"乡土小说也是论
述的重点。丁帆认为,废名是"京派"前期的中坚,他的小说在内容上"背叛和消解"
了"'五四'反封建主义母题","倘使简单地分析这种背叛与消解,那么废名的作品
当然在文学史上是没有什么地位的"。其文学史地位的确立在于"开了中国现代小
说'散文化'和'诗化'的先河。这首先表现在他的小说浓郁的抒情色彩,把景物描
写作为抒写自然的本体象征,作者为自己的乡村风俗画涂抹的底色往往是青翠嫩
绿的。……没有废名也就没有中国现代文学史上'写意'风格的乡土小说大家的出
现"②。而作为"大家"出现的沈从文"独树了乡土小说创作的另一帜,如果说鲁迅
是'写实派'(其实鲁迅小说亦有'写意'成分)乡土小说家的旗手和导师,那么沈从
文则成为'写意派'风俗画乡土小说的扛鼎人物"③。沈从文乡土小说的文学史意
义不止如此,还在于"沈从文在承继周作人、废名的美学观念的时候,用自己大量的
乡土小说创作实践完成了中国现代乡土小说中'田园诗风'风格的体系框架,形成

---

① 丁帆:《中国乡土小说史论》,江苏文艺出版社 1992 年版,第 68—69 页。
② 丁帆:《中国乡土小说史论》,江苏文艺出版社 1992 年版,第 85—89 页。
③ 丁帆:《中国乡土小说史论》,江苏文艺出版社 1992 年版,第 89 页。

了一支与鲁迅传统的乡土写实风格相对峙的小说格局。这两种风格成为一种隐形的创作规范制约着后来的许多不同流派和风格的创作群体和个体作家,几近成为他们创作的'集体无意识'"①。至此,在论述中国乡土小说的"发展"的时候,《中国乡土小说史论》既全面描述和阐述了 20 世纪 20 年代末至 40 年代各大作家群落的乡土小说理论成就与创作成就,又重点论述了继鲁迅启蒙主义乡土小说之后的茅盾的"社会剖析"、废名和沈从文的"田园牧歌"等乡土小说传统的开创和影响,点面结合,重点突出,详略得当。

　　中国乡土小说历史发展的"变调"出现在 20 世纪 40 年代至 70 年代,赵树理、柳青和浩然等的小说创作是其代表。所谓"变调",就是乡土小说的"风景画"、"风俗画"描绘逐渐减少乃至消失,"地方色彩"和"异域情调"变弱乃至消失,从而蜕变为政治意识形态色彩浓郁的"农村题材"小说。丁帆认为,"变调"的转折点是赵树理小说,"中国乡土文学在赵树理的创作中转了个弯,就整个'五四'文化母题来看,那种用启蒙思想和人道主义精神来俯视农民的叙述视角则被赵树理推翻。赵树理所创造的是真正的'农民文化'"②。赵树理小说的"变调",受到周扬、茅盾、郭沫若等的肯定与支持。丁帆认为,"赵树理小说被'五四'的巨子们认为是'新的时代',则预示着以《讲话》为精神内容的作家世界观的确立"③。"由赵树理的创作而形成的解放区通俗化乡土小说创作的蓬勃发展,不仅仅成为现代文学史上小说发展的主潮,同时它的深远影响一直制约着解放以后的乡土小说创作。"④至此,在丁帆的论述中,对中国乡土小说发展有长久影响的"四大传统"被清晰地描述出来,即注重"启蒙"的鲁迅乡土小说传统、偏重"社会剖析"的茅盾乡土小说传统、唱"田园牧歌"的沈从文乡土小说传统、站在农民立场发声的赵树理乡土小说传统。就"变调"而言,孙犁及其影响下"荷花淀派"是中国乡土小说整体"变调"中的一朵依然散发着清芬的花朵,虽然孙犁小说中也有阶级论的烙印,但他继承了废名、沈从文等人"田园诗"般的文风,侧重反映新时代下的人性和人情美,没有放弃对风俗画的描写。

---

① 丁帆:《中国乡土小说史论》,江苏文艺出版社 1992 年版,第 96—97 页。
② 丁帆:《中国乡土小说史论》,江苏文艺出版社 1992 年版,第 143 页。
③ 丁帆:《中国乡土小说史论》,江苏文艺出版社 1992 年版,第 145 页。
④ 丁帆:《中国乡土小说史论》,江苏文艺出版社 1992 年版,第 157 页。

柳青是沿着赵树理方向走的,但比赵树理走得更远,"如果说赵树理是带着问题去写作(这也是导致赵树理在六十年代短篇小说风格根本转变的创作媒介)的话,那么,柳青却是带着十二分的真诚去写作"①。"在现实主义客观反映现实生活的变体当中,《创业史》在人物的英雄化和理想化道路上向前大大迈进了一步,这就为日后的'高大全'作了最殷实的铺垫。同时,在文学进入以阶级为本位的机制中,《创业史》也在某种程度上提供了可资的范型。"②不止如此,在艺术形态上,"《创业史》是一部向乡土小说风俗画的美学特征告别的宣判书,这种美学特征的失落,严重地损害了乡土小说的审美效应,同时也就无形中消弭了乡土小说与农村题材小说的区别"③。浩然在这条路上比柳青走得更远,至"文革"时期,把中国乡土小说带入了"死亡地带","乡土小说完全变成了一种政治或政策的简单传声筒,赤裸裸的主题阉割了小说的审美机能。这种乡土小说的全面蜕化当然是时代精神的使然,至于作家所扮演的悲剧角色,这当是一次历史给作家留下的一道创疤,然而是应该时时记取的教训"。④

中国乡土小说在"新时期"十年间的恢复和发展,丁帆在论著中称其为递嬗和演进。在这个阶段,"田园牧歌"式的乡土小说开始复兴,以汪曾祺为代表。汪曾祺曾受教于沈从文,他的《受戒》轰动文坛,又以《大淖记事》、《异秉》、《岁寒三友》、《八千岁》等一系列小说抒发故土怀旧之情,写尽地方色彩,清新隽永,其生机盎然的风俗画、风景画的呈现令人耳目一新。这是"京派"乡土小说美学风范的回归。沈从文"后继有人",鲁迅也"膝下不空",高晓声的小说创作刮起了一股"鲁迅风",其《"漏斗户"主》、《李顺大造屋》、《陈奂生上城》等作品,将乡土小说带入了"深邃的政治—哲学—文学过程的思考"⑤。丁帆也惋惜地指出,高晓声的乡土小说有深层次的主题内涵,即概括农民的历史命运和生活现状,充满强烈的人文主义精神,可惜的是缺乏风俗画和风景画的描写,在美学上输了一筹,这也是为何他刮起的这股风很快被新的乡土文学创作实践所掩盖,他本人在读者中拥趸也较少的缘故。与其

①　丁帆:《中国乡土小说史论》,江苏文艺出版社 1992 年版,第 167 页。
②　丁帆:《中国乡土小说史论》,江苏文艺出版社 1992 年版,第 169 页。
③　丁帆:《中国乡土小说史论》,江苏文艺出版社 1992 年版,第 170 页。
④　丁帆:《中国乡土小说史论》,江苏文艺出版社 1992 年版,第 173 页。
⑤　丁帆:《中国乡土小说史论》,江苏文艺出版社 1992 年版,第 180 页。

同时或稍后出现的"寻根小说"和"新写实小说"开拓出了乡土文学新的形式，是乡土文学的演进。贾平凹、莫言、王安忆、张承志、韩少功、郑万隆、李杭育、林斤澜、刘恒、刘震云、方方、池莉、王安忆、迟子建、李晓、叶兆言、杨争光、王小克、晓剑、江灏、乔瑜等作家，在本时期都有不俗的创作成就。在他们的乡土小说中，主题不断深化，艺术上开始吸收大量西方各类现代主义文学的表现技巧，开始了多元化的乡土小说创作实践。对当时尚属乡土小说创作的新作家、新思潮、新现象的及时捕捉、跟踪、描述和阐释，也正是《中国乡土小说史论》最重要的学术价值之所在。

概而言之，《中国乡土小说史论》的第二章至第四章，依照线性历史时间，将中国乡土小说从发端到 1989 年的 70 多年的发展历程区分并概括为开端、发展、变调、递嬗和演进，准确地勾勒出了中国乡土小说发展的阶段性特征。对不同历史阶段的有代表性的乡土作家的理论和创作、乡土小说流派、地域作家群体、思潮现象等，都做了比较清晰的梳理、深入的阐释、允当的评价和比较准确的文学史定位。

《中国乡土小说史论》的第五章到第七章，以"论"为主，阐释中国乡土小说的审美特征、文化意蕴与形式技巧等。首先，中国乡土小说的美学特质是复杂多变的，作为中国乡土小说开端的鲁迅乡土小说充盈着现代悲剧精神，"其悲剧形态特征"，"受尼采的悲剧影响甚大，而且我们也很难以一种固定的悲剧模式来概括之"。[1]鲁迅影响下的"乡土小说流派"的"众多作家只是站在普泛的人道主义视角上，对苦难和人生的毁灭作常态的描述，也就是采用自柏拉图到亚里士多德为始的悲剧快感——产生一种同情、怜悯和恐惧的激情——皈依的形态"，这是一种"古典悲剧精神"[2]；而沈从文小说中的"野性思维"则是"对古典悲剧的超越"。赵树理乡土小说"为四十年代以后的解放区文学以及建国后的三十年文学奠定了一种'大团圆'的抒情喜剧模式"。到了 20 世纪五六十年代，赵树理自己的乡土小说"由一种轻松的、明朗的'轻喜剧'色调逐渐向一种沉重的、阴晦的'变调喜剧'转化"[3]，这是对赵树理乡土小说内在精神的独特发现。丁帆还发现，"建国以后的乡土小说基本上消灭了整体的悲剧创作，作家们小心翼翼地避开了这一最能触动时代和社会的敏感

①　丁帆：《中国乡土小说史论》，江苏文艺出版社 1992 年版，第 240 页。
②　丁帆：《中国乡土小说史论》，江苏文艺出版社 1992 年版，第 244 页。
③　丁帆：《中国乡土小说史论》，江苏文艺出版社 1992 年版，第 256 页。

神经,代之以英雄的'崇高'美感来实现作家作品的教育和认识审美作用。和悲剧英雄的'崇高'美感所不同的是:古典悲剧的'崇高'是通过英雄的悲剧结局高潮来达到'移情'陶冶的,而当代乡土小说,尤其是在《金光大道》这一'尖端模式'小说中,体现出的是英雄战胜一切的'喜剧'(有人会说是'正剧',而我以为更多的是一种'胜利大团圆'的喜剧特征)来美化生活和人物,从而达到一种理想境界的'崇高',它带有更大的虚拟性"①。到了"新时期",乡土小说的悲剧审美观念又发生了新的复杂"蜕变",出现了"审丑"(如莫言的《红蝗》)、"反讽",也有"新写实主义"乡土小说"在一步步向着现代悲剧精神靠拢,它们没有选择海德格尔和萨特,而是选择了更久远的尼采。我不认为尼采'悲剧的诞生'的哲学意念就是完美的,但他的酒神精神又的确触发了目前中国'新写实主义'乡土小说的悲剧创作精神。我们不能预测这种精神会导致怎样的后果,但我们深信它是中国现实主义精神的发展和延续的艺术动力"②。其次,中国乡土小说的文化情感特征,就是"静态传统文化与动态现代文化之冲突",这种"冲突"在不同历史时期、不同作家作品那里,其具体文化情感蕴涵及其意义是不一样的。丁帆将中国乡土小说"置于现代文明冲突"这一背景之下进行论述,采用哲学—文化的分析方法进行对比研究,指出中国乡土小说所蕴含的静态传统文化和动态现代文化之冲突的过去、现在,并适当指出了发展趋势。再次,丁帆在第七章里综合评估20世纪"五四"新文化运动以来乡土小说的创作实践并进行了范例分析,对乡土小说的创作视角和形式技巧的嬗变作了论述,这是开创性的,如有论者所说:"文体意识的觉醒是八五年以后中国文坛上出现的富有意义的事情之一,它与文学观念的改变和文学的自觉密切关联。以文体意识来对乡土小说进行集中的分析,当是《史论》的开拓性意义之一。"③简而言之,第五章到第七章从美学精神特质、文化情感、形式技巧等三个不同角度,以全新的视点审视了20世纪中国乡土小说。

概而言之,丁帆的《中国乡土小说史论》以"整体观"打破现、当代文学的藩篱,将中国乡土小说自发端至1989年的70多年的发展历史作为一个具有连续性的整

---

① 丁帆:《中国乡土小说史论》,江苏文艺出版社1992年版,第257—258页。
② 丁帆:《中国乡土小说史论》,江苏文艺出版社1992年版,第271页。
③ 林舟:《活史,作为一种策略——评〈中国乡土小说史论〉》,《小说评论》1994年第2期。

体来审视,从而发现了中国乡土小说发展的阶段性特征及其内在规律;又以"多维度"探讨了中国乡土小说的审美构成、文化心态、形式特征等历史流变,其"多角度、多方法带来的宏观综合的整体效果,是《史论》的一大特色"①。

遗憾的是,《中国乡土小说史论》没有对台湾乡土小说置论,丁帆后来的另一部专著《中国大陆与台湾乡土小说比较史论》②弥补了这个遗憾;《中国乡土小说史论》也未论及《死水微澜》及其作者李劼人、《果园城记》及其作者芦焚等,这些缺失在《中国乡土小说史》③中得以弥补。

丁帆等的《中国乡土小说史》(北京大学出版社 2007 年版)是《中国乡土小说史论》的修订版,由绪论和正文九章组成。绪论对"乡土小说的世界性发展轮廓"、"乡土小说在中国现代文学中的概念阈定与演变"、"乡土小说的审美特征"等进行了描述和阐释。第一章"鲁迅与'五四'乡土小说作家群"对鲁迅乡土小说和"五四"乡土小说的历史语境、乡土小说观念、价值取向、艺术探索等进行了描述和阐释。第二章"乡土浪漫派小说"对废名、沈从文和"京派"乡土小说的创作历程、思想观念、艺术特征等进行了描述和阐释。第三章"多个作家群落和流派的乡土小说创作(上)"对"革命+恋爱"式的乡土小说、"社会剖析派"的乡土小说、"东北作家群"的乡土小说、"七月派"的乡土小说的历史成因、思想观念、艺术探索等进行了描述和阐释。第四章"多个作家群落和流派的乡土小说创作(下)"对赵树理与"山药蛋派"、孙犁与"荷花淀派"、芦焚与《果园城记》、李劼人与《死水微澜》等的历史成因、流变、思想主旨和艺术探索等,进行了描述和阐释。第五章"乡土小说的变调"对 20 世纪 50 年代到"文革"期间的丁玲、周立波、张爱玲、柳青、浩然等作家的以"土改"、"合作化"为题材的乡土小说进行了描述和阐释。第六章"'伤痕'乡土小说"对"伤痕"、"反思"文学思潮及古华、高晓声、何士光、梁晓声、张承志、朱小平等的乡土小说进行了描述和阐释。第七章"'寻根'与'新写实'乡土小说"对"寻根"、"新写实"文学思潮及韩少功、史铁生、刘恒、刘震云等的乡土小说进行了描述和阐释。第八章"乡土浪漫的承续与'先锋'乡土小说"对"先锋实验"思潮及汪曾祺、马原、扎西达娃、洪

---

① 王爱松:《整体扫描与深层透视——评〈中国乡土小说史论〉》,《文学评论》1993 年第 6 期。
② 丁帆:《中国大陆与台湾乡土小说比较史论》,南京大学出版社 2001 年版。
③ 丁帆等:《中国乡土小说史》,北京大学出版社 2007 年版。

峰、莫言等的乡土小说进行了描述和阐释。第九章"20 世纪末的乡土小说转型"对
20 世纪 90 年代的乡土叙事及阎连科、刘醒龙、尤凤伟、李锐、周大新、杨争光、关仁
山、何申、张宇等的乡土小说进行了描述和阐释。这部专著从中国乡土小说的开端
一直讲到 20 世纪末,是一部真正意义上的中国乡土小说"通史"。

与《中国乡土小说史论》相较,新版《中国乡土小说史》有三大变化:其一,体例
变化,由原著专题性的"论述体"变为"编年体",对重要作家如鲁迅、茅盾、沈从文、
赵树理等以专章专节的方式进行描述和阐释。其二,内容变化,新版《中国乡土小
说史》比原著的"历史时间"长,原著从中国乡土小说的开端写到 20 世纪 80 年代
末,新版则写到 20 世纪 90 年代末,延长了 10 年。内容上,也作了增加和扩充,如
现代乡土小说部分增加了芦焚与《果园城记》、李劼人与《死水微澜》等;当代乡土小
说部分增加了 20 世纪 80 年代末到 90 年代十年间新生的乡土小说作家作品。其
三,研究的学术观点、方法等也有一些变化,如在原有的研究方法之外,引入了叙事
学、新历史主义等方法。与原著相较,新版也有一些不变的地方,如对启蒙主义思
想观念与价值立场的坚持,对乡土小说艺术形态的"三画四彩"("三画"为风景画、
风俗画、风情画,"四彩"为自然色彩、神性色彩、流寓色彩、悲情色彩)的坚持和
贯彻。

丁帆的新版《中国乡土小说史》出版后,产生了很大的学术反响。如有论者评
价说:"丁帆是一位强调知识分子启蒙性的批评家,在他的乡土小说史观中始终贯
穿着一种否定性的解构思维,即主要用批判的眼光来观察、剖析其批评对象,这就
使他的文学史观带有强烈的个性化色彩。"该论者还肯定说:"虽然《中国乡土小说
史》还不能说是尽善尽美,如对 20 世纪末的乡土小说的研究与梳理还略显匆忙,似
乎缺乏了应有的细致性,然而该书对'五四'以来中国乡土小说把握的恢宏气度以
及论述的深度、广度却是同类专著所难以取代的。"①这些评价,应该说还是比较到
位,也比较中肯的。

二、《理性的消长》与《中国乡土小说史》

陈继会的《理性的消长——中国乡土小说综论》(以下简称《综论》),由中原农

---

① 姜玉琴:《启蒙、批判与诗性——丁帆〈中国乡土小说史〉论》,《学术研究》2009 年第 3 期。

民出版社出版于 1989 年 11 月出版。陈继会在"前言"里写道："不考察乡土题材文学,就不会真正了解中国文学,尤其是现代中国文学,同样难以在整体上预测它的历史流向。"①这正是作者撰写本著审视中国乡土小说递嬗和发展的动机。《综论》所论中国乡土小说始于"五四"时期,终至 20 世纪 80 年代末,其历史长达 70 余年,虽然立足于"论",不以编年方式描述"史",但也还称得上是一部研究中国乡土小说的"通史"。《综论》以"理性"张目,"'理性坐标系'的确立,不但大大增强了该书研究的学术性、科学性,而且也使该书的研究具备了现代品格。以鲁迅为代表的中国第一代现代知识者,开创了中国文学现代化的历史进程,这种文学现代化进程的核心,即是现代理性精神。陈继会既将鲁迅描写乡土的小说中的理性精神作为全书的逻辑起点,也将这种理性精神在鲁迅作品中的具体体现,作为对七十年乡土小说进行全面系统考察的历史起点"②。

陈继会的《综论》由八章组成,第一章为"引论",为论著奠定理论基础;第二章为中国乡土小说历史概观,为论著提供粗略的史实基础,便于后文专题讨论;第三章到第七章为中国乡土小说的"专题论述",从多个角度展开,这是论著的重点与主体;第八章是对中国乡土小说未来发展走向的展望。

在"引论"里,陈继会以全球视野多维度地考察了文学与乡土的关系,认为乡土文学是"世界文学的一种普遍现象"③、"乡土题材文学在整个世界文学发展史上的地位是彰明的"④。他认为,乡土题材的文学是从中国古代继承的文学传统,到了现代有了更大的发展,表现出了超乎从前的个性和优越性。一是描写乡土的作家数量增多;二是乡土题材文学在反映生活,揭示生活本质,塑造农民形象上超越了过往;三是乡土题材文学比例增大,样式拓新。而现代乡土题材文学发展的两大原因就是农民在历史创造活动中"主体"地位的确立,以及乡土题材作家们现代意识的觉醒。而乡土文学研究正应当研究这两个"主体",研究农民的历史命运和作家们在创作中情感与理性的冲突。这也就确定了本书的着眼点。农民们在不同的时

---

①　陈继会:《理性的消长——中国乡土小说综论》"前言",中原农民出版社 1989 年版,第 2 页。

②　郑波光:《中国现代乡土小说的理性审视——评陈继会的专著〈理性的消长〉》,《中国现代文学研究丛刊》1990 年第 3 期。

③　陈继会:《理性的消长——中国乡土小说综论》,中原农民出版社 1989 年版,第 2 页。

④　陈继会:《理性的消长——中国乡土小说综论》,中原农民出版社 1989 年版,第 4 页。

代有着不同的命运,但他们与命运抗争的精神从未变过,无论过去、现在,还是将来,当然,新的时代也赋予了农民不同的使命,他们在参与历史、创造历史的过程中也给自己谱写了一曲曲悲壮的赞歌。"五四"以后的现代作家便开始以这样或那样的方式关注着乡村土地和这片土地上的主人公。这两个主体命运的变化与视角的变化,促成了 20 世纪真正意义上中国乡土文学的诞生、发展、繁荣,成为中国文学中的瑰宝。陈继会采用社会—历史分析方法,将目光聚焦于自己熟悉的中国农民的历史命运以及描写他们命运的作家命运身上,以描写他们的发展变化来显示中国乡土小说的发展变化。

在第二章中,陈继会对中国乡土小说的发展进行了概述,勾画出中国乡土小说70 多年的历史发展轮廓。陈继会依据他对中国近现代历史发展的认识,将中国乡土小说分为了五个时期:"五四"乡土小说、20 世纪 30 年代乡土小说、20 世纪 40 年代乡土小说、坎坷拓进的中华人民共和国成立后的乡土小说以及走向深化沉实的新时期乡土小说。这些描述和简略的分析,都意在为后文的"专题论述"提供历史参照与大背景。

在第三章到第六章中,陈继会以"理性"为要旨,对"改造农民灵魂主题的变奏"(第三章)、"农民文化心态的嬗变与重建"(第四章)、"反封建文学主题意向的深化"(第五章)、"现代乡土小说中的'女性世界'"(第六章)等专题展开论述。陈继会认为,中国乡土小说有改造农民灵魂的主题,这个主题在不同历史时期的乡土小说中,出现了这样那样的变化,亦即多重"变奏"。在 20 世纪 20 年代的乡土小说中,鲁迅及其稍后的一批作家首先看到的是农民精神的愚昧、麻木、劣根性,"批判"意向在他们的创作中表现得相当明确、强烈,甚至是占主导地位的。20 世纪 30 到 40 年代,乡土小说的思想主题沿着多条线索衍变,其中有一些是继承"鲁迅风",沿着鲁迅乡土小说开创的国民性批判主题继续前行,如吴组缃的《范家铺》等短篇、王统照的《山雨》、艾芜的《丰饶的原野》等,这些"以探索农民灵魂为主题的这批小说,是鲁迅改造农民灵魂艺术实践在三十年代的继承与发展。在更多地关注社会的政治、经济、历史、文化方面的因素,在更为坚实的基础上,发露、分析、批判农民的精神弱点,这不仅使改造农民灵魂这一主题得以历史地延伸,而且也为这一时期的小说更广阔地、更深邃地反映本时期的农村社会生活开拓了宽广的艺术天地"①。再如端木蕻良的《大江》、萧红的《呼兰河传》等创作于 20 世纪 40 年代的作品,也都继承了鲁迅改造农民灵魂的启蒙思想。解放区作家,如赵树理、丁玲、周立波、孙犁等的部分作品,也"涉及了这一主题。比如赵树理的小说批判了农民精神中愚昧、落后、自私的一面。丁玲的一些小说甚至更尖锐地触及小农的那种缺乏诚、爱、感情冷漠的心理、人格弱点"②。还有一些是疏离"鲁迅风",在 20 世纪 30 年代,阶级意识的觉醒使得"一批新进的左翼作家很快地、也几乎是完全地转注于农民的'阶级意识',全力发现这一阶级的革命本质。他们在小说中搜寻、表现的也几乎全是农民的觉醒、反抗、斗争。却不注意写'人'(农民)的精神世界、心理状态的变化"。因此,"改造农民灵魂的主题明显地淡化了,或者说退步了"③。如丁玲的《水》等作品。20 世纪 40 年代,赵树理、丁玲、周立波、孙犁等一批作家注意的中心"在于如何发现、肯定、褒扬农民灵魂的净洗、自觉",而"或多或少地忽视了对于改造农民灵魂这一文学主题的注意。大多作家们真诚地敬仰着自己的描写对象,有时把一些病态、弱点都给肯定了"。④ 在论述"反封建文学主题意向的深化"时,陈继会提出"反封建的文学主题是二十世纪中国文学诸多主题中一个重要的、带有时代标志的主题,它是中国文学由古典时期向着现代阶段转化的一个重要特征。文学的反封建观是文学观念现代化的一个很重要的构成方面。文学观念由古典、近代向着现代的转化、更新,其重要的、决定性的中介是现代知识者现代'人'的观念的确立"。具体而言,"五四"时期乡土小说的反封建主题是"从'人性解放'的需要出发,锋芒直指戕害人性的封建专制、封建礼教、封建道德"⑤;自 20 世纪 30 年代开始至"文革",随着"阶级意识的觉醒",乡土小说的反封建主题多元发展,"这一主题的实践,在三十年代、四十年代和建国后的农村题材小说创作中,表现出较大的变化、差别。每一时期实践的内容及其所昭示的意义都各有其不可替代性"。在"新时期",随着"'人'的觉醒",乡土小说的反封建主题深化了。概而言之,"现代农村题材小说反

---

① 陈继会:《改造农民灵魂主题的多重变奏》,《黄淮学刊(社会科学版)》1990 年第 1 期。
② 陈继会:《改造农民灵魂主题的多重变奏》,《黄淮学刊(社会科学版)》1990 年第 1 期。
③ 陈继会:《改造农民灵魂主题的多重变奏》,《黄淮学刊(社会科学版)》1990 年第 1 期。
④ 陈继会:《改造农民灵魂主题的多重变奏》,《黄淮学刊(社会科学版)》1990 年第 1 期。
⑤ 陈继会:《反封建文学主题的深化》(上),《商丘师专学报(社会科学版)》1987 年第 2 期。

封建主题的衍进与深化(或淡化与停滞)的历史,是作家们现代批判精神不断强化(或削弱)的历史。反封建的主题赋予了现代农村题材小说以鲜明的时代感,强烈的现代理性批判风格"①。

在上述思想主题分析之外,陈继会还以"现代乡土小说艺术选择的轨迹"为题,"对乡土文学的艺术形式也进行了理性的审视,艺术形式的发展变异与思想主题的发展变异是同步的,因而在理性坐标系中,思想与艺术呈现着两条几乎是平行的曲线"②。陈继会认为,在"五四"农村题材小说创作中,现代小说艺术的冲击与反响,首先,"表现为'悲剧观念'的确立与实践";其次,"表现为小说形态由情节故事型向性格生活型的转化";再次,是"象征主义、荒诞手法以及心理分析等多种艺术因素的涌入";最后,中国"古典文学的艺术传统在'五四'农村小说中通过'改造'被发展、实践主要表现为三个方面:抒情性,意象的营造,以及上述二者的综合表现形态的小说的散文化倾向"③。艺术上的如许选择,是与"五四"时期的"人性解放"思潮相适应的。20世纪30年代,阶级意识主导的"新的小说"对于"五四"农村小说现代艺术形态的修正与改造,大体表现在三个方面:其一,本时期片面地倡导"写光明"、"新团圆主义",这是对"五四"农村小说确立与实践的悲剧观念的修正;其二,本时期侧重写"共性"、"写群像",这是对"五四"农村小说注重写个性、写典型的修正;其三,本时期侧重于铺叙历史的进程,再现农民外显的、单向的外部世界的冲突,这是对"五四"农村小说注重描写农民心灵的历史,表现农民深隐的、丰富的内部灵魂的搏斗的修正。④ 现代农村题材小说在其第三时段,即自20世纪40年代至70年代末近40年时间的艺术选择,呈现出较为复杂的形态:第一,"团圆主义"倾向泛滥,现代批判精神削弱;第二,从注重写"人"到完全转向写社会、写斗争、写故事,性格的刻画被限定在陈述情节的规范以内,部分作品甚至退向"评话"的水准,

---

① 陈继会:《反封建文学主题的深化》(下),《商丘师专学报(社会科学版)》1987年第3期。

② 郑波光:《中国现代乡土小说的理性审视——评陈继会的专著〈理性的消长〉》,《中国现代文学研究丛刊》1990年第3期。

③ 陈继会:《现代小说艺术的最初冲击与反响——"五四"农村小说的艺术选择》,《郑州大学学报(哲学社会科学版)》1988年第3期。

④ 陈继会:《现代小说艺术形态的修正与改造——30年代农村小说的艺术选择》,《许昌师专学报(社会科学版)》1989年第3期。

叙述沉闷冗长、结构平直松散,几乎全部消失了"五四"农村小说的现代艺术形态;第三,狭义的现实主义被定于一尊,制导着全部文学风格的建构。对社会、对重大题材作"写实"的再现成为一种主导的艺术潮流,多种艺术方法探索的可能性差不多被完全排除,农村题材小说在创造民族形式中,遗落了许多宝贵的成分,朴拙、呆滞、繁冗、沉闷、少灵透之气、少宏放之风、因"实"而浅,成为这一段农村小说的风格"常态"。① 陈继会认为,新时期农村题材小说现代艺术的抉择是多元化的:第一,悲剧意识的觉醒,现代批判精神的高扬;第二,文化意识的加强与艺术的"文化视野"的确立;第三,现实主义的开放和多种艺术方法的尝试;第四,意象现实主义的涌动和发展,"新时期乡土小说似乎又回到'五四'时期。但这是一次更高层次的回归"②。

概而言之,陈继会在《综论》中对中国乡土小说 70 多年的历史发展、思想主题、艺术抉择、未来走向等,以"专题"的形式做了全面系统的论述。"陈继会书中对乡土小说七十年整体背景中所显示的思想曲线与艺术曲线,基本上是准确,中肯的。这是这部书的主要内容、基本特色,也是这部书的突出贡献。"③

陈继会的《综论》是以论为主,"以论带史"的,"整体观"是其一大特点。《综论》将中国乡土小说 70 多年的发展历史视为一个整体,以"理性精神"为要旨,勾勒出70 年来现代乡土小说发展的轮廓——以"五四"乡土小说发端,在 20 世纪 30 年代获得长足发展,繁荣于 40 年代,建国以后乡土小说在政治浪潮中坎坷迈进,"新时期"逐步迈入坦途。《综论》"有许多篇幅涉及社会、政治、文化、心理等诸多侧面,很显然,作为书中的核心内容——从第三章到第七章这五章当中,70 年乡土文学几乎成为一个封闭'文本',作者直接从各个时期乡土小说中遴选具有代表性的作品进行多角度的研究,显示出 70 年间乡土小说发展的内在逻辑,从而也就直接显示各个时期乡土小说中的'理性的消长',这种'理性的消长'可作多种理解,其中最主要的是指体现在具体乡土作品中作家理性批判精神的消长。这种'消长'的基本轨

---

① 陈继会:《民族形式的创造和局限——二十世纪农村小说艺术选择软进描迷之三》,《河南大学学报(哲学社会科学版)》1988 年第 5 期。

② 陈继会:《融汇·整合·发展——新时期农村小说的艺术选择》,《当代文坛》1989 年第 1 期。

③ 郑波光:《中国现代乡土小说的理性审视——评陈继会的专著〈理性的消长〉》,《中国现代文学研究丛刊》1990 年第 3 期。

迹总体上是：20 年代理性精神、'人性的解放'的弘扬，30 年代至 70 年代理性精神的'多重变奏'与失落，新时期现代理性精神的复归与进一步弘扬。这种'消长'的轨迹，只有在整体观照中方能较为清晰地显出来，也只有在理性坐标系中方能显示出来"①。

  陈继会的《综论》的第二大特点是历史和现实相互参照，"只有在历史与现实的相互参照中，我们才既对跃动着的、不断发展着的新时期文学保持足够的热情，又对过去的文学给予充分的关注。这样，文学历史研究便获得了现实感；文学的现实研究也便赋予了历史感"②。如陈继会将从"五四"开始的乡土小说归为真正的现代意义上的乡土小说，以期与古代描写农村、描写耕作的小说相区别。"五四"之前的乡土要么是陶渊明式的"采菊东篱下，悠然见南山"的"农家乐"，要么是"锄禾日当午，汗滴禾下土"、"遍身罗绮者，不是养蚕人"式的"农家苦"，几乎没有写出中国农民那种扎根大地的骨子里的坚忍和力量。再如，在农民形象的塑造上，历史与现实也是可以互相参照的。"五四"新文化运动以后，启蒙精神和人道主义影响了一代又一代的作家们，他们的眼光发生了变化，不再拘泥于"五四"之前的作家们所关注的农民生活的表面，而是深入他们的内心世界，着力于人物性格的刻画，塑造出一个又一个丰满的农民形象，如鲁迅笔下的"闰土"、茅盾笔下的"老通宝"、沈从文笔下的"老船夫"、周立波笔下的"李月辉"、柳青笔下的"梁三老汉"、高晓声笔下的"李顺大"、贾平凹笔下的"小月"、赵树理笔下的"李有才"、张炜笔下的"隋抱朴"等。陈继会是这样评价他所要着重论述的两个主体——农民和描写农民的作家们："一个个活的乡村灵魂，一座座立体的农民雕像。乡村文化的沉实厚重与凝滞守成，乡村人生的平实从容与封闭沉闷，乡村人性的雄健宽厚与猥琐委顿……被一一观照展示出来。或忧心拷问或深情礼赞，中国现代作家情有独钟，持久地、执着地眷恋着乡村、土地，把他们的爱与憎给予了那诱惑着、召唤着他们的故园旧土、乡野大地。"③

---

  ① 郑波光：《中国现代乡土小说的理性审视——评陈继会的专著〈理性的消长〉》，《中国现代文学研究丛刊》1990 年第 3 期。

  ② 陈继会：《理性的消长——中国乡土小说综论》"前言"，中原农民出版社 1989 年版，第 3 页。

  ③ 陈继会：《20 世纪中国乡土小说的历史形态》，《郑州大学学报（哲学社会科学版）》1997 年第 1 期。

　　陈继会的《综论》的第三大特点是文化视角。文化是陈继会一直以来坚持的乡土小说研究视角。20世纪的中国发生了多次巨变,这些巨变极大地影响了农民的心态。当中国社会在崩塌和重建中变迁,中国农民的心理也在动荡不安中嬗变,陈继会牢牢把握住这一点,在70多年的乡土小说发展中,发现并阐发中国农民走出古代,走进现代,走进"新时期"的精神演变轨迹。而作家们的创作也在历史迁延变幻的时代潮流中沉浮激荡,他们的文化人格与文化心理也与时俱进地发生着复杂的变化。在"五四"启蒙浪潮中,在"革命年代",在民族危亡时期,在政治劫难中,在思想解放大潮中,他们都有不同的思想变化与艺术抉择。不论如何变化,有一对背反的文化情感总是如影随形,那就是对乡土的反叛与眷恋。正如古代文学中的农村题材作品少不了士大夫们回归田园的向往和农民们田间劳作的苦累,现代乡土文学作品永远不能离开对乡土的反叛与眷恋,甚至在同一部小说中也深深透露出这样的矛盾情感。

　　陈继会的《综论》优点明显,缺点也非常突出。其最大的问题,就是用"理性精神"为唯一的准绳来把握和衡量中国乡土小说70多年的发展历史,用"理性精神的消长"来描述中国乡土小说历史演变的轨迹。"理性精神"既不是唯一精神,也不是最高价值标准。将曲折多变、丰富多彩的中国乡土小说历史和乡土艺术世界,仅仅抽绎为"理性",这不是敞亮历史,而是简化历史。

　　陈继会等的《中国乡土小说史》由安徽教育出版社于1999年出版。这部论著由陈继会、朱晓进、周晓扬、宋立民和杨晓塘等共同撰写,其分工是"陈继会(郑州大学),执笔第一章和第二章、并统筹本书的全部学术组织工作,确定全书的写作体例、研究方法,负责审读、校改、统一全书文字;朱晓进(南京师范大学)执笔第三章;宋立民(商丘师专)、杨晓塘(洛阳大学)执笔第四章;周晓扬(南京大学)执笔第五章;郑波光(福建集美大学)执笔第六章"[①]。陈继会坦诚说,由于是集体合作,最感"困难、苦恼的是:个人的学术自由与研究课题的集体定向之间的矛盾。虽然,从一般意义上说,'自由的'研究和'有组织'的研究之间并不存在根本性的冲突,我们也曾相约,在保证全书体例一致的前提下,给个人以充分的施展才华的机会。正唯

---

　　①　陈继会等:《中国乡土小说史》,安徽教育出版社1999年版,第1页。

此,由于每个人的人生阅历、理论准备、学术储备毕竟有着差别,其间虽有书信、电话交流,乃至晤面;再有完稿后我最后的校改、梳整;最近,我又对全书文字作了全面认真的修订,但全书肯定仍会有不尽意处"①。这段不算自谦的告白,对"集体研究"这种方式的利弊作了简单的讨论,为乡土小说研究提供了一种经验。

陈继会等的《中国乡土小说史》由六章组成,第一章"导论"阐述了五个问题,即"乡土:永恒的诱惑"、"漂泊与回归:现代作家的乡恋心态"、"反叛与眷恋:现代乡土小说的主题形态"、"整合:现代乡土小说的艺术选择"、"方法、视界与文学的'历史'形态"等。第二章"现代乡土小说的肇始与最初收获"描述和阐释"'五四'乡土小说"的历史成因、文化蕴涵及其艺术探索。第三章"现代小说的长足发展"描述和阐释 20 世纪 30 年代乡土小说的文化背景、创作概况、文化蕴涵、审美倾向和审美体式。第四章"走向成熟的乡土小说"描述和阐释 20 世纪 40 年代乡土小说的文化背景(民族形式讨论)、观念变化、艺术探索和艺术倾向。第五章"海峡两岸乡土小说的风貌"描述和阐释台湾乡土小说与大陆乡土小说在 20 世纪 50 至 70 年代各自不同的发展道路、不同的思想文化蕴涵、不同的艺术探索与艺术演变。第六章"异彩纷呈的新时期乡土小说"描述和阐释"新时期"乡土小说复兴和发展的历史成因、文化内涵和艺术追求。自第二章起的后五个章节结构相同,布局合理。但第五章将台湾乡土小说与大陆 20 世纪 50 至 70 年代的乡土小说"杂合"起来,又不是比较研究,不是很妥当。

陈继会等的《中国乡土小说史》如上述提要所示,描述和阐释了自中国乡土小说开端至"新时期"的创作历史,涵盖大陆与台湾两地,是一部真正意义上的"通史"。在体例上,以"编年体"为主,辅以"论述体",对重要作家如鲁迅等也不列专章或专节讨论,同杨义的《中国现代小说史》,唐弢等的《中国现代文学史》,钱理群、吴福辉和温儒敏的《中国现代文学三十年》等的体例都有所不同。在一些重要的思想观念上,《中国乡土小说史》沿袭了《理性的消长——中国乡土小说综论》中的一些基本观点,如"反叛与眷恋"等。《中国乡土小说史》的部分章节之间的思想观念,由于研究者们的价值取向不同,不尽一致。在研究方法上,采用"文学—文化批评";

---

① 陈继会等:《中国乡土小说史》,安徽教育出版社 1999 年版,第 489 页。

在研究目的上,明确拟定为"尝试建构中国乡土小说的'历史',并从这一'历史'中寻绎发掘其丰厚富赡的文学价值和文化精神"①。在这部专著中,陈继会与其合作者们很好地贯彻了他们的研究方法,基本实现了他们拟定的研究目标。

三、其他著作

在上述丁帆的《中国乡土小说史论》、《中国乡土小说史》与陈继会等的《理性的消长——中国乡土小说综论》、《中国乡土小说史》等著作之外,武治纯的《压不扁的玫瑰花——台湾乡土文学初探》、春荣的《新时期的乡土文学》、庄汉新和邵明波主编的《中国 20 世纪乡土小说论评》(学苑出版社 1997 年)、崔志远的《乡土文学与地缘文化:新时期乡土小说论》(中国书籍出版社 1997 年)等专著也是本时期中国乡土小说研究的重要收获。

春荣的《新时期的乡土文学》由辽宁大学出版社于 1986 年 7 月出版。这部论著以"作家论"方式,描述和阐释"新时期"初期的乡土文学。所论新时期乡土小说发展的时间虽然不长,作家也不多,但也说得上是一部较早专门论述乡土文学的研究论著。"在这本小书中,"春荣"试图在对我国有'正名'的乡土文学从宏观上勾勒其概貌的基础上,着重对新时期乡土文学的几位有主张、有佳作、有影响、有成就的作家及其创作加以评述、赏析,从而总结出乡土文学某些共同特征,并寻其根、探其源、展其流"。②

春荣的《新时期的乡土文学》由小序和正文五章组成。小序说明本书写作的缘起、研究方法和写作目的。春荣注意到,新时期以来,乡土文学的研究虽然不像朦胧诗和意识流那般"暴热",但研讨之风日兴,"以往的那种不重视、甚至不屑于乡土文学研究的人也在关注乡土文学的创作和研究。这种新形势的出现,标志着新时期文学的发展、繁荣和对民族化道路与风格的追求探索"③。这也是作者选取改革开放后新时期乡土文学作为研究对象的原因。其研究目的,在于"弘扬乡土文学之

---

① 陈继会等:《中国乡土小说史》,安徽教育出版社 1999 年版,第 490 页。
② 春荣:《新时期的乡土文学》,辽宁大学出版社 1986 年版,第 1 页。
③ 春荣:《新时期的乡土文学》,辽宁大学出版社 1986 年版,第 1 页。

精华,促进新时期文学的进一步繁荣和发展"①。

　　本论著的第一章以"老树新花　乡土流变——乡土文学的概说及源流述评"为题,对鲁迅乡土小说、"五四"乡土小说、废名和沈从文乡土小说、"山药蛋派"、"荷花淀派"、"茶子花派"、"新时期"乡土小说、台湾乡土小说等,都予以简短的介绍和评述,简略地描画出了中国乡土小说发展的历史轨迹。要点有六:第一,春荣首先提出"鲁迅是最早的乡土文学作家",认为其历史贡献有三,一是创作了《阿Q正传》等许多乡土小说名篇,二是"为一部分乡土文学家的作品作过中肯的评价",三是"对乡土文学做过第一次概说,成为后人研究乡土文学言必称之的经典"②。第二,春荣转述并阐释了鲁迅与茅盾的乡土文学观念,同时提出自己的乡土文学观:"乡土文学首先必须是作家对故乡的怀恋之情的表露";"乡土文学还必须写出特殊的风土人情,山光水色,地域风貌,社会风尚,描写风俗画和风景画,强调的是地方特色。没有这一层,就容易将乡土文学混同于普通的乡村文学";"乡土文学作家笔下的地域与人物的'小天地'、'小世界',必须与外部大世界和社会总体相联系,哪怕是某种信息的透露"③。第三,春荣将20世纪二三十年代的乡土小说分为两大类。一类是"高扬'为人生'的旗帜,将较深广的现实社会内容与风俗民情描写相融合的现实主义作品。这类作品多揭露旧社会黑暗,对劳动人民的不幸表示深切的同情;同时着眼于对处于社会最下层的可怜的小人物精神世界的解剖,指出他们的落后、愚昧和不觉悟,以引起疗救的注意"④。鲁迅、蹇先艾、王鲁彦、王任叔等的乡土小说都是这一类的代表。另一类是"以描绘农村田园景色,叙述异域风习民情为主的乡土文学。比起第一类,它的牧歌情调多于现实主义的再现,属于一种相对纯净的乡土文学"⑤。许钦文、沈从文、废名、黎锦明等的乡土小说是这一类的代表。第四,春荣介绍和评述了以赵树理为代表的"山药蛋派"、以孙犁为代表的"荷花淀派"、以周立波为代表的"茶子花派"的乡土小说,这些乡土小说流派主要活动在20

---

① 春荣:《新时期的乡土文学》,辽宁大学出版社1986年版,第2页。
② 春荣:《新时期的乡土文学》,辽宁大学出版社1986年版,第4页。
③ 春荣:《新时期的乡土文学》,辽宁大学出版社1986年版,第6页。
④ 春荣:《新时期的乡土文学》,辽宁大学出版社1986年版,第8页。
⑤ 春荣:《新时期的乡土文学》,辽宁大学出版社1986年版,第8页。

世纪 40 年代和 50 年代之交,各自都具有非常显著的地域文化特征。这些流派的部分作家和流派"传人"们在新时期都有新的创作成就。第五,春荣介绍和评述了"新时期的'小乡土'种种",所谓"小乡土"指新时期具有鲜明地域文化色彩的乡土小说,如刘绍棠等的"北京地区的小乡土文学"、高晓声的"鲁迅风"、古华的"乡镇文学"、汪曾祺的"风俗画小说"、何士光的"故乡事"、贾平凹的"山地文学"、柯云路的"新星"文学,乃至叶蔚林笔下的"潇水"风情、姜滇笔下的"水乡风俗画"、李杭育的"葛川江小说"等,都是这一时期引人注目的乡土文学篇。"新时期乡土文学是在继承现代乡土文学和五十年代的乡土文学传统的基础上发展起来的。他们或效法鲁迅,或推崇沈从文,或受惠于赵树理,或师承孙犁,或得蹇先艾指教,或受周立波风格熏陶。'为人生'的文学、风俗画、山药蛋派、荷花淀派、茶子花派风格在他们笔下均有体现,同时他们又在多方面突破了这些流派的风格,形成了独特的风格特色。"①第六,春荣介绍和评述了其他乡土小说史书忽略掉的台湾乡土文学,这是难能可贵的。春荣描述了台湾乡土文学的诞生、艰难发展以及七十年代的重新崛起,将台湾乡土文学和大陆乡土文学进行了比较。春荣认为,台湾乡土文学充溢着强烈的民族意识和民族情感;描写下层劳动人民,并对其寄予深切同情;有浓郁的台湾乡土气息以及对大陆原乡的憧憬。正是因为这些特点,春荣对重新崛起后的台湾文学寄予了厚望,认为"随着祖国统一大业的兴起和台湾文学的发展,台湾乡土文学必将充实海峡两岸统一的内容和理想,拓展台湾乡土文学的题材和主题……把海峡两岸人民对故乡和祖国的情思沟通起来、统一起来"②。

春荣在《新时期的乡土文学》的第二章里,专论刘绍棠及其乡土文学理论与乡土小说创作。要点有五:第一,刘绍棠的人生道路与文学道路,"从'神童'到'土著'"是其最好的概括。春荣称刘绍棠"从'荷花淀'中脱颖",从小便是具有"文学细胞"的神童,13 岁发表处女作,之后因文获罪。《西苑草》、《田野落霞》的发表,使得刘绍棠 1957 年起被逐出文坛,先做苦工,后回乡务农。不过,他却因祸得福,竟因此而躲过了"十年浩劫"。他振奋精神,写出了《地火》、《青草》、《狼烟》三部长篇小

---

① 　春荣:《新时期的乡土文学》,辽宁大学出版社 1986 年版,第 21 页。
② 　春荣:《新时期的乡土文学》,辽宁大学出版社 1986 年版,第 24 页。

说。创作于新时期的《蒲柳人家》令其大放异彩。刘绍棠的人生与其创作是分不开的。刘绍棠尊为老师的孙犁对他的创作实践产生了极大的影响。刘绍棠从孙犁的为人为文里汲取营养，更重要的是从劳动人民从土地中汲取了永不枯竭的营养。刘绍棠曾在出席文艺界聚会时发出宣言："一生一世讴歌生我养我的劳动人民"，并保持"田园牧歌"式的创作风格。春荣认为，刘绍棠虽然"从'荷花淀'中脱颖"，却又不再是老式的"荷花淀派"，与"荷花淀派"有明显差异，其风格是"运河滩文学"及"蒲柳风情"。第二，评介刘绍棠对乡土文学的倡导与理论贡献。春荣首先简要评述了刘绍棠倡导乡土文学的文章《建立北京的乡土文学》、《建立乡土电影》、《我与中篇小说》、《〈蒲柳人家〉二三事》、《关于乡土文学的通信》、《我是一个土著》等；阐释了刘绍棠的乡土文学观念；概述了刘绍棠倡导乡土文学引起的论争及赞成与反对的各种意见；分析了刘绍棠倡导乡土文学的原因。春荣认为，"刘绍棠的乡土文学创作从理论到实践已经构成为一个较为完整的体系，形成了自己的风格特征"①。第三，分析刘绍棠乡土小说的主题与人物特点，将其概括为"'总的主题'与'无主角戏'"。所谓"总的主题"，是刘绍棠自己的创作经验总结之一，即不搞"主题先行"，但"有一个共同的总的主题，那就是讴歌劳动人民的美德和恩情"（《〈蒲柳人家〉二三事》）。与之相应的人物塑造方法就是"无主角"，即人物不分一号二号，而是形象系列，打破"三突出"模式，避免概念化、公式化。第四，分析刘绍棠乡土小说的形式特点：一是吸收了民族传统艺术手法，如"说书人"的文法；二是散文式的结构；三是对意识流等各种"新潮"技巧的学习与运用。第五，分析刘绍棠小说中的风景画、风俗画描绘与语言特点。刘绍棠"很少写人物凄惨的遭际，以及同邪恶势力进行的叱咤风云的斗争，而是以不幸的遭遇为背景，从苦难中发掘欢乐，于不幸中寓于希望。这样一来，作家笔下所描写的具体环境却充满生机，莺飞草长，山清水秀，一派田园风光"②。这也使刘绍棠小说具有了地方色彩。刘绍棠主张走语言民族化的道路，他的小说语言达到了地方化和农民化。概而言之，春荣对刘绍棠的人生道路、创作道路，乡土文学理论主张，乡土小说创作中的思想主题、人物形象、风

----

① 春荣：《新时期的乡土文学》，辽宁大学出版社 1986 年版，第 46 页。
② 春荣：《新时期的乡土文学》，辽宁大学出版社 1986 年版，第 57 页。

景画风俗画描绘、语言特征等作了全面而简要的描述和阐释。虽然简略,但也准确,评价比较到位。

　　春荣在《新时期的乡土文学》的第三章里,专论有着"鲁迅风"的高晓声及其小说创作。高晓声是新时期影响很大的乡土作家,受到了评论家们的高度赞赏,激起了学界的研究热情,"中国当代文学之中的'高晓声热'至今还在扩展。评论家们为了论证高晓声的成就和地位,几乎调动了当今可用的各种研究方法,诸如社会学、比较学、接受美学、信息论、系统论等。不论从哪个角度、运用什么'论',其结论是共同的:高晓声是有当代文学史以来具有大家风度的农村题材小说的优秀作家"①。这也是春荣选取高晓声进行专门评介的原因。春荣从创作风格入手,研究高晓声小说的"乡土味",其要点有四:第一,评介高晓声复出后的"新探索"。春荣首先回顾了 20 世纪 50 年代的"探求者"事件,高晓声是"探求者"中的重要成员,执笔撰写了"探求者"文学月刊社"启事",提出"我们将勉力运用文学这一战斗武器,打破教条束缚,大胆干预生活,严肃探讨人生,促进社会主义"的文学主张。不意却因此获罪,被下放"劳动改造"二十多年。"文革"后复出的高晓声继续"新的探索",对自己当年的艺术主张进行了修正,认为"干预生活"模糊不清,应表达为干预或反映人的精神面貌、人的灵魂。高晓声认为自己所坚持的是"苦涩的现实主义",不同于当年和他一起"探求"的陆文夫的"糖醋现实主义"、方之的"辣椒现实主义",《李顺大造屋》、《"漏斗户"主》、《陈焕生上城》等就是这种新探索的成果。第二,肯定高晓声小说在日常生活的叙述中写出历史的纵深感。高晓声复出后发愿要"为农民叹叹苦经",而农民受苦最深的就是吃和住等日常生计,"以普通农民的生计小事反映农民坎坷命运和时代的大主题"②,这成为高晓声小说的突出特点,如《李顺大造屋》写的就是住的问题,《"漏斗户"主》写的就是吃的问题,《拣珍珠》写的就是男婚女嫁。第三,重点分析陈焕生形象,认为陈焕生是"阿 Q 的第 X 代子孙",将陈焕生与鲁迅笔下的阿 Q 形象联系起来,不仅阐明了高晓声是"鲁迅风"的承传者,也指明了陈焕生形象的艺术价值。第四,春荣对高晓声"有嚼味"的苏南乡土风味给予

---

　　①　春荣:《新时期的乡土文学》,辽宁大学出版社 1986 年版,第 65 页。

　　②　春荣:《新时期的乡土文学》,辽宁大学出版社 1986 年版,第 73 页。

了高度赞赏,并认为其极大地增加了小说的地方特色和民族风情。概而言之,"从高晓声的'探讨人生'的文学主张,到'干预灵魂'的'总的主题'的表达,从题材选择到语言风格的特征,都明显地有着'乡土文学'的特色。……他是当今最具中国气派的乡土作家,他完全有资格带上陈奂生、李顺大、刘兴大等闯入世界文坛。事实上,他已经和正在为国外的'中国学'专家所注目"①。

春荣在《新时期的乡土文学》的第四章里,专论古华及其小说创作。春荣称古华的"乡镇小说"是"芙蓉镇里开出的一朵美丽的茶子花",其要点有四:第一,古华小说的风俗画描绘。古华"自觉追求'寓政治风云于风俗民情,借人物命运演乡镇生活变迁'的艺术风格,所以他的作品描绘的是流动的风俗画,他心弦奏出的是严酷的乡村牧歌"②。春荣对古华小说"风俗画风格"的分析,基本上是围绕着古华的夫子自道展开的,将古华小说中风俗画的描绘与社会变迁、政治风云、人物命运和自然风景等联系起来,肯定"古华的小说具有高度的艺术概括力和历史纵深感。他的风俗画属于那种具有恢宏气势的史诗性大画卷"③。第二,分析古华小说塑造的人物形象,以"山乡人的艺术群体"概括其特点。"古华笔下的人物大都是湘南地界、五岭山中、小乡镇上特有的人物。他们各有各的风貌,各有各的性情。细细观摩,不难发现,古华多为女儿家立传,也为群丑画像;他写木讷、愚顽的'土著',也写坚毅、开化的新人;他写靠'吃运动饭'的极'左'分子,也讴歌真正的共产党人形象。其中撼动人心的是那些命运多舛、心地善良、性情柔弱、性格坚毅,又带着五岭山区特有的野性美的女性形象'小镇碧玉'"。④ 第三,分析古华小说的结构和语言,以"新奇"和"土气"分别概括其特点。春荣认为古华小说总体上继承了中国古典小说的传统结构艺术,但有所突破,呈现出土洋结合的新奇形态;其语言则具有浓郁的乡土气息和地方色彩,概括力强。第四,分析古华小说风格特征形成的"主体构成",将其概括为"杂读群书,深解民心"。古华阅读面宽,中国古代文学名著、外国文学名著等都有所涉猎;个人生活经历多,有山区底层经验,这些都成为他创作的

---

① 春荣:《新时期的乡土文学》,辽宁大学出版社 1986 年版,第 65—66 页。
② 春荣:《新时期的乡土文学》,辽宁大学出版社 1986 年版,第 98 页。
③ 春荣:《新时期的乡土文学》,辽宁大学出版社 1986 年版,第 98 页。
④ 春荣:《新时期的乡土文学》,辽宁大学出版社 1986 年版,第 108—109 页。

宝贵资源。春荣对古华的评价很高,认为"古华是湘地继周立波之后的又一位含大家气质、具卓越成就的著名作家"①。

春荣在《新时期的乡土文学》的第五章里,专论汪曾祺及其小说创作。春荣说汪曾祺的小说是"清新淡远的南方水乡风俗画",其要点有五:第一,分析汪曾祺的艺术气质与师承关系。"汪曾祺自幼就爱'风俗画',也爱看讲风俗画的书,对于故乡包括各民族的风俗极有兴趣。汪曾祺喜爱十七世纪荷兰学派的画,日本的浮世绘,更热爱中国历代民族色彩浓郁的风俗画。"②"风俗画艺术的熏陶是汪曾祺追求并形成独特艺术风格的重要因素之一。同时还有一个直接促成他的'风俗画'风格的重要原因便是他的老师沈从文对他的影响培植。"③此外,春荣还简要引述和阐释了汪曾祺的"风俗画"理论,肯定"风俗画小说不仅有审美价值,也有重要的认识价值,它是民族文化的形象化记录,对于研究民风和国情很有帮助。汪曾祺的小说色彩美、形象美、意境美,是陶冶性情、净化灵魂的上品"④。第二,分析汪曾祺小说描绘的"风俗画",将其概括为"高邮习俗,故乡风情"。汪曾祺是高邮人,熟悉故乡风习,他的《故乡人》、《打鱼的》、《金大力》、《异秉》等小说,对高邮地方的婚丧嫁娶、经济民俗等都有细致自然的描绘,构成了"风俗画"风格特征。第三,分析汪曾祺小说的主题和人物,将其概括为"为健美的人性和人情欢歌",认为"汪曾祺的小说冲突的基点是真善美与假恶丑的间接冲突。正面表现的多是人性的复苏和纯洁、美好的人情,从而鞭打了扼杀人性、缺乏人情味的人和事。所以他的小说充满了清新恬淡的情调,绝少悲哀消沉之音。怨而不怒,给人一种飘逸洒脱之感"⑤。第四,分析汪曾祺小说的结构,将其特点概括为"信马由缰,为文无法"。"汪曾祺小说情节结构特征主要表现在:① 淡化的情节,纪实体的'生活流';② 以一景一俗一人牵引另一景一俗一人;③ 形散而神不散,博而贯一,必有'诗眼'式的点题之笔。"⑥第五,分析汪曾祺小说的风格,将其特征概括为"自然恬淡、幽默飘逸"。"汪曾祺小说的

① 春荣:《新时期的乡土文学》,辽宁大学出版社 1986 年版,第 97 页。
② 春荣:《新时期的乡土文学》,辽宁大学出版社 1986 年版,第 131—132 页。
③ 春荣:《新时期的乡土文学》,辽宁大学出版社 1986 年版,第 133 页。
④ 春荣:《新时期的乡土文学》,辽宁大学出版社 1986 年版,第 135 页。
⑤ 春荣:《新时期的乡土文学》,辽宁大学出版社 1986 年版,第 141 页。
⑥ 春荣:《新时期的乡土文学》,辽宁大学出版社 1986 年版,第 146 页。

风格独特之处主要表现在:① 景致淡雅,② 人物性情淡泊,③ 故事情节淡化,④ 语言恬淡饶有情趣。"①春荣最后总结说:"汪曾祺风俗画小说的实质,仍然是他再三申明的原则:'回到现实主义,回到民族传统上来。'"②

春荣的《新时期的乡土文学》在结构上是"总分式",在体例上是"作家论"。论著先总体描述中国乡土小说的历史概貌,概括描述中国乡土小说在新时期初期发展的一般状况,然后重点分析了刘绍棠、高晓声、古华、汪曾祺等四位乡土名家和大家。如春荣自己所言,他的"这本小书"吸收了当时学界的最新研究成果,具有"汇编"的特征。在"汇编"之外,春荣也有自己的识见与较为恰切的分析。尽管"这本小书"格局很小,体量不大,但在乡土文学研究刚刚兴起的 20 世纪 80 年代中期,还是很有意义的一种研究尝试。

---

① 春荣:《新时期的乡土文学》,辽宁大学出版社 1986 年版,第 149 页。
② 春荣:《新时期的乡土文学》,辽宁大学出版社 1986 年版,第 153 页。

第四章 中国乡土小说研究的分流与深化
（2000—2010）

在 21 世纪的第一个十年,乡土文学研究者已经不满足于对乡土小说的历史轨迹和文化思潮进行泛泛的研究,他们深究乡土小说在文化精神和审美倾向等方面体现出的特征,研究课题逐步拓展并深化。学界对乡土文学历史与新的乡土文学现象的研究视角更加多元,认知也更为深入和全面。在理论方面,乡土文化理论与新兴的都市文化理论形成独特的对话关系,对乡土中国及其文学现象的研究出现更加明显的跨学科研究的特质,有了新的历史认知;在乡土小说现象方面,21 世纪第一个十年的城乡格局发生了急遽的变化,在小说创作领域也形成相应的社会和心灵镜像,研究者对这些现象的追踪研究也不断回应现实的文化问题和文学问题。1998 年 10 月 14 日,中共第十五届中央委员会第三次全体会议发表公报,提出了到2010 年建设中国特色社会主义新农村的奋斗目标。在经济体制改革的带动下,文化转型的程度也在逐步加深。在社会层面,城乡流动性增强,农民工进城的潮流改写了 20 世纪长久存在的"城乡结合部"的乡土文化、都市文化呈现的深度交融和蜕变的趋势。

十年间,乡土小说研究的数量呈现出递增的态势。图 4‐1 是中国知网以"乡土小说"为关键词的析出文献数据分析:

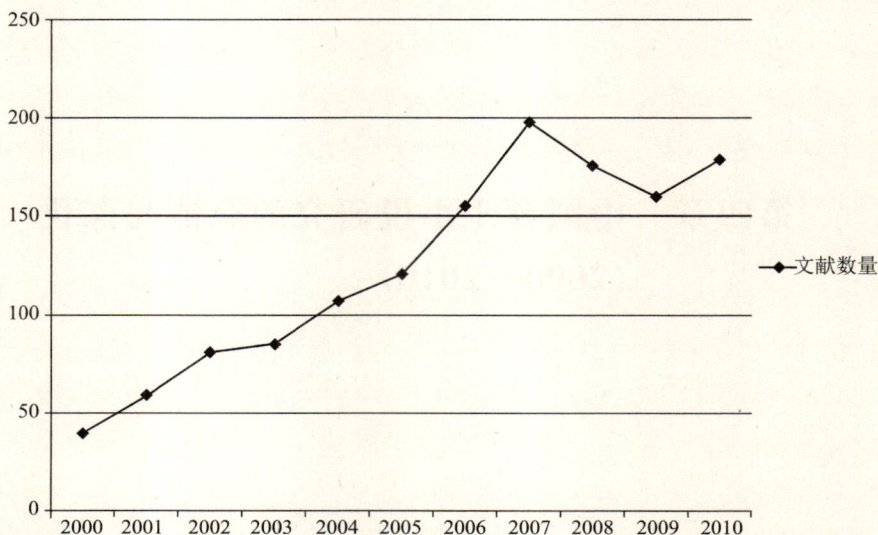

图 4‑1

从上图可以看出,21世纪第一个十年的乡土小说研究保持了数量上明显的上升态势,尤其在2005年以后,乡土小说的研究文献基本维持在150—200篇的区间波动。在东南沿海高度城市化和乡村城镇化的主体趋势中,乡土文学的研究没有弱化,反而持续成为一个学术热点,这和中国现代文学学科的发展不无关系,但更主要的原因在于,乡土文学在都市文化的参照下,研究领域逐渐拓展,研究人员日趋增多。

十年中,乡土小说研究的文化视角得以继承和深化。研究者们回溯早期乡土小说的文化渊源,整理乡土小说的最初实践者呈现出来的乡土经验,并结合理论梳理,使乡土小说的源流进一步明晰,凸显了乡土小说作为新文学重要源头的文学地位,探析了乡土文学在文化意义上富含的现代性成分。在新的学术格局中,学者们利用讯息传播的便利条件,加强了对乡土小说的比较研究,深化了乡土小说研究学术话语与国际理论话语的交融度。中国乡土小说在美学精神上的发展及存在的问题,都在文学比较中得到了较好的呈现,这对乡土小说的后续发展有重要的指导意义。乡土小说的现代审美精神的建构,是新文学发展的重要一环。在新世纪乡土小说研究中,审美研究是举足轻重的研究领域,学者们在乡土小说三美——"风情"、"风景"、"风俗"的探讨中,借助新的研究手段,进行了更为细化和深化的研讨。除此之外,中国乡土小说研究领域在十年中的新拓展还包括西部文学、生态文学研究,以及城镇文学、底层文学研究,还有对新人新作、老人新作的跟踪研究等。基于以上种种成果,研究者们对中国乡土经典作家作品进行了再评价,并总结了乡土文学研究中的城乡意识错乱及其根源。这十年中,中国乡土小说研究的学术史研究也持续跟进,有了可喜的成果。

进入新世纪以来的乡土小说研究,其学术思潮基本与文学的主潮同步,但又在某些方面有所区别。在其中,学术研究的创新精神和学术惰性交叉呈现,乡土小说的研究在这10多年中有长足的发展,但也存在不少问题。最凸显的问题是价值立场的迷失与混乱,研究者缺乏更系统的理论支持,导致了学术的短视与研究心理的浮躁。研究者尚缺少有效干预创作迷误的方法,与乡土文学现实产生了批评的脱节,需要研究者厘清和不断自我校正。

第一节　新世纪乡土小说研究中的文化探析

20世纪20年代"五四"乡土小说流派产生的文化根源,一直是中国乡土小说研究的重要课题。在新世纪以来的乡土小说研究中,文化探析也是乡土小说学术布局的重要单元。在这方面,学术界对前人的研究成果既有继承,也有反省。研究者普遍吸收了前沿文化理论,在研究视角方面有所开拓,研究视域被充分打开,关于乡土小说的文化本质的研究达到了一个新的高度。这些研究可大略归于以下几个方面:

一、"五四"文化精神与乡土小说的关联研究

新世纪以来的乡土小说研究,对乡土小说与"五四"文化精神的关联研究较多。研究者们大多遵循早期乡土小说的既定结论,把"五四"视为乡土小说文化思想上的肇始,对乡土小说的文化渊源进行更系统的梳理。

这一研究向度上的代表成果创新度不高,鲜有突破。如陈继会的《"五四"乡土

小说的文化精神》认证了乡村群体在启蒙视野中作为批判对象的位置,对早期乡土小说的"反封建"的思想价值、对女性命运的思考、对早期乡土作家在城乡之际的灵魂漂泊等进行了全面分析。① 高玉秋认为"20 世纪初期的中国乡土小说作家,既带着乡村文化的气息,又烙着都市文化的印记,他们以独特的视角回望故乡,以批判的眼光审视着乡村中国,发现它的落后与野蛮,并探寻着其历史和文化根由。随着他们对西方科学、民主思想的接受,加之部分作家对马克思主义的接受,这些乡土小说也传达出了现代知识者对改造乡村中国'贫'与'病'状的方式选择"②。她在另一篇论文中认为,"由于作者的身份是知识分子,这无疑证明了所有乡土小说都蕴涵着知识分子的价值判断"③。刘玉凯也认为,乡土小说与"五四"思想革命紧密相关,它是作家乡土情结的产物,却并非民间文学,而是服从了"五四"新文学运动的整体思维。④ 诸如此类的论述在新世纪十年较为多见,亦是诸多研究者已经反复论证的观点。当然,作家文化身份的两栖特性,在"五四"文化风潮中获得了特殊的文学意义,早期乡土小说在思想上的"五四"来源及其后续变化,也因此成为各个时期研究者的学术热点之一,此类研究尚有研究空间,甚至留有研究空白,需要研究者加以突破。

　　"五四"与乡土小说的传承关系也可见于作家作品论,尤其是比较研究中,如鲁迅研究:对鲁迅影响后来作家小说创作的研究,对鲁迅乡土小说国民性批判主题的研究,对鲁迅在乡土小说发展中的历史作用的研究,等等。此类学术文章比较多见,多为旧调重弹。如罗关德在探讨鲁迅及早期乡土小说作家的文化心态时论及:"在以西方启蒙理性立场对中国传统文化观照的乡土小说中,知识分子就如盘旋在空中的风筝,一方面由于距离,深化了知识分子对传统文化的理性认知,另一方面,又由于受到特定文化的牵引,表现出对生于斯、长于斯的自身文化的情感眷恋。这

---

　　① 　陈继会:《"五四"乡土小说的文化精神》,《郑州轻工业学院学报(社会科学版)》2000 年第 1—2 期。

　　② 　高玉秋:《传统乡村文化觉醒者的价值选择——论 20 世纪初乡土小说中知识者的"乡村批判"》,《东北师大学报(哲学社会科学版)》2005 年第 2 期。

　　③ 　高玉秋:《简论现代"乡土小说"中知识者的"在场"》,《长春师范学院学报(人文社会科学版)》2005 年第 2 期。

　　④ 　刘玉凯:《论五四乡土小说的性质问题》,《河北大学学报(哲学社会科学版)》2000 年第 3 期。

种文化冲突的历史必然性,注定了知识分子文化漂泊者的命运。"①这些论述没有在乡土小说的文化渊源的研究中有所突破,只是重复性地累积。乡土小说研究的低层次的重复研究成果也常见于一些所谓"权威期刊",显示出学术浮躁的时代研究者们的浮躁心态,乡土小说的研究作为学术现场的一部分,也未能幸免。

当然,其中也有一些更深入细致的研究。比如,陈晨对20世纪20年代中后期乡土小说进行了综合考察,看到了早期乡土小说发展路向的细微调整:"乡土文学起之于对落后滞重的传统乡土的文化批判,但是到了20年代中后期,处于启蒙落潮期的乡土文学的主题发生了背反性的变易和分化。在台静农、蹇先艾、许杰等人的乡土文学创作中都或多或少地削弱了文化批判的力度,他们的作品不再囿于对'启蒙'主题的单一表达,明显涵盖了更多的历史和生命文化的内容。他们对乡土文学在这一新的向度上的'人文内涵'的开掘,使文学的发展呈现出一种新的人文觉悟和蓬勃生机。"②李静在对萧红乡土小说的个案研究中发现,启蒙叙事与女性视角的交织使乡土小说的场景、人物都发生了明显转化。③ 王嘉良对两浙文化与"五四"文化的关联研究很有新意,如《"浙江潮"与"五四"新文学运动》选取新文学发端的一份综合杂志入手,探讨地域文化与"五四"前后文学革命互动的关系。通过这样一个平台汇聚的撰稿群体,王嘉良分析了地域文化与"五四"时代文化风潮在"浙江作家"这一对象上建立了联系:地方文学与时代文学之间互相留有印记。④彭燕艳的《文学:拯救谁的历史?——试论中国现代乡土小说两种精神史叙述》则看到了"乡土小说"中"拯救自我"与"拯救历史"的持久对立,相对于沈从文的人性探询,历史似乎更有引力,将作家拉向启蒙的范畴。⑤ 这种两分视角和对乡土精神

---

　　①　罗关德:《风筝与土地:20世纪中国文化乡土小说家的视角和心态》,《文学评论》2005年第4期。相同类型的文章还有叶君的《感伤的行旅——论侨寓者返乡》(《中州学刊》2005年第5期)等。

　　②　陈晨:《启蒙落潮期人文观念的选择与调整——试析20年代中后期乡土小说创作的人文内涵》,《山东社会科学》2005年第12期。

　　③　李静:《启蒙叙事与女性视角的交织:萧红乡土小说论析》,《社会科学战线》2005年第6期。

　　④　王嘉良:《"浙江潮"与"五四"新文学运动》,《浙江学刊》2000年第6期;相关研究还可见于《启蒙语境中的乡土言说——"五四"浙东乡土作家论》(《文学评论》2004年第3期)等文章。

　　⑤　彭燕艳:《文学:拯救谁的历史?——试论中国现代乡土小说两种精神史叙述》,《浙江学刊》2000年第3期。

悖论的研究,在新世纪乡土小说研究中比较普遍,如对李佩甫小说双重主题的研究。① 商金林也看到台静农"以小说参与时代的批评和变革",判断这种文化参与的意识与鲁迅的思想引导和文学影响关系密切。②

对"五四"以降现代文化奔袭下的农民文化心理的研究,是诸多乡土小说文化探察的重要课题。陈昭明把"五四"乡土小说视作新文学乡土小说的原型,将其视作"现实主义命支和农民命运的共轭"③,对探明乡土小说在近一百年的发展中的文化动因有所启示。另外,他也关注了新时期乡土小说的国民性批判。

早期乡土小说所具有的现代意识与苦难的乡村生活之间,究竟有何关系? 学者们对这一问题的探析往往是对 20 世纪文学研究成果的复述,未有更深入的研究。但学术界对 20 世纪 30 年代的乡土小说的文化取向有一些新颖的看法,看到了城乡对峙与融合、"左"右思潮的摇摆等因素对 30 年代小说的理性与乡情有特殊的审美效应。也有研究者从文化研究向审美研究过渡,在"五四"乡土小说中分析"启蒙与审美之间的选择",看到了鲁迅与周作人在乡土小说影响方面"一主一从、一浓一淡"的两条线索。④

在文化研究与审美研究结合的学术努力中,丁帆对中国乡土小说发展历史和现状的持续关注及深入的文化省察对乡土小说的学术发展有着深远影响。在丁帆的历史视域中,分布着一些游离于历史时间之外的存在物:永远能获得审美眷顾的那些乡土美学、男性文化视阈无法抵达的一部分女性写作、能带来生命炫丽图景的都市欲望,都一遍遍帮助他在历史权力的较量中保持恒定的美学立场,保持恒定的文学史整体观。因存在审美和人性的多视角,他的启蒙主义的文学史观对历史文本保持敏锐的观察力,历史并不为思想性而削弱文学性。他对乡土小说多元与无序格局的历史描述,正是以人性在都市欲望中的痛感为着眼点。浪漫主义情怀与

---

① 赵修广等:《乡土恋歌与悲歌——论李佩甫乡土小说的双重主题》,《淮北煤师院学报(哲学社会科学版)》2000 年第 3 期。

② 商金林:《以小说参与时代的批评和变革——论台静农的〈地之子〉和〈建塔者〉》,《北京大学学报(哲学社会科学版)》2002 年第 3 期。

③ 陈昭明:《二十世纪乡土文学的风范:"五四"乡土小说评析》,《江西社会科学》2002 年第 7 期。

④ 方习文:《五四乡土小说:启蒙与审美之间的选择》,《安庆师范学院学报(社会科学版)》2002 年第 4 期。

启蒙思想者的立场催生了丁帆富有特色的女性文学、乡土文学与自然文学的研究，它们是文化批判与浪漫主义的美学趣味充分融合后产生的文学史景观。丁帆对浪漫主义的终结和女性话语的困惑一直忧心忡忡，在文学与历史中寻觅美的和人性的存在，并因此不惮于思想的"裸奔"。因此他能够将乡土文学的历史考察拓展到文化形态比照的领域，也能考量现代西部文学的美学价值。21 世纪第一个十年的文学研究，可以看到启蒙文学史观对丁帆学术和精神的回馈：他对乡土文学研究的再度介入，对新的论域的拓展，都显示出一位具有理想主义情怀和较高审美能力的文学史家的学术活力。他对人性与生态、人性与文明之间的悖论在文学史中的呈现了如指掌，不断从容地回答着怎样以文化批判者的独立精神面对历史和审美之类的文学难题。

在《中国乡土小说生存的特殊背景与价值的失范》一文中，基于这样的价值立场和文化判断，他对中国乡土小说的内涵和外延做了重新界说："在前现代、现代、后现代呈现在同一时空中的时候，中国的乡土小说的外延和内涵都发生了巨大的变化，如何对它的概念与边界进行重新厘定是中国乡土小说亟待解决的问题：失去土地的农民进城，不仅改变了城市文明的生产关系的总和，而且它所带来的两种文明的冲突，已经改变着中国传统的意识形态，乃至于渗透在我们的各种艺术描写形态之中，尤其是乡土小说的描写视阈。同时，在当下的三种乡土小说的描写类型中，作家主体的价值困惑与失范，已经成为乡土小说创作的瓶颈。在这样一个三种文明相互冲突、缠绕和交融的特殊而复杂的文化背景下，中国乡土小说既面临着种种思想和审美选择的挑战，同时也蕴含着重新整合'乡土经验'、使其走向新的辉煌的契机。"①

启蒙话语在 21 世纪乡土小说中的退场引起了研究者们的警觉。黄佳能认为，在新世纪乡土小说中"失重的身体"、"漂泊的乡土之魂"等呈现出流动的现代性，是小说观念和现实的多维互动。②

---

① 丁帆：《中国乡土小说生存的特殊背景与价值的失范》，《文艺研究》2005 年第 8 期。
② 黄佳能：《新世纪乡土小说叙事的现代性审视》，《文艺理论与批评》2006 年第 4 期。

二、地域文化与现代性问题

近百年来,地域文化研究一直是乡土小说研究的恒定课题之一,在这方面,可以发现有不少学者进行了系统的论证。21世纪的第一个十年,西方文化理论的大量译介,为乡土小说的地域文化研究提供了诸多理论支撑。学者们多根植于自己熟稔的文化地域及其文学主脉,既总结历史,又关注现实,有了一些值得注意的研究成果。如刘舸的《游走在主体文化与区域文化之间——湖南乡土文学的文化选择》一文分析了主流文化与湖南乡土文化的区别:前者以伦理道德为本位,后者崇情尚性;前者"祛魅",而后者"含魅"。湖南乡土文学区域文化特性明显,但也不能无视国家主体文化对它的影响,中华人民共和国诞生后,义利关系成为一些湖南乡土小说评价人物的非常重要的标准。而对湖南作家来说,边缘与中心的身份,是相对而言的,一些湖南乡土作家在文化认同时表现出的摇摆和惶惑,使作品充满歧义和张力,由此产生了多层次、富于启发性和想象力的对话,极大深化了他们作品的思想内涵。①

20世纪末出版的崔志远的《乡土文学与地缘文化:新时期乡土小说论》,从地缘文化角度考证乡土文学作为一种文学类型的特质。崔志远对20世纪后半叶乡土小说作家(如刘绍棠、贾平凹、汪曾祺、高晓声等)的分析往往能够结合其地缘文化归属来进行美学评判,考究了新时期乡土小说与地缘文化之间相互养成的关系。② 新世纪以来,对这一课题的研究又有新的收获。与此前对湖南作家的政治情结的关注不同,刘起林的《地域文化美质:"文学湘军"兴盛的根本优势》则从楚骚文学的"非历史主义的文化"和浪漫主义传统挖掘湖湘文学的盛衰。③ 另外,学者们对诸如"东北作家群"这样的带有时代和地域综合特性的乡土小说群落的研究也开始多样化,比如,有评论者对乡土小说进行地域与时代结合的比较,将东北和华北作家群体进行对比研究。④ 姚晓雷的博士论文《"民间"审视下的新时期河南乡

---

① 刘舸:《游走在主体文化与区域文化之间——湖南乡土文学的文化选择》,《文艺争鸣》2009年第9期。

② 崔志远:《乡土文学与地缘文化:新时期乡土小说论》,中国书籍出版社1998年版。

③ 刘起林:《地域文化美质:"文学湘军"兴盛的根本优势》,《理论与创作》2000年第4期。

④ 高翔等:《东北、华北沦陷区文学比较研究》,《社会科学战线》2000年第3期。

土类型小说》从河南乡土小说中提取出一种民间个性"侉子性"①,对河南作家乡土小说在这一个性表现中的差异作了分析,既有文化内容的梳理,又有创作风格的甄别,也有反思和批评,是地域文化研究向度上较有特色的一种研究理路。他对李佩甫等河南乡土作家依然采取了"国民性批判"的研究视角,对于普遍陷入审美和形式分析的乡土小说研究格局而言,是弥足珍贵的坚守。贺仲明认为,以"世界性"为前提的地域性的强调,导致"中国乡土小说事实上并未真正呈现出中国乡村地理和文化色彩丰富的特点"②。其他地域文化小说的研究还有对高晓声的"苏南乡土小说"的研究、对浙东作家群的研究等,不一一赘述。③

　　继先锋文学、现代派热潮和人文精神讨论之后,文学研究界在20世纪末将对现代文学与文化的问题集中到现代性问题上来。尽管对"现代性"的内涵莫衷一是,但学界的讨论热情持久不衰,这也体现在乡土小说研究中。这种研究也偶尔见于对早期乡土小说中现代意识的讨论,但更多是与当代作家作品有关。韦丽华的《20世纪末的乡土现代性反思——近期乡土小说的一种解读》一文是这种研究理路的代表。韦丽华基于自己对世纪交汇期的中国乡土小说的研究,认为"乡土中国的现代转化问题"是"20世纪中国乡土文学的主题话语",而"城乡失衡"正是现代化迟滞的关键症结。"乡镇题材小说"中理想主义的稀薄和现实主义的复归,凸显出了经济社会的"经济能人",从而使乡土小说依然被约束在"摆脱贫穷"的低级现代化层面,"现代性"的获得仍然遥遥无期。④ 李兴阳对西部当代乡土小说的研究,其主要切入角度也是"现代性",他认为"20世纪90年代西部乡土小说,从对现代政治文明的召唤到对城乡对立格局中的不平等关系的追问,从对乡土人生的皈依、亲和到对乡土文明所内含的现代普适性的注目,从对宗教信仰、宗教情感引导现实超越的可能性的探求到对抵御异化的生命神性的崇仰,其精神向度与价值选择表现出了前所未有的多向性。其对自足乡土人生的多向性探求,大多是以其理想主

---

①　姚晓雷:《"侉子性"——河南乡土小说呈现中的一种民间个性》,《当代作家评论》2003年第3期。

②　贺仲明:《论中国乡土小说的二重叙述困境》,《浙江学刊》2005年第4期。

③　比较有代表性的著作如王嘉良:《浙江20世纪文学史》,中国社会科学出版社2000年版。

④　韦丽华:《20世纪末的乡土现代性反思——近期乡土小说的一种解读》,《福建论坛》2000年第1期。

义的乡土封闭形态为基础的,因而在其理想主义色彩的背后,有着较强的保守主义倾向"①。

也有研究者对呈现在审美层面的现代性进行研究,如对刘醒龙等作家"新乡土话语"的叙事分析。贺仲明曾对 20 世纪乡土小说的创作形态作出四种分类:鲁迅开创的文化批判型,以茅盾为中坚的政治功利型,废名和沈从文倡导的文明怀旧型,还有以赵树理为代表的乡村代言型。他认为,不同的创作形态体现出不同的审美追求和艺术特点,相互之间也构成了复杂的关系。20 世纪 90 年代后,乡土小说创作形态呈现出新的发展和变异。②

研究者们看到了乡土小说在研究"现代性"问题上的价值。有学者认为,"正因为农民问题的重要性,影响到中国的现代文学,使得它从一开始就以乡土文学占了压倒优势,出现了一大批优秀作家,如鲁迅、沈从文、赵树理、孙犁、陈忠实、韩少功等,可以说每一时期都不缺乏代表性作家。相对来说城市文学则要萎缩得多,因此有人感慨中国缺乏巴尔扎克式的描写城市生活的作家。中国城市的发育本就不成熟,'城里人'到现在还挣不脱'乡下人'的脐带,因而也就无法产生反映城市生活的成熟的作家。因此,中国的现代文学,主要就是乡土文学,而要分析文学的'现代性',也必须从乡土文学开始"③。

在新时期乡土小说研究中的"现代性"研究,出现了一些比较有趣的研究向度,如对新时期乡土小说话语形态的研究,研究者认为"新时期以来,农村题材小说呈现出话语喧哗的态势,其中以启蒙话语形态、革命话语形态和复古话语形态尤为突出。在多种相互颉颃的话语形态的背后,昭示着一元话语向多元话语流变的趋势,这种趋势对 21 世纪文学产生积极的影响"④。

对 20 世纪 90 年代以来乡土小说的研究,大多延续了作家们对"乡土"的二律背反的文化意识,眷恋与反叛、思乡与叛逃之类的作家文化心理特征,也成为研究者的跟踪研究中的热点。

---

① 李兴阳:《20 世纪 90 年代西部乡土小说的现代性反思》,《宁夏社会科学》2005 年第 1 期。
② 贺仲明:《20 世纪乡土小说的创作形态及其新变》,《南京师大学报(社会科学版)》2004 年第 3 期。
③ 陈仲庚:《从"乡土"到"寻根":文学现代性的三大流变》,《文艺理论与批评》2004 年第 2 期。
④ 戴永课:《论新时期乡土小说的话语形态》,《长沙理工大学学报(社会科学版)》2005 年第 1 期。

当然,乡土世界在根本上是一个与现代性相关的客观物,如向荣所述,在贺享雍的乡土小说中,乡村有相生相随的"现代性与反现代性"①。亦有人看到,在当代乡土叙事中体现出的"民间神秘性"具有"反现代意识"。② 罗惠缙则将中国早期乡土文学之现代性求取归为:批判性主题的展现、理性价值的求取、乡土文化隐喻。他认为中国文学"走出中世纪"的标志是早期乡土作家站在民族性认同的话语背景中,在创作乡土文学时对文学现代性的求取。③ 王念灿的《90 年代以来新乡土文学的症候分析》指出,20 世纪 90 年代以来时代大变迁,为新乡土文学的发展提供了审慎丰富的叙事资源,但也使新的乡土文学的再生长经受釜底抽薪的尴尬,主要体现在作家身份的暧昧、乡村叙事的迷乱与文学趣味的腐败三个方面。④

思考现代性问题,就不得不考察知识分子的身份认同、启蒙话语的变迁等复杂的文化问题。唐小娟的《知识分子的身份转换与乡土小说的变迁》从中国现代文学史上乡土小说的变迁入手,根据知识分子身份的转换,分析 1950 年代前后乡土小说在表现内容、叙述框架和言说方式等方面的变化,论述现代知识分子在乡土文学中寄托的启蒙理想及相应的叙事方式在 1950 年代的文学转型中被改造成为表达国家意识形态的革命话语的复杂过程,并探讨这个特殊群体在这一过程中自我认知和身份定位的变化。⑤ 苏美妮、颜琳的《论"五四"新文学作家的身份确认》谈到,"五四"新文学作家基本上都是刚刚"进城"的过渡型知识分子,他们以故乡为题材从事的文学创作,也基本上是以都市"乡下人"的复杂心态,牢固地奠定了现代乡土文学的叙事模式和精神品格。其试图以"都市"现代性改造"农村"落后性的主观努力的失败,直接促进了 30 年代乡土文学叙事由思想文化向政治经济的转型。⑥ 余荣虎看到,早期乡土理论的形成,是一个以周作人强调的地方色彩和茅盾强调的为

---

① 向荣:《乡村的政治经济学与隐蔽的权力经验——评贺享雍长篇小说〈土地神〉》,《当代文坛》2005 年第 5 期。

② 杨涛:《神秘与文明的碰撞——当代乡土叙事中民间神秘性的反现代意识》,《内江师范学院学报》2006 年第 5 期。

③ 罗惠缙:《民族性视野下的中国早期乡土文学之现代性求取》,《贵州民族研究》2007 年第 5 期。

④ 王念灿:《90 年代以来新乡土文学的症候分析》,《漳州师范学院学报(哲学社会科学版)》2007 年第 2 期。

⑤ 唐小娟:《知识分子的身份转换与乡土小说的变迁》,《云南大学学报(社会科学版)》2007 年第 1 期。

⑥ 苏美妮、颜琳:《论"五四"新文学作家的身份确认》,《文学评论》2008 年第 3 期。

人生为基础,被鲁迅加以整合与深化的过程,这一过程最终形成了寓乡土思念、民生关怀和乡土批判于一体的乡土文学观。①

人文精神的观照也是现代性问题在中国当代文化研究中的重要内容。周礼红的《论90年代四种乡土小说成因》在研究20世纪90年代的乡土小说时看到了一种多元化的格局——大致可以分为进城乡土小说、历史乡土小说、现实乡土小说和理想乡土小说四种形态,并从城市化意义的出现、后现代主义的整合、人文精神的反思和现实主义冲击波等方面分析了它们形成的原因。②

值得注意的是,丁帆的《对转型期的中国乡土文学的几点看法》分析了当下中国并存的三种文明形态:前现代式的农耕文明、现代工业文明、后工业文明,认为中国乡土文学非但没有消亡,而且是以一种犬牙交错的、更加复杂的形态呈现出来。文学的结构性变化包括大量"移民文学"内容的出现、消费文化的大行其道、传统乡土经验的失灵而导致的价值游移与失语,由此出现了六种形态。他本着对应乡土文学一以贯之的悲剧审美原则、对应宗教的乡土救赎情绪的高涨、对应封建意识形态需求的某种大国民族心理、过度琐碎的日常描写、陷入形式主义迷宫的书写,提出了小说是否应有恒定价值理念的问题。③

中国乡土文学现代性的聚合过程与文化发展史的紧密关系,形成了这一学术领域学术史的特殊性:整个乡土小说文化精神的脉络也几乎是20世纪文化精神变迁的重要标本。这一层面的研究成果较多。谢丽分析了20世纪40年代中国乡土文学的生成缘由,认为其外在客体因素为特殊年代的政治文化环境与民族传统文化背景,内在动因则是现代作家与生俱来的乡土情结和他们对时代召唤的感应及主动选择。④ 施战军在《论中国式的乡村小说的生成》中将乡土小说分为两种类型:一种是站在批判视角上俯视乡村,视乡村为落后愚蒙麻木的非人性之所;另一种则以乡村想象之安宁美善来反衬城市现状之惶然丑恶,施战军将其命名为"精神乡土小说"。他勾勒出一条由鲁迅发端,彭家煌等人实现初步构型,茅盾、叶紫等基

---

① 余荣虎:《周作人、茅盾、鲁迅与早期乡土文学理论的形成》,《南京师大学报(社会科学版)》2007年第3期。

② 周礼红:《论90年代四种乡土小说成因》,《青岛职业技术学院学报》2007年第4期。

③ 丁帆:《对转型期的中国乡土文学的几点看法》,《文学教育(上)》2010年第2期。

④ 谢丽:《20世纪40年代中国乡土文学的生成缘由》,《云南社会科学》2010年第2期。

本完型，并在赵树理处形成主流的线索，勘探出 90 年代以书写乡村溃败为主线的发展趋向。① 孟繁华在《百年中国的主流文学——乡土文学/农村题材/新乡土文学的历史演变》里看到，主流文学在中国社会历史发展的左右下，出现了两次转折。一次是乡土文学向"农村题材"的转移，发生于 20 世纪 40 年代初期，中国主流文学发生了重大变化：形成民粹主义的民众崇拜和暴力美学崇拜。另一次是"农村题材"向"新乡土文学"的转移，发生于 80 年代初期，中国主流文学的面貌发生了根本性的变化：一是对乡村中国"超稳定文化结构"的发现；二是乡村叙事整体性的破碎。这两次转移并不是简单的历史重复，但对农村题材意识形态性的否定却是未做宣告的表达。② 在另一篇文章《乡土文学传统的当代变迁——"农村题材"转向"新乡土文学"之后》中，孟繁华主要涉及的问题是，为什么"农村题材"转向"新乡土文学"之后，在接续现代"乡土文学"剖析批判国民性传统的时候，并没有超越启蒙主义文学？他认为，现代启蒙主义文学反复陈述建立的民族性格需要被超越和重建，今天的文学有义务提供高于现实的高贵和诗意，中国对西方 18、19 世纪文学的学习并没有完成。③

　　文学与大众关系的"现代性"考量，也是乡土小说现代性考察的内容。20 世纪 40 年代的中国，大众文学有两个分支，吴福辉探讨了 1940 年代出现的农民大众文学与市民大众文学并存的新局面。此时，市民大众文学以张爱玲、徐訏为代表，而解放区文学在毛泽东《在延安文艺座谈会上的讲话》的指导下，演变成为"农民大众文学"，出现了秧歌剧《兄妹开荒》、新歌剧《白毛女》、新编京剧、街头诗、墙报、通俗故事、赵树理小说等通俗易懂、耳熟能详的农民文学，促使民族文学走向现代化和中国化。④ 而在现代传媒迅猛发展、消费主义大行其道的今天，文学与大众的关系有了新的发展。袁琳、龚元秀看到了大众文化对乡土文学的挑战，认为大众文化的

　　①　施战军：《论中国式的乡村小说的生成》，《南方文坛》2010 年第 4 期。
　　②　孟繁华：《百年中国的主流文学——乡土文学/农村题材/新乡土文学的历史演变》，《天津社会科学》2009 年第 2 期。
　　③　孟繁华：《乡土文学传统的当代变迁——"农村题材"转向"新乡土文学"之后》，《文艺研究》2009 年第 10 期。
　　④　吴福辉：《农民大众文学与市民大众文学并存的新局面——谈 1940 年代文学全景中的重要一角》，《井冈山大学学报（社会科学版）》2010 年第 4 期。

娱乐消费性已全面渗透到乡土文学的创作和传播之中,当代乡土文学呈现出创作娱乐化、目标市场化、题材浮泛化、主题程式化、民族性缺失、地域性淡化的倾向,乡土文学面临在"精英表达"与"大众文化"之间的艰难抉择。①

　　另有许多研究者将目光投注于当前文学的处境与发展:张懿红和王韦皓明确了当前乡土小说的创新困境和历史使命,②周礼红从现代性的震动、后现代主义的整合和"人文精神"的反思三点来分析 20 世纪 90 年代乡土小说多元化的成因。③周景雷、王爽发现了后现代社会中建立在城乡碰撞基础之上的第三种空间,包括关系的紧张、身份的丧失、道德的缺失。④ 贺仲明的《新文学与农民:和谐与错位——对新文学与农民关系的检讨》,探讨了农民文学的起始、发展、自觉三个阶段,并以现代与传统、现实与文化、政治与文学的三重错位写出了其中悖谬的关系。⑤ 在《试析乡土写作在"80 后"文学中受冷落现象》中,徐青从"农村 80 后"作者李傻傻入手,具体分析了新生代的乡土文学,认为新生代文学中城乡比例失调的最主要原因在于市场经济及商业化的操作。⑥

　　在写作中,乡村与城市话语系统呈现出明显区别,研究者们对这一点加以了关注,如马绍英在《新文学城乡话语的建构和变迁》中指出,新文学乡村话语主要体现为启蒙文学、京派文学和解放区文学三种不同的建构形态;城市话语的建构则有革命文学、新感觉派及张派小说等不同的形态。乡村话语作为主导性话语长期处于压倒性的优势地位,但是伴随着城市化进程,文学话语中心必将由乡村转向城市。⑦

　　20 世纪 90 年代以来,中国乡土小说面临着一个巨大的全球化的质疑与挑战的问题。熊沛军的《乡土小说:全球化视阈中的困境与突围》指出了三条突围路径:

　　① 袁琳、龚元秀:《大众文化观照下的乡土文学刍议》,《湖北经济学院学报(人文社会科学版)》2009 年第 2 期。
　　② 张懿红、王韦皓:《"我们的文艺是为什么人的"——从我国乡土小说的现状看当代作家的历史使命》,《中州学刊》2008 年第 3 期。
　　③ 周礼红:《20 世纪 90 年代乡土小说多元化成因探索》,《成都大学学报(教育科学版)》2008 年第 1 期。
　　④ 周景雷、王爽:《从"土谷祠"到第三种空间——新世纪乡土题材长篇小说考察》,《扬子江评论》2008 年第 2 期。
　　⑤ 贺仲明:《新文学与农民:和谐与错位——对新文学与农民关系的检讨》,《当代作家评论》2008 年第 6 期。
　　⑥ 徐青:《试析乡土写作在"80 后"文学中受冷落现象》,《南京师范大学文学院学报》2008 年第 3 期。
　　⑦ 马绍英:《新文学城乡话语的建构和变迁》,《求索》2009 年第 3 期。

一是探索乡土真实、民族文化和批判精神的有效融合；二是克服民族性、传统性和世界性、现代性之间的矛盾；三是依凭全球性经验，重新观照农村、农民、农业。①

三、乡土小说研究中的"城乡并举"趋势明显

都市文化研究在新世纪十年带动了乡土小说的研究。在城乡对比中，研究者能够更清楚地看到乡土小说在 20 世纪初期产生的文化动因与审美本质，对乡土小说这一文学门类也能有更全面的学术判断。许道明的《"乡"与"市"和中国现代文学》一文把"乡村"和"城市"作为社区式的文化构成，认为 20 世纪 20—40 年代乡土小说显示了"乡"与"市""两种文化价值倾向的起伏消长"②。范伯群的《论"都市乡土小说"》一文阐述了"都市乡土小说"这一概念："现代通俗文学作家却以描叙都市民间生活为其主要内容，擅写独特而浓郁的都市民风民俗，构成了一道'都市乡土小说'的风景线。"③范伯群对乡土小说外延的拓展打破了都市文化与乡土小说研究的分野，对乡土小说的审美内涵做了新的补充。他的另一篇文章《论新文学与通俗文学的互补关系》也补充了这一论题的论证。④ 另外也有人对"新感觉派"的乡土叙述进行研究，描述作家们在罪恶的都市中的"精神返乡"。

丁帆较早开启了对新世纪以来乡土与都市精神蜕变的研究。他认为，近年来乡土小说所着力表现的是人性异化的悲剧。小说的荒诞色彩寓于传统绘制乡俗民情的素描笔法中，体现了乡土小说在当前社会环境中的艺术新走向。⑤ 在《"城市异乡者"的梦想与现实——关于文明冲突中乡土描写的转型》一文中，丁帆对乡土小说的内涵与外延结合最新的文学现象作了界说，将进城的乡下人作为乡土小说的一个特殊描写单元，道出了中国社会转型期与乡村、与乡土文化密切关联的城市文化本质。他的人文主义者的学术情怀支持他对"城市异乡者"这一文学群像作出了如下判断："毫无疑问，对'城市异乡者'的描写，随着日益澎湃的'农民工潮'和农

---

① 熊沛军：《乡土小说：全球化视阈中的困境与突围》，《北方论丛》2008 年第 2 期。
② 许道明：《"乡"与"市"和中国现代文学》，《南京师范大学文学院学报》2002 年第 1 期。
③ 范伯群：《论"都市乡土小说"》，《文学评论》2002 年第 3 期。
④ 范伯群：《论新文学与通俗文学的互补关系》，《中国现代文学研究丛刊》2003 年第 1 期。
⑤ 丁帆：《论近期小说中乡土与都市的精神蜕变——以〈黑猪毛白猪毛〉和〈瓦城上空的麦田〉为考察对象》，《文学评论》2003 年第 3 期。

民职业向工业技术的转换而迅速猛涨,对这一庞大群体的现实生活描写和灵魂历程的寻觅,就成为近几年来许多乡土作家关注的焦点。而就作家们的价值观念来说,其中普遍的规律就是:凡是触及这一题材,作家就会用自上而下的同情与怜悯、悲愤与控诉、人性与道德的情感标尺来掌控他们笔下的人物和事件,流露出一个作家必须坚守的良知和批判态度。这是'五四'积淀下来的'乡土经验',从这一角度来看,我以为,自80年代后期以来渐行渐远的、带有批判精神的现实主义开始在这一描写领域复苏。"①在另一篇文章《文明冲突下的寻找与逃逸——论农民工生存境遇描写的两难选择》(《江海学刊》2005年第6期)中,丁帆阐述了农民工在被动"现代化"中的人生困境及现实对他们人性悲剧的遮蔽。另外,王向东等人也从这一研究角度有所论述。②

研究者把民工选题的小说作为乡土小说发展的一个新生空间,"农民工"题材小说也成为90年代后期以来的研究热点。有人把丁帆所言"城市异乡者"的叙事指认为"新乡土叙事":"90年代以来,乡村城市化和都市文明的全面发展,城乡关系在市场经济体制下的进一步松动,使得大批农裔走进城市,纯乡土在今天已无法成为有效的叙事资源。打破'乡土文学'在描写对象上的自我限制,关注农裔进城的当代生存境遇,而且一改以前总是逃避城市与现代化的关系,把'进城'作为一个反题的叙事模式,而把'向城求生'作为现代化的诉求方式,从而促进传统的'乡土文学'发生某种内在转变,我把这称为新乡土叙事。"③"新乡土小说"的提法(有些研究者也将同类小说界定为"新改革小说")有其创新之处,但乡土小说内容和题材的新变并未触发小说审美理念的深度调整。

乡土小说的文化研究是一个外延和内涵都很复杂的大课题,基本延续了20世纪90年代的同类课题研究态势,如对80年代文化寻根小说的研究、对乡土小说中女性话题的关注、对伦理文化的探讨等,这些研究都有不同程度的开拓。但总体看

---

① 丁帆:《"城市异乡者"的梦想与现实——关于文明冲突中乡土描写的转型》,《文学评论》2005年第4期。

② 王向东:《乡土的乡土的腥秽与芬芳——近年乡村叙事述评》,《扬州大学学报(人文社会科学版)》2005年第1期。

③ 轩红芹:《"向城求生"的现代化诉求——90年代以来新乡土叙事的一种考察》,《文学评论》2006年第2期。另如邵明:《何处是归程——"新乡土小说论"》,《晋阳学刊》2006年第3期。

来,这些成果仍缺乏新意,如对 20 世纪 80 年代的文化寻根小说的研究,总体看来仍延续陈见,缺乏突破。金文兵的《故乡何谓:论"寻根"之后乡土小说的精神归依》是该研究向度中比较有创见的一篇,他通过对 20 世纪 80 年代"寻根"小说与 90 年代"还乡"小说中文化暧昧立场的分析与批判,认为对"故乡"和"母亲"这两个意象所持有的叛逆性与守护性、解构性与建设性兼顾的姿态,才是构成现代文学关于"故乡"主题所一脉相承下来的现代话语的思想核心。① 周水涛等人的《略论 20 世纪七八十年代之交乡村小说创作的文化盲点》,对当时"社会认知主体自身的素质局限或因外界事物的屏蔽而被社会认知主体视而不见的社会现象或文化特质"②做了精彩分析,是较有新见的一篇。周水涛若干带有文化省察意识的乡村小说研究成果与大多隔靴搔痒的研究文献不同,具有其思考的深刻性。

21 世纪对乡土小说的研究延续并深化了性别视角。有些文章通过对作家塑造人物的性别趋向进行归纳分析,得出了较为新颖的结论。如把阎连科 90 年代小说解读为"男性价值失落的文献",将"寻找女人"作为男性的存在目的,将小说中的乡土异相视为男性生命价值的消解等。③

乐铄的《现代女作家乡土作品及其地位》一文对陈衡哲、冰心、冯沅君、丁玲、萧红等现代女作家的创作做了性别视角的梳理。④ 值得注意的是,对乡土小说中包含的伦理文化的研究也在进行。有研究者从文化心理角度切入对经典作家的研究,得出了一些新颖的结论,如朱中方查找沈从文乡土小说的心理根源,认为其中发生了一种"人格退行"⑤,不失为一种较有创意的提法。

---

① 金文兵:《故乡何谓:论"寻根"之后乡土小说的精神归依》,《江南大学学报(人文社会科学版)》2002年第 3 期。

② 周水涛、江胜清:《略论 20 世纪七八十年代之交乡村小说创作的文化盲点》,《孝感学院学报》2003 年第 4 期。

③ 石曙萍:《男性价值失落的文献——解读阎连科 90 年代的小说》,《上海大学学报(社会科学版)》2000年第 2 期。

④ 乐铄:《现代女作家乡土作品及其地位》,《中国现代文学丛刊》2001 年第 3 期。

⑤ 朱中方:《"人格退行":沈从文乡土小说创作的心理根源》,《井冈山学院学报(哲学社会科学版)》2006 年第 1 期。

四、对乡土作家文化心理的深描

从根本上看来,乡土小说发端于作家的现代人格在城乡空间转换时发生的意识嬗变,因此,研究乡土小说,作家的文化心理是一个常新的课题。这一向度的研究成果较多,也有一些新颖的见解。如余荣虎在考察乡土文学时发现,在乡土文学理论探索与建设上,周作人有着较为突出的贡献。作为其趣味主义文学理论的重要组成部分,周作人构建了其乡土文学理论的基本概念,即地方主义、自然美、个性、风土,其内涵注入了周氏个人政治的与美学的思考。① 受周作人的影响,"趣味"成为废名乡土文学观的核心,但从周作人到废名,"趣味"的内涵也发生了微妙的变化。② 在《"侨民文学"与"异域情调"——关于鲁迅的乡土文论与乡土小说》一文中,李丹梦考察了鲁迅身上启蒙与乡愁的关系,认为"对鲁迅而言,无论启蒙与乡愁,都绝不是完美或完成的",通过书写启蒙与乡愁之间的对抗、纠缠,鲁迅介入现实,与他的时代、人民达成了某种"协议",把握、进入了那一公共的"相同的时刻"③。张学敏则将目光投注在周作人和废名身上,探讨了在乡土小说创作方面,周作人的倡导对废名的影响,认为废名乡土书写的两个阶段——从关于乡村底层小人物人生悲剧的直观叙写,到溢着牧歌情调和佛禅态度的田园诗化小说,都行走在了他的老师周作人先生所预设的途程中。④ 黄桂娥、周帆在《不该遗忘的记忆》中发现了由胡适推荐,于1934—1936年登于向来不登文学作品的《独立评论》的寿生的9篇小说,认为其半个世纪以来被学界遗忘的原因在于不合30年代火热的政治斗争的需要,但他仍坚持着"五四"新文学的精神和生命。⑤

如前所述,在对当代乡土小说的解读中,城乡之间的二元对立形成的作家文化心理的相应变更成为评论家们考察的重点。2008年被评论家讨论得最多的作品

---

① 余荣虎:《论周作人的乡土文学理论》,《南京师范大学学报(社会科学版)》2008年第4期。
② 余荣虎:《论废名的乡土文学观》,《福建论坛(社科教育版)》2008年第10期。
③ 李丹梦:《"侨民文学"与"异域情调"——关于鲁迅的乡土文论与乡土小说》,《南方文坛》2010年第5期。
④ 张学敏:《试论周作人对废名小说创作的影响——兼论周作人对乡土小说的倡导》,《黄冈师范学院学报》2009年第1期。
⑤ 黄桂娥、周帆:《不该遗忘的记忆》,《文学评论》2008年第2期。

可以算是贾平凹的《高兴》。李志孝的《"柔软而温暖"的底层叙事——贾平凹长篇新作〈高兴〉》①、韩鲁华的《城市化语境下的后乡土叙事》②从叙事层面对其加以了探讨,看到了其底层性与后乡土性。王爽以《土门》《秦腔》《高兴》为线索,展现了贾平凹在乡土世界中的坚守,认为他是智性的,随着新时期以来中国乡土社会的变化完成了自己的乡土文学史的建构。③ 在关于《高兴》的研讨会上,北京大学的硕博士分享了自己的意见:邵燕君认为该作品呈现出了"底层"写作乃至现实主义在当代发展的深层困境和困惑,如"代言"与"立言"的矛盾、"生活流"与"戏剧性"的冲突等;谢俊认为该作品的价值在于一个阶级的悲恸散装在喜剧的套子里;谢琼听到了贾平凹因在自己声音和刘高兴声音间的犹豫而造成的叙事裂痕,希望作品能始终用刘高兴的口吻和理解水平说完故事;刘纯指出,刘高兴这个人物更像是个大杂烩,是作家在主观想象与客观现实之间调和的牺牲品;陈新则看到了整部作品在生活流和戏剧性的拔河中的破碎,认为诸多病象是缘于作者缺乏对相关领域的现实症结和历史根源准确深刻的把握。④ 白忠德的《贾平凹作品乡土情结的成因及其意义》一文考察了贾平凹作品中的乡土情结,认为其成因有三:秦文化熏染、"乡下人"意识和"边缘人"身份。这些"促使贾平凹形成富有个性的题材领域和艺术思维,触及对生命原型的深层次思考",形成了超越一般意义上的"田园牧歌"的美学风格。⑤ 而张丽军在《新世纪乡土中国现代性裂变的审美镜像——读贾平凹的〈秦腔〉与〈高兴〉》一文中,也对贾平凹进行了剖析,通过对《秦腔》中的夏家和《高兴》中的刘高兴的文本细读,发现贾平凹通过对乡土中国衰竭心像的描绘,表达出一种对乡土文化的深切隐忧;通过对新世纪进城农民在出卖劳动力之后所遭受的种种盘剥和侮辱的直陈,展现出恋土与离乡的两种乡土文学叙述模式和情感类型,从而呈现出新世纪乡土中国现代性历史裂变的过程中中国农民灵魂挣扎与救赎的审美

①　李志孝:《"柔软而温暖"的底层叙事——贾平凹长篇新作〈高兴〉》,《文艺评论》2008 年第 4 期。
②　韩鲁华:《城市化语境下的后乡土叙事》,《小说评论》2008 年第 2 期。
③　王爽:《一个人的乡土小说史——论贾平凹的乡土小说》,《艺术广角》2008 年第 5 期。
④　邵燕君等:《"乡土"/"底层"、"代言"/"立言"、"生活流"/"戏剧性"——有关贾平凹长篇新作〈高兴〉的讨论》,《海南师范大学学报(社会科学版)》2008 年第 1 期。
⑤　白忠德:《贾平凹作品乡土情结的成因及其意义》,《小说评论》2010 年第 5 期。

镜像。①

　　另如王锐、宋云的《葛水平乡土小说漫谈》从角色入手,考察了葛水平小说中的人性美、时空跨度和悲剧因素。② 李丹梦的《面对心灵的"乡土"——论阎连科的〈风雅颂〉》一文从城乡边缘人的苦痛与挣扎的角度,把《风雅颂》视为阎连科的精神忏悔,认为其病痛的根源来自城乡对立而致的文化分裂,这是阎连科写作的一个极大转型——努力转向"失语"的自身,做一次"及物"的抒情。③ 马兵嗅出了刘玉栋小说中城乡的二元对立,他对于城市始终保持着微妙的距离,认为在城市中处处隐伏的不安稳元素让人很难获取心灵的安适,因而,他把目光拉回到乡土,以隐含着疼痛的孩童口吻进行叙述,诗性与悲悯共存,展现出"现代化进程的威压之下'乡土之美,乡土道德'必然遭逢崩散的残酷命运"④。李徽昭考察了徐则臣的"京漂"系列小说中一批来自乡土,受过一定教育,身份、职业、情感模糊的新形象,作为中国乡土追逐现代性进程中的必然产物,他们在身份认同、情感趋向、价值体认等方面呈现出新的特征,而徐则臣小说的价值正在于这种对乡土中国现代化进程中人的灵魂与价值认同的思索。⑤

　　考察作家作品中的乡土意识,就必然要对作家进行文化心理的深描。余荣虎通过阅读认为,鲁迅《故乡》的特殊意义在于将乡土文学中的还乡情怀进行了现代性转换,因此在现代乡土小说产生的历史语境中,对有着悠久文学传统的还乡情怀现代变迁的内涵及其意义进行了剖析。⑥ 刘丽玲认为,刘庆邦的乡土小说可分为两类:一类是社会分析型,另一类是田园牧歌型。《血腥与温暖人性的展示——评刘庆邦〈雷庄户〉及其乡土小说》一文以《雷庄户》为主要范本着重分析了第一类小

---

　　① 张丽军:《新世纪乡土中国现代性裂变的审美镜像——读贾平凹的〈秦腔〉与〈高兴〉》,《文艺争鸣》2009 年第 2 期。

　　② 王锐、宋云:《葛水平乡土小说漫谈》,《当代文坛》2008 年第 1 期。

　　③ 李丹梦:《面对心灵的"乡土"——论阎连科的〈风雅颂〉》,《文艺争鸣》2009 年第 2 期。

　　④ 马兵:《检讨城市与回望乡土——刘玉栋小说简论》,《绥化学院学报》2010 年第 2 期。

　　⑤ 李徽昭:《退隐的乡土与迷茫的现代性——近三十年乡土文学视域下徐则臣的"京漂"小说》,《南京师范大学文学院学报》2009 年第 2 期。

　　⑥ 余荣虎:《〈故乡〉与乡土文学中还乡情怀的现代变迁》,《鲁迅研究月刊》,2007 年第 1 期。

说的人物个性、造成这种个性的原因及相对应的叙事方式。①

　　韩国学者安承雄在其完成于 2000 年的博士论文《沈从文小说研究——二十—四十年代文学进程中一个文学家的彷徨、选择》中,"通过对其小说的分析、概括、综合以及与当时其他作家的比较研究,力图恢复沈从文所经历的精神历程历史真实及其意义"②,是域外学者研究经典乡土小说作家的代表。对沈从文的同期文学创作也多有研究成果出现,如张新颖的相关研究成果。

　　凡此种种,都结合具体文本揭示了主体文化心理在乡土书写中的重要作用,正是作家的城乡文化人格的分裂及其形成的张力铸造了百年乡土小说的文化揭橥的深度模式。

第二节　新世纪乡土小说研究中的比较研究

　　比较研究是百年来中国乡土小说研究的基本方法。新世纪以来的中国乡土小说研究,在比较研究方法的运用上更加频繁与多样,有中国大陆与台湾乡土小说比较研究、中外乡土文学比较研究、作家比较研究、乡土文学与都市文学比较研究等。简要论述如下:

一、两岸乡土文学比较研究

　　海峡两岸乡土文学比较逐渐成为研究热点,并有了标志性成果。研究者也看到了美学风格截然不同的两岸乡土小说中的同质因素,比如,对黄春明和高晓声小说中的"小人物"的比较,③就具有较为充分的可比性。内涵和外延不同、但乡村人物和乡土经验在生存和人性上的相近,使这类比较研究具有独到的文学价值。丁

---

　　① 刘丽玲:《血腥与温暖人性的展示——评刘庆邦〈雷庄户〉及其乡土小说》,《咸宁学院学报》2007 年第4 期。

　　② 〔韩〕安承雄:《沈从文小说研究——二十—四十年代文学进程中一个文学家的彷徨、选择》,《当代作家评论》2001 年第 1 期。

　　③ 司晓辉:《"小人物"的悲歌——两岸乡土小说作家黄春明与高晓声创作的交融》,《聊城师范学院学报(哲学社会科学版)》2000 年第 5 期。

帆的《中国大陆与台湾乡土小说比较论纲》首次系统考察了中国大陆和台湾乡土小说的演变过程,认为 20 世纪中国大陆和台湾的乡土小说虽有不同的特点,但都可以缘着地域文化的审美特征,找到中华民族文化特征的共同"结穴",这种寻觅对于两岸文化之根的整合有着重要的历史意义和现实意义。① 2001 年,丁帆主编的《中国大陆与台湾乡土小说比较史论》(南京大学出版社 2001 年版)出版,从文化心理、文本阐释、历史沿革等方面全面系统地对两岸乡土小说进行了史论结合的阐述,开拓了一个新的研究领域。

萧成对日据时期台湾乡土小说的研究是该领域的代表。她认为"这时期的台湾乡土小说与'五四'新文学提倡的'人的启蒙'与'人的现代化'的精神之间,有着一脉相承的关系"②。范钦林对大陆台湾乡土文体与文学语言的比较则以文本细读的方式勘察了两岸乡土小说的不同美学质地:中国大陆乡土文学创作的旺盛时期,语言与文体主要分为鲁迅风格与废名风格。异域情调与乡土风情是他们共同的特征。而在台湾,乡土文学与"台湾话文"的提倡是根据社会的特殊环境和时代需要提出的历史性的权宜措施,在很大程度上有碍于与大陆文学的沟通。③

两岸乡土小说研究也体现出学术理路的影响关系。许玉庆对大陆与台湾"农民进城小说"进行了比较研究。他发现,大陆和台湾乡土文学共同的文化渊源和现代化的历史进程在"农民进城"的小说中体现出共同的文学母题,文本中蕴涵着乡土迁徙、故土别离的阵痛,传承着文化冲突中精神和肉体的双重溃败,经历了漂泊不定的辛酸历程。这一特殊现象背后揭示出两地文学在全球化语境中对于文化探索的尝试。④ 此外,有对台湾乡土小说作家的单独研究,如有对钟肇政、黄春明、洪醒夫等作家的研究;有对台湾乡土小说的阶段研究,如对台湾 50 年代乡土小说的爬梳等。

台湾乡土小说历史发展轨迹与大陆相比照的诗学价值十分显见,如于沐阳、贺

① 丁帆:《中国大陆与台湾乡土小说比较论纲》,《福建论坛》2000 年第 5 期。
② 萧成:《日据时期台湾乡土小说视阈下的"国民性"批判》,《世界华文文学论坛》2003 年第 3 期。
③ 范钦林:《乡土风情与本土意识——大陆、台湾乡土文体与文学语言比较》,《江苏教育学院学报(社会科学版)》2003 年第 5 期。
④ 许玉庆:《迁徙·冲突·漂泊——大陆与台湾"农民进城小说"之比较》,《世界华文文学论坛》2005 年第 4 期。

健的《中国大陆与台湾乡土小说的政治性变迁比较》对比了 1949 年之后乡土文学在大陆和台湾的变异、绵延、复苏三个阶段的异同：1950 年左右，两岸均对文艺界进行清理与整顿，加强对意识形态的控制。台湾通过抗争使乡土精神得以延续，60 年代开始复苏；而在大陆，延安文学逐渐成为主流方向，乡土精神逐步丧失，80 年代中期才开始缓慢恢复。① 朱双一的《中国新文学思潮脉络在当代台湾的延续》梳理了"三民主义文艺"、"自由派"和"人的文学"、现代主义文学、批判现实主义和乡土文学等在当代台湾的延续和发展，认为只有将它们纳入研究视野和文学史书写中，才能勾勒中国新文学诸多思潮脉络产生、发展和演变的完整图像，并使 20 世纪中国文学的历史过程和经验得以全面地呈现。② 吕正惠的《三十年后反思"乡土文学"运动》以亲历者的身份回顾现场，详细分析了当时的政治状况及文坛倾向，较为真诚、真实。③

　　侧重于艺术角度的研究同样能带来较多启发。朴静钰的《台湾乡土文学的艺术范例——陈映真小说艺术特点阐释》一文分析了陈映真的艺术特质：在鲜明的民族风格的基础上，对西方文学精神和技巧加以融汇，把现实主义深沉的笔触与西方现代派的象征、暗示、意识流、心理分析等艺术技巧灵动多变地相融合，形成了较高的审美性。④

　　当然，台湾乡土文学对大陆乡土小说的诗学启发不仅于此。有的学者从宏观上探究台湾乡土文学的走向，如古远清的《"台北文学"与"南部文学"的对峙——新世纪台湾文学的走向》明确提出"台湾文坛分南北，这是不争的事实"，比较了"台北文学"的都市性和"南部文学"的乡土性在关注题材、创作手法上的区别，并从政治、经济等方面分析了成因。⑤ 侯长振的《二十世纪二三十年代台湾乡土文学思潮——兼与同时期大陆乡土文学的比较》以台湾 20 世纪二三十年代的乡土文学思

---

①　于沐阳、贺健：《中国大陆与台湾乡土小说的政治性变迁比较》，《延边教育学院学报》2007 年第 6 期。
②　朱双一：《中国新文学思潮脉络在当代台湾的延续》，《台湾研究集刊》2007 年第 2 期。
③　吕正惠：《三十年后反思"乡土文学"运动》，《读书》2007 年第 8 期。
④　朴静钰：《台湾乡土文学的艺术范例——陈映真小说艺术特点阐释》，《世界华文文学论坛》2007 年第 2 期。
⑤　古远清：《"台北文学"与"南部文学"的对峙——新世纪台湾文学的走向》，《世界文学评论》2010 年第 2 期。

潮为研究对象，界定"乡土文学"的概念，梳理其发展历程，并与同时期的大陆乡土文学进行比较，回归历史现场，在界定与对比中进行了重新认识。① 有的学者回到了文学现场，古远清以翔实的史料回顾了余光中的两个历史问题：一是 1977 年发表围攻乡土文学的杂文《狼来了》，二是向台湾当局"检举"陈映真为共产主义信徒，对台湾许多作家在乡土文学论战的背景下"反共很激烈，后因为憎恶'台独'，把希望寄托在祖国，态度一变而为亲近大陆"这一看似悖谬的历史行为进行了剖析和解释。② 有的学者从叙事角度进行把握，罗关德的《台湾乡土小说中"故乡"的三重叙事空间》从台湾乡土文学对"故乡"的描绘，探讨了台湾乡土文学中"故乡"的三重内涵：一是以钟理和为例的现实的故乡，二是以林海音为例的记忆中的大陆故乡（原乡），三是以陈映真为例的精神上的文化"故乡"。知识分子的"文化乡愁"乃乡土文学创作的根本旨归。③ 有的学者以新世代乡土小说为对象，如陈家洋以"失焦"为关键词分析了台湾新世代乡土小说，认为与前代相比，新世代乡土小说不再聚焦于现代化/乡土之间的内在紧张，作家的价值判断被悬置，作品的沉重感随之消失，"失焦"成为新世代乡土叙事的整体表征。"失焦"状态不单体现在叙事内容上，还体现在叙事形式上，具体表现为主观性、魔幻性、颓废性等现代主义叙事形态以及后现代主义的狂欢化叙事风格。④ 有的研究者则对女作家颇为关注，如陆卓宁从台湾 1970 年代乡土文学语境下的女性文学、女性主义与民族问题、女性话语"介入"乡土文学的"策略"、女性叙事与乡土文学的呼应等方面进行了阐发。⑤ 樊洛平的《台湾女作家笔下的眷村书写》以朱天心、苏伟贞、袁琼琼等女作家为例，认为眷村文学的创作缘起于眷村在台湾城市化进程中的改造与消失对外省第二代作家的触动，因而多从外省第二代在眷村的成长故事着眼，真实地再现竹篱笆内的眷村人

---

① 侯长振：《二十世纪二三十年代台湾乡土文学思潮——兼与同时期大陆乡土文学的比较》，《菏泽学院学报》2008 年第 3 期。

② 古远清：《余光中向历史自首？——两岸三地关于余光中"历史问题"的争论》，《海南师范大学学报（社会科学版）》2008 年第 5 期。

③ 罗关德：《台湾乡土小说中"故乡"的三重叙事空间》，《集美大学学报（哲学社会科学版）》2010 年第 2 期。

④ 陈家洋：《"失焦"的乡土叙事——台湾新世代乡土小说论》，《华文文学》2009 年第 1 期。

⑤ 陆卓宁：《女性·民族·历史救赎——台湾 1970 年代乡土文学语境下的女性文学"占位"》，《河南师范大学学报（哲学社会科学版）》2010 年第 3 期。

生和文化记忆,分析了眷村的身份认同与命运反思。①

凡此种种都在证明,新世纪十年随着两岸文学交流的长足发展,不同文学制度下文学类型的互相启发正在深化,越来越多地走进学者的学术视野。

二、中外乡土小说比较研究

中国现代文学的发生和发展与外国文学关系密切,作为现代文学重要一支的乡土文学尤是如此。研究者们运用比较的方法探讨了其间的传承与创新:余荣虎的《早期乡土文学与域外文学理论、思潮之关系》分析了早期乡土文学理论在形成过程中受到的欧美、俄罗斯及各弱小国家文学理论和文学思潮的影响。② 蒋林平的《沈从文与乔伊斯乡土叙事之比较》通过比较研究发现,沈从文和乔伊斯在乡土叙事的时代背景、叙事主题、叙事视角等方面存在趋同性,在哲学基础、叙事范畴、社会影响等层面呈现差异性。具体说来,沈从文的乡土叙事具有较强的狭隘地方色彩和家庭观念,他的乡土叙事是以阻碍社会发展为前提的;乔伊斯的乡土叙事范围更广,表明社会向前发展是一种历史的必然,乔伊斯的乡土叙事是有利于推动社会向前发展的。③ 金钢通过分析东北作家的乡土书写,认为萧红、骆宾基、山丁等人的乡土写作吸收了俄苏经典文学——如果戈理、托尔斯泰、屠格涅夫、契诃夫、高尔基、肖洛霍夫等作家的营养,因此既能暴露日伪统治下东北社会的黑暗,又能展现生活在凛冽自然气候和政治气候下的东北人民的苦难和忧伤。④ 张军民对比了中外文本中的“小城”叙事,以恋土伤逝模式比较了都德与萧红,以“氛围”模式比较了福克纳和鲁迅,以“乌有乡—桃花源”模式比较了舍伍德·安德森和师陀、沈从文,从而对“小城”文本的发展规律、美学特征进行了探讨。⑤ 苏永延的《浅谈中国与马华乡土文学》,认为中国与马华乡土文学的共同之处是既从现代文明的角度烛照乡土之恶,又从现代的审美标准来观照乡土中的民俗风尚。二者的不同在于,马

①　樊洛平:《台湾女作家笔下的眷村书写》,《河南师范大学学报(哲学社会科学版)》2010年第3期。
②　余荣虎:《早期乡土文学与域外文学理论、思潮之关系》,《中国现代文学研究丛刊》2008年第5期。
③　蒋林平:《沈从文与乔伊斯乡土叙事之比较》,《求索》2010年第10期。
④　金钢:《俄苏文学对沦陷时期东北文学的影响》,《沈阳师范大学学报(社会科学版)》2010年第2期。
⑤　张军民:《中外“小城”文本的叙事模式》,《兰州大学学报(社会科学版)》2010年第3期。

华乡土文学对原始风情的描写有其独到之处，对反映民族间的关系更加慎重，对文化传统的传承问题十分敏感，值得中国借鉴。① 樊星以《福克纳与中国新时期乡土小说的转型》一文探讨了美国作家福克纳对新时期中国作家的影响，认为贾平凹、郑万隆、苏童、莫言、吕新都从福克纳的作品中汲取了创作的灵感，尤其是在表现人性、血缘、历史、文化、时间的神秘方面，同时也融入了他们对突出中国乡土文化特色的可贵努力。② 此类研究成果在可比性的建立方面较 20 世纪的研究显得更为谨慎，展示出学者们在比照中调整中国文学质素的努力。

三、不同时代作家的比较研究

对乡土小说作家的历时性比较也是近年研究的重点所在。由于百年乡土小说已经拉开了足够的学术距离，跨代的作家在学者们的学术视野中发生了学术关联。另外，理论发展也为可比性的建立提供了更为充分的支撑。比如，周黎岩研究发现，沈从文与莫言构建的"湘西"和"高密东北乡"存在着本质的相同点，撰文从民间价值立场、自然本真人性、原始自由生命强力、女性崇拜意识四个方面阐述他们在生命力支点下的创作默契，发现了具有民间价值立场的"乡土文学"及某些重要的文学表现主题在 20 世纪中国文坛上的发展和演变。③

古今文学的比较则更多在乡土与田园的诗学并举中进行。有研究者对现代乡土小说和中国文学中的田园诗学进行比照，如对鲁迅的《故乡》和陶渊明的《归去来兮辞并序》进行的跨时代、跨文体的比较研究，找到了现代作家对乡土社会的生存状态的省察和古代文人精神家园的田园诉求这两者之间的联系。④ 这种比较也多见于对鲁迅和废名、沈从文等作家的风格比较中，研究的深化和细化也很明显，甚至有学者注意到了沈从文与鲁迅之间相互的文学评价，如吴投文对沈从文、鲁迅的

① 苏永延：《浅谈中国与马华乡土文学》，《福州大学学报（哲学社会科学版）》2008 年第 3 期。

② 樊星：《福克纳与中国新时期乡土小说的转型》，《山东社会科学》2008 年第 7 期。

③ 周黎岩：《人性探索路上的心灵相逢——沈从文与莫言比较研究》，《海南师范大学学报（社会科学版）》2007 年第 3 期。

④ 范卫东、夏欣才：《"走"与"化"：人生理想的幻灭和挣扎——鲁迅〈故乡〉和陶渊明〈归去来兮辞并序〉的对比阅读》，《南京大学学报（哲学·人文科学·社会科学版）》2000 年第 6 期。

研究。① 但大多数研究者未能在"乡土"与"田园"的二元框架之外有所突破。也有学者对废名与 20 年代乡土小说作家进行比较,亦可归于乡土、田园两相对举的范畴。当然,也偶见同类项的比照,如对废名和沈从文的乡土小说进行的比较、王鲁彦与蹇先艾之间的比较、彭家煌与沈从文的对比等,见出风格相近的乡土作家的细微区别。

其他还有诸如樊星、俞晓薇对同属于东北乡土文学的迟子建与萧红的比较、李群对沈从文与日本作家水上勉的乡土文学的比较等,都在比较中拓展了乡土小说的论域;张华的《外国文学与萧红的审美观照》论证萧红的乡土小说自觉或不自觉地借鉴了外国文学的创作经验,其创作手法与辛克莱、史沫特莱、屠格涅夫、契诃夫、罗曼·罗兰等有许多相通和相似之处。② 也有对域外作家的乡土小说的关注,如徐清对赛珍珠小说与 30 年代中国乡土小说的比较研究,看到了赛珍珠的"恋土"与 30 年代作家的乡土情怀同中有异,③这些都可视作中国乡土小说研究较为宽泛的论域。

此外,乡土文学与都市文学的比较也是新世纪乡土小说比较研究的一个论域。乡土文学自诞生起,就与都市文学处于一种对立、竞争的状态。曹文泉认为都市文学处于一种夹缝中的生存,即时刻面临着乡土文学的视察与批评,因而以《论中国现代都市文学的境遇问题》一文,在城乡二元文学模式的对比分析中,考察了都市文学的流动性。④ 而王娟却强调都市文学和乡土文学的兼容性,她分析了都市小说的创作的两种态度:一种是以乡下人的眼光看城市,一种是用都市人的心态来返照农村。从我国现代化进程的发展角度看出,城乡文化之间的冲突是中国当下文学一个重大的、特有的内容。⑤

---

① 吴投文:《沈从文论鲁迅:在疏离与接受之间》,《上海交通大学学报(哲学社会科学版)》2004 年第 1 期。

② 张华:《外国文学与萧红的审美观照》,《武汉大学学报(人文科学版)》2004 年第 5 期。

③ 徐清:《赛珍珠小说与 30 年代中国乡土小说比较研究》,《镇江师专学报(社会科学版)》2000 年第 2 期。

④ 曹文泉:《论中国现代都市文学的境遇问题》,《阜阳师范学院学报(社会科学版)》2010 年第 4 期。

⑤ 王娟:《都市文学的当下:兼容性——从都市文学和乡土文学谈开去》,《绵阳师范学院学报》2010 年第 6 期。

第三节　新世纪乡土小说中的审美研究

中国乡土小说研究中的审美研究素来注重乡土小说有别于其他类型小说的形式特征分析,如对"三画"(风景画、风俗画、风情画)的分析研究。新世纪以来,中国乡土小说研究中对乡土小说进行审美分析的比重在逐渐加大,主要集中在以下几个方面:

一、新乡土美学的开掘

细读相关研究文献可以发现,研究者们对现今文学的美学价值进行了挖掘和思考。吴长青研究了 20 世纪 90 年代以来长篇小说创作中新乡土美学特征:人道主义、大地崇拜、哲学意义上的乡土表达,他认为新乡土美学不是抽象的,而是通过创作者的"心灵"外化出的具体形式。在乡土中国走向世界的路上,乡土文学具有两重性:一是向世界表述中国,这是从外部说的;二是整体呈现乡土在经济变革时代的主动位置,这是从内部看的。新乡土美学的意义在于满足农民的精神诉求,对新乡村精神进行重建;独特性在于中国乡土叙事显现出的个人化叙事,作家对多民族国家所面临的现代性问题进行了深刻的反思。① 张惠认为,当"乡土"成为审美主体的"为我之物",就构成了审美活动最基础的客体,而审美主体因所处文化背景的复杂与多义,其身份具有明显的双重性与悖论性。② 王谦、苏宁从新时期乡土文学中方言的审美出发,指出了两点作用:一是涂抹别样的地域文化特色;二是造就鲜明的作家语言风格。③ 在阅读李洱的《石榴树上结樱桃》时,梁鸿则看到了一种美学上的"祛魅",李洱放弃了象征原型,呈现出完全展览式的、世俗化的乡村,使其成为写作中的一种新元素。④

---

① 吴长青:《关于新乡土美学的思考》,《南京师范大学文学院学报》2010 年第 1 期。
② 张惠:《"生活在别处"———乡土美学审美主体身份悖论初探》,《德州学院学报》2008 年第 3 期。
③ 王谦、苏宁:《浅论新时期乡土文学中方言的审美作用》,《安徽文学(下半月)》2008 年第 6 期。
④ 梁鸿:《"灵光"消逝后的乡村叙事———从〈石榴树上结樱桃〉看当代乡土文学的美学裂变》,《当代作家评论》2008 年第 5 期。

二、形象学方面的研究

宋祖华通过对新时期"流浪归来的老者"形象的研究,探究了新时期乡土小说由单质人物向复合人物的转型。[①] 赵顺宏对新时期乡土小说的"精神意象"的研究较为独特,他将精神意象用"摆脱"与"纠缠"的文化心理动机来描述,认为新时期乡土小说创作中作家精神意象的更迭,由此前的漂泊—回归而转向摆脱与纠缠。用"精神意象"作为乡土小说创作主客体分析的概念,能够阐明乡土小说中主体的个体意识生成的意欲和这种努力受到障碍的矛盾所造成的痛苦。[②] 其他如小说意象研究、对乡土小说中少年形象的研究也较有新意。

总体来看,研究者已经不再停留于简单的人物形象的梳理,而是引入新的理论,探讨形象关联的更多审美元素。如有学者探讨鲁迅乡土小说中的创作形象凭借的中介,即"市镇表象",并看到其中有作家的精神传达。[③] 其他如对台静农小说中的死亡意象的研究、对小说中"祠堂"的考辨等。

三、主题与题材的研究

由于新世纪研究者审美视角的多元化,对乡土小说主题学的研究比较少见,偶见有学者对 20 年代乡土小说的主题特色等进行探讨,如谭桂林的《鲁迅乡土创作的主题学阐释》一文提出鲁迅是一个"最有主题学阐释价值的经典作家",而且主题在后代作家身上的延续也很明显。[④] 一些论文也涉及这类问题,但未见新的阐发。对"乡土小说"与"农村题材小说"的区分,也见于相关研究中。也有学者看到了早期乡土小说的乡土情感与"新时期"乡土小说的差异性,并对"乡土小说"的内涵和外延进行重新勘察,找出了百年乡土文学在题材方面由国民性的省察到回到生存本身的变化理路。

----

① 宋祖华:《走向自由的自由灵魂——简析新时期乡土小说中流浪归来的老者形象》,《河南大学学报(社会科学版)》2000 年第 1 期。

② 赵顺宏:《摆脱与纠缠——论新时期乡土小说的精神意象》,《浙江学刊》2003 年第 4 期。

③ 毕绪龙:《从市镇表象到精神传达——鲁迅乡土小说创作形象中介论》,《山东理工大学学报(社会科学版)》2003 年第 6 期。

④ 谭桂林:《鲁迅乡土创作的主题学阐释》,《荆州师范学院学报》2000 年第 1 期。

对"农村小说"的研究,除了史料的发掘外,多属于主题与题材范畴的研究(如任美衡的《论"文革"农村小说的创作概况与创作背景》),并无更深刻的文化剖析。也有研究者未能甄别相类乡村文学的美学"毒素",对这类有严重审美缺陷的作品作了肯定的评价。①

另有一些研究者的主题研究是偏向母题研究的情节与素材的研究,如黄晓华的《潜隐的现代性命题——论十七年农村小说的婚变》提出:"作为一个古老而常新的文学母题,婚变在新时期自然有一个现代转型过程。正是通过描写婚变的现代转型,十七年农村小说切入政治规范—道德评价—主体建构三者之间错综复杂的关系,揭示了这一潜隐的现代性命题的丰富内涵。"②

四、叙事学分析

从文体学、叙事学角度进行的乡土小说研究比较多见,如从理论建树方面,对鲁迅在乡土文学文体建设中的作用的分析;张永的《沈从文小说的民间叙事模式》探讨了沈从文乡土小说的内在机制,提出了民俗因素在叙事学分析中的若干策略,③如母题衍生、民间故事的象征化、大团圆与悲剧性的融合等。周海波对20世纪中国乡土小说的叙事艺术进行研究,用"民间理性"对民间智慧和审美、信仰进行归纳,提出了乡土小说"理性化叙事"的观点,并分析了"民间理性"的美学价值。④对乡土小说叙事与民间艺术关系的研究也在继续,如裴军对刘绍棠小说与传统评书关系的梳理。

随着叙事理论在文学研究中的普遍运用,与此前相比,对乡土小说叙事的研究不再简单停留在叙事视角和人称等层面,出现了更深层的研究,颇具创新价值。如张懿红对乡土叙事"动力机制"的探讨,界定了1990年代以来中国大陆乡土小说主题性想象系统的四个主题性想象域:"直面现实"、"文化批判"、"历史反思"、"家园

---

① 何青志:《十七年东北文学论》,《社会科学战线》2003年第6期。

② 黄晓华:《潜隐的现代性命题——论十七年农村小说的婚变》,《安庆师范学院学报(社会科学版)》2004年第2期。

③ 张永:《沈从文小说的民间叙事模式》,《东方论坛》2001年第1期。

④ 周海波:《20世纪中国乡土小说的理性化叙事》,《理论学刊》2003年第2期。

守望",认为"沉没与再造"是乡土小说的动力机制。^① 有的研究角度比较独特,如刘华以浙东乡土小说创作为例,对 1920 年代乡土小说叙事的先锋意味进行探讨。^②

　　叙事手法成为乡土文学研究的一个热点,为乡土小说研究打开了广阔的学术思路:叶君关注"十七年"农村题材小说,论述了"外来者下乡"这一比较类同的叙事模式,从《创业史》中的梁生宝到《山乡巨变》中的邓秀梅,再到《艳阳天》中的萧长春,文学作品中的英雄人物经历了一个人性渐渐退场而神性得以显露的过程。^③程丽蓉在《新乡土小说的叙事模式及其文化蕴涵》一文中提出,新乡土小说的关键既在其所书写的对象,更在其书写的方式。对象包括现实中的权利与道德在现代与传统间激荡的乡村,在城市生活中屡受挫折、身心俱伤的城市乡下人。书写方式上表现为:城乡对立的叙事思维、城市场景与乡村场景的双重叙事、以小说主人公的视角和取向来进行的描画、现实与理想的两个层面、"离去"—"归来"—"再离去"的新模式。^④ 杨剑龙勾勒出一条 20 世纪乡土文学创作心态与叙事方式的变化线索:20 世纪 20 年代乡土作家放逐与回归的心态,呈现出思乡与归乡的叙事方式;20 世纪 30 年代左翼作家的革命与京派作家的超脱心态,形成了激愤与宁静的叙事方式;20 世纪 50 年代翻身当家做主的心态,形成了乡土文学创作的翻身叙事与颂歌叙事两种模式;20 世纪 80 年代回忆与反思的心态,形成了乡土抒情、乡土反思两种叙事倾向;20 世纪 90 年代强调生命体验与融入野地,呈现出家族叙事与归乡叙事两种模式。20 世纪乡土文学具有由个人化叙事向民族化叙事的发展趋势,呈现出乡土写实与乡土抒情的两种叙事方式,创作的手法呈现出不断开放与丰富的趋向。^⑤ 王爱军的《当下新乡土叙事小说论》分析了当代乡官意识与乡民义务、当代农民工进城、物欲引起的追寻与迷失等问题,从作家生活体验、对人的发展的

---

　　① 张懿红:《从当代中国大陆乡土小说透视乡土叙事之动力机制》,《文艺理论与批评》2006 年第 4 期。

　　② 刘华:《论二十年代乡土小说叙事的先锋意味——以浙东乡土小说为例》,《宁波大学学报(人文科学版)》2006 年第 2 期。

　　③ 叶君:《论"十七年"农村题材小说中的外来者下乡——以〈创业史〉、〈山乡巨变〉、〈艳阳天〉为例》,《求是学刊》2010 年第 3 期。

　　④ 程丽蓉:《新乡土小说的叙事模式及其文化蕴涵》,《北方论丛》2010 年第 4 期。

　　⑤ 杨剑龙:《论 20 世纪乡土文学的创作心态与叙事方式》,《社会科学》2009 年第 4 期。

关注等方面评判了新乡土小说的得失。① 而他的《新世纪乡土叙事小说研究》则从当代农民的身份认同及其困惑、复杂多元的新农村伦理道德空间、传统的乡村婚恋模式被突破和瓦解后的真爱与情殇等方面加以阐释,认为新乡土叙事既有赋魅之举——创作主体对叙事的纠偏和超越、作家的参与意识和敏锐度,又有不足之处:一是创作主体的虚假审美,二是对农民工的过多关注,三是对乡土生态环境的忽视。② 李勇看到近期乡村小说中的苦难更多的是一种身体性而非精神性的痛苦体验,当下的乡村小说似乎在总体上还缺乏一种深沉的思考,也还没有找到适合自己的表达方式。③

　　叙事分析大有取代文化分析的趋势:孙先科的《〈秦腔〉:在乡土叙事范式之外》在乡土叙事的宏观背景中考察了贾平凹的《秦腔》,认为它采用疯癫叙事的方式,对已规范化的认知身份、认知角度进行了悬置,中止了价值判断与理论预设,最大可能地呈现、还原乡村生活的场景。④ 田焱细读了葛水平的小说,发现她立足于民间,站在一个乡村之子的立场之上,关注太行山区小人物的命运悲喜剧,人性的善恶成为她所营造的乡土社会的最高评判标准,构建了一个充满地域风情的真实的审美世界。⑤ 杨素平的《城市拆迁的乡土叙事立场——读刘国民长篇新作〈首席记者〉》看到,刘国民的小说直面改革过程中的拆迁问题,启发人们在通过乡村发现城市的同时,通过城市回眸乡村,拓展了新的乡土视野,提供了站在城市边缘回眸乡村的新视角。⑥ 夏维波、刘佳音的《村庄的意义与表达——谈新文学传统中的"村庄叙事"》用四节分别剖析了村庄的发现与现代性的时空体验、新文学乡村叙事中村庄隐喻功能、新文学的村庄的叙事与村庄知识、现代村庄叙事与现实农民的疏

---

① 王爱军:《当下新乡土叙事小说论》,《淮阴师范学院学报(哲学社会科学版)》2010 年第 4 期。
② 王爱军:《新世纪乡土叙事小说研究》,《山西师大学报(社会科学版)》2010 年第 5 期。
③ 李勇:《面对苦难的方式——评新世纪以来的乡村小说叙事》,《武汉科技大学学报(社会科学版)》,2009 年第 2 期。
④ 孙先科:《〈秦腔〉:在乡土叙事范式之外》,《河南师范大学学报(哲学社会科学版)》2009 年第 3 期。
⑤ 田焱:《民间视角下的乡土叙事——论葛水平的乡土小说》,《枣庄学院学报》2009 年第 3 期。
⑥ 杨素平:《城市拆迁的乡土叙事立场——读刘国民长篇新作〈首席记者〉》,《大众文艺(理论)》2009 年第 8 期。

离、村庄小传统与其文学消费，对新文学传统中的"村庄叙事"进行了较为全面的梳理。①

　　大量涌现的乡土小说叙事研究甚至也影响了乡土小说的文化分析，出现了相辅相成的研究格局。祝学剑的《论中国现代乡土文学的三种启蒙叙事》看到了中国现代乡土文学启蒙意识在不同时期表现出不同的特征："五四"乡土文学以揭示病苦为核心，表现出批判蒙昧的启蒙意识；20 世纪 30 年代乡土文学以皈依乡土为指向，表现出返归自然的启蒙意识；20 世纪 40 年代乡土文学以审视人性为核心，表现出改良人生的启蒙意识。这是一个螺旋上升的发展过程。② 梁鸿在《阎连科长篇小说的叙事模式与美学策略——兼谈乡土文学的"现实主义之争"》中回顾了中国现实主义小说从"道德"叙事到"金钱"叙事的叙事模式的嬗变，认为阎连科是第一个从真实的肉体存在角度考察乡土存在的当代作家，他的小说叙事的关键词是金钱、革命，是现实主义的，但所有的现实主义叙事都酝酿着一种反向的力量。阎连科的现实主义之争包含着现实乡土中国、时代审美偏见的双重焦虑。③

　　叙事分析开启了全新的乡土小说审美视域，特别是对当代文学现象的跟踪研究，叙事分析直接形成了研究者和创作者的艺术对话，美学向度的新概念也大量涌现。"乡土抒情小说"是审美视域研究的派生概念，常见学者使用，如石万鹏用"乡土抒情小说"来描述迟子建小说，④孙丽玲则用来对沈从文、萧红两位作家进行比较，⑤李遇春对贾平凹小说中"对话与交响"的复调特征的论述等。⑥

　　对乡土小说悲剧审美品格的研究，如刘彦君将现代乡土小说悲剧心理分为"个人生活际遇"、"民族文化负重"、"悲剧美学意识"等三个方面。⑦ 新加坡学者王润

---

　　① 　夏维波、刘佳音：《村庄的意义与表达——谈新文学传统中的"村庄叙事"》，《文艺争鸣》2008 年第 7 期。
　　② 　祝学剑：《论中国现代乡土文学的三种启蒙叙事》，《学术探索》2007 年第 3 期。
　　③ 　梁鸿：《阎连科长篇小说的叙事模式与美学策略——兼谈乡土文学的"现实主义之争"》，《当代作家评论》2007 年第 5 期。
　　④ 　石万鹏：《审美视域中的乡土世界——迟子建与乡土抒情小说》，《东岳论丛》2001 年底 4 期。
　　⑤ 　孙丽玲：《中国现代"乡土抒情小说"的两种个性化建构——沈从文、萧红"乡土抒情小说"比较》，《延边大学学报（社会科学版）》2001 年第 3 期。
　　⑥ 　李遇春：《对话与交响——论长篇小说〈秦腔〉的复调特征》，《小说评论》2006 年第 3 期。
　　⑦ 　刘彦君：《中国现代乡土小说悲剧论》，《陕西师范大学学报（哲学社会科学版）》2001 年第 30 卷专辑。

华对沈从文小说人物"回归山洞"的神话悲剧作过精彩分析,认为沈从文小说笔下的山洞是其故乡神话的一种,其美学的本质在于"自然与神意合一"。另外一些富有悲剧品格的乡土小说作家也常被作为研究对象,如对彭家煌庸常悲剧的解析等。

叙事分析对文学省察的忽略,常常造成学者们对乡土小说悲剧意蕴的省察不足,这体现在学术研究和创作两个层面。这和 21 世纪还未重生的文学悲剧意识相照应,是悲剧精神缺席的双重表现。如新时期初期乡村小说的"社会悲剧"也被纳入研究范畴,是较为新颖的乡土小说研究视角,但仔细看来,这些研究未能触及社会变革期的悲剧的根源。

总体上看,新世纪中国乡土小说研究界对乡土小说审美品质的关注度较以前有了很大提升。他们在对乡土记忆的审美形式的关联研究中,看到写作资源与艺术品格之间的交互关系,如段国强在山西女作家葛水平"历史间距下的审美表达"中读到了诗意。①

第四节　中国乡土小说研究领域的新拓展

新世纪的中国乡土小说研究开拓出了一些新的研究领域,对一些已有的研究领域作了进一步的推动与发展,如西部乡土小说研究、生态乡土小说研究、"小城镇叙事"研究和对"老人新作"与"新人新作"的跟踪研究等。

一、西部乡土小说研究

中国西部文学成为学术关注与研究的热点始于 20 世纪 80 年代。史适的《来吧,西部文学》(《文苑》1984 年第 4 期)、刘思谦的《读"西部小说"两题》(《小说评论》1985 年第 4 期)、王亦农的《西部小说和西部大自然》(《甘肃社会科学》1987 年第 2 期)、周政保的《小说世界的一角》(新疆人民出版社 1989 年版)、肖云儒的《中国西部文学论》(青海人民出版社 1989 年版)等是这个时期的重要研究成果。这些

---

①　段国强:《乡土记忆与审美表达——论葛水平的写作资源及艺术品格》,《当代文坛》2005 年第 6 期。

论文、论著对西部乡土小说都有论述。

　　20 世纪 90 年代,中国西部文学受到更多人的关注和研究,有关的研究论文很多,如管卫中的《寻找西部小说的现代品格——西部青年小说群描述》(《小说评论》1990 年第 1 期)、雷达的《白雪与草地的歌者——谈雷建政的小说》(《小说评论》1991 年第 2 期)、许文郁的《西部风情与西部魂魄——甘肃近年小说考察》(《小说评论》1990 年第 1 期)和《黄土魂魄与天马精神——甘肃小说家文化心理剖析》(《文学评论》1997 年第 1 期)、刘俐俐的《西部小说作家的审美情感与现代意识》(《兰州大学学报》1993 年第 2 期)等;研究论著有季成家等编著的《西部风情与多民族色彩——甘肃文学四十年》(红旗出版社 1991 年版)、管卫中的《西部的象征》(青海人民出版社 1992 年版)、赵学勇等的《新文学与乡土中国——20 世纪中国乡土文学与西部文学研究》(兰州大学出版社 1993 年版)、李继凯的《秦地小说与三秦文学》(湖南教育出版社 1997 年版)、马丽华的《雪域文化与西藏文学》(湖南教育出版社 1998 年版)、韩子勇的《西部:偏远省份的文学写作》(百花文艺出版社 1998 年版)等。这些论文和论著,对包括西部乡土小说在内的西部文学的文化精神、艺术特质等,进行了多方面的研究。

　　新世纪以来,西部文学研究不只是西部"偏远省份"的学者和评论家在做,地处经济文化较为发达的东部高校文学院系、文学科研院所的专家、学者和评论家也纷纷加入研究的行列里。在东部与西部的人文学术合唱中,西部文学研究成为新世纪文学研究的一个重要的"学术生长点"。有影响的研究论文和论著很多,如肖云儒的论文《新时期浪漫主义创作在中国西部文学中首开先河》(《西安交通大学学报》2001 年第 3 期)、杨经建的《伊斯兰文化与中国西部文学》(《人文杂志》2003 年第 2 期)、赵学勇的《全球化时代的西部乡土小说》(《新华文摘》2003 年第 5 期)、马永强和丁帆的《论中国现代西部文学独特的文明形态》(《福建论坛》2004 年第 1 期)、李兴阳的《从文化想象到重新发现——近年西部小说作家群及其创作综论》(《文学评论》2006 年第 5 期)等;论著有丁帆主编的《中国西部现代文学史》(人民文学出版社 2004 年版)、杨光祖的《西部文学论稿》(山西人民出版社 2004 年版)、李兴阳的《中国西部当代小说史论(1976—2005)》(安徽大学出版社 2006 年版)、赵学勇和孟绍勇的《革命·乡土·地域——中国当代西部小说史论》(中国人民大学出版社、山西教育出版社 2009 年版)等。这些研究论文和论著,对包括西部乡土小说在内的西部文学的文化精神、艺术特质等,进行了有别于"东部"的"西部文明形态"特征的寻找、发掘与阐释。

西部乡土小说是西部文学的重要组成部分,也是西部文学研究的重要领域,丁帆主编的《中国西部现代文学史》、李兴阳的《中国西部当代小说史论(1976—2005)》、赵学勇与孟绍勇合著的《革命·乡土·地域——中国当代西部小说史论》等三部西部小说研究专著,都在对西部文学、西部小说的宏观把握与整体研究中,辟出专章专节对西部乡土小说进行了研究。丁帆主编的《中国西部现代文学史》首次对西部现代文学进行了历史性的系统梳理,揭示出西部文学的独特价值。这部架构宏大的西部现代文学"通史",以多个章节对西部文学中的乡土文学,特别是20 世纪 80 年代至 90 年代的西部乡土小说的历史流变、作家群体、地域特征、文化精神、艺术形态等进行了全面而深入的探索,①"开拓了对西部乡土小说的研究" ②。李兴阳的专著《中国西部当代小说史论(1976—2005)》以多重文化语境为视角,对西部先锋小说、流寓小说、乡土小说、城市小说和历史小说等进行了全面详细的考察,③"分析西部小说文体的文学精神和审美,打破以往研究中对西部地域性界定,强调西部小说因民族文化的多元而突显其多样。第三章中从西部社会的现代转型、自然人文景观、民俗风情等视角考察西部乡土小说,探析西部乡土作家从对乡土文化现代性焦虑的守望与逃离,转向对西部乡土中生命伦理的关怀"④。不止如此,西部小说作家"对西部的书写,由对西部的某种文化想象转向对西部的重新发现,由对西部的某种一厢情愿的文化构想,转向对西部的审美体验,从而使被文化想象异质化了的西部回到'西部本身'。这一过程虽然还在进行之中,但他们试图重构'真正的西部'话语方式的努力,已影响到当下文学的基本格局"⑤。赵学勇与孟绍勇合著的《革命·乡土·地域——中国当代西部小说史论》着眼于西部独特的

---

① 参见丁帆主编:《中国西部现代文学史》,人民文学出版社 2004 年版。
② 李伟:《西部乡土小说研究述评》,《大理学院学报》2013 年第 7 期。
③ 参见李兴阳:《中国西部当代小说史论(1976—2005)》,安徽大学出版社 2006 年版。
④ 李伟:《西部乡土小说研究述评》,《大理学院学报》2013 年第 7 期。
⑤ 李兴阳:《从文化想象到重新发现——近年西部小说作家群及其创作综论》,《文学评论》2006 年第 6 期。

地理人文环境对西部小说的巨大影响,分别从西部小说概念的历史流变,西部小说在当代文学格局中的地位,西部小说家的审美追求,西部小说与宗教、民俗文化的关系,西部小说与"新都市小说"的比较,"全球化"时代西部小说的选择与走向等方面展开论述,展现当代中国西部小说的独特成就,并力图揭示西部小说作为中国当代文学中的一部分,为当代文学思潮所呈现的重要贡献。① 这三部研究专著被学界看成新世纪中国西部文学宏观研究的重要成果。微观研究的论文则就西部乡土小说的某个问题或具体的西部乡土作家作品进行研究或评介,一些论文也有一定的影响。

雷达的《西部生存的诗意》就是一篇有影响的评论文章,该文将雪漠的《大漠祭》之类的小说作为"新乡土小说",认为此类小说提供了乡土小说"精神的钙片"②。李兴阳对西部乡土小说的现代性问题的研究、杨经建的西部文学与宗教关系的研究、杨光祖的西部文学评论、石世明的西部文学研究等,都引人注目。很多新晋的西部作家,如石舒清、郭文斌、雪漠、张存学等被研究者发掘并进行了推介。对西部小说的研究也几乎涵盖了乡土小说的各种研究角度,如现代性话题、民俗研究等。

二、生态乡土小说研究

生态小说是 20 世纪 80 年代以来乡土小说的新拓展,对生态乡土小说的批评与研究,也是新世纪中国乡土小说批评与研究的新领域,论文和论著逐年增多,如费秉勋和叶辉的《〈怀念狼〉怀念什么》(《小说评论》2001 年第 1 期)、高侠的《人文视野中的绿色沉思——关于 20 世纪 90 年代小说的一种点评视角》(《江南大学学报》2002 年第 3 期)、罗关德的《〈怀念狼〉情节的神秘数像——贾平凹意象小说探析之一》(《当代文坛》2003 年第 1 期)、李晓峰的《从诗意启蒙到草原生态的人文关怀——当代蒙古族草原文化小说的嬗变轨迹》(《民族文学研究》2004 年第 1 期)、李玫《郭雪波小说中的生态意识》(《内蒙古民族大学学报》2005 年第 1 期)、王云介

---

① 参见赵学勇、孟绍勇:《革命·乡土·地域——中国当代西部小说史论》,中国人民大学出版社、山西教育出版社 2009 年版。

② 雷达:《西部生存的诗意——〈大漠祭〉与新乡土小说》,《飞天》2005 年第 10 期。

的《乌热尔图的生态文学与生态关怀》(《黑龙江民族丛刊》2005 年第 3 期)、王静的《自然与人：乌热尔图小说的生态冲突》(《民族文学研究》2005 年第 3 期)、丁帆和施龙的《人性与生态的悖论——从〈狼图腾〉看乡土小说转型中的文化伦理蜕变》(《文艺研究》2008 年第 8 期)等。这些论文围绕贾平凹、郭雪波、乌热尔图、姜戎及西部地域小说展开批评和研究，在价值取向和研究方法上，既有共同点，也有区别。

学界有关《狼图腾》的批评与论争就很典型。围绕姜戎的小说《狼图腾》所展开的批评与研究，研究者们之间存在很大的分歧。有些论者对《狼图腾》多加肯定，如孟繁华肯定"《狼图腾》在当代中国文学的整体格局中，是一个灿烂而奇异的存在：如果将它作为小说来读，它充满了历史和传说；如果将它当作一部文化人类学著作来读，它又充满了虚构和想象。作者将他的学识和文学能力奇妙地结合在一起，这就是作品的独特性。它的具体描述和人类学知识相互渗透得如此出人意料、不可思议。因此，这是一部情理交织、力透纸背的大书。是现实的狼，也是历史的狼。因之，这是一部狼的赞歌，也是一部狼的挽歌"。李建军持否定意见，他认为"《狼图腾》局量褊浅，规模卑狭：它固守狭隘的民族主义和国家主义立场，缺乏广阔的人类意识和历史眼光；从伦理境界看，它崇尚凶暴无情的生存意志，缺乏温柔的人道情怀和诗意的伦理态度；从主题上讲，这部小说作品的思想是简单的、混乱的，甚至是荒谬的、有害的；从艺术上看，它虽有蔑视小说规范的勇气，但缺乏最基本的叙事耐心和叙事技巧：它的勇气更多的是蛮勇和鲁莽，是草率和任性。它把小说变成了装填破烂思想的垃圾袋。总之，我们不应该被《狼图腾》商业上的成功蒙蔽了双眼，而是要大胆地剥去它金光闪闪的华衮，彰显它内里的孱弱和贫困"①。丁帆从乡土小说的文化伦理角度批判《狼图腾》，认为《狼图腾》所张扬的"狼性"是反文化、反文明和反人类的，在后现代思潮下，以先锋的面目出现而蛊惑人心并获得巨大反响，凸显了当下文化伦理的紊乱，暴露出了知识价值和人文价值立场的沦丧。对转型期的中国乡土文学来说，《狼图腾》对生态问题的叙述并没有提供新的可资借鉴的经验，相反，它在价值观上的倒退则是需要特别警惕的。两位学者提出，乡土小说如何处理"生态人"的"内自然"与"外自然"的平衡，是一个不能脱离具体文化语境、也

①　李建军：《是珍珠，还是豌豆？——评〈狼图腾〉》，《海南师范学院学报（社会科学版）》2006 年第 6 期。

无法忽略个人生命体验的"人"的问题。^① 这种生态文学视角和乡土文学视角的叠加,包含历史的、审美的忧思,与有些研究者从"狂野小说"的角度研究乡土小说的这一崭新变种相比较,^②显示出不同的学术眼光。

三、"小城镇叙事"与"底层叙事"研究

小镇是一个城乡结合的独特空间概念。进入 21 世纪,学界对乡土小说中城乡接合部的研究,结合文学现实有了更加开放的视角和深切的认知。在文化场域理论传入以后,学术界对小镇特定空间的关注也逐渐增强,如对沙汀乡镇小说中的"茶馆"的文学功用的研究等,这些研究既能探究作家的文化选择,又能在叙事学层面对乡土小说进行文本细读,开拓了乡土小说的研究格局。

小镇作为一个较为稳定的城乡结合的空间,也适合介入人类学视角的研究。王轻鸿的《论乡土文学研究的人类学视野》以一个比较大的视野看到,人类学的兴起催生了乡土文化意识,为乡土性的文化探求奠定了学理基础;在乡土的文学表现中,自觉地体现了超越地域文化的人类学意识;乡土文学与人类学的结合点,是审美性。^③ 熊晓辉看到,湘西有自己的文化根系,有着典型的文化积沉范式;在湘西,土家族、苗族、汉族等民族构成了独特的民族文化群落,因此撰写了《从人类学的视野解读沈从文乡土文学》一文分析了沈从文的乡土世界与湘西文化的联系,企图建立一种研究新范式。^④ 袁国兴的《鲁迅小说的"小城镇氛围"——兼谈中国现代小城镇文学》打破了一般都市文学和乡土文学的二分,认为小城镇文学和文学中涌现的小城镇氛围,才是中国现代社会蕴蓄着深厚历史价值的文学存在,并详细论证了鲁迅对小城镇文学氛围的审美贡献。^⑤ 2007 年在扬州举行的"'乡下人进城':现代

---

① 丁帆、施龙:《人性与生态的悖论——从〈狼图腾〉看乡土小说转型中的文化伦理蜕变》,《文艺研究》2008 年第 8 期。

② 高侠:《人文视野中的绿色沉思——关于 20 世纪 90 年代小说的一种点评视角》,《江南大学学报(人文社会科学版)》2002 年第 3 期。

③ 王轻鸿:《论乡土文学研究的人类学视野》,《宁夏大学学报(人文社会科学版)》2007 年第 4 期。

④ 熊晓辉:《从人类学的视野解读沈从文乡土文学》,《怀化学院学报》2007 年第 3 期。

⑤ 袁国兴:《鲁迅小说的"小城镇氛围"——兼谈中国现代小城镇文学》,《鲁迅研究月刊》2007 年第 5 期。

化背景下的城乡迁移文学研讨会"上,孟繁华、汪晖、刘勇、范伯群等学者以"乡下人进城"为中心,探讨了"乡下人进城"的论域与思想文化背景,现代性、身份与现实主义,①代言主体与乡下人主体之间的关系,想象、叙述与心灵,文学史构建的新途径等问题,给当代创作以启迪。②

对现代中国而言,小镇也常常是底层社会的代名词。某种程度上,乡土文学也常常饱含作家对底层社会的关注与思考,许多研究者看到了这一点:霍俊明在《尚未抵达思想前沿的"征用"写作——就"底层"和"新农村"谈新世纪文学思想性问题》里考察了三个问题:在一切都成为消费和"娱乐至死"的全球化语境里,思想该如何写作;当我们的思想被主流话语再一次集体"征用"的时候,该如何处理词与物的关系;当文学的思想启蒙和政治运动被各种文化资本支撑的各种名目的诗歌活动所取代的时候,消费化的文学是否还有机会来思想。③ 陈超在《在底层眺望无根的乡愁》一文将近年来底层叙事与乡土情结的连接从视角上分为两类:一类是1980年代以来中国乡土发生实质性变化之后,知识分子开始由自上而下的视角去审视乡村、关注底层,并反映城市"异乡人"的肉体痛苦和心灵异化;另一类则是"底层"生存者对自身体验与生存困境的乡愁表达,这是一种置身其中的诉说与呐喊。作家以现代性的名义审视"底层"乡愁,对底层生存中的乡愁表述包括身份的焦虑与矛盾心情、意象的破坏与怀旧、传统的伦理与现代意识。"底层"乡愁的社会文化心理则包含对传统文化的继承、逆反心理的导引、主体意识的觉醒。④

与当下文学现场的对话和历史的分析是兼顾的,这体现出乡土小说研究领域的学术结构较为健康。如曾娟、杨禄从创作主体和读者接受两个角度探讨了当代文学创作中的"逆城市化"现象,认为其意义在于让作家与读者在日益物化的城市中对乡土再次投去关注的眼神,重新去发现这一片审美领域,使文学又回到文学自

---

① 《"乡下人进城":现代化背景下的城乡迁移文学研讨会综述》,《文学评论》2007年第4期。

② 徐德明、刘满华:《乡土中国的历史与现实的文学探勘——"乡下人进城":现代化背景下的城乡迁移文学研讨会侧记》,《中国现代文学研究丛刊》2007年第4期。

③ 霍俊明:《尚未抵达思想前沿的"征用"写作——就"底层"和"新农村"谈新世纪文学思想性问题》,《南方文坛》2010年第2期。

④ 陈超:《在底层眺望无根的乡愁》,《文艺理论与批评》2010年第3期。

身。① 吴福辉则在《费孝通的社会学与我的文学研究》中阐明了费孝通先生从"乡土中国"命题、对中国社会结构的"乡村、市镇、都会"的三分法、对乡村权利的分析、对不发达社会的文化症结的追索等方面对自己的影响,认为人和文化、社会学与文学的联手不失为研究上的一条通路。②

四、对"老人新作"与"新人新作"的跟踪研究

新世纪以来,学术界对"老人新作"与"新人新作"的跟踪研究成绩不俗。如对贵州作家冉正万乡村与地质题材小说的研究,对王祥夫、周大新、王新军、张继、贺享雍、刘玉栋、马平、黄建国等作家的研究;另外,对著名作家的新作的追踪研究也有较多值得注目的成果,如施战军等人对林白的《妇女闲聊录》等乡土小说的"方言"之类的话语研究,③袁爱华对贾平凹作品《秦腔》的"无言以对的乡土"的叙事解读,④都注意到了乡土小说关于"言语"的问题。这些研究表明,在创作上和理论界,乡土小说出现了"言语"的自觉,话语已经成为乡土小说的一个叙事对象。

对乡土小说作家的研究在新世纪依然需要沉淀。比如,有人从路遥小说中看到了所谓"路遥的文学遗产",远远脱离了路遥文学作品的实际。⑤ 研究界既有对路遥等作家的过度阐释,也有对乡土小说在特殊历史时期的变调的客观深入的研讨,比如郑波光对"赵树理文学时代"的反思等。

此外,现代乡土小说发生学的研究是 21 世纪乡土小说研究中的重要课题。罗关德将早期乡土小说理论区分为周作人民俗学视角的乡土文学理论、茅盾政治学视角的乡土文学理论、鲁迅文化学视角的乡土文学理论,⑥对乡土小说的理论生成进行了溯源和整理。这是乡土小说研究领域中值得关注的一脉。

---

①　曾娟、杨禄:《当代文学创作的"逆城市化"现象》,《湖南城市学院学报》2009 年第 4 期。

②　吴福辉:《费孝通的社会学与我的文学研究》,《汉语言文学研究》2010 年第 4 期。

③　施战军:《让他者的声息切近我们的心灵生活——林白〈妇女闲聊录〉与今日文学的一种路向》,《当代作家评论》2005 年第 1 期。

④　袁爱华:《无言以对的乡土——贾平凹〈秦腔〉叙事解读》,《理论与创作》2005 年第 6 期。

⑤　张克:《乡土哲学的价值偏爱及其现代性焦虑》,《理论与创作》2004 年第 2 期。

⑥　罗关德:《二三十年代倡导乡土文学的三种理论视角》,《中国现代文学研究丛刊》2004 年第 4 期。

第五节　中国乡土经典作家作品的再评价

新世纪中国乡土小说研究,对经典作家作品的再评价也是值得关注的一部分。其中,能发现一些始自 20 世纪的学术趣味和价值立场的延续,如对彭家煌的学术评价有升高的趋势;另外,也有一些逆向的探讨,如对师陀早期创作中的左翼情结的分析;还有一些重新的命名和归类,如对"早期乡土小说群"也有"鲁迅风小说群"的再度观照。总体看来,大致可归为以下方面:

一、乡土小说与风俗画

风俗画是乡土小说研究的传统视角,在近期的研究中,常见一些新的视点和论断。如范家进对沈从文乡土小说中的风俗描写的考察视角独特,与以往研究者从"风俗画"中看到舒缓流丽的湘西风情对人性的抚慰不同,他看到了沈从文风俗描写中的紧张状态,并以此为突破口,去解析沈从文作为"最后一个浪漫派"退场时的矛盾与无奈。范家进的研究成果证明,乡土文学的诞生源自知识分子的现代心灵对城市文化的感应,湘西社会收到的城乡交错的信息被沈从文通过风俗描写的方式平缓吸纳进了他的乡土小说。① 这类研究基本延续了 20 世纪末的研究理路,创新不足,未能吸收新的文化理论成果拓宽研究视野,如对鲁迅与绍兴民俗文化的研究之类,多落入窠臼。也有研究者将"民俗小说"从"乡土小说"的大范畴中摘离出来,进行专门研究。② 张永对沈从文、"四川作家群"等乡土小说作家和群落的民俗学研究,也多有成果问世。③ 另外,他对民俗审美的情绪的研究、对 20 世纪 40 年代沦陷区乡土小说主题与民俗意义的研究,都显示出将民俗作为乡土小说研究的基本视点和全方位文化解读的支点的努力。这些努力显示出民俗研究在乡土小说研

---

① 见范家进《"最后一个浪漫派"的退场——论沈从文乡土小说中的风俗描写》,《华东师范大学学报(哲学社会科学版)》2000 年第 6 期;《"温馨"风俗背后的苦涩与悲凉——也谈沈从文抗战前小说中的风俗描写》,《浙江师大学报(社会科学版)》2001 年第 3 期。

② 鲍焕然:《现代民俗小说之成因》,《武汉交通科技大学学报(社会科学版)》2000 年第 1 期。

③ 张永:《"四川作家群"乡土小说的民俗学意蕴》,《南京师大学报(社会科学版)》2003 年第 7 期。

究中的新突破。美中不足的是,就具体解读而言,民俗学往往成为对已有研究成果的复述,并未有新的理论建树。

在民俗学的向度上,出现了一些独特的研究思路,对乡土小说民俗研究的狭窄路数有所改善。如王海燕对沈从文小说的民俗考察触及了"观音信仰"课题,看到了沈从文在湘西少女形象的塑造中,对民间观音信仰有一定程度的超越。① 这是一种比较别致的见解。另如赵德利对 20 世纪中国小说中的"民俗文化小说"的审美功能的分析,与对民俗文化的文化功能的分析不同,对民俗学的研究格局有所突破。肖向明的《论"鬼"文化与中国现代作家的文学想象》写到了中国现代作家写"鬼"的三个阶段:一是从"鬼"俗民情的直接抒写,二是借"鬼"讽喻国民劣根性,三是"鬼域—人间"的政治寓言,展现出不同文学时期的现代作家们"别样"的文学视角,更深入地揭发和披露了民众的世俗欲望、精神痛苦。② 姜峰的《人名符码:现代乡土小说的民间文化考察》分析了现代乡土文学中的人名系统,发现主要人物一般是根据创作的意图和在其间的活动命运被安上适当的姓名,不同地域的命名,也显示出不同的文化价值观念和民俗模式。在人物形象构成中,诨号、绰号、雅号一类称谓习俗仍占有一席之地,准确地描摹出乡土人物的生存形状和文化处境。③ 田英宣通过细读《红旗谱》发现,小说中赶鸟、杀过年猪、过年、丧葬、生育等丰富的民俗描写对情节的构成、发展起着重要的作用:一方面使《红旗谱》具有了浓郁的乡土文学气息,另一方面也促成了梁斌竭力追求的民族气魄的形成。④ 凡此种种,既有细致的文本分析,又有历史与文化的整体对应,成绩可喜。

二、风景画的别样景观

对乡土小说"风景画"的研究是新世纪乡土小说研究值得关注的部分。马俊江的《桥这边的风景——废名〈桥〉中物与风景的世界》认为,"《桥》在文学史上的独特

---

① 王海燕:《湘西观音信仰与沈从文乡土小说》,《郑州大学学报(哲学社会科学版)》2004 年第 1 期。
② 肖向明:《论"鬼"文化与中国现代作家的文学想象》,《中山大学学报(社会科学版)》2007 年第 2 期。
③ 姜峰:《人名符码:现代乡土小说的民间文化考察》,《江汉大学学报(人文科学版)》2007 年第 6 期。
④ 田英宣:《试论〈红旗谱〉中的风俗描写》,《山西师大学报(社会科学版)》2007 年第 S1 期。

性在于废名对物与风景世界的迷恋与建构"①,该文对人与风景关系的研究颇有独
到之处。同样的研究模式较为多见,如黄连平的论文《废名小说〈桥〉中的意境与风
景世界》。风景描写的研究也常在诗美特征的探寻框架内被提及,对大多数京派乡
土小说作家的研究都有"诗意"探寻的倾向,也多延续了 20 世纪的研究理路,突破
不多。

三、乡土意识的再度裂变

没有乡土意识,乡土小说就无从谈起。因此,在乡土小说研究中,乡土意识既
可以作为文化的核心,也可以作为审美的核心。新世纪,很多学者把乡土意识在乡
土小说中奇特的历史的和美学的催化作用作为研究兴趣点,进行了不倦的探询。
赵允芳从 20 世纪八九十年代作家笔下逐渐败落的乡村说起,探讨了"乡土中国叙
事的终结"这一概念,认为乡土永存,但只有抱着"重新发现"与重新想象的心态,赋
予更高层次的哲学意识,才能完成对民族灵魂的重铸,使乡土叙事具有美学价
值。② 陈家洋以贾平凹的《秦腔》、周大新的《湖光山色》、张炜的《刺猬歌》、韩少功
的《山南水北》为例,探讨了 20 世纪 90 年代以来,乡土本位意识的紧张状态,表现
为创作主体对农民与土地关系的困惑和焦虑,缓解方式是在作品中强化乡村的生
态意义。③ 周新顺的《在"生死场"与"后花园"之间——论中国现代文学中的乡土
想象》一文从乡土写作的"侨寓"状态及由此决定的"想象性"叙事特征入手,通过对
三十年间乡土想象景观的梳理与总结,认为现代文学中的乡土想象总体上可以解
析为两种基本模式:一种是"生死场"式的,另一种是"后花园"式的。通过对这两种
乡土想象模式的比照分析,从异乡与故乡、地方与国族等层面出发,探讨了中国现
代作家乡土写作中理性与情感、主题与文体的悖论性纠缠,从而触摸到他们面对乡

---

① 马俊江:《桥这边的风景——废名〈桥〉中物与风景的世界》,《河北大学学报(哲学社会科学版)》2001
年第 3 期。
② 赵允芳:《文学与即将消失的村庄》,《当代作家评论》2007 年第 2 期。
③ 陈家洋:《乡土本位意识的紧张及其缓解——以近年四部乡土叙事作品为例》,《海南大学学报(人文
社会科学版)》2007 年第 6 期。

土时幽微复杂的文化心态。①

孟繁华在《乡愁:剪不断理还乱——2007 年长篇小说中的乡土中国》中,以范小青的《赤脚医生万泉和》、孙惠芬的《吉宽的马车》、杨廷玉的《花堡》和张学东的《妙音鸟》为例,讨论了乡土中国的世风与人心、归途难寻的浪儿、转型时代的乡村危机、在真实与荒诞之间等问题。② 徐肖楠、施军认为,乡土文学中的挽歌情调是作为一种现代性诉求出现的,在进入市场中国之后逐渐被苦难崇拜所替代,但能震撼人心的挽歌情调,仍是大气魄的、纯正的乡土文学出现的先决条件。③

研究者倾向于认为,"乡土意识"是乡土小说的重要特征,是它的灵魂。凌宇的《二三十年代乡土小说中的乡土意识》一文以"乡土意识"为关键词,对 20 世纪二三十年代乡土小说作家的文化心理进行了更细致的界说。他将那个时代的"乡土"区分为三种形态:"过去的美的故乡,现实的黑暗的故乡,想象中的未来故乡",并从中发现了作家们"得乐园—失乐园—重返乐园"的思想逻辑。④ 这种研究不同于此前泛化的印象式批评,在理论上有所深化和细化。周仁政则将"乡土情结"视为京派小说家的心灵语境,认为沈从文、废名、凌淑华等作家的审美精神中包含的"乡土情结"显示出乡土的心灵化,⑤这实际上是对现代作家心灵世界的传统文化中的田园意趣进行发掘。

对作家乡土意识的研究还见于范家进的《鲁迅、沈从文、赵树理:为什么关注乡村》一文。该文对三位笔涉乡土的作家的乡土意识进行了比较,对他们"面对中国乡村的基本姿态"进行了客观分析。⑥ 在另外的一些文章中,范家进研究了 40 年代沈从文作品中乡村牧歌的渐次消失,⑦这类研究虽有其系统性,选题和结论却较为

---

① 周新顺:《在"生死场"与"后花园"之间——论中国现代文学中的乡土想象》,《山东社会科学》2007 年第 8 期。

② 孟繁华:《乡愁:剪不断理还乱——2007 年长篇小说中的乡土中国》,《文艺理论与批评》2008 年第 1 期。

③ 徐肖楠、施军:《乡土文学的挽歌情调》,《文艺评论》2008 年第 3 期。

④ 凌宇:《二三十年代乡土小说中的乡土意识》,《文学评论》2000 年第 4 期。

⑤ 周仁政:《乡土情结:京派小说家的心灵语境》,《唯实》2000 年第 5 期。

⑥ 范家进:《鲁迅、沈从文、赵树理:为什么关注乡村》,《杭州师范学院学报(人文社会科学版)》2001 年第 3 期。

⑦ 范家进:《乡村牧歌的渐次喑哑——论沈从文 40 年代的乡土小说创作》,《文艺理论研究》2001 年第 3 期。

平实,缺少创见。王庆的《论现当代农村小说的"安土意识"》一文,对小说中农民的"安土意识"进行了研究,分析了农民在此意识中体现出来的不彻底性,[①]是比较深入探讨乡土小说中人物的乡土意识的文章。

对当代作家的"返乡意识"的研究,在 21 世纪第一个十年仍然是研究热点。如周罡的《犹疑的返乡之路——论莫言民间文化立场的回归与游离》,[②]对莫言的研究客观、准确。研究者也开始注意作家乡土意识在艺术形式选择中所起的作用。对废名等作家更深入的文艺观的研究分析有了一些引人注目的成果,如蓝天的《梦幻与现实的交错——废名"文学即梦"文艺观剖析》《淮南师范学院学报》2003 年第6 期。

也有学者把乡土意识与民间意识结合起来,分析中国现代乡土小说的"民间"建构。另有对乡土小说作家"经济意识"的研究,也拓宽了乡土意识的研究思路。叶君对中国当代作家的乡村想象进行研究后认为,"当代作家在面对同一有待言说的客体——'乡村'时,往往因为视野不同、立场不同、世界观不同,以至心境、趣味以及艺术见解、艺术表现手法的不同,而在各自的创作中呈现出多姿多彩的乡村景观。呈现于文本中的'乡土'、'农村'、'家园'和'荒野',显然并不能看作同一种既定的客观事实,而是基于乡村的四种不同文学景观。在某种意义上,它们都是经过文学言说而被赋予了创作主体特定意义内涵和价值判断的'想象性构成物',换言之,它们也可视为对中国乡村四种不尽相同的言说方式和想象方式"[③]。

第六节　乡土文学研究中的城乡意识错乱及其根源

在中国现代城市化进程中,殖民历史语境和当代简单的城建思维导致了城建先行、城市文化滞后的"片面城市化"格局。在此情形下,如果忽视都市文化作为文学语境的特殊性,就容易忽略都市文化和城市文学、乡土文学之间特异的对应关

---

① 王庆:《论现当代农村小说的"安土意识"》,《华中科技大学学报(人文社会科学版)》2002 年第 6 期。
② 周罡:《犹疑的返乡之路——论莫言民间文化立场的回归与游离》,《小说评论》2002 年第 6 期。
③ 叶君:《乡土·农村·家园·荒野——论中国当代作家的乡村想象》,《文艺研究》2006 年第 7 期。

系,造成对文学史和当下文学现象、作家作品的误读。学界应对现代文学中的"侨寓者"、"城市异乡者"和"局外人"等关键词作都市文化视角的比较分析,结合"片面城市化"的文学语境对城乡文化和文学的关系进行重新辨认,以矫正与西方文学和文化理论简单比附的研究偏差。

　　20世纪80年代初期的改革开放将当代中国推上了日渐迅猛的"城市化"进程。作为文学语境的"城市化"经验,则可以前溯到民国时期甚至更早。以城市文化为视角的文学研究,包括专门的城市文学研究,成果颇丰。然而,中国经济发展的长期滞后状态导致现代城市建设一直在"赶工"模式中进行,城市化因缺乏相应的城市文化的支撑而处于跛行状态,甚至"城市化"本身就在破坏城市文化。由于"城市化"中"城市文化"的偏废,"城市"在很大程度上是作为一种简单的建筑现象存在的,"城市文化"还停留在对西方商业街区的模仿和文学想象中,是文化偏废格局中的一道幻景。这种失去了文化多元性陪伴的"硬性城市化",也可称之为"片面城市化",使当下文学面临一种前所未有的语境。有少数学者注意到了这一文学境遇,认为作家笔下"当代都市文学创作依然表现出叙述方法的幼稚和美学风格的孱弱",文学批评者则"尴尬地发现如果盲目平移像'市民社会'、'公共空间'和'中产阶层'等西方社会学概念来对大陆的都市社会文化进行对号入座式的理论演绎,这不仅无助于阐明当下都市化复杂多变的文化现实,而且很容易以某种字面上统一的西方'现代性'标准垄断了我们解读具体文本的路向"①。在城市化引起的所谓"都市文化"幻象中,这是一种可贵的醒觉。

　　但问题远非这么简单,基于都市文化幻景的文学误认,并非仅止于当下都市文学。上海在20世纪30年代的迅速国际化、在50年代以后的长期休克后、于90年代的再次迅猛崛起,这些足以证明一个超级都会的建立,可能仅仅需要十几年时间,甚至更短。然而,都市文化的聚合与成熟却需要更长时间:它与遥远的传统和周边乡村文化的衔接是微妙和密切的,不会像建筑学意义上的城市那样一夜美梦成真。即使是仅仅恢复到老上海的文化生态水平,需要耗费的时间也远超人们的

---

　　①　聂伟:《都市民间:一九九〇年代大陆都市小说研究的新视野——以王安忆一九九〇年代中期以后的都市小说创作为例》,引自王德威、黄锦树编《想象的本邦:现代文学十五论》,(台北)麦田出版,城邦(香港)文化事业股份有限公司2005年版,第337—338页。

想象。目前所见的事实是,近一个世纪的宏观城市化运动中,都市文化的发展作为一种意识运动,尚未在中国大陆林立的都市群走向成熟。在都市文化视角的文学研究中,部分学者对于都市文化向西方近乎狂热的比附和盲目乐观,导致形成关于中国都市文化繁荣的表象判定:他们对城市文学和乡土文学基于题材和叙事场景的简单指认,进而遮蔽乡土文学的都市审美倾向和城市文学的乡村文化本质,失去对部分文学现象的审美判断力。

一、围绕"侨寓者"的城乡互训

就目前的文学现实来看,20世纪城市作为文化要素,在审美层面有了显著成果的文学类型并非城市文学,而是乡土文学。城市的兴起促成了对乡村的社会学认知,"乡村"或"乡土社会"是20世纪中国伴随现代城市文化的兴起而觉醒的社会意识。法国学者孟德拉斯在《农民的终结》一书中曾援引莱德弗尔德的一个著名论断:"农民是相对于城市或一个精英集团来定义自身的,只要没有城市,就不会有'农民'。"①这个论断也被中国学者广泛转引。但就20世纪的中国经验看来,对"农民"或"农村"进行定义的社会团体相当复杂,对"城市"的定义也同样如此。在社会意识形态和各种文化阵营展开激烈的"城乡"文化概念博弈的过程中,关于城与乡的文学镜像和审美观念也光怪陆离。

一个显见的事实是,在20世纪文学中,"城"与"乡"这一对文化的对举概念从未被真正分离过,包括中国最早的乡土小说,也是借用城市才描述了它的起源。20世纪初,中国乡村的经济凋敝和新学的蓬勃兴起形成合力将乡村知识分子聚拢到城市,中国新文学有了第一批对乡村经验有表达能力和表达兴趣的"侨寓者":"凡在北京用笔写出他的胸臆来的人们,无论他自称为用主观或者客观,其实往往是乡土文学,从北京这方面说,则是侨寓文学的作者。但这又非如勃兰兑斯(G. Brandes)所说的'侨寓文学',侨寓的只是作者自己……"究其实,鲁迅这篇首次发现了中国"乡土文学"的文章,却是对北京"城市文学"的研究论文:导论围绕北京的文学期刊和文学社团进行了抽样分析,不但分析了黎锦明北京城中"灰色的人生",

---

① [法]H. 孟德拉斯:《农民的终结》,李培林译,中国社会科学出版社1991年版,第42页。

也举证了"逃离十字街头"的向培良。① "侨寓者"是早期乡土文学研究的关键词：由乡向城的生存空间变化导致了作家文化身份认同的迷茫和痛苦，他们侨寓城市，看到了"乡土"，把它从"城市"和"田园"中区分出来。叙事者的文化身份产生的独特叙事视角和情感体验，是早期乡土小说形成的重要因素。"城市"的异乡体验使他们永远无法作为现代城市生活的观赏者来陶醉其中，批判城市生活并充满痛苦地怀乡，是早期乡土小说的重要特征。

20 世纪初的北京或上海作为侨寓者的集中去处，它们与 19 世纪波德莱尔眼中的巴黎的根本区别在于：巴黎帮助波德莱尔看见了城市中的捡垃圾者、妓女等，这些人可以被视为家园的"游手好闲者"，他不是把他们作为社会问题和物化景观来批判，而是作为探险、珍爱和栖息之所；北京或上海却只能让王鲁彦、许杰、潘训、许钦文、彭家煌、施蛰存、沈从文等中国作家看见穷困的乡下人和委琐的城里人，让刘呐鸥和穆时英看见并无切实生命和灵魂的欲望载体。本雅明对不再将 19 世纪的巴黎作为老套的"生理学"讲述的波德莱尔大加赞赏，认为波德莱尔与大城市的资产阶级不同，在阶级论和阶层论的城市人群中看见了"物"，并赋予它们生命。"人群"也是被阶级论观点物化的一个文学存在。按照本雅明的观点，雨果与波德莱尔对待"人群"的不同姿态，应是"写城市的文学"与"城市文学"的根本区别，这集中体现在他们与城市人群的关系上："在跟随雨果的大众和雨果跟随的大众中都没有波德莱尔。"②雨果小说中的人群是种"自然景观"，可以推论鲁迅作品中的乡村人群和城镇"看客"也同样带有明显的物化痕迹，但波德莱尔的诗性在人群中安居，这个由捡垃圾者和游手好闲者组成的客观景观，成为现代都市的一个诗学宇宙。

读早期乡土小说可以发现，虽然进入中国大城市的"侨寓者"们带着乡土世界生存和人性的痛楚，将乡村景观的"田园"剔除在了小说之外，但无论侨寓者自身还是他们眼中的底层人物，都还不具有本雅明所述的新城市"人群"的意味。城市唤醒了侨寓者对乡土苦难的感知，他们在城市中看到的仍然是鼻涕阿二、静姑这些晃

---

① 鲁迅：《中国新文学大系·小说二集·导言》，赵家璧主编《中国新文学大系》(第四集)，上海良友出版公司 1935 年初版，第 9—12 页。

② 〔德〕本雅明：《发达资本主义时代的抒情诗人：论波德莱尔》，张旭东、魏文生译，北京三联书店 1989 年版，第 84 页。

动在乡间的身影,或者像潘训那样去分辨一个进城木匠的"乡心"。对他们而言,城市中的人群是松散的,游荡在街道上的游手好闲者也有,但不会激起大多像波德莱尔那样的"恋物癖",他们仍要像阿Q那样,作为城镇的过客回到乡下,回到乡土苦难的核心。

20世纪20年代末,在鲁迅影响下的早期乡土小说潮兴起后不久,大致是梁漱溟从"乡治十讲"广东开讲的1928年到《乡村建设理论》书稿出版的1937年间,一场乡村改良主义运动——"乡村建设运动"在民间教育和学术团体及政府合力下展开。在山东邹平、河北定县、江苏无锡的乡村建设实验区,梁漱溟、晏阳初、俞庆棠等身处城市的知识分子开始用社会实践解决乡土小说中比比皆是的农民的困苦。来自乡村的文学的侨寓者和来自城市的乡村建设者对于都市文化的敌对是一致的,他们倾向于认为,是既"安插不上"又"失其意义"的近代都市文明写下了近百年中国乡村破坏史。[1] 在21世纪的新农村建设与城市化风潮中,大多数经济学家已经对梁漱溟的乡村建设思路失去了耐心,只有像王铭铭这样的人类学学者还对梁漱溟乡村文化建设的那部分设想颇有兴趣,去设想这样一种可能性:绕开破坏乡村的"城市",在乡土和现代性之间建立单独的联系,在乡村提炼一种不是朝向城市的公共性,使它联结到现代社会。[2] 在以城市为发展中心和发展路向的经济社会,城市对乡村的破坏一直延续到现在,乡土文学里侨寓者的哀鸣也同样持续至今。物理城市化进程甚至已经剥夺了阶级运动给工人和农民带来的主体性的福利,消费时代的"城市化"进程导致的当代中国工人"主体性的黄昏"和农民"主体性的丧失"[3]已经成为一种常识——这些乡土苦难经验曾被农村题材、工业题材小说中的工农颂歌替换多年,如今又悉数以早期乡土小说的方式在当代文学中卷土重来。

由于特定历史时期对城市的阶级定性,曾于民国繁荣一时的"城市"与题材意义上的"城市文学"曾一度消亡——某种意义上,民国风范的"乡村"和"乡土文学"也未能幸存——这是阶级论、土地革命和工业建设作为城乡认知逻辑后的必然结果,是共和国文学的特殊现象。王彬彬曾以两部作品,即"发表于1950年的《我们

---

① 梁漱溟:《乡村建设理论》,上海人民出版社2006年版,第12页。
② 王铭铭:《走在乡土上:历史人类学札记》,中国人民大学出版社2003年版,第15页。
③ 吕新雨:《〈铁西区〉:历史与阶级意识》,《读书》2004年第1期。

夫妇之间》与发表于 1983 年的《美食家》”，准确勾勒出大陆“城市”与“城市文学”的命运：“如果说《我们夫妇之间》的发表并受到严厉批判，意味着‘城市’和‘城市文学’在‘当代’的消亡，那《美食家》的发表并好评如潮、且获全国优秀中篇小说奖，则意味着‘城市’和‘城市文学’在‘当代’的再生。”①《美食家》之后，随着此类“城市文学”作品的陆续出现，中国大陆学界自 20 世纪 80 年代末开启了“城市文学”的讨论。

二、被城市“震惊”的“乡下人”与“局外人”

然而，“城市”和“城市文学”的再生，也很容易让一些学者不去深究中国“城市文化”在本质上的乡土性状，从而形成错觉。比如，90 年代末，李洁非判断中国已经完成了由乡向城的文化轴心的转换，并言之凿凿地宣称：“毫无疑问，中国进入了一个城市时代：城市社会是当下中国社会的轴心，城市文化是当下中国的轴心。”②

城市化运动引起了中国大陆人口的大迁移，农民工进城的小说在 21 世纪的第一个十年大量涌现，似乎也在印证一个社会生活中的“城市轴心”。但成为经济轴心的城市是否也具有了相应的“城市文化”并成为文学的美学精神的轴心？ 饶有趣味的是，曾有学者借用本雅明分析波德莱尔诗歌的“震惊理论”对进城的农民工作过精彩分析，他这样来描述农民工进城后的“文化震惊”和“心理防御”：

> 乡下人进城是一场自愿的放逐，他们在现代化的幻影的召唤下自愿离开本土，开始了自我流放的过程，但是他们在客地的心理、物质地位永远是浮动的。迁移者到达异地都市受到陌生文化环境的冲击，感情产生异常强烈的焦虑反应。他们失去了对乡亲式人际关系把握，面对的是城里人及其文化对乡下人的拒斥与敌意。对进城的角色期待的错误，他者身份引起心中的种种混乱，与乡间完全不同的文化让乡下人紧张甚至愤怒，是记忆帮助乡下人让这种震惊得到某种程度的缓解。③

---

① 王彬彬：《“城市文学”的消亡与再生——从〈我们夫妇之间〉到〈美食家〉》，《小说评论》2003 年第 3 期。

② 李洁非：《城市像框》，山西教育出版社 1999 年版，第 9 页。

③ 徐德明：《乡下人的记忆与城市的冲突——论新世纪“乡下人进城”小说》，《文艺争鸣》2007 年第 4 期。

生存环境迁移后的城市"他者"有认同的焦虑,这种生存环境的应激性反应套用到艺术创造心理的"震惊"理论(这种理论被本雅明和瓦雷里用来分析波德莱尔诗歌同巴黎的关系)后,为体会中西"都市文化"影响文学的本质差异提供了便利。这两种"震惊"有不同的来源,用不同的方式施加于各自的对象,产生了完全不同的两种文学景观:中国式的"震惊"来源于"大城市"这个谋生环境,施加于文学中的叙事对象或客体之上,揭示了一个城市生存阶层的灵魂和肉体的双重苦难;西方式的"震惊"则来自附身于巴黎的所有物象(甚至包括心象),是一个诗人在快要被击倒时敏感预见了它,并用自己的方式进行了文学英雄感的化解,他不像中国的农民工那样依靠具有历史时间属性的"记忆",而是靠城市中的"人群"分化了这种危险的"震惊":"受惊形象与大城市大众的交往在波德莱尔身上的紧密联系","他们(大众——引者注)并不为阶级或任何集团而生存;不妨说,他们仅仅是街道上的人,无定形的过往的人群"①。城市在中西文学中触发的不同"震惊"效应显示,对都市文化与文学理论的平移,并不能将城市化融合进世界都市文化的俱乐部,相反,它使中西文化语境和文学观念的差异更加明显。

学界对中国城市文化和城市文学研究的最大误区是,研究者往往只在叙事对象方面注意了文本的城市时空与文化因素,城乡文化与叙事主体的相关性却迟迟没有建立起来。在当下中国迅速兴起的城市丛林,那些现代化的街景所包裹着的,并非是游荡的艺术家,而是像近一个世纪前杭州城里的木匠阿贵(潘训的《乡心》)那样的进城淘金的乡下人,怀揣着几乎未曾改变的一颗乡心。很多评论者用"新乡土文学"、"新城市文学"、"农民工文学"等名称来界说近年来新的城乡文学格局,产生了"城市文学"和"乡土文学"命名的困惑。2009 年,甚至有学者提出了"乡土文学"的终结:格非认为,"从写作对象来看,作为一个整体性的文学现象","乡土文学"已经终结;张清华则认为自 20 世纪 80 年代从莫言"红高粱"系列小说起,"乡土文学的认知论基础由社会学、阶级论变成文化哲学和人类学,'乡土文学'变成了广义的历史文化或者农业经验的一种书写,传统意义上的'乡土文学'也就终结"②。

---

① 〔德〕本雅明:《发达资本主义时代的抒情诗人:论波德莱尔》,张旭东、魏文生译,北京三联书店 1989 年版,第 136 页。

② 金莹:《乡土文学,一个概念已然终结?》,《当代作家评论》2009 年第 4 期。

事实上,这些论调所在的文学语境是,乡土文学尚未在阶级休克中完全清醒,都市文化在城市化的文化"偏枯"格局下,依然只是城市文学想当然的存在幻景。只要来自城市的"震惊"还只是作用在乡下人的异乡感知层面来传达苦难,那么,当下中国城市文化就依然没有完成朝向19世纪西方都市文化的补课,在审美精神意义上的都市文学是否存在也就十分可疑。

　　早在2005年,丁帆就用"城市异乡者"定义了当代阿贵的身份,并确认了这类文本作为"乡土文学"的本质,"城市异乡者"也成为一个在"乡土文学"论域为研究者广泛使用的学术概念。① 丁帆将城市核心的乡下人的灵魂剥离出来,将它重新放回乡土。在1992年,他也尝试在乡土小说中寻觅文学性新的生成,并看到了以叙事主体的身份背离乡土的一代作家,诸如刘震云、莫言、贾平凹之类的新"侨寓者",他们作为"局外人",最先实现了对自我文化身份的放逐,做到了对"乡土"的旁观。② 这些作为"局外人"的"侨寓者",是值得注意的乡土小说叙事主体的文化嬗变。在小说中置身事外的"局外人",将对故乡的爱掩藏得更深,依靠几乎达到极致的反讽修辞,对乡间苦难和城乡关系作了更有韵致的表达。对故乡的波德莱尔式的"恋物"就是从这些作家开始的,引领乡土小说的美学风貌发生了质变。1989年,丁帆在另一篇对莫言小说《红蝗》的评论中,捕捉到了因叙事层面的"局外人"出现促成的乡土小说美学越轨:"正是作者用不可知的哲学观念来观照美与丑,使美与丑失却了价值判断。"他看到,莫言笔下的乡土社会正在涌现一种"原始生存状态的美学精神的眷念",而这种"眷念"在审美精神上和"后工业社会"不无联系。③

　　如果把注意力由叙事客体转移到叙事主体,一个乡土文学的核心命题,即城市文化对侨寓者的影响,就会再度凸显在研究者面前。乡土小说在80年代的复活,并非源自"逆城市化"(通过对城市的憎恨与逃离达到对乡土的回归),而恰恰是通过"城市化"赢得的"局外人"的存在感实现的。90年代大陆乡土小说的繁盛局面得益于城市文化嵌入了作家的灵魂,触发了一种文学审美精神层面的都市自由主

　　① 丁帆:《"城市异乡者"的梦想与现实——关于文明冲突中乡土描写的转型》,《文学评论》2005年第4期。

　　② 丁帆:《乡土——寻找与逃离》,《文艺评论》1992年第3期。

　　③ 丁帆:《亵渎的神话:〈红蝗〉的意义》,《文学评论》1989年第2期。

义。一方面，80 年代乡土文学靠文化寻根获得了"集体乡土个性"，地域文化和乡村景观重新进入了作品，乡土小说作家们在新的侨寓状态中对捆绑于"农村"概念的乡土意识的逐步松绑；另一方面，作家侨寓的经济社会中的城市空间形成更从容的城乡间离效应：作家能够对乡村生存经验和城镇世俗生活进行更从容、更客观的表述，其结果是，类似于波德莱尔将巴黎的人群从社会阶层思维中抽离并请进抒情诗的做法，作家们完成了一场从乡土的原始生存中提取原始的乡土美学的文学行动。在城乡之间频繁跳转的作家很多，比如贾平凹从《浮躁》到《废都》、莫言从《红高粱家族》到《酒国》、毕飞宇从《玉米》到《推拿》、韩少功从《马桥词典》到《暗示》、王安忆从《小鲍庄》到《长恨歌》……擅写都市生活的作家更在少数。但迄今为止，中国式的城市文学的作者，那颗阿贵式的"乡心"虽然经历了精心的化妆和整容，但依然不失乡土本色。庄之蝶是从城市败退终南山的乡土主义的末路文化英雄，他周围的人群，包括他的女人们，都是符号化的，是未被激活、鲜少文学性的乡村文人的装饰物；与《红树林》粗糙而诚实的"乡心"相比较，莫言的《酒国》里无所不在的反讽并没有遮挡住乡村文人对城市的憎恨；毕飞宇的《平原》和《玉米》一样，是人性化的乡村历史主义，在《推拿》中，城市叙事带来的美学惊喜并不比《哺乳期女人》中那样的小镇更多；王安忆对张爱玲的上海临摹与她的城市叙事导师相比，其根本区别是：在审美精神上，一个是暂时脱离了乡土的历史性震惊来到了都市眩惑表象中的共和国村民，另一个则是悠游于传统与现代交汇的都市世情之中的才女。

三、都市文化与文学的双重幻觉

受城市之光启蒙的中国作家写城市时在美学的骨髓中未免带有"村相"，这本是一种文学现实。它只是说明，"城市文化"，尤其是作为"街角"的城市亚文化，在中国尚未积聚成型，因而中国文学在现代的先锋探索原生性方面欠缺，未在审美精神上塑成新的文学风格。这与作品美学水准的高下本无必然关系。巴黎的"都市文化"在"广场文化"的意义上孕育了雨果，在"拱廊街文化"的意义上孕育了波德莱尔，他们都是伟大的作家。但如果迷醉于当代中国城市化的表象，作出都市文化已经与城市同步生成的结论，而对 19 世纪巴黎的城市文化与文学建立的一种崭新文学存在认知不足、对围绕波德莱尔织就的一张国际化的"象征主义文学"的网络缺乏了解,中国现代文学从 20 世纪初就开始的那种对文学审美现代性的模仿就永远无法彻底完成。

从审美精神和文学风格的角度看,城市文化与文学的关系并非是有人所说的简单生成或摹写的关系,而是涉及在 20 世纪 80 年代就被提及的"文学主体性"问题的后续课题,即"文学主体性"的多元化存在的问题。

关于都市文化与中国文学的关系的解读,从本土到海外的学者都存在一些误读。比如,张宁认为都市文学生成了都市文化,[①]李欧梵则试图用一本书[《上海摩登:一种新都市文化在中国(1930—1945)》]阐明都市文化生成了都市文学。[②] 李欧梵对上海都市文化与上海文学之间关系牵强附会的解读,是将上海移植过来的短命而孤立的城市文化空间草率判断为文学现代性来源,这种误读在城市文化与文学的认知中具有代表性。

李欧梵这本深受本雅明的《发达资本主义时代的抒情诗人》影响的著作,虽有开阔的文化视野,却走进了都市文化与文学生成关系论证的死胡同。本雅明对波德莱尔文学影响关系进行了精彩的比照分析,李欧梵深谙都市文化与象征主义文学潮流之间的密切关联,试图证明在阅读接受层面,那个时期的上海作家与象征主义、唯美主义潮流的西方作家,或与受这些思潮影响的日本作家有关。相较富有城市文化传统的巴黎,一个移植的国际都会上海在文化养成上缺失的那一部分,他都在作家主体研究中进行了文学影响关系的润饰:爱伦·坡、波德莱尔、王尔德、横光利一、厨川白村……但总体来看,本雅明将巴黎读进抒情诗的这本"未竟之作"是浑然天成的,李欧梵的书模仿本雅明的"三段论",却做成了"夹生饭":在第一部分,作者陈列了上海在城市硬件上的种种准备,详尽介绍了包括出版传媒在内的文化设施;第二部分尝试用文学中读出的都市景观和作家受象征主义脉络的影响关系来证明上海与文学的相互塑成;第三部分则继续第一部分的话题,对上海进行文化性质的比较分析。这三部分看起来像一个怪异的夹心汉堡。李欧梵对上海都会及其文学对波德莱尔象征主义精神系谱的比附,远远脱离了那个时代上海的文化语境

---

①　张宁:《什么是都市文化的灵魂》,《河南师范大学学报(哲学社会科学版)》2005 年第 1 期。

②　[美]李欧梵:《上海摩登——一种新都市文化在中国(1930—1945)》,毛尖译,北京大学出版社 2001 年版。

和文学境况。对那个时代反映在文学中的城市经验进行追索结果得到的是文化社会学的结论,这些结论与专门的城市社会学研究相比是粗浅的;而对于作家与都市文化的精神关联,却只能追索他们所受世界文学的影响——这样做的时候——被吃力地描绘出来的鲜活的上海文化面孔瞬间变得苍白。上海的文学镜像和上海的城市空间的互证,在茅盾、施蛰存、穆时英、刘呐鸥、叶灵凤、邵洵美、张爱玲等人的作品中,都有十分鲜明的差异,这与上海本身关系并不密切。另外,将施蛰存小说的审美现代性与张爱玲的新世情小说归因于具体的"上海都市文化",就丢失了施蛰存比都市文化更高层面的现代意识和张爱玲小说中无处不见的传统;李欧梵已经觉察到,戴望舒作为《现代》编辑(1932)而置身其中的那个"上海",并非《雨巷》(1928)中"邂逅的背景",那只是诗人的一种"田园回忆"。因此,李欧梵对张英进所做的戴望舒与波德莱尔关于城市的比附深有疑虑。

　　李欧梵最终也没有能把作为现代艺术家的"游手好闲者"引进中国文学。这也证明,上海给新文学的文化影响流于表面,上海依靠十里洋场的都市景观,包括都市文化和文学研究者们关注的那些百货商店、电车、舞厅、电影院、《良友》与《现代》杂志等,都只证明都市文化语境与文学在肤浅的物质关系层面产生了关联。从本质上看,居住在上海的"亭子间"和"石库门"的中国艺术家的短暂流浪,与巴黎"拱廊街"作为精神流浪空间的艺术生产还是两码事。本雅明对"游手好闲者"的精彩分析,是从他们走进都市的"西洋景"开始的,正是"游手好闲者"们不满足于城市"生理学"的"巴黎生活的幻觉"[①],才出现了波德莱尔这样的诗人。李欧梵能够对上海的都市文化景象津津乐道,也对上海作家笔下的都市风情进行了指证,但这一切似乎都在验证本雅明否定的那一部分:以"新感觉派"为中心的上海作家,只是以文学为工具验证了城市"生理学"意义上的"上海生活的幻觉"。李欧梵虽然验证了上海都市景观的"现代性",但从本质上看,无论在文学文本内外,这种"现代性"都是"视觉性"的,上海和柯律格、陈宝良等传统城市文化研究者提供的那些明代城市

---

① 〔德〕本雅明:《发达资本主义时代的抒情诗人:论波德莱尔》,张旭东、魏文生译,北京三联书店1989年版,第57页。

并无二致,①上海文学中被视为"现代性"审美的"欲望"、"肉体"、"颓废"等元素,晚明城市的文学艺术也有毫不逊色的表达。

　　20世纪三四十年代上海和巴黎在文化表象和建筑形态上的形似,误导了很多学者将上海认作中国现代都市文化和都市文学的起点。如果不从文学的客体和叙事的表象作简单归纳,而是从作家的叙事姿态和审美精神方面进行文学影响学的考证,去探询中国文学中经由日本或直接取自欧美的象征主义、唯美主义和颓废风格的起源,就会发现,创造社的唯美主义因素和鲁迅译介的厨川白村的《苦闷的象征》中的象征主义,这些作为都市文化影响下的审美因素对中国文学的影响,要早于日本新感觉派对上海新感觉派的影响,可以判定为文学审美精神层面的"都市文化"在中国的较早建构。"都市文化"作为一种文学审美现代性的温床,在中国寻找到的最早栖身之所不是具体的城市,而作家成为都市文化和相关文学精神的接受主体。这也许将产生一个让人意外的推论:现代都市文化在中国首先催生的,不是城市文学,恰恰是乡土小说。

　　台湾英年早逝的学者林耀德对都市文化与文学的关系有深入的理解。他在主体层面对生于1949年后的"新世代"小说家与都市在精神上的依存关系作了论证:"从个别人格主体意识内省式的心理写实跃入集体潜意识的洪流,不仅是叙述模式与结构技巧的改装,更涉及'新世代'作家的心灵结构与精神底蕴的质变,能够从容地刺探当代光怪陆离的都市文化,势必先要能从容地进入集体潜意识的幽晦中寻找创造性的光源。"②从主体性的文化心理和审美精神来勘察都市文化与文学的关系,就有可能摆脱文化语境的局限,达成一些新的文学认知。比如,都市诗人罗门怀揣的是一颗厌弃都市的"乡心",而在20世纪60年代的白洋淀知青文化沙龙中,则能够看到"都市文化"的痕迹——正因为如此,在北岛、芒克的早期诗作中,"城市"是一个常见的诗歌意象,与实体城市的文化经验并不直接关联。生于70年代的大陆作家曹寇所写的南京近郊的村镇小说,包裹了重重乡土气息中的很多篇什,其中都埋藏了城市漫游者的灵魂。他们和苏童的城郊少年的晦暗精神地带相似,

---

　　①　[英]柯律格:《明代的图像与视觉性》,黄晓鹃译,北京大学出版社2011年版;陈宝良:《飘摇的传统——明代城市生活长卷》,湖南人民出版社2006年版。

　　②　林耀德:《台湾新世代小说家》,《文学自由谈》1989年第6期。

在精神血脉上也与王朔、阿城的部分小说中的"文革"灰色的青春群落息息相通，具有城市文化的审美内质。

经过充分的都市文化的多元建构和审美精神的嬗变，文学的中国城市经验有可能会真正成为一种带有张力的文化经验、美学经验。中国快速城市化带来的独特的城市"生长"的"生物学"现象……随着诸如此类的课题研究的深入，正在逐步比城市文学作品更有表达效能和意味："当一种社会发展目标被赋予了毋庸置疑的正当性，那伴随它的实施所出现的问题，往往很难被问题化，因为目标本身的正当性源泉会构成它被问题化的屏障。"①一部纪录片，甚至一则新闻对城市化问题的表述，可能也会比一篇城市小说更带有城市意识。

四、都会现实主义与现代派

一个悖论是，近百年来，中国不同历史时期的"片面城市化"产生的都会图景都倾向于为最低级的现实主义招魂，真正受现代都市文化熏陶的乡土文学则成为现代主义的孳生之所。当然，城市中出版机构的兴起和文学报刊的创办形成了繁杂的作家群落。但城市中文学沙龙和同人社团频频出现，尚不足以供研究者在都市文化的深层意义上讨论中国城市文学——即使到 20 世纪 30 年代上海已经为寄居其中的作家们提供了逼真的现代都会幻景，上海都市文化也还远未像巴黎拱廊街养育波德莱尔的诗歌那样，为中国作家提供审美精神和文学风格的养料。大多数进入城市文学论域的作家，都习惯于被研究者一厢情愿地裹上城市的外衣，城市文化对文学审美精神的发酵则往往被忽略了。李金发的象征主义标签，刘呐鸥、穆时英浮泛的都市欲望风景，陈丹燕、王安忆的所谓上海风情，刘毅然、张欣、邱华栋等人的城市生活张贴画，这些与城市文学建立紧密关联的作家被称为"城市文学"作家，都还只是在诸如作家生活场景、文学接受介质、人物的职业场景、社会身份和阶层等外在的叙事因素方面作了粗疏的勘定。

以叙事场景为依据的"城市小说"或"乡土小说"只是文学研究者的权宜之计，体现出"题材决定论"的美学后遗症。在 20 世纪 90 年代，"新写实小说"和"新市民

---

① 陈映芳：《"城市化"质疑》，《读书》2004 年第 2 期。

小说"使小说中的"城市"映像发生了变化：它们从《百炼成钢》、《上海的早晨》那样的"工业中心"脱离，逐渐回归到世俗生活场景。像王兵在他的纪录片《铁西区》中展示的，在90年代末期国企改制和市场经济导致了老工业基地的迅速凋敝，这时钢铁丛林中的"肉体"被凸显出来。"城市"作为文学空间的私人化，使研究者看见了"城市文学"出现的迹象(李洁非的《城市相框》)。在"现实主义冲击波"中，80年代在路遥小说中建立的城乡关系被改写：进城的事业和返乡的精神根基都发生了巨大的改变；而到了21世纪的第一个十年，民工流动使文学中的"城市异乡者"大量出现，他们与"城市小说"中的"小市民"分享以建筑地标和消费场景为标志的中国当代城市空间，成为城市中庞大的无法界定城乡身份的"灰色人群"。城市成为这些小说的主要叙事场景，随着社会的变革，城市为这些游离在乡土之外的务工者提供的生活依据越来越多，他们也在城市中找到了更多的归属感。批评界也逐渐产生了对这一部分文学作品命名的疑虑：它们到底是乡土小说，还是城市小说？

　　城市与城市文学都不是新生事物，广义的城市文学自有其传统。对中国文学而言，"城市"并非新鲜事物。中国文学向世情和市井靠近的每一次文学行动，都在言说城市。因此广义上的"市民文学"，中国古已有之。从唐宋传奇到明清戏曲和小说，世情叙事中的"城市"元素逐渐凸显出来。尽管像《霍小玉传》中所描述的故事已经包含了城乡社会间隙的诗意空间，科举制度让赶考书生与城市中的妓女萍水相逢，再到后来，与狐女的相遇，都因暂时脱离了乡约族规和庙堂逻辑，塑造出新的叙事空间并承载了不少悲剧。《红楼梦》、《金瓶梅》、《儒林外史》、《海上花列传》、《老残游记》等小说，都不同程度地依赖城市叙事。

　　对比城市小说，乡土小说更新，更富有现代意味。乡土小说在中国古典文学中的存在并不确切，它只有一个模糊的前身：田园文学。刘铁群在她对上海的《礼拜六》杂志的研究中，审慎地界定《礼拜六》的文学是"现代都市未成型时期的市民文学"[①]，"上海人"在文化心理上的"苏州中心主义"与殖民经验，导致"上海"有一个远在中心的"他者"空间。上海的都市场景只提供了一种文化幻景，它与一种新型

---

　　① 刘铁群：《现代都市未成型时期的市民文学——〈礼拜六〉杂志研究》，中国社会科学出版社2008年版，第127页。

的、类似于 19 世纪巴黎存在的都市文化有根本区别,因此巴黎的象征派诗歌在上海只能产生变异的带有田园风味的摹本。尽管有舶来的洋场生活,但上海的文化精髓中能够滋养文学的仍然是一种骨子里的"城镇意识"和"乡土性","都会现代主义"只是研究者的一种假想。

　　20 世纪三四十年代和 80 年代,中国新文学受过两次明显的西方"现代主义"的影响,产生过大量此类"现代主义"或"后现代主义"的摹本,文学批评界多有错误的比附,特别是当它们与都市文化联系在一起的时候,更是牵强附会。关于现代主义,施蛰存在 1983 年接受访谈时曾基于"对 19 世纪文学的叛逆"这一共同点判定"苏联文学的赞美机器,歌颂集体,讴歌社会主义的未来美景,西欧文学的歌颂大都市、摩天大楼,强调个人,分析潜在意识,这一切五光十色的新型文学,都是属于现代主义①。在施蛰存的观念里,大都市更多是一个文化中的"他者",正因如此,施蛰存的小说尽管充满"现代主义"的元素,但并不适合与上海都市的现实图景捆绑在一起。

　　施蛰存和张爱玲文学现代意识的立足点都不是上海狭窄的都市物象。到了1990 年接受史书美采访的时候,施蛰存还重申存在"我们的现代主义":"西方现代主义是东方化了的,而我们的现代主义是西方化了的。"②但在史书美的论著中,施蛰存的"现代主义"再次被捆绑在老上海的虚拟都市文化语境之中。史书美意识到,中国"新感觉派"作为日本"新感觉派"的副本,在短暂的都市梦幻的终结方式上与日本的横光利一们截然不同:这是上海从现代化都会撤回到民族主义的殖民城市的必然结果。但上海在向国族身份回撤之前,充当过"现代主义"文学的母体吗?这十分可疑。

　　施蛰存在言说中的主体"我们"的"东方",并非仅仅局限于中国甚至东方现代文学,而是既含传统、又有现代的综合体。施蛰存和张爱玲具有"现代主义"美学倾向的小说虽然是在上海写成和发表,但更多是调和了上海之外的"传统"和"现代"、"东方"和"西方"的结果。上海作为一个相对独立的快速都市化的文学空间,在商

---

① 施蛰存:《关于"现代派"一席谈》,《施蛰存学术文集》,上海人民出版社 2012 年版,第 229 页。
② [美]史书美:《现代的诱惑:书写半殖民地中国的现代主义(1917—1937)》,何恬译,江苏人民出版社 2007 年版,第 261 页。

业气氛中存留了自由和独立的现代气息,这一点成就了表层的视觉现代性,也庇护了自"五四"以来遭到文学革新派过度清洗的文学传统。上海在续接断裂的文学传统方面对新文学的贡献,远远大于都市西洋景对文学审美精神的浸润。中国新文学思维中矫枉过正的去古典化与学术界更荒谬的古今分野,导致新文学长期作为旧文学的替代品而存在。尽管新文化运动催生的"五四"文学具有摧枯拉朽的"革命性",但从更远的历史时间去认知,它们倾向于在文学版图中收缩为新文学的一个主面,而非全部。上海的都市文学生态适合"五四"文学侧面甚至是对立面的文学存在,鸳鸯蝴蝶派、新感觉派、张爱玲小说等文学类型在其中多元共生。

　　上海一枝独秀、几乎是凭空植入的都市景观与中国新文学中的现代主义思潮之间的关系是一种寄生关系,但缺乏因果联系。但学界的很多判定都草率假设了这种因果关系:它们在30年代形成了一个醒目的文学交集,被严家炎指认为中国第一个现代主义流派的"新感觉派"①,以"新感觉派"作为中国都市文学的起点已经被学界广泛接受。自那时起,学界对"新感觉派"与上海都市文化的捆绑论证也往往陷入李欧梵、史书美那种只见西洋景不见其余的学术误区。

　　文学中苏联式的工业现代派、中国式的乡村现代派与欧美都市现代派之间有明显区别,可以通过叙事主体对一个陌生空间的取向判断出来。本雅明所捕捉到的巴黎都市文化培育文学现代派的关键成果,即叙事或抒情主体在现代城市空间因流浪、漫游、闲逛而获得的下沉的姿态。在这种姿态里,"人群"和"大众"这些容易作为文化街垒的东西成为作家迷恋的家园。美国文学中的"失落的一代"和"垮掉的一代"都与波德莱尔有某种美学上的血缘关系。凯鲁亚克从《在路上》到《达摩流浪者》的"先锋"行程,在精神叛逆和流浪中叩问了潜藏在寒山诗里的禅机;20世纪80年代中国大陆名噪一时的"先锋文学",在形式上师法西方现代派,调制了现代、后现代主义的鸡尾酒,却在形式试验中迷失了方向,只能懵懵懂懂地恋母怀乡。侨寓者往往在精神上离不开地缘意义上的乡愁和血缘意义上的父母。比如,同样是离家出走,凯鲁亚克和白先勇笔下的人物具有都市流浪意味、充分的放逐感:"在路上奔波也是生活","在这条路上走下去,我知道会有女人,会有幻象,会有一切;

―――――――――――

① 　严家炎:《中国现代小说流派史》,人民文学出版社1995年版,第125页。

在这条路上走下去,明珠会交到我手中"。余华的《十八岁出门远行》和白先勇的《孽子》中的"我"的离家动因皆是父亲。一个是被父爱打包送走的:"是的,你已经十八了,你应该去认识一下外面的世界了。"另一个则是被驱赶出了家门:"父亲正在我身后追赶着。他那高大的身躯,摇摇晃晃,一只手不停地挥动着他那管从前在大陆上当团长用的自卫枪;他那一头花白的头发,根根倒竖,一双血丝满布的眼睛,在射着怒火;他的声音,悲愤,颤抖,嘎哑地喊道:畜生! 畜生!"余华的小说人物并不享受放逐和流浪,路途的惊险形成的陌生世界的"震惊"让他不停寻找旅店和城市。在美学本质上,《十八岁出门远行》是一篇充满羁旅"乡愁"的小说,《在路上》和《孽子》中的人物则沉醉于陌生空间的灵魂漫游。"先锋小说家"余华能发现的"人群",依然是陈旧的都市文化帮雨果找到的那种。也许,波德莱尔式的都会现代主义,仍然要在中国的"新世代"中去寻求继承者。

第七节　中国乡土小说研究的学术史研究

中国乡土小说研究的学术史问题,在新世纪逐渐受到研究者们的注意。新世纪对中国乡土小说研究之学术史的研究,主要有如下三个方面:

一、对中国乡土文学学术史的研究

在本"中国乡土小说研究的百年流变"研究展开之前,还未见到有对中国乡土小说研究学术史进行系统研究的论著,已见到的相关论文也不多,仅有陈继会的《乡土文学研究的甲子之辩——兼及 20 世纪乡土文学研究历史的学术考察》、成方的《20 世纪 90 年代乡土小说研究综述》、李伟的《西部乡土小说研究述评》、严红的《近十年来对 20 年代乡土小说的民俗研究综述》、孙高娃和巨宝山的《新时期科尔沁蒙古文乡土小说研究综述》、刘进才的《在研究方法的更新中拓展与深化——京派小说研究述评》等不多的几篇,且多为"综述"或"述评"。

陈继会的《乡土文学研究的甲子之辩——兼及 20 世纪乡土文学研究历史的学术考察》对中华人民共和国成立 60 年以来的乡土文学研究成果进行了数量上的分

类统计,回顾了一条从"乡土文学"(20 世纪 20 到 30 年代,以周作人、鲁迅、茅盾为主),到"农村题材文学"、"农民文学"(20 世纪 40 到 70 年代,社会政治思潮的变动起了根本的作用),再回到"乡土文学"(20 世纪 80 年代以来,关注乡村人特有的文化心理结构和地域色彩)的研究线索。陈继会认为"嬗变的历史动因"来自政治、文化、学术等方面,而"几经变迁的历史向我们昭示:一种题材文学的研究历史,始终紧紧关联着一时代政治、文化的流变和学术研究范式的嬗变,而文学的价值和功能,也在变动曲折中,被不断地修正、确认实现"[①]。成方的《20 世纪 90 年代乡土小说研究综述》对 20 世纪 90 年代乡土小说不同视角、小说类型、叙事方式、多元化成因、个体作家作品等方面的已有研究进行了总结。[②] 孙高娃和巨宝山的《新时期科尔沁蒙古文乡土小说研究综述》对"新时期前十年科尔沁蒙古文乡土小说研究"、"1990 年至 20 世纪末科尔沁蒙古文乡土小说研究概况"、"21 世纪初十年科尔沁蒙古文乡土小说研究概况"等进行了描述和分析,认为"科尔沁蒙古文乡土小说以其独特的民族性和地域性创作活跃于当代蒙古族文坛,成为蒙古族当代小说创作最为璀璨的文学现象",相应地,"新时期科尔沁蒙古文乡土小说研究也得到了迅速发展,呈现出百花盛开、争奇斗艳的崭新局面,取得了丰硕的成果,为我们今后系统研究蒙古族乡土小说打下了扎实的基础"。[③]

这几篇文章,在中国乡土小说研究的整体、阶段、地域或流派方面,做了一些研究。遗憾的是这类研究太少,这些文章也因其稀有而显珍贵。

二、对中国乡土作家研究的研究

新世纪的中国乡土小说研究的学术史研究方面的文章,以对中国有影响的乡土作家作品的"研究综述"为主,如范家进的《20 世纪鲁迅研究述略》、宋浩成的《乡土的重构——新时期三十年"鲁迅与民俗"研究述评》、陈芬尧的《关于茅盾的几次论争述评》、陈志华和翟德耀的《新时期山东茅盾研究成果述评》、董之林的《关于

---

① 陈继会:《乡土文学研究的甲子之辩——兼及 20 世纪乡土文学研究历史的学术考察》,《深圳大学学报(人文社会科学版)》2009 年第 6 期。

② 成方:《20 世纪 90 年代乡土小说研究综述》,《太原城市职业技术学院学报》2010 年第 9 期。

③ 孙高娃、巨宝山:《新时期科尔沁蒙古文乡土小说研究综述》,《内蒙古民族大学学报(社会科学版)》2011 年第 5 期。

"十七年"文学研究的历史反思——以赵树理小说为例》、戴光宗的《赵树理研究回顾》、张森的《沈从文研究六十年的回顾与反思》、赵学勇和魏巍的《1979—2009：沈从文研究的几个关键词》、陆文采和徐雁的《论新时期(1979—1999)丁玲研究的困惑与突破》、陆文采和贾世传的《丁玲研究 75 年(1930—2004)的沉思》、张恒学的《新中国成立以来周立波文学创作研究综述》、刘宁的《两种现实主义的论争——柳青研究六十年的回顾与思考》、常玉荣的《二十年孙犁研究述评》、张学正的《说不尽的孙犁》等。

　　这类作家作品研究"综述"或"述评"的文章很多，有的只是对一个乡土作家及其作品的有关研究文献作总体描述和简单归纳，从中找出一些特征；有的则达到了相当的学术高度和深度，如董之林的《关于"十七年"文学研究的历史反思——以赵树理小说为例》就是一篇极有价值的学术史研究文章。董之林在这篇文章中对"文革"后的"'十七年'文学研究"进行了反思，认为"以西方启蒙话语为标志的文学史观念，基本否定了'十七年'文学，赵树理小说是其中典型的例子。这种元叙述并非始于 20 世纪 80 年代，在 20 世纪三四十年代革命文学内部就表现出知识等级化倾向。赵树理坚持传统的文艺形式，以顽强的艺术个性开拓了传播'五四'新文化的文学途径。从抗日战争到社会主义革命时期，他的小说既表现为主体的实践活动，同时也在时代与社会的总体结构中被结构化地建立起来，由此突显出文学在现代化过程中的边缘性体验及其特点。重新阐释大众化时代所产生的这种文学形态，解释它对接受的传统定位，以及在尊重本土接受基础上多元的艺术取向，对认识当今大众文化市场是有一定的历史价值的"①。刘宁在有关论文中，将柳青研究中持不同学术观点之间的论争归结为"两种现实主义的论争"，"柳青是从延安解放区走上文坛的当代重量级作家之一，'柳青道路'、《创业史》内部的'分层'现象，构成了建国六十年来学界争论不休常论常新的学术话语。这种论争背后隐含的是当代文学中的社会主义现实主义与批判现实主义之间的斗法、典型论与真实性之间的分

---

　　① 董之林：《关于"十七年"文学研究的历史反思——以赵树理小说为例》，《中国社会科学》2006 年第 4 期。

歧"。① 宋浩成的《乡土的重构——新时期三十年"鲁迅与民俗"研究述评》梳理了三十年来的"鲁迅与民俗"研究,主要包含三个方面的内容:一是鲁迅作品的民俗表现研究,重在挖掘鲁迅作品表现的具有地域特色的民俗事象,这也是乡土文学的研究范围之一;二是对鲁迅与民俗学学科之间关系的研究,包含鲁迅的民俗观、鲁迅对民俗学理论的贡献等议题;三是民俗生活对鲁迅思想和创作的影响研究。② 概而言之,这类有水平的"综述"或"述评"所研究的对象虽然只是一位作家,但往往具有宏观的"整体性"或"阶段性"的学术史把握的能力,因而很有学术价值。

新世纪以来,乡土小说研究界对"文革"后成名的乡土作家的研究"综述"或"述评"也逐渐多了起来,如张妙文的《刘绍棠小说创作研究述评》、伍娜的《1997—2008年汪曾祺研究综述》、钟颖慧的《高晓声短篇小说研究综述》、林宁的《刘震云小说研究述评》、刘广远和王敬茹的《莫言研究综述》、杨优美的《贾平凹小说研究综述》等;还有关于陈忠实、李佩甫、刘醒龙、何申、周大新、毕飞宇等作家的"述评"或"综述"。这类文章也是乡土小说研究之学术史的基础工程,特别是其中有水准的文章更具学术史研究的价值。

三、对乡土文学研究者的研究之研究

在中国新文学学术界,有不少学者长期致力于中国乡土小说的研究,如丁帆、朱晓进、陈继会、崔志远、王嘉良、贺仲明等。对这些有成就的学者的学术研究之研究,其相关文献有三类:一是"书评"或"序言",二是"访谈",三是治学方法研究。如姜玉琴在《在城市疆域中拓展的乡土小说——对丁帆先生乡土小说研究之研究》中,认为丁帆先生"乡土描写的转型"这样一个重大问题的提出,从宏观上看,为"五四"以来的中国乡土小说的发展勾勒出一道分界线,20世纪90年代之前的乡土小说主要体现的是农民与土地的合一,之后的乡土小说则着重表达农民与土地的分离;从微观上看,扩大了乡土小说的版图与表现疆域,在传统乡土小说人物画廊之

---

① 刘宁:《两种现实主义的论争——柳青研究六十年的回顾与思考》,《中国现代文学研究丛刊》2011年第4期。
② 宋浩成:《乡土的重构——新时期三十年"鲁迅与民俗"研究述评》,《绍兴文理学院学报(哲学社会科学)》2010年第5期。

外增添了一批游动在都市中的新农民形象。该文还提出了一个问题：是否能把丁帆先生曾经提出的"地方色彩"和"风俗画面"继续视为 90 年代后的乡土文学审美特征？① 赵文智、贺进评述了张丽军关于乡土中国的成果《乡土中国现代性的文学想象》，认为他摆脱西方式传统现代性视角的"乡土中国"的研究方法、文本细读下对鲁迅等经典作家的农民观的发掘和阐释、点线面交织的审美观照下对农民形象的嬗变的研究、对女性命运的关注等都是其研究的独到之处。② 作为一篇驳论文，陈迪强的《"都市乡土小说"？还是"都市风情小说"？——对〈（插图本）中国现代通俗文学史〉中一个概念的质疑》认为由于范伯群先生将乡土性等同于地方性，把乡土文学的对象扩大到了都市，该书形成了将描写都市风情的小说称为"都市乡土小说"的命名失误。③ 陈福郎在关照了台湾的"皇民文学"和"乡土文学"两种现象之后，看到朱双一、张羽的《海峡两岸新文学思潮的渊源和比较》一书以翔实的资料梳理了台湾新文学与祖国新文学密切的渊源关系，充分论证了台湾新文学的根基是中华文化，否定了将台湾文学分割于中国文学之外的错误观点。④ 孙文宪为禹建湘的《乡土想象：现代性与文学表意的焦虑》所写的"序言"抓住了禹建湘的写作思路："乡土文学"实质上都是虚构性想象的构造之物，理论研究只有在揭示了乡土想象运作的复杂机制之后，才有可能理解"乡土文学"的意义。⑤

中国乡土小说研究中学术观念和学术梯队的新老交替、新旧杂陈十分明显，学术传承和学术反思都在进行之中。

总体来看，新世纪十年乡土小说研究因社会转型期的理论引进、价值挪移，出

---

① 姜玉琴：《在城市疆域中拓展的乡土小说——对丁帆先生乡土小说研究之研究》，《福建论坛（人文社会科学版）》2010 年第 6 期。

② 赵文智、贺进：《深入乡土中国文学肌理的学术新探索——读张丽军〈乡土中国现代性的文学想象〉》，《绥化学院学报》2010 年第 2 期。

③ 陈迪强：《"都市乡土小说"？还是"都市风情小说"？——对〈（插图本）中国现代通俗文学史〉中一个概念的质疑》，《辽宁大学学报（哲学社会科学版）》2008 年第 6 期。

④ 陈福郎：《台湾的"皇民文学"和"乡土文学"——读〈海峡两岸新文学思潮的渊源和比较〉》，《台湾研究集刊》2008 年第 2 期。

⑤ 孙文宪：《文学想象运行机制的探寻——〈乡土想象：现代性与文学表意的焦虑〉序》，《吉首大学学报（社会科学版）》2008 年第 5 期。

现了研究逐步深化的特征。这一阶段文学思潮与乡土小说研究的总体状况十分复杂,研究成果良莠不齐。以上简单梳理了这一阶段文化研究、思潮研究、文学制度研究、叙事研究等新成就,试图对乡土小说研究成果进行分类研究、辨析差异与趋同性,寻求突破与提升,探讨了中外、台陆乡土小说研究比较视野的开拓,也对这一阶段出现的大量比较研究成果进行了归纳分析,发掘出部分乡土小说研究的世界性眼光和轮廓。新旧世纪之交,乡土生态小说研究也在起步,这些都呈现了研究者文化伦理的蜕变和乡土美学观念的创新。但在更深处看来,"乡土"越界与"乡下人进城"小说的研究,正是这十年以"城市化"为文化关键词的文化语境的重心所在。分析此类研究的道德困境,对城市化过程中乡土小说的现实关注进行再认识,对城乡对立的研究模式提出意见,是至关重要的。

当下,文学境况瞬息万变,中国的乡土经验不断累积,超越文学观照视角的广度,甚至也超越了文学表现的深度。但嬗变中的乡土文学仍然不具有先知先觉的前瞻能力,美学建树和文化省察也往往落后于现实经验。在此情形下,具有写实风格的非虚构文本不断出现,呼应着其他乡土呈现形式,力求复原一个更加具体的文化实质上的"乡土中国",甚至也开始呈现乡土中国在文化和美学上的损毁。这些都需要研究者进一步跟进,进行写作方向的干预与指导,为写作者和读者提供更好的参照与借鉴。乡土文学研究要形成更有效的文化干预与美学建树,形成学说和学派,还有很长、很艰辛的学术道路要走。

结　语　乡土小说研究格局的探讨与展望

　　中国乡土小说研究历经了一个世纪的流变，收获了丰硕的成果，也涌现出几代乡土批评与研究的学者。这里其实呈现出两条脉络：一是哪些作家作品更多地进入了学术研究视野，又有哪些作家作品被遮蔽和"误读"，其原因是什么；二是哪些研究者在哪些历史时期对某个社团、作家或作品的研究具有独特学术价值和意义，开拓了整个乡土小说研究的新视野或新方法。这两个方面共同构成了中国乡土小说研究可观的"学术地图"。

　　中国乡土小说批评与研究自 1910 年代初在周作人、茅盾等的理论引进和"随机性"批评文字中初创，"寂寞"的新文学园地出现了《呐喊》个案批评的独奏和乡土写实派批评的初兴。随着"五四"后期文学发展形态的多元化，乡土小说研究也呈现出新的局面，明显的就是 1927 年前后"作家论"的出现，如张定璜的《鲁迅先生》，茅盾的《鲁迅论》、《王鲁彦论》等；到 1930 年代，"作家论"已蔚然成风，如苏雪林的《沈从文论》和《王鲁彦与许钦文》、沈从文的《论冯文炳》等，标志着乡土小说批评趋于成熟。20 年代末到 30 年代中期，围绕"左翼乡土小说群"、"东北作家群"、"七月派"等左翼批评成一时之盛，正如前文所言：左翼文学在内部虽然发生过很激烈的论争，但是在乡土小说批评方面却比较统一。这一时期乡土小说作品大量涌现，出版的小说集和单行本也越来越多，"序"或"记"这种评论性质的文体也越来越热闹，或自说自话，或师友评介，更为真切、更为灵活地探入乡土作家的心灵视阈和乡土小说的内在机理,为乡土小说研究留下了大量文献。阳翰笙(华汉)《地泉》的出版在现代乡土小说史和批评史上具有特殊的"标本意义",因为该版本内除了收录作者的"自序"外,还收录了瞿秋白、郑伯奇、钱杏邨分别做的三篇《〈地泉〉序》和茅盾做的"书评",即《〈地泉〉读后感》。借助这大张旗鼓的五篇序/评,左翼文艺阵营完成了自己对初期革命文学理论以及创作中革命功利主义的"浪漫谛克"的清算,为新文学挣脱"左倾机械论"的桎梏向现实主义迈出了重要一步。

　　1930年代乡土小说批评史上里程碑式的事件,是自由主义知识分子群体的形成与"京派"的崛起。除了被称为"京派导师"的周作人持之以恒地给予废名等"京派"作家以批评援助,优秀的"京派"作家多半也兼批评家,沈从文、朱光潜、刘西渭(李健吾)等形成整齐的阵容,从理论创辟到创作实践,再到一次次参与或发起文艺论争,极大地推动了1930年代乡土小说研究繁荣局面的生成。而这一时期在百年乡土小说研究流变史上留下的另一斐然成就,就是《中国新文学大系》的编纂和出版。鲁迅、茅盾等编选的"小说卷"收入大量乡土小说,"导论"中再一次厘定了"乡土小说"、"乡土文学"的概念,再加上对乡土小说流派、团体的划定,对以后文学史书写以及某些乡土作家作品的经典化起到了重要作用。胡适、茅盾、鲁迅、周作人等"五四"一代的巨擘能够捐弃前嫌,通力合作这一编纂工程,多半是在新的文化语境和权力话语下重新确认新文学的正统地位和知识分子的文化身份,其中体现的"五四"一代文学思想上的内在分歧和前后变迁以及文学史与思想史的关联,留给后来的研究者许多值得深入探讨的论题。

　　抗战爆发后,乡土作家的创作在"统合"中表现出个体审美的独异和价值,而乡土批评在以胡风为重镇的"七月派"等批评家手里焕发出异彩,以"精神奴役创伤"对"五四"的国民性批判主题做出新的呼应,以"主观战斗精神"构筑了独一无二的理论体系。实际上,抗战时期的"文章下乡,文章入伍"上接左翼批评,为之后的解放区工农兵文艺、农村题材写作批评铺下了一条可供参照的道路,这就是本著为什么以1942年为界、将1943年定位为"乡土批评的逆转"的原因。毛泽东《在延安文艺座谈会上的讲话》的发表是乡土小说批评从"30年代"向"40年代"转换的重要转折点,关于文学理论标准的论争与强化成为促动一切文学艺术的强力酵母。在"阶级"话语越来越覆盖文艺批评的情况下,赵树理、丁玲等的乡土小说批评及其变奏代表了 40 年代农村题材小说批评的基本动向,尤其是"土改小说"批评成一时之主流。这种马克思主义阶级论的批评观自解放区文艺直到整个"十七年"、"文革"时期都占据着批评话语的中心位置。

1950 年代初,借"现代文学"学科的建立与"新文学史"书写,学术界开始对现代乡土创作予以"重评"。毕竟,在两岸对立的情势下,"国民党反动派"统治时期的文学被重新审视和评价是顺理成章的事。在社会主义现实主义观念笼罩下,被"重评"的现代乡土小说园地能够留下来的多是"左翼"的、"革命"的文学一脉,以至一大批作家作品被"销声匿迹"了,例如沈从文等;寄身海外的作家更不可能"青史留名",例如张爱玲,其带有政治异见或误读的《秧歌》与《赤地之恋》这类"土改小说"就不可能进入批评视野。但总体来讲,乡土、农民在共和国的大叙事中其实贴着暧昧的"政治正确"的标签,所以,自鲁迅以下的乡土小说及其批评大多经过改头换面加入了共和国叙事的合奏。在五六十年代,《文艺报》、《人民文学》等的批评实践和理论倡导为乡土小说研究推波助澜,也曾经刮起一阵阵大批判的飓风,将一批批作家作品卷入其内,仅有短暂的"百花齐放、百家争鸣"曾经带给共和国的作家们一阵春风。

"文革"时期乡土小说批评的"山乡巨变"可谓风雷激荡,一个乡土作家、一部乡土作品时而被抬到"庙堂之高",时而则堕入"江湖之远",更有甚者则沦为"大毒草"遭政治批判和万人唾骂,作家作品必须要经受得住这"暴风骤雨"般的洗礼。这种现象屡见不鲜,就拿周立波的《山乡巨变》来做个例证。《山乡巨变》发表于1958—1960 年,是当代文学中反映农村社会变革富有特色的优秀长篇小说。这部小说描写了 1955 年冬农村社会主义高潮中,湖南一个僻静山乡清溪乡实现农业合作化所经历的斗争和引起的变化,艺术地概括了新中国农村从互助组过渡到初级社再到高级社这一山乡变化过程和基本面貌,具有鲜明的时代感。《山乡巨变》塑造了一批温和的无私的农村基层领导者形象。甫一问世就引起批评界广泛关注,被认为出现了一种不同于 50 年代以"阳刚美"为主流的审美风格,即《山乡巨变》呈现的是一种"阴柔美",变革的曲折性、人物的复杂性以及党和人民的力量都得到充分表达,其虚构的故事在民间散发着惊人的生命力和魅力。但随后在"文革"时期,《山乡巨变》被肆意错误歪曲和批判，并在 1970 年达到高潮。这一年仅《湖南日报》就刊发了二十多篇批判文章，给《山乡巨变》定罪，例如"宣扬阶级斗争熄灭论"、"丑化农村共产党员"、"鼓吹右倾机会主义路线"，以致作者被"监护审查"。1976 年以后，周立波及其作品得以平反，人民文学出版社于 1979 年重版《山乡巨变》。从这部小说"文革"前后的批评史即可窥见那个时代之冰山一角。

　　历史进入新时期以后，在"拨乱反正"、"解放思想"的大形势下，乡土小说创作与研究进入一个全面"解冻"的繁盛期。随着伤痕文学、寻根文学、"新写实"小说、新历史主义小说、先锋文学等一拨拨创作热潮的涌现，乡土小说研究呈现出前所未有的局面。尤其是 1980 年代末到 90 年代，新的文化语境催生出新的文学史观，"价值重建与文学史重构"成为学术热点，"多元现代性"、"20 世纪中国文学整体观"、"文学现代转型"、"启蒙主义"等文学史观建构思路被广泛接受，在"重写文学史"中一批现当代乡土大家被重评，例如沈从文等都重新回到文学史书写的主体结构中。在这种情况下，对中国乡土小说的整体发展历程予以整理也进入了学者视野。1980 年代末到 90 年代初，具有代表性的研究著作有刘绍棠的《乡土文学与创作》(吉林人民出版社 1982 年)和《我与乡土文学》(春风文艺出版社 1984 年)、武治纯的《压不扁的玫瑰花——台湾乡土文学初探》(中国广播电视出版社 1985 年)、春荣的《新时期的乡土文学》(辽宁大学出版社 1986 年)、陈继会的《理性的消长——中国乡土小说综论》(中原农民出版社 1989 年)、刘绍棠的《乡土文学四十年》(文化艺术出版社 1990 年)、丁帆的《中国乡土小说史论》(江苏人民出版社 1992 年)等。这一批成果开辟了文化转型期乡土小说研究的新局面，同时带动更多的年轻学者走上了乡土小说研究的学术道路，其中陈继会的《理性的消长——中国乡土小说综论》是学界关于 20 世纪乡土小说研究的第一本学术专著。应该提到的还有严家炎的《中国现代小说流派史》(人民文学出版社 1986 年)，其中对乡土小说流派的划定和讨论客观上也促进了乡土小说的研究。到 1990 年代后半期，出版的研究专著主要有陈继会主编的《20 世纪中国乡土小说史》(中原农民出版社 1996 年)，庄汉新、邵明波主编的《中国 20 世纪乡土小说论评》(学苑出版社 1997 年)，崔志远的《乡土文学与地缘文化：新时期乡土小说论》(中国书籍出版社 1997 年)，陈继会主笔的

《中国乡土小说史》（安徽教育出版社 1999 年），等等。湖南教育出版社出版了"20
世纪中国文学与区域文化丛书"，其中刘洪涛的《湖南乡土文学与湘楚文化》(1997
年)、朱晓进的《"山药蛋派"和三晋文化》(1995 年)、逄增玉的《黑土地文化与东北
作家群》(1995 年)等均是以乡土小说为主要论域，形成了良好的学术影响，推动了
20 世纪末异彩纷呈的乡土小说流派研究，也促动了乡土文学"年代史"和"世纪史"
的研究。

　　新世纪业已过去二十年，一个方面，它承绪了 20 世纪 90 年代的文化递演，前
现代、现代和后现代文化奇异地并置，且相互冲突、缠绕和交融；另一方面，中国社
会现代转型不断加速，全球化、市场化以极大速率冲击着中国乡村。面对着光怪陆
离的社会变迁景观和中国现代化的"新乡土经验"，中国乡土小说创作也迎来了不
同于此前的发展阶段，从外形到内质上都表现出与前此不同的特征，也就是在书写
题材、精神向度、叙事形态和类型上都呈现出新探索的成就，例如城乡视野的重新
调整、乡土生态书写的兴起、乡土叙事中宗教文化的复魅、乡村政治的新观照、乡土
历史的再省察等，乡土小说的触角跨越以往的启蒙话语论述结构渗透到文学写作
的诸多层面。同时，面对逐渐"陌生化"的乡村世界，乡土作家也表现出难以把握的
新困惑，甚至有些曾经优秀的作家也表现出对现实、对当下的失语。而新世纪的乡
土小说研究众声喧哗，丁帆、陈继会、崔志远、王嘉良等老一代研究者还老当益壮、
沉实稳健，不断有新的有分量的成果推出，例如 2013 年人民文学出版社出版的丁
帆、李兴阳、黄轶所著《中国乡土小说的世纪转型研究》，对新世纪之交中国乡土小
说予以全面研究，赢得学术界广泛关注和好评；同时，乡土小说研究的青年一代也
枝繁叶茂、硕果累累，例如王光东、贺仲明、姚晓雷、陈昭明、赵顺宏等，他们吸纳了
一些世界性的理论成果，学术视野更加开阔，研究视角更为独到，学术语言更加新
颖，重构意识更加鲜明，不断有新成果问世，成为推动乡土小说研究的中坚力量；而
70 后、80 后一代高学历的新生代研究者也慢慢脱颖而出，在日趋复杂和多元的传
媒时代渐渐成长为乡土小说研究领域的生力军。

　　从整体上看，随着世纪之交社会转型期的理论引进、价值挪移，乡土小说研究
出现分流与深化，与文化思潮、文学制度、语言理论、比较理论、伦理学、叙事方法、

修辞学等相关的新成果不断涌现,仅从第一个维度来说就有以下几个方面的表现:一是海内外乡土小说研究比较视野的开拓,二是"后时代"乡土生态小说研究的起步,三是"乡土"越界与"乡下人进城"小说研究的突破,四是研究丛书、大型课题的开展,这些研究在乡土小说发展史上都具有重要的学术价值和意义。总之,近年来的乡土小说研究呈现出不少新质,并将成为新世纪文学批评与研究的重要结构性存在。

参考文献

一、文集

毛泽东：《毛泽东选集》,东北书店 1948 年版。

鲁迅：《鲁迅全集》,人民文学出版社 1981 年版。

钟敬文编：《鲁迅在广州》,上海北新书局 1927 年版。

李长之：《鲁迅批判》,上海北新书局 1936 年版。

胡适：《胡适文集》,北京大学出版社 1998 年版。

胡适：《胡适来往书信选》,中华书局 1979 年版。

周作人：《苦雨斋序跋文》,河北教育出版社 2002 年版。

周作人：《谈虎集》,河北教育出版社 2002 年版。

茅盾：《茅盾全集》,人民文学出版社 1989 年版。

茅盾：《反映社会主义跃进的时代,推动社会时代的跃进》,人民出版社 1960 年版。

苏曼殊：《苏曼殊全集》,北京书局 1985 年影印本。

高长虹：《故乡》,上海北新书局 1926 年版。

阳翰笙：《阳翰笙选集》,四川文艺出版社 1989 年版。

阳翰笙：《地泉》(重版本),上海湖风书局 1932 年版。

叶紫：《叶紫文集》,湖南人民出版社 1983 年版。

沈从文：《沈从文选集》,四川人民出版社 1983 年版。

沈从文：《沈从文文集》，广州花城出版社1984年版。

沈从文：《沈从文批评文集》，珠海出版社1998年版。

朱光潜：《朱光潜美学文集》，上海文艺出版社1982年版。

朱光潜：《朱光潜全集》，安徽教育出版社1987年版。

李健吾：《李健吾批评文集》，珠海出版社1998年版。

李健吾：《李健吾文学评论选》，宁夏人民出版社1983年版。

李健吾：《咀华集》，复旦大学出版社2005年版。

李健吾：《咀华二集》，文化生活出版社1942年版。

师陀：《果园城记》，上海出版公司1946年版。

赵家璧主编：《中国新文学大系》，上海良友图书印刷公司1935年版。

阿英编选：《〈中国新文学大系〉史料·索引》（影印本），上海文艺出版社2003年版。

施蛰存：《施蛰存学术文集》，上海人民出版社2012年版

聂绀弩：《聂绀弩全集》，武汉出版社2004年版。

周扬：《周扬文集》，人民文学出版社1984年版。

吴福辉：《京派小说选》，人民文学出版社1990年版。

二、研究资料集

山东大学中文系编：《柳青专集》（内部参考资料），山东大学中文系1979年印制。

李华盛编：《周立波研究资料》，湖南人民出版社1983年版。

刘金镛、房福贤编：《孙犁研究专集》，江苏人民出版社1983年版。

黄修己编：《赵树理研究资料》，北岳文艺出版社1985年版。

蒙万夫等编：《柳青写作生涯》，百花文艺出版社1985年版。

荒芜编：《我所认识的沈从文》，岳麓书社1986年版。

《茅盾与中外文化》编辑组编：《茅盾与中外文化》，南京大学出版社1993年版。

吴福辉、李频编：《茅盾研究与我》，华夏出版社1997年版。

刘洪涛、杨瑞仁编：《沈从文研究资料》，天津人民出版社2006年版。

孔范今、施战军编：《中国新时期新文学史研究资料》，山东文艺出版社2006年版。

三、论著

［德］本雅明：《发达资本主义时代的抒情诗人：论波德莱尔》，张旭东、魏文生译，生活·

读书·新知三联书店 1989 年版。

［法］H. 孟德拉斯：《农民的终结》，李培林译，中国社会科学出版社 1991 年版。

［美］夏志清：《中国现代小说史》，刘绍明等译，香港中文大学出版社 2001 年版。

［美］夏志清：《中国现代小说史》，复旦大学出版社 2005 年版。

［美］李欧梵：《上海摩登——一种新都市文化在中国（1930—1945）》，毛尖译，北京大学出版社 2001 年版。

［英］柯律格：《明代的图像与视觉性》，黄晓鹃译，北京大学出版社 2011 年版。

［美］史书美：《现代的诱惑：书写半殖民地中国的现代主义（1917—1937）》，何恬译，江苏人民出版社 2007 年版。

司马长风：《新文学史话》，香港南山书屋 1980 年版。

卜伟华：《砸烂旧世界——"文化大革命"的动乱与浩劫（1966—1968）》（《中华人民共和国史》第 6 卷），香港中文大学出版社 2008 年版。

唐小兵主编：《再解读——大众文艺与意识形态》，香港牛津大学出版社 1993 年版。

王德威、黄锦树编：《想象的本邦：现代文学十五论》，台北麦田出版，城邦（香港）文化事业股份有限公司 2005 年版。

梁漱溟：《乡村建设理论》，上海人民出版社 2006 年版。

李泽厚：《中国现代思想史论》，东方出版社 1987 年版。

王铭铭：《走在乡土上：历史人类学札记》，中国人民大学出版社 2003 年版。

王瑶：《中国新文学史稿》，新文艺出版社 1951 年版。

王瑶：《中国新文学史稿》，上海文艺出版社 1982 年版。

张毕来：《新文学史纲》，人民文学出版社 1955 年版。

丁易：《中国现代文学史略》，作家出版社 1955 年版。

刘绶松：《中国新文学史初稿》，人民文学出版社 1979 年版。

唐弢、严家炎主编：《中国现代文学史》，人民文学出版社 1979 年版。

冯刚等编：《中国当代文学史初稿》，人民文学出版社 1980 年版。

张钟：《当代文学概观》，北京大学出版社 1980 年版。

严家炎：《中国现代小说流派史》，人民文学出版社 1989 年版。

肖云儒：《中国西部文学论》，青海人民出版社 1989 年版。

周政保：《小说世界的一角》，新疆人民出版社 1989 年版。

黄修己:《赵树理评传》,江苏人民出版社 1981 年版。

黄修己:《不平坦的路——赵树理研究之研究》,天津教育出版社 1990 年版。

黄修己:《中国新文学史编纂史》,北京大学出版社 1995 年版。

黄修己:《中国新文学史编纂史》(第 2 版),北京大学出版社 2007 年版。

黄修己、刘卫国主编:《中国现代文学研究史》,广东人民出版社 2008 年版。

黄修己:《中国现代文学简史》,中国青年出版社 1988 年版。

春荣:《新时期的乡土文学》,辽宁大学出版社 1986 年版。

杨义:《中国现代小说史》,人民文学出版社 1988 年版。

陈继会:《理性的消长——中国乡土小说综论》,中原农民出版社 1989 年版。

陈继会:《中国乡土小说史》,安徽教育出版社 1999 年版。

丁帆:《中国乡土小说史论》,江苏文艺出版社 1992 年版。

丁帆等:《中国乡土小说史》,北京大学出版社 2007 年版。

丁帆、王世成:《十七年文学:"人"与"自我"的失落》,河南大学出版社 1999 年版。

丁帆等:《中国大陆与台湾乡土小说比较史论》,南京大学出版社 2001 年版。

丁帆主编:《中国西部现代文学史》,人民文学出版社 2004 年版。

季成家等编:《西部风情与多民族色彩——甘肃文学四十年》,红旗出版社 1991 年版。

管卫中:《西部的象征》,青海人民出版社 1992 年版。

李杨:《抗争宿命之路——"社会主义现实主义"(1942—1976)研究》,时代文艺出版社 1993 年版。

温儒敏:《中国现代文学批评史》,北京大学出版社 1993 年版。

艾斐:《中国当代文学流派论》,北岳文艺出版社 1994 年版。

许道明:《京派文学的世界》,复旦大学出版社 1994 年版。

杨剑龙:《放逐与回归:中国现代乡土文学论》,上海书店出版社 1995 年版。

凌宇:《从边城走向世界》,生活·读书·新知三联书店 1995 年版。

朱晓进:《"山药蛋派"与三晋文化》,湖南教育出版社 1995 年版。

逢增玉:《黑土地文化与东北作家群》,湖南教育出版社 1995 年版。

谭元亨:《土地与农民的史诗》,天津古籍出版社 1995 年版。

黄子平:《革命·历史·小说》,香港牛津大学出版社 1996 年版。

李继凯:《秦地小说与三秦文化》,湖南教育出版社 1997 年版。

樊星：《当代文学与地域文化》，华中师范大学出版社 1997 年版。

钱理群、温儒敏、吴福辉：《中国现代文学三十年》（修订本），北京大学出版社 1998 年版。

崔志远：《乡土文学与地缘文化：新时期乡土小说论》，中国书籍出版社 1998 年版。

马丽华：《雪域文化与西藏文学》，湖南教育出版社 1998 年版。

韩子勇：《西部：偏远省份的文学写作》，百花文艺出版社 1998 年版。

王富仁：《中国鲁迅研究的历史与现状》，浙江人民出版社 1999 年版。

张学军：《中国当代小说流派史》，山东大学出版社 1999 年版。

李洁非：《城市像框》，山西教育出版社 1999 年版。

王嘉良：《浙江 20 世纪文学史》，中国社会科学出版社 2000 年版。

洪子诚、孟繁华主编：《当代文学关键词》，广西师范大学出版社 2002 年版。

洪子诚：《问题与方法》，生活·读书·新知三联书店 2002 年版。

洪子诚：《中国当代文学史》，北京大学出版社 2010 年版。

贺桂梅：《人文学的想象力——当代中国思想文化与文学问题》，河南大学出版社 2005 年版。

李兴阳：《中国西部当代小说史论（1976—2005）》，安徽大学出版社 2006 年版。

查建英主编：《八十年代：访谈录》，生活·读书·新知三联书店 2006 年版。

陈宝良：《飘摇的传统——明代城市生活长卷》，湖南人民出版社 2006 年版。

贺仲明：《一种文学与一个阶层——中国新文学与农民关系研究》，人民出版社 2008 年版。

刘铁群：《现代都市未成型时期的市民文学——〈礼拜六〉杂志研究》，中国社会科学出版社 2008 年版。

赵学勇、孟绍勇：《革命·乡土·地域——中国当代西部小说史论》，中国人民大学出版社、山西教育出版社 2009 年版。

张伟栋：《李泽厚与现代文学史的"重写"》，江西人民出版社 2012 年版。

四、论文

［美］贝尔莱特：《新中国的思想界领袖鲁迅》，《当代》第 1 卷第 1 号，1927 年 10 月。

［韩］安承雄：《四十年代文学进程中一个文学家的彷徨、选择》，《当代作家评论》2000 年第 1 期。

傅斯年:《怎样做白话文》,《新潮》第 1 卷第 2 号,1919 年 2 月 1 日。

佩韦(茅盾):《现在文学家的责任是什么?》,《东方杂志》1920 年 1 月 10 日。

茅盾:《"小说新潮"栏宣言》,《小说月报》1920 年 1 月 25 日。

朗损(茅盾):《新文学研究者的责任与努力》,《小说月报》1921 年 2 月 10 日。

朗损(茅盾):《评四、五、六月的创作》,《小说月报》第 12 卷第 8 号,1921 年 8 月 10 日。

慕之(茅盾):《落华生小说〈换巢鸾凤〉》"附注",《小说月报》1921 年 5 月 10 日。

茅盾:《"地方色"》,见《民国日报》副刊《觉悟》"文学小词典"词条,1921 年 5 月 31 日。

谭国棠、雁冰:《关于〈阿 Q 正传〉通信》,《小说月报》第 13 卷第 2 号,1922 年 2 月 10 日。

胡适:《五十年来之中国文学》,《〈申报〉五十周年纪念册》1922 年 3 月。

仲密(周作人):《阿 Q 正传》,《晨报副刊》1923 年 3 月 19 日。

周作人:《地方与文艺》,《之江日报》十周年纪念号,1923 年 3 月 22 日。

闻一多:《〈女神〉之地方色彩》,《创造周报》1923 年 6 月 10 日。

王伯祥:《文学与地域》,《文学周报》第 89 期,1923 年 9 月 24 号。

雁冰(茅盾):《读〈呐喊〉》,《文学周报》第 91 期,1923 年 10 月 8 日。

Y 生:《读〈呐喊〉》,《时事新报》副刊《学灯》1923 年 10 月 16 日。

玉狼:《鲁迅的〈呐喊〉》,《时事新报》副刊《学灯》1924 年 10 月 8 日。

曾秋士(孙伏园):《关于鲁迅先生》,《晨报·副刊》1924 年 1 月 12 日。

成仿吾:《〈呐喊〉的评论》,《创造季刊》第 2 卷第 2 期,1924 年 2 月。

杨邨人:《读鲁迅的〈呐喊〉》,《时事新报》副刊《学灯》1924 年 6 月 12—14 日。

张定璜:《鲁迅先生》,《现代评论》1925 年第 1 卷第 7、8 期。

周作人:《〈竹林的故事〉序》,《语丝》第 1 卷第 48 期,1925 年 10 月 12 日。

柏生:《罗曼·罗兰评鲁迅》,《京报副刊》1926 年 3 月 2 日。

高长虹:《走出出版界——写给〈彷徨〉》,《狂飙》周刊第 1 期,1926 年 10 月 10 日。

董秋芳:《〈彷徨〉》,《世界日报》副刊,1926 年 10 月 18、19 日。

从予:《〈彷徨〉》,《一般》第 1 卷第 3 号,1926 年 11 月 5 日。

一声:《第三样世界的创造》,《少年先锋旬刊》第 2 卷第 15 期,1927 年 2 月 21 日。

废名:《说梦》,《语丝》第 133 期,1927 年 5 月。

秉丞(叶圣陶):读《柚子》,《小说月报》第 18 卷第 7 号,1927 年 7 月 10 日。

郁达夫:《农民文艺的实质》,《民众》旬刊第 2 期,1927 年 9 月 21 日。

杜俊东：《读〈少年漂泊者〉》，《骆驼》第 27、28 期，1927 年 11 月 2 日、28 日。

李圣悦：《〈惨雾〉的描写方法及其作风》，《文学周报》第 292 期，1927 年 11 月 27 日。

方璧(茅盾)：《王鲁彦论》，《小说月报》第 19 卷第 1 号，1928 年 1 月 10 日。

《〈新月〉的态度》，《新月》发刊词，1928 年 3 月。

刘大杰：《〈呐喊〉与〈彷徨〉与〈野草〉》，《长夜》1928 年 5 月 15 日。

钱杏邨：《死去了的阿 Q 时代》，第一至三节(包括"附记")载于 1928 年 3 月 1 日《太阳月刊》第 3 号，第四、五节载于 1928 年 5 月《太阳》，另见于李何林编《鲁迅论》。

画室(冯雪峰)：《革命与知识阶级》，《中国文艺论战》1928 年 5 月。

青见：《阿 Q 时代没有死》，《语丝》第 4 卷第 24 期，1928 年 7 月 11 日。

石泉：《〈祝福〉读后感》，《新晨报》1928 年 8 月 17 日。

昌派：《写给死了的阿 Q》，《语丝》第 4 卷第 34 期，1928 年 8 月 20 日。

何丹仁(冯雪峰)：《关于新的小说的诞生——评丁玲的〈水〉》，《北斗》第 2 卷第 1 期，1932 年 1 月 20 日。

李长之：《〈阿 Q 正传〉之新评价》，《再生》第 1 卷第 6 期，1932 年 10 月 20 日。

另境：《〈春蚕〉与农村现状》，《申报·自由谈》1933 年 5 月 27 日。

罗浮(夏衍)：《评茅盾〈春蚕〉》，《文艺月报》第 1 卷第 2 期，1932 年 7 月。

佚名(杜衡)：《田野的风》(蒋光慈著)，《现代》第 1 卷第 4 期，1932 年 8 月 1 日。

李长之：《我对文艺批评的要求和主张》，《现代》第 3 卷第 4 期，1933 年。

茅盾：《女作家丁玲》，《中国论坛》第 2 卷第 7 期，1933 年 6 月 19 日。

知白：《春蚕》，天津《大公报·文学副刊》第 287 期，1933 年 7 月 3 日。

言：《春蚕》，天津《大公报·文艺副刊》1933 年 7 月 31 日。

沈从文：《文学者的态度》，《大公报·文艺副刊》1933 年 10 月 18 日。

《现代》编者：《四卷狂大号告读者》，《现代》第 4 卷第 1 期，1933 年 11 月 1 日。

凌冰：《〈丰收〉与〈火〉》，《现代》第 4 卷第 2 期，1933 年 12 月 1 日。

曹聚仁：《京派与海派》，《申报·自由谈》1934 年 1 月 17 日。

苏雪林：《王鲁彦与许钦文》，《现代》第 5 卷第 5 期，1934 年 9 月。

苏雪林：《〈阿 Q 正传〉及鲁迅创作的艺术》，《国闻周报》第 11 卷第 14 期，1934 年 11 月 5 日。

蒲(茅盾)：《关于乡土文学》，《文学》第 6 卷第 2 号，1936 年 2 月 1 日。

乔木：《八月的乡村》，《时事新报》第 23 期，1936 年 2 月 25 日。

朱光潜：《我虽与本刊的期望》，《文学杂志》创刊号，1937 年 5 月。

茅盾：《女作家丁玲》，《文艺月报》第 1 卷第 2 号，1937 年 7 月 15 日。

黄伯昂（巴人）：《直立起来的〈科尔沁旗草原〉》，《文学集林》第 2 集，1938 年 12 月。

胡风：《今天，我们的中心问题是什么？》，《七月》1940 年第 1 期。

丁玲：《关于立场问题我见》，《谷雨》第 1 卷第 5 期，1942 年 6 月。

老舍：《读〈鸭嘴涝〉》，《时事新报》1943 年 6 月 18 日。

李大章：《介绍〈李有才板话〉》，《华北文化（革新版）》第 2 卷第 1 期，1943 年 12 月。

胡风：《人生·文艺·文艺批评——试答〈青年生活〉问"怎样作文艺批评"》，《群众》1944 年第 10 卷第 1 期。

邵荃麟：《饥饿的郭素娥》，《青年文艺》1944 年第 1 卷第 6 期。

以群：《评〈脱缰的马〉》，《抗战文艺》第 9 卷第 1、2 期合刊，1944 年 2 月 1 日。

茅盾：《读〈乡下姑娘〉》，《抗战文艺》第 9 卷第 1、2 期合刊，1944 年 2 月 1 日。

沈从文：《〈长河〉题记》，昆明文聚社 1945 年 1 月。

胡风：《青春底诗——路翎著长篇小说〈财主底儿女们〉序》，《文艺杂志》新 1 卷第 3 期，1945 年 9 月 15 日。

冯亦代：《评〈蜗牛在荆棘上〉》，《希望》第 2 辑第 2 期，1946 年 6 月 16 日。

冯牧：《人民文艺的杰出成果——推荐〈李有才板话〉》，《解放日报》1946 年 6 月 23 日。

周扬：《论赵树理的创作》，《解放日报》1946 年 8 月 26 日。

郭沫若：《〈板话〉及其他》，《文汇报》1946 年 8 月 16 日。

郭沫若：《谈解放区文艺创作》，《群众》（第 12 卷第 4、5 期）1946 年 8 月 24 日。

冯牧：《人民文艺的杰出成果——推荐〈李有才板话〉》，《解放日报》1946 年 6 月 23 日。

周扬：《论赵树理的创作》，《解放日报》1946 年 8 月 26 日。

郭沫若：《读了〈李家庄的变迁〉》，《北方杂志》第 1、2 期，1946 年 9 月。

茅盾：《关于〈吕梁英雄传〉》，《中华论坛》2 卷 1 期，1946 年 9 月 1 日。

茅盾：《关于〈李有才板话〉》，《群众》第 12 卷第 10 期，1946 年 9 月 29 日。

茅盾：《论赵树理的小说》，《人民日报》1947 年 2 月 9 日。

林因：《艾芜的〈乡愁〉》，《大公报》（上海）文艺副刊 138 期，1947 年 5 月 16 日。

《进一步明确创作方向交流经验，文联召开文艺工作座谈会，一致认为应向赵树理创作方向学习》,《人民日报》1947 年 8 月 10 日。

　　陈荒煤:《向赵树理方向迈进》,《人民日报》1947 年 8 月 10 日。

　　文生中环组:《〈李有才板话〉讨论总结》,《文艺生活(光复版)》第 18 期,1947 年 10 月。

　　燕京大学北极星社:《〈李有才板话〉座谈总结》,《文艺知识》1947 年第 3 期。

　　李广田:《论情调》,《文讯》第 8 卷第 2 期,1948 年 2 月 15 日。

　　乃超:《略评沈从文的〈熊公馆〉》,《大众文艺丛刊》第一辑《文艺的新方向》,1948 年 3 月 1 日。

　　芝:《推荐〈暴风骤雨〉》,《生活报》1948 年 5 月 11 日。

　　周立波:《〈暴风骤雨〉是怎样写的?》,《东北日报》1948 年 5 月 29 日。

　　《〈暴风骤雨〉座谈会记录摘要》,《东北日报》1948 年 6 月 22 日。

　　韩进:《我读了〈暴风骤雨〉》,《东北日报》1948 年 6 月 22 日。

　　林铣:《关于〈暴风骤雨〉》,《东北日报》1948 年 7 月 19 日。

　　关晨:《我看完了〈暴风骤雨〉》,《东北日报》1948 年 7 月 19 日。

　　邵荃麟:《论马恩的文艺批评》,《大众文艺丛刊》1948 年第 4 辑。

　　余林(路翎):《论文艺创作底几个基本问题》,《泥土》第 6 辑,1948 年 7 月 12 日。

　　林默涵:《从阿 Q 到福贵》,《小说》1948 年第 1 卷第 5 期。

　　党自强:《〈邪不压正〉读后感》,《人民日报》1948 年 12 月 21 日。

　　韩北生:《读〈邪不压正〉后的感想与建议》,《人民日报》1948 年 12 月 21 日。

　　耿西:《漫谈〈邪不压正〉》,《人民日报》1949 年 1 月 16 日。

　　李普:《赵树理印象记》,《长江文艺》1949 年 6 月第 1 卷第 1 期。

　　陈涌:《孔厥创作的道路》,《人民文学》1949 年第 1 期。

　　王春:《赵树理怎样成为作家的》,《人民日报》1949 年 1 月 16 日。

　　乔雨舟:《我也来插句嘴——关于〈邪不压正〉争论的我见》,《人民日报》1949 年 1 月 16 日。

　　而东:《读了〈邪不压正〉》,《人民日报》1949 年 1 月 16 日。

　　王青:《关于〈邪不压正〉》,《人民日报》1949 年 1 月 16 日。

　　《苏联新时代杂志评〈李家庄的变迁〉》,《人民日报》1949 年 7 月 29 日。

　　王进:《苏联对〈李家庄的变迁〉的批评》,《人民日报》1949 年 10 月 1 日。

　　王宾阳:《说〈传家宝〉》,《人民日报》1949 年 8 月 13 日。

许杰:《论〈桑干河上〉》,《小说月刊》1949 年第 3 卷 2 期。

荣安:《中国人民政协代表访问记——人民作家赵树理》,《人民日报》1949 年 9 月 30 日。

陈涌:《丁玲的〈太阳照在桑干河上〉》,《人民文学》1950 年第 5 期。

冯雪峰:《〈太阳照在桑干河上〉在我们文学发展上的意义》,《文艺报》1952 年第 5 期。

陈涌:《暴风骤雨》,《文艺报》第 11、12 号合刊,1952 年 6 月 25 日。

李牧歌:《谈刘绍棠的创作》,《天津日报》1955 年 3 月 24 日第 4 版。

赵树理:《三里湾写作前后》,《文艺报》1955 年第 19 期。

何家槐:《关于〈运河的桨声〉》,《人民文学》1956 年第 1 期。

肖殷:《要更多地和更深入地理解生活》,《文艺报》1956 年第 8 期。

竹可羽:《论〈太阳照在桑干河上〉》,《人民文学》1957 年第 10 期。

叶圣陶:《新农村的新面貌——读〈喜鹊登枝〉》,《读书》1958 年第 4 期。

王燎荧:《〈太阳照在桑干河上〉究竟是什么样的作品?》,《文学评论》1959 年第 1 期。

王林:《妇女的颂歌——介绍孙犁的〈白洋淀纪事〉》,《蜜蜂》1959 年第 1 期。

唐弢:《风格一例——试谈〈山那面人家〉》,《人民文学》1959 年第 7 期。

巴人:《略谈〈喜鹊登枝〉及其他》,《人民文学》1959 年第 11 期。

茅盾:《反映社会主义跃进的时代 推动社会主义时代的跃进》,《人民文学》1960 年第 8 期。

黄秋耘:《〈山乡巨变〉琐谈》,《文艺报》1961 年第 2 期。

严家炎:《谈〈创业史〉中梁三老汉的形象》,《文学评论》1961 年第 3 期。

黄秋耘:《关于孙犁作品的片段感想》,《文艺报》1962 年第 10 期。

严家炎:《关于梁生宝形象》,《文学评论》1963 年第 3 期。

韩长经:《试淡〈风云初记〉的浪漫主义精神》,《文史哲》1963 年第 4 期。

冯健男:《再谈梁生宝形象》,《上海文学》1963 年第 9 期。

魏天祥:《赵树理是反革命修正主义文艺路线的"标兵"》,《光明日报》1967 年 1 月 8 日。

安学江:《彻底砸烂中国赫鲁晓夫篡党复辟的黑碑——批判陈登科的反动小说〈风雷〉》,《人民日报》1968 年 7 月 8 日。

宛敬青:《〈风雷〉是怎样贩卖"后十条"的》,《人民日报》1968 年 7 月 10 日。

华文兵:《从祝永康看〈风雷〉的反动性》,《文汇报》1969 年 7 月 4 日。

郑甫锷:《粉碎反动的"顶风"精神——批判反动小说〈风雷〉》,《文汇报》1969 年 9 月

26 日。

上海县虹桥公社小闸大队:《陈登科刮的什么风,打的什么雷》,《文汇报》1969 年 10 月
10 日。

安徽省批判反动小说《风雷》战斗组:《反动小说〈风雷〉出笼前后》,《人民日报》1968 年 7
月 10 日。

方泽生:《还要努力作战——评〈虹南作战史〉中的洪雷生形象》,《文汇报》1972 年 3 月
18 日。

浩然:《〈一担水〉写作前后》,《北京文艺》1973 年第 5 期。

谢文:《用党的基本路线指导创作——评〈金光大道〉第一部》,《北京日报》1974 年 2 月
3 日。

闻军:《一场复辟与反复辟的生死斗争——评长篇小说〈艳阳天〉》,《光明日报》1974 年 2
月 28 日。

宋今英:《风雷激荡红旗扬——谈〈金光大道〉第二部中高大泉英雄形象的塑造》,《天津
文艺》1974 年第 5 期。

艾克恩:《无产阶级专政下继续革命的英雄典型——评长篇小说〈金光大道〉第二部高大
泉形象的塑造》,《光明日报》1974 年 11 月 10 日。

师钟、石宇声:《雷雨洗出艳阳天 烈火炼就硬骨头——评长篇小说〈艳阳天〉》,《解放军
文艺》1974 年第 7 期。

仲洪霞:《孔孟之道是吃人之道——读鲁迅的小说〈祝福〉》,《人民日报》1974 年 3 月
19 日。

于平:《毒草小说〈牧笛〉出笼说明了什么?》,《河南文艺》1974 年第 1 期。

开封师院中文系工农兵学员评论组:《文艺黑线回潮的标本》,《河南文艺》1974 年第
1 期。

杜时国、樊俊智、郭霄、梁志林:《〈牧笛〉吹的是什么曲》,《河南文艺》1974 年第 1 期。

河南省豫剧院第二剧组大批判组:《〈牧笛〉是反党、反社会主义的毒草》,《河南文艺》
1974 年第 1 期。

赵国才:《要正确地反映"无产阶级文化大革命"的光辉历史》,《朝霞》1974 年第 1 期。

上海师范大学中文系一年级一班评论小组:《老铁头是无产阶级革命造反派的形象
吗?》,《朝霞》1974 年第 1 期。

陶玲芬、肖律:《〈生命〉是对"无产阶级文化大革命"的否定》,《朝霞》1974 年第 1 期。

辽宁大学中文系学员批《生命》小组:《革命青年运动不容否定——评〈生命〉中的两个青年形象》,《辽宁大学学报(哲学社会科学版)》1974 年 第 3 期。

涛头立:《一篇为刘少奇、林彪反革命修正主义路线翻案的反动作品——评短篇小说〈生命〉》,《辽宁文艺》1974 年第 3 期。

程致中:《农民必须在无产阶级领导下继续革命——学习鲁迅关于农民问题的几篇小说》,《安徽劳动大学学报(哲学社会科学版)》1975 年第 2 期。

解放军某部勤务三连理论小组、辽大中文系《鲁迅作品选讲》编写组:《必须清除旧制度的痕迹——读〈风波〉》,《辽宁大学学报(哲学社会科学版)》1975 年第 3 期。

鲁一兵、刘济献:《风波未息 战斗不止——谈鲁迅小说〈风波〉》,《郑州大学学报(哲学社会科学版)》1975 年第 3 期。

冯天瑜:《讨伐吃人的儒家教育的檄文——读鲁迅的〈孔乙己〉》,《光明日报》1975 年 4 月 24 日。

乐牛:《对封建教育制度的深刻批判——读〈孔乙己〉》,《北京师范大学学报(社会科学版)》1976 年第 4 期。

北京汽车制造厂工人理论研究所鲁迅研究小组:《辛亥革命时期形象的阶级斗争史——读〈阿 Q 正传〉》,《北京师范大学学报(社会科学版)》1976 年第 4 期。

陈慧:《翻案不得人心——读鲁迅小说〈风波〉有感》,《河北文艺》1976 年第 8 期。

冯光廉:《〈狂人日记〉琐谈》,《山东师院学报(社会科学版)》1976 年第 1 期。

朱德发:《〈祝福〉中两个问题的试解》,《山东师院学报(社会科学版)》1976 年第 1 期。

荣太之:《关于〈孔乙己〉的几个问题》,《山东师院学报(社会科学版)》1976 年第 1 期。

秦牧:《〈韶山的节日〉一文的奇祸》,《湘江文艺》1978 年第 1 期。

张明廉:《人情、人性与社会主义文学的真实性——谈谈〈创业史〉中的人情、人性描写》,《西北师大学报(社会科学版)》1979 年第 3 期。

刘锡诚:《谈〈暴风骤雨〉及其评价问题》,《社会科学战线》1979 年第 4 期。

冯健男:《现实主义的新胜利——周立波建国后的创作》,《文学评论》1980 年第 1 期。

蔡葵、臻海:《〈太阳照在桑干河上〉的革命现实主义——兼论对它的某些否定意见》,《新文学论丛》1980 年第 1 期。

赵祖武:《一个不容回避的历史事实》,《新文学论丛》1980 年第 3 期。

申明、邢怀鹏:《孙犁的艺术风格》,《河北大学学报》1980年第3期。

赵园:《也谈〈太阳照在桑干河上〉》,《芙蓉》1980年第4期。

朱光潜:《从沈从文先生的人格看他的文艺风格》,《花城》1980年第5期。

刘福林:《"山药蛋派"还能"流"下去吗? ——与李国涛同志商榷》,《山西师院学报(社会科学版)》1980年第3期。

何益明:《论沈从文的〈边城〉》,《湘潭大学学报(社会科学版)》1981年第1期。

刘绍棠:《建立北京的乡土文学》,《北京文学》1981年第1期。

朱寨:《〈山乡巨变〉的艺术成就》,《社会科学战线》1981年第2期。

冯健男:《周立波小说的真善美》,《文艺研究》1981年第4期。

周申明:《孙犁小说的现实主义力量》,《中国现代文学研究丛刊》1981年第4期。

胡光凡:《革命现实主义的烂漫山花——周立波农村题材短篇小说的艺术风格》,《文学评论》1981年第4期。

张同吾:《乡土风俗画 田园抒情诗——读刘绍棠的〈瓜棚柳巷〉》,《当代》1981年第4期。

孙犁:《关于"乡土文学"》,《北京文学》1981年第5期。

杨义:《废名小说的田园风味》,《中国现代文学研究丛刊》1982年第1期。

余永祥:《一幅色彩斑驳的湘西历史生活画》,《湘潭大学学报》1982年第1期。

金宏达:《论早期的"乡土文学"》,《中国现代文学研究丛刊》1982年第1期。

王嘉良:《茅盾农村题材小说的独特价值》,《杭州师院学报(社会科学版)》1982年第3期。

杨献珍:《〈小二黑结婚〉出版经过》,《新文学史料》1982年第3期。

伦海:《刘绍棠的"运河文学"》,《赣南师专学报(哲学社会科学版)》1982年第3期。

郝胜道:《浅谈张裕民形象》,《中国现代文学研究丛刊》1982年第4期。

胡乔木:《当前思想战线上的若干问题》,《文艺报》1982年第5期。

丁帆:《试论刘绍棠近年来作品的美学追求》,《文学评论》1982年第5期。

方顺景:《一颗闪光的珠子》,《文学评论丛刊》1982第12期。

郭志刚:《论孙犁现实主义创作的特征》,《社会科学战线》1983年第1期。

董易:《自己走出来的路子》,《中国现代文学研究丛刊》1983年第2期。

刘思谦:《建国以来农村小说的再认识》,《文学评论》1983年第2期。

金梅:《美在生活,美在思想,美在创造——孙犁的现实主义艺术论札记》,《天津师大学报》1983 年第 3 期。

陈继会:《新文学史上农村题材的两位开拓者——略论赵树理与鲁迅》,《郑州大学学报(哲学社会科学版)》1983 年第 3 期。

郭志刚:《论孙犁作品的艺术风格》,《中国现代文学研究丛刊》1983 年第 3 期。

南帆:《刘绍棠小说的独特风格和固定程式》,《文艺理论研究》1983 年第 3 期。

王扬泽:《〈地之子〉与二十年代的乡土文学》,《中国现代文学研究丛刊》1983 年 4 期。

魏家骏:《〈创业史〉的风景画和风俗画——〈创业史〉艺术谈》,《教学与进修》1983 年第 4 期。

秦欣邨:《乡土文学说略》,《文艺评论》1984 年第 1 期。

彭燕郊:《历史·时代·对一个作家的评价》,《湘潭大学社会科学学报》1984 年第 2 期。

高捷:《论"山药蛋派"》,《山西大学学报》1984 年第 3 期。

许志英、倪婷婷:《中国农村的面影——二十年代"乡土文学"管窥》,《文学评论》1984 年第 5 期。

赖瑞云:《独创与得失——刘绍棠创作道路得失刍议》,《当代作家评论》1984 年第 5 期。

蹇先艾:《我所理解的"乡土文学"》,《中国现代文学研究丛刊》1985 年第 1 期。

陈思和:《新文学史研究中的整体观》,《复旦学报(社会科学版)》1985 年第 3 期。

加人:《"乡土文学"浅论》,《绥化师专学报(社会科学版)》1985 年 第 3、4 期。

刘一友:《论沈从文的乡情及其〈边城〉创作——兼谈乡土文学的基本特征》,《吉首大学学报(社会科学版)》1985 年第 3 期。

殷国明:《在不同的地平线上——梅里美和沈从文小说创作比较》,《新疆大学学报(哲学社会科学版)》1985 年第 3 期。

唐继贤:《〈创业史〉的乡土特色》,《人文杂志》1985 年第 5 期。

黄子平、陈平原、钱理群:《论"二十世纪中国文学"》,《文学评论》1985 年第 5 期。

沈太慧:《埋头苦干,再拼一场——访作家浩然》,《当代文坛》1985 年第 6 期。

韩少功:《文学的"根"》,《作家》1985 年第 6 期。

李杭育:《理一理我们的根》,《作家》1985 年第 6 期。

阿城:《文化制约着人类》,《文艺报》1985 年 7 月 6 日。

郑义:《跨越文化断裂带》,《文艺报》1985 年 7 月 13 日。

陈平原、钱理群、黄子平:《"二十世纪中国文学"三人谈·缘起》,《读书》1985 年第 10 期。

胡光凡:《历史的真实和艺术家的勇气——关于〈山乡巨变〉再评价的一点浅见》,《中国文学研究》1986年第2期。

艾斐:《论"茶子花派"得以形成的基因与条件》,《中国文学研究》1986年第2期。

康凯、陆莹:《追赶者的足迹——评浩然近年来的小说创作》,《北京社会科学》1986年第2期。

李永生:《女性对象世界的艺术把握——孙犁"酵素小说"初探》,《山西师大学报(社会科学版)》1986年第2期。

赵园:《沈从文构筑的"湘西世界"》,《文学评论》1986年第6期。

乐黛云:《"乡土文学"研究的新收获——读杜惠荣、王鸿儒〈蹇先艾评传〉》,《中国现代文学研究丛刊》1987年第2期。

陈继会:《反封建文学主题的深化》(上),《商丘师专学报(社会科学版)》1987年第2期。

陈继会:《反封建文学主题的深化》(下),《商丘师专学报(社会科学版)》1987年第3期。

鲁迅、斯诺:《鲁迅同斯诺谈话整理稿》,斯诺整理,安危译,《新文学史料》1987年第3期。

严家炎:《开拓者的艰难跋涉——论丁玲小说的历史贡献》,《文学评论》1987年第4期。

龚明德:《〈太阳照在桑干河上〉早期研究的回顾》,《辽宁师范大学学报(社科版)》1988年第1期。

张学军:《关于寻根文学的几点思考》,《山东社会科学》1988年第1期。

黄万华:《乡土文学与现代意识》,《中国现代文学研究丛刊》1988年第2期。

陈继会:《现代小说艺术的最初冲击与反响——"五四"农村小说的艺术选择》,《郑州大学学报(哲学社会科学版)》1988年第3期。

王晓明:《"乡下人"的文体和城里人的理想——论沈从文的小说创作》,《文学评论》1988年第3期。

陈思和、王晓明:《主持人的话》,《上海文论》1988年第4期。

李庆西:《寻根:回到事物本身》,《文学评论》1988第4期。

戴光中:《关于"赵树理方向"的再认识》,《上海文论》1988年第4期。

宋炳辉:《柳青现象的启示——重评长篇小说〈创业史〉》,《上海文论》1988年第4期。

王晓明:《一个引人深思的矛盾——论茅盾的小说创作》,《中国现代文学研究丛刊》1988年4期。

郑波光:《赵树理艺术迁就的悲剧》,《文学评论》1988年第5期。

陈继会:《民族形式的创造和局限——二十世纪农村小说艺术选择软进描迷之三》,《河南大学学报(哲学社会科学版)》1988 年第 5 期。

王雪瑛:《论丁玲的小说创作》,《上海文论》1988 年第 5 期。

陈继会:《融汇·整合·发展——新时期农村小说的艺术选择》,《当代文坛》1989 年第 1 期。

汪晖:《关于〈子夜〉的几个问题》,《中国现代文学研究丛刊》1989 年 1 期。

季红真:《文化"寻根"与当代文学》,《文艺研究》1989 第 2 期。

丁帆:《亵渎的神话:〈红蝗〉的意义》,《文学评论》1989 年第 2 期。

袁良骏:《新时期丁玲小说研究漫评》,《中国现代文学研究丛刊》1989 年 第 3 期。

陈继会:《现代小说艺术形态的修正与改造——30 年代农村小说的艺术选择》,《许昌师专学报(社会科学版)》1989 年第 3 期。

徐循华:《诱惑与困境——重读〈子夜〉》,《上海文论》1989 年第 3 期。

徐循华:《对中国现当代长篇小说的一个形式考察——关于〈子夜〉模式》,《上海文论》1989 年第 3 期。

蓝棣之:《一份高级形式的社会文件——重评〈子夜〉》,《上海文论》1989 年第 3 期。

郑恩波:《刘绍棠和他的乡土文学》,《文艺理论研究》1989 年第 4 期。

陈继会:《文化视角中的"五四"乡土小说》,《文艺研究》1989 年第 5 期。

陈思和、王晓明:《主持人的话》,《上海文论》1989 年第 5 期。

毛时安:《不断深化对文学史的认识——"重写文学史"专栏编后絮语》,《上海文论》1989 年第 6 期。

陈思和:《关于重写文学史专栏的对话》,《上海文论》1989 年第 6 期。

林耀德:《台湾新世代小说家》,《文学自由谈》1989 年第 6 期。

陈继会:《改造农民灵魂主题的多重变奏》,《黄淮学刊(社会科学版)》1990 年第 1 期。

王淑秧:《海峡两岸"乡土文学"比较》,《小说评论》1990 年第 2 期。

蔺羡璧:《我们还需要赵树理》,《文艺理论与批评》1990 年第 2 期。

胡炳章:《乡土文学生命力考察》,《吉首大学学报(社会科学版)》1990 年第 3 期。

冯健男:《重写文学史的一条思路》,《河北师范大学学报》1990 年第 3 期。

艾斐:《论中国文学流派的现实形态与发展规律》,《天津师大学报(社会科学版)》1990 年第 3 期。

郑波光：《中国现代乡土小说的理性审视——评陈继会的专著〈理性的消长〉》，《中国现代文学研究丛刊》1990 年第 3 期。

逄增玉：《新时期东北作家群研究述评》，《文学评论》1990 年第 4 期。

艾斐：《论文学流派的美学形态与艺术类型》，《齐鲁学刊》1990 年第 6 期。

康序：《赵树理研究沉思录》，《吕梁学刊（哲社版）》1991 年第 1 期。

丁帆：《茅盾与中国乡土小说》，《浙江学刊》1992 年第 1 期。

丁帆：《乡土——寻找与逃离》，《文艺评论》1992 年第 3 期。

丁帆：《乡土小说悲喜剧转换的历程》，《福建论坛（文史哲版）》1992 年第 4 期。

金汉：《中国乡土小说的艺术新变——"新乡土小说"论》，《浙江师大学报（哲学社科版）》1993 年第 4 期。

陈昭明：《乡土文学：一个独具审美特质的文种》，《小说评论》1993 年第 2 期。

程世洲：《变异与述失——"十七年"农村题材小说的反思》，《湖北大学学报（哲学社会科学版）》1993 年第 3 期。

陈辽：《读〈中国乡土小说史论〉》，《文学自由谈》1993 年第 3 期。

许道明：《京派文学：在传统与现实之间》，《复旦学报（社会科学版）》1993 年第 4 期。

王爱松：《整体扫描与深层透视——评〈中国乡土小说史论〉》，《文学评论》1993 年第 6 期。

孙犁：《语重心长一席话——孙犁谈文学研究》，《天津市孙犁研究会简报》1994 年第 1 期。

陈思和：《民间的浮沉——对抗战到文革文学史的一个尝试性解释》，《上海文学》1994 年第 1 期。

朱晓进：《三十年代乡土小说的审美倾向与文体特征》，《南京师范大学学报（社会科学版）》1994 年第 2 期。

林舟：《活史，作为一种策略——评〈中国乡土小说史论〉》，《小说评论》1994 年第 2 期。

秦林芳：《〈暴风骤雨〉中的迷失——周立波〈暴风骤雨〉再论》，《名作欣赏》1994 年第 4 期。

杨扬：《痴迷与失误》，《文汇报》1994 年 11 月 13 日。

王一川：《我选二十世纪中国小说大师》，《文学自由谈》1994 年第 4 期。

严家炎：《〈20 世纪中国文学与区域文化丛书〉总序》，《理论与创作》1995 年第 1 期。

姚思源:《试论新时期小说的流派问题》,《成都师专学报》1995 年第 1 期。

叶子铭、丁帆:《茅盾研究的回顾与展望》,《中国现代文学研究丛刊》1995 年第 2 期。

凌宇:《沈从文研究的回顾与前瞻》,《中国现代文学研究丛刊》1995 年第 2 期。

杜显志:《高下文野之别——对两个小说流派相近审美追求的辨析》,《郑州大学学报(哲学社会科学版)》1995 年第 6 期。

张颐武:《"重写文学史":个人主体的焦虑》,《天津社会科学》1996 年第 4 期。

卞之琳:《李健吾的"快马"》,《新闻出版交流》1997 年第 1 期。

陈继会:《20 世纪中国乡土小说的历史形态》,《郑州大学学报(哲学社会科学版)》1997 年第 1 期。

黄雯:《论乡土文学的地域生活特色》,《贵州民族学院学报(社会科学版)》1997 年第 1 期。

田中阳:《从文化视角观当代海峡两岸乡土小说之异同》,《湖南师范大学社会科学学报》1997 年 1 期。

纪桂平、贾玉民:《〈在延安文艺座谈会上的讲话〉在 40 年代的传播与接受》,《河南社会科学》1997 年第 2 期。

刘洪涛:《周立波:民间文化与主流意识形态》,《文艺理论研究》1997 年第 3 期。

刘安海:《解开地域文化与文学关系之锁——读〈当代文学与地域文化〉》,《高等函授学报(哲学社会科学版)》1997 年第 3 期。

刘殿祥:《文学与文化的对接——评朱晓进〈"山药蛋派"与三晋文化〉》,《江苏社会科学》1997 年第 3 期。

索燕华:《从二十年代乡土文学到八十年代寻根文学》,《延边大学学报(社会科学版)》1997 年第 4 期。

伍世昭:《文化价值取向的三个面相——中国九十年代乡土小说一瞥》,《理论与创作》1997 年第 6 期。

夏子:《本世纪中国乡土文学的主题变奏》,《中国文学研究》1998 年第 2 期。

刘克宽:《超越政治视角的文化审视——重新解读〈创业史〉中梁三老汉形象》,《山东师大学报(社会科学版)》1998 年第 2 期。

方丽萍:《乡土文学散论》,《青海师专学报》1999 年第 2 期。

叶志良:《茅盾的乡土文学观》,《黑龙江社会科学》1999 年第 4 期。

谢冕:《文学的纪念(1949—1999)》,《文学评论》1999 年第 4 期。

杨文忠:《同一历史问题的不同时代表现——乡土文学派与山药蛋派的比较研究》,《河南师范大学学报(哲学社会科学版)》1999 年第 6 期。

张德祥:《我所理解的浩然》,《名家》1999 年第 6 期。

韦丽华:《20 世纪末的乡土现代性反思——近期乡土小说的一种解读》,《福建论坛》2000 年第 1 期。

谭桂林:《鲁迅乡土创作的主题学阐释》,《荆州师范学院学报》2000 年第 1 期。

蒋喻艳:《乡镇社会的代言人》,《上海师范大学学报(社会科学版)》2000 年第 1 期。

宋祖华:《走向自由的自由灵魂——简析新时期乡土小说中流浪归来的老者形象》,《河南大学学报(社会科学版)》2000 年第 1 期。

鲍焕然:《现代民俗小说之成因》,《武汉交通科技大学学报(社会科学版)》2000 年第 1 期。

陈继会:《"五四"乡土小说的文化精神》,《郑州轻工业学院学报(社会科学版)》2000 年第 1—2 期。

石曙萍:《男性价值失落的文献——解读阎连科 90 年代的小说》,《上海大学学报(社会科学版)》2000 年第 2 期。

徐清:《赛珍珠小说与 30 年代中国乡土小说比较研究》,《镇江师专学报(社会科学版)》2000 年第 2 期。

刘玉凯:《论五四乡土小说的性质问题》,《河北大学学报(哲学社会科学版)》2000 年第 3 期。

彭燕艳:《文学:拯救谁的历史?——试论中国现代乡土小说两种精神史叙述》,《浙江学刊》2000 年第 3 期。

赵修广等:《乡土恋歌与悲歌——论李佩甫乡土小说的双重主题》,《淮北煤师院学报(哲学社会科学版)》2000 年第 3 期。

高翔等:《东北、华北沦陷区文学比较研究》,《社会科学战线》2000 年第 3 期。

刘起林:《地域文化美质:"文学湘军"兴盛的根本优势》,《理论与创作》2000 年第 4 期。

马云:《乡土文学与地缘文化》,《文艺研究》2000 年第 4 期。

凌宇:《二三十年代乡土小说中的乡土意识》,《文学评论》2000 年第 4 期。

周仁政:《乡土情结:京派小说家的心灵语境》,《唯实》2000 年第 5 期。

司晓辉:《"小人物"的悲歌——两岸乡土小说作家黄春明与高晓声创作的交融》,《聊城师范学院学报(哲学社会科学版)》2000年第5期。

丁帆:《中国大陆与台湾乡土小说比较论纲》,《福建论坛》2000年第5期。

王嘉良:《"浙江潮"与"五四"新文学运动》,《浙江学刊》2000年第6期

范家进:《"最后一个浪漫派"的退场——论沈从文乡土小说中的风俗描写》,《华东师范大学学报(哲学社会科学版)》2000年第6期

范卫东、夏欣才:《"走"与"化":人生理想的幻灭和挣扎——鲁迅〈故乡〉和陶渊明〈归去来兮辞并序〉的对比阅读》,《南京大学学报(哲学·人文科学·社会科学版)》2000年第6期。

刘彦君:《中国现代乡土小说悲剧论》,《陕西师范大学学报(哲学社会科学版)》2001年专辑。

张永:《沈从文小说的民间叙事模式》,《东方论坛》2001年第1期。

范家进:《边缘经验与多元化文学格局——论沈从文与20年代的北京文坛》,《浙江学刊》2001年第3期。

范家进:《"温馨"风俗背后的苦涩与悲凉——也谈沈从文抗战前小说中的风俗描写》,《浙江师大学报(社会科学版)》2001年第3期。

范家进:《鲁迅、沈从文、赵树理:为什么关注乡村》,《杭州师范学院学报(人文社会科学版)》2001年第3期。

范家进:《乡村牧歌的渐次暗哑——论沈从文40年代的乡土小说创作》,《文艺理论研究》2001年第3期。

马俊江:《桥这边的风景——废名〈桥〉中物与风景的世界》,《河北大学学报(哲学社会科学版)》2001年第3期。

乐铄:《现代女作家乡土作品及其地位》,《中国现代文学丛刊》2001年第3期。

孙丽玲:《中国现代"乡土抒情小说"的两种个性化建构——沈从文、萧红"乡土抒情小说"比较》,《延边大学学报(社会科学版)》2001年第3期。

石万鹏:《审美视域中的乡土世界——迟子建与乡土抒情小说》,《东岳论丛》2001年底4期。

许道明:《"乡"与"市"和中国现代文学》,《南京师范大学文学院学报》2002年第1期。

商金林:《以小说参与时代的批评和变革——论台静农的〈地之子〉和〈建塔者〉》,《北京大学学报(哲学社会科学版)》2002年第3期。

高侠:《人文视野中的绿色沉思——关于 20 世纪 90 年代小说的一种点评视角》,《江南大学学报(人文社会科学版)》2002 年第 3 期。

范伯群:《论"都市乡土小说"》,《文学评论》2002 年第 3 期。

金文兵:《故乡何谓:论"寻根"之后乡土小说的精神归依》,《江南大学学报(人文社会科学版)》2002 年第 3 期。

王家平:《20 世纪八九十年代鲁迅研究的生态系统》,《首都师范大学学报(社会科学版)》2002 年第 4 期。

张学正:《说不尽的孙犁——孙犁研究的回顾与期待》,《天津师范大学学报(社会科学版)》2002 年第 4 期。

方习文:《"五四"乡土小说:启蒙与审美之间的选择》,《安庆师范学院学报(社会科学版)》2002 年第 4 期。

王庆:《论现当代农村小说的"安土意识"》,《华中科技大学学报(人文社会科学版)》2002 年第 6 期。

周罡:《犹疑的返乡之路——论莫言民间文化立场的回归与游离》,《小说评论》2002 年第 6 期。

陈昭明:《二十世纪乡土文学的风范:"五四"乡土小说评析》,《江西社会科学》2002 年第 7 期。

温儒敏:《从学科史考察早起几种独立形态的新文学史》,《中国文化研究》2003 年第 1 期。

范伯群:《论新文学与通俗文学的互补关系》,《中国现代文学研究丛刊》2003 年第 1 期。

周海波:《20 世纪中国乡土小说的理性化叙事》,《理论学刊》2003 年第 2 期。

丁帆:《论近期小说中乡土与都市的精神蜕变——以〈黑猪毛白猪毛〉和〈瓦城上空的麦田〉为考察对象》,《文学评论》2003 年第 3 期。

姚晓雷:《"侉子性"——河南乡土小说呈现中的一种民间个性》,《当代作家评论》2003 年第 3 期。

萧成:《日据时期台湾乡土小说视阈下的"国民性"批判》,《世界华文文学论坛》2003 年第 3 期。

王彬彬:《"城市文学"的消亡与再生——从〈我们夫妇之间〉到〈美食家〉》,《小说评论》2003 年第 3 期。

周水涛、江胜清：《略论 20 世纪七八十年代之交乡村小说创作的文化盲点》，《孝感学院学报》2003 年第 4 期。

赵顺宏：《摆脱与纠缠——论新时期乡土小说的精神意象》，《浙江学刊》2003 年第 4 期。

张德明：《"重写文学史"：一个没有终结的现代命题》，《贵州师范大学学报（社会科学版）》2003 年第 5 期。

范钦林：《乡土风情与本土意识——大陆、台湾乡土文体与文学语言比较》，《江苏教育学院学报（社会科学版）》2003 年第 5 期。

赵学勇：《全球化时代的西部乡土小说》，《新华文摘》2003 年第 5 期。

毕绪龙：《从市镇表象到精神传达——鲁迅乡土小说创作形象中介论》，《山东理工大学学报（社会科学版）》2003 年第 6 期。

何青志：《十七年东北文学论》，《社会科学战线》2003 年第 6 期。

张永：《"四川作家群"乡土小说的民俗学意蕴》，《南京师大学报（社会科学版）》2003 年第 7 期。

李兴阳：《西部民俗风情与乡土小说的文体特征——西部 20 世纪 80 年代乡土小说研究》，《福建论坛（人文社会科学版）》2004 年第 1 期。

王海燕：《湘西观音信仰与沈从文乡土小说》，《郑州大学学报（哲学社会科学版）》2004 年第 1 期。

吕新雨：《〈铁西区〉：历史与阶级意识》，《读书》2004 年第 1 期。

黄修己：《从显学到冷门的"赵树理研究"》，《中华读书报》2004 年 11 月 3 日。

吴投文：《沈从文论鲁迅：在疏离与接受之间》，《上海交通大学学报（哲学社会科学版）》2004 年第 1 期。

陈仲庚：《从"乡土"到"寻根"：文学现代性的三大流变》，《文艺理论与批评》2004 年第 2 期。

黄晓华：《潜隐的现代性命题——论十七年农村小说的婚变》，《安庆师范学院学报（社会科学版）》2004 年第 2 期。

张克：《乡土哲学的价值偏爱及其现代性焦虑》，《理论与创作》2004 年第 2 期。

陈映芳：《"城市化"质疑》，《读书》2004 年第 2 期。

贺仲明：《20 世纪乡土小说的创作形态及其新变》，《南京师大学报（社会科学版）》2004 年第 3 期。

罗关德：《二三十年代倡导乡土文学的三种理论视角》,《中国现代文学研究丛刊》2004年第 4 期。

张华：《外国文学与萧红的审美观照》,《武汉大学学报(人文科学版)》2004 年第 5 期。

李兴阳：《20 世纪 90 年代西部乡土小说的现代性反思》,《宁夏社会科学》2005 年第 1 期。

王向东：《乡土的乡土的腥秽与芬芳——近年乡村叙事述评》,《扬州大学学报(人文社会科学版)》2005 年第 1 期。

施战军：《让他者的声息切近我们的心灵生活——林白〈妇女闲聊录〉与今日文学的一种路向》,《当代作家评论》2005 年第 1 期。

张宁：《什么是都市文化的灵魂》,《河南师范大学学报(哲学社会科学版)》2005 年第 1 期。

戴永课：《论新时期乡土小说的话语形态》,《长沙理工大学学报(社会科学版)》2005 年第 1 期。

高玉秋：《传统乡村文化觉醒者的价值选择——论 20 世纪初乡土小说中知识者的"乡村批判"》,《东北师大学报(哲学社会科学版)》2005 年第 2 期。

高玉秋：《简论现代"乡土小说"中知识者的"在场"》,《长春师范学院学报(人文社会科学版)》2005 年第 2 期。

丁帆：《"城市异乡者"的梦想与现实——关于文明冲突中乡土描写的转型》,《文学评论》2005 年第 4 期。

罗关德：《风筝与土地：20 世纪中国文化乡土小说家的视角和心态》,《文学评论》2005 年第 4 期。

许玉庆：《迁徙·冲突·漂泊——大陆与台湾"农民进城小说"之比较》,《世界华文文学论坛》2005 年第 4 期。

丁帆：《"城市异乡者"的梦想与现实——关于文明冲突中乡土描写的转型》,《文学评论》2005 年第 4 期。

贺仲明：《论中国乡土小说的二重叙述困境》,《浙江学刊》2005 年第 4 期。

叶君：《感伤的行旅——论侨寓者返乡》,《中州学刊》2005 年第 5 期。

向荣：《乡村的政治经济学与隐蔽的权力经验——评贺享雍长篇小说〈土地神〉》,《当代文坛》2005 年第 5 期。

段国强：《乡土记忆与审美表达——论葛水平的写作资源及艺术品格》，《当代文坛》2005年第6期。

袁爱华：《无言以对的乡土——贾平凹〈秦腔〉叙事解读》，《理论与创作》2005年第6期。

李静：《启蒙叙事与女性视角的交织：萧红乡土小说论析》，《社会科学战线》2005年第6期。

丁帆：《中国乡土小说生存的特殊背景与价值的失范》，《文艺研究》2005年第8期。

雷达：《西部生存的诗意——〈大漠祭〉与新乡土小说》，《飞天》2005年第10期。

陈晨：《启蒙落潮期人文观念的选择与调整——试析20年代中后期乡土小说创作的人文内涵》，《山东社会科学》2005年第12期。

朱中方：《"人格退行"：沈从文乡土小说创作的心理根源》，《井冈山学院学报（哲学社会科学版）》2006年第1期。

轩红芹：《"向城求生"的现代化诉求——90年代以来新乡土叙事的一种考察》，《文学评论》2006年第2期。

刘华：《论二十年代乡土小说叙事的先锋意味——以浙东乡土小说为例》，《宁波大学学报（人文科学版）》2006年第2期。

邵明：《何处是归程——"新乡土小说论"》，《晋阳学刊》2006年第3期。

李遇春：《对话与交响——论长篇小说〈秦腔〉的复调特征》，《小说评论》2006年第3期。

董之林：《关于"十七年"文学研究的历史反思——以赵树理小说为例》，《中国社会科学》2006年第4期。

黄佳能：《新世纪乡土小说叙事的现代性审视》，《文艺理论与批评》2006年第4期。

张懿红：《从当代中国大陆乡土小说透视乡土叙事之动力机制》，《文艺理论与批评》2006年第4期。

李兴阳：《从文化想象到重新发现——近年西部小说作家群及其创作综论》，《文学评论》2006年第6期。

杨涛：《神秘与文明的碰撞——当代乡土叙事中民间神秘性的反现代意识》，《内江师范学院学报》2006年第5期。

叶君：《乡土·农村·家园·荒野——论中国当代作家的乡村想象》，《文艺研究》2006年第7期。

唐小娟：《知识分子的身份转换与乡土小说的变迁》，《云南大学学报（社会科学版）》2007

年第 1 期。

　　余荣虎：《〈故乡〉与乡土文学中还乡情怀的现代变迁》，《鲁迅研究月刊》，2007 年第 1 期。

　　田英宣：《试论〈红旗谱〉中的风俗描写》，《山西师大学报（社会科学版）》2007 年 S1 期。

　　王念灿：《90 年代以来新乡土文学的症候分析》，《漳州师范学院学报（哲学社会科学版）》2007 年第 2 期。

　　朴静钰：《台湾乡土文学的艺术范例——陈映真小说艺术特点阐释》，《世界华文文学论坛》2007 年第 2 期。

　　肖向明：《论“鬼”文化与中国现代作家的文学想象》，《中山大学学报（社会科学版）》2007 年第 2 期。

　　赵允芳：《文学与即将消失的村庄》，《当代作家评论》2007 年第 2 期。

　　朱双一：《中国新文学思潮脉络在当代台湾的延续》，《台湾研究集刊》2007 年第 2 期。

　　李新宇：《1949：进入新时代的鲁迅——“鲁迅与当代中国”研究之一》，《齐鲁学刊》2007 年第 3 期。

　　余荣虎：《周作人、茅盾、鲁迅与早期乡土文学理论的形成》，《南京师大学报（社会科学版）》2007 年第 3 期。

　　周黎岩：《人性探索路上的心灵相逢——沈从文与莫言比较研究》，《海南师范大学学报（社会科学版）》2007 年第 3 期。

　　熊晓辉：《从人类学的视野解读沈从文乡土文学》，《怀化学院学报》2007 年第 3 期。

　　祝学剑：《论中国现代乡土文学的三种启蒙叙事》，《学术探索》2007 年第 3 期。

　　周礼红：《论 90 年代四种乡土小说成因》，《青岛职业技术学院学报》2007 年第 4 期。

　　徐德明：《乡下人的记忆与城市的冲突——论新世纪“乡下人进城”小说》，《文艺争鸣》2007 年第 4 期。

　　王轻鸿：《论乡土文学研究的人类学视野》，《宁夏大学学报（人文社会科学版）》2007 年第 4 期。

　　刘丽玲：《血腥与温暖人性的展示——评刘庆邦〈雷庄户〉及其乡土小说》，《咸宁学院学报》2007 年第 4 期。

　　徐德明、黄善明：《“乡下人进城”：现代化背景下的城乡迁移文学研讨会综述》，《文学评论》2007 年第 4 期。

　　徐德明、刘满华：《乡土中国的历史与现实的文学探勘——“乡下人进城”：现代化背景下的城乡迁移文学研讨会侧记》,《中国现代文学研究丛刊》2007 年第 4 期。

罗惠缙:《民族性视野下的中国早期乡土文学之现代性求取》,《贵州民族研究》2007 年第 5 期。

袁国兴:《鲁迅小说的"小城镇氛围"——兼谈中国现代小城镇文学》,《鲁迅研究月刊》2007 年第 5 期。

梁鸿:《阎连科长篇小说的叙事模式与美学策略——兼谈乡土文学的"现实主义之争"》,《当代作家评论》2007 年第 5 期。

陈家洋:《乡土本位意识的紧张及其缓解——以近年四部乡土叙事作品为例》,《海南大学学报(人文社会科学版)》2007 年第 6 期。

于沐阳、贺健:《中国大陆与台湾乡土小说的政治性变迁比较》,《延边教育学院学报》2007 年第 6 期。

姜峰:《人名符码:现代乡土小说的民间文化考察》,《江汉大学学报(人文科学版)》2007 年第 6 期。

吕正惠:《三十年后反思"乡土文学"运动》,《读书》2007 年第 8 期。

周新顺:《在"生死场"与"后花园"之间——论中国现代文学中的乡土想象》,《山东社会科学》2007 年第 8 期。

周礼红:《20 世纪 90 年代乡土小说多元化成因探索》,《成都大学学报(教育科学版)》2008 年第 1 期。

邵燕君等:《"乡土"/"底层"、"代言"/"立言"、"生活流"/"戏剧性"——有关贾平凹长篇新作〈高兴〉的讨论》,《海南师范大学学报(社会科学版)》2008 年第 1 期。

孟繁华:《乡愁:剪不断理还乱——2007 年长篇小说中的乡土中国》,《文艺理论与批评》2008 年第 1 期。

韩旭:《鲁迅与新乡土文学》,《宁波职业技术学院学报》2008 年第 1 期。

王锐、宋云:《葛水平乡土小说漫谈》,《当代文坛》2008 年第 1 期。

周景雷、王爽:《从"土谷祠"到第三种空间——新世纪乡土题材长篇小说考察》,《扬子江评论》2008 年第 2 期。

熊沛军:《乡土小说:全球化视阈中的困境与突围》,《北方论丛》2008 年第 2 期。

黄桂娥、周帆:《不该遗忘的记忆》,《文学评论》2008 年第 2 期。

陈福郎:《台湾的"皇民文学"和"乡土文学"——读〈海峡两岸新文学思潮的渊源和比

较〉》,《台湾研究集刊》2008 年第 2 期。

韩鲁华:《城市化语境下的后乡土叙事》,《小说评论》2008 年第 2 期。

徐肖楠、施军:《乡土文学的挽歌情调》,《文艺评论》2008 年第 3 期。

苏美妮、颜琳:《论"五四"新文学作家的身份确认》,《文学评论》2008 年第 3 期。

苏永延:《浅谈中国与马华乡土文学》,《福州大学学报(哲学社会科学版)》2008 年第 3 期。

张懿红、王韦皓:《"我们的文艺是为什么人的"——从我国乡土小说的现状看当代作家的历史使命》,《中州学刊》2008 年第 3 期。

徐青:《试析乡土写作在"80 后"文学中受冷落现象》,《南京师范大学文学院学报》2008 年第 3 期。

张惠:《"生活在别处"——乡土美学审美主体身份悖论初探》,《德州学院学报》2008 年第 3 期。

侯长振:《二十世纪二三十年代台湾乡土文学思潮——兼与同时期大陆乡土文学的比较》,《菏泽学院学报》2008 年第 3 期。

余荣虎:《论周作人的乡土文学理论》,《南京师大学报(社会科学版)》2008 年第 4 期。

李志孝:《"柔软而温暖"的底层叙事——贾平凹长篇新作〈高兴〉》,《文艺评论》2008 年第 4 期。

古远清:《余光中向历史自首?——两岸三地关于余光中"历史问题"的争论》,《海南师范大学学报(社会科学版)》2008 年第 5 期。

孙文宪:《文学想象运行机制的探寻——〈乡土想象:现代性与文学表意的焦虑〉序》,《吉首大学学报(社会科学版)》2008 年第 5 期。

王爽:《一个人的乡土小说史——论贾平凹的乡土小说》,《艺术广角》2008 年第 5 期。

梁鸿:《"灵光"消逝后的乡村叙事——从〈石榴树上结樱桃〉看当代乡土文学的美学裂变》,《当代作家评论》2008 年第 5 期。

余荣虎:《早期乡土文学与域外文学理论、思潮之关系》,《中国现代文学研究丛刊》2008 年第 5 期。

贺仲明:《新文学与农民:和谐与错位——对新文学与农民关系的检讨》,《当代作家评论》2008 年第 6 期。

陈迪强:《"都市乡土小说"? 还是"都市风情小说"? ——对〈(插图本)中国现代通俗文

学史〉中一个概念的质疑》,《辽宁大学学报(哲学社会科学版)》2008 年第 6 期。

王谦、苏宁:《浅论新时期乡土文学中方言的审美作用》,《安徽文学(下半月)》2008 年第 6 期。

樊星:《福克纳与中国新时期乡土小说的转型》,《山东社会科学》2008 年第 7 期。

夏维波、刘佳音:《村庄的意义与表达——谈新文学传统中的"村庄叙事"》,《文艺争鸣》2008 年第 7 期。

丁帆、施龙:《人性与生态的悖论——从〈狼图腾〉看乡土小说转型中的文化伦理蜕变》,《文艺研究》2008 年第 8 期。

余荣虎:《论废名的乡土文学观》,《福建论坛(社科教育版)》2008 年第 10 期。

张学敏:《试论周作人对废名小说创作的影响——兼论周作人对乡土小说的倡导》,《黄冈师范学院学报》2009 年第 1 期。

陈家洋:《"失焦"的乡土叙事——台湾新世代乡土小说论》,《华文文学》2009 年第 1 期。

孟繁华:《百年中国的主流文学——乡土文学/农村题材/新乡土文学的历史演变》,《天津社会科学》2009 年第 2 期。

袁琳、龚元秀:《大众文化观照下的乡土文学刍议》,《湖北经济学院学报(人文社会科学版)》2009 年第 2 期。

张丽军:《新世纪乡土中国现代性裂变的审美镜像——读贾平凹的〈秦腔〉与〈高兴〉》,《文艺争鸣》2009 年第 2 期。

李丹梦:《面对心灵的"乡土"——论阎连科的〈风雅颂〉》,《文艺争鸣》2009 年第 2 期。

李徽昭:《退隐的乡土与迷茫的现代性——近三十年乡土文学视域下徐则臣的"京漂"小说》,《南京师范大学文学院学报》2009 年第 2 期。

李勇:《面对苦难的方式——评新世纪以来的乡村小说叙事》,《武汉科技大学学报(社会科学版)》2009 年第 2 期。

马绍英:《新文学城乡话语的建构和变迁》,《求索》2009 年第 3 期。

孙先科:《〈秦腔〉:在乡土叙事范式之外》,《河南师范大学学报(哲学社会科学版)》2009 年第 3 期。

王晓明、杨庆祥:《历史视野中的"重写文学史"》,《南方文坛》2009 年第 3 期。

田焱:《民间视角下的乡土叙事——论葛水平的乡土小说》,《枣庄学院学报》2009 年第 3 期。

姜玉琴:《启蒙、批判与诗性——丁帆〈中国乡土小说史〉论》,《学术研究》2009 年第 3 期。

曾娟、杨禄:《当代文学创作的"逆城市化"现象》,《湖南城市学院学报》2009 年第 4 期。

杨剑龙:《论 20 世纪乡土文学的创作心态与叙事方式》,《社会科学》2009 年第 4 期。

金莹:《乡土文学,一个概念已然终结?》,《当代作家评论》2009 年第 4 期。

陈继会:《乡土文学研究的甲子之辩——兼及 20 世纪乡土文学研究历史的学术考察》,《深圳大学学报(人文社会科学版)》2009 年第 6 期。

杨素平:《城市拆迁的乡土叙事立场——读刘国民长篇新作〈首席记者〉》,《大众文艺(理论)》2009 年第 8 期。

刘舸:《游走在主体文化与区域文化之间—湖南乡土文学的文化选择》,《文艺争鸣》2009 年第 9 期。

孟繁华:《乡土文学传统的当代变迁——"农村题材"转向"新乡土文学"之后》,《文艺研究》2009 年第 10 期。

吴长青:《关于新乡土美学的思考》,《南京师范大学文学院学报》2010 年第 1 期。

丁帆:《关于建构百年文学史的几点意见和设想》,《文学评论》2010 年第 1 期。

丁帆:《对转型期的中国乡土文学的几点看法》,《文学教育(上)》2010 年第 2 期。

李扬:《对新时期文学批评的回顾与反思》,《广东社会科学》2010 年第 2 期。

谢丽:《20 世纪 40 年代中国乡土文学的生成缘由》,《云南社会科学》2010 年第 2 期。

金钢:《俄苏文学对沦陷时期东北文学的影响》,《沈阳师范大学学报(社会科学版)》2010 年第 2 期。

马兵:《检讨城市与回望乡土——刘玉栋小说简论》,《绥化学院学报》2010 年第 2 期。

赵文智、贺进:《深入乡土中国文学肌理的学术新探索——读张丽军〈乡土中国现代性的文学想象〉》,《绥化学院学报》2010 年第 2 期。

古远清:《"台北文学"与"南部文学"的对峙——新世纪台湾文学的走向》,《世界文学评论》2010 年第 2 期。

罗关德:《台湾乡土小说中"故乡"的三重叙事空间》,《集美大学学报(哲学社会科学版)》2010 年第 2 期。

霍俊明:《尚未抵达思想前沿的"征用"写作——就"底层"和"新农村"谈新世纪文学思想性问题》,《南方文坛》2010 年第 2 期。

张军民:《中外"小城"文本的叙事模式》,《兰州大学学报(社会科学版)》2010 年第 3 期。

陆卓宁：《女性·民族·历史救赎——台湾 1970 年代乡土文学语境下的女性文学"占位"》，《河南师范大学学报(哲学社会科学版)》2010 年第 3 期。

陈超：《在底层眺望无根的乡愁》，《文艺理论与批评》2010 年第 3 期。

叶君：《论"十七年"农村题材小说中的外来者下乡——以〈创业史〉、〈山乡巨变〉、〈艳阳天〉为例》，《求是学刊》2010 年第 3 期。

樊洛平：《台湾女作家笔下的眷村书写》，《河南师范大学学报(哲学社会科学版)》2010 年第 3 期。

程丽蓉：《新乡土小说的叙事模式及其文化蕴涵》，《北方论丛》2010 年第 4 期。

吴福辉：《费孝通的社会学与我的文学研究》，《汉语言文学研究》2010 年第 4 期。

吴福辉：《农民大众文学与市民大众文学并存的新局面——谈 1940 年代文学全景中的重要一角》，《井冈山大学学报(社会科学版)》2010 年第 4 期。

施战军：《论中国式的乡村小说的生成》，《南方文坛》2010 年第 4 期。

王爱军：《当下新乡土叙事小说论》，《淮阴师范学院学报(哲学社会科学版)》2010 年第 4 期。

曹文泉：《论中国现代都市文学的境遇问题》，《阜阳师范学院学报(社会科学版)》2010 年第 4 期。

宋浩成：《乡土的重构——新时期三十年"鲁迅与民俗"研究述评》，《绍兴文理学院学报(哲学社会科学)》2010 年第 5 期。

王爱军：《新世纪乡土叙事小说研究》，《山西师大学报(社会科学版)》2010 年第 5 期。

李丹梦：《"侨民文学"与"异域情调"——关于鲁迅的乡土文论与乡土小说》，《南方文坛》2010 年第 5 期。

白忠德：《贾平凹作品乡土情结的成因及其意义》，《小说评论》2010 年第 5 期。

王娟：《都市文学的当下：兼容性——从都市文学和乡土文学谈开去》，《绵阳师范学院学报》2010 年第 6 期。

姜玉琴：《在城市疆域中拓展的乡土小说——对丁帆先生乡土小说研究之研究》，《福建论坛(人文社会科学版)》2010 年第 6 期。

成方：《20 世纪 90 年代乡土小说研究综述》，《太原城市职业技术学院学报》2010 年第 9 期。

蒋林平：《沈从文与乔伊斯乡土叙事之比较》，《求索》2010 年第 10 期。

余荣虎:《贫穷·革命·犹疑——20世纪30年代乡土文学的三个关键词》,《广西社会科学》2010年第12期。

赵凌河、孙佳:《李健吾文学批评理论资源的多元整合》,《石家庄学院学报》2011年第1期。

刘宁:《两种现实主义的论争——柳青研究六十年的回顾与思考》,《中国现代文学研究丛刊》,2011年第4期。